UMA SAGA NA TOSCANA

Uma história de amor e conspiração

2015, Editora Fundamento Educacional Ltda.
Reimpresso em 2016.

Editor e edição de texto: Editora Fundamento
Editoração eletrônica: Sincronia Design Gráfico Ltda. (Chrislene Cardoso Ribas)
  Bella Ventura Eventos Ltda. (Lorena do Rocio Mariotto)
CTP e impressão: SVP - Gráfica Pallotti
Tradução: Be Quiet Prestadora de Serviços Ltda. (Fabíola Werlang)
Arte da capa: Zuleika Iamashita

Copyright de texto © 2010 Belinda Alexandra
Publicado originalmente em inglês em Sydney, Austrália por HarperCollins Publishers Pty Limited Australia em 2010. Edição em português publicada em acordo com HarperCollins Publishers Australia Pty Limited.
O direito da autora de ser identificada como o autora desta obra foi assegurado.

Todos os direitos reservados. Nenhuma parte deste livro pode ser arquivada, reproduzida ou transmitida em qualquer forma ou por qualquer meio, seja eletrônico ou mecânico, incluindo fotocópia e gravação de backup, sem permissão escrita do proprietário dos direitos.

Dados Internacionais de Catalogação na Publicação (CIP)
(Sindicato Nacional dos Editores de Livros, RJ)

Alexandra, Belinda
  Uma saga na Toscana - Uma história de amor e conspiração / Belinda Alexandra ; [versão brasileira da editora] – 1. ed. – São Paulo, SP : Editora Fundamento Educacional Ltda., 2015.

  Título original: Tuscan Rose

  1. Ficção australiana. I. Werlang, Fabíola. II. Título.

  14-08971   CDD - 828.99343
                                          CDU - 821.111 (94) - 3

Índice para catálogo sistemático:
1. Ficção australiana

Fundação Biblioteca Nacional

Depósito legal na Biblioteca Nacional, conforme Decreto nº 1.825, de dezembro de 1907.
Todos os direitos reservados no Brasil por Editora Fundamento Educacional Ltda.

Impresso no Brasil

Telefone: (41) 3015 9700
E-mail: info@editorafundamento.com.br
Site: www.editorafundamento.com.br

Este livro foi impresso em papel pólen soft 80 g/m² e a capa em papel-cartão 250 g/m².

UMA SAGA NA TOSCANA
Uma história de amor e conspiração

BELINDA ALEXANDRA

À minha família e aos meus amigos
– obrigada pelo amor e pelo apoio

Prólogo

Florença, 1914

O homem para por um instante junto a uma porta, hesitando por um momento antes de precipitar-se outra vez pela rua tortuosa em direção ao rio. A distância que percorreu cruzando a cidade o deixou ofegante. Porém, o destino da criança que ele esconde nas dobras do casaco está em suas mãos, e ele se enche de pavor ao pensar que, caso não a coloque em segurança e retorne antes que sua ausência desperte suspeitas, será o fim para ambos.

O som de cascos nos paralelepípedos faz os pelos da sua nuca se eriçarem. Ele se volta para trás, pronto a intimar seu perseguidor, porém tudo que vê é a carroça de um comerciante carregada de velas e sacos de farinha. Ele então se lança para dentro de um passadiço entre duas casas. A brisa está gelada, porém a criança aninhada contra o peito lhe aquece a pele. Ele afasta o casaco e passa os olhos pelo rosto dela.

– Deus seja louvado pelo sono profundo dos bebês – murmura, acariciando a bochecha da criança com a mão calosa e sem luvas.

Ele se volta para o céu, tentando espantar as imagens das últimas horas, tremendo ao lembrar-se do rosto pálido da mãe... e dos gritos: tão aterrorizantes que ele jamais imaginaria terem saído de um ser humano.

Avança sorrateiramente pela rua e se depara com um grupo de jovens à toa em torno de uma fonte. Um deles o encara e se afasta dos outros: um adolescente esquelético com um cachecol roído por traças amarrado ao pescoço. O homem lambe os lábios e arreganha os dentes, mas então pensa melhor no desafio e entra em uma travessa.

– *E allora*! – o jovem grita atrás dele, mas não faz nenhum movimento para segui-lo.

Talvez o menino só quisesse um fósforo para seu cigarro, mas Florença está em polvorosa com a ameaça de guerra, e esse não é o momento de correr riscos.

O homem sai da travessa. O vagaroso Arno cintila diante dele ao pôr do sol. Os raios dão uma cor dourada à Ponte Vecchio. Ele se lembra da primeira vez em que viu Florença e de como teve a certeza de que era a cidade mais bonita do mundo. Porém, era ingênuo demais naquela época para saber que à beleza tem duas caras e que uma fachada esplêndida pode esconder uma alma pútrida.

O homem segue a passos largos pela ponte, ignorando os chamados dos joalheiros que empacotam suas mercadorias, esperançosos por uma venda de última hora. Ele percorre as margens do Arno antes que seu cabelo prematuramente grisalho e seu casaco volumoso o tornem proeminente em meio aos jovens amantes que dão seu passeio de fim de tarde. Avança feito uma flecha até uma rua de casas estreitas antes de tomar novamente a Via Maggio e, por fim, chegar à *piazza*, que cheira a fogueiras de carvão e pedras úmidas. Um vento faz as folhas rodopiarem sobre os paralelepípedos. O homem se encontra diante dos muros altos do convento. A escuridão está caindo, e ele estuda atentamente as pedras, esperando encontrar uma *ruota*, uma roda dos enjeitados. Porém, não há uma. O convento da cidade onde ele crescera tinha uma *ruota*: uma porta giratória embutida no muro onde a criança podia ser colocada sem que as freiras vissem o rosto de quem a trazia. Mas a prática medieval não é mais aprovada no atual espírito de liberalismo da Itália, e ele não tem escolha senão bater à porta. Ninguém responde, e ele golpeia a madeira com mais força.

Do lado de dentro, alguém se aproxima a passos rápidos, e a grade é empurrada com força para o lado. Ele sabe que alguém o olha, mas está escuro demais para que consiga ver o rosto do observador. A porta se abre com um raspão, e o homem espreme os olhos, tentando divisar a figura de túnica negra diante de si. Ele sente a hesitação da freira. Não é costume das Irmãs receber homens estranhos à noite.

– Estou com uma criança – diz ele.

O homem teme que a freira o mande embora. Para os enjeitados existe o Ospedale degli Innocenti, mas ele sabe que o lugar está superlotado e que é comum os bebês morrerem devido a falta de higiene. Apenas no convento a criança terá alguma chance. Para seu alívio, a freira ergue uma lamparina sobre os degraus e lhe faz um gesto para entrar. O homem dá uma olhada rápida por cima do ombro e a segue para dentro do átrio. A porta se fecha atrás dele emitindo um som surdo, isolando lá fora a noite que começava a tomar conta de tudo. O som de cantoria flutua no ar: são as Irmãs cumprindo a hora canônica. A freira o conduz até uma saleta e acende a luz. Ela é jovem, não tem mais que 20 anos, e é dona de um rosto delicado. Ela o olha de relance, e ele vê a bondade que seus olhos carregam. De repente, toda a força que havia sido necessária para roubar a criança e colocá-la em segurança se esvai de dentro dele. Lágrimas embaçam sua visão.

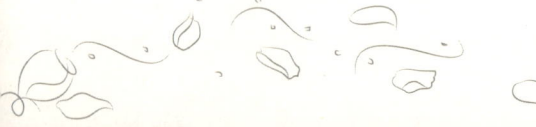

– Venha – diz ela, indicando-lhe uma cadeira.

O olfato apurado do homem detecta o aroma de alecrim e tomilho nas mangas da freira. "Será que ela trabalha no jardim do convento? Ou na cozinha?"

Ele abre o casaco e revela a criança. Ela havia acordado. Seus punhos estão cerrados firmemente feito duas bolas, e a boca está aberta em um choro mudo.

Os olhos da freira brilham quando ele passa a criança para os braços dela.

– Shh! Shh! – a freira a conforta. – Você está com fome, não está, pequenina?

Ela se vira para o homem.

– A mãe? – pergunta com delicadeza. – Ela pode vir amamentar?

– Não – responde o homem, sem conseguir sustentar o olhar da freira.

Ele se dá conta de que a mulher supõe que o filho seja dele, e seu rosto se contorce. Faz muito tempo que ele perdeu a família. "Será que ela vai pensar que a esposa dele morreu no parto? Ou que ela o deixou? Ou simplesmente que eles são pobres e doentes demais para alimentar mais uma boca, como tantos na cidade?"

– Temos uma ama de leite conosco para alimentar um bebê cuja mãe está doente – diz a freira. – Não vamos precisar mandar esta pequenina aqui para uma *balia*.

O homem tinha ouvido histórias sobre as *balie*: mulheres que tomavam conta de crianças abandonadas no lugar dos conventos, nem sempre em condições higiênicas. Aquela criança parece ser duplamente abençoada, e o homem admira-se com a virada em seu destino. Ele vê que a freira, debaixo das túnicas, tem um corpo harmonioso. É o tipo de mulher que, se não tivesse se casado com Cristo, teria sido uma excelente mãe. A criança está em boas mãos.

– Você virá visitar? – pergunta a freira.

O homem faz que não com a cabeça, e a freira hesita. Ele a vê roçar os dedos na pele rosa-escuro da criança. É uma criança de origem fina, nascida para coisas melhores, pensa ele. Agora vai ser pobre. Mas antes pobre que...

As freiras começam a cantar novamente. O som reconfortante toca o coração do homem. Ele conseguira realizar o que planejara.

– Se você mudar de ideia, pode voltar. Vou me lembrar de você – diz a freira.

O homem não responde, e por um instante os dois ficam em silêncio. Em seguida, ele diz:

– É melhor que ela permaneça anônima. Sem histórico e sem nome de nascimento, ela ficará em segurança.

A freira empalidece. Tem o direito de exigir o nome da mãe. Porém, o homem percebe que ela já compreendeu: qualquer outra coisa que ele diga pode colocá-los em perigo.

A passos largos, ele retorna ao átrio. A freira o segue. Ele gira a maçaneta e abre a porta, deixando entrar uma rajada de vento. O homem se vira para dar uma última olhada na freira e na criança. Ao fazer isso, percebe a única pintura que enfeita a parede de cal atrás deles: a Madona e o Menino Jesus.

– Que eles protejam vocês duas – diz ele.

– E a você também – responde a freira.

O homem faz um aceno de cabeça antes de correr para dentro da noite.

A freira leva o bebê até o refeitório, onde um fogo aconchegante está queimando. Colocando a criança sobre as pernas, apalpa os panos que a envolvem, a fim de ver se ela está molhada, e sente uma saliência na coxa do bebê. Desliza a mão para dentro dos panos e puxa o objeto: uma chavezinha prateada.

– É mágica – sussurra.

Ela tinha dito ao estranho que se lembraria dele, e certamente que sim. Com seus olhos atentos e a aparência grisalha... era um lobo em forma de gente. Mas não a epítome da maldade que o animal representava nas lendas. Não, aquele era um lobo bom – e precisava desesperadamente de redenção.

Parte um

um

Rosa Bellochi estava morrendo aos poucos. Sua vida estava prestes a mudar, e tudo que lhe era familiar escapava-lhe por entre os dedos. Ela sentou-se na cozinha do convento com Irmã Maddalena como havia feito todas as manhãs desde que terminara sua educação formal no convento de Santo Spirito. A cozinha, que tinha vista para o pátio e para a estátua de Sant'Agostino, era coberta por lajotas de terracota e tinha um banco de madeira que se estendia pelo centro do cômodo. Apesar do fogo que queimava no fogão de ferro fundido, o ar do começo de primavera estava gelado, e as mulheres haviam colocado as cadeiras no retalho de sol que entrava pela janela. Irmã Maddalena descascava batatas, enquanto Rosa estava sentada com sua flauta no colo, a coluna rija e o estômago tenso e esticado. Ela fingia estudar o fraseado do hino empoleirado no porta-partitura, porém sua cabeça estava a toda.

"Será que hoje é o último dia em que vamos nos sentar juntas assim?", ela perguntou a si mesma.

Irmã Maddalena gostava de cantar enquanto trabalhava na cozinha. O convento era um lugar de meditação, porém os saguões cavernosos e o labirinto de corredores agiam como câmaras de eco, e a cada manhã o dueto formado pela voz perfeitamente afinada de Irmã Maddalena e os timbres doces da flauta de Rosa alcançava até mesmo as partes mais remotas do local. As freiras que trabalhavam na horta erguiam a cabeça, esforçando-se para ouvir a música celestial, e as mais velhas, que tinham permissão para descansar em seus modestos aposentos depois do café da manhã, sonhavam com anjos. Mas naquela manhã Irmã Maddalena estava em silêncio, absorta em um pesar que sua fé não lhe permitia demonstrar. O coração de Rosa doía quando ela pensava que, em breve, seria separada daquela mulher, a figura mais próxima de uma mãe que ela havia conhecido. O relacionamento profundo entre as duas, o laço que se desenvolvera durante aqueles anos todos na cozinha, seria rompido. Dali em diante, todas as conversas entre elas aconteceriam em uma saleta formal através da grade, e na presença de uma "freira ouvinte" em serviço.

"Vou estar do lado de fora da única casa que já tive", pensou Rosa.

Seus olhos absorveram as palavras do hino – "A alegria maior é sacrificar-se pelos outros" –, e ela lembrou-se da entrevista com a abadessa, a madre superiora do convento, alguns dias antes.

– Embora o mundo lá fora ache que levamos uma vida sem graça, nós somos felizes – a abadessa havia lhe dito. – Nossa fé é cheia de maravilhas, e em nossa comunidade existe um entendimento que falta em muitas famílias. Mas para viver essa vida é preciso ter sido chamada para ela... e você não foi chamada, Rosa.

A menina, cujos olhos preto-azulados até então fitavam a pintura da "Ascensão" pendurada na parede atrás da mesa da abadessa, abriu a boca para falar, mas voltou a fechá-la. Tentara se sentir "chamada", porém nunca havia escutado a voz serena da qual as freiras falavam embevecidas.

– Eu me sinto chamada sim – disse ela à abadessa. – Eu me sinto chamada para algo.

A abadessa tirou os óculos e esfregou os olhos, depois os colocou novamente.

– Com toda a sua inteligência e generosidade, não tenho dúvida de que Deus tem um grande propósito para você, Rosa. Mas não aqui dentro dos muros do convento. Não é conosco que você vai realizá-lo.

O coração de Rosa batia violentamente. Ela sabia que aquele momento chegaria, mas agora estava acontecendo, e ela ainda não se sentia preparada. As garotas mais velhas que haviam sido educadas no convento tinham sido encaminhadas para se casar com rapazes pertencentes às boas famílias de Florença. Mas isso não seria possível para Rosa, pois ela era órfã.

– Eu falei com Don Marzoli – continuou a abadessa –, e nosso padre concorda que você daria uma boa preceptora. Ele está consultando as famílias que nos frequentam para ver se há algum cargo assim disponível. Afinal de contas, você é excelente em matemática e em música, além de falar inglês, francês e alemão.

– Eu poderia dar aulas aqui... na escola – Rosa falou, sem pensar.

A imagem das sobrancelhas erguidas da abadessa a calou. Era impossível que Rosa continuasse a morar no convento, a não ser que virasse freira. E ela não podia fingir ter sido chamada, mesmo que isso significasse ser mandada embora dali.

"Quando você é freira, também é mãe e esposa, porém de uma maneira diferente", Irmã Maddalena havia lhe dito certa vez. "No dia em que fui ordenada, minha família estava presente, e eu estava usando um véu branco." Algumas freiras tinham irmãos e irmãs que as visitavam na saleta durante festivais e ocasiões especiais, mas a vida desses familiares fazia parte de um mundo completamente separado da existência enclausurada no convento. Irmã Maddalena só tinha recebido permissão para visitar a casa da família uma vez, quando a mãe estava morrendo. Apesar da garantia da abadessa de que o convento lhe oferecia uma vida completa, Rosa não conseguia entender como alguém podia desperdiçar a sorte de ter nascido dentro de uma família e de ter um nome de verdade.

Irmã Maddalena tossiu, tirando os pensamentos de Rosa da conversa com a abadessa e trazendo-a de volta à cozinha. Lágrimas silenciosas corriam pelas bochechas da freira. Quando Rosa as viu, seus olhos encheram-se de água também.

– Don Marzoli vai achar um bom cargo para você – disse Irmã Maddalena, em parte para Rosa, em parte para si mesma. – Não muito longe daqui. Você ainda vai poder vir me visitar.

O tremor na voz da freira afligiu o coração de Rosa. Quando Rosa era criança, era Irmã Maddalena quem a confortava quando ela tinha pesadelos; era a Irmã Maddalena que Rosa dava a mão nas poucas ocasiões em que as duas haviam recebido permissão para sair juntas do convento. A abadessa sempre alertava as freiras a respeito de formar laços muito fortes com as órfãs: "Elas são como passarinhos que foram lançados para fora do ninho durante uma tempestade. Nós lhes damos de comer, mantemo-las aquecidas e as educamos, mas um dia precisamos deixá-las partir". Rosa sabia que Irmã Maddalena se sentiria sozinha depois que seu "passarinho" voasse, embora não pudesse demonstrar isso. Rosa olhou para as próprias mãos por um instante e pensou em sua mãe biológica. Não tinha lembrança nenhuma dela, mas a imaginava como uma mulher de túnica azul-celeste com um sorriso beatífico, como a Madona que segurava o Menino Jesus no átrio.

– No que você está pensando? – perguntou Irmã Maddalena. – Por que não toca um pouco? Assim, nós duas vamos nos sentir melhor.

Rosa levou a flauta aos lábios, mas não conseguiu produzir som nenhum. De repente lhe veio um desejo de agarrar-se a qualquer coisa que ela e Irmã Maddalena tivessem compartilhado.

– Conte-me outra vez a história de como eu vim parar no convento – pediu.

Irmã Maddalena rasgou alguns ramos de alecrim e não respondeu.

– Por favor.

Quando criança, Rosa sempre importunava Irmã Maddalena para que ela lhe contasse a história da noite em que o estranho a levara ao convento. E, a cada vez que ouvia o relato, ficava tentando adivinhar quem era esse homem. Seu pai? Um empregado? Porém, o mistério nunca se resolvia e, depois de crescida, Rosa parou de perguntar.

– Conte-me – ela agora implorava à Irmã Maddalena. – Preciso ouvir uma última vez. Conte-me sobre o Lobo.

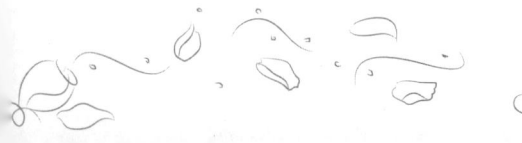

Alguns dias depois, Irmã Maddalena foi acometida por uma febre, e a abadessa ordenou que ela ficasse de cama. Irmã Dorothea e Irmã Valeria assumiram a supervisão da cozinha, e a conversa vazia das duas fez Rosa buscar refúgio na capela com sua flauta. Ao contrário do que acontecia com o piano, Rosa não precisava se disciplinar para tocar seu segundo instrumento. As notas puras da flauta a transportavam para o reino celestial certamente da mesma maneira que as orações das freiras as faziam chegar lá. Deixar de praticar era o mesmo que sentir fome: ela sentia um aperto no estômago e ficava de mau humor.

Rosa estava no meio do "Largo" de Handel, quando ouviu um carro estacionar no pátio. Olhou pela janela esperando enxergar o Fiat de Don Marzoli, mas em vez disso avistou uma Bugatti preta parando perto da estátua. Nunca ninguém além de Don Marzoli e do médico tinham entrado de carro no convento, e Rosa ficou imaginando quem havia chegado para perturbar a paz do lugar. Ela se esforçou para enxergar além do azevinho. Pouco depois, um motorista saiu do carro e abriu a porta de trás. O primeiro a aparecer foi um homem de chapéu com um sobretudo pendurado no braço. Tinha o físico de um esportista e o rosto bronzeado. Havia mais alguém no carro atrás dele, mas a visão de Rosa estava prejudicada por um galho que se movia com a brisa. Tudo que ela conseguiu avistar de relance foram uma manga com brocado prateado e uma mão branca no braço do homem.

Alguns minutos depois, uma noviça apareceu na capela, rondando a porta nervosamente.

– A abadessa exige sua presença imediata.

Rosa engoliu em seco e guardou a flauta. Tinha o hábito de ser bastante zelosa nessa tarefa, tomando cuidado para não amassar as teclas nem forçar as partes na hora de desmontá-la, pois sabia o quanto as freiras haviam se sacrificado para lhe comprar aquele instrumento. Porém, o pensamento de que o homem de chapéu tinha vindo chamá-la para um emprego fazia suas mãos tremerem. Ela deixou cair a cabeça da flauta, amassando-a. O dano ao seu pertence mais precioso normalmente a teria deixado aflita, mas naquele momento ela mal o notou.

Rosa seguiu a noviça até o gabinete da abadessa. Sua bexiga repentinamente pareceu estar cheia, a ponto de explodir. Ela pediu licença para usar o lavatório, mas quando se sentou na latrina não conseguiu fazer sair líquido nenhum. Se continuasse tentando, testaria a paciência da abadessa ao mantê-la esperando. Levantou-se e ajustou as meias compridas, sem nenhuma sensação de alívio e sentindo pontadas agudas na lateral do corpo.

A abadessa estava sentada à sua mesa. O homem que Rosa tinha visto sair da Bugatti estava lá, mas a mulher não. Ele era impressionante, com seu maxilar quadrado e as sobrancelhas grossas. Tinha um aspecto juvenil para a idade, a qual Rosa imaginava ser em torno dos 40, e pareceria mais jovem se não fosse

pelos vincos na testa e em torno dos olhos. Pelo terno de seda caro e pelo anel de ouro com brasão, Rosa concluiu que se tratava de alguém importante.

A abadessa falou lentamente, como se quisesse enfatizar a importância da ocasião:

– Rosa, apresento a você o Marquês de Scarfiotti.

Um *marquês*? Rosa, surpresa com o título nobre, fez uma reverência.

– O Marquês de Scarfiotti e a esposa estão procurando uma preceptora para a filha – explicou a abadessa. – Ficaram impressionados com seu talento musical e seu dom para idiomas.

– Minha mãe e minha avó frequentaram a escola aqui e eram ótimas musicistas – disse o marquês, cruzando as pernas e descansando os cotovelos no joelho. – Embora minha irmã tenha sido educada em casa, ela também fez aulas de música aqui quando era criança. Nossa família sempre se orgulhou de nossos talentos musicais. Quero que minha filha dê continuidade a essa tradição.

– Quem sabe você possa tocar alguma coisa para o marquês agora...? – a abadessa sugeriu a Rosa.

Rosa apertou o estojo da flauta contra o peito e espremeu as pernas uma contra a outra. Sua bexiga estava excruciantemente cheia, porém ela obedeceu ao pedido da madre. Tirou a flauta e executou a peça de Handel que estivera praticando. Apesar do desconforto, tocou a peça melhor do que nunca. Quando terminou, viu que o marquês estava satisfeito.

– Uma interpretação sublime – disse ele. – Don Marzoli não exagerou ao falar das suas aptidões.

O marquês tinha um jeito quase paternal e um tom de voz agradável.

– A família Scarfiotti é uma generosa patrona da música e das artes em Florença – disse a abadessa, sem tirar os olhos de Rosa. – É uma grande honra que tenham demonstrado interesse por você.

Todos no convento sabiam que Don Marzoli tinha grande apreço por Rosa e que a considerava avançada para a idade. Ele devia ter se esforçado muito para lhe conseguir um cargo na família Scarfiotti. Embora Rosa se sentisse lisonjeada, não desejava partir, portanto pouco importava para onde seria mandada.

A abadessa fez um aceno de cabeça para a noviça, e Rosa percebeu que estava sendo dispensada. Seu destino já estava decidido. O marquês já devia ter tomado sua decisão antes de chegar e só desejara ouvi-la tocar por curiosidade.

Rosa voltou à capela e ajoelhou-se em um banco. Fitou a pintura atrás do altar, que mostrava Cristo crucificado, e sentiu-se como um prisioneiro condenado aguardando a suspensão de sua execução. Seria possível que algum milagre ocorresse, alguma mudança nas regras que lhe permitisse ficar? Por outro lado, a curiosidade se misturava ao desespero. Um marquês? Onde será que ele morava – em um castelo ou em uma vila? E por que a esposa não o acompanhara para a

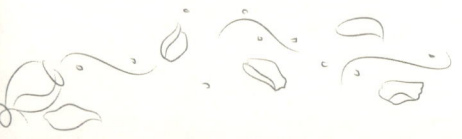

entrevista? Uma mãe não teria grande interesse em aprovar ou desaprovar uma preceptora para a filha?

Rosa levantou-se e foi até a janela. O carro do marquês ainda estava no pátio. Ele devia estar acertando os detalhes finais com a abadessa. Rosa abriu o estojo da flauta e montou o instrumento, com a intenção de tocar a "Ave-Maria". O som da flauta a confortaria, pensou. Porém, ao colocar o bocal nos lábios, viu-se sem fôlego e sem conseguir tocar, assim como acontecera alguns dias antes na cozinha. Seu polegar encostou na parte amassada da cabeça do instrumento, e ela deu um suspiro, ansiosa para contar à Irmã Maddalena o que tinha acontecido. A ideia de separar-se da freira a apavorava.

Rosa guardou a flauta no estojo e correu até o quarto de Irmã Maddalena, porém encontrou-a vazia. Irmã Eugenia estava de pé no corredor.

– O médico veio hoje de manhã e ordenou que Irmã Maddalena fosse transferida para o quarto dos convalescentes.

– A enfermaria? – gritou Rosa, sabendo que apenas as freiras muito doentes eram mandadas para lá. – Eu preciso falar com ela.

Irmã Eugenia balançou a cabeça.

– Estão todos proibidos de se aproximar dela. Há risco de pneumonia.

– Pneumonia?

– Irmã Maddalena está com uma infecção pulmonar e não deve ser perturbada de maneira nenhuma.

O sangue fugiu do rosto de Rosa. E se ela não conseguisse dar adeus a Irmã Maddalena? Saiu correndo até o próprio quarto e deu um grito ao ver a noviça colocando suas roupas dentro de uma mala pequena.

– Você vai embora agora de manhã – contou a noviça. – O marquês a está esperando no pátio. A abadessa disse que vai encontrá-la lá.

– Mas Irmã Maddalena está doente. Não posso ir embora agora.

A noviça tocou o braço de Rosa.

– Tenha coragem – disse ela.

Rosa correu até a escrivaninha e rabiscou um bilhete para Irmã Maddalena antes de tomar a mala da noviça e correr até o pátio. A abadessa estava de pé perto do carro, junto do marquês. Ele parecia impaciente para ir embora. Fazia dias que Rosa sabia que deixaria o convento, mas tudo estava acontecendo rápido demais.

– Por favor, madre superiora – disse ela –, a senhora poderia entregar esta carta a Irmã Maddalena? Não tive tempo de me despedir dela nem de ninguém mais. Venho fazer uma visita assim que ela estiver melhor.

A abadessa desviou os olhos.

– Irmã Maddalena vai ficar feliz que você tenha conseguido um cargo tão prestigioso. Ela sempre cuidou para que você recebesse a melhor educação possível.

17

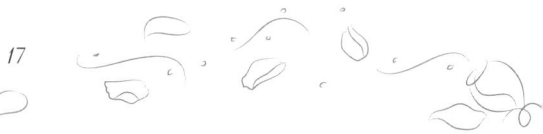

O coração de Rosa ficou pesado com as palavras da abadessa. Seria possível que Irmã Maddalena não estivesse doente como Irmã Eugenia havia afirmado? Será que a estavam mantendo longe de Rosa de propósito, para que não visse sua partida? Rosa queria perguntar se poderia falar com Irmã Maddalena através da janela da enfermaria, porém o marquês entregou o chapéu e o sobretudo ao motorista, e a abadessa cutucou-a de leve, impulsionando-a na direção do carro.

– Não faça seu novo patrão esperar – sussurrou. – Comporte-se bem e trabalhe duro, Rosa. Essa é a melhor gratidão que você pode demonstrar à Irmã Maddalena.

O motorista, um homem pequeno de meia-idade, tomou a mala da mão de Rosa, porém a trava não estava bem fechada, e as roupas e livros se espalharam pelo chão.

– Perdão, *signorina* – disse o motorista, inclinando-se para recuperar os itens que haviam caído.

Ele apanhou um vestido, e algo caiu de dentro do bolso. Era um pedaço de papel dobrado. Rosa recolheu-o antes que alguém mais o visse e o escondeu no punho da manga, imaginando se seria um bilhete de Irmã Maddalena.

O motorista abriu a porta para Rosa, e ela entrou. O carro cheirava a jasmim. Ela levou um susto ao ver a mulher com o casaco de brocado já sentada lá dentro. A mulher era bonita, com pele clara e cachos loiro-arruivados visíveis debaixo do chapéu. Ela encarou Rosa e sorriu.

– Aqui – falou, espalhando a manta de arminho que tinha sobre os joelhos de modo que cobrisse as pernas de Rosa também.

Rosa se encolheu, porém resistiu ao impulso de afastar a manta de cima do corpo. O toque da pele de animal já sem vida lhe causava repulsa. Rosa enxergava a origem das coisas, enquanto os outros viam apenas o objeto. Certa vez, uma estola de raposa pendurada no ombro de uma mulher na saleta do convento tinha feito seu coração disparar de medo, como se ela fosse o animal caçado que corria pela floresta tentando salvar a própria vida. A Bíblia com capa de couro que ficava na capela lhe causava náuseas sempre que Don Marzoli a abria, pois, enquanto os outros viam apenas a Palavra de Deus, Rosa imaginava o curtidor raspando o tecido animal.

O marquês sentou-se ao lado da mulher, e Rosa afastou-se para o canto, a fim de dar lugar para ele.

– Esta é a *signora* Corvetto – disse ele. – Ela está me acompanhando hoje.

E não deu mais explicações.

Então aquela mulher não era a marquesa. Quem era, então? Sua roupa era elegante; ela usava camadas de pérolas em torno do pescoço e anéis de esmeralda nos dedos. Será que era a secretária do marquês?

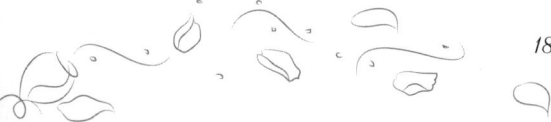

O carro começou a andar, e Rosa acenou, despedindo-se da abadessa. Para sua surpresa, a velha freira, que sempre havia sido tão formal com ela, jogou-lhe um beijo. A cena da abadessa tendo como pano de fundo o único mundo que Rosa conhecera até então fez seus olhos se encherem de lágrimas.

– Então você morou a vida inteira em um convento? – perguntou a *signora* Corvetto.

– Sim, *signora*.

A mulher acendeu um cigarro e olhou para Rosa através da fumaça.

– Ouvi dizer que você é uma ótima musicista. Clementina adora música.

Rosa teve a impressão de que a *signora* Corvetto ia perguntar mais alguma coisa, porém mudou de ideia. Seus olhos azuis eram tristes. O marquês entrelaçou a mão à da *signora* Corvetto. Rosa virou-se no assento e olhou para trás, para o convento que ia desaparecendo ao longe. Apesar de ter levado uma vida superprotegida e de sua pouca experiência, ela estava começando a suspeitar de que a *signora* Corvetto não era a secretária do marquês.

O motorista conduziu os três ao longo do Arno até a Ponte Santa Trinita, que, até onde Rosa lembrava, era o mais longe que já tinha chegado do convento. A Florença do outro lado do rio era algo que ela vira apenas a distância, porém agora ali estava ela, no meio daquilo tudo. Por um momento, esqueceu a angústia e olhou para as ruas estreitas, melancólicas por causa das sombras projetadas pelas casas. Algumas não eram mais que vielas e passadiços. O motorista precisava manobrar com cuidado nas ruas principais para evitar colidir com bondes, carrinhos de pão e criadas carregando cestas de vegetais em cima da cabeça. De vez em quando o sol irrompia sobre o carro, quando eles passavam por uma *piazza*. Rosa não conseguia acreditar em toda a riqueza exibida pelos comerciantes cujas lojas margeavam os espaços abertos: vendedores e moldureiros de antiguidades; perfumistas e suas vitrines com garrafas de vidro canelado e espelhos de mão com filigrana de ouro; mercearias em cujas portas se viam caixas cheias de aspargos, cenouras, alcachofras e beterrabas. Ela nunca tinha visto tanta abundância. O convento se orgulhava de sua simplicidade e autossuficiência. As freiras prensavam o próprio óleo e fiavam o próprio tecido. A vida lá sempre fora frugal.

O marquês deslizou a mão para dentro do bolso, tirou um porta-cigarros prateado e estendeu o braço, passando-o na frente da *signora* Corvetto.

– Aceita um cigarro? – perguntou a Rosa.

Ela ficou surpresa com a repentina falta de cerimônia. Respondeu que não com a cabeça.

– Veja só, o Duomo – disse ele, apontando para fora da janela. – Aposto que nunca o tinha visto tão de perto assim, *signorina* Bellocchi. Alguns dos maiores talentos da Itália trabalharam nesse grande monumento: Giotto, Orcagna, Gaddi.

Rosa virou-se para onde ele estava apontando e viu a Basilica di Santa Maria del Fiore, conhecida pelos florentinos como Duomo. A construção era mais alta que os outros edifícios, e Rosa ficou deslumbrada com o trabalho de marchetaria nas paredes, com seus ladrilhos rosa e verdes, e com o famoso domo vermelho de Brunelleschi. A única vez em que vira a igreja tinha sido em uma foto em preto e branco.

– Os ladrilhos brancos são de Carrara, os verdes são de Prato, e os vermelhos, de Siena – explicou o marquês, alisando o cabelo para trás. – Alguns o acham excessivo, mas é possível ver que há harmonia entre a catedral, o campanário e o batistério.

O rosto do marquês foi ficando vermelho à medida que ele descrevia as dificuldades que os vários artistas haviam encontrado a cada etapa do processo de construção e como Brunelleschi fora, certa vez, afastado da obra depois de um desentendimento com o comitê de construção. Quando o marquês falava a respeito dos méritos artísticos e da história do edifício, tornava-se uma pessoa diferente, menos reprimida. Rosa percebeu que estava começando a se afeiçoar a ele.

O motorista parou o carro e abriu a porta para o marquês e a *signora* Corvetto saírem, mas não deu indicação nenhuma de que Rosa deveria segui-los. O marquês virou-se e mergulhou a cabeça para dentro do carro.

– Giuseppe irá levá-la até a vila – disse ele, fazendo um aceno de cabeça para o motorista. – Confio que você irá gostar muito do seu cargo.

Antes que Rosa tivesse a chance de assimilar o que estava acontecendo, o motorista fechou a porta, voltou ao banco e deu meia-volta com o carro. Rosa olhou pelo vidro de trás e viu o marquês e a *signora* Corvetto conversando e caminhando pela *piazza* de cabeças juntas. Ela não sabia o que pensar da situação.

– Está confortável aí, *signorina* Bellocchi? – perguntou Giuseppe.

– Estou sim, obrigada.

Rosa gostaria de perguntar ao motorista sobre a família Scarfiotti, já que tinham lhe contado tão pouco, mas foi vencida pela timidez e ficou quieta. Giuseppe voltou a atenção ao volante, e Rosa apanhou o pedaço de papel que tinha escondido na manga. Desdobrou-o e encontrou ali dentro uma chavezinha prateada com extremidade em forma de coração. Conferiu para ver se Irmã Maddalena havia escrito uma explicação no papel, mas não havia nada. Segurou a chave na palma da mão, imaginando o que ela abria. Era leve demais para ser de uma porta ou armário. Talvez coubesse na fechadura de algum estojinho. Ela embrulhou novamente a chave e guardou-a de volta na manga.

Algum tempo depois, o carro passou por uma placa onde se lia: "Para Fiesole".

– Ah, ingleses – disse Giuseppe, apontando para um grupo de mulheres que seguravam buquês de íris em frente a um cemitério.

Seus cabelos loiros, vestidos de renda e sapatos confortáveis faziam Rosa lembrar-se da professora de inglês no convento, a sra. Richards, que ajudava as alunas com a pronúncia quando as freiras não conseguiam.

– Os ingleses estão por toda parte na Via Tornabuoni – disse Giuseppe. – Você vai ver. É como estar em Londres.

"Eu vou ver", pensou Rosa. Sem dúvida, sua antiga vida estava desaparecendo e uma nova se abria diante dela. Apesar da apreensão, ela começava a sentir-se empolgada.

O carro avançou velozmente ladeira acima, e vilas magníficas foram aparecendo ao longo da estrada, cada uma mais elaborada que a outra. Rosa notou uma vila ampla com colunas de *pietra serena* e uma galeria que dava para um jardim de magnólias e oliveiras, e depois outra com uma torre ornamentada e janelas com bordas de pedra e mísulas. Ficou imaginando se era assim que a família Scarfiotti vivia.

Eles passaram por mais algumas vilas e depois por alguns campos, até que, de relance, Rosa avistou Florença lá embaixo. Giuseppe olhou por cima do ombro.

– Quer dar uma olhada? – perguntou.

Rosa respondeu que sim, então ele estacionou o carro na beira da estrada e abriu a porta para ela. Uma brisa fez com que a grama provocasse cócegas em torno de seus joelhos, enquanto ela avançava centímetro por centímetro em direção ao declive. Florença, em toda a sua magnificência, estendia-se à sua frente. Edifícios de telhado vermelho, igrejas e conventos formavam um amontoado, com a basílica e o domo de Brunelleschi destacando-se dentre eles. Embora Rosa não conseguisse enxergar o convento, ouvia os sinos das igrejas da cidade tocando e sabia que as freiras começariam suas orações. Era difícil acreditar que poucas horas antes ela estava tocando flauta na capela do convento. Lágrimas pinicaram seus olhos quando ela se deu conta de que jamais voltaria a tocar lá.

– Você vai sentir saudade das freiras, não vai? – perguntou Giuseppe, olhando para ela com simpatia.

– Vou – respondeu ela.

Ele acenou com a cabeça, porém não disse mais nada. Rosa achou estranho o fato de ele não ter tentado tranquilizá-la dizendo quão agradável seria a vida na companhia da família Scarfiotti.

Os dois voltaram para o carro e, pouco tempo depois, entraram em uma estrada margeada dos dois lados por muros de pedra. Rosa esticou o pescoço para tentar ver árvores ou outros elementos da paisagem além dos muros, mas não conseguiu enxergar nada. Sentiu como se o carro estivesse passando em disparada por um túnel. A sensação durou até que eles chegassem a um portão de ferro forjado com dois mastins de pedra, um de cada lado, e uma guarita afastada da

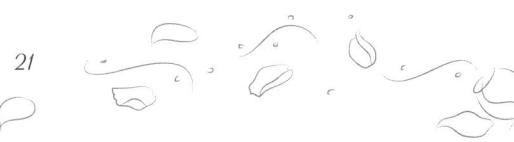

cerca e envolta por uma hera alta. Giuseppe buzinou. A porta da guarita se abriu, e um homem com barba por fazer e cabelo grisalho na altura do ombro, vestindo camisa e colete, olhou para fora. O homem se dirigiu ao portão e cravou as mãos grandes no cadeado para abri-lo, de modo que Giuseppe pudesse adentrar com o carro. Apesar da aparência amarrotada, sua postura era forte e ereta. Giuseppe avançou lentamente. Rosa olhou para o porteiro, intrigada com seu ar de dignidade, porém ele não olhou na direção dela.

A via de acesso à vila atravessava um bosque. De repente as árvores ficaram para trás e a Vila Scarfiotti surgiu. A casa tinha quatro andares, sendo a parte central afastada das alas. Em cada andar, oito janelas davam para os gramados. As balaustradas e ornamentos eram cobertos com azinhavre; a pátina verde-azulada se repetia na fonte que ficava no centro da via de acesso, bem como nos pilares e urnas ornamentais à margem dos degraus que levavam às imponentes portas de bronze. Os gramados eram salpicados por dúzias de estátuas clássicas: criadas carregando urnas e homens segurando espadas. Cada estátua parecia parada no meio de sua atividade, como se fosse uma pessoa a quem uma feiticeira tivesse transformado em pedra. Não havia limoeiros em vasos de terracota nem canteiros repletos de zínias e goiveiros brancos, como Rosa tinha visto nos terraços das vilas à beira da estrada. O jardim da Vila Scarfiotti era um corte abrupto do bosque, com apenas alguns arbustos de buxos e de oleandros para suavizá-lo. As outras vilas pelas quais Rosa tinha passado eram mais graciosas, menores e em harmonia com a região campestre ao seu redor. A Vila Scarfiotti era imponente, como se tivesse sido projetada com a intenção de fazer todos os que se aproximavam sentirem-se intimidados, e não bem-vindos.

Giuseppe parou o carro, apanhou o estojo da flauta e a mala de Rosa e abriu a porta para ela. Rosa ouviu as fechaduras das portas de quase 4 metros de altura se abrirem e aguardou nos degraus de pedra junto com Giuseppe, preparando-se para conhecer a marquesa. Porém não foi uma mulher da nobreza quem apareceu, e sim uma governanta de uniforme preto.

– Onde está o marquês? – a governanta perguntou a Giuseppe com uma expressão carrancuda.

– Ele ainda está na cidade.

A mulher fixou seus olhos raivosos no motorista. Ela tinha cabelo loiro-acinzentado puxado severamente para trás e uma pele que parecia papel crepom.

– Quem é essa? – perguntou, apontando para Rosa.

– A nova preceptora.

As rugas em torno da boca da governanta se contorceram.

– E o que ela está fazendo aqui? A marquesa só volta amanhã. Eles ainda estão em Veneza.

A expectativa de Rosa em conhecer a Vila Scarfiotti apagou-se com a rispidez da governanta. Ela ficou imaginando se Don Marzoli e a abadessa faziam ideia da desorganização que existia na casa dos Scarfiotti. Nesse momento, um pensamento perturbador lhe ocorreu: agora que estava fora do convento, Don Marzoli e a abadessa não eram mais responsáveis pelo seu bem-estar. Ela estava sozinha.

– O marquês achou mais conveniente a *signorina* Bellocchi vir para cá hoje – Giuseppe explicou à mulher. – Para se instalar.

Uma expressão rabugenta formou-se no rosto da governanta quando o sobrenome de Rosa foi mencionado. A palavra significava "belos olhos", e as freiras o tinham escolhido porque Rosa não tinha pais de quem pudesse herdar o sobrenome. Embora Innocenti e Nocentini fossem os sobrenomes geralmente dados aos enjeitados, Rosa encolheu-se por dentro ao perceber que o nome curioso tinha levantado suspeitas na governanta. A sugestão de que ela era órfã ou, pior ainda, filha ilegítima, só faria a mulher desprezá-la ainda mais. Rosa lembrou-se de que o marquês lhe informara que ela responderia diretamente a ele e deu graças por seu cargo não ser supervisionado pela governanta.

– Conveniente para quem? – retrucou a mulher. – Ninguém me falou em qual quarto ela vai ficar.

– Coloque-a no quarto da babá – sugeriu ele.

Giuseppe falava com calma, porém o brilho em seus olhos fez Rosa pensar que ele gostava de atormentar a mulher.

– Fica no quarto andar – disse a governanta com ênfase. – Não vou fazer isso sem ordens da marquesa. Ela pode dormir no quarto da ajudante de cozinha até que me deem outras instruções.

Giuseppe deu uma olhada para Rosa e encolheu os ombros.

– Venha, então – chamou a governanta, sacudindo a cabeça na direção da porta. – Você mesma vai ter que preparar seu quarto. Estou sozinha aqui hoje. Espero que não se ache importante demais para fazer isso, *signorina* Bellocchi.

Rosa seguiu obedientemente a governanta. Ela estava acostumada ao desprezo que as pessoas demonstravam em relação a órfãos. Sofrera vários insultos por parte das alunas pagantes do convento, especialmente quando as freiras que lecionavam se recusavam a colocá-la no fundo da sala de aula, onde elas e seus pais acreditavam ser o lugar dos enjeitados. "Você é de longe a aluna mais inteligente", Irmã Maddalena lhe explicara. "Irmã Camila e Irmã Gratia querem que as outras sigam o seu exemplo, e não o contrário."

Rosa esqueceu a hostilidade da governanta no momento em que entrou na casa. O exterior da vila era em estilo renascentista com alguns acréscimos barrocos, porém o interior era ultramoderno e resplandecente. Flashes de luz ofuscaram a vista de Rosa. O chão do hall de entrada era de mármore branco e se estendia por uma vasta escadaria. As paredes eram pintadas em tom de roxo, com arandelas de cristal de rocha iluminadas por dentro. Havia espelhos de todos os formatos, tamanhos e espécies: quadrados com moldura perolada; redondos enfeitados com filigrana de prata; e dezenas de outros com o formato de olho. Rosa deu um grito ao ver o próprio reflexo em um grande espelho dourado. Nunca tinha se visto tão claramente assim. Espelhos eram proibidos no convento por serem considerados símbolos de vaidade, e tudo que Rosa vislumbrara até então tinham sido imagens indistintas de si mesma refletidas em janelas ou na água ondulada da fonte. Surpreendeu-se com seu cabelo preto-carvão, o rosto alongado e os olhos assustados. Ela era mais alta que a governanta, e seus membros eram muito mais longos. As duas pareciam um cervo e um ouriço lado a lado.

– Shh! Precisa fazer tanto barulho? – a governanta repreendeu-a. Sua expressão carrancuda se transformou em um risinho sarcástico. – De onde foi que você saiu? Nunca viu artigos refinados?

Rosa estava dominada demais pela imagem de si mesma para conseguir responder.

– Bellocchi. É mesmo o seu nome de verdade? – insistiu a governanta.

Rosa recuperou-se e percebeu o rumo que aquela conversa estava tomando. A visão de seu reflexo não apenas a deixara espantada, mas a fizera acordar também. Ela estudou um pouco mais a sua imagem. Não, pensando bem ela não parecia nem um pouco um cervo inofensivo. Isso era apenas como se sentia por dentro. Sua aparência sugeria o contrário. Embora os olhos escuros fossem grandes e tivessem longos cílios, o tom azulado deles era selvagem. Seus membros eram longos, e ela era musculosa e tinha ombros inclinados, como uma pantera.

– Sim – respondeu ela. – Bellocchi é meu nome de família.

A governanta entesou-se.

– Bellocchi é meu nome de família, *signora* Guerrini.

– Como é?

– Você tem que me chamar de *signora* Guerrini. Ou não lhe ensinaram bons modos lá no lugar de onde você veio? – a governanta deu uma bufada antes de fixar os olhos no estojo da flauta que Rosa carregava junto com a mala. – E não pense que vai poder tocar isso aí. A marquesa é sensível a todo tipo de barulho.

Algumas freiras no convento eram mal-humoradas, e a abadessa era severa, mas Rosa nunca tinha conhecido ninguém com um temperamento tão ruim quanto o da *signora* Guerrini. "Não, a governanta também não é flor que se cheire", pensou. "Não mesmo."

Rosa seguiu a *signora* Guerrini até a grande escadaria e depois até uma porta. Quando a governanta a abriu, Rosa viu uma escada que levava a um porão. Era

ali que a ajudante de cozinha dormia? Rosa sentiu uma comichão na pele quando a *signora* Guerrini a conduziu escada abaixo, para dentro de um espaço que parecia uma masmorra. O frio do chão de pedra atravessava as solas de seus sapatos. Através das cortinas de teia de aranha ela viu centenas de garrafas empoeiradas sobre as prateleiras de ferro forjado. A *signora* Guerrini alcançou uma porta que levava a um corredor e depois se abria para um enclave, onde havia uma cama e uma cômoda. Para alívio de Rosa, o espaço era agradável. O papel de parede com estampa de flores de limoeiro era emoldurado por uma faixa de girassóis que combinava com a coberta sobre a cama de ferro. O tema dourado continuava até o teto, onde culminava em um enfeite em alto-relevo em forma de estrela. O papel de parede escondia um armário embutido. A *signora* Guerrini abriu-o e indicou a Rosa que colocasse a mala e a flauta na prateleira ali dentro. Em seguida, puxou um jogo de lençol de dentro do armário e o atirou em cima da cama.

– Você mesma pode arrumar – disse ela. – Eu tenho outras coisas para fazer e não estava esperando a sua chegada.

– Obrigada, *signora* Guerrini – respondeu Rosa, notando o aquecedor a carvão que a governanta havia tirado do armário e colocado embaixo da cama. Talvez a mulher não a desprezasse tanto quanto ela acreditava. – O quarto é muito agradável.

A *signora* Guerrini abriu a cortina, revelando uma vista para o jardim de hortaliças.

– É, eles deixaram agradável, não deixaram? – falou, enquanto um sorriso malicioso se formava em seu rosto. – Antes, aqui era a enfermaria. Traziam para cá os empregados que pegavam a peste. A ajudante de cozinha não vai ficar aqui. Ela diz que é mal-assombrado.

A *signora* Guerrini saiu, e Rosa ficou sozinha para desfazer a mala e arrumar suas coisas, tão poucas que dentro de poucos minutos a tarefa estava pronta. Então pôs os lençóis na cama e se sentou nela, pensando no dia que havia transcorrido. Acordara de manhã em sua cela no convento e agora estava naquele quarto, que, embora muito mais bonito, deixava-a pouco à vontade.

Atrás de um biombo, Rosa encontrou uma pia e um balde com um assento de madeira. Ela abriu a torneira. A água era congelante e cheirava a limo. Rosa deixou-a correr um pouco e então enxaguou a boca e molhou o rosto antes de sentar-se na cama outra vez. Desejava muito tocar sua flauta para acalmar a mente, porém não queria provocar ainda mais má vontade na *signora* Guerrini. Segurou uma flauta imaginária junto aos lábios e perdeu-se tocando a "Allemande" de Bach e outras peças que lembrava de cabeça.

Assim passou a tarde, até que a noite chegou. Rosa esperava que a *signora* Guerrini fosse voltar, chamando-a para jantar, ou para lhe mostrar o resto da casa; porém, quando a Lua subiu e o quarto ficou frio, ela entendeu que isso não aconteceria. Apanhou o aquecedor e o segurou no colo. Sem brasas, ele era inútil. Rosa lembrou-se do aquecedor a carvão que Irmã Maddalena lhe dera certo inverno, quando ela era criança. O calor suave que emanava dele a havia enchido de felicidade.

Rosa tirou a chave da manga e guardou-a no estojo da flauta. Sentiu um arrepio na coluna e despiu-se com a luz ainda acesa. Não era tanto a ideia de fantasmas que a amedrontava, e sim os ratos que conseguia ouvir arranhando no porão. Ela se ajoelhou junto à cama para rezar, porém as palavras que repetira a vida inteira antes de dormir, as palavras que a enchiam de conforto e paz, pareceram vazias e ocas. Ao deitar-se na cama, ficou imaginando se sua incapacidade de rezar vinha do fato de ter sido separada tão abruptamente de Irmã Maddalena, ou se era porque agora ela estava em um lugar de onde Deus não conseguia ouvi-la.

dois

Na manhã seguinte, Rosa acordou com um sobressalto. Correu os olhos pelo quarto, procurando algo que conseguisse reconhecer. Onde estava o crucifixo? Onde estava sua cômoda? Quando as flores douradas do papel de parede e o teto decorado entraram em foco, ela lembrou que não estava mais no convento. Pulou da cama e abriu a cortina. O sol brilhava. Não havia relógio no quarto, porém Rosa percebeu que havia dormido mais do que de costume. Ela voltou a sentar-se na cama. Até mesmo o colchão era fora do normal, macio como uma nuvem, enquanto o do convento era preenchido com folhas secas de milho que estalavam sempre que ela se mexia.

Sua vida no convento havia sido regida por sinos: para rezar, para trabalhar, para comer e para todas as outras atividades do dia. A quietude ali era desconcertante. Rosa murmurou a "Allemande" para tranquilizar-se, porém a sensação de estar desprotegida retornou. Tentou evocar a imagem de si mesma como uma pantera, porém sentiase mais como um gatinho assustado. Então parou de murmurar e prestou atenção. Alguém estava andando no quarto acima dela. Arrastavam algo pelo chão. Os passos foram diminuindo e o silêncio retornou.

Rosa vestiu-se depressa. Não tinha comido nada desde o café da manhã do dia anterior, e sua boca estava seca. Abriu a porta que dava para o porão. Uma réstia de luz vinda de uma janela no alto lhe permitiu achar o caminho. Ela estava prestes a subir a escada que a levaria de volta ao hall de entrada, quando notou outra escada ao lado do elevador da despensa – no convento existia um mecanismo parecido para transportar pratos da cozinha até o refeitório. Rosa supôs que as escadas levassem até a cozinha da vila. Seus instintos estavam certos. Ao chegar ao topo, ela encontrou uma porta que se abria para uma despensa cheia de azeitonas, tomates secos, alcachofras em óleo, ovos, amêndoas, castanhas e pinhões. Havia ramos de alecrim e tranças de alho pendurados no teto, bem como sacos de trigo, arroz e açafrão empilhados no chão. A porta do outro lado do cômodo estava aberta, revelando uma cozinha com fogão duplo e piso de terracota. Rosa ficou surpresa ao descobrir que a cozinha era muito maior que a do convento, na qual Irmã Maddalena trabalhava com suas assistentes. Era moderna também, com um tanque de água quente e duas pias grandes de cerâmica. Através das janelas que iam do chão ao teto, a luz se derramava sobre a mesa maciça no centro do cômodo. Nas paredes viam-se penduradas panelas de todos os tipos e espécies. Perto da porta havia prateleiras onde se empilhavam almofarizes, tigelas e panelas de cerâmica. Rosa ficou imaginando quantas pessoas moravam na vila, para justificar um espaço tão grande. Certamente não mais do que as freiras e alunas do convento.

– Bom dia – chamou ela, esperando que a pessoa que escutara mais cedo ainda estivesse por perto, quem quer que fosse.

Ninguém respondeu.

Em cima da mesa havia uma broa pousada sobre uma tábua de corte ao lado de uma peça de queijo de cabra. A fome venceu a timidez, e Rosa pegou um pedaço do pão. A casca tinha um sabor doce e, embora Rosa estivesse morta de fome, mastigou lentamente, deixando o gosto demorar-se em sua boca. Quando mordeu o interior branco e macio, o sabor mudou para um azedo agradável na parte de trás da língua. Rosa viu-se nos campos onde o trigo usado para fazer o pão tinha crescido. Seus olhos absorveram os ramos dourados da plantação, brilhando na brisa e prontos para serem colhidos. Rosa olhou para o pão em cima da mesa. A vida inteira ela tinha sentido a origem das coisas, porém a visão do campo de trigo tinha sido mais vívida. Na verdade, ela sentira até o sol nas costas e o cheiro da plantação, semelhante ao cheiro da grama.

Sentindo sua ousadia crescer, Rosa apanhou outro pedaço de pão e uma fatia do queijo de cabra. A textura aveludada e o sabor penetrante do queijo contrastavam com o pão, e ela se deleitou com a sensação prazerosa em sua boca. Embora o pão e o queijo a tivessem deixado satisfeita, ela resolveu explorar a despensa, tomando um punhado de amêndoas e perdendo-se na textura leitosa e no sabor doce. Se a família Scarfiotti a tinha contratado, precisava dar-lhe de comer, pensou, erguendo o braço e apanhando mais um punhado de amêndoas. Nesse momento um grito estridente soou no jardim, fazendo Rosa derrubar as amêndoas, que se espalharam pelo chão. Ela correu até a porta da cozinha, mas não viu ninguém no jardim de hortaliças. Ouviu outro grito. Parecia uma mulher sendo assassinada. Rosa correu pela trilha na direção do grito.

A área além da horta e do jardim do terraço era silvestre e viçosa. Arbustos de buxos detinham uma floresta de carrascos, pinheiros e bordos. Botões de rosa trepavam por uma parede de pedra que levava a um caminho de cascalho, o qual avançava floresta adentro. Rosa seguiu lentamente através das árvores, seus ouvidos atentos a cada som. Chegou a uma fonte e, estarrecida, notou que junto

dela havia uma noiva com um longo véu que se derramava pelas costas. Rosa piscou e percebeu que não se tratava de uma mulher, e sim de um pavão branco empoleirado sobre uma plataforma. As penas de sua cauda se estendiam até o chão. Era a criatura mais bonita que Rosa já tinha visto. A ave virouse quando ela se aproximou, emitindo mais um grito horripilante. Rosa riu ao dar-se conta de quão errada sua impressão tinha sido. O grito não vinha de uma mulher sendo assassinada, mas simplesmente de um pássaro chamando seu companheiro.

Fascinada com a floresta viçosa, Rosa avançou pela trilha, que continuava por um declive margeado por bétulas. A luz mosqueada era encantadora, e Rosa foi caminhando até que encontrou uma capela de pedra junto da qual havia um cemitério. Ambos estavam em estado de abandono, o que a surpreendeu, considerando-se o esplendor do resto da vila. O jardim do cemitério era um matagal de vincas, íris e violetas. Hera crescia por cima de tudo e parecia adentrar até mesmo as rachaduras nos túmulos, como se tivesse a intenção de abrilos. Supondo que o cemitério fosse antigo, Rosa afastou a hera para ler as lápides. A maioria dos lotes pertencia aos ancestrais do clã Scarfiotti. Ao que tudo indicava, fazia pelo menos dois séculos que a família morava na região. Havia outras sepulturas com lápides menos elaboradas, as quais Rosa deduziu que pertenciam a empregados.

Do outro lado do cemitério ela encontrou uma sepultura com uma borda alta. Pela espessura da hera que a cobria, Rosa imaginou que fosse tão antiga quanto as outras. Ao afastar a trepadeira, ficou surpresa ao ver que a folhagem tinha formado apenas um tapete frouxo sobre a lápide e que não a tinha danificado. Sobre o topo da sepultura havia uma escultura em tamanho real de uma mulher deitada de costas. O monumento era alto, portanto Rosa só conseguia ver o rosto de perfil, porém os detalhes do nariz e do queixo e as dobras do vestido eram tão realistas que parecia que a mulher havia sido capturada no momento de sua morte e congelada em forma de pedra. Não havia nome nem data na sepultura, mas apenas uma inscrição: "Buona notte, mia cara sorella". Boa noite, minha querida irmã.

Junto da mulher havia a estátua de um bebê com asas. Ele estava ajoelhado, e suas mãos pequeninas se encontravam unidas em uma oração desesperada. O pesar do anjo mexeu com o coração de Rosa, e ela teve que se sentar junto à sepultura e enxugar as lágrimas. Nunca uma estátua a deixara tão emocionada. Ela pensou na própria mãe. Será que ainda estava viva? E, se estivesse, por que tinha sido forçada a abandonála?

Rosa levou alguns minutos para se recuperar de seu estado emotivo. Quando isso aconteceu, arrastou a hera novamente para cima da sepultura como se estivesse cobrindo uma cena íntima na qual não deveria ter posto os olhos. Nesse momento, sentiu algo roçando sua perna. Olhou para baixo e viu que uma gata tricolor com uma orelha faltando a encarava.

– Oi, gatinha – disse Rosa, inclinandose para acariciar as costas do felino. A gata ronronou quando Rosa fez um carinho em seu queixo.

Rosa ergueu os olhos e sentiu um arrepio na espinha. A princípio não conseguiu ver nada além da floresta escura, mas então prendeu a respiração. O porteiro, de pé entre duas árvores, encaravaa. Rosa sentiu que havia feito algo proibido ao entrar no cemitério.

– Bom dia – gritou para ele, a voz rouca de culpa.

O porteiro não respondeu. As sombras entre as árvores mudaram. Rosa observou a floresta outra vez. Não havia ninguém ali. Ela se virou na direção da gata, que galopava para longe, enfiandose no meio de alguns arbustos. O sangue latejava nos ouvidos de Rosa, produzindo um som surdo. Ela foi tomada por uma sensação de pavor. Correu na direção da casa, certa de que alguma presença a observava. O porteiro? Ou outra coisa?

Rosa tomou a direção errada na trilha e, em vez de voltar ao jardim do terraço, atravessou um passadiço de heras e foi parar em um pomar. O aroma extasiante dos botões de ameixa e de pêssego derramouse sobre ela, e o medo desapareceu. As árvores frutíferas, dispostas em fileiras caprichosas, eram intercaladas por arbustos de figos gigantes e de amoras pretas, cujos brotos espinhosos se projetavam para cima. Embora Rosa tivesse comido pão e queijo, sentiuse faminta outra vez. Apanhou uma maçã, admirando o intenso carmim da casca antes de dar uma mordida na polpa doce e crocante. O que havia de especial na comida da Vila Scarfiotti? Parecia enfeitiçada. Poucos momentos antes Rosa estava apavorada, mas agora se encontrava preenchida por uma sensação de contentamento.

De repente uma mão agarrou seu pulso e apertou-o feito um torniquete. Rosa gritou de dor e largou a maçã. Um rosto de olhos pálidos e bochechas com veias vermelhas assomou à sua frente.

– Então é você a ladra que roubou comida da cozinha! – a mulher sibilou entre dentes cerrados.

Rosa não conseguiu emitir som nenhum. Não apenas a mulher tinha lhe dado um susto, mas as palavras *ladra* e *roubou* a atingiram profundamente. Irmã Maddalena teria ficado muito envergonhada.

– Não – gaguejou Rosa. – Eu sou a nova preceptora...

A mulher soltou-a e deu risada.

– Sim, foi o que eu imaginei. Acho que aquela rabugenta da *signora* Guerrini não levou para você o jantar que eu preparei ontem à noite, não é?

Rosa ficou confusa com a repentina mudança de humor da mulher. Apesar da aparência de cansaço e desgaste, havia algo da alegria e do frescor juvenil em

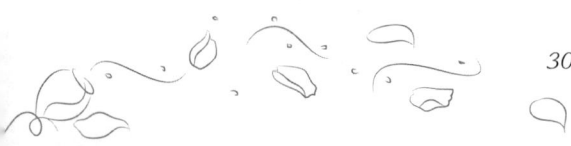

seu jeito. Ela se abaixou para recuperar a maçã que havia derrubado da mão de Rosa, esfregou-a na maga e deu uma mordida.

– Humm, devem ter amadurecido hoje de manhã – falou, com a boca cheia de fruta. – Posso fazer um bolo de maçã para a menina – a mulher mastigou com ar pensativo por alguns momentos antes de outra ideia lhe passar pela cabeça. – É melhor voltarmos para a casa – disse ela. – A marquesa e a filha chegam às 11 horas. Você conheceu as duas, não conheceu? Em Florença?

Rosa chacoalhou a cabeça, respondendo que não.

– Só conheci o Marquês de Scarfiotti. Ele foi me buscar no convento ontem.

A mulher arregalou os olhos.

– É mesmo! – disse ela, colhendo outra maçã da árvore e entregando-a a Rosa. – Essa família é diferente das outras – ela chacoalhou a cabeça. – A menina, Clementina, é um prodígio, mas a mãe... bem, quanto mais longe você ficar dela, melhor; esse é o conselho que lhe dou. Faça o seu trabalho e cuide da sua vida; foi assim que eu sempre fiz. Meu nome é Ada Mancini, mas só o marquês me chama de *signora* Mancini. Todo mundo me chama de Ada.

Rosa deduziu que a mulher era a cozinheira da vila. Suas roupas e avental cheiravam a alecrim e outras ervas, assim como os de Irmã Maddalena. A mente de Rosa voou até o convento. Era mesmo verdade que ainda ontem ela estava lá? Parecia que já fazia anos desde que se sentara na capela. Rosa engoliu o último pedaço da maçã e caminhou com Ada pela trilha de volta até a casa, rezando em silêncio para que Irmã Maddalena recuperasse a saúde.

Duas andorinhas apareceram, passando tão rápido pelos ombros de Rosa que ela ouviu o *vush* das asas nos ouvidos. Os passarinhos mergulharam no céu acima do jardim, depois voaram para o alto outra vez.

– Um sinal de primavera, sem dúvida – disse Ada, usando a mão para fazer uma sombra sobre os olhos e seguindo os pássaros com o olhar. Ela virou-se para Rosa, e uma expressão investigativa se formou em seu rosto. – Estão indo para o norte – disse com suavidade. – Os deuses do destino e do acaso estão em atividade hoje.

Quando Rosa e Ada se aproximaram da vila, notaram uma atmosfera agitada. Um exército de criadas varria os terraços e limpava a mobília do jardim. A *signora* Guerrini estava com elas, latindo ordens e puxando a orelha daquelas que não lhe obedeciam rápido o suficiente. Rosa ficou se perguntando de onde todas aquelas pessoas tinham surgido. As criadas ouviram os passos das duas na trilha de cascalho e olharam brevemente na direção delas, logo retornando ao trabalho.

Rosa seguiu Ada para dentro da cozinha, onde uma mulher de avental acendia o fogo.

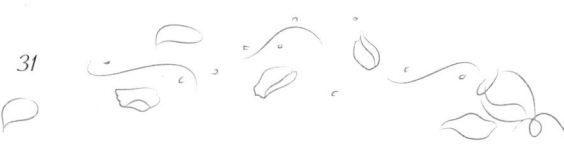

– Vamos lá – murmurou ela, cruzando os braços ossudos. – Nada de travessuras hoje.

Ela deu meia-volta e se surpreendeu ao ver Ada entrando com Rosa.

– Esta é Paolina, minha assistente – Ada explicou a Rosa.

Paolina levantou-se e esfregou as mãos na saia, fazendo um aceno de cabeça para Rosa antes de dar mais uma cutucada no fogo. Ela tinha mais ou menos 20 anos de idade, corpo magricela e maçãs do rosto proeminentes.

Ada virou-se para Rosa.

– Bem, é melhor você voltar ao seu quarto e se preparar para a chegada da marquesa. Ela é detalhista, então cuide para que seu cabelo esteja bem arrumado e para que as unhas estejam meticulosamente limpas. Ela também é sensível a barulho, e diz que lhe dá dor de cabeça, portanto tenha o cuidado de falar baixo.

Rosa agradeceu pelos conselhos e seguiu na direção da despensa. Ada soltou uma gargalhada aguda.

– Aonde você vai? Ainda está com fome?

Rosa corou.

– Meu quarto é lá embaixo. No porão.

Paolina e Ada trocaram um olhar.

– A *signora* Guerrini colocou você no quarto lá embaixo? – perguntou Paolina.

Antes que Rosa pudesse responder, Ada foi a passos largos até a porta da cozinha e gritou para uma das criadas:

– Maria, leve a *signorina* Bellocchi até o quarto que foi preparado para ela, aquele de frente para a sala de aula.

Uma moça de pele pálida e sardenta e cabelo loiro fino enfiado na touca entrou correndo. Ela abriu uma porta do outro lado da cozinha e indicou a Rosa que a seguisse.

– Tome cuidado – Ada disse a Rosa. – Lembre-se do que eu lhe disse.

Rosa fez que sim com a cabeça e seguiu Maria pelo passadiço escuro.

– Então você é a preceptora? – perguntou Maria, colocando seus olhos azul-bebê no rosto de Rosa. – Você não deve ser muito mais velha que eu. A Clementina vai adorar. Acho que ela está esperando uma velha.

Rosa deu risada. Maria deu uma risadinha também e começou a subir pela escada de serviço, que tinha formato espiral e corrimão de ferro forjado. No corredor onde a escada começava, as paredes eram cobertas com damasco marrom e iluminadas por arandelas corderosa.

– Há quanto tempo você está aqui? – Rosa perguntou a Maria.

– Seis meses. Mas parece que faz anos. Não tem muitas moças como nós.

– A vila é muito mais grandiosa do que qualquer coisa a que eu esteja acostumada – confidenciou Rosa. – Não sei como vou fazer para me adaptar.

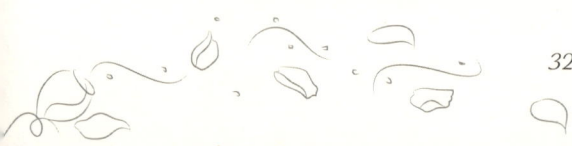

Maria olhou por cima do ombro e sorriu.

– É mais grandiosa do que qualquer coisa a que a maioria das pessoas no mundo está acostumada; e um pouco esquisita também.

– Como assim?

O quarto da babá ficava no último andar. Porém, quando elas chegaram ao terceiro andar, Maria parou e abriu a porta que levava à parte principal da casa.

– Aqui ficam os aposentos da marquesa – sussurrou ela, incitando Rosa a segui-la. – Apenas as criadas mais velhas têm permissão para vir a este andar, por causa dos artefatos.

Rosa notou que ela e Maria estavam em um corredor decorado com escravos núbios de bronze que brandiam pesados candelabros. No final do cômodo havia uma estátua em tamanho real. A figura portava um traje de dança egípcio e tinha uma serpente enrolada na perna. Os olhos de zircão da serpente brilhavam no escuro.

– A marquesa tem sangue egípcio – explicou Maria. – Venha ver isso... antes que alguém apareça.

Maria abriu um conjunto de portas douradas e conduziu Rosa para dentro de uma sala cujas paredes eram cobertas por quadros. A luz que entrava pelas venezianas caía sobre o tapete de Pequim, deixando as obras de arte na sombra. Rosa aproximou-se de uma pintura a óleo que mostrava uma mulher de torso e pescoço longos segurando um leque ondulado contra o peito. O rosto pálido e os lábios vermelho-sangue da mulher prenderam a atenção de Rosa. Em seguida, ela se voltou para o desenho em nanquim ao lado do quadro: uma mulher nua, de quadril magro, em pé, com os braços esticados na direção do céu e o rosto virado para cima, tendo aos pés um urso morto. Mais adiante na parede havia a fotografia de uma mulher vestida com renda preta transparente, com um *greyhound* ao lado. O kajal em volta dos olhos dela, junto com sua palidez mórbida, faziam-na parecer sobrenatural. O olhar de Rosa seguiu até um busto de mármore situado sobre um armário de nogueira. Os olhos vazios pareciam estudá-la. Todas as obras emanavam vida própria, e naquele momento Rosa percebeu que o tema de cada uma delas era o mesmo. Ela assimilou o mistério do cômodo e se virou para Maria.

– É a marquesa?

– Todo mundo a acha linda – sussurrou Maria. – Falam que ela cativa os homens. Mas eu a acho um pouco macabra... – Maria deteve-se ao ouvir um barulho no corredor. – Rápido, por aqui – disse ela, afundando as unhas no braço de Rosa e puxando-a na direção de uma porta no final do cômodo.

Rosa a seguiu através da porta e viu-se no corredor de serviço outra vez. De relance, avistou uma criada entrando apressadamente no quarto, segurando um espanador. Maria fechou a porta sem fazer barulho.

– Essa foi por pouco – sussurrou. – Eu lhe mostrei esse quarto, mas você não pode ir lá de novo. É o nosso segredo.

Maria conduziu Rosa pela escada até o andar de cima. Embora o resto da casa fosse ultramoderna, o quarto designado para Rosa pertencia ao século passado. As paredes e o teto eram adornados com afrescos de anjos flutuando em um céu azulceleste junto com guirlandas de flores. O quarto era quase todo tomado pela cama de dossel, mas havia também uma saleta de estar, decorada de maneira similar, um banheiro e um vestiário, onde havia um espelho redondo com moldura de arabescos posicionado acima de uma cômoda. A sala de aula, que ficava do outro lado do corredor, era escassamente mobiliada, com uma mesa grande de madeira e uma parede coberta por prateleiras de livros. O estilo dos cômodos no quarto andar era tão diferente da decoração exótica dos aposentos da marquesa que Rosa pensou que poderia estar em outra vila.

– Vou apanhar suas coisas lá embaixo – disse Maria, deixando Rosa sozinha no quarto.

Rosa olhou para os lençóis rosa-salmão, para o armário entalhado à mão e para a escrivaninha incrustada com lápis-lazúli. Aquele cômodo era mais elegante que o quarto da ajudante de cozinha no porão e mais luxuoso que qualquer coisa que Rosa poderia ter imaginado enquanto morava no convento. Ela olhou para o relógio na parede; faltava uma hora para a chegada da marquesa. A prateleira de artigos de papelaria da escrivaninha estava bem suprida de papel. Rosa sentouse e começou a compor uma carta para Irmã Maddalena, a fim de avisar que tinha chegado em segurança. No entanto, parou depois de algumas frases, incapaz de se livrar da imagem daqueles olhos escuros espalhados por todo canto no quarto da marquesa, olhos que pareciam ter ficado gravados em sua alma.

Uma hora mais tarde, Maria bateu à porta.

– Os carros estão se aproximando – disse ela. – Você precisa se juntar aos outros para receber a marquesa.

Lembrando-se dos conselhos de Ada, Rosa ajeitou rapidamente o cabelo e a gola antes de seguir Maria escada abaixo. A criadagem estava reunida nos degraus em frente à casa, organizada em ordem hierárquica. Maria juntou-se às criadas, enquanto o mordomo, que Rosa ainda não conhecia, indicou-lhe que fosse até o último degrau e se colocasse ao lado de Giuseppe.

– Meu nome é Eugenio Bonizzoni – disse o mordomo, erguendo o queixo e pondo os olhos cansados em Rosa. – Ajeite a postura.

Ada e Paolina estavam à direita, com a ajudante de cozinha. Ada cruzou o olhar com o de Rosa e deu uma piscadinha.

– Aí vem ele – Rosa ouviu Maria sussurrar, dando uma risadinha.

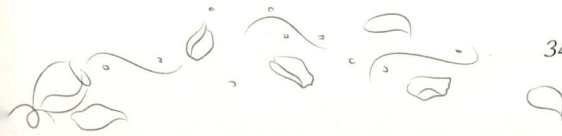

As criadas trocaram olhares rápidos e alisaram a saia quando o marquês desceu apressadamente as escadas. Ele estava vestindo um terno cinza mosqueado, e suas ondas douradas estavam alisadas para trás, para longe da testa. "Ele deve ter acabado de chegar", pensou Rosa. A *signora* Corvetto não estava junto, o que confirmava a suspeita de Rosa: ela era a amante dele.

O ronco de motores fez todos se colocarem em posição de sentido. Rosa ficou perturbada ao ver uma das criadas mais velhas fazer o sinal da cruz. Dois calhambeques, um deles com laterais de casco de tartaruga, apareceram através das árvores e seguiram na direção da casa, parando junto dos degraus. De onde Rosa estava, parecia que o primeiro carro continha apenas bagagem. Para sua surpresa, porém, o motorista saiu e abriu a porta do lado oposto.

– *Babbo!* – gritou uma voz fininha.

Uma menina deu a volta por trás do carro e correu direto até o marquês, jogando os braços em torno da cintura dele. O marquês se abaixou e ergueu a criança, apoiando-a no quadril e beijando suas bochechas. Sua expressão séria desapareceu, e ele deu uma risada alegre. Clementina, que Rosa acreditava ter por volta de 8 anos, havia herdado do pai o cabelo ondulado, mas não os traços bem delineados. Os cachos que emolduravam seu rosto enfatizavam as bochechas rechonchudas e, ao sorrir, ela revelou estar apenas com os dentes de baixo. Ainda assim, a menina tinha em si uma vitalidade instantaneamente cativante.

– Ah, *Babbo*, nós vimos tantas coisas – Clementina falou efusivamente. – Grandes pirâmides e homens engolindo fogo enquanto andavam de bicicleta – a menina apertou a bochecha contra a do pai. – Mas teria sido tão melhor se você estivesse junto – confidenciou ela. – A *Mamma* não é muito divertida. Foi por isso que eu viajei com o Rinaldo no carro de bagagens.

– Você prefere a companhia de um motorista júnior à da sua mãe e do seu tio? – perguntou o marquês.

O homem franziu a testa, mas Rosa viu, pelo brilho em seus olhos, que era uma bronca de mentira.

O *signor* Bonizzoni instruiu os criados a retirarem a bagagem do carro. Rosa observou espantada os homens apanharem os baús, chapeleiras e malas e levá-los rapidamente para dentro da casa. Uma das chapeleiras escorregou e foi parar aos seus pés. Era decorada com um brasão formado por uma águia com cabeça humana. O *cuoio grasso* lhe provocou um arrepio. Rosa viu o bezerro condenado do qual o couro havia sido tirado: ele chamava pela mãe e esperava sua morte cruel dentro de um estábulo escuro e apertado. Rosa ficou tão perturbada com a imagem que, a princípio, não notou as figuras saindo de dentro do segundo carro. Ao virar-se, viu um homem de botas de cano alto e camisa preta caminhando até o marquês. O homem tinha cerca de 30 anos, porém já apresentava entradas proeminentes, revelando uma longa cicatriz que ia da sobrancelha esquerda à têmpora. Ele tinha um ar belicoso e os olhos mais frios que Rosa já vira. O sorriso desapareceu do rosto do marquês quando o homem se aproximou, mas ele retribuiu sua saudação romana. O olhar de Rosa pousou na insígnia de caveira sobre ossos cruzados na camisa do homem. Ela sabia pouco sobre os fascistas, apenas que haviam marchado sobre Roma em 1922 e tomado o poder do governo, e que as freiras rezavam contra eles. "Esse deve ser o tio de Clementina", pensou Rosa. Mas era irmão de quem – do marquês ou da marquesa?

Rosa esqueceu-se do fascista quando viu a mão enluvada da marquesa emergir de dentro do carro. O motorista tomou a mão e ajudou a mulher a descer o degrau. A marquesa era exatamente igual ao quadro que Rosa tinha visto no terceiro andar naquela manhã. Seu rosto era uma máscara mortuária de pó branco, e em volta de seus olhos havia um contorno grosso de kajal. O corpo esbelto estava envolvido por um vestido justo, e de seu pescoço de cisne pendia um colar de escaravelho. O cabelo negro estava escondido embaixo de um chapéu de veludo, e o traje era completado por um par de escarpins rosa-ciclâmen com saltos tão altos e finos que era impraticável caminhar no cascalho, tanto que o motorista precisou carregá-la até a escada. A marquesa era muito mais impressionante que bonita, Rosa pensou.

Quando o motorista colocou a marquesa na escada, ela passou os olhos pela equipe de criados como se os estivesse vendo pela primeira vez. Parecia surpresa por se encontrar diante de uma plateia. Qualquer encanto que ela pudesse possuir tinha sido anulado por aquela encarada hostil.

– Os olhos de Il Duce estão sobre todos você – disse em voz baixa e lânguida.

Il Duce era Mussolini. Para Rosa, parecia um jeito estranho de cumprimentar a equipe, mas ninguém pareceu surpreso.

– Bem-vinda de volta, querida – falou o marquês. – Parece que sua visita a Il Duce foi um sucesso. Foi uma viagem e tanto: Antigo Egito e Sacro Império Romano-Germânico. Você deve estar exausta.

O marquês usou um tom atencioso, porém seu comentário tinha sido sarcástico. Mussolini via a si mesmo como o novo imperador romano.

– Não tente ser engraçado – a marquesa respondeu sem demonstrar emoção alguma. – Você sabe que só as pessoas pequenas é que sentem cansaço.

Rosa passou os olhos pelos criados reunidos na escada. Ela sabia que com *pessoas pequenas* a marquesa não estava se referindo a crianças, como Clementina, mas a todos eles.

A marquesa virou-se e notou Rosa. Seus olhos pareceram penetrar na pele da jovem. Rosa sentiu um nó no estômago.

– E essa quem é? – a marquesa perguntou ao marido. – Acho que nunca a vi.

– É a *signorina* Bellocchi, a preceptora que escolhi para Clementina – respondeu o marquês. – Vou apresentá-la formalmente a você hoje à tarde.

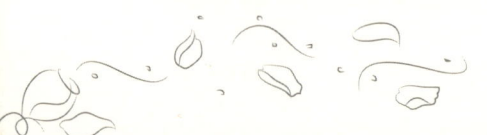

A marquesa fez um gesto de desdém com a mão.

– Bellocchi! Que tipo de nome é esse? Bem, espero que nossa filha seja bem cuidada.

A mulher deu meia-volta e seguiu até a entrada da vila com seu passo lento de rainha. Rosa sentiu uma sombra fria projetar-se sobre si. Clementina foi a única que, ao virar-se e sorrir, transmitiu-lhe algum alento.

Depois que a marquesa, seu marido, Clementina e o fascista haviam se retirado para a sala íntima, a equipe entrou na casa outra vez, não pela entrada principal, mas por uma passagem lateral perto da cozinha. Apenas Rosa teve permissão de seguir o *signor* Bonizzoni através das portas principais.

– Espere aqui – disse ele, conduzindo-a até uma antessala e apontando para uma cadeira. – O marquês vai me avisar quando desejar falar com você.

O homem deu meia-volta e saiu.

Rosa examinou a sala. As paredes eram de mármore rosa-claro com frisos de ouro. As cortinas eram de seda prateada, combinando com o estofado das poltronas e dos sofás. No centro da sala havia uma mesa feita de uma madeira âmbar que Rosa nunca tinha visto. As pernas em estilo cabriolé terminavam em detalhes de bronze. O olhar de Rosa recaiu sobre uma mesinha na qual repousavam um vaso de orquídeas e um relógio de ferro fundido. Já era meio-dia, e o aroma de alho tostado e erva-doce flutuava de dentro da cozinha. Rosa sentiu um sopro de sálvia e viu-se perdida em uma lembrança, caminhando pelo jardim do convento com Irmã Maddalena, apanhando ervas enquanto o orvalho ia desaparecendo e antes que o dia ficasse quente demais.

Ao abrir os olhos, ficou espantada ao sentir vestígios de água na ponta dos dedos. Encarou as mãos admirada, depois as ergueu até o rosto e descobriu que lágrimas lhe corriam pelas bochechas. Enxugou-as com a base das mãos, pressentindo que a Vila Scarfiotti não era um lugar onde se devia demonstrar fraqueza.

Uma hora depois, Rosa ouviu o rangido dos sapatos do *signor* Bonizzoni. Ele entrou na antessala.

– O almoço está servido – informou, curvando-se levemente. O reflexo de uma das luminárias brilhou na porção careca de sua cabeça.

Rosa levantou-se e o seguiu, decepcionada pelo encontro com o marquês e sua família ter sido adiado. Para sua surpresa, o *signor* Bonizzoni a fez atravessar o salão, e não descer a escada até a cozinha, guiando-a até a sala de jantar. O marquês estava sentado à ponta de uma mesa de faia tingida de púrpura, com a esposa e o tio de Clementina à sua direita. Clementina estava sentada à esquerda dele. Os adultos conversavam intensamente, e ninguém exceto Clementina, que olhou rapidamente na direção de Rosa, reconheceu sua presença quando o *signor* Bonizzoni mostrou-lhe um lugar mais adiante na mesa.

"Então é aqui o meu lugar?", pensou Rosa. Não com os criados, mas também não exatamente com a família.

– Nós devemos imitar apenas Il Duce – dizia o tio de Clementina. – Não devemos ter outro exemplo que não ele. Eu poderia ter encontrado uma garota de boa família para instruir minha sobrinha.

O marquês pareceu irritado, mas ignorou o comentário.

– Até Il Duce aprova a igreja católica hoje em dia, não é, meu bom Vittorio? E a *signorina* Bellocchi vem do mesmo convento onde minha mãe e minha avó foram educadas. As habilidades musicais dela são bastante extraordinárias. Duvido que você conseguiria encontrar alguém desse nível em qualquer lugar de Florença, de boa família ou não. Quero que Clementina tenha uma educação sólida, e não que fique borboleteando com bordados.

– Tal qual as mulheres norte-americanas e suas ilusões de igualdade – zombou Vittorio. – Parir é para as mulheres o mesmo que guerrear é para os homens. É o propósito delas. O temperamento dos italianos precisa mudar se quisermos nos tornar uma grande raça outra vez. Precisamos ser mais sérios, mais duros... mais...

– Militaristas? – o marquês finalizou a frase.

Vittorio agitou a cabeça na direção de Rosa.

– Mulheres não deveriam aprender latim e filosofia. Esse tipo de estudo sobrecarrega o cérebro delas.

A marquesa passou os dedos pelo pescoço. Rosa notou que ela tinha pelos finos em abundância nos braços. A mulher virou-se e sorriu para Vittorio.

– Você tem razão, meu querido irmão. Mulheres têm que se divertir. Homens é que devem se preocupar com essas coisas.

Vittorio sorriu, mas parecia não saber ao certo se a marquesa estava falando sério.

Rosa passou os olhos nervosos pelo cômodo – pelos aparadores com marchetaria e pelos estranhos discos de cobre forjado que pareciam escudos pendurados nas paredes. Era normal falar sobre alguém daquele jeito quando a pessoa estava presente? Rosa lembrou-se do comentário de Ada sobre a família Scarfiotti ser estranha. Agora ela sabia que Vittorio era irmão da marquesa. Os dois eram igualmente esquisitos. Rosa tossiu suavemente dentro do punho, na vã esperança de que talvez o marquês não tivesse notado que ela entrara na sala. Porém, a conversa voltou a Mussolini.

– A Itália precisa de um homem como Il Duce – disse a marquesa, cruzando os braços e sentindo um arrepio, embora a sala não estivesse fria. – Ele tem o tato de um artista, mas também a mente de um guerreiro. É um líder que ama seu povo, mas que está preparado para ser duro com ele caso seja necessário.

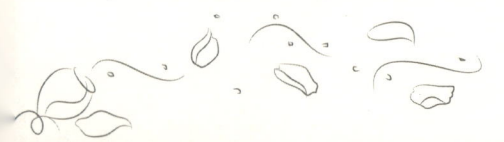

O marquês parecia prestes a discordar, porém a conversa terminou quando o *signor* Bonizzoni entrou na sala acompanhado de três criados. Os três carregavam bandejas de comida, e a abundância era tanta que Rosa teve certeza de que outros convidados se juntariam a eles para o jantar. Era mais comida do que ela já tinha visto em toda a sua vida. Porém, ninguém mais apareceu, e os criados arranjaram os pratos sobre a mesa.

O aperitivo era uma travessa de crostinis besuntados com patê de fígado de galinha e fatias de salame. Rosa estava morrendo de fome e deu uma mordida na fatia morna de pão. De repente a travessa de crostinis começou a sacudir e chacoalhar diante de seus olhos. Três galinhas emergiram dali e caminharam pela mesa, bicando em volta dos pratos e cacarejando uma para a outra. Uma delas pulou para dentro da sopeira e lançou um olhar inquisitivo para Rosa. As fatias de salame incharam e tomaram a forma de uma porca deitada de lado, com porquinhos mamando em suas tetas, abanando as caudas em espiral. Algo começou a fazer cócegas e arranhar a garganta de Rosa. Ela sentiu ânsia de vômito e virou-se, cuspindo no guardanapo a porção de comida que estava mastigando. Quase deu um grito ao olhar para o guardanapo e ver um pintinho fofinho e amarelo piando para ela e depois ir desaparecendo aos poucos.

Rosa virou-se para a mesa outra vez. As galinhas e o porco tinham desaparecido. Os outros conversavam sobre a última obra do poeta D'Annunzio como se nada tivesse acontecido.

O prato seguinte era uma sopa de peixe acompanhada por salada de lula a dorê. O *signor* Bonizzoni serviu a sopa e passou uma tigela a um dos criados, que a colocou na frente de Rosa. O cheiro era salgado como o do fígado. Rosa ficou firme e se arriscou a provar algumas colheradas. Pôs a colher de volta na tigela e viu um cardume de anchovas nadando ali dentro, exibindo a barriga prateada para ela. As anchovas desapareceram, e uma lula emergiu do fundo da sopa. Rosa viu-a impulsionar-se em torno da tigela e foi invadida por um sentimento de tristeza. Uma sombra parecia ter caído sobre a sala. Ela ouviu o gemido de uma vaca. Olhou para cima e viu que os primeiros pratos tinham sido removidos e que um dos criados havia posto diante dela um filé sobre uma cama de feijões brancos e batatas assadas.

Rosa deu uma olhada nos outros. O marquês, Vittorio e Clementina comiam seus filés, com vegetais ao vapor como acompanhamento. A marquesa, porém, comia somente carne. Seu prato estava sangrento, e Rosa teve a impressão de que ela cortava o filé em pedaços cada vez menores, até que, por fim, passou a colocar apenas retalhos finíssimos de carne crua na boca.

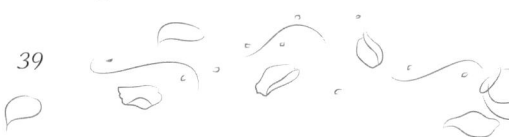

Uma sensação de pavor foi percorrendo a espinha de Rosa, da base até o topo. A maçã e as amêndoas que ela comera naquela manhã eram matérias vivas, mas tudo que estava na mesa naquele momento havia morrido com dor e medo. Ondas de calor lhe queimavam o pescoço e as bochechas. Com a mão trêmula, ela apanhou o copo de água. De repente seu estômago se retorceu e ela vomitou sobre o prato uma mistura sangrenta de nervos e músculos. O horror da situação a fez gritar. Ela olhou para os outros, mas ninguém tinha notado nada. Rosa vomitou outra vez, dessa vez anchovas, lulas e galinhas inteiras. Com dificuldade, levantouse e saiu correndo da sala.

De alguma maneira, apesar do martelar dentro da cabeça e da fraqueza nas pernas, Rosa conseguiu subir até o último andar e correr até seu quarto. Avançou na direção da cama com a intenção de deitar-se, porém seu intestino roncou. Ela conseguiu chegar ao banheiro e levantar a saia antes que fezes com um cheiro fortíssimo explodissem para fora dela. Rosa tentou levantar, porém sentiu mais cólicas e expeliu mais diarreia. Era como se seu corpo estivesse tentando purgar-se de algo mau que ela havia ingerido. Arrepios de frio e ondas de calor alternavam-se em sua pele. Ela agarrou os joelhos com força, chorando de dor e humilhação, e logo em seguida desmaiou.

– Tome um gole disso aqui – disse uma voz de mulher.

Rosa abriu os olhos com dificuldade e vislumbrou duas figuras borradas inclinadas sobre ela. Uma delas pressionava uma xícara de um líquido morno contra seus lábios.

– Ela ainda está fraca – disse a outra mulher.

Rosa reconheceu as vozes: Ada e Paolina. Piscou, e sua visão se clareou. Ela estava deitada na própria cama, e as janelas estavam abertas. Conseguiu tomar um gole do chá de camomila que Ada lhe oferecia. Tocando a perna, percebeu que estava vestindo a combinação. Um aroma de pinho fez cócegas nas suas narinas. Não havia sinal da carnificina intestinal que ela vivenciara antes de desmaiar.

– O que aconteceu? – perguntou.

– Você desmaiou à mesa – contou Ada. – Não me admira. A comida era pesada demais para você. Sei que as freiras preferem comidas simples.

Rosa pensou nas refeições que fazia no convento: pão com óleo de oliva e sal, um pouco de vinho misturado com água, sopas de feijões e vegetais recém-apanhados da horta. Carne, muito raramente.

Ela tentou erguer a cabeça, mas estava pesada demais.

– Eu sinto a origem das coisas – contou. – Sempre senti – ela lembrou-se da visão do campo de trigo que tivera naquela manhã e do bezerro que vira gritando no estábulo. – Mas estou sentindo as imagens muito mais fortes do que antes. É como se estar aqui...

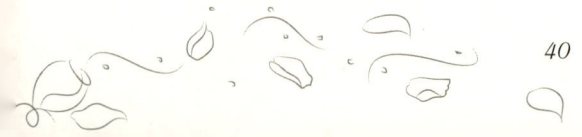

— É melhor você repousar – disse Ada, pressionando novamente a xícara de chá contra os lábios de Rosa. – Descanse agora que amanhã vai estar se sentindo melhor.

As pálpebras de Rosa ficaram pesadas, e ela mergulhou em um sono de sonhos febris. Viu Ada entrar de fininho no quarto e colocar um dente de alho sobre seu peito.

— Há algo no vento – Rosa ouviu Paolina sussurrar. – As bruxas estão retornando à Vila Scarfiotti. Eu as sinto em todo lugar. Estava impossível acender o fogo hoje de manhã.

— Elas estão fazendo travessuras para chamar nossa atenção – respondeu Ada. – Ou talvez para chamar a atenção *dela*.

Logo cedo na manhã seguinte, Ada apareceu no quarto de Rosa com uma bandeja de mingau morno de fubá.

— Isso vai acalmar seu estômago – disse ela, colocando a bandeja na mesa de cabeceira e ajeitando os travesseiros para que Rosa pudesse se sentar. – Daqui por diante vou garantir que lhe sirvam refeições simples quando você for comer com a família.

Rosa pousou a mão sobre o peito. Não havia dente de alho nenhum. Era só um sonho. A conversa entre Ada e Paolina que ela pensava ter ouvido não havia acontecido.

— Estou tão constrangida por ter desmaiado durante o almoço – disse ela. – O marquês queria me apresentar formalmente para a esposa. Preciso pedir desculpas. Você acha que vão me mandar embora?

Ada chacoalhou a cabeça e abriu um sorriso largo.

— Acho que eles nem notaram. O *signor* Bonizzoni viu que você não estava comendo e percebeu o que tinha acontecido. Ele carregou você até aqui em cima com a ajuda de um criado.

Rosa lembrou-se de como a família havia falado dela como se ela não estivesse presente. A ideia de que talvez eles nem tivessem notado o desmaio não era tão inconcebível assim.

O mingau a fez recuperar as forças, espalhando calor por seu corpo a cada colherada. Rosa sentiu a luz do sol na pele e imaginou-se tocando flauta em um campo de milho, cada nota de "Jesus, Alegria dos Homens" flutuando, levada pela brisa.

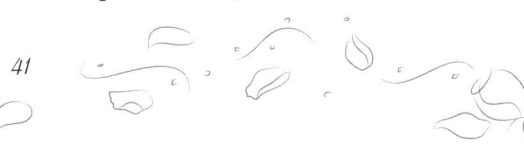

Depois que Ada saiu do quarto, Rosa levantou da cama. Sua imagem refletida no espelho do banheiro a surpreendeu, e ela instintivamente desviou o olhar. Encheu a pia de água e fez espuma com o sabonete fino que estava em suas mãos. Só então voltou ao reflexo. Como um artista que estuda seu objeto, examinou as próprias feições. "Então é assim que eu sou", pensou, observando os olhos levemente puxados para cima, emoldurados por sobrancelhas escuras; o nariz longo e estreito, levemente comprimido na ponta; os lábios em forma de arco. Ela massageou o sabão nas bochechas e na testa antes de mergulhar as mãos na água e enxaguar-se. Atirou a cabeça para trás, e fios de água correram por seu longo pescoço e pela combinação. Apanhou o paninho de banho pendurado na parede, encharcou-o com a água espumosa e pressionou-o nas axilas, esfregando em seguida os ombros e depois passando o pano por dentro da combinação a fim de lavar o peito e as costas. Os pingos de água deixaram o tecido da combinação transparente.

Rosa fixou os olhos em si mesma e depois moveu os braços, deixando as mãos pairarem em frente ao peito. Lentamente, baixou as alças da combinação. Seus seios afloraram como duas Luas. Os mamilos grandes a deixaram espantada. Ela nunca tinha observado o próprio corpo daquele jeito, da maneira como outra pessoa o veria. Até onde se lembrava, sempre se lavara de combinação e nunca tinha olhado para baixo. Era pecado admirar o próprio corpo. "O pudor é a qualidade mais preciosa de uma mulher", pregava Don Marzoli. "Uma mulher que perde o pudor perde tudo."

Rosa sentiu no estômago uma pontada de vergonha, porém sua curiosidade estava atiçada. Ela já sabia que rostos eram todos diferentes uns dos outros, mas corpos também? Era libertador sentir o ar na pele, e seus dedos das mãos e dos pés formigavam de prazer. Apesar da culpa que a corroía, Rosa estava alvoroçada. Inspirou e se afastou do espelho para conseguir ver-se por inteiro. Lentamente, deslizou a combinação até os quadris, descobrindo o torso. Apalpou com a ponta dos dedos a carne firme sobre as costelas. Acariciou a barriga e tocou a pinta perto do umbigo. A combinação escorregou. Ela empurrou-a para baixo, pelas coxas em forma de pera, tatuadas com linhas finas onde a pele se esticara durante a puberdade.

Quando viu o montinho de pelo preto que crescia entre suas pernas, uma lembrança lhe veio à mente. A manhã em que, com 13 anos, ela tinha encontrado manchas de sangue em suas roupas de baixo. Irmã Maddalena a tranquilizara explicando que ela não estava machucada; simplesmente tinha se tornado mulher. Rosa tinha ficado tão empolgada com a transformação que contara a todo mundo que encontrara naquele dia sobre seu novo status, inclusive a Don Marzoli. Quando a abadessa ficou sabendo disso, puxou Rosa de lado e sussurrou: "Você não deve falar sobre isso com ninguém. É a vergonha que toda mulher precisa tolerar; um lembrete de que levamos Adão a pecar".

A alegria que Rosa estava sentindo ao descobrir o próprio corpo no espelho desapareceu, e um medo repugnante se apoderou dela. Apressadamente, ela cobriu-se com a combinação outra vez. A vergonha a fez sentir uma comichão na pele.

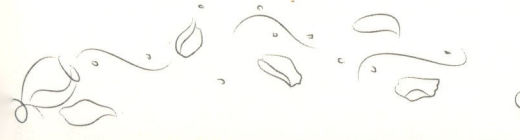

– Perdão, meu Pai – rezou.

Ela pendurou uma toalha sobre o espelho e correu até o vestiário, onde apressadamente colocou as meias e o vestido.

Embora Ada tivesse garantido que o marquês e a esposa não haviam notado seu desmaio durante o almoço no dia anterior, Rosa achava que devia pedir desculpas aos patrões o mais rápido possível. Ficou imaginando onde os encontraria. Porém, ao sair do quarto, viu Clementina esperando na sala de aula, do outro lado do corredor. Eram pouco mais que 7 horas da manhã.

– Bom dia, *signorina* Bellocchi – disse a menina. – Espero que esteja se sentindo melhor hoje.

– Estou sim, obrigada – respondeu Rosa. – Mas você não está adiantada para as aulas? Já tomou café da manhã?

Clementina abriu um sorriso radiante.

– Estou empolgada demais para comer. Nunca tive uma preceptora antes. Só uma babá boba que não sabia muita coisa, e o *Babbo*.

Rosa sorriu para sua jovem aluna. Havia uma pilha de livros e papéis sobre a mesa, e Rosa examinou alguns deles: um livro didático de matemática; exercícios de compreensão escritos à mão, com caligrafia masculina; e um livro sobre teorias de ensino. Ela abriu esse último e viu que um trecho do texto tinha sido sublinhado: *É responsabilidade do professor estimular o aluno a estudar. A disciplina deve surgir do interesse, não da obediência nem do medo.*

– Seu pai se interessa muito pela sua educação – disse Rosa, puxando uma cadeira e sentando-se ao lado de Clementina. – Vamos começar com algumas frações e números decimais?

Rosa era boa em matemática, mas nunca gostara da matéria em particular. Preferia música, idiomas e biologia. Clementina, por sua vez, atacava suas adições com prazer. A menina era avançada para a idade, e Rosa ficou maravilhada com a rapidez com que ela resolvia problemas. À medida que elas avançavam, Rosa começou a se sentir menos apreensiva em relação à sua nova vida. Se Clementina se dedicasse a todas as aulas com aquele entusiasmo, seria um prazer ensiná-la. A voz da menina recitando a tabuada embalou Rosa, provocando-lhe uma sensação de calma. Ela olhou para fora da janela, para as montanhas verdes ao longe, e ficou imaginando o que o futuro lhe reservaria. Será que ela seria preceptora para sempre? Ou um dia se casaria e teria os próprios filhos? Rosa deu-se conta de que nunca considerara essas possibilidades enquanto vivia no convento.

Clementina terminou as tabuadas, e Rosa apanhou os exercícios de compreensão. Porém, antes que elas conseguissem começar, Rosa olhou para cima e viu o marquês de pé na porta, com a testa franzida.

– Você começou muito cedo – disse ele. – Eu não estava esperando nenhuma aula antes das 9 horas. Deveria ter me consultado, e não tomado decisões sozinha.

A repreensão causou uma dor aguda em Rosa. A calma que estava sentindo dissolveuse. Ela levantouse e gaguejou um pedido de desculpas, tanto por ter começado as aulas cedo quanto por ter desmaiado durante o almoço no dia anterior. Antes que conseguisse terminar, Clementina correu até o pai.

– Foi minha ideia, *Babbo* – disse a menina, pressionando-se contra o braço dele. – Eu quis começar cedo. Quero aprender tudo que a *signorina* Bellocchi tem para me ensinar.

– Entendo – disse o marquês, acariciando a bochecha da filha, depois olhando na direção de Rosa. – Meu plano é que Clementina estude com você das 9 às 16 horas. Assim você pode ter algum tempo livre antes de se juntar a nós para o jantar, a não ser que a marquesa e eu tenhamos convidados. Nesses dias, você e Clementina vão jantar juntas. E você precisará colocá-la na cama até que eu escolha uma babá adequada.

– Pois não – respondeu Rosa.

O tom apologético na voz dele a confortou, embora, depois do que acontecera no dia anterior, a ideia de jantar com a família não a empolgasse muito. Rosa também ficou surpresa por ele ter lhe pedido que colocasse a menina na cama. Por que a marquesa não realizava essa tarefa? Quando Rosa tinha a idade de Clementina, fantasiava que tinha uma mãe que a cobria e ouvia suas orações toda noite.

– Clementina vai estudar de segunda a sábado, e nas tardes de quarta você deve levála ao Piccole Italiane – continuou o marquês. – Enquanto Clementina estiver lá, você vai resolver algumas coisas para mim em Florença.

Rosa acenou com a cabeça, concordando. Ela sabia vagamente que a Piccole Italiane era uma organização fascista para crianças. Pelo olhar de desprezo no rosto do marquês ao dizer esse nome, Rosa inferiu que era ideia da esposa. Talvez fosse a concessão dele, em troca de não mandar Clementina para uma escola fascista privada. Os olhos do marquês perscrutaram o desbotado vestido de algodão de Rosa. Ela corou. Aquele era o melhor dos dois vestidos que ela tinha, porém sua aparência gasta se destacava mais na vila que no convento.

– Vou pedir à costureira da minha equipe que confeccione algo apropriado para você vestir na cidade – disse o marquês.

Antes de sair, ele pediu a Rosa que fizesse uma lista com os livros que Clementina poderia precisar.

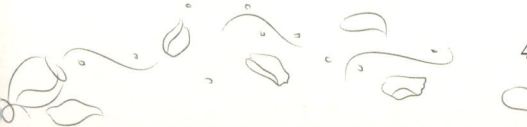

– Eu vou adquiri-los – disse ele. – Também temos uma biblioteca aqui, e você é bem-vinda para usá-la sempre que desejar. – Com um sorriso gentil, ele acrescentou: – Notei um amassado na sua flauta quando você tocou para mim no convento. – Ele tirou um pedaço de papel de dentro do bolso, anotou um endereço e entregou-o a Rosa. – Quando estiver em Florença, leve-a a essa oficina para ser consertada. Diga para colocarem na conta da vila.

Aquela oferta foi uma cortesia inesperada. Era impossível para Rosa esquecer que o marquês era adúltero; porém, aos olhos dela, o homem agora tinha duas características que o redimiam: ele era mais gentil do que seu jeito indiferente levava a crer; e ele amava a filha.

Enquanto o marquês saía da sala de aula, Rosa viu algo que não tinha notado antes: uma névoa escura parecia segui-lo de perto. Esse era outro lembrete de como sua percepção parecia estar mais forte na vila. Ela lembrou-se de seu sonho da noite anterior, em que Ada dizia que as bruxas estavam tentando chamar sua atenção. Rosa estremeceu. Era pecado até mesmo considerar uma possibilidade como essa. Mas e quanto às coisas que estavam acontecendo com ela? A sombra em torno do marquês; as visões que tivera durante o almoço e a fizeram desmaiar? Será que isso tudo vinha de Deus, ou de outro lugar?

– Está se sentindo bem, *signorina* Bellochi?

Rosa virou-se e viu Clementina fitando-a com seus olhos azul-porcelana.

– Estou – respondeu ela. – Eu estou bem. Vamos começar o francês.

Quando as aulas da manhã terminaram, Maria trouxe uma bandeja com o almoço. Rosa sentiu que havia algo diferente na moça e depois viu que seu cabelo estava puxado para trás em um coque firme. Ela sentiu um sopro de água de lavanda na pele da criada quando a mulher esbarrou levemente nela ao colocar a bandeja sobre uma mesa perto da janela. Ada havia alertado que a marquesa era detalhista a respeito da aparência, e Rosa ficou pensando se era por isso que o marquês queria lhe dar um vestido novo.

Quando Maria saiu da sala, Rosa sentou-se com Clementina para comer. Ela levantou as tampas dos pratos com cautela e ficou aliviada ao ver que Ada tinha lhes preparado uma sopa de feijões brancos com sálvia e tomates, servida com pão fresco.

– Minha sopa preferida – disse Clementina. – Já comeu essa sopa, *signorina* Bellocchi?

Rosa respondeu que não com a cabeça e inspirou o aroma da sálvia antes de mergulhar a colher no cozido farto. Os feijões estavam macios, e o sabor agudo do queijo era suavizado pela doçura do alho e do tomate. Rosa imaginou um broto de feijão rebentando para fora da terra escura e penetrando na luz brilhante. Fechou os olhos, imaginando dezenas de esferas verdes presas a vinhas lentamente ficando vermelhas ao sol, até se transformarem nos tomates que seriam apanhados por mulheres de mãos enrugadas e lenço na cabeça.

A comida estava repleta de energia da terra. Rosa abriu os olhos outra vez e viu que Clementina a observava com curiosidade.

– Eu gosto de imaginar de onde a minha comida veio. É o meu jeito de agradecer pelas refeições – explicou Rosa, embora não fosse exatamente verdade, pois suas visões a respeito da fonte das coisas não eram uma reação voluntária.

Da janela da sala de aula se viam a via de acesso e o bosque da vila. Rosa achava que as estátuas do jardim pareciam peças de xadrez no meio de um jogo complicado. Havia uma clareira no bosque, não muito longe da casa, com um caramanchão e um jardim ornamental. Rosa viu um cintilar em meio às árvores e notou que havia um carro estacionado perto do caramanchão. Um motorista estava apoiado no capô, mas não era Giuseppe nem qualquer outro dos motoristas da marquesa.

Clementina levantou-se e apoiou-se na janela para ver o que tinha capturado a atenção de Rosa. A porta-janela do caramanchão se abriu de repente, e uma mulher com um traje verde-musgo e turbante de seda na cabeça saiu apressada. Rosa achou que fosse a marquesa, mas logo percebeu que aquela mulher era mais velha. A marquesa e Vittorio também saíram do caramanchão, e os três começaram uma conversa animada. A estranha encolheu os ombros e atirou as mãos para cima.

– Aquela é a minha avó – disse Clementina. – Ela vem nos visitar uma vez por ano.

– Ah – respondeu Rosa, pega de surpresa. – Quer ir cumprimentá-la?

Clementina fez que não com a cabeça.

– O *Babbo* não deixa.

Rosa viu o motorista abrir a porta do carro para a avó de Clementina. Por que o marquês proibiria a filha de vê-la? O automóvel negro emergiu das árvores e seguiu na direção do portão. O carro estava cercado por uma presença obscura. "É a sombra", pensou Rosa. "Aquela mulher está relacionada à escuridão que eu vi em torno do marquês. Mas por que dele apenas?"

Naquela noite o marquês e a esposa tinham convidados para o jantar, então Clementina e Rosa jantaram juntas no quarto da menina, comendo panquecas de alecrim e arrozdoce. Rosa encantou-se com a conversa animada de sua jovem pupila – sobre a viagem recente ao Egito e à França e sobre os lírios, madressilvas e hortênsias que logo seriam plantados nas bordas do jardim em homenagem ao seu aniversário de 9 anos.

– O *Babbo* me prometeu um pônei – disse Clementina. – Você pode montar nele sempre que quiser, *signorina* Bellocchi.

– Obrigada – Rosa deu risada; sua pupila era brilhante como um raio de sol.

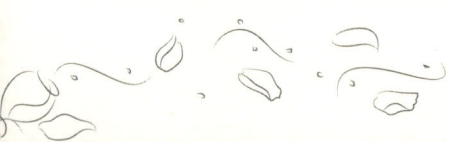

O quarto de Clementina tinha o amarelo como tema, com afrescos de galinhas e galos nas paredes, palmeiras e um sol gigante. Sobre uma prateleira que se estendia ao longo de uma parede inteira, viam-se miniaturas de teatros reproduzindo cenas de óperas famosas. Rosa nunca tinha ido a uma opera, mas conseguia adivinhar, pelas peças musicais que havia estudado, que a miniatura com a pirâmide era uma cena de *Aída*; que a cena nas ruas de Paris era de *La Bohème*; e que a grande escadaria era de *Eugene Onegin*. Ela admirou os detalhes das casas e da mobília em miniatura.

– Foi minha tia que fez – disse Clementina.

Uma das miniaturas não era de nenhuma ópera que Rosa reconhecia, mas ainda assim parecia familiar. Então ela se deu conta de que estava olhando para uma réplica da Vila Scarfiotti. A casa era tão imponente em miniatura quanto era na vida real. O bosque e até mesmo o cemitério tinham sido incluídos. Rosa viu que as sepulturas haviam sido representadas com exatidão, exceto pelo túmulo com a as bordas de pedra e a estátua, que não tinha sido incluído.

– Onde a sua tia mora? – Rosa perguntou a Clementina. – Ela é uma artista talentosa.

A menina mordeu o lábio e encolheu os ombros.

– Ela morreu antes de eu nascer.

Pela maneira como Clementina evitava olhá-la nos olhos, Rosa sentiu que aquele não era um assunto no qual deveria insistir. "Buona notte, mia cara sorella". A sepultura com as bordas de pedra devia pertencer à tia de Clementina. Era por isso que não aparecia na réplica.

– Venha, vamos colocar a camisola – disse Rosa.

De acordo com as instruções que o marquês dera a Rosa, Clementina deveria estar dormindo por volta das 20 horas. Depois de ouvir as orações da menina e cobri-la, Rosa retornou ao próprio quarto. Enquanto se despia e escovava o cabelo, ficou pensando na estranha atmosfera que existia na vila, na intensidade cada vez maior de suas visões, na sombra em torno do marquês e na esquisitice da esposa dele e de Vittorio. "Talvez haja alguma força sinistra em ação aqui", pensou, deitando-se na cama. Lembrou-se então do conselho de Ada – "Faça o seu trabalho e cuide da sua vida; foi assim que eu sempre fiz" – e decidiu que se esforçaria ao máximo para segui-lo. Porém, ao repousar a cabeça no travesseiro e puxar sobre si as cobertas, com os olhos já se fechando de sono, uma intuição mais profunda lhe disse que ela estava sendo arrastada para dentro de algo sobre cujas consequências tinha muito pouco controle.

três

Na quarta-feira seguinte, Giuseppe levou Rosa e Clementina de carro até Florença. A filial da Piccole Italiane à qual Clementina pertencia reunia-se perto da *Piazza della Repubblica*. A seriedade do uniforme de Clementina – blusa branca e saia preta plissada, com meias longas e uma boina – combinava com a expressão em seu rosto.

– O clube dos meninos é muito melhor – Clementina confidenciou a Rosa. – Eles fazem remo e ciclismo. Nós temos que fazer essa besteira de dança e bordado.

Giuseppe parou o carro em frente a um ginásio de esportes. Pendurada de uma ponta a outra sobre a fachada havia uma faixa na qual se lia: "As Piccole Italiane seguem as ordens de Il Duce pela causa da Revolução Fascista."

Rosa acompanhou Clementina até lá dentro. Meninas dispostas em fileiras faziam polichinelos e abdominais. Outras dançavam em volta de um mastro ou se exercitavam com aros. Algumas, mais velhas, passavam entre si uma boneca embrulhada feito um bebê.

– Segurem a cabeça, não deixem que ela tombe – a instrutora lhes dizia. – Il Duce precisa que você produzam bons soldados.

– Aquele é o meu grupo – disse Clementina, apontando para uma turma de meninas da idade dela.

Uma mulher de cabelo puxado para trás fazia a chamada. Seu olhar duro fez Rosa lembrar-se da *signora* Guerrini.

– É melhor você ir logo – disse Rosa, dando uma cutucada em Clementina.

Ela viu a menina tomar seu lugar junto às outras e foi invadida por um impulso de puxá-la de volta. Que tipo de mãe confiaria a filha a esses fanáticos? Aquela disciplina regimental destruiria a essência de Clementina.

A mulher de cabelo severo terminou a chamada e abanou as mãos, indicando que era hora de as meninas cantarem. Rosa reconheceu a *Giovinezza*, com a letra original adaptada por Mussolini para glorificar a guerra. Ela assistiu àquelas meninas com cara de bebê e olhar inocente cantando, sem entenderem as implicações das palavras que proferiam. "Preciso tirar Clementina daqui", pensou. Nesse momento, notou que Clementina cantava mais alto que todas, esticando a boca para articular cada palavra com um entusiasmo desinibido. "É influência daquela mãe e daquele tio fanáticos", pensou. "Não é culpa dela."

Mas então Rosa percebeu que a voz de Clementina estava estridente, nem um pouco parecida com o som adorável que ela ouvia quando a menina a acompanhava ao piano durante suas aulas de música. Clementina virou-se e piscou para Rosa, que teve que segurar um sorriso quando entendeu que a menina estava tirando sarro do hino. Talvez a essência de Clementina não estivesse correndo perigo nenhum.

A oficina de instrumentos musicais que o marquês havia indicado a Rosa ficava na Via Tornabuoni. Giuseppe a levou de carro até a extremidade da rua.

— Vou esperar você aqui — disse ele, estacionando em uma rua paralela. Outros motoristas haviam se reunido ali, apoiados nos Bugattis e Alfa Romeos dos patrões, fumando e conversando. — Só temos que pegar a *signorina* Scarfiotti daqui a três horas.

A Via Tornabuoni era emoldurada por palácios da Renascença cujos andares térreos abrigavam joalherias, perfumarias, floriculturas e lojas que vendiam seda e tapeçaria. Rosa entendeu por que o marquês não podia permitir que um representante da Vila Scarfiotti andasse em Florença com roupas gastas. Estava feliz com o vestido novo confeccionado para ela. Apreciava a maciez do jérsei contra a pele e a maneira como o decote repousava levemente sobre as clavículas — completamente diferente dos vestidos ásperos com gola Peter Pan que ela levara consigo do convento. Rosa ainda estava usando o chapéu e os sapatos velhos, porém o marquês lhe dera o endereço de uma chapeleira e de um sapateiro para que ela comprasse peças novas. Ele pagaria por tudo.

Rosa ficou espantada ao ver placas em inglês por todos os lados: médicos, dentistas, farmácias, bancos. Giuseppe havia dito que caminhar pela Via Tornabuoni era como estar em Londres, e agora ela entendia do que ele estava falando. Lojas vendiam *mackintoshes*, conjuntos de *croquet* e roupas de *tweed*. Ela passou por uma livraria de língua inglesa e por uma casa de chá com *scones* e *seedcake* no cardápio. Admirou os chapéus de crinolina das senhoras, os ternos cinza de flanela e os sapatos Oxford dos homens, e também a maneira como os fregueses bebiam o chá, como se tivessem o dia inteiro para fazê-lo. Até mesmo os cocker spaniels e beagles deitados aos pés dos donos pareciam relaxados. Uma moça lia o jornal e saboreava um copo de suco de tomate. Rosa passou os olhos pelos sapatos dela, que tinha uma tira que se estendia pelo torso do pé, dos dedos ao tornozelo. Que bonitos eles eram, em comparação aos tamancos pesados de Rosa.

Ela notou uma loja de sapatos do outro lado da rua. Não era a que o marquês havia indicado, mas ela não resistiu e foi dar uma olhada. Avistou um macaco com um ar infeliz sentado na vitrine, mas então piscou e percebeu que não havia macaco nenhum, apenas um par de sapatos feito de camurça e pelo de macaco. Ao lado dele, Rosa viu um par de chinelos de usar em casa com acabamento de seda verde e fivelas de madrepérola e, na prateleira de baixo, um par de botas na altura do calcanhar confeccionadas com pelo e couro de leopardo. Algo se moveu atrás do vidro, e Rosa deu um passo para trás, aterrorizada com a possibilidade de dar de cara com um grande felino da floresta. Porém, era apenas um homem de bigode fininho, que olhou feio para Rosa e, com um gesto, mandou-a se afastar. Rosa corou, perguntando-se o que havia feito para ofendê-lo. Porém, esqueceu-se do vendedor assim que notou uma mulher trajando um bolero de seda e um chapéu do qual brotavam plumas carmim. A mulher entrou na loja, levando em uma guia encrustada de diamantes um poodle pintado da mesma cor que as penas do chapéu. A extravagante florentina deixava para trás as inglesas conservadoras. Alguns minutos depois, uma mulher vestindo um traje magenta no qual uma série de olhos havia sido bordada saiu da loja. As plataformas de seus sapatos tinham 12 centímetros de altura.

"Ah, se Irmã Maddalena visse isso", pensou Rosa. "Imagino o que ela diria." Rosa não havia recebido nenhuma palavra do convento a respeito da saúde de Irmã Maddalena. O marquês lhe informara que, depois que ela tivesse completado três meses de serviço, teria um dia de semana livre por mês. Até então, teria folga apenas nos domingos, dia em que era impossível visitar o convento. Não havia escolha a não ser aguardar até que a abadessa ou a própria Irmã Maddalena mandasse notícias.

Rosa viu outra cliente descer de seu Rolls-Royce dirigido por um motorista. A mulher usava um traje preto de raiom, e o lulu-da-pomerânia que dava passos miudinhos junto aos seus pés vestia uma capa enfeitada com lantejoulas. Comparado aos das duas mulheres anteriores, seu traje era discreto; porém, quando ela se virou para entrar na loja, Rosa viu que a parte de trás da vestimenta tinha um bordado que imitava o raio X de um esqueleto.

– Não atendemos empregadas – disse o vendedor, saindo da loja e chacoalhando a mão na direção de Rosa. – Você não tem mais o que fazer?

Rosa afastou-se. Estava impressionada demais com o que vira para se preocupar em lembrar ao homem que a via era pública e que ela tinha o direito de permanecer ali. De repente, deu-se conta de que não estava mais na comunidade superprotegida do convento, tampouco dentro dos limites da vila. "Eu estou no mundo, do lado de fora", pensou. Deu meia-volta e viu-se cara a cara com um varredor de rua que tinha testemunhado a repreensão do vendedor.

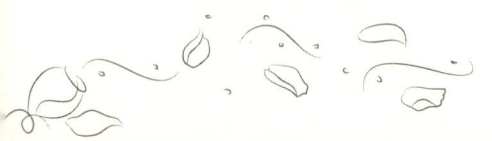

– Dizem que Mussolini vai proibir os jornais de publicar fotos dessas vagabundas magricelas e seus cachorros – sussurrou ele. – Essa mulheres são uma afronta às mães italianas!

"Será que Florença inteira é assim?", Rosa ficou pensando. "De um extremo a outro?"

A arrogância do vendedor a levara a pensar na marquesa, a quem Rosa tinha visto apenas duas vezes desde o fatídico almoço. A mulher não demonstrava interesse algum por Clementina e, a julgar pela maneira como olhava através de Rosa, tampouco parecia ter interesse por qualquer "pessoa pequena".

Rosa avançou pela rua e chegou a uma relojoaria. Ficou deslumbrada com as dezenas de mostradores, todos informando a mesma hora. Havia relógios de carruagem feitos de mármore, relógios cuco feitos de bronze, e relógios de pé. Alguns tinham o formato de um balão de ar quente, enquanto outros eram moldados em forma de banjos e faróis. Havia estátuas de anjos e soldados romanos com relógios embutidos na barriga. O olhar de Rosa pousou sobre um em forma de cisne, e ela notou o horário. Uma hora já havia se passado sem ela perceber! Precisaria correr se quisesse cumprir todas as tarefas de que ficara incumbida.

A chapelaria que o marquês recomendara chamava-se *Signora* Lucchesi's. Não tinha tanto prestígio quanto aquelas mais acima na Via Tornabuoni; porém, para Rosa, todos aqueles itens pareciam luxuosos: boinas de seda, chapéus tipo *pillbox*, chapéus tipo *cocktail*, gorros e chapéus de tule para damas de honra. A loja exibida sua coleção de primavera, e os chapéus mais pareciam buquês de tulipas, girassóis, jacintos e botões de pêssego. Os olhos de Rosa pousaram sobre um chapéu rosa-flamingo cujas abas eram enfeitadas por ramalhetes de rosas de seda. Era o chapéu mais bonito que ela já tinha visto. Rosa passou a ponta do dedo pelo tecido e sentiu uma brisa marinha beijar seu rosto.

– *Buon giorno, signorina.* Isso é parabuntal, uma palha delicada feita das folhas de uma palmeira.

Rosa deu meia-volta e viu que uma vendedora jovem, usando um vestido preto sob medida, aproximava-se dela. A moça tinha pele de porcelana e cabelo brilhoso. Estava sorrindo, porém sua expressão mudou quando ela pôs os olhos no velho chapéu cloche de Rosa.

– Você é a preceptora da Vila Scarfiotti, certo? – perguntou a vendedora, erguendo o queixo. – A governanta da marquesa telefonou dizendo que você viria. Por aqui, por favor.

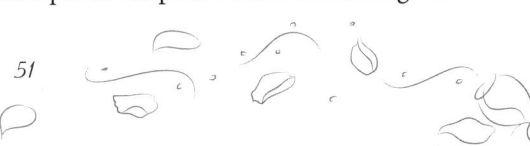

A vendedora não tocou em Rosa; guiou-a para além das criações de seda e organza usando nada mais que a cabeça ereta e o jeito tenso. A moça abriu uma cortina nos fundos da loja e conduziu Rosa até uma cadeira, indicando que se sentasse. A cabine estava cheia de caixas e porta-chapéus vazios. Rosa imaginou que não era ali que a clientela da loja geralmente provava os chapéus; era escuro demais. A vendedora arrancou o chapéu de Rosa e, antes que ela tivesse tempo de protestar, atirou-o dentro de uma cesta com retalhos e fios. Em seguida, apanhou uma caixa de uma prateleira e tirou de dentro dela um chapéu de abas.

– Pronto – disse ela, largando o chapéu sobre a cabeça de Rosa e erguendo um espelho.

O chapéu era de feltro preto, sem laço nem enfeite algum. Era de melhor qualidade que o antigo chapéu de Rosa, e ela teria ficado muito satisfeita caso não tivesse visto as outras peças na loja. Rosa ergueu o queixo para olhar-se melhor no espelho, e o chapéu escorregou.

– É grande demais – disse ela.

A vendedora suspirou, tirando uma fita métrica do bolso e esticando-a em torno da cabeça de Rosa.

– Vou pedir a um dos aprendizes para estreitar o aro – disse ela. – Espere aqui.

Rosa perguntou-se quanto tempo o ajuste demoraria. Ela ainda tinha que passar na loja de sapatos e na oficina de instrumentos musicais. Notou uma fresta nas cortinas ao seu lado e deu uma espiada: a sala tinha papel de parede bordô, espelhos com molduras de arabescos e duas poltronas. Havia uma mulher ali dentro, com um vestido de gola de babado que enfatizava seus peitos enormes. Ela segurou um cacho de cerejas de cera junto à aba de um chapéu de praia molenga pousado sobre um molde; em seguida, tentou algumas flores de seda e deu um suspiro. Claramente, estava tendo dificuldade para decidir. Nesse momento, virou-se e pegou Rosa espiando-a.

– Ah! – exclamou, colocando a mão no quadril. – Nossa preceptora da Vila Scarfiotti. Que generoso do marquês mandá-la para nós.

Rosa deduziu que a mulher devia ser a *signora* Lucchesi, a dona da loja. Porém, seu tom zangado deixou Rosa receosa. O que ela tinha feito para provocar uma reação daquelas?

– O velho marquês achava que eu era boa o suficiente para vestir a cabeça de todas as mulheres da família Scarfiotti – disse a *signora* Lucchesi, espremendo os olhos como um gato prestes a arranhar. – Mas não a *Marquesa Milanesa*. Para ela, só Paris serve. Ela não aprova nosso estilo toscano. Foi por isso que se apoderou daquela linda vila e transformou seu interior em uma espécie de manifesto horroroso de arte moderna.

O cérebro de Rosa fez um clique. A *signora* Lucchesi estava falando da Marquesa de Scarfiotti. Então ela era originalmente de Milão?

– Realmente, ela se gaba muito desse título – comentou a vendedora, voltando para tomar mais uma medida da cabeça de Rosa. – Dizem que a mãe dela é uma princesa egípcia.

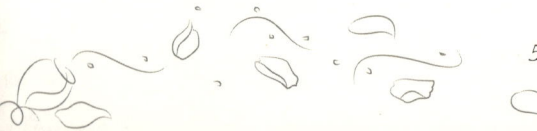

– Eu não sei nada sobre a mãe – retrucou a *signora* Lucchesi. – Mas meu marido me disse que o pai dela, o general Caleffi, era um homem charmoso e brilhante.

Uma modista entrou na sala carregando um chapéu de palha natural com uma fita de veludo ao redor. Ao que parecia, pretendia apenas mostrá-lo à *signora* Lucchesi, porém acabou se envolvendo na conversa.

– Ouvi falar que a marquesa anda sempre maquiada, feito uma... bom, vocês sabem o quê – disse ela.

– Provavelmente é para esconder as rugas – riu a *signora* Lucchesi, que também tinha algumas. – Provavelmente ela é mais velha do que diz ser.

A modista largou o chapéu e encostou-se em uma das poltronas.

– O marquês devia estar muito apaixonado...

– Até eles se casarem? – s *signora* Lucchesi terminou a frase. – Sim, imagino que sim. Uma fonte confiável me contou que eles dispensaram a última babá pelo mesmo motivo que levou todas as outras a serem mandadas embora. A marquesa levou a filha para longe a fim de evitar um escândalo.

Rosa ficou constrangida por estar ouvindo aquelas fofocas, embora não estivesse contribuindo. Ela não gostava da marquesa, mas a mulher continuava sendo sua patroa. Rosa percebeu que estivera sentada sobre as mãos e que elas estavam dormentes. Chacoalhou as palmas na frente do corpo, tentando livrar-se da sensação de formigamento e ao mesmo tempo separar-se da conversa.

– Será mesmo? – a modista abriu um sorriso sarcástico. – Alguém tão abaixo do nível dele?

– Qual é o problema desse homem? Ele é atraente e rico. Poderia ter a mulher que quisesse – disse a vendedora, sumindo para dentro da oficina outra vez.

Rosa desejou que quem quer que estivesse ajustado seu chapéu terminasse logo. A modista passou os olhos por ela.

– Talvez a marquesa seja exigente demais? Ouvi dizer que ela também tem seus amantes.

Era um convite para Rosa juntar-se à fofoca. Porém, além de não ter nada a acrescentar, ela gostava de seu cargo e queria continuar nele. E se a marquesa descobrisse o que essas mulheres andavam dizendo e que Rosa também estava envolvida?

– Sabe, é muito estranho – disse a *signora* Lucchesi. – Eu conheci o marquês quando menino. Ele era muito ciumento. Quebrava os dedos de quem tocasse nos seus brinquedos. Vi quando ele deu um tapa na irmã uma vez... e ele a adorava. Mas mesmo assim finge que não vê os flertes da esposa.

A vendedora retornou e enfiou o chapéu ajustado na cabeça de Rosa.

– Pronto, perfeito – disse ela.

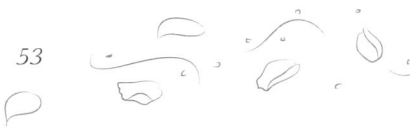

O aro cravou-se na cabeça de Rosa. Parecia que alguém estava tentando enfiar seu couro cabeludo dentro de um pote.

– Está apertado – ela disse à moça.

– Vai ceder.

A vendedora apressou Rosa para fora da cabine.

– Nunca deixe uma chapeleira brava – falou a moça. – Elas conhecem a sua cabeça melhor do que ninguém. É a mesma coisa que trair o marido.

Rosa sabia que era verdade, dado o fervor com que aquelas mulheres tinham fofocado sobre a família Scarfiotti.

– Você veio de um convento, não veio? – perguntou a vendedora.

Rosa ficou se perguntando onde ela tinha conseguido aquela informação, mas então lembrou que a *signora* Guerrini havia telefonado para avisar que ela apareceria.

A vendedora conduziu Rosa até a porta.

– A última babá era uma moça francesa linda. Acho que depois do escândalo eles preferiram alguém mais... sem graça.

Sem graça? Provavelmente era um comentário vingativo por ela não ter participado da fofoca, mas Rosa sentiu-se atingida do mesmo jeito. Lembrou-se de como as alunas pagantes no convento se referiam a ela como "Sem Nome" quando as freiras não estavam por perto. Rosa passou pelo chapéu rosa-flamingo e olhou de relance para ele. "Um dia vou usar um chapéu bonito assim", disse a si mesma. "E vou mostrar a essa moça que não sou sem graça."

De volta à Via Tornabuoni, Rosa respirou fundo. Teria que agir rápido se quisesse comprar sapatos novos e deixar a flauta para ser consertada. O marquês provavelmente não seria compreensivo se ela não conseguisse terminar todas as tarefas, especialmente por dizerem respeito a ela mesma. Porém, Rosa não conseguia deixar de olhar as coisas bonitas nas vitrines. Não as peles e os couros – esses a deixavam enojada, pois ela sabia que sua fonte era o sofrimento –, mas ela se apaixonou pelos brincos com filigrana de turmalina na vitrine do joalheiro e pelos vasos com gravura a água-forte e a cerâmica em estilo Raffaellesco na loja de louças. Agora entendia por que as freiras de Santo Spirito raramente se aventuravam a sair do convento e nunca se olhavam em espelhos. Havia vaidade demais por toda parte. E Rosa agora fazia parte daquele mundo também. Irmã Maddalena teria considerado a "sem-gracice" uma virtude, porém a ideia de não ter nada de especial atingia Rosa até o âmago. Ela parou por um momento para admirar uma mesa com tampo de vidro na vitrine de uma loja chamada Parigi's Antiguidades e Mobília Fina. Quando viu o vaso opalino lustroso ao lado da mesa, não resistiu à tentação e se aventurou a entrar.

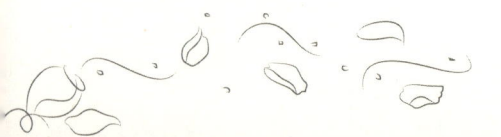

A loja era encantadora, com tapeçaria e gravuras a água-forte nas paredes. Os armários eram bem polidos e altamente brilhantes, e as poltronas e sofás eram realçados por almofadas de seda. Um arranjo de cristais Murano atraiu o olhar de Rosa para uma mesa de castanheiro com pernas curvadas, no centro da loja. Ela respirou fundo, absorvendo a rica mistura de aromas: cera de abelhas, madeira, incenso, linho e café. Não havia nem um grão de poeira no ar, o que ela achou fora do comum. Os móveis e carpetes do convento sempre tinham um cheiro de mofo.

O vendedor, elegantemente vestido, conversava com uma mulher de pele rosada e seu marido corcunda. O vendedor era alto, de testa larga, e tinha os olhos azuis profundos de um italiano do norte. Rosa admirou seu terno cinza-claro e a gardênia branca na botoeira. O homem deu uma olhada na direção dela e acenou com a cabeça.

– Já vou atendê-la, *signorina*. – e voltou-se aos clientes. – Vocês deveriam considerar essas poltronas para sua antessala. Elas vão completar o clima na direção do qual estamos trabalhando.

Sua voz tinha um tom calmo e persuasivo que era agradável e ao mesmo tempo firme. Rosa tentou adivinhar de onde era aquele sotaque. Veneza? E a idade? Ela o colocou em algum ponto entre 25 e 30 anos. As peças a que ele se referia eram um par de poltronas com assento retangular estofado, braços em forma de cisne e pés em arabesco voltados para fora. O cliente piscou atrás dos óculos e tocou as poltronas com má vontade.

– Elas são excelentes, *signor* Parigi, mas...

Rosa percebeu que tinha se equivocado. O homem elegante não era um vendedor, e sim o dono da loja. Parecia jovem para ter um estabelecimento tão sofisticado.

– Elas são únicas – respondeu o *signor* Parigi, cruzando os braços.

A mulher torceu o nariz e estudou as poltronas.

– Nós estamos procurando algo mais... moderno.

– Mas esse é o segredo – respondeu o *signor* Parigi. – Acrescentar uma peça de destaque a um cômodo que, além dela, não contém nada além do essencial.

O homem fez que não com a cabeça.

– Não vemos qual é o propósito em investir em mobília velha, quando estamos justamente procurando peças mais recentes.

A boca do *signor* Parigi se contraiu, mas ele não perdeu o modo cortês.

– Então venham por aqui – disse, guiando o casal na direção de um par de poltronas de couro.

Rosa sentiu a irritação dele. Comparado aos clientes, o homem exalava estilo. O paletó de seu terno assentava-se perfeitamente nos ombros, com uma pontinha da camisa aparecendo debaixo dos punhos, enquanto o terno do cliente, embora feito de lã fina, dava uma aparência desleixada, com mangas que se estendiam até as juntas das mãos. A mulher, por sua vez, puxara o cabelo para cima e o enfiara debaixo do chapéu de uma maneira que, além de não ajudar nem um pouco a embelezar seu rosto, enfatizava as bolsas embaixo dos olhos.

Rosa não resistiu e foi olhar as poltronas estofadas que o *signor* Parigi tão entusiasmadamente tentara convencer o casal a comprar. Admirou as veias escuras da madeira e correu os dedos pelos pescoços de cisne. Nesse momento, sentiu uma vibração na mão. Viu uma floresta tropical que se estendia até o mar. Papagaios coloridos grasnavam, pousados em árvores. O som de madeira sendo cortada espalhou-se pelo ar. Rosa ouviu alguém cantando em uma língua parecida com a sua, mas não exatamente igual. Uma fragrância doce fez cócegas nas suas narinas. Era como se ela estivesse virando as páginas do tempo e voltando ao passado. Um homem de barba vestindo um uniforme imperial apareceu em uma das poltronas. Na outra estava sentada uma mulher com olhar melancólico e ombros caídos. Rosa estremeceu. Ela já tinha tido visões de animais, porém nunca de pessoas. Quem eram aquelas? O homem apertou a mão da jovem. "Dou-lhe a liberdade de escolher, porém sua recusa trará infortúnio à nossa família e ao país", disse ele.

A dupla desapareceu. O coração de Rosa martelava no peito, e sua cabeça parecia prestes a explodir.

– Esse jacarandá veio de uma floresta no Brasil – disse ela em voz alta. – A árvore tinha mais de 200 anos quando foi derrubada e havia sido o lar de muitos pássaros. As poltronas foram fabricadas por um moveleiro na Sardenha que amava acima de tudo o aroma de madeira cortada e sua textura oleosa debaixo dos dedos, além de cantar enquanto trabalhava. São as poltronas nas quais Victor Emmanuel se sentou com sua amada filha Maria Clotilde em 1858, no momento em que informou que ela deveria se casar com o repulsivo príncipe Napoleão a fim de assegurar o futuro da Itália. Elas foram vendidas a um comerciante quando os aposentos privados do rei foram redecorados, depois do Risorgimento.

O casal e o *signor* Parigi deram meia-volta e encararam Rosa. Ela imaginou que os três talvez a acusassem de bruxaria ou embuste, ou que, no mínimo, a expulsariam da loja. Em vez disso, os olhos da mulher se encheram de lágrimas, e ela correu para olhar as poltronas outra vez. Parecia imaginar cada palavra e gesto daquela conversa horrível entre uma filha cuja felicidade estava prestes a ser sacrificada e um pai que viria a se tornar o primeiro rei de uma Itália unificada.

– Agostino – disse a mulher ao marido –, talvez o *signor* Parigi esteja certo. Essas poltronas seriam uma afirmação interessante.

O homem aproximou-se da esposa com a cobiça brilhando em seus olhos.

– Por que não pediu à sua assistente que explicasse a história toda antes? – perguntou ao *signor* Parigi.

Rosa perguntou-se se o homem estava imaginando o quanto aquelas poltronas deixariam seus amigos e conhecidos impressionados. O novo entusiasmo do casal havia se manifestado tão inesperadamente que o *signor* Parigi levou um tempo para se recompor.

– É claro que eu tenho razão – disse ele, abrindo um sorriso e dando uma piscadinha para Rosa. – Vejam os detalhes do enfeite em forma de bagas e o lindo acabamento esmaltado na cabeça dos cisnes.

– Temos que levar essas poltronas imediatamente – falou o homem.

– Certamente. Por favor, venham comigo para acertarmos os detalhes – disse o *signor* Parigi, conduzindo o casal na direção de seu escritório, nos fundos da loja.

Ele se virou para Rosa, colocou a mão no bolso, tirou algumas notas e as enfiou na mão dela. Ela ficou surpresa demais para conseguir recusar.

– Está procurando emprego? – perguntou ele, seus olhos perscrutando o rosto dela. – Você foi extremamente precisa ao datar aquela mobília. Como foi que aprendeu tanta coisa assim? Você parece ter 15 anos e nem um dia a mais.

Ele estava tão próximo que Rosa conseguiu admirar sua pele delicada e as maçãs do rosto altas. Sentia até mesmo o aroma cítrico de sua água-de-colônia. Ficou feliz por estar usando o vestido e o chapéu novos e torceu para que ele não olhasse para seus tamancos.

– Não – disse ela.

O *signor* Parigi sorriu.

– Não, não está procurando emprego? Ou não, não tem nem um dia a mais que 15 anos? Qual deles? Se estiver procurando emprego, eu a contrato agora mesmo. Você é uma vendedora muito charmosa.

Rosa ficou vermelha e sentiu um formigamento desconhecido no estômago. Nunca tinha chegado tão perto de um homem, principalmente de um tão atraente quanto o *signor* Parigi.

– Eu tenho emprego – Rosa respondeu ao dar-se conta de que ele achava que ela tinha inventado aquela história. – Preciso ir. Estou atrasada.

O *signor* Parigi pareceu confuso. Rosa imaginou que talvez ele estivesse se perguntando o que ela tinha ido fazer na loja se não estava procurando emprego. Ele teria feito essa pergunta, caso não estivesse tão ansioso para voltar aos seus clientes antes que eles mudassem de ideia a respeito das poltronas. Ele ergueu uma sobrancelha e sorriu para ela com seus dentes perfeitos.

– Bem, volte mesmo assim, então – falou. – Não precisa de um motivo. Eu gosto de gente que conhece sobre mobília.

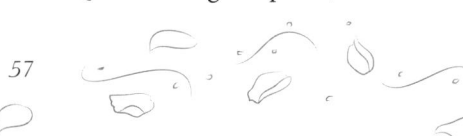

O rosto de Rosa ficou quente, e ela não conseguiu sustentar o olhar do homem. Achou mais fácil ir andando de costas. Quando chegou à porta, finalmente levantou o olhar para o *signor* Parigi e viu que ele a observava com uma expressão de quem estava achando a situação divertida.

– Eu não tenho 15 anos – disse ela. – Tenho 15 anos e meio – e correu de volta para a rua.

Aquele flerte tinha lhe custado um tempo precioso. Rosa decidiu que iria primeiro à loja de sapatos e que passaria na oficina quando estivesse voltando até Giuseppe e o carro.

A loja de sapatos que o marquês escolhera era um local sombrio em comparação com as lojas que Rosa vira na Via Tornabuoni. Os sapatos estavam empilhados em prateleiras que iam do chão ao teto, e as únicas cores disponíveis eram marrom, preto e azul-marinho. Obviamente, era um lugar que atendia empregados.

O vendedor era da idade de Rosa e magro feito uma vareta. O rapaz mediu os pés dela com cuidado e traçou seus contornos. O jeito simpático dele a acalmou.

– Que pés bonitos você tem – disse ele. – Dimensões perfeitas. O segundo dedo é mais longo que o primeiro, sinal de uma mulher independente.

Rosa abriu um sorriso largo. As freiras no convento sempre diziam que era sinal de herança aristocrática, mas Rosa sabia que era algo meramente hereditário. Quando mais nova, ela pensava que reconheceria a mãe por causa desse segundo dedo mais longo. Agora aquela ideia a fazia rir.

O vendedor tirou algumas caixas das prateleiras e separou sapatos pretos e azul-marinho.

– Você teria algo que não seja couro nem camurça? – perguntou Rosa, temendo enxergar uma pobre criatura correndo pelo quarto toda vez que tirasse os sapatos. – Irrita a minha pele.

– É claro – respondeu o vendedor. – Vou verificar o que temos no estoque.

Ele sumiu por alguns momentos e retornou trazendo um par de sapatos de seda com solas de borracha e uma tira bordada que cruzava o peito do pé. Eram muito mais bonitos que os sapatos-padrão que havia nas caixas. Rosa viu a etiqueta com o preço. Eram mais caros também.

– Não se preocupe com isso – disse o vendedor. – A Vila Scarfiotti manda toda a sua equipe para ser calçada aqui. Podemos dar um desconto generoso.

Rosa experimentou os sapatos. Eles serviram perfeitamente e eram mais confortáveis que seus tamanco. Ela desfilou pela loja. Os sapatos eram tão leves que ela achou que poderia até dançar com eles, caso soubesse dançar.

– Você não acha que o Marquês de Scarfiotti vai ficar bravo se eu não levar os sapatos-padrão?

– Não é o marquês quem vai usar os sapatos. É você – respondeu o vendedor, abrindo um sorriso largo.

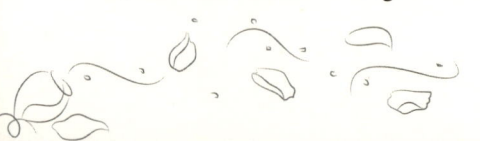

O atrevimento dele era contagioso, e Rosa não conseguiu deixar de sorrir também.

Rosa chegou à loja de música na Via Tornabuoni com apenas quinze minutos de sobra antes que precisasse encontrar Giuseppe. Ficou decepcionada por ter demorado tanto nos outros lugares, pois a loja de música deixou-a encantada. O lugar cheirava a pó, verniz de madeira, bolor e bronze velho. Seus sapatos novos faziam um ruído surdo ao encostarem no chão de madeira gasta enquanto ela vagava entre os estojos à mostra, primeiro estudando um violino Stradivarius raro e depois avistando um violão com um sol pintado em torno da boca. Ela parou para admirar um bandolim com opalas incrustradas, notando em seguida que havia uma harpa dourada no canto da loja. Estava indo na direção da harpa quando, de canto de olho, viu algo se mover. Um gato cinza listrado sentava-se em uma prateleira de livros bamba. Rosa piscou para conferir se não era mais uma ilusão, porém o gato bocejou e se enrolou todo para dormir.

"É um gato de verdade", pensou, abrindo um sorriso.

– *Desidera, signorina*?

Rosa viu um velho de pé junto a uma porta na parte de trás da loja, atrás do balcão. De relance, atrás do velho, ela avistou um homem mais jovem, de avental, sentado na oficina. Ele estava substituindo a cortiça de um clarinete.

– O vendedor foi para casa – disse o velho, acariciando seu bigode de morsa. – Só a oficina está aberta.

– Eu vim trazer minha flauta para ser consertada – disse Rosa, colocando o estojo no balcão e abrindo-o.

– Ah, então vou me apresentar – disse o senhor. – Meu nome é Ernesto Morelli. Sou eu que superviso os consertos na oficina.

Ele mancou na direção de Rosa e apanhou a cabeça da flauta para examinar o amassado.

– Acho que não vai ser muito difícil arrumar – falou, olhando por cima dos óculos para Rosa. – Vamos precisar de dois dias. Você pode voltar na sexta à tarde?

Rosa nunca tinha ficado sem sua flauta desde que a ganhara das freiras, quando tinha 7 anos. Sentiria falta dela, embora ainda não tivesse ousado tocá-la na vila, por medo de provocar uma das enxaquecas da marquesa.

– Eu só posso voltar na semana que vem.

– Meu assistente vai entregar para você, então – disse o *signor* Morelli, apontando para o homem na oficina. Em seguida, ele abriu uma gaveta no balcão e tirou um caderno. – Onde você mora?

– Foi o Marquês de Scarfiotti quem me mandou aqui – disse Rosa. – Sou a preceptora lá na vila dele, em Fiesole. É muito longe para ir entregar?

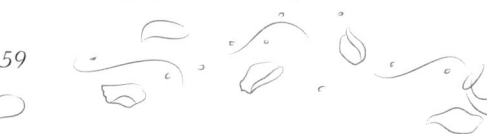

A expressão do *signor* Morelli mudou. Rosa viu o assistente pôr o clarinete de lado e começar a polir uma trompa. Ela tinha certeza de que ele estava ouvindo a conversa. Depois de um momento de hesitação, o *signor* Morelli falou:

– Eu conheço a vila muito bem. Você já viu o piano Bösendorfer na sala de música?

Pelo tom de voz reverente do homem, Rosa teve certeza de que ele não estava falando do piano vertical que ela e Clementina tocavam na alcova da sala de aula, e apenas quando a marquesa passava a tarde fora. Ele devia estar se referindo a uma das salas conectadas ao salão de baile. Certo dia, enquanto ela e Clementina caminhavam pelos jardins, Rosa tinha visto de relance a porta-janela que levava do grande salão de baile a uma galeria. Rosa balançou a cabeça para responder que não.

– Nunca? – a curiosidade parecia brigar com os bons modos no rosto do *signor* Morelli. – É uma pena porque, se você gosta de música, aquele piano é um dos instrumentos mais bonitos que uma pessoa pode ouvir na vida. Eu o afinava para a irmã do marquês na época em que ela dava recitais. O piano combinava perfeitamente com o estilo dela: dramático, rico e encorpado.

O interesse de Rosa foi despertado com a menção à tia de Clementina.

– O senhor afinava o piano dela?

Rosa tinha apenas dois minutos para correr até o carro, porém queria saber mais sobre a mulher que havia feito as primorosas miniaturas de ópera e – ao que agora parecia – havia sido uma musicista talentosa.

– Ela morreu jovem demais – lamentou o *signor* Morelli. – Foi uma surpresa para todos nós. Tinha uma saúde tão forte. Mas aí o marido foi assassinado durante uma rebelião na Líbia. Talvez tenha sido o choque.

O *signor* Morelli anexou um bilhete ao estojo da flauta de Rosa e lhe preencheu um recibo. Estava prestes a entregá-lo, quando hesitou novamente.

– Dizem que o marquês nunca superou a morte da irmã, que ele continua de luto por ela?

Dessa vez Rosa teve certeza, por causa da sobrancelha levantada do velho, que ele esperava que ela confirmasse ou desmentisse a afirmação. Os comerciantes que ela visitara na Via Tornabuoni pareciam ter um interesse profundo por tudo que se passava na vila.

– Eu não conheço o marquês muito bem – explicou ela. – Faz só uma semana que estou trabalhando lá como preceptora.

De canto de olho, Rosa viu o assistente largar a trompa. Ele nem sequer tentava esconder seu interesse.

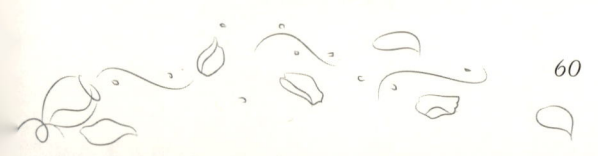

— E como é que vai o pobre do Giovanni hoje em dia? – ele gritou de dentro da oficina.

— Giovanni?

— Giovanni Taviani. O porteiro. Antes ele era o gerente da propriedade...

O sino da porta tocou e uma mulher entrou apressada, arrastando na direção do balcão um menino que vestia bermuda e paletó. O menino, que parecia bastante satisfeito consigo mesmo, carregava um violino cujo braço estava quebrado.

— Com licença, *signore* – a mulher falou em italiano, mas com sotaque inglês. – É uma tragédia. O exame de música dele é amanhã à tarde.

O *signor* Morelli fez um aceno com a cabeça para a mulher e guiou Rosa na direção da porta.

— Temos um trompete para entregar em Fiesole na sexta. Meu assistente vai levar a sua flauta também.

De volta à rua, Rosa ficou aliviada ao ver que Giuseppe a avistara e manobrava o carro na direção da loja. Ela ajustou o chapéu para fazer a circulação voltar à cabeça, enquanto o motorista dobrava em uma rua lateral para que ela pudesse embarcar. Ao adentrar essa rua, Rosa passou embaixo da janela da loja de música.

— Eu só vou até o portão – ela ouviu o assistente dizer ao *signor* Morelli. – Mais além não vou. Queimaram bruxas na Vila Scarfiotti nos tempos da Inquisição. Dizem que o lugar é mal-assombrado.

A menção a bruxas na vila fez Rosa estremecer. Ela correu na direção de onde Giuseppe tinha estacionado e quase tropeçou em uma mendiga sentada no vão de uma porta. Deitada de maneira atravessada sobre o avental remendado da mulher estava uma criança enfaixada em trapos. Suas bochechas estavam encovadas de fome e seus olhos pareciam encarar Rosa com desespero. Se o Lobo não a tivesse levado ao convento tantos anos antes, talvez aquele tivesse sido seu destino também.

A mulher esticou o braço fraco.

— *Per favore, signorina?*

Rosa sentiu uma comichão na palma da mão. Olhou para ela e lembrou-se das notas que o *signor* Parigi havia colocado ali. Enfiou a mão no bolso e as contou. Era mais do que ela ganharia em uma semana como preceptora de Clementina. Aquelas poltronas que o *signor* Parigi vendera ao casal deviam valer uma fortuna. Porém, era mais dinheiro do que Rosa necessitava. Ela tinha o que vestir e o que comer. A ideia de guardar dinheiro para o futuro não lhe passou pela cabeça. Ela enfiou as notas na mão da mulher e seguiu até o carro, sem parar para absorver a expressão atordoada no rosto da mendiga.

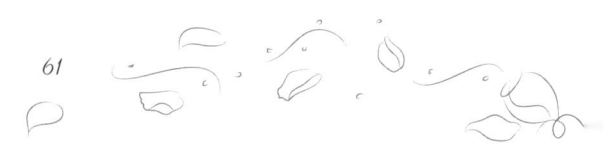

quatro

No começo de maio, quando fazia dois meses que Rosa estava na Vila Scarfiotti, uma festa ao ar livre foi dada em homenagem ao aniversário de 9 anos de Clementina. A festa era de aniversário apenas no nome, pois, pelo pequeno número de crianças convidadas em comparação ao de adultos, parecia mais uma oportunidade para a marquesa ostentar o vestido verde-nilo que comprara em Paris e seus sapatos Ferragamo de camurça vermelha. Os convidados tinham vindo das vilas próximas. Alguns eram da Toscana mesmo, no entanto a maioria era estrangeira. Quando a marquesa surgiu, movimentando-se pela multidão para cumprimentar seus convidados, os homens, hipnotizados, deram as costas as suas acompanhantes. As outras mulheres, com seus conjuntos de seda e vestidos estilo princesa de crepe georgette, sumiam ao lado dela. A marquesa era como um transatlântico que deixava todo o resto para trás. Rosa manteve-se junto à Clementina, cuja posição de honra no dia foi ofuscada pela mãe.

– Você e o barão vêm ao baile no mês que vem, não vêm? – a marquesa perguntou a uma mulher loira com maçãs do rosto salientes. Ela usava um vestido com flores de hibisco de seda e sapatos de nylon transparentes e carregava um dachshund com um hibisco na coleira. Era a única rival em relação à impressionante noção de moda da marquesa.

– Mas é claro – a mulher respondeu com um sotaque francês. – Já temos nossas fantasias.

A marquesa abriu um sorriso largo.

– Baronesa Derveaux, você parisienses são mais originais que os florentinos, sempre tão convencionais. Se não fosse por vocês, eu me suicidaria.

A Baronesa Derveaux atirou a cabeça para trás e riu, mostrando suas fileiras de dentes brancos como pérolas. Rosa lembrou-se das mulheres que vira na Via Tornabuoni. Se *elas* era convencionais, como será que eram as parisienses?

A marquesa continuou a cumprimentar os outros convidados, levando Clementina e Rosa de arrasto. Rosa ficou surpresa ao avistar a *signora* Corvetto.

Ela trajava um vestido de seda cor de chumbo e estava de pé junto a um homem de cabelo branco, sentado em uma cadeira de rodas. As mãos manchadas e o rosto caído do homem eram um contraste tão grande em relação à beleza da *signora* Corvetto que Rosa imaginou que aquele homem fosse o avô dela. Ficou surpresa ao perceber, quando a marquesa o cumprimentou, que ele era o marido da *signora* Corvetto. E ficou ainda mais surpresa ao ver que a marquesa não agiu com arrogância e convencimento em torno da *signora* Corvetto, como tinha feito com as outras mulheres. Embora a amante de seu marido fosse mais jovem e mais bonita, talvez a marquesa não se sentisse inferior a sua rival. Os outros convidados faziam questão de falar com o *signor* Corvetto, que era parcialmente surdo, porém viravam a cara para a esposa dele. Era óbvio que a consideravam socialmente inferior. As humilhações que Rosa sofrera no convento por parte das alunas pagantes eram em menor escala social, mas mesmo assim ela sentia o constrangimento da *signora* Corvetto. Clementina, sem se preocupar com convenções sociais, atirou os braços em torno da mulher e abraçou-a sem pudores.

– *Buon compleanno*! Feliz aniversário! – disse a *signora* Corvetto, retribuindo os beijos de Clementina. – Nove anos! Como você está grande!

Os olhos da *signora* Corvetto se encheram de lágrimas, e Rosa ficou se perguntando por que o crescimento de Clementina a deixaria triste.

– Venha – a marquesa apressou Clementina. – O almoço vai ser servido logo.

Clementina apertou a mão de Rosa e sussurrou:

– A *signora* Corvetto é um amor. Sempre vem me visitar no meu aniversário.

Nesse momento, Rosa notou um rapaz de pé à margem do grupo. Ele tinha um redemoinho no cabelo e uma expressão descontente. Não tirava os olhos da marquesa, porém a mulher não prestava a mínima atenção nele. Quando as três chegaram ao gazebo coberto de jasmins onde um quarteto de cordas tocava, a marquesa inclinou-se e soprou beijinhos sobre as bochechas de Clementina antes de virar-se para Rosa.

– Pode levá-la para brincar com as outras crianças.

– Sim, *signora* marquesa – Rosa respondeu com uma voz calma que não deixou transparecer a raiva que sentia por causa da indiferença da marquesa em relação à filha.

A amante do marquês demonstrava mais afeto por Clementina que a própria mãe da menina! Rosa achava admirável que Clementina tivesse um temperamento alegre apesar da negligência da mãe. Talvez fosse o amor do pai que a salvasse. Rosa olhou em volta procurando o marquês, mas ele havia desaparecido no instante em que a esposa começara a desfilar entre os convidados.

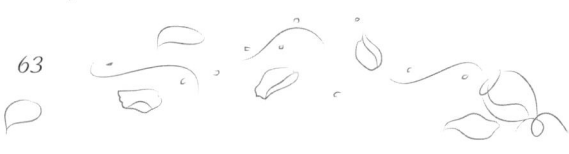

Maria e Rosa tinham ficado encarregadas de tomar conta dos gêmeos da Baronesa Derveaux e das outras sete crianças, bem como de Clementina. Para ajudá-las, a preceptora inglesa dos gêmeos, senhorita Butterfield, havia sido recrutada. A senhorita Butterfield tinha por volta de 50 anos, tornozelos finos e peitos generosos. A parte de cima de seu corpo era tão pesada que a impressão que se tinha era a de que ela poderia tombar para a frente a qualquer momento. Enquanto Rosa e Maria puseram-se a organizar as crianças em brincadeiras como pega-pega e rainha, bela rainha, o simples esforço de ver os pequenos brincarem parecia deixar a senhorita Butterfield exausta. Ela sentou-se em uma cadeira de vime e começou a se abanar. Rosa preocupou-se, pensando que talvez a mulher estivesse doente. A senhora Richards certa vez lhe dissera que nem sempre os ingleses se davam bem com o clima da Toscana; ficavam propensos a todo tipo de enfermidades: insolação, diarreia, febre. Rosa encheu um copo de água com limão e o ofereceu à preceptora.

– Eu não fui feita para essa vida de servidão – a senhorita Butterfield disse a Rosa. – Meu pai era um homem de boa posição social. Ele servia ao rei e havia herdado terras em Lake District. No entanto, ai de nós, seu primo trapaceiro o logrou e nos roubou tudo.

A senhorita Butterfield então iniciou uma ladainha de calamidades que haviam se abatido sobre ela desde que chegara ao mundo. Ela tinha três irmãos e duas irmãs que a maltratavam quando ela era criança e não falavam mais com ela.

– A consciência pesada não precisa de ninguém para acusá-la – falou a mulher. Sua mãe havia sofrido de artrite a vida inteira, e agora, ao que tudo indicava, a filha teria o mesmo destino, muito embora, aos olhos de Rosa, ela parecesse ter uma saúde forte. – Como meus joelhos latejaram nesse inverno! Achei que fosse morrer de tanta dor. – A senhorita Butterfield sofria também de dor de dentes, fraqueza no peito, dor nos ossos e prisão de ventre. A grande decepção de sua vida tinha sido o fato de seu "amado" pretendente ter se casado com a irmã mais nova dela. – Ela o roubou de mim, bem debaixo do meu nariz. Como um ladrão no meio da noite. Foi o fim! De todas as minhas esperanças de levar uma vida feliz!

Rosa tentou demonstrar preocupação, mas percebeu que só incentivaria a senhorita Butterfield a continuar. Ficou aliviada ao ver Ada e Paolina avançando pela trilha na direção delas, trazendo travessas com tortas de frutas, fatias de *castagnaccio* e *cenci* polvilhados com açúcar. Um empregado e uma criada vinham logo atrás, carregando jarras com ponche de frutas e copos.

– Olhe! Estão trazendo os doces – Rosa falou, levantando-se.

Ela organizou as crianças para que apanhassem um guardanapo e se sentassem no carpete que havia sido estendido para elas. A criada com o ponche de frutas aproximou-se discretamente de Maria.

– Os homens estão muito elegantes hoje. Especialmente ele.

– Ele está *sempre* elegante – Maria respondeu, dando uma risadinha.

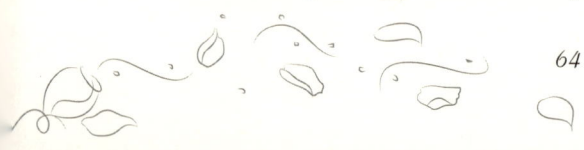

Rosa passou os olhos pelo grupo de adultos, imaginando de quem as criadas estariam falando. O marquês ainda não tinha reaparecido. O rapaz com o redemoinho no cabelo continuava a seguir cada movimento da marquesa com seu olhar flamejante. Seus traços eram harmônicos, mas ele tinha a expressão de alguém obcecado por um problema. Rosa não conseguia imaginá-lo dando risada. O único outro homem com menos de 40 anos era Vittorio, e certamente as criadas não estavam se referindo a ele. O irmão da marquesa pavoneava por entre os convidados com suas botas de cano alto e a camisa preta. Sua única concessão à festa era uma gardênia na botoeira. Rosa o considerava o ser humano menos atraente que ela já tinha conhecido, e o mais burro também. Certa vez, durante um dos torturantes jantares que ela havia compartilhando com a família Scarfiotti, ouvira-o afirmar que "a guerra não é uma necessidade infeliz, e sim uma expressão da virilidade masculina", para logo em seguida choramingar feito uma criança porque sua sopa estava fria. Paolina tinha contado que Vittorio participara da arrojada expedição de D'Annunzio a Fiume e que ganhara aquela cicatriz na testa durante um ataque feito pelos *squadristi* a um grupo comunista. "Mas um dia, quando descobriu um furúnculo nas costas, caiu de cama e começou a gemer como se tivesse contraído a Peste Negra", dissera ela.

Ada era mais compreensiva com Vittorio. "Ele levou uma pancada na cabeça no meio de uma batalha e tem tido problemas para se adaptar a uma vida calma desde que voltou da guerra", explicara. "A *signora* Guerrini disse que ele está sofrendo de um tipo de amnésia e que não consegue se lembrar de nada da infância nem da juventude. Tudo que ele sabe é lutar."

Rosa viu Vittorio cumprimentar alguns convidados austríacos com uma saudação fascista. Não fazia muito tempo que ela o conhecera, mas sua impressão era a de que ele deteriorava e enlouquecia cada vez mais.

Ada cutucou Rosa.

– Essas meninas só têm homem na cabeça – falou, apontando para Maria e a criada. – Cuidado para não ir pelo mesmo caminho. Eles não valem a pena.

As crianças terminaram os doces e lamberam os dedos. Depois que tinham limpado as mãos cheias de açúcar de confeiteiro nas batinhas e nos trajes de marinheiro, alvoroçaram-se em torno de Rosa, insistindo para que ela os deixasse brincar de bruxa do gelo. Rosa virou-se para pedir a Maria que a ajudasse, mas a criada havia desaparecido. Rosa supôs que ela tivesse voltado à casa com Ada para ajudar na cozinha.

– Eles me dão uma mixaria para comprar roupas – disse a senhorita Butterfield, depois que Rosa havia organizado a brincadeira das crianças e se sentado para vigiá-las. – Dizem que é porque a baronesa me dá os vestidos da mãe dela depois de a mulher tê-los usado algumas vezes. Você acredita? Roupas de segunda mão! Que insulto! Olhe este aqui, por exemplo: está todo puído!

O vestido da senhorita Butterfield era de crepe cor de amora, sem zíperes nem botões, e tinha uma sobreblusa que lhe dava uma aparência elegante. Era melhor do que qualquer coisa que Rosa possuía. Rosa começou a ficar impaciente com todas aquelas reclamações. Talvez, na verdade, o pretendente tivesse preferido a irmã porque havia percebido que a senhorita Butterfield nunca estava satisfeita.

Uma risada estridente cortou o ar, dando um susto em Rosa. A marquesa conversava com um homem cuja pança enorme pendia para fora da calça. Ela tragava um cigarro de uma piteira e soprava a fumaça na direção dele, flertando. Rosa viu o homem do redemoinho virar-se e disparar na direção da casa.

– Vocês italianos criam fantasias e todo mundo acredita nelas – zombou a senhorita Butterfield. – Marquesa de Scarfiotti! Ah, ela ama esse título, não ama? A vila. As roupas. Todo mundo acredita naquela história absurda de que a mãe dela é uma princesa egípcia! Que conversa mais fiada!

Rosa inclinou o torso para trás com aquele comentário. Ela não gostava da marquesa, mas estava ficando cansada das fofocas. Achava errado receber o dinheiro dos Scarfiotti e depois falar deles pelas costas. Irmã Maddalena sempre citava os Provérbios: *Apenas os mentirosos dão ouvidos a fofocas*. Rosa virou-se, dando a entender que não estava interessada em nenhum detalhe sórdido a respeito de sua patroa, porém a senhorita Butterfield prosseguiu como se não tivesse notado.

– Um primo meu foi mandado ao Egito e conheceu o General Caleffi. A mãe da marquesa era dançarina de bar em Cairo. Persuadiu o general a se casar com ela, e a família dele teve que inventar uma história para evitar o escândalo.

Rosa inspirou através dos dentes cerrados. O marquês obviamente tinha muito orgulho de seu nome de família, e Rosa duvidava de que fosse escolher uma esposa que o manchasse. Em sua memória surgiu a mulher de turbante que ela vira em frente ao caramanchão. Por outro lado, o que a senhorita Butterfield dissera explicava o porquê de o marquês não permitir que Clementina falasse com a avó.

Percebendo que havia despertado algum interesse em Rosa, a senhorita Butterfield se animou.

– A mãe da marquesa é cruel. Ora, meu primo sempre dizia que o velho general não morreu de disenteria coisa nenhuma. Ela...

A senhorita Butterfield foi interrompida pela chegada de Maria, que tinha corrido da galeria até elas. Rosa ficou agradecida. Não gostava da direção que a história da senhorita Butterfield estava tomando.

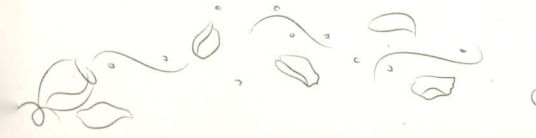

— Desculpe — disse Maria. — Lembrei que tenho que falar com o jardineiro sobre as rosas para as lembrancinhas. Elas estão sendo montadas lá na casa agora mesmo.

A touca de Maria estava torta, e seu queixo estava vermelho. Rosa aproximou-se para ajudá-la a endireitar a touca e sentiu um cheiro azedo — algo que parecia uma mistura de suor e água sanitária. Rosa achou estranho, pois Maria era muito meticulosa em relação à aparência. Talvez fosse porque o dia estava quente e ela estivera correndo.

— Está bem — disse Rosa. — Eu estava prestes a organizar as crianças para a corrida de sacos.

Nesse momento, a multidão aplaudiu e as crianças vibraram. Rosa e Maria viraram-se para a direção na qual todos olhavam. O marquês avançava pela trilha conduzindo um pônei cinza de crina branca. A sela e as rédeas cor-de-rosa tinham entalhes em forma de estrela, e uma pluma rosa enfeitava a cabeça do animal. Os olhos de Clementina se arregalaram de empolgação, e ela correu na direção do pai.

— Ele veio lá da Escócia especialmente para você — disse o marquês.

— É lindo — falou Clementina, acariciando o flanco do pônei com a bochecha. — Como é o nome dele?

— Bonnie Lass — respondeu o marquês, imitando o sotaque escocês e fazendo as crianças rirem.

Quando o marquês conduziu a filha pelo jardim montada no pônei, sua indiferença usual deu lugar a um rosto vivo, cheio de amor e orgulho. Depois do desfile de Clementina, ele ajudou as outras crianças a se revezarem para dar uma volta, jogando a cabeça para trás e rindo quando um dos meninos perguntou se o pônei era de verdade, ou se eram dois empregados vestindo uma fantasia. Rosa tinha ouvido falar que pôneis podiam ser mal-humorados, porém o cavalinho se comportou docilmente, mesmo com as crianças pulando e saltitando ao seu lado.

O Barão Derveaux, um homem de pernas desengonçadas e sobrancelhas arqueadas, juntou-se para ajudar. Seu jeito afável ao erguer as crianças para colocá-las na sela o fazia parecer um homem agradável. Rosa perguntou-se por que a senhorita Butterfield achava tantos motivos para reclamar de seus patrões.

— Um desastre total — disse a senhorita Butterfield, balançando a cabeça. — Veja se isso são modos! O Barão Derveaux sim é que parece uma criança. Os franceses são assim, nunca crescem.

Rosa ignorou a senhorita Butterfield, considerando-a alguém com uma visão de mundo pessimista. Ela achava os gêmeos Derveaux adoráveis, e os pais pareciam encantadores. Lembrou-se de uma citação do poeta inglês John Milton: *A mente pode transformar o inferno em paraíso e o paraíso em inferno.*

A senhorita Butterfield faria bem em dar ouvidos ao seu conterrâneo. A história sobre a mãe da marquesa ser dançarina de bar provavelmente não tinha nem um pingo de verdade.

Quando a festa terminou e os convidados estavam se aprontando para ir embora, o *signor* Bonizzoni mandou Rosa e Maria ajudarem-no com as lembrancinhas, pois a criada pessoal da marquesa estava ocupada com o livro de convidados e a *signora* Guerrini estava organizando as criadas que fariam a limpeza. As duas jovens passavam os pacotinhos ao marquês e à marquesa, que os entregavam aos convidados no momento da partida. Os homens receberam uma caneta prateada em que haviam sido gravados o nome de Clementina e a data da festa, enquanto as mulheres ganharam vidrinhos de cristal cheios de perfume, com as mesmas informações gravadas. As crianças receberam saquinhos de tule cheios de amêndoas açucaradas. Clementina fazia uma mesura graciosa para cada convidado que partia. Rosa notou que as lembrancinhas estavam amarradas com ramalhetes de violeta.

— Que pena o jardineiro não ter conseguido aprontar as rosas. Teria ficado tão elegante — ela comentou com Maria.

Manchas vermelhas apareceram nas bochechas de Maria, e ela evitou o olhar de Rosa. Rosa percebeu que a deixara constrangida, mas não entendeu por quê. Ela viu o marquês olhar rapidamente na direção de Maria e imaginou se ele tinha notado a saia amassada dela. Torceu para que a criada não levasse uma advertência.

O Barão e a Baronesa Derveaux foram os últimos a ir embora. Rosa esticou o corpo para apanhar uma caneta e passá-la ao marquês. Quando se endireitou, viu que o barão a fitava com uma expressão intrigada no rosto.

— Perdão, *Mademoiselle* — disse ele —, mas será que já não a vi em algum lugar?

O marquês ergueu as sobrancelhas.

— Impossível, François. Ela estava enclausurada em um convento até vir para cá.

O barão desculpou-se com um aceno de cabeça.

— Talvez tenha sido na Via Tornabuoni — sugeriu Rosa. — Eu estive lá faz algumas semanas. Deixei minha flauta para ser consertada. Ou em outro lugar da cidade? Eu resolvo algumas coisas por lá às quartas-feiras.

— Ah, mas eu só vou à cidade quando não há outro jeito — disse o barão, abrindo um sorriso irônico. — Minha esposa adora Florença, mas eu não suporto. Não aguento todos aqueles florentinos me dizendo que têm o idioma mais bonito, o melhor vinho, o óleo de oliva mais puro, a arte mais fascinante. Vão lhe dizer até que as melhores bengalas são feitas em Florença! Prefiro ficar na nossa vila aqui em Fiesole sempre que estamos na Itália. Era isso que eu fazia na minha infância, quando minha família vinha passar as férias aqui.

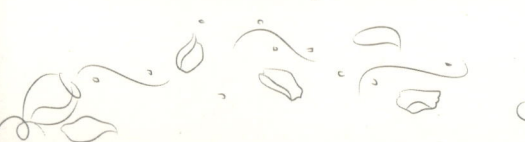

A marquesa virou-se e observou Rosa com atenção. Provavelmente era a primeira vez que a mulher punha os olhos de verdade nela, Rosa pensou.

– Quem ela lhe lembra, François? – perguntou a marquesa.

O barão ficou quieto por um instante antes de responder.

– Foi quando ela se virou de um certo jeito... Bem, talvez tenha sido uma ilusão de ótica.

– Ou uma ilusão do champanhe – riu a baronesa, enganchando o braço no do marido. O barão sorriu, mas Rosa viu que ele estava perturbado.

O motorista do barão trouxe o Alfa Romeo até a escadaria e abriu as portas. O *signor* Bonizzoni mandou Maria ir ajudar as outras criadas e também retornou para dentro da casa. O marquês e a marquesa, com Clementina e Rosa atrás, permaneceram nos degraus para acompanhar a partida da família Derveaux. O barão e a baronesa entraram no carro, seguidos pelos gêmeos. O barão deu mais uma olhada para Rosa. Ela piscou, e a visão de um menino e uma menina junto a uma lagoa surgiu. Rosa soube, por causa das pernas desengonçadas e das sobrancelhas arqueadas, que o menino era o jovem barão. Mas quem era a menina de cabelo escuro? Seu rosto estava virado para o outro lado e ela estava agachada, como se estivesse prestes a atirar uma pedrinha na lagoa para fazê-la saltitar sobre a água. A imagem era o retrato da inocência, mas ainda assim encheu Rosa de tristeza. Sua atenção foi atraída novamente para o presente, quando o motorista do barão manobrou o veículo em torno da fonte e seguiu na direção do portão.

– *Au revoir, mes chéris* – a baronesa gritou pela janela do carro. – Até o baile.

Depois que o carro despareceu em meio ao bosque, o marquês voltou para dentro da casa sem trocar uma palavra com a esposa. A marquesa desceu as escadas e avançou pela via de acesso. Clementina, pressentindo uma aventura, pôs-se a segui-la, mantendo certa distância. Rosa, que não havia sido dispensada para o resto do dia, não teve escolha a não ser ir com a menina.

– Não devíamos seguir a sua mãe. Talvez ela queira ficar sozinha.

– Ela vai a algum lugar no bosque – Clementina retrucou, sem nem um pingo de culpa. – Eu quero saber que lugar é esse.

Era fim de tarde, e a luz cintilava nas árvores. A marquesa fez uma curva no bosque, distraída demais para notar Clementina e Rosa galopando atrás dela, ou o estrago que o caminho de terra provocava em seus sapatos. A trilha as levou para além do cemitério e, após outra curva, na direção da guarita. A luz fraca e trêmula que penetrava através das árvores era bonita, porém a atmosfera do bosque era sinistra. Era como se as árvores e os pássaros estivessem à espreita, aguardando algo acontecer. Rosa estremeceu ao lembrar-se do que ouvira sem querer pela janela da oficina de instrumentos musicais. Será que era verdade que bruxas tinham sido queimadas ali durante a Inquisição?

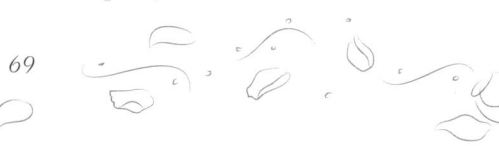

Elas estavam quase chegando à guarita, quando o homem do redemoinho saiu de detrás de uma árvore. Ele carregava uma cesta de vime com tampa, a qual pousou no chão junto aos pés. Rosa e Clementina se esconderam atrás de alguns arbustos. A marquesa não pareceu surpresa com a aparição do homem, e Rosa ficou imaginando se ela tinha ido até ali para encontrá-lo.

– Eu larguei tudo por você – o homem disse à marquesa.

– Nunca lhe pedi isso – respondeu ela.

– Você disse que viria comigo.

A marquesa soltou uma risada aguda.

– Eu só falei isso porque tinha bebido demais. Nós dois sabemos que foi tudo prazer físico, nada mais.

Rosa ficou vermelha e deu um puxão no braço de Clementina.

– Hora de voltar. Isso é conversa de adulto.

Clementina fitou-a com olhos radiantes, indiferente ao significado da conversa.

– Mas eu quero ver o que tem na cesta.

– Olá! – chamou o homem.

Rosa olhou para cima e percebeu que ele tinha avistado as duas.

– Eu trouxe um presente para você, Clementina – falou o homem, abrindo a cesta de vime e tirando um filhote de weimaraner.

– Ela não quer – disse a marquesa.

– Quer sim – retrucou o homem, soltando o filhote, que se contorcia todo.

O cachorro se arrastou na direção de Clementina que correu ao encontro dele, pegando-o no colo e rindo quando ele lhe lambeu o rosto. O filhote tinha uma macha escura perto do focinho. Seria uma mácula no pedigree dele, porém para Rosa, isso só o tornava ainda mais adorável.

– Desculpe, *signora* Marquesa – disse Rosa, fazendo um gesto para que Clementina trouxesse o cachorro e a seguisse. – Não queríamos nos intrometer.

A marquesa lançou um olhar de deboche para Rosa.

– Você não tem muito controle sobre a minha filha.

– Não, *signora* marquesa – respondeu ela, sentindo o corpo esquentar de constrangimento. – Geralmente não preciso exigir disciplina. Ela normalmente é bem obediente.

A marquesa encolheu os ombros e virou-se para o homem outra vez, obviamente ignorando Rosa.

– Você achava que eu ia abandonar isso aqui? – perguntou ela, apontando para a área em volta deles e para a vila. – Para virar a esposa de um acadêmico desleixado? – Ela bateu no peito com o punho. – Você não sabe quanto tudo isso aqui me custou! Do que eu tive que abrir mão para me tornar a Marquesa de Scarfiotti!

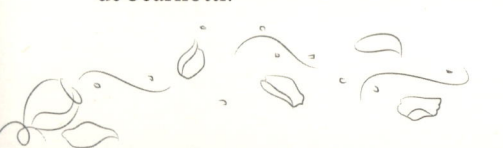

O sangue sumiu do rosto de Rosa. Clementina, que estava tendo dificuldade para fazer o filhote alvoroçado segui-la, estava longe demais para ouvir, mas Rosa tinha ouvido tudo. Será que a marquesa queria que ela escutasse aquela conversa? Ou será que simplesmente não ligava?

– Então era tudo mentira? – perguntou o homem.

A marquesa encolheu os ombros. O homem começou a cambalear para trás, como se tivesse levado um tiro.

– Você disse que me amava – falou ele, chacoalhando a cabeça.

– Você foi burro o suficiente para acreditar.

O homem não tirava os olhos da marquesa. A confusão em seu rosto era palpável.

– Você era uma pessoa diferente quando... você era diferente.

– Todo mundo é diferente quando quer – respondeu a marquesa. – Todo mundo interpreta um papel. Bem, o show acabou.

O homem soltou um gemido, e os olhos da marquesa brilharam. Rosa teve a impressão de que ela estava sentindo prazer em causar aquela dor. Ela era como um vampiro que extraía sua força da fraqueza de outro ser humano. Rosa ficou enjoada. Se aquele homem amava a marquesa, era tolo por fazê-lo. Ela não amava ninguém, nem mesmo o marido e a filha. O homem deu uma última olhada para a marquesa, depois deu meia-volta e fugiu para dentro do bosque feito um animal ferido. Pouco tempo depois, ouviu-se um motor de carro.

A marquesa continuou olhando na direção do homem por um momento. Em seguida, virou-se e pôs os olhos em Rosa, depois em Clementina e no cachorrinho. Um ar ameaçador tomou conta do seu rosto.

– Vou ensinar você duas a não me espiarem. Clementina, venha aqui e traga o cachorro – chamou ela, caminhando na direção da guarita. – Vamos mostrar o filhotinho para o *signor* Taviani.

Clementina apanhou o weimaraner e correu atrás da mãe, sem desconfiar de que estava prestes a ser punida. Rosa a seguiu, sentindo a pele arrepiar-se inteira.

– Ele é tão lindo, *Mamma*! – Clementina cantarolou, beijando o filhote, que retribuiu com uma lambida. – Tão lindo!

O *signor* Taviani estava nos fundos da guarita cortando lenha e franziu a testa ao ver as três se aproximando. A marquesa tomou o cachorro de Clementina à força, puxando-o pelo cangote e atirando-o na direção do *signor* Taviani, que o aparou com o braço.

– Mate! – disse a marquesa.

Clementina deu um grito. Rosa estava chocada demais para conseguir falar. O filhote se contorceu e escapou do porteiro, correndo de volta para Clementina. A menina atirou o corpo sobre ele, protegendo-o com os braços.

— Nós não vamos ficar com esse cachorro – disse a marquesa. Sua voz não estava mais lânguida e arrogante. Estava aguda e histérica.

— Não, *Mamma*! Não! – Clementina gritava.

O filhote escapou dos braços de Clementina, abanando o rabinho. Rosa não aguentou.

— É só um filhote, *signora* marquesa – falou ela. – Talvez um dos empregados possa ficar com ele e dar para os filhos.

A marquesa virou bruscamente a cabeça na direção de Rosa. O branco de seus olhos estava à mostra, como um cavalo prestes a morder.

— Meu Deus, mas você é uma vira-lata sem classe mesmo, não? O que eu não entendo é como o meu marido foi achar que você era adequada para esta casa! Veja a marca perto do nariz, sua burra! Ele é deformado!

— Não é, não! – gritou Clementina. – E não seja mal-educada com a *signorina* Bellocchi! Ela é mais inteligente que você!

A marquesa ergueu a mão, e Rosa se pôs na frente de Clementina, aterrorizada ao perceber que a mulher pretendia dar um tapa na menina.

— Eu não suporto nada deformado! – disse a marquesa com ódio, abaixando o braço. – Tenho asco!

Clementina começou a chorar convulsivamente, e Rosa tentou acalmar os próprios nervos. Até então, achava que a marquesa queria destruir o cachorro por ter sido um presente do seu amante, ou para ensinar Clementina a nunca mais segui-la. Que tipo de deformidade uma mancha escura no nariz de um cachorro podia ser? A cabeça de Rosa estava uma confusão só. Momentos antes ela estava cuidando das crianças durante a festa – e agora isso? A marquesa era louca. Rosa não tinha dúvida disso.

A mulher voltou-se para o *signor* Taviani.

— Mate! – disse ela. – Não importa como. Afogado. Com um tiro. Use esse machado aí que estava usando até agora há pouco.

Clementina soltou um gemido de dor. Rosa rezou para que alguém na vila ouvisse seu choro e viesse investigar. O *signor* Taviani olhou para Rosa e depois para a marquesa.

— Não na frente da criança – disse ele.

Rosa se surpreendeu com a voz do homem. Não era o dialeto rude que ela estava esperando; sua voz era calma e refinada. Então ela recordou-se de que ele nem sempre tinha sido o porteiro; antigamente, era o gerente da propriedade. Rosa pensou em apelar para a misericórdia do homem, porém um ar intimidante em seu rosto a deteve. Até a marquesa parecia ter receio dele.

— Tudo bem – respondeu a marquesa, agitando a mão no ar. Em seguida, deu uma risada curta e apontou para Clementina e Rosa. – Elas não entendem.

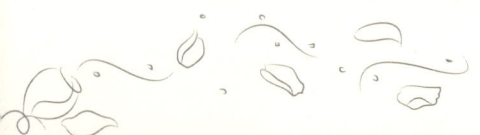

São burras demais. Mas você entende, *signor* Taviani. *Eu sei que entende*. Há que se fazer escolhas difíceis quando se quer ser grande. Nem todos têm a força para fazer essas escolhas. É por isso que levam uma vida miserável e nunca deixam de ser pessoas pequenas.

A marquesa virou-se e agarrou Clementina pelo braço, torcendo-o. A menina debateu-se, tentando se soltar, porém perdeu o equilíbrio.

– E cale essa boca, Clementina – disse a marquesa. – Ou me livro da sua preceptora também.

A marquesa não esperou Clementina recolocar os pés no chão; foi arrastando-a sentada pela vegetação rasteira, na direção da via de acesso. Rosa estava chocada demais para reagir. Nunca na vida ela teria imaginado uma mãe fazendo uma coisa dessas com a própria filha. Quando voltou a si, sentiu uma onda de raiva espalhar-se pelo corpo. Ela não se importava com seu cargo; se importava com Clementina. Será que conseguiria correr rápido o suficiente até a vila para alertar o marquês? Ele certamente poria um fim àquela insanidade.

Rosa saiu em disparada, ultrapassando a marquesa e Clementina. A respiração lhe doía no peito e ela sentia câimbras nas pernas, porém não cedeu à dor. Havia chegado à via de acesso e já avistava a vila, quando ouviu o tiro ressoar. Pássaros amedrontados levantaram voo. Rosa caiu no chão e agarrou os joelhos, tentando angustiadamente recuperar o fôlego. Ela sentiu um enjoo. Não adiantava mais correr. Era tarde demais. O filhote estava morto.

Naquela noite, Rosa acordou com os gritos de Clementina. Correu até o quarto da menina e encontrou-a banhada de suor, agitando-se de um lado para o outro. Rosa ajudou-a a sentar-se e a abraçou. Clementina abriu os olhos e fitou Rosa. Seus lábios estavam tremendo.

– Está tudo bem – disse Rosa. – Eu estou aqui.

Ela tinha redigido sua carta de demissão antes de deitar-se, porém agora percebia que não podia apresentá-la. Se fosse embora, quem tomaria conta de Clementina? Certamente não aquela mãe sádica! E o marquês tinha outras preocupações. Rosa o procurara depois do incidente na tarde anterior, mas não conseguira encontrá-lo. Apenas quando uma das criadas lhe trouxe o jantar foi que Rosa soube que ele havia se retirado para seu escritório e ordenado expressamente que não fosse perturbado. Provavelmente tinha sido melhor Rosa não ter conseguido falar com ele. Ela teria dito coisas sobre a marquesa, coisas que não poderiam ser retiradas.

Clementina começou a chorar convulsivamente outra vez. Rosa perguntou-se por que Maria, que fora designada como a nova babá, não havia aparecido. A *signora* Guerrini havia lhe informado naquela tarde sobre seu novo cargo, que entrara em vigor imediatamente. Rosa confortou Clementina até que a respiração da menina se acalmou e seus tremores cessaram. Ela sabia que a pequena estava angustiada por causa da morte do filhote. Rosa também estava perturbada, porém não acreditava que falar sobre o acontecido faria bem a nenhuma das duas.

– Vamos ler alguma coisa juntas? – perguntou em vez disso.

Clementina piscou, espantando as lágrimas.

– *Le Tigri di Mompracem*? – ela deu uma fungada.

Rosa sorriu ao pensar que Clementina preferia as aventuras dos piratas fanfarrões de Salgari à *Bela Adormecida* ou *Branca de Neve*.

– Ah, bem, então é melhor você ler para mim – disse ela à menininha. – Assim posso me esconder embaixo das cobertas durante as cenas de luta.

– Está bem – respondeu Clementina, abrindo as páginas já gastas do livro.

Rosa apertou a bochecha contra a de Clementina, tentando afastar da memória o alerta que a abadessa dava às freiras, recomendando que não se apegassem demais às suas pupilas: "Elas são como passarinhos que foram lançados para fora do ninho durante uma tempestade. Nós lhes damos de comer, mantemo-las aquecidas e as educamos, mas um dia precisamos deixá-las partir."

"Eu não vou deixar Clementina partir", pensou Rosa. "Ela precisa de mim."

Já era quase manhã quando Clementina finalmente pegou no sono. Rosa puxou o cobertor em volta da menina antes de retornar ao próprio quarto. No corredor, viu de relance Maria subindo sorrateiramente as escadas e entrando de fininho no quarto da babá. Onde ela havia estado esse tempo todo?

Rosa tentou dormir, mas não conseguiu aquietar-se de jeito nenhum. A cena do filhote se repetia sem parar em sua cabeça. "Eu não suporto nada deformado!", a marquesa tinha dito. "Tenho asco!"

Rosa se sentia sozinha na vila. Seu cargo de preceptora a colocava em um limbo. Ela não fazia parte da família, mas também não se encaixava na hierarquia dos outros empregados. Na Vila Scarfiotti, porém, essa não era necessariamente uma desvantagem: com exceção de Clementina, Rosa preferia manter-se longe da família; e o fato de não estar sob o domínio da *signora* Guerrini deixava-a feliz. Rosa passava muito de seu tempo livre na ampla biblioteca da vila. Embora vivessem isoladas, as freiras de Santo Spirito eram grandes estudiosas e musicistas também. Haviam transmitido a Rosa o amor pelos estudos, e ela continuava sua educação na vila lendo obras de autores importantes como Tolstói e Ralph Waldo Emerson. Mesmo assim, Rosa havia sido criada em uma comunidade unida e ansiava por contato humano. Ela levantou da cama, vestiu-se e vagou até a cozinha, pois sabia que Ada e Paolina começavam cedo suas atividades. Encontrou-as podando alcachofras. Sem parar o trabalho, as duas convidaram Rosa para sentar-se junto ao fogo.

– Faz quanto tempo que você está aqui na vila? – Rosa perguntou a Ada.

A cozinheira estalou a língua.

– Eu vim para cá em 1914, quando os Scarfiotti despediram a cozinheira que estava com eles fazia trinta anos. Mandei buscar Paolina quando ela tinha 16. Ela é minha sobrinha.

– Por que eles mandaram a cozinheira embora? – perguntou Rosa.

– Não sei – respondeu Ada. – Era a terceira geração na família da mulher a ficar encarregada da comida na vila. O marquês pagava uma pensão para ela, mas sem marido nem filhos, e sem ter mais nada a esperar da vida além da velhice, ouvi dizer que ela morreu de desgosto.

Rosa não teria ficado surpresa se esse tipo de comportamento insensível tivesse vindo da marquesa. Mas o marquês? Rosa o conhecia o suficiente para saber que era generoso, mesmo que fosse um pouco indiferente. Por que teria feito aquilo?

– Então a tia de Clementina ainda estava viva quando você chegou – disse Rosa.

– Sim. Mas eu nunca pus os olhos naquela mulher – respondeu Ada. – Fazia pouco tempo que ela tinha voltado da Líbia, onde o marido havia sido assassinado. Estava grávida e doente. Só a *signora* Guerrini tinha permissão para chegar perto dela.

– O *signor* Morelli, da oficina de instrumentos musicais, disse que ela era linda.

Ada acenou com a cabeça, concordando.

– Eu acredito. Bem, sem dúvida, nos retratos que eu vi ela está linda. Era bonita como a *Vênus Adormecida* de Giorgione: graúda como uma mulher deve ser, com um rosto redondo e amável. Uma beleza natural, sem artifícios.

Rosa ficou pensando que a tia de Clementina parecia ser o oposto da marquesa.

– Como era o nome dela? – perguntou.

– Acho que Cristina era o nome de batismo – respondeu Ada. – Mas nunca ouvi ninguém usar. Todo mundo a chamava de Nerezza.

O nome pouco comum surpreendeu Rosa. Significava *escuridão*. A tia de Clementina devia ter cabelo escuro.

– Não vi retrato de mulher graúda em parte nenhuma da casa – comentou ela.

Ada suspirou.

– O marquês mandou tirar todos depois da morte dela. Foi a dor e... a culpa.

– Culpa?

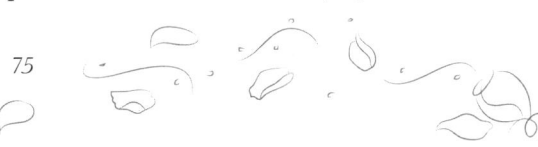

– O marquês estava longe, passando a lua de mel no Egito, quando a irmã voltou. Ela morreu poucas semanas depois do nascimento da criança, por causa de uma infecção. Ele só conseguiu voltar a tempo para o funeral. A guerra atrasou a viagem dele.

– O marquês se dava bem com a irmã? – perguntou Rosa, pensando na inscrição que vira na sepultura: *Buona notte, mia cara sorella*.

Ada respondeu que sim com a cabeça.

– Ela era mais velha que ele e praticamente o criou depois que a mãe deles morreu em um acidente de caça. Os dois eram como almas gêmeas. Bem, até a marquesa surgir, ao que parece.

– Ouvi falar que foi a marquesa quem convenceu o marquês a não vir logo para casa – disse Paolina. – Nerezza era conhecida por ser forte como um touro. Doenças que abatiam outros membros da família nunca a atingiam. Ninguém esperava que ela fosse morrer.

Rosa ficou pensando naquela informação. O *signor* Morelli tinha dito a mesma coisa. Parecia que Nerezza era famosa por sua constituição vigorosa.

– Acho que é por isso que o marquês e a marquesa não se dão bem – disse Rosa. – Ele provavelmente a culpa por não ter podido estar com a irmã quando ela precisava dele.

Ada e Paolina acenaram com a cabeça, concordando.

– Ao que parece não havia afeto nenhum entre a marquesa e a cunhada – falou Ada. – Dizem os boatos que as duas se odiavam.

– O que aconteceu com a criança? – perguntou Rosa.

Paolina olhou para a tia. O queixo de Ada tremeu, e seus olhos se encheram de lágrimas. Rosa ficou surpresa com a demonstração de emoção por parta da cozinheira.

– Era uma criança linda – disse Ada. – Apesar da doença da mãe, era rechonchuda feito um bolinho. A *signora* Guerrini a trazia para mim toda manhã para o banho. Eu a pesava na minha balança e dava um pouquinho de leite de cabra diluído e um mingau de aveia ralo para deixá-la mais forte. Eu dizia para a *signora* Guerrini que era melhor chamar uma ama de leite, mas ela falava que Nerezza insistia em amamentar ela mesma a criança. Alguma ideia que ela tinha visto em Paris. Bem, acho que o leite da mãe estava infectado também. O anjinho sobreviveu pouco após a morte da mãe, apesar da ajuda da ama de leite que, por fim, foi chamada, quando percebemos que a criança estava perdendo peso. A criança morreu no dia em que o marquês retornou.

A mulher ficou em silêncio.

– Que tragédia horrível – disse Rosa.

Ela simpatizava com o marquês, independentemente de suas imperfeições. A filha da irmã podia ter sido um conforto para ele caso tivesse sobrevivido.

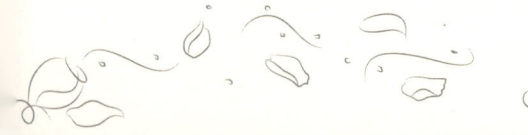

Ada e Paolina começaram a aprontar o café da manhã, e Rosa se ofereceu para ajudá-las. Era como estar no convento outra vez, trabalhando com Irmã Maddalena. Enquanto moía castanhas para fazer farinha, Rosa pensou no que Ada e Paolina haviam lhe contado. O marquês amava a irmã, mas tinha se casado com uma mulher que a odiava. Certas coisas na família Scarfiotti não faziam sentido. O fogo começou a morrer, e Paolina apanhou o atiçador para remexer os carvões. No meio da ação ela parou, como se tivesse visto algo que a deixara intrigada.

– Três espíritos do destino – falou. – Estão tecendo uma vestimenta e estão quase terminando.

Rosa lembrou-se do sonho que tivera, em que Ada e Paolina falavam sobre bruxas. A Bíblia dizia que magia era coisa do demônio. Porém, não havia nada de maligno em Ada e Paolina

– Vocês são *streghe*? – Rosa perguntou à mulher. – São bruxas?

Ada deu uma risada discreta.

– Todas as mulheres são bruxas – respondeu ela, esfregando as mãos no avental. – Só que algumas têm mais consciência disso do que outras.

– Eu não sou bruxa – disse Rosa.

– Ah, é sim – retrucou Paolina. – Eu vi o poder em você desde a primeira vez em que entrou na cozinha. Você vê coisas que os outros não veem.

Rosa ficou surpresa. O que Paolina tinha dito era verdade. Ela de fato via as coisas de um jeito diferente. Onde uma pessoa via um pedaço de carne, Rosa enxergava uma vaca ruminando a grama.

– Isso não quer dizer que eu seja bruxa – protestou ela. – Bruxas são más.

Ada ergueu as sobrancelhas.

– Você acha que Paolina e eu somos más?

Rosa engoliu as palavras. É claro que elas não eram más. Rosa pegou-se repensando o que lera na Bíblia. Talvez tivesse levado aquilo muito ao pé da letra. Até mesmo Irmã Maddalena demonstrara uma mente aberta em relação a filosofias além do catolicismo. "Como alguém pode defender suas próprias crenças quando não entende as dos outros?", a freira costumava dizer. Era comum Rosa encontrá-la na biblioteca do convento lendo Platão e Pitágoras, fingindo estar estudando matemática ou ciências. Em que as bruxas acreditavam? Rosa lembrou-se da explicação de Irmã Maddalena: embora muitas mulheres chamadas de bruxas tivessem sido perseguidas por causa de falsas acusações – tais como sacrifícios humanos e atos malignos –, sua crença básica era a de que, independentemente de quão complicado o mundo parecesse, tudo era constituído dos mesmos quatro elementos: terra, ar, fogo e água. "Elas acreditam que somos todos partes de um mesmo corpo, e não entidades separadas", Irmã Maddalena havia dito. Rosa agora se perguntava se isso era tão improvável assim.

– É verdade que bruxas foram queimadas aqui no bosque? – ela perguntou a Ada e Paolina. – Durante a Inquisição?

Ada passou os olhos por ela.

– Então você ouviu a história de Orsola Canova?

Rosa negou com a cabeça.

– Só ouvi sem querer alguém dizendo que o bosque é mal-assombrado.

Ada colocou os pãezinhos no forno e se voltou para Rosa.

– Deixa eu explicar a você. Na época dos Médici, Francesco Canova protestou contra a corrupção da classe dominante. Ele foi banido de Florença, e suas propriedades foram divididas entre a elite. Apenas a filha mais nova dele, Orsola, permaneceu na cidade, com a tia e a prima. A maioria das mulheres não aprendia a ler naquela época, mas as parentes de Orsola eram estudiosas. Ela cresceu e se tornou uma moça instruída, porém sem respeito pelas famílias poderosas. As três mulheres tinham interesse por medicina e, em segredo, iam até a casa das pessoas e as curavam de doenças. Os Scarfiotti tinham um filho que se apaixonou por Orsola. Ela não fazia nada para incentivar o rapaz, porém a obsessão dele se tornou tão constrangedora para a família Scarfiotti que eles alegaram que Orsola tinha usado mágica para fazê-lo se apaixonar. As autoridades revistaram a casa da tia dela e encontraram frascos de vidro e livros de anatomia. Orsola, a tia e a prima foram julgadas pelo tribunal e acusadas de pecar contra a igreja. Foram queimadas aqui no bosque.

– Que morte horrível – disse Rosa, chacoalhando a cabeça. – Que bom que a humanidade evoluiu desde essa época.

– Você acha? – perguntou Ada, olhando em dúvida para ela. – Dizem que, quando a pira foi acendida, Orsola jurou que voltaria para assombrar os Scarfiotti.

Rosa lembrou-se da sensação esquisita de estar sendo observada que experimentara no bosque.

– Você acha que Orsola ainda está aqui?

– É impossível matar uma bruxa como Orsola – respondeu Ada. – O espírito dela vai permanecer aqui até que seu juramento seja cumprido.

– Foi isso que eu vi no fogo – acrescentou Paolina. – As Parcas decidiram. Orsola e suas companheiras estão prontas.

– Prontas para quê? – perguntou Rosa.

Paolina espremeu os olhos para estudar as brasas que queimavam lentamente, depois se voltou para Rosa outra vez.

– Não consigo ver. Mas a sua chegada aqui mexeu com elas, disso eu sei.

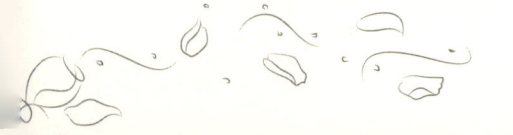

As semanas que antecederam o baile foram extremamente alvoroçadas. A porta-janela do salão de baile estava escancarada, e criadas corriam para lá e para cá, espanando quadros e polindo espelhos e assoalhos. Rosa viu de relance o piano Bösendorfer quando ele foi movido para o salão de baile a fim de abrir espaço na sala de música para os jogos de cartas. "Dramático, rico e encorpado" – era assim que tanto o som do piano quanto Nerezza tinham sido descritos. Rosa ficou parada na porta por um momento, tentando imaginar a mulher sentada à frente do teclado. Lembrou-se do perfil da estátua na sepultura. Nerezza tinha sido uma artista e musicista talentosa. Era bonita e morrera jovem e de maneira inesperada. Seu marido tinha sido morto na Líbia. Rosa via seu interesse pela tia de Clementina crescer a cada fato novo que descobria sobre ela. Porém, Nerezza não era a única pessoa da vila de quem Rosa tinha curiosidade.

A marquesa passou apressadamente com a *signora* Guerrini; as duas conversavam sobre as flores para o baile. Rosa virou para o outro lado. Embora a patroa não tivesse mudado seu comportamento para com ela depois do incidente com o filhote, Rosa achava difícil esconder sua repulsa pela marquesa. "Por que ela é tão cruel?", Rosa se perguntava. "E como posso proteger Clementina – e a mim mesma – dela?" Já não tinha mais relutância em descobrir os segredos obscuros da marquesa. Precisava entendê-los para conseguir se defender. A senhorita Butterfield dissera que a mãe da marquesa não era uma princesa egípcia como afirmava ser, e sim que tinha sido dançarina de bar no Cairo. Paolina dera a entender que o marquês culpava a esposa por não ter podido estar com a irmã quando ela morrera. Antes, Rosa ignorava comentários assim, considerando-os fofoca. Agora, porém, ela queria a verdade.

Duas semanas antes do baile, Clementina foi acampar com as colegas do Piccole Italiane, a marquesa foi visitar a Baronesa Derveaux na vila dela e o marquês estava em Florença, presumivelmente com a *signora* Corvetto. Com todos fora de casa ao mesmo tempo, Rosa sabia que aquela seria sua única chance de investigar os aposentos da marquesa.

No dia em que os Scarfiotti partiram, cada um para seu destino, Rosa esperou até que os empregados estivessem fazendo a refeição da noite para descer a escada de serviço até os aposentos da marquesa. Uma onda de pânico a inundou quando ela esticou o braço na direção da porta. Se fosse descoberta, seria demitida. Para seu desânimo, a porta que levava ao andar da marquesa estava trancada. Rosa hesitou, perguntando-se se aquilo era um sinal de Deus indicando que ela deveria abandonar a iniciativa arriscada. O que imaginava que aconteceria ao opor-se contra uma mulher tão poderosa? E o que é que esperava encontrar? A marquesa não tinha ficado nem um pouco constrangida em discutir com o próprio amante na frente de Rosa. Será que era inútil tentar obter algo contra alguém tão despudorado?

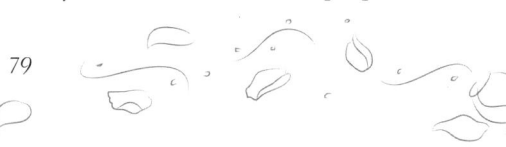

Rosa respirou fundo e se preparou. Conhecer a mulher com quem estava lidando e entendê-la melhor era o único jeito de combater sua própria impotência. Ela desceu até o andar de baixo e abriu uma porta, descobrindo que levava ao patamar principal, onde ela ficaria exposta feito um animal caçado correndo em campo aberto. Vozes e o tinido abafado de talheres subiam da sala de jantar dos empregados, no andar inferior. Se o *signor* Bonizzoni ou outro empregado saísse de lá e entrasse no salão, veria Rosa. Ela engoliu a saliva e atravessou a área aberta até outra escada que dava acesso ao terceiro andar. Torceu para que a porta dos aposentos da marquesa estivesse destrancada daquele lado e soltou um suspiro de alívio quando a maçaneta não ofereceu resistência. Rosa entrou sorrateiramente no corredor que Maria tinha lhe mostrado. Uma réstia de crepúsculo iluminava os escravos núbios e a dançarina egípcia com a serpente enrolada na perna. Rosa lera em algum lugar que artefatos egípcios supostamente continham o espírito dos seres representados. Ela deu as costas para os olhos de zircão da serpente e entrou na saleta onde ficavam as pinturas e esculturas que retratavam a marquesa. Por que uma mulher sentiria a necessidade de ter tantas representações de si mesma? Aquilo devia ser mais do que simples vaidade.

Havia uma porta no lado oposto da saleta. Rosa abriu-a e viu-se dentro do quarto da marquesa. A cama de dossel ficava sobre uma plataforma. O olhar de Rosa seguiu os pilares de ouro e as cortinas azul-chumbo com borla até o pináculo em forma de coroa dourada. Perto da lareira de mármore havia uma *chaise longue* combinando. As paredes eram cobertas por damasco negro e dourado. Perto da cama havia um *prie-dieu* incrustrado com esmeraldas. A marquesa rezava? Rosa não conseguia imaginá-la fazendo isso. A atmosfera exagerada de *palazzo* do quarto não combinava com a personalidade pérfida da marquesa. Rosa lembrou-se da primeira vez em que a vira comendo o filé sangrento e da maneira como se alimentara da vulnerabilidade do homem do redemoinho. Talvez o esquema de cores fúnebres fosse mais adequado à natureza vampiresca da marquesa.

Rosa concentrou-se para tentar ouvir se alguém se aproximava dos aposentos antes de avançar para o cômodo seguinte. Aquele espaço não tinha janelas. Ela acendeu a luz. Prateleiras que iam do chão ao teto armazenavam a coleção de chapéus e bolsas da marquesa, enquanto seus vestidos Schiaparelli e Mainbocher pendiam de cabides no guarda-roupa aberto. O vestiário era mais compatível com o estilo que Rosa esperava da marquesa. Ela observou rapidamente o teto com recôncavo dourado, a cômoda de nogueira com espelho triplo e os biombos de Coromandel. Passou os olhos pelo relógio sobre a cômoda e percebeu que tinha apenas quinze minutos antes que a equipe começasse a retornar aos seus postos.

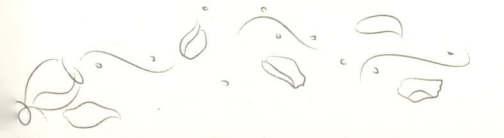

Ligado ao vestiário havia um banheiro decorado com porcelana preta e branca e ornamentos dourados. Mais além havia outra porta. Rosa abriu-a e viu-se diante de um cômodo vazio, com chão de madeira não polido. Talvez o espaço antes fosse usado como armário, muito embora não houvesse prateleiras, mas apenas uma janela coberta por uma cortina vermelha no outro extremo. Rosa sentiu curiosidade de descobrir para onde dava aquela janela. Afastou a cortina e encontrou não uma janela, mas uma porta de metal. Supôs que fosse de um cofre e imaginou que estaria trancada, mas, para sua surpresa, o trinco se abriu quando ela o tocou. Rosa encarou a escuridão. Não se tratava de um cofre, e sim de outro cômodo, do qual emanava um cheiro apimentado. Não havia interruptor perto da porta, mas ela notou um cordão pendurado no teto e o puxou. Duas luminárias se acenderam, uma de cada lado de um altar de pedra. Rosa viu-se diante de um enorme olho pintado na parede. Ao lado dele havia a imagem dourada de um abutre com cabeça emplumada e garras de leão. Ela ficou tão hipnotizada que levou alguns momentos para notar os outros objetos na sala. Em cima de prateleiras e banquetas havia estatuetas de besouros, escorpiões, ursos, leões e crocodilos. Centenas de pedras, gemas e cristais transbordavam de baús e tigelas de marfim: basaltos verdes, granitos, mármores, jaspes, jaspes-sanguíneos e hematitas. Hieróglifos cobriam uma das paredes. Era como se Rosa tivesse entrando na tumba de uma rainha egípcia. A coleção parecia antiga e devia valer uma fortuna. A senhorita Butterfield estava errada – a mãe da marquesa só podia ser uma princesa. De que outro modo ela teria adquirido tudo aquilo?

Em cima da mesa de pedra havia uma serpente enrolada, feita de ouro e com olhos de rubi, e um bloco de lápis-lazúli ao lado de uma pedra maior. No lápis-lazúli havia algo escrito com ouro. Rosa apanhou a pedra e a segurou sob a luz para enxergá-la melhor. Eram palavras em italiano: "Otterrò il controllo del mio cuore". ("Hei de dominar meu coração.")

Rosa recolocou o bloco no lugar e apanhou a outra pedra, branca e semitransparente. Nela estava escrito: "Meu coração triunfou. Eu o dominei e não serei julgada pelo que fiz."

Rosa releu a mensagem misteriosa e logo em seguida ouviu um sino tocar no andar de baixo – sinal de que o jantar acabara e de que a equipe retornaria a seus postos. Ao virar-se para sair, notou na parede adjacente a gravura dourada de um rei e uma rainha egípcios. A rainha segurava um bebê no colo e lhe dava de mamar. Havia uma maçaneta aos pés dela, e Rosa percebeu que a gravura cobria a porta de um armário embutido na parede. Ela o abriu e encontrou uma jarra de vidro sobre uma prateleira. Havia algo dentro da jarra, mas ela não conseguia enxergar direito o que era. Ergueu-a e descobriu que estava cheia de líquido. Segurou-a contra a luz para ver o conteúdo. A princípio, identificou apenas que o objeto pálido tinha mais ou menos o tamanho de uma pera pequena. Em seguida, percebeu que havia dezenas de alfinetes enfiados nele. Nesse momento, uma conclusão repugnante fez seu estômago se retorcer. Ela ainda conseguiu pôr a jarra de volta no armário e fechá-lo antes de correr desesperadamente até o banheiro e tentar vomitar sobre a pia. O sangue urrava em seus ouvidos. Rosa sabia muito bem o que aquele objeto era. Esboçara-o diversas vezes ao estudar os desenhos de Leonardo da Vinci, porém aquele era menor. Um coração.

Ela teria que sair ligeiro dos aposentos da marquesa, ou seria descoberta. Forcando-se ao máximo, conseguiu ficar ereta. Porém, mesmo depois de ter fugido do terceiro andar e se escondido em seu quarto, não conseguiu livrar-se da imagem daquele órgão vital desbotado flutuando na formalina. Uma dor que ia dos olhos até a parte de trás do crânio queimava sua cabeça. Pelo tamanho do órgão, Rosa deduziu que pertencera a uma criança, talvez até a um bebê. Uma pergunta repetia-se sem parar em sua cabeça: de quem era aquele coração?

cinco

Quando Rosa teve seu primeiro dia de folga, três meses após ter chegado à vila, ficou contente por poder afastar-se da marquesa. Embora não visse a mulher diariamente, imagens do coração de criança cheio de alfinetes assombravam seus sonhos. Ela não tinha dúvidas de que a marquesa praticava magia negra e de que as palavras que vira no lápis-lazúli e na pedra branca eram encantamentos demoníacos. Certa tarde, enquanto Clementina praticava suas escalas ao piano, Rosa fizera uma pesquisa em um livro de anatomia na biblioteca. Talvez o coração pertencesse a um cordeiro ou bezerro? Porém, quando chegou à sessão dos corações, notou que as imagens eram parecidas demais com o que ela vira na jarra. Onde será que a marquesa tinha conseguido aquele coração? Será que ela era ladra de sepulturas? Rosa fechou os olhos e desejou ter uma de suas visões para descobrir de quem era o coração. Não enxergou nada além da carne morta flutuando dentro da jarra.

Rosa tinha ficado tentada a contar a Ada e Paolina sobre sua descoberta, porém a atmosfera na vila a fazia suspeitar de todos. As duas pareciam ser mulheres boas, mas Rosa não sabia o que realmente achavam dos Scarfiotti. Talvez ficassem indignadas por ela ter invadido os aposentos privados da patroa e talvez até contassem tudo à marquesa.

Em seu dia de folga, Rosa planejava visitar Irmã Maddalena. Não havia recebido nenhuma notícia dela, apesar de ter mandado diversas cartas. O gerente da propriedade, *signor* Collodi, iria até Florença apanhar provisões para o abastecimento da vila e ofereceu uma carona a Rosa. Sua caminhonete não era tão luxuosa quanto o carro do marquês e fedia a óleo e grama bolorenta, mas era melhor que esperar o ônibus ou ir a pé.

A caminhonete avançou pela via de acesso, sacolejando e fazendo barulho feito um chocalho. As flores silvestres à beira da estrada estavam em plena floração.

– As abelhas adoram as flores de malva – o *signor* Collodi disse a Rosa. – Vamos ter mel bom este ano.

Quando eles chegaram ao fim da via de acesso, o *signor* Taviani apareceu para abrir o portão. Rosa olhou para o outro lado. O *signor* Collodi girou um palito de dente na boca enquanto eles esperavam, parecendo tão pouco à vontade quanto Rosa. O *signor* Taviani caminhou a passos largos até os portões, destrancou-os, depois permaneceu junto ao poste até o caminhão passar. Rosa estremeceu mesmo sem olhar para o homem; tinha certeza de que ele a estava encarando.

Depois que eles já tinham percorrido uma boa distância na estrada, o *signor* Collodi passou os dedos sobre o bigode e virou-se para Rosa.

– O meu pai assumiu o trabalho do Giovanni, então não me sinto à vontade perto dele. Ele era o grande homem da propriedade na época em que o Velho Marquês era vivo. O marquês confiava plenamente nele. Mas o Giovanni passou por alguns problemas... Acho que o jovem marquês não o manda embora em respeito ao falecido pai. O *signor* Taviani não deixa ninguém chegar perto da cabana dele. Certa vez, jogou uma pedra no jardineiro quando o homem tentou podar a cerca viva da guarita.

Rosa não conseguia sentir simpatia pelo porteiro, independentemente dos problemas que tivesse enfrentado na vida. Quando pensava naquele homem, tudo que lhe vinha à mente era o filhote inocente que ele havia matado.

A estrada ficou mais uniforme e o motor ficou mais silencioso. O *signor* Collodi perguntou a Rosa o que ela estava achando da vila. Rosa respondeu que gostava de dar aulas a Clementina, depois perguntou ao *signor* Collodi sobre os preparativos para o baile, os quais ela sabia que eram muitos.

– Estamos todos trabalhando em um ritmo acelerado – respondeu ele. – Não dão um baile na vila desde que a irmã do marquês se casou. Isso foi antes da Grande Guerra.

Rosa lembrou-se da maneira como a marquesa se exibira na festa de aniversário de Clementina.

– Fico surpresa em saber disso – disse ela. – Eu achava que a marquesa apreciava eventos sociais.

– Também acho que ela aprecia, mas prefere dar suas festas em Paris. Talvez ache que os florentinos não estão à altura dela.

O *signor* Collodi alisou o cabelo para trás com uma mão, enquanto segurava o volante com a outra. Rosa sentiu que o orgulho toscano do homem estava ferido e decidiu usar isso em sua vantagem para coletar mais informações.

– Por que será que ela mudou de ideia dessa vez?

O *signor* Collodi encolheu os ombros.

– Você consegue imaginar um lugar mais bonito para dar um baile do que aqui? A vila estava sempre iluminada na época de Nerezza Scarfiotti. Seus eventos sociais eram famosos. Talvez alguém tenha dito algo assim para a marquesa e isso finalmente a impulsionou a agir. Depois desses anos todos!

– Ouvi falar que Nerezza Scarfiotti era muito bonita e uma musicista talentosa. E que ela e a marquesa não se davam bem.

Rosa percebeu que estava pisando em terreno minado ao falar de modo tão pessoal sobre a patroa. Ela fingiu um tom casual, mas estava tentando ir fundo para descobrir segredos obscuros e ficou se perguntando se o *signor* Collodi notaria. O homem simplesmente fez um aceno de cabeça.

– Eu era menino quando Nerezza Scarfiotti era viva, mas me lembro de ter dado uma espiada nela certa noite, enquanto ela dava um sarau. Era uma mulher magnífica... e não só musicista talentosa, mas excelente com idiomas e ótima companhia para conversar também. Florença inteira era apaixonada por ela.

– Acho que isso é suficiente para fazer qualquer mulher ficar com ciúme – Rosa jogou a isca.

O *signor* Collodi encolheu os ombros.

– Se você está falando da marquesa Scarfiotti... bem, talvez tivesse ciúme ali, mas talvez mais da parte de Nerezza Scarfiotti. Ela tinha muito orgulho do nome da família. Depois que o irmão se casasse, a esposa dele passaria a mandar na casa. Não tenho certeza se Nerezza achava que a marquesa era adequada para esse papel.

Um ônibus apareceu diante deles em uma parte íngreme da estrada, e o *signor* Collodi precisou se concentrar nas marchas do veículo. Enquanto ele se ocupava com isso, Rosa ficou pensando no que tinha acabado de ouvir. Realmente era difícil imaginar a marquesa se sentindo inferior a qualquer um, mas Nerezza era nobre de nascença, bonita e talentosa. Talvez a marquesa não gostasse de dar festas na vila porque a elite de Florença, assim como Nerezza, não a achava boa o suficiente para ter se casado com um Scarfiotti. Isso explicaria o fato de ela ter se exibido toda na festa de aniversário de Clementina. Talvez a marquesa quisesse punir as mulheres por seu esnobismo seduzindo os maridos delas.

O *signor* Collodi deixou Rosa perto da Ponte Santa Trinita. O sol estava alto, e ela sabia que Irmã Maddalena teria algum tempo livre antes de começar suas tarefas vespertinas. Ao atravessar a *Piazza* de' Frescobaldi e passar pela fonte de Bernardo Buontalenti, Rosa sorriu ao pensar no sobrenome do artista, *bons talentos*, tão improvável quanto o dela. As casas do quarteirão estavam com as venezianas fechadas como proteção contra o calor. Rosa enxugou o rosto com o lenço enquanto avançava pelas ruas e travessas até seu destino. Quando chegou ao convento, encarou os muros – nunca tinha visto sob aquele ângulo o lugar onde passara quase toda a sua vida. Olhou para o céu; a imensidão azul era o que ligava o mundo exterior e àquelas que estavam dentro do convento.

Havia um sino brilhoso junto à porta do convento. Será que era novo? Rosa apanhou o badalo e o fez soar. Irmã Daria, a freira porteira, apareceu, mas não reconheceu Rosa com seu vestido de bom corte e o chapéu novo.

– Ah, Rosa – ela deu risada quando a jovem se apresentou. – Você mudou tanto em tão pouco tempo.

Pouco tempo? Para Rosa era como se tivesse passado anos longe dali. Sua vida tinha se transformado completamente.

Irmã Daria a conduziu para dentro do átrio e levou-a até a saleta. Ao sentir o cheiro de incenso e cera de abelhas, Rosa foi inundada por lembranças das orações e das salas de aula. A saleta azul e branca lhe causou um sobressalto. Ela fitou as cadeiras entalhadas e a pintura a óleo de Jesus bebendo com os pecadores, lembrando-se do rostos dos pais e mães que vira sentados ali enquanto ela realizava tarefas das quais as freiras haviam lhe incumbido. Quantas vezes testemunhara mães tentando parecer orgulhosas das filhas, quando na verdade sentiam-se devastadas pelo fato de as moças terem escolhido Deus em vez da família?

– Irmã Maddalena estará aqui em breve – Irmã Daria informou, fechando a porta da saleta e tomando seu assento junto a ela.

A freira idosa fez o que pôde para ser discreta, mas Rosa sabia que sua tarefa era ouvir a conversa.

Rosa escutou as portas internas do convento se abrirem. Irmã Daria apertou uma campainha para indicar que as portas para o mundo exterior estavam fechadas. Rosa sabia que só depois que isso tivesse sido verificado é que a veneziana de madeira atrás da grade se levantaria. Um segundo depois isso aconteceu, e Rosa viu-se frente a frente com Irmã Maddalena. A imagem daquele rosto querido que ela não via fazia meses deixou-a tão emocionada que ela precisou esforçar-se ao máximo para não chorar convulsivamente.

– Como você está, minha filha? – perguntou Irmã Maddalena. – Você parece bem. Continua tocando sua flauta?

A formalidade da freira feriu Rosa profundamente. Irmã Maddalena estava mais magra do que quando Rosa a vira pela última vez, mas fora isso parecia estar bem de saúde. Por que não tinha respondido nenhuma das cartas? Rosa fez o melhor que pôde para responder as questões de Irmã Maddalena com entusiasmo, mas sentia o coração pesado, como se estivesse lá nos pés. Certamente nem mesmo as barras que as separavam, nem a presença de Irmã Daria, poderiam ter refreado a afeição maternal de Irmã Maddalena em relação a ela. O que havia mudado? Será que outra órfã tinha tomado o lugar de Rosa no coração da freira?

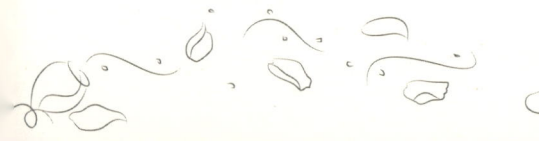

– Eu não tive muita oportunidade de tocar flauta, mas espero voltar a praticar todos os dias, agora que as coisas estão entrando em uma rotina – respondeu Rosa.

Sua vida no convento sempre fora governada pela rotina. Ela recordou-se do desassossego interior que sentia naquela época. A abadessa estava certa quando dissera que Rosa não era feita para a vida religiosa. Rosa mordeu o lábio e desejou não ter feito aquela visita. Tinha memórias felizes de sua vida no convento, mas agora elas estavam arruinadas. Sua cabeça começou a girar, e ela viu pontinhos brilhando diante dos olhos. Estava prestes a levantar-se e inventar alguma desculpa para ir embora, quando a porta atrás de Irmã Maddalena se abriu. Irmã Dorothea entrou de fininho e colocou um gato cinza malhado no colo da freira.

– Achei que Rosa gostaria de conhecer o Michelangelo – ela deu uma risadinha e sumiu outra vez.

O rosto de Irmã Maddalena abriu-se em um sorriso, e seus ombros relaxaram. Ela apoiou o gato contra a grade.

– Elas me deram o Michelangelo para manter os ratos longe da cozinha. Mas é ele que se assusta com os ratos.

O gato se esfregou contra a grade. Rosa enfiou os dedos através das barras e fez um carinho no queixo do animal. Irmã Maddalena pegou os dedos de Rosa e os apertou. O gesto foi uma abertura entre elas. De repente o ressentimento que estivera sentindo derreteu-se.

– Obrigada pelas cartas – disse Irmã Maddalena. – Eu guardei todas elas. Mas a abadessa disse que era melhor eu não responder até que você estivesse estabelecida no seu novo lugar. Agora que vejo que você está, espero que venha me visitar sempre e que continue a escrever.

Havia lágrimas nos olhos de Irmã Maddalena, e Rosa sentiu seus olhos se encherem de água também. As freiras da ordem agostiniana não viviam tão estritamente enclausuradas quanto as carmelitas e as clarissas. Tinham permissão para sair do convento em certas ocasiões. Talvez em uma situação assim Rosa e Irmã Maddalena conseguissem conversar sem que existissem barras entre elas. Mas isso provavelmente não aconteceria em um futuro próximo, a não ser que houvesse uma guerra, um terremoto ou algum outro desastre que tirasse as freiras do convento a fim de que pudessem ajudar os feridos e doentes.

Rosa contou a Irmã Maddalena sobre as coisas agradáveis da vila e sobre Clementina.

– É uma menina brilhante; aprende tudo muito depressa.

– Igual a você – disse Irmã Maddalena.

Rosa deu uma olhada por cima do ombro e viu que Irmã Daria tinha pegado no sono. Aproveitou a oportunidade para tirar discretamente a chave prateada de dentro do bolso e mostrá-la a Irmã Maddalena.

– Estava no meio dos seus panos, quando você foi trazida para cá – sussurrou Irmã Maddalena. – As mulheres na minha aldeia usavam um amuleto assim para proteger as crianças de todos os males.

– A senhora está falando de bruxas? – Rosa perguntou com os olhos arregalados. Ela achava surpreendente que Irmã Maddalena não tivesse ficado escandalizada com o amuleto, se fosse esse o caso.

Irmã Maddalena abriu um sorriso sábio.

– Há muitos caminhos até o Todo-Poderoso, Rosa – disse ela. – Eu simplesmente acho que a Igreja Católica é o mais direto. E, além do mais, nós temos nossos símbolos e amuletos também.

Rosa não sabia se ficava orgulhosa ou chocada pelo fato de a pessoa mais religiosa que ela conhecia ser também a de mente mais aberta. O que Irmã Maddalena estava dizendo não era heresia, de certa forma? Ada afirmara que todas as mulheres eram bruxas. De acordo com essa definição, freiras eram bruxas também. Rosa pensou nisso por um momento. Será que realmente havia diferença entre uma oração e um feitiço? Ambos não eram um apelo ao Todo-Poderoso? Rosa estava prestes a contar a Irmã Maddalena que as cozinheiras da vila eram *streghe*, porém Irmã Daria se mexeu e deu uma tossida na mão, sinalizando que a visita tinha acabado e que Irmã Maddalena precisava voltar aos seus afazeres.

– Eu volto no mês que vem – disse Rosa.

Irmã Maddalena aquiesceu.

– Vou ficar feliz.

Novamente sob o sol, Rosa caminhou até o Palácio Pitti e os Jardins do Bóboli. Embora tivesse morado na área, nunca visitara esses lugares. De pé diante da austera fachada do enorme palácio, ficou pensando em como uma família poderosa podia cair e ser substituída por outra. Luca Pitti havia mandando construir o palácio em 1457 a fim de superar sua rival, a família Médici, com uma demonstração de riqueza e opulência. Ironicamente, o custo da construção levou os herdeiros Pitti à falência, e o palácio foi comprado pelos Médici em 1550. Por fim, os Médici caíram também, assim como os soberanos que moraram no palácio depois deles. Agora o lugar era uma galeria de arte. Será que no futuro a família Scarfiotti também cairia no esquecimento? Rosa lembrou-se de sua conversa com o *signor* Collodi. Será que era por isso que Nerezza temia o fato de seu irmão ter se casado com alguém inferior a ele?

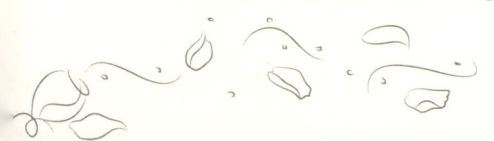

O sol estava quente, e Rosa adentrou os jardins, seguindo por uma trilha ladeada por ciprestes até chegar a um lago artificial. Ali, sentou-se em um banco à sombra. Perto de uma fonte havia um casal jovem. Os dois estavam em pé e conversavam com as cabeças muito próximas uma da outra. De repente o rapaz agarrou a moça e beijou-a apaixonadamente. Rosa sentiu os dedos dos pés formigarem. Ficou imaginando como era beijar alguém. Pensou no *signor* Parigi, da loja de antiguidades da Via Tornabuoni, e torceu para que o primeiro homem que beijasse fosse bonito como ele.

Rosa colocou a mão no bolso e apalpou-o, tirando a chave prateada. Então uma bruxa havia posto aquele amuleto nos panos dela para protegê-la. Será que tinha sido sua mãe? Será que era por isso que Rosa havia crescido com o poder de ver a origem das coisas?

Ela abriu a corrente em volta do pescoço da qual pendia seu crucifixo e acrescentou a chave, depois colocou a corrente embaixo da roupa outra vez. "Do que será que a bruxa estava tentando me proteger?", perguntou-se, dando um suspiro ao perceber que, independentemente de quantas perguntas fizesse a si mesma, suas origens jamais deixariam de ser um mistério.

Na noite do baile, a vila estava parecendo um inferno violeta. A cor tema da noite era o roxo, e a casa e as estátuas haviam sido iluminadas com a tonalidade régia. Os arranjos de flores eram compostos de rosas, jacintos, lírios e tulipas, todos em tons lilases, enquanto a via de acesso e as trilhas estavam ladeadas por vasos dos quais brotavam ervilhas-de-cheiro púrpura, alfazemas, anêmonas e dálias. Os empregados homens trajavam libré cor de ameixa, e os músicos do conjunto de cordas com 36 membros, dispostos no salão de baile, vestiam paletó roxo-beringela. Mesas redondas com toalhas violeta haviam sido espalhadas pelo jardim. O bufê estava montado na galeria. Uma equipe extra havia sido contratada para ajudar Ada e a equipe permanente a preparar os pratos extravagantes. Algumas semanas antes Paolina havia mostrado a Rosa o menu, que incluía sopa fria de pepino e creme, risoto de camarão pitu, *frittata* de alcachofras, truta regada a óleo e ervas, e flores de abobrinha empanadas em uma massa leve. A sobremesa seria *fagoline nelle ceste*, cestas de fios de açúcar recheadas com morangos, musse de avelã e mascarpone.

Clementina tinha recebido permissão para ficar na festa durante a primeira hora e ver os convidados chegarem; em seguida, Rosa a colocaria na cama. A menina não conseguiu conter a empolgação quando as pessoas começaram a chegar em seus Rolls-Royces, Bugattis e Alfa Romeos. Alguns meses antes do baile, postes de luz modernistas haviam sido importados de Barcelona para iluminar a via de acesso, e o *signor* Collodi tinha instalado globos coloridos para aquela noite, portanto os convidados pareciam emergir de um túnel de luz roxa. Os motoristas abriam as portas dos carros e de dentro deles saltavam mulheres de vestido de tafetá lilás, homens de terno e camisa lavanda, e cachorros de colo pintados de violeta para a ocasião. Quando um dos grupos de convidados desceu do carro, Rosa deu um pulo ao avistar macacos e um antílope saindo junto com as pessoas. Achou estranho ninguém mais ter reagido, até perceber que era uma ilusão. Uma das mulheres vestia uma capa roxa enfeitada com pelo de macaco, enquanto outra dava passos largos com seus sapatos de pele de antílope.

    O traje da marquesa era o mais impressionante de todos e tinha sido confeccionado especialmente para ela por Schiaparelli, em Paris. Era um vestido de noite cor de uva, com lantejoulas e em estilo rabo de peixe. O recorte cavado nas costas e a gola "V" decotada deixavam pouco a ser imaginado. Através das longas aberturas laterais, Rosa conseguia ver as costelas da marquesa, salientes sob a pele pálida; a saia, por sua vez, era justa o bastante para que os ossos dos quadris ficassem visíveis. Rosa deu-se conta de que talvez aquela mulher estivesse doente. Ela normalmente já não comia quase nada, porém nas últimas semanas antes do baile não tinha nem mesmo aparecido para o jantar. No entanto, os convidados estavam hipnotizados demais pela jiboia pendurada nos ombros da marquesa para notarem que ela havia perdido peso. A mulher adquirira a serpente em sua última viagem à França, onde a alta sociedade parisiense andava se livrando de seus pequeneses e poodles e trocando-os por animais mais exóticos, como leopardos e leões.

    – Que atmosfera maravilhosa vocês criaram! – a Baronesa Derveaux exclamou para o marquês e a marquesa. A baronesa estava com um vestido Delphos lilás e uma tiara de ouro, enquanto seu marido trajava um terno bordado.

    – Bem, dizem que o maior inimigo é o tédio, e nós certamente não queremos isso – respondeu a marquesa, virando-se para o marido.

    O marquês, que estava elegante com seu terno de damasco cor de vinho, deu um sorriso constrangido. Ao lado dele estava Vittorio, que vestia seu uniforme fascista. Quando a baronesa ergueu as sobrancelhas, Vittorio puxou para trás o punho da camisa, revelando uma pulseira de relógio roxa.

    Uma vez que os convidados haviam chegado e estavam sendo conduzidos as suas mesas, Rosa e Clementina retiraram-se. Enquanto passavam pela mesa do bufê, o *signor* Bonizzoni tocou o braço de Rosa.

    – Maria não está se sentindo bem – disse ele. – Preciso da ajuda de todos. Depois que você tiver posto a pequena na cama, vá falar com a *signora* Guerrini. Você vai ter que ajudar a tirar as mesas.

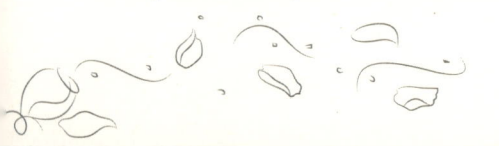

    Rosa ficou decepcionada – tinha planejado tocar flauta, aproveitando que a casa estaria barulhenta demais para que alguém notasse. Porém, não tinha escolha a não ser concordar com o pedido. Levou Clementina até o quarto, ajudou-a a se lavar e colocou-a na cama. O que será que havia acontecido com Maria? A babá parecia indisposta ultimamente, porém Rosa creditara isso ao esforço que os preparativos para o baile tinham exigido de toda a equipe. Ela voltou ao andar de baixo, onde *signora* Guerrini a aguardava com um uniforme de criada.

– Agora que desceu da sua torre de marfim, você vai ver como as pessoas de verdade ganham a vida – disse a governanta com grosseria.

Rosa desceu para o jardim no momento em que um alvoroço se formava entre os convidados. Um carro Hispano-Suiza estacionara, trazendo a reboque o que parecia ser um trailer cigano. O motorista abriu a porta do carro, e de dentro dele saltou um homem careca vestindo um terno de seda em estilo *chinoiserie*. Ele fez um floreio com a mão para os convidados que o observavam, e alguns vibraram. O motorista ajudou uma mulher de vestido de mangas bufantes a sair do carro. Provavelmente ela não tinha mais que 40 anos, mas Rosa achou que algo em seus olhos lhe dava um aspecto de cansaço, ou talvez fossem os brincos pesados e a gargantilha de ametista que a fizessem parecer mais velha.

– *Signor* Castelletti e Condessa Pignatello! Que prazer! – disse a marquesa, cumprimentando os recém-chegados com beijos nas bochechas. – O que trouxeram para nós?

Convidados e empregados aguardaram de pescoço esticado para ver o que surgiria de dentro do trailer. A rampa de trás foi abaixada, e um homem de pele morena vestindo terno e um chapéu sujo saiu, segurando uma corrente. Algo grande e negro arrastava-se pesadamente atrás dele. Rosa percebeu que era um animal. O homem disse algo para a fera, e ela ergueu-se por inteiro, apoiando-se nas patas de trás. Alguns convidados prenderam a respiração, enquanto outros deram um passo à frente para enxergar melhor. O animal era um urso negro com uma mancha em forma de Lua crescente no peito.

– Ele é bem manso – disse o *signor* Castelletti. – A mãe foi morta por caçadores, e esse homem o criou desde filhote.

O cigano deu um puxão na corrente, que estava conectada a um anel preso no nariz do urso. O animal se encolheu, mas em seguida começou a dançar, gingando de um lado para o outro e dando voltinhas. A plateia bateu palmas e vibrou. A marquesa parecia estar adorando, porém o marquês torceu a boca, demonstrando achar aquilo repugnante. Rosa conseguia sentir a humilhação do animal. Uma cena lampejou diante de seus olhos. Seus dedos dos pés ficaram gelados, e ela percebeu que estava em uma floresta. A vegetação era viçosa e úmida. Vozes gritavam em um idioma estranho. Russo? Rosa ouviu o barulho de uma colisão entre as árvores, depois viu uma mãe ursa e seus dois filhotes correndo. Em seguida, tiros...

– Onde é que vamos colocar um urso? – o marquês perguntou à mulher.

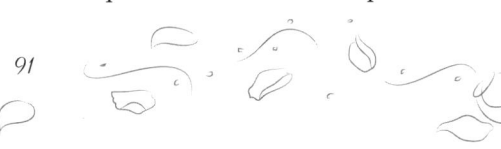

– Ah, ele vai ficar bem acomodado na jaula que eu trouxe – disse o *signor* Castelletti, apontando para o trailer. – Foi aí que ele morou a maior parte da vida. E, se algum convidado incomodar hoje, vocês podem servi-lo de jantar para o urso.

Os convidados riram da piada do *signor* Castelletti.

– Acho que ele prefere casca de árvores e bagas, seu pateta – o marquês murmurou em voz baixa.

Alguém foi chamar o *signor* Collodi, que pareceu desnorteado quando a marquesa o instruiu a encontrar um lugar para a jaula e o urso em alguma parte do jardim. Rosa ficou preocupada com Clementina: era da natureza da menina tentar fazer carinho em animais. Ela observou o urso enquanto ele passava junto com seu domador. O bicho tinha feridas nos joelhos e falhas no pelo perto do focinho. Podia matar um humano sem ter nenhum motivo, pensou Rosa. E ela não poderia culpá-lo. Mas alguém como Clementina seria um alvo equivocado.

– É uma fera excelente – disse Vittorio, depois que o urso tinha sido levado para longe. – Mas não tão eficiente quanto um canhão ou uma metralhadora.

A Condessa Pignatello sorriu, supondo que Vittorio estivesse brincando. Rosa, porém, pensou no que Ada havia dito. Vittorio *estava* tendo dificuldades para se ajustar à vida normal depois da guerra, e parecia piorar cada vez mais.

O *signor* Castelletti e sua acompanhante receberam as boas-vindas dos convidados, e o *signor* Bonizzoni foi chamado para levá-los até sua mesa. Antes de seguir em frente, o *signor* Castelletti inclinou-se na direção do marquês e sussurrou alto o suficiente para que Rosa ouvisse:

– O que achou da minha acompanhante?

– É encantadora – o marquês respondeu com educação.

O *signor* Castelletti riu.

– Jovem e bonita ela pode não ser, mas, já que uma mulher rica e solitária se pôs à minha disposição, seria pouco cavalheiro da minha parte não aceitar, concorda?

O marquês entesou-se – de asco, deduziu Rosa, e ela não podia culpá-lo. Ela afastou-se e começou a recolher os pratos usados das mesas cujos convidados haviam entrado no salão de baile. Notou que o Barão Derveaux a encarava, mas fingiu não ter percebido.

– Por que o fascínio com essa moça? – a baronesa perguntou ao marido. – Está procurando uma amante jovem? Nós concordamos em esperar até os 50 para arranjar outra pessoa.

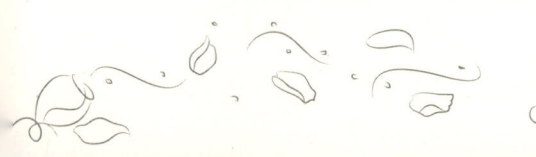

O barão riu da piada da mulher, depois disse algo em resposta, mas Rosa não ouviu o quê. O conjunto começou a tocar uma valsa vienense, e vários outros convidados se dirigiram ao salão de baile. Rosa movimentou-se entre as mesas vazias, retirando talheres e porcelanas. Outra criada chegou para ajudá-la, e elas trabalharam juntas.

– Como está a Maria? – perguntou a moça.

– Não sei – respondeu Rosa. – Não a vi.

A criada deu uma olhadela na direção de onde o marquês e Vittorio conversavam.

– É uma sonsa. Será que ela achava mesmo que *ele* ia se casar com ela?

– Do que você está falando? – perguntou Rosa.

A criada ergueu a sobrancelha.

– A Maria tem um amante – sussurrou a moça. – Você não percebeu? Quando você se vira para falar com ela e ela não está mais lá, pode ter certeza de que saiu de fininho para se encontrar com ele.

Rosa estava sem palavras. Maria tinha um relacionamento com o marquês? Ela não conseguia acreditar que o patrão se comportaria daquela forma com a babá da filha! Lembrou-se então da fofoca das mulheres na chapelaria e dos comentários sobre o porquê de a babá anterior ter sido mandada embora.

– *Signorina* Bellocchi, pode ajudar com o bufê? – chamou o *signor* Bonizzoni.

Rosa pôs os talheres usados em uma mesinha ambulante e empurrou-a correndo até a galeria, onde começou a remover os pratos vazios para que os empregados os substituíssem por outros limpos. A marquesa estava apoiada em uma coluna e conversava com uma mulher rechonchuda que segurava um papillon spaniel com uma fita violeta em torno do pescoço.

– Se você é de Milão, deve conhecer a família Trivulzio – disse a mulher.

A marquesa encolheu os ombros. O gesto evasivo devia significar que ela não conhecia a família, ou que os conhecia, porém não os tinha em alta conta. A mulher ficou surpresa, mas continuou, talvez na esperança de impressionar a marquesa.

– Eles têm um mordomo – disse ela – que é o mais eficiente que eu já vi. Consegue farejar um grão de poeira a quilômetros de distância. Só que ele é cego. *Completamente cego*. E mesmo assim é o melhor mordomo que alguém pode imaginar. E, como você deve saber, não é fácil encontrar um bom mordomo. Eles precisam saber tudo sobre a família, mas ficar sempre de bico calado.

A mulher riu e deu uns tapinhas de leve no braço da marquesa, que pressionou o corpo contra a coluna. Rosa supôs que ela estivesse se encolhendo por causa da "deformidade" do mordomo mencionada pela mulher. Ficou imaginando o que a convidada pensaria caso soubesse que a marquesa mandara destruir um cãozinho simplesmente porque ele tinha uma mancha no nariz.

A caminho da cozinha, Rosa ouviu sem querer a Condessa Pignatello conversando com a Baronesa Derveaux.

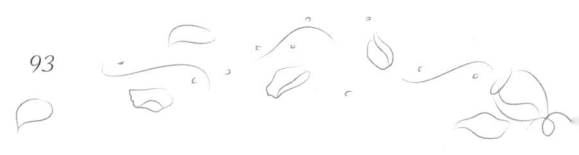

– O marquês é egocêntrico, mas é agradável. Já sobre a esposa dele não posso dizer o mesmo. Ela é fria como um peixe – falou a condessa.

A baronesa saiu em defesa da marquesa.

– Ah, eu tenho pena dela. Acho que o pai foi um homem poderoso e, às vezes, cruel. E sabe o que ouviram a mãe dela dizer uma vez? "Uma mulher sábia não dá nada aos outros. Nem mesmo compaixão." Como é que Luisa poderia ter crescido e se tornado outra coisa que não arredia? Acredito que embaixo daquele exterior duro existe um ser humano belo.

Rosa ficou surpresa com as palavras da baronesa. Ou ela era generosa e atribuía qualidades às pessoas quer elas as merecessem ou não, ou sabia algo a respeito da marquesa que ninguém mais sabia. Certamente parecia ser a única verdadeira defensora da mulher.

O conjunto parou de tocar e os convidados se juntaram em roda no salão de baile. Rosa ficou impedida de chegar à cozinha e não teve escolha a não ser fazer uma pausa momentânea também. O Barão Derveaux tinha se sentado ao piano Bösendorfer e indicado aos músicos que pretendia tocar algo. Estava fumando um cigarro e o colocou, ainda aceso, sobre a tampa do piano. Se não o tirasse logo dali, a madeira seria danificada. Rosa se encolheu; sendo musicista, jamais trataria um instrumento musical com tanta irreverência. A marquesa seguiu seus convidados e entrou no salão de baile. Quando viu o barão ao piano e o cigarro sobre a tampa, o olhar que se formou em seu rosto fez Rosa se arrepiar. Os olhos da mulher se estreitaram, como se ela pretendesse assassinar o barão. Mas por que a marquesa reagiria daquela forma? Não deveria ficar contente? O Bösendorfer tinha pertencido à sua rival.

Os convidados fizeram silêncio, na expectativa de ser entretidos pelo barão. A marquesa, de coluna curvada e olhos espremidos, foi abrindo caminho por entre eles.

– O que você vai tocar? – o *signor* Castelletti gritou para o barão.

– Liszt.

A marquesa venceu a multidão e avançou em linha reta até o piano. O barão, sem perceber que ela se aproximava, colocou as mãos no teclado e tocou o primeiro acorde. O piano estava desafinado, e os convidados gargalharam. O barão sorriu, mas ficou chateado por seu momento de diversão ter sido frustrado.

– Luisa – disse ele, pegando o cigarro no exato momento em que a marquesa esticou o braço para apanhá-lo. – Ninguém afinou isso aqui nesses anos todos?

– *Ninguém* toca esse piano – disse ela.

– Talvez um dia Clementina toque – respondeu o barão, sem entender o verdadeiro sentido da frase. Aquilo era um alerta, não uma afirmação. Rosa sentiu isso. Por um momento, enxergou algo: um flash de luz; uma partitura. Mas não teve visão nenhuma.

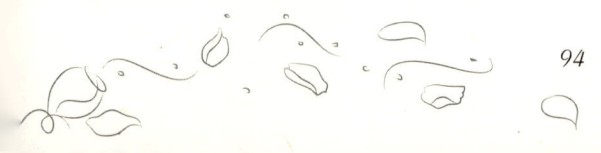

— Não se ouve música boa de verdade aqui em Fiesole desde que Nerezza faleceu – disse um homem idoso.

Um burburinho se formou entre os convidados.

— Aqui em Fiesole? Nunca ouvi ninguém tocar daquele jeito em lugar nenhum. Nem em Paris, nem em Viena – exclamou uma matrona.

A marquesa franziu os lábios. Rosa quase conseguiu ver o momento exato em que a pele da mulher se arrepiou inteira. Pela conversa com o *signor* Collodi, ela tinha entendido que aquela festa deveria ofuscar as que Nerezza dava, e não ser comparada a elas.

— Bem, nunca haverá outra Nerezza – disse o Barão Derveaux, encolhendo os ombros. – Aquele tipo de mulher só existe uma vez a cada século.

Os olhos da marquesa chamejaram. Rosa ficou imaginando o que se passava pela cabeça dela. Os convidados provavelmente não sabiam quanta rivalidade havia existido entre a marquesa e sua cunhada, ou então teriam tomado mais cuidado para não insultar sua anfitriã. A Baronesa Derveaux e o marquês, que tentava abrir caminho por entre os convidados para chegar à esposa, pareciam ser as únicas pessoas além de Rosa que haviam notado a agitação da marquesa. A baronesa pegou o marido pelo braço e o conduziu até o jardim.

— Venha ver o que eles fizeram com a fonte. Ficou magnífico – disse ela.

O marquês indicou ao conjunto que recomeçasse a tocar e implorou aos convidados que voltassem à pista de dança. Em seguida, apanhou o braço da marquesa. Era a primeira vez que Rosa o via tocá-la com algum tipo de ternura.

— Venha – disse ele. – Os convidados estão esperando que nós dancemos.

Uma vez que os convidados estavam na pista de dança outra vez, Rosa conseguiu manobrar através deles e chegar à cozinha. Ela sentiu que, para a marquesa, havia muito em jogo com o sucesso daquela noite, e que era melhor que nada a estragasse.

Antes que a sobremesa fosse servida, o marquês reuniu os convidados e anunciou que uma gincana havia sido organizada. Uma onda de empolgação percorreu a multidão. Ninguém ali tinha menos de 20 anos de idade, mas todos se juntaram aos seus grupos mais que depressa, animados feito crianças em uma festa de aniversário. Um líder foi escolhido para cada grupo, e o *signor* Bonizzoni entregou a cada líder um envelope.

— Vocês têm uma hora para voltar aqui – disse o marquês, apontando para uma ampulheta que o *signor* Bonizzoni estava prestes a girar. – Cada membro do grupo vencedor vai ganhar um prêmio, mas os perdedores terão que cumprir um desafio escolhido pelos vencedores.

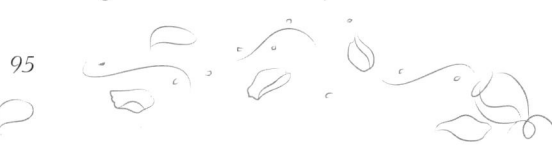

A ameaça fez os convidados gargalharem e exclamarem. Os homens consultaram o relógio, enquanto as mulheres enxugavam com seus lenços os rostos vermelhos e alvoroçados. A atmosfera da festa, antes refinada, agora estava alegre e despreocupada. O *signor* Bonizzoni girou o vidro, e os convidados se espalharam feito bolas de gude, correndo até o jardim para contar estátuas ou o número de janelas no último andar. Rosa nunca tinha visto adultos se comportando daquela maneira.

O *signor* Bonizzoni bateu palmas, e os empregados, incluindo Rosa, correram por entre as mesas, substituindo toalhas sujas, guardanapos usados e velas derretidas, bem como repondo as mesas para a sobremesa.

– Eles vão ficar ocupados durante uma hora – disse a mulher que estava ajudando Rosa com os talheres. – Melhor terminarmos essa tarefa rápido e colocarmos os pés para cima um pouco. Não tivemos descanso hoje.

Rosa estava prestes a concordar com ela, quando um grito de mulher invadiu o ar. Havia tanto terror naquele grito que pessoas vieram da vila inteira para ver o que tinha acontecido. A primeira coisa que Rosa pensou foi que alguém havia chegado perto demais do urso, mas então ela percebeu que o som tinha vindo de algum lugar ao longo da via de acesso. O marquês mandou o *signor* Collodi apanhar sua arma. Embora improvável, era possível que um lobo tivesse adentrado a propriedade. Havia javalis selvagens na região, mas eles geralmente evitavam contato com humanos. Rosa pensou em bruxas, mas então lembrou a si mesma de que nem Ada nem Irmã Maddalena achavam que bruxas eram más. Os outros convidados não divagaram muito a respeito das possibilidades; dispararam na direção do som, indiferentes a qualquer perigo.

– *Signorina* Bellocchi, venha comigo – disse o marquês, agarrando o braço de Rosa e se dirigindo à via de acesso. – Para o caso de a mulher estar precisando de ajuda feminina.

O marquês e Rosa conseguiram ultrapassar os outros convidados. O Barão Derveaux, cujo time estivera ocupado desenhando o brasão no salão, alcançou o marquês.

– É melhor as mulheres não se aproximarem – disse ele. – Talvez haja um estuprador no bosque.

O marquês parou e repetiu o que o barão havia dito. Relutantemente, as mulheres deram meia-volta. O *signor* Collodi apareceu com sua arma.

– Qual era a tarefa nesta direção? – perguntou-lhe o marquês.

– Era muito simples: contar o número de postes de luz antes das estátuas dos leões.

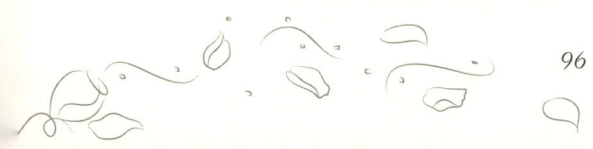

Rosa lembrou que as estátuas ficavam logo adiante, onde o muro terminava. Eles fizeram uma curva e encontraram os membros de um dos times reunidos em torno de um dos postes, encarando algo como se estivessem em transe. Uma mulher estava desmaiada no chão, enquanto outra a abanava. Um homem mais velho tentava vomitar em meio ao arbustos. O *signor* Castelletti, que pertencia àquele grupo, correu na direção do marquês.

– Mande todo mundo ficar longe. É horrível! Horrível demais!

O marquês gritou para os convidados que era melhor retornarem à vila. Alguns retornaram, mas muitos continuaram avançando, intrigados para saber que visão macabra poderia estar esperando-os. Rosa correu na direção da mulher estendida no chão para ver se poderia ajudar. Porém, antes que conseguisse chegar até ela, a multidão se afastou a fim de deixar o marquês passar, e Rosa viu de relance algo pendurado no poste. Deu um passo à frente e parou logo em seguida. A luz roxa havia escurecido o objeto. Mas o quê...? Rosa de repente percebeu o que era e cambaleou para trás. Um homem morto pendia de uma corda.

A marquesa chegou de carro, ela mesma ao volante, e bateu a porta ao sair. O clarão dos faróis iluminou o rosto inchado da vítima, que antes estava nas sombras. As pessoas soltaram mais gritos de horror ao verem a língua azul e os olhos esbugalhados do homem.

– Quem é? – perguntou o Barão Derveaux.

– Não tenho certeza – respondeu o marquês.

Rosa virou-se para a marquesa e notou que seu rosto se contraía em pequenos espasmos; era a primeira vez que Rosa a via genuinamente chocada. Os olhos da marquesa encontraram os de Rosa, e uma expressão de ódio se formou no rosto da mulher. Naquele momento, Rosa entendeu quem era o morto. Era o homem do redemoinho no cabelo.

seis

Depois do desastroso fim do baile, a Vila Scarfiotti entrou em um período de recolhimento. No dia seguinte, o *signor* Collodi e sua equipe removeram a decoração, de modo que, à noite, a atmosfera intimidadora havia retornado à propriedade. Os empregados falavam baixo, e Ada e Paolina substituíram o menu usual por refeições mais simples. Rosa só conseguia dar aulas para Clementina pela manhã ou à tarde, pois a menina era constantemente tirada de casa pelo pai. Embora o marquês se preocupasse com a educação da filha, parecia que naquele momento de crise ele tinha muito medo de ficar sozinho. A esposa, que era a razão de seus aborrecimentos, não lhe adiantava de nada. Depois que o corpo havia sido identificado, ela se retirara para seus aposentos e lá permanecera. O escândalo não era tanto que um amante desprezado da marquesa tivesse se enforcado na via de acesso da vila, e sim que a festa, anunciada como o evento da década, chegara ao fim de maneira sinistra. A noite deveria ter terminado com um show de fogos de artifício, não com uma morte. Nenhuma das festividades que Nerezza Scarfiotti havia organizado chegara ao fim de maneira tão ignóbil. Era isso, pensou Rosa, que realmente doía na marquesa.

Rosa lembrou-se do que o homem do redemoinho tinha dito à marquesa naquela tarde no bosque: "Eu larguei tudo por você." Do que será que ele estava falando? Da esposa? Dos filhos? De um emprego? Ela notou que o poste onde ele havia se enforcado ainda estava com o globo roxo. Talvez ninguém tivesse se disposto a tocar nele. Rosa entendia. Não conseguia passar por aquela parte da via de acesso sem sentir um arrepio na espinha. Ou, quem sabe, o globo roxo fosse uma homenagem da equipe ao jovem, para que ele não fosse esquecido. Talvez fosse isto que ele quisesse: ficar impresso na mente da marquesa para sempre.

Certa tarde, quando Clementina estava fora com o marquês, Rosa tinha ido à biblioteca e retornava à sala de aula com uma seleção de livros que havia escolhido estudar. Já tinha subido metade da escadaria de serviço, quando ouviu uma melodia ao longe. Ficou surpresa, pois nunca havia escutado música na vila, exceto durante o baile e a festa ao ar livre. A *signora* Guerrini afirmara categoricamente que música provocava enxaqueca na marquesa. Rosa e Clementina só praticavam seus instrumentos quando tinham certeza de que a mãe da menina passaria o dia fora.

Rosa seguiu escada acima, e a música ficou mais alta. Ela reconheceu a peça. Era o Intermezzo da ópera *Cavalleria Rusticana*, de Mascagni. Rosa percebeu que o som estava vindo do último andar. Ela passou pelo quarto de Clementina a caminho da sala de aula e levou um susto ao ver a marquesa em pé ali dentro. Um gramofone tocava um disco, enquanto a marquesa olhava fixamente para as miniaturas de ópera feitas por Nerezza. A marquesa sentiu a presença de Rosa e virou-se. Rosa encolheu-se, esperando levar uma bronca por estar espiando-a, porém ficou chocada ao ver que olhos da marquesa estavam cheios de água. A mulher rapidamente piscou para se livrar das lágrimas.

– Quando um siciliano desafia outro para um duelo – falou ela, fixando o olhar em Rosa –, aquele que aceita morde a orelha do oponente para arrancar sangue. Assim ele demonstra ter ciência de que aquela será uma luta mortal. Quando dois oponentes se enfrentam, só pode haver um vencedor.

Rosa não disse nada. Ela sabia que havia um duelo em *Cavalleira Rusticana* e que a história se passava na Sicília, mas não sabia ao certo se era daquilo que a mulher estava falando. A marquesa parecia quase... desolada. Porém, essa impressão durou poucos segundos, e logo o rosto da mulher assumiu seus ângulos severos outra vez. Ela tirou o disco do gramofone, fitou-o por um instante, depois o entregou a Rosa antes de passar esbarrando por ela e desaparecer escada abaixo.

Rosa ficou em pé na porta do quarto de Clementina, com o disco na mão, atordoada com o comportamento esquisito da marquesa. Só desejou que aquele gesto não significasse que ela a estivesse desafiando para algum tipo de duelo.

Na tarde seguinte, um furgão chegou à vila. Rosa, que estava caminhando pelo jardim, viu dois homens colocarem o piano Bösendorfer dentro do automóvel. Ela notou que o carro do marquês estava na garagem e correu na direção da casa para ver se Clementina gostaria de ter aulas naquela tarde. Ao aproximar-se da galeria, avistou o marquês parado na porta, chorando. Surpresa com as lágrimas dele, Rosa agachou-se atrás de uma treliça para evitar ser vista. Através das frestas no arbusto de jasmim, ela viu a marquesa se aproximar do marido.

– Ela está morta, Emilio – disse sem emoção alguma. – Não podemos mais viver com o fantasma dela.

Rosa ficou chocada. O marquês adorava a irmã. Como a esposa podia esperar que ele se separasse do objeto que Nerezza mais estimava? A Baronesa

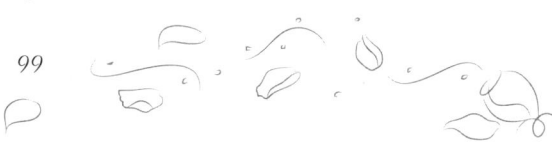

Derveaux podia dizer o que quisesse, pensou Rosa, mas a marquesa sem dúvida era a mulher mais cruel que existia, especialmente em relação ao marido. Será que ela continuava sustentando aquela rivalidade mesmo depois da morte da cunhada? Será que era disso que ela estava falando no quarto de Clementina, no dia anterior? Será que o "duelo" ainda não tinha terminado?

Nas tardes em que Clementina estava fora com o pai, Rosa visitava o urso, a quem Ada tinha dado o nome de Dono. Rosa aprendera na enciclopédia que a forma crescente em seu peito significava que ele era um urso-lua. O *signor* Collodi havia instalado a jaula de Dono embaixo de algumas árvores nos fundos do jardim de hortaliças e, cautelosamente, dava-lhe de comer frutas e pão através da porta de correr na parte de baixo da jaula. O lugar que o *signor* Collodi escolhera era fresco e agradável, porém a jaula era pequena demais para um animal nascido para escalar árvores e vagar por cadeias de montanhas. O urso andava de um lado para o outro dentro de seu limitado espaço, e Rosa percebeu que o machucado no focinho era causado pelo fato de ele bater a cabeça contra as barras. Apesar do tratamento impróprio dado pelos humanos, o urso não era tão agressivo quanto Rosa esperava. Quando ela se aproximou, ele lhe lançou um olhar melancólico. Nos dias em que a marquesa não estava em casa, Rosa tocava flauta perto da jaula. A música parecia acalmar o urso e geralmente o ninava, fazendo-o dormir tranquilamente. Certo dia, depois de ele ter comido uma pera que Rosa lhe dera, Dono lambeu as patas e olhou atentamente para ela. Rosa sentiu uma onda de calor se espalhar por seu corpo e percebeu que o urso havia comunicado sua gratidão pela gentileza dela. Ficou emocionada por ele ter "falado" com ela. Não era ternura que o urso costumava receber de humanos; ele não tinha motivo nenhum para confiar neles.

Rosa lembrou-se de ter ouvido o marquês dizer que ursos gostavam de casca de árvores e bagas, então deixou a flauta perto da jaula de Dono e entrou no bosque para ver se encontrava algum zimbro ou amora preta. Era o auge do verão, e o bosque parecia menos sinistro que na primavera. O calor penetrava através das árvores, e insetos zumbiam em um coro incessante. O vestido de Rosa grudava nas costas, e sua pele cheirava a sal. As amoras pretas que encontrou não estavam maduras, então ela avançou na trilha a fim de procurar outras. Chegou a uma árvore com seiva escorrendo pela casca e parou para arrancar um pedaço, mas então um farfalhar chamou sua atenção. Algo se mexia sobre a camada de folhas. Rosa viu de relance um animal saltando por entre as árvores. A princípio achou que fosse um javali ou coelho, mas seu movimento tinha um galope que sugeria membros mais compridos. Rosa perdeu o animal de vista. Prestou atenção e então viu um flash de pelo cinza-prateado. Era um cachorro. Ninguém na vila tinha cachorro, já que o marquês havia proibido a caça em sua propriedade e a marquesa parecia preferir serpentes a poodles.

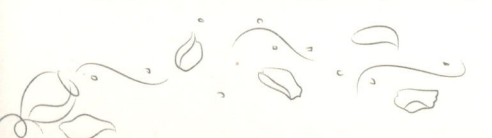

O cachorro se lançou até a via de acesso, e Rosa correu atrás dele. Agora que os dois estavam longe das árvores, ela conseguia ver que era um weimaraner. O cachorro virou a cabeça para Rosa de um jeito brincalhão, e ela ficou paralisada. O bicho tinha uma mancha marrom no focinho. Não era mais um filhote gorduchinho, porém ainda era jovem. Rosa teve certeza de que aquele era o cachorro que o homem do redemoinho dera a Clementina e que a marquesa tinha mandado o *signor* Taviani matar.

– Venha aqui – chamou ela com suavidade.

O cachorro hesitou, depois saiu em disparada outra vez. Rosa se sentiu compelida a ir atrás dele. Nesse momento, ouviu uma voz rouca de homem chamar de dentro do bosque:

– Marcellino!

Rosa reconheceu a voz como sendo do *signor* Taviani. Percebeu que estava perto da cabana do porteiro e agachou-se em meio aos arbustos; em seguida viu o cachorro correr até o *signor* Taviani e pular contra as pernas dele. O porteiro fez um carinho na cabeça do cachorro.

– Marcellino – disse ele com sua voz melodiosa –, não fuja mais assim. É perigoso para você.

O porteiro levou o cachorro para dentro de casa e fechou a porta. Rosa piscou. Sentada na janela dos fundos estava a gata tricolor de uma orelha só que ela vira em sua primeira manhã na vila. Um sentimento estranho se espalhou por seu corpo e ela quase desmaiou. Será que era o calor que a estava deixando confusa?

A passos minúsculos, Rosa foi avançando na direção da cabana e passou de fininho pela cerca viva. Subindo em uma pedra, conseguiu espiar pela janela. A gata tinha pulado e agora estava no colo no *signor* Taviani. O porteiro estava sentado em uma cadeira de costas para Rosa. Aos seus pés estava o weimaraner, mastigando uma bola, e outro cachorro, um greyhound com pelo sarapintado, o que dava a entender que era velho. Em uma gaiola pendurada na parede havia um papagaio de um pé só, e em outra gaiola um animal que parecia um esquilo mastigava uma folha de alface.

A marquesa mandara o *signor* Taviani matar o filhote. Rosa tinha ouvido o tiro, não tinha? Será que o homem colecionava todos os animais que a marquesa o mandava destruir? A tontura retornou. Era como se Rosa tivesse ganhado uma peça de quebra-cabeça, mas não soubesse onde ela se encaixava. O *signor* Taviani estava se arriscando ao ficar com todos aqueles animais contra as ordens da marquesa, e isso mudou a visão que Rosa tinha dele. Ela lembrou-se de ter lido que Leonardo da Vinci sentia compaixão pelos animais e se recusava a comê-los. Para ele, tirar a vida desnecessariamente era algo detestável. Ele era conhecido por comprar passarinhos simplesmente para poder libertá-los. Talvez o *signor* Taviani fosse alguém assim.

A pedra em que Rosa tinha subido oscilou e ela perdeu o equilíbrio, caindo no chão. O greyhound latiu. Rosa correu o mais rápido que pôde para dentro do bosque, antes que o *signor* Taviani a visse.

Quando Rosa se aproximou da casa, viu o carro do marquês passar e parar em frente às escadas. Clementina pulou para fora. Rosa sabia que a menina iria direto para a sala de aula, ansiosa para estudar, então apressou o passo. Apanhou a flauta antes de entrar na casa pela cozinha e ajeitou o vestido e o cabelo, que haviam se desgrenhado na sua corrida pelo bosque.

Ada saiu da despensa com uma trança de alho pendendo da mão. Ela sorriu para Rosa.

– Vai querer o almoço na sala de aula hoje? – perguntou. – Posso preparar um...

A mulher se deteve e soltou um grito, olhando fixo para o peito de Rosa. Rosa rapidamente passou a mão pela garganta, acreditando ter apanhado uma aranha no bosque – tinha visto umas pretas que moravam nos muros do jardim. Porém, ela olhou para baixo e viu que não havia nada. A corrente com a cruz e a chave prateada havia simplesmente saído de baixo da gola. Ada apontou para a chave.

– Onde você conseguiu isso? – perguntou, aproximando-se e examinando-a. Seu rosto estava branco feito papel, e ela tremia dos pés à cabeça.

– Estava no meio dos meus panos quando um estranho me levou ao convento, quando eu era bebê.

Rosa queria acrescentar o que Irmã Maddalena havia dito sobre bruxas, mas estava transtornada com a expressão aflita de Ada. Os lábios da cozinheira tremiam, e gotículas de suor brotavam em sua testa. Rosa achou que a mulher fosse desmaiar e ajudou-a a sentar-se em uma cadeira. Ada esfregou o rosto.

– Quando foi isso? – perguntou.

– Dezembro de 1914. Antes de a Itália entrar na Grande Guerra.

Ada engoliu a saliva e encarou Rosa como se procurasse algo em seu rosto. Por fim, chacoalhou a cabeça.

– Eu sabia – disse ela. – Eu sentia. Todos aqueles sinais da sorte e do destino desde que você chegou. Mas eu podia jurar que o bebê tinha... – seus olhos de repente se arregalaram e seus punhos se cerraram. Ela levantou-se e agarrou os ombros de Rosa. – Tem uma coisa que eu preciso lhe contar.

A tontura que Rosa sentira no bosque ao ver o *signor* Taviani com o cachorro voltou. De canto de olho, ela percebeu partículas de poeira girando em um raio de sol e teve certeza de que eles formaram o rosto de uma mulher.

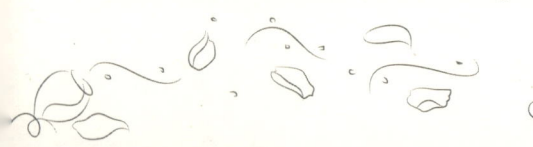

– O que é? – ela perguntou a Ada.

– *Signorina* Bellocchi! *Signorina* Bellocchi! – a voz de Clementina chamou do corredor.

– É melhor você ir – Ada disse a Rosa. – Mas venha falar comigo hoje à noite. Vou lhe contar tudo. Você está correndo grande perigo aqui dentro.

Clementina e Rosa estavam estudando geografia em suas esporádicas aulas, e o país no qual a menina havia escolhido se concentrar era a China. Rosa ficou contente com a escolha. Irmã Gratia era fascinada pelo trabalho dos missionários cristão na Ásia, portanto Rosa era bastante versada em cultura e história chinesas. Clementina havia meticulosamente colado em um álbum de recortes os artigos de jornal que Rosa coletara para ela, bem como esboçado desenhos detalhados das sampanas e de mulheres de chapéu de palha trabalhando em campos de arroz. Naquela tarde, Rosa tentou ouvir com entusiasmo as leituras em voz alta que Clementina fazia sobre a Ferrovia Transmanchuriana e os conflitos que Chiang Kai-Shek havia tido com a Rússia, porém sua mente não parava de voltar à conversa com Ada. O que será que a cozinheira tinha para lhe dizer? Por que ela estava correndo perigo?

– O que é fengui shiu? – perguntou Clementina.

– Como é? – a atenção de Rosa voltou-se para sua aluna. Ela percebeu que não tinha ouvido nada do que Clementina lera nos últimos cinco minutos.

Clementina apontou para a foto de um templo budista que acompanhava o artigo que estava lendo.

– Esse jornalista está dizendo que os chineses de Harbin construíram o Templo de Ji Le porque estavam preocupados que os edifícios erguidos pelos russos afetassem negativamente o fengui shiu da cidade.

Rosa corrigiu a pronúncia de Clementina.

– *Feng shui*; pronuncia-se *fang schuêi*. – ela puxou a cadeira ao lado de Clementina e se sentou. – Os chineses acreditam no *chi* – explicou. – Uma energia vital que existe em todas as partes e em tudo. Certos elementos na estrutura de uma cidade ou edifício podem bloquear esse fluxo.

Clementina ficou satisfeita com a resposta de Rosa e passou ao artigo seguinte, sobre ópera chinesa. Rosa pensou nos sentimentos e visões estranhos que vinha experimentando na Vila Scarfiotti. Talvez houvesse algo de verdadeiro na crença chinesa de que existia uma energia onipresente contida em todas as coisas. Ela pensou no *signor* Taviani e seus animais, bem como no coração que vira nos aposentos da marquesa. Sentiu como se uma energia estivesse presa de alguma forma na vila, acumulando-se, pronta para explodir a qualquer momento.

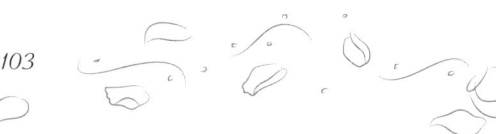

Depois da aula de geografia, Clementina e Rosa revisaram alguns problemas de matemática e depois praticaram francês. Era o período mais longo que elas passavam juntas desde o baile, e Rosa, de certa forma, esperava que o marquês fosse entrar bruscamente a qualquer momento e levar Clementina embora. Mas ele não apareceu. Devia ter ido a Florença; talvez para buscar consolo com a *signora* Corvetto dessa vez. Rosa teria adorado aquele tempo extra se não estivesse tão ansiosa para falar com Ada.

Eram 18 horas, e Maria não apareceu para assumir suas tarefas de babá e organizar o jantar de Clementina.

– Você sabe onde a Maria está? – perguntou Rosa.

– Não – respondeu Clementina. – Também não a vi ontem à noite. Eu mesma me coloquei na cama.

Rosa ficou chocada.

– O quê? Por que não foi me chamar?

Clementina encolheu os ombros.

Rosa estava ficando impaciente com a vida na vila. Percebia que Clementina estava começando a se acostumar com a falta de rotina. O marquês partia com ela quando bem entendia, e agora Maria ficava cada vez mais displicente. Ela não tinha o direito de ignorar suas responsabilidades em relação à menina.

– Espere aqui – Rosa disse a Clementina.

Ela avançou pelo corredor até o quarto de Maria e bateu à porta. Ninguém respondeu. Rosa estava se virando para ir embora, quando notou uma luz fraca emanando por debaixo da porta. Bateu outra vez.

– Maria?

Rosa empurrou a porta e abriu-a. A luz vinha de uma luminária sobre uma escrivaninha. Ao lado dela estava o armário de Maria, com o uniforme de babá pendurado na porta, pendendo de um cabide. Se ela não estava de uniforme, aonde teria ido? Clementina disse que ela não aparecera na noite anterior.

O quarto era asseado, com paredes amarelo-manteiga e um tapete chinês sobre o chão de madeira. Rosa sentiu um cheiro estranho: um fedor azedo, como flores deixadas tempo demais no vaso. O quarto precisava ser arejado. A cama ficava em uma alcova, atrás de uma cortina que estava fechada. Acreditando que Maria não se encontrasse ali, Rosa estava prestes a sair, mas então ouviu um gemido.

– Maria?

Rosa hesitou, depois se aproximou da cortina, avistando alguma coisa dentro do lavatório: uma toalha ensanguentada. Ela abriu a cortina e cambaleou para trás. Maria estava toda enrolada sobre a cama, com os joelhos junto ao peito, tremendo e molhada de suor. Rosa se aproximou da luminária ao lado da cama e a acendeu, imediatamente sentindo um embrulho no estômago. A roupa de cama estava ensopada de sangue.

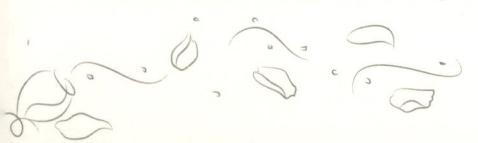

— Maria! — gritou ela. — O que aconteceu?

— Eu cometi um pecado — a moça falou chorando. — Deus está me punindo.

Rosa tomou as mãos da criada e ficou chocada ao sentir seu pulso latejando feito um martelo debaixo da pele. Isso também ficou aparente pelas veias saltadas no pescoço da moça. As mãos de Rosa começaram a tremer, e ela teve que lutar para pensar com clareza. Então avistou algo no chão: um pedaço de metal ensanguentado, parecido com uma vareta de guarda-chuva. Rosa lembrou-se de uma ocasião em que, muito anos antes, uma garota aparecera no convento para pedir ajuda no meio da noite. A moça tinha sofrido muito antes de morrer, seus gritos alcançando o dormitório onde Rosa e as outras meninas estavam deitadas, tremendo de medo. Mais tarde Rosa ouvira a abadessa contar a Irmã Maddalena que a jovem sofrera uma hemorragia depois de usar uma agulha de tricô para abortar a criança que estava esperando.

— Ah, Maria — Rosa falou chorando. — Quem fez isso com você?

Os lábios de Maria estavam azuis.

— Não é culpa dele — ela respondeu entre dentes cerrados. — Eu o amo. Eu teria ido embora se soubesse que seria melhor, mas ninguém daria emprego a uma criada grávida. Achei que se me livrasse do... disso... poderia ficar, e ele não teria problemas.

A cabeça de Rosa latejava. Será que Maria estava falando do marquês? Sem dúvida, se ele tivesse o mínimo de decência, teria mandado Maria a um convento até que ela tivesse o bebê.

Um espasmo chacoalhou a criada. Ela apertou o estômago e tentou sentar-se. Um coágulo do tamanho de um ovo passou por entre suas pernas. O choque daquela cena horripilante impulsionou Rosa a agir. Ela correu até a sala de aula, onde Clementina ainda a aguardava.

— Vá buscar o *signor* Bonizzoni! Rápido! — disse à menina. — Diga que a Maria precisa de um médico. Urgente!

Rosa se pôs novamente ao lado de Maria e ajoelhou-se, rezando pela babá. A moça estava ofegante. Apesar da agonia, um sorriso estranho formou-se em seu rosto.

— Vittorio — sussurrou ela. — Vittorio.

O nome atingiu Rosa feito um tapa. Vittorio? Rosa se esforçou ao máximo para encontrar um sentido naquilo. Imagens do irmão da marquesa na festa de aniversário de Clementina e no baile lhe voltaram à mente. Sim, ele estava sempre na vila, enquanto o marquês se ausentava com frequência. Era com *ele* que Maria se encontrava.

Maria ergueu o torso novamente, lutando para inspirar. Pela última vez. A moça tombou de costas no travesseiro, e seus olhos perderam totalmente a expressão. Rosa levantou-se e fez o sinal da cruz. Ao ouvir passos no corredor, cobriu a metade de baixo de Maria com um lençol. Tentou colocá-la em uma posição mais digna, porém, ao esticar as pernas da moça, mais sangue vazou para fora dela, escorrendo até o chão.

– Meu Deus!

Rosa olhou para cima e viu o *signor* Bonizzoni de pé na porta. A *signora* Guerrini estava com ele. A governanta era a última pessoa que Rosa teria chamado para ajudar, mas, como as criadas eram responsabilidade dela, o *signor* Bonizzoni devia ter pedido que ela fosse junto. A *signora* Guerrini lançou um olhar feroz para a vareta de guarda-chuva largada no chão e depois para Rosa.

– O que foi que você fez? – exigiu saber.

Rosa olhou para baixo e viu que a frente de seu vestido e seus sapatos estavam cobertos de sangue. As mãos também. Parecia que ela tinha até gosto de sangue na boca.

– Eu não fiz nada – respondeu Rosa. – Encontrei a Maria assim quando vim procurar ela depois da aula de Clementina. A coitada está morta.

– É melhor irmos falar com a marquesa – disse o *signor* Bonizzoni. – Ela vai ter que chamar a polícia.

A marquesa estava sentada com Vittorio na saleta. Os dois fumavam e jogavam cartas.

– O que foi? – ela perguntou, quando o mordomo conduziu Rosa e a *signora* Guerrini para dentro do cômodo. Ao notar o sangue no vestido de Rosa, os cantos de sua boca se retorceram de nojo. – O que aconteceu?

– Um incidente terrível – respondeu o *signor* Bonizzoni. – A jovem Maria está morta.

O cérebro de Rosa tinha travado, e ela não conseguia pensar de jeito nenhum. Nem mesmo para defender-se, quando a *signora* Guerrini insinuara que ela havia ajudado no aborto mal-sucedido de Maria. O *signor* Bonizzoni, que não parecia achar que Rosa era a culpada, sugeriu que a polícia fosse chamada para investigar o caso. A marquesa pulou da cadeira.

– Polícia? – repetiu ela, sua voz se transformando em um chiado estridente. – Outro escândalo! Depois do que acabamos de passar?!

– A moça está morta, *signora* marquesa – disse o *signor* Bonizzoni. – Não podemos abafar uma coisa assim. Ela há de ter parentes, e as criadas mais jovens vão comentar.

Rosa sentiu um embrulho no estômago. Maria estava sendo reduzida a uma pilha de pó a ser varrida para debaixo do tapete. "Pessoas pequenas", era assim que a marquesa tinha se referido à sua equipe no primeiro dia em que Rosa havia posto os olhos nela.

Vittorio estava batucando com os dedos e cantando baixinho. Tinha ouvido a conversa, mas parecia indiferente ao fato de que uma moça deflorada por ele estivesse morta. Rosa achou aquilo asqueroso. Vittorio tinha usado Maria feito um trapo velho, e a moça se iludira tanto que acreditava estar apaixonada por ele.

A marquesa se lançou para cima de Rosa.

– Quem é o pai? – exigiu saber. – Quem engravidou a moça?

Rosa não teve tempo de pensar. Involuntariamente, virou-se na direção de Vittorio. A *signora* Guerrini abriu a boca de espanto. Vittorio pulou da cadeira e começou a andar para trás, na direção da lareira.

– Um espólio de guerra! Vagabundinha! – disse ele, sacudindo a cabeça nervosamente.

"Ah, Maria", pensou Rosa.

A marquesa olhou com ódio para Rosa, que sentiu uma pontada aguda no crânio. Era como se a marquesa tivesse se infiltrado em sua mente e conseguisse ler seus pensamentos. No rosto da mulher se via que ela compreendera a situação. Rosa não era mais insignificante: ela era o inimigo.

– Aborto é crime – disse a marquesa, virando-se para o *signor* Bonizzoni. – Mussolini diz que é um crime contra a integridade e a saúde da raça. Deve ser punido da maneira mais severa. – Ela recuperou o fôlego enquanto uma ideia lhe cruzava a mente. – Vou ligar pessoalmente para Il Duce. Ele vai mandar alguém aqui para lidar com o caso.

O *signor* Bonizzoni limpou a garganta.

– Muito bem, *signora* marquesa – disse ele. – Mas não creio que a *signorina* Bellocchi tenha tido alguma participação no acontecido.

A marquesa atirou a cabeça para trás. Rosa viu-a em forma de dragão, exalando um fogo explosivo que queimava seus pés, chamuscava suas roupas e derretia suas entranhas. A tontura peculiar que sentira tanto com o *signor* Taviani quanto com Ada naquela tarde apoderou-se dela outra vez. O triângulo estava completo: *signor* Taviani, Ada e a marquesa. Mas o que isso significava? Rosa sentiu que já enfrentara a marquesa como sua adversária em algum momento no passado. E naquela ocasião, justamente como agora, estivera indefesa em suas garras.

– É claro que ela ajudou – a marquesa disparou. – Essas criadas são todas iguais. Andam todas juntas. Leve essa aí lá para baixo e fique de olho nela.

O *signor* Bonizzoni e Rosa continuaram parados. Nem mesmo a *signora* Guerrini tinha contado com uma reação assim. Eles esperaram para ver se a marquesa diria mais alguma coisa, porém ela simplesmente lhes deu as costas e declarou:

– Isso é tudo.

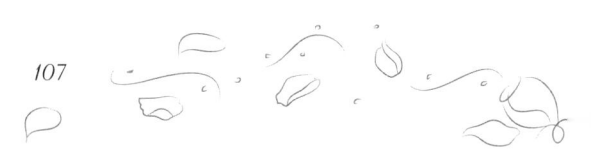

Rosa foi levada para a lavanderia, onde ficou aguardando com a *signora* Guerrini. A governanta torcia as mãos, passando os olhos pela janela a cada poucos minutos. Rosa via que ela estava preocupada, imaginando que suas insinuações talvez resultassem em consequências mais graves do que o esperado e que ela poderia acabar envolvida também. Meia hora mais tarde Rosa ouviu o *signor* Bonizzoni e o *signor* Collodi conversando enquanto desciam as escadas. Os homens passaram pela janela da lavanderia, carregando Maria em uma maca na direção da garagem. Ela havia sido enrolada em um cobertor, porém uma poça de sangue vazava através dele. O corpo parecia minúsculo, como o de uma criança. A imagem deu a Rosa forças para finalmente se pronunciar.

– Eu passei a tarde toda com Clementina. A senhora pode perguntar a ela – Rosa falou para a *signora* Guerrini. – E antes eu estava tocando flauta perto do urso. Ada me viu.

– Sim, sim, tenho certeza de que tudo vai se resolver – respondeu a *signora* Guerrini, torcendo o avental com as mãos. – Menina burra, burra, aquela. Trouxe problemas para todos nós.

Rosa tentou recordar-se de alguém que pudesse ajudá-la. Lembrou-se da criada que havia conversado com Maria na festa ao ar livre. Aquela moça obviamente sabia que Vittorio era o amante de Maria. Mas que sentido havia em envolvê-la? Seria mais uma pessoa inocente metida naquela confusão. Rosa percebeu que sua única esperança de manter o cargo na Vila Scarfiotti era que o marquês chegasse antes do enviado de Mussolini e interviesse em seu favor. Caso contrário, ela tinha certeza de que seria mandada de volta ao convento e jamais veria Clementina outra vez.

Quando Rosa ouviu um carro se aproximando, pouco depois das 19 horas, rezou para que fosse o marquês. Sentiu um peso no coração quando o *signor* Bonizzoni entrou no cômodo seguido por dois homens de uniforme fascista. O mais baixo tinha cerca de 30 anos e parecia agitado. Não parava de tirar um lenço do bolso e de enxugar as sobrancelhas e bochechas suadas. O mais alto tinha um olhar penetrante e marcas de varíola no rosto. A *signora* Guerrini deu um grito, levantou-se e correu para o outro lado do cômodo, como se Rosa tivesse uma doença contagiosa.

– É ela? – perguntou o homem com as marcas de varíola, apontando para Rosa.

O *signor* Bonizzoni deu uma olhada discreta na direção de Rosa, depois desviou os olhos e fez que sim com a cabeça.

– Eu não tive nada a ver com o caso – disse Rosa.

– Bem, quem vai decidir isso é o tribunal – respondeu o fascista mais baixo.

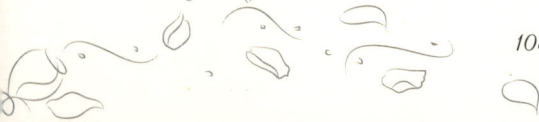

Ele agarrou Rosa pelo braço e a algemou. De nada adiantava lutar, portanto ela não ofereceu resistência ao ser empurrada porta afora e depois em torno da casa. Em frente à vila estava estacionado um furgão com redes nos vidros. Rosa perdeu a firmeza nas pernas quando percebeu que não seria mandada de volta ao convento; ela estava sendo levada para a prisão.

Ada estava em frente à casa, subindo e descendo os degraus feito um animal ensandecido. A marquesa também estava lá com Vittorio.

– Rosa, Rosa. O que aconteceu? – chamou Ada. Ela tentou alcançar Rosa, mas o fascista com as marcas de varíola a afastou.

– Eu não fiz nada de errado – disse Rosa. – Eu não fiz o que a *signora* Guerrini está falando. Fui procurar Maria porque ela não tinha aparecido para cuidar de Clementina e a encontrei agonizando.

– Eu sei, eu sei – disse Ada. Seu olhar cruzou com o de Rosa. Ela precisava tomar cuidado, pois a marquesa estava olhando. – Lembre-se da chave – disse em voz baixa. – Ela vai te mantê-la protegida, como já manteve por tantos anos.

O fascista mais baixo abriu a porta do furgão e empurrou Rosa para dentro. Ela não tentou resistir, mas mesmo assim ele completou a ação com um soco no peito. Ela caiu de costas, sentindo dor. O motorista deu a partida, e o furgão começou a se movimentar. Rosa sentiu sua liberdade se esvaindo. Pensou no urso, Dono; agora ela também estava enjaulada e humilhada. Olhou para trás, para a vila, e de relance notou alguém na janela da sala de aula. Clementina! A menina esfregava o rosto e chorava.

O furgão ganhou velocidade. A cada poste, flashes de luz iluminavam o interior do veículo. Rosa sentiu um calafrio quando uma luz roxa tremeluziu sobre ela. Entendeu que estava sendo sacrificada para salvar Vittorio e evitar mais um escândalo. Para a marquesa, tanto Rosa quanto o homem do redemoinho não faziam a menor falta.

Parte dois

sete

A prisão para onde Rosa foi levada era um antigo convento. O lugar ainda mantinha o aspecto medieval de uma instituição religiosa, embora agora abrigasse outro tipo de comunidade enclausurada. O furgão parou, e o fascista com as marcas de varíola abriu as portas. Ele apressou Rosa para dentro da sala de reconhecimento, enquanto seu parceiro esperou do lado de fora.

O fascista empurrou Rosa na direção de um banco de madeira.

– Sente! – ordenou.

O escrivão surgiu e sentou-se à mesa da recepção, enfiando a camisa para dentro da calça e alisando o cabelo para trás como se tivesse acabado de acordar de um cochilo. O fascista e o escrivão conversaram em voz baixa. Após terminarem, o escrivão apanhou o telefone e latiu algumas ordens. Alguns minutos depois, um guarda e uma freira vestida inteiramente de branco apareceram. A freira era entroncada e tinha pele de alabastro e sobrancelhas grossas. Os olhos de Rosa dispararam da freira para as paredes do cômodo, manchadas de umidade. "Isso não está acontecendo", pensou. O fascista agarrou seu braço e colocou-a à força diante da mesa, saindo em seguida. Rosa escutou o motor do furgão ser ligado e o veículo partir em alta velocidade.

O escrivão acendeu um cigarro e deixou-o pender dos lábios enquanto falava.

– Nome? – perguntou a Rosa. – Data de nascimento?

O homem falava no mesmo ritmo da máquina de escrever que estava usando para preencher o formulário de Rosa. Ela quase conseguia ouvir o *ding* ao fim de cada pergunta. Depois de uma pequena pausa, ele proferia mecanicamente a seguinte. O escrivão virou-se para o guarda.

– Seção A – disse ele. – Ela não foi julgada ainda.

– Julgada? – perguntou Rosa, lutando para pensar com clareza. – Qual é a acusação?

O escrivão remexeu em uma papelada sobre a mesa e trocou um olhar com o guarda.

— Você vai ser informada quando aparecer diante do tribunal – respondeu.

— Quando vai ser isso?

Rosa estava com tanta dificuldade para respirar que mal conseguia fazer as palavras saírem. Seu estômago era um nó apertado. Julgamento? Tribunal? *Ela não tinha feito nada de errado.*

O escrivão encolheu os ombros, tirando o cigarro dos lábios e segurando-o na ponta dos dedos. A freira limpou a garganta e ergueu as sobrancelhas de taturana. O escrivão entendeu a dica e notou que o vestido de Rosa estava coberto de sangue.

— Pegue uma túnica para ela, por favor, Irmã Gabriella – falou ele.

A freira apanhou uma túnica de presidiária dentro de um armário e levou Rosa até um biombo no canto.

— Normalmente você só teria que vestir isso aqui depois de ter sido julgada, mas é a única coisa que tenho para lhe dar – disse ela, mordendo o lábio.

A mulher era minúscula, mal chegava à cintura de Rosa. A compaixão em sua voz fez Rosa ter vontade de chorar.

O guarda soltou as algemas de Rosa para que ela pudesse trocar de roupa. Notando a corrente com a cruz e a chave em volta do pescoço dela, fez um aceno de cabeça para Irmã Gabriella.

— Sinto muito – disse a freira. – Você vai ter que me dar isso.

— Não, por favor! – gritou Rosa. Era como se estivessem lhe despindo de tudo. A chave era o que a manteria protegida.

— Chega! – berrou o escrivão. – Isso aqui não é hotel! Faça o que mandarem você fazer!

— Vou colocar em um cofre até você ser solta – Irmã Gabriella lhe garantiu.

Os olhares das duas se cruzaram, e Rosa percebeu que a freira entendia que diversos passos nos procedimentos judiciários estavam sendo ignorados.

Rosa pôs-se atrás do biombo para trocar de roupa. O sangue seco do vestido esticou sua pele quando ela o puxou para tirá-lo, porém a túnica era ainda mais áspera e tinha cheiro de pão mofado.

Rosa não teve suas impressões digitais coletadas, não foi fotografada, tampouco revistada. O guarda jogou o vestido dentro de um saco de lixo, quando a peça deveria ter sido guardada como evidência. Claramente, em vez de registrar a entrada dela no presídio, o escrivão estava fazendo de tudo para apagar o acontecimento.

— Pode levar – o escrivão disse ao guarda.

Rosa quase desmaiou, e o guarda a agarrou pelo braço para impedir a queda. Seus dedos suados apertaram a pele dela.

— Venha – disse ele, lambendo repetidamente os lábios. – Não é tão ruim assim. Você vai ficar bem. As freiras aqui são boas.

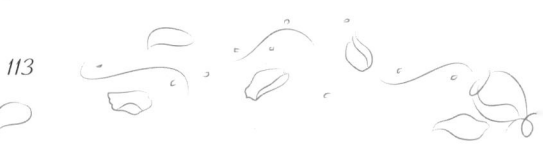

A cada conjunto de portões pelos quais eles passavam, Rosa se sentia mais e mais cercada pelas paredes. O sangue latejava em seus ouvidos. "É um pesadelo", pensou. "Não pode ser verdade." Eles passaram por um dormitório onde diversas mulheres dormiam em beliches de madeira com bebês aconchegados junto a si. Rosa não foi posta ali, e sim levada a uma fileira de celas individuais com portas de aço. A cela onde ela foi colocada tinha 4 metros e meio de comprimento, por 2 de largura e 2,5 de altura. Era do mesmo tamanho de seu antigo quarto no convento, porém a janela tinha grades. Na parede acima da cama via-se o contorno fraco de um crucifixo e alguns parafusos retorcidos. Era como se alguém tivesse arrancado o crucifixo com os dedos.

Rosa despencou no beliche e ouviu o guarda trancar o cadeado. Dando-se conta de que sua situação era irreversível, deixou a cabeça cair sobre as mãos e chorou.

Rosa não dormiu naquela noite. Cada barulho no corredor a fazia pular de susto. Desejou muito estar com sua flauta; tocá-la teria dado voz a sua ansiedade e amargura. Por que Maria precisava ter se envolvido com Vittorio? Ela era uma moça bonita, e qualquer um dos empregados teria adorado se casar com ela. Agora ela estava morta e Rosa estava presa. Rosa ergueu as mãos e imaginou estar segurando seu amado instrumento – ele ficara na vila, perdido para sempre. Ela rezou para que Clementina o encontrasse e o tocasse. Agora aquela seria a única ligação entre elas.

No dia seguinte Rosa não teve contato com ninguém, a não ser uma freira ranzinza cujo corpo redondo parecia uma esponja cheia de água. A mulher se arrastou pesadamente para dentro da cela, trazendo uma tigela de caldo ralo, pão seco e vinho diluído em água. O vinho tinha gosto azedo, mas Rosa bebeu mesmo assim, pois estava com sede.

– Quando vai ser o meu julgamento? – ela perguntou à freira.

A mulher fez uma careta.

– Não sei! Não fale comigo! Eu não sei de nada!

A freira foi embora, e Rosa ficou ainda mais desanimada. Lembrou-se de como Ada a instruíra a ficar com a chave: "Ela vai mantê-la protegida, como já manteve por tantos anos." Com tudo que tinha acontecido, Rosa deixara de pensar na chave e no que Ada pretendia lhe contar. Só conseguia pensar em sobreviver àquele sonho terrível.

Três dias depois, Rosa continuava sem saber do que estava sendo acusada. Um medo agudo lhe revolveu o estômago. A marquesa era amiga pessoal de Mussolini. Talvez não fosse haver acusação nem audiência nenhuma. Talvez simplesmente fossem mantê-la trancada ali dentro.

– Posso escrever uma carta? – Rosa perguntou à freira obesa quando ela lhe trouxe o jantar.

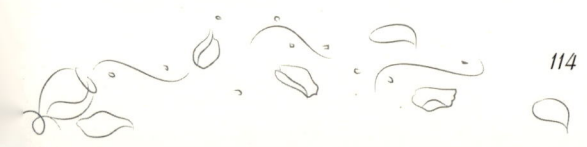

Ela queria entrar em contato com Don Marzoli. Certamente ele conseguiria ajudá-la.

– Não! – respondeu a freira, dando-lhe as costas. – Pare de me fazer perguntas. Você conspirou contra o estado. Não tem direito a entrar em contato com ninguém.

Rosa encarou a freira em completa incredulidade. Conspirar contra o estado era um crime sério cometido por intelectuais e revolucionários – pessoas como os ativistas Antonio Gramsci e Camilla Ravera –, não por preceptoras humildes feito ela. Mesmo que abortar fosse contra a lei, Maria não estava pensando no estado quando tentou livrar-se da criança que carregava.

A freira foi embora, e Rosa sentiu que estava ficando doente. Não no corpo, mas na mente. Andava na cela de um lado para o outro, assim como Dono andava de um lado para o outro na jaula. Deixou de sentir pena de Maria e começou a praguejar contra a moça morta por ter sido tão estúpida.

Rosa continuou sozinha na cela durante as três semanas seguintes. Ela não fez nada do que os prisioneiros faziam nos romances que ela tinha lido: não contou os dias fazendo riscos na parede da cela nem passou mensagens em código para outros detentos dando soquinhos na parede. Não fazia ideia de quem ocupava as outras celas. Apenas notava a movimentação por trás das portas de metal quando uma das freiras a conduzia pelo corredor para esvaziar seu penico. Não escutava gritos de cativas desesperadas, tampouco vozes débeis flutuando pelo ar. Se não visse seus excrementos misturarem-se com o de outros seres humanos ao esvaziar seu penico no poço, poderia até pensar que era a única prisioneira ali. Rosa passava os dias como se estivesse em transe, tentando não pensar em nada: nem no futuro, nem no presente, nem no passado.

Até que certa manhã um guarda a acordou logo cedo.

– Rápido! – disse ele. – Tem alguém aqui para vê-la.

Mesmo grogue de sono, Rosa colocou os tamancos de presidiária e seguiu o guarda até uma sala que continha uma mesa e duas cadeira. Uma das cadeiras estava ocupada por um homem de uniforme fascista. Ele tinha rosto encovado e olhos sem vida. Sua boca estreitou-se em uma linha reta quando ele viu Rosa. O ódio em seu olhar fez o sangue dela congelar.

– Você está sendo acusada de um crime da mais grave natureza – disse ele. – Você assumiu o status de inimiga do estado.

Ouvir aquela acusação pela segunda vez foi quase tão chocante quanto da primeira.

– Quando é o julgamento? – perguntou Rosa com uma voz que mal se ouvia.

O oficial fez uma cara antipática.

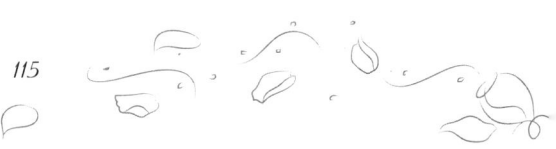

— Julgamento? Não vai haver julgamento. Você vai permanecer aqui até que esteja reformada.

Rosa encontrou coragem para protestar.

— Existem testemunhas na Vila Scarfiotti que sabem que eu não tive envolvimento nenhum na morte de Maria Melossi – disse ela.

O oficial franziu os lábios.

— Se eu fosse você – disse ele com frieza –, não tocaria no nome da família Scarfiotti. Você nunca ouviu falar deles. Nunca trabalhou para eles. Nunca mencione nada a respeito do tempo que passou lá. Até termos certeza de que você vai ficar em silêncio, você permanece aqui.

Quando o guarda levou Rosa de volta à cela, eles cruzaram com uma prisioneira idosa sendo conduzida por uma freira na direção da enfermaria. A prisioneira tinha os pés voltados para dentro e dava passos miúdos, apoiando-se quase totalmente na freira. Ela passou seus olhos cansados do mundo por Rosa, e Rosa ficou se perguntando que tipo de juiz mandaria uma mulher tão frágil para a prisão. Em seguida lhe ocorreu que talvez aquela prisioneira tivesse sido condenada quando jovem e passado a vida inteira na prisão. "É o meu fim", pensou Rosa. "Fui enterrada viva."

De volta à cela, ela chorou amargamente. Sem uma maneira de apresentar seu caso, talvez ficasse anos presa. A marquesa tinha mais influência junto a Mussolini do que Rosa imaginava. E Il Duce, ao que parecia, não via problemas em distorcer os devidos processos da lei.

— O que foi?

Rosa olhou para cima e viu um guarda espiando pela abertura na porta.

— Eu tenho 15 anos! Sou inocente! – gritou ela. – Não devia estar presa! Eu juro por Deus que não fiz nada de errado!

Ela ouviu a chave girar no cadeado, e a porta se abriu. O guarda entrou na cela. Era o mesmo guarda que estava na área de reconhecimento na noite em que ela chegara à prisão. Ela se lembrava dele por causa de seu cabelo meticulosamente penteado e da barba por fazer. Ele tinha feições simétricas e poderia ser bonito, mas de alguma forma não era.

— Só 15 anos? – perguntou ele, puxando a calça um pouco mais para cima. – Que pena. Mas na minha opinião só estão tentando assustar você. Eles mandam os fascistas de verdade para Trani ou Ponza, que são lugares muito piores do que aqui. A Madre Superiora aqui é compreensiva com os prisioneiros políticos, embora precise ser cuidadosa para não contrariar os Camisas Negras.

As lágrimas de Rosa secaram. Aquelas eram as primeiras palavras de incentivo que ela ouvia em semanas. O guarda sorriu. Seus dentes eram retos, porém amarelos. O uniforme era limpo, mas tinha manchas de suor embaixo dos braços. Havia algo incongruente naquele homem, mas Rosa não sabia exatamente o quê. Ainda assim, ele parecia ter boas intenções.

– Como você sabe tanto sobre as outras prisões? – perguntou ela.

– Eu trabalhei na maioria delas. Circulo bastante – em seguida, coçando a cabeça, ele perguntou a Rosa: – Você não tem família? Alguém que possa escrever ao Mussolini e pedir perdão em seu nome?

– Não – disse Rosa, olhando para as próprias mãos.

– Não tem família? – perguntou o guarda com uma voz mais aguda. – Ninguém para olhar por você?

Rosa negou com a cabeça.

– O padre do convento onde eu fui criada me ajudaria, mas eu não tenho permissão para escrever cartas.

O guarda estalou a língua.

– Tem como dar um jeito nisso. Vou lhe trazer material para escrever e depois entrego a sua carta para a Madre Superiora. Se ela aprovar, a carta pode ser enviada junto com a correspondência do presídio.

O brilho fraco de esperança que o guarda deu a Rosa atingiu o coração dela como um raio de sol.

– Obrigada – agradeceu.

– Sabe – disse ele –, você fica muito mais bonita quando sorri. Eu lhe disse que as coisas aqui não são tão ruins assim.

Rosa escreveu uma carta para Don Marzoli, implorando que ele fosse até o presídio falar com ela. Depois entregou a carta ao guarda, que ela descobrira se chamar Osvaldo. Em seguida, deitou-se no beliche e pôs a mão sobre os olhos, imaginando estar novamente na sala de aula com Clementina. Lembrou-se dos detalhes das aulas: o som que a caneta da menina fazia quando ela resolvia rapidamente as adições; o cheiro de gorgonzola que emanava da bandeja com o almoço preparado por Ada; as mãozinhas de Clementina sobre o teclado do piano ao praticar suas escalas. Rosa decidiu que quando fosse solta retornaria ao convento e faria votos de santidade. Daria um jeito de convencer a abadessa de que havia nascido para a vida de freira. "Não fui feita para o mundo exterior, disso não há dúvida", pensou, relembrando os prazeres fugazes que experimentara em seu primeiro dia na Via Tornabuoni. Lembrou-se da moda estranha, da alegria pelos sapatos novos e do elegante *signor* Parigi. Nada disso tinha qualquer significado agora.

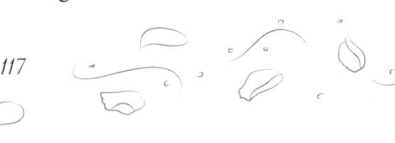

Além de ter que permanecer na cela durantes as refeições, Rosa era enviada sozinha ao pátio de exercícios. Ela ouvia outras prisioneiras movimentando-se pelo corredor; elas passavam alguns minutos por dia no pátio, porém Rosa só era levada lá duas vezes por semana e geralmente ficava abandonada por horas, às vezes sob a vigilância de um guarda e às vezes sob a supervisão de Irmã Gabriella. Rosa sentia que Irmã Gabriella era diferente: ela não era tão dura quanto as outras freiras. Bem que gostaria de voltar-se a ela e pedir consolo, mas prisioneiras políticas eram proibidas de ter qualquer contato além da comunicação básica. Era como se Rosa não fosse mais uma pessoa. Nem mesmo uma prisioneira. Ela havia se tornado um fantasma.

Rosa não obteve resposta de Don Marzoli.

– Ah, a Madre Superiora entrou pessoalmente em contato com ele – Osvaldo garantiu, quando Rosa perguntou se havia alguma resposta. – Eles estão trabalhando juntos para soltar você. Mas você tem que ter paciência. Essas coisas demoram.

Rosa concordou em ter paciência, porém perguntou se Osvaldo entregaria outra carta. Dessa vez ela escreveu para Irmã Maddalena, desabafando sobre seu sofrimento para a ex-guardiã e pedindo-lhe que rezasse por ela. Lágrimas escorreram lentamente pelo rosto de Rosa quando ela entregou a carta a Osvaldo.

– Essa carta vai ser enviada logo, não vai? – perguntou.

– Claro – respondeu ele, pegando o envelope e colocando-o no bolso. – Eu disse que vou ajudar você. Vou cumprir minha palavra.

No começo do outono, Rosa foi levada à área de exercícios e surpreendeu-se ao ver outra prisioneira lá, do outro lado do pátio.

– Não é para você falar com ela – Osvaldo alertou Rosa. – Temos que colocar vocês duas juntas para economizar tempo de vigia.

O pátio era um recinto estreito com um banco de cada lado. O único exercício que podia ser feito ali era percorrer a curta distância de um lado a outro. Rosa e a outra prisioneira trocavam um breve olhar ao passar uma pela outra. A mulher tinha cerca de 40 anos. Rosa percebia, pela linha nobre do pescoço, que ela tinha sido bonita, mas que o tempo havia lhe roubado a beleza. Sua pele era coberta por rugas finas e manchas senis causadas pelo sol. Como elas não tinham permissão para conversar, e como estavam sozinhas no pátio, Rosa supôs que ela fosse prisioneira política também.

Na vez seguinte em que as duas estavam no pátio de exercícios, elas sustentaram o olhar por mais tempo. Rosa achou que a outra mulher tinha um aspecto suave. Foi uma impressão surpreendente, pois não havia nada de suave em estar na prisão.

Certo dia, quando Irmã Gabriella estava de guarda, a mulher falou com Rosa quando elas passaram uma pela outra:

– Você é prisioneira política também? – perguntou.

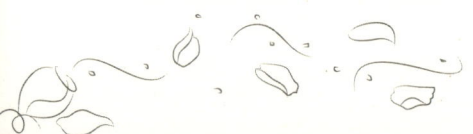

O coração de Rosa bateu feito trovão em seu peito. Fazia tanto tempo que ela não conversava com ninguém que sua voz havia secado. Ela simplesmente fez que sim com a cabeça. Fazia semanas que estava vivendo apenas dentro da própria mente, porém a mulher se arriscara ao comunicar-se com ela, e Rosa queria compartilhar esse risco. Quando elas passaram uma pela outra novamente, Rosa perguntou:

– Por que você está aqui?

– Protestei contra o fato de as professoras ganharem menos que os professores e não poderem ensinar ciências nem matemática – respondeu a mulher. – Faz dois anos que estou presa.

Rosa e a outra prisioneira continuaram a caminhar. Então ela era professora. Rosa ficou empolgada por elas terem algo em comum. Ao se cruzarem outra vez, Rosa sussurrou apressadamente:

– Eu era preceptora. Meu nome é Rosa.

– Sibilla – respondeu a mulher, colocando a mão na frente da boca e dando uma tossida, para que não a vissem falando. – Prazer em conhecê-la.

A conversa acabou quando outro guarda chegou trazendo um grupo de prisioneiras que tomaria o lugar delas no pátio. Ao serem chamadas para retornar às suas celas, Rosa e Sibilla trocaram um sorriso sem ninguém perceber.

Na próxima vez em que Rosa foi levada ao pátio de exercícios, seu coração pulou de alegria quando ela viu que Sibilla estava lá.

– Meu marido era professor universitário – Sibilla contou a Rosa ao longo de alguns passos. – Ele não se juntou aos fascistas e se pronunciou contra eles. Queriam prendê-lo, mas ele fugiu para Paris e está exilado faz quatro anos. Eu fiquei sob vigilância desde então. Até que finalmente encontraram um motivo para me prender.

– Nem sempre eles precisam de um motivo.

Sibilla franziu a testa. Rosa olhou para cima e percebeu que Irmã Gabriella tinha visto as duas conversando. Sentiu um embrulho no estômago. Seu medo não era tanto de que sua sentença fosse prolongada pelo fato de ela ter conversado com Sibilla, e sim de que aquela breve troca de palavras com outro ser humano chegasse ao fim. Os fascistas queriam transformá-la em um fantasma e estavam conseguindo. Conversar com Sibilla era a única maneira de resistir a eles. Irmã Gabriella deu as costas para as duas. Sibilla suspirou aliviada.

– Com essa aí é tranquilo. Às vezes acho que ela sente pena de gente como nós, que fomos presas por causa dos nossos ideais.

– Nem imagino como você aguentou dois anos – disse Rosa. – Eu estou aqui faz poucos meses e já acho que estou enlouquecendo. Eles não me deixam falar com ninguém. Só se referem a mim como um número.

Sibilla, com uma expressão séria, fez um aceno de cabeça.

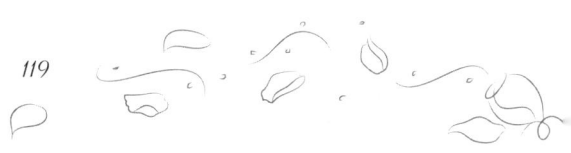

– Você tem que batalhar para manter a sanidade. Precisa pensar o tempo todo no que vai fazer quando der o fora daqui. É isso que vai impulsioná-la.

– É isso que você faz? – perguntou Rosa, sentindo-se grata pelo incentivo de Sibilla.

Uma expressão perturbada anuviou os olhos de Sibilla, mas em seguida ela sorriu.

– Eu penso em Pitágoras quando começo a me sentir mal. Ele é o meu herói.

– Pitágoras! – exclamou Rosa, conferindo se não tinha falado alto demais. – A freira que me criou adorava estudar Pitágoras nos livros da biblioteca do convento – sussurrou, sentindo um aconchego ao lembrar-se da admiração de Irmã Maddalena pelo filósofo grego.

– Não é estranho para uma freira? – perguntou Sibilla, erguendo as sobrancelhas. – Pitágoras acreditava em reencarnação.

– Ele pregava a imortalidade da alma e o ascetismo – respondeu Rosa, lembrando-se do que tinha lido. – Mas as freiras o estudavam por causa das teorias sobre música, astronomia e matemática, e não pela filosofia.

Sibilla deu um aceno de cabeça aprovador.

– Parece que você foi criada por freiras cultas.

– Fui sim – concordou Rosa. – Elas eram enclausuradas, mas não eram ignorantes. Eu tive sorte.

– Bem, então – disse Sibilla, dando uma olhada por cima do ombro de Rosa para ver se elas estavam sendo observadas –, Pitágoras acreditava que o propósito maior de uma pessoa era buscar a iluminação e o conhecimento, tornar-se a pessoa mais plena possível. Por algum motivo estamos passando por esta experiência para perceber isso.

– O que você aprendeu? – perguntou Rosa, faminta por absorver de Sibilla cada partícula de sabedoria possível.

Sua companheira ergueu os olhos e sorriu.

– Eu aprendi que, se a alma é imortal, não é preciso temer a morte.

Rosa teve a sensação de que Sibilla gostaria de falar mais, porém Irmã Gabriella virou-se e elas rapidamente se separaram. A freira podia ser mais leniente que os outros guardas, mas ainda assim elas precisavam tomar cuidado.

Na vez seguinte em que Rosa foi ao pátio de exercícios com Sibilla, era Osvaldo quem estava de guarda e, como ele tinha o hábito de encará-las, elas não conseguiram conversar. Mas mesmo sem falar as duas trocaram olhares cheios de calor e amizade. Teriam que esperar pacientemente por outra chance de trocar ideias.

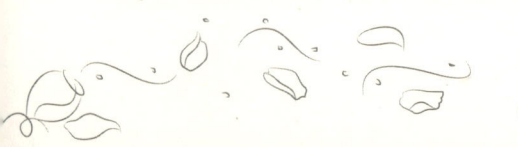

Alguns dias depois, Rosa estava deitada no beliche, quando Osvaldo chegou à cela com um sorriso de orelha a orelha. Rosa andava tentando seguir o conselho de Sibilla sobre batalhar para manter a sanidade relembrando tudo que sabia sobre Pitágoras. Lembrou que ele havia sido preso também, na Babilônia.

– Eu consegui uma coisa especial para você – disse Osvaldo.

– O que é? – perguntou Rosa, levantando-se.

Será que Don Marzoli tinha finalmente vindo vê-la?

– Venha comigo – disse ele, destrancado a porta para deixá-la sair.

Os dois passaram pelo pátio de exercícios até chegar a uma oficina em que detentas dispostas em fileiras faziam tricô e operavam máquinas de costura elétricas.

– Geralmente prisioneiros políticos não têm permissão para sair da cela – disse ele. – Mas eu consegui autorização da Madre Superiora para você trabalhar aqui.

O supervisor da oficina deu a Rosa a incumbência de trançar palha para fazer porta-vinhos. A tarefa era decepcionante, em comparação com a visita de Don Marzoli que ela tanto desejava, mas Osvaldo tinha razão: era melhor do que ficar na cela sem fazer nada.

– O dinheiro que você ganhar vai ser guardado para sua soltura – Osvaldo lhe disse.

A tarefa de Rosa era solitária, mas pelo menos ela tinha a chance de *ver* as outras prisioneiras. Elas eram das mais variadas idades. Algumas pareciam deprimidas, enquanto outras pareciam conformadas a tirar o melhor proveito possível de sua sina. Rosa tentou adivinhar que crime cada uma havia cometido: assassinato, roubo, prostituição. Porém, jamais saberia se seus palpites estavam corretos. Não teria conseguido falar com ninguém mesmo que não estivesse sozinha em um canto. Os guardas da oficina eram vigilantes; precisavam ser, com tantos objetos afiados nas mãos das prisioneiras. Quando era o turno de Osvaldo, ele ficava o tempo todo lançando olhares e sorrisos na direção de Rosa. Rosa retribuía os sorrisos porque ele havia sido gentil com ela, mas não conseguia deixar de se sentir constrangida e desconfortável em relação a ele. Por que será que Sibilla nunca estava na oficina? Decerto ela também tinha permissão de ganhar dinheiro para sua soltura. Protestar contra salários injustos não podia ser um crime pior do que aquele do qual Rosa estava sendo acusada.

O inverno chegou, e um ar frio começou a entrar pela janela da cela. Sempre que era o turno de Osvaldo nas solitárias, Rosa implorava por notícias de Don Marzoli. A resposta era sempre a mesma:

– Ele está esperando marcarem uma reunião com os oficiais do Partido Fascista em Florença. Você precisa ter paciência. Essas coisas demoram.

Apesar do frio, Rosa continuava sendo mandada ao pátio de exercícios duas vezes por semana. O contato com Sibilla era sua tábua de salvação. Geralmente, quando retornava à cela após ter estado com Sibilla, Rosa se sentia melhor do que quando havia saído; porém, às vezes, sentia-se pior. Teria que aguentar firme outra vez até a próxima chance de encontrar a amiga. Rosa morria de medo de que Sibilla fosse trocada por outra prisioneira, mas por alguma graça divina isso ainda não tinha acontecido. Então, poucos dias antes do Natal, Sibilla e Rosa viveram um milagre. Elas estavam caminhando no pátio, batendo os pés e dando soquinhos nos braços para se aquecer, quando o alarme da prisão soou. As duas se olharam.

– Alguém escapou – disse Sibilla.

O guarda que estava de vigia trancou o portão do pátio de exercícios e voou para ajudar na busca. As duas se viram sozinhas e sem supervisão. Algo assim nunca tinha acontecido.

– Venha – Sibilla disse a Rosa, pegando-a pelo braço. – Vamos nos amontoar ali no canto. Podemos fingir que tivemos que ficar juntas para nos manter aquecidas depois de termos sido abandonadas.

O frio era tremendo, e as mulheres tinham apenas seus tamancos nos pés e uma jaqueta acolchoada por cima da túnica fininha. Não seria difícil fingir que estavam com frio. Rosa deu graças por aquele tempo precioso junto da amiga; não poderia estar mais feliz nem mesmo se estivesse sentada sob os raios fortes do sol. Sibilla e Rosa conversaram sobre tudo que tinham desejado compartilhar nos últimos meses. Contaram uma à outra sobre suas comidas, músicas, quadros e até cheiros e horas do dia favoritos – todas as coisas das quais não falavam fazia tanto tempo que elas mesmas já tinham quase esquecido. Rosa contou a Sibilla sobre suas visões e sobre como enxergava a origem das coisas. Os olhos de Sibilla se arregalaram.

– Essas visões são um sinal – disse ela. – Acredito que você veja essas coisas porque tem uma empatia sobrenatural pelos animais. É por isso que, quando você vê couro, pele, carne, enxerga o que aquilo é de verdade: algo assassinado. Era isso que Pitágoras enxergava também.

Rosa pensou no que Sibilla tinha dito.

– É verdade – concordou. – Faz sentido para mim que os animais tenham alma. Eles têm espírito. *Assim como nós.* O que eu vejo são os espíritos dos animais que foram mortos para satisfazer a vaidade e gulodice das pessoas.

Aquilo foi uma revelação para Rosa. A Igreja ensinava que os animais não tinham alma nem personalidade; era por isso que os cristãos não tinham relutância nenhuma em matá-los.

– O que você está dizendo vai contra tudo que me ensinaram – falou Rosa. – Eu acredito em Deus, mas mesmo assim estou começando a questionar alguns ensinamentos da Igreja. Só que isso é pecado, não é?

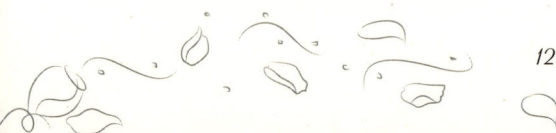

Sibilla fez que não com a cabeça.

– Questionar as coisas a torna um ser humano completo. Se Deus criou você, não vai apreciar que você seja uma pessoa completa? Os pitagoristas acreditavam que a terra fornecia tudo de que precisamos para comer e que não havia necessidade de infligir sofrimento aos animais abatendo-os para comê-los. Eles acreditavam que humanos e animais eram ligados espiritualmente e que os males cometidos pela humanidade contra os animais eram o que provocava problemas de todos os tipos para as pessoas, como guerras, pragas e doenças.

As mulheres continuaram conversando sobre as coisas que lhes interessavam. Rosa ficou maravilhada ao descobrir que Sibilla tinha lido os filósofos gregos que haviam sido influenciados por Pitágoras – Sócrates, Aristóteles, Platão.

– E você fala francês, inglês e alemão? – exclamou Sibilla. – Como é que consegue guardar tantos idiomas na cabeça?

– Eu não tinha muita distração no convento – explicou Rosa. – Para mim, aprender cada novo idioma era como explorar o mundo de dentro da sala de aula. Depois que dominei o francês, não consegui mais parar de "viajar".

– Não ter aprendido francês é o meu maior arrependimento – disse Sibilla. – Depois de não ter tido filhos com meu marido antes de ele ter fugido para o exílio. O francês é a língua do romance.

– Eu posso ensinar a você – ofereceu-se Rosa. – Quando passarmos uma pela outra no pátio... posso lhe dizer uma frase de cada vez.

Sibilla riu e abraçou Rosa. Era a primeira vez que alguém a abraçava desde que ela estivera com Clementina. Ela sentiu-se aquecida.

– Sim, seria maravilhoso – disse Sibilla. – Às vezes, de noite, eu imagino que estou lá em Paris com o Alberto. Nos meus sonhos eu falo francês com ele.

Elas ficaram em silêncio por um momento. Seus lábios estavam ficando azuis e os pés estavam congelados. Mesmo assim, nenhuma das duas desejava que aquele momento terminasse.

– Como você conheceu seu marido? – Rosa perguntou, batendo os dentes.

Sibilla puxou a blusa sobre as pernas, esticando-a o máximo que conseguiu.

– Fizemos uma aula de astronomia juntos na universidade. E nos apaixonamos olhando para Vênus.

Os dedos dos pés de Rosa formigaram. Ela lembrou-se do casal que tinha visto se beijando nos Jardins do Bóboli e depois, para sua surpresa, pensou no *signor* Parigi.

– Deve ser bom estar apaixonada – disse ela.

– De pé! – alguém gritou.

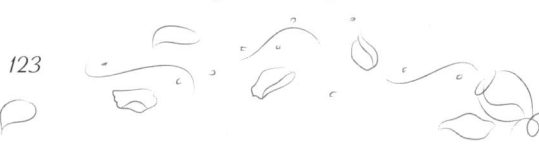

As mulheres pularam e se separaram ao ouvir a ordem. O guarda tinha retornado e estava prestes a gritar outra coisa. Porém, após olhar para o rosto pálido e os lábios azuis das mulheres, decidiu ficar quieto. Tinha sido negligente em relação a sua tarefa. Se elas tivessem ficado mais um pouco no frio, talvez tivessem acabado com pneumonia.

– Para cá – disse ele, ordenando às duas que saíssem do pátio.

Julho, o mês em que Rosa tinha sido encarcerada, chegou outra vez, e ela continuava na prisão. Tentava consolar-se com as garantias de Osvaldo de que Don Marzoli e a Madre Superiora estavam obtendo avanços em seu caso, mas sentia-se frustrada.

– Por que Don Marzoli não vem me ver? – ela perguntou a Osvaldo um dia.

– Talvez ele sinta que isso comprometeria o seu caso. Talvez ele queira parecer imparcial.

O raciocínio de Osvaldo não fazia sentido para Rosa.

– Eu não tenho permissão para ir à capela – disse ela. – Não posso comungar. Não estou sendo isolada apenas da vida e dos outros seres humanos, mas de Deus também.

– Você está muito reclamona hoje – falou Osvaldo, olhando para Rosa com cara de desaprovação. – Não gosta do que eu estou fazendo por você? Estou correndo riscos para ajudá-la.

– É claro que gosto – Rosa foi rápida em tranquilizá-lo. Não queria ofender Osvaldo, sua única esperança de contato com o mundo exterior.

– Que bom – disse ele, colocando a mão no ombro dela. Rosa se encolheu. Algo em Osvaldo lhe causava aversão, mas ela não sabia dizer o quê.

Rosa gostava mais verdadeiramente de Irmã Gabriella, que, ela descobrira, era quem cuidava do cronograma do pátio de exercícios. Rosa e Sibilla haviam sido pegas conversando mais de uma vez, porém continuavam a ser colocadas juntas no pátio duas vezes por semana. Irmã Gabriella obviamente estava fingindo que não via. Será que podia existir bondade assim em um lugar como aquele? As conversas fragmentadas com Sibilla, que agora incluíam frases em francês e questões de matemática, eram o que mantinha sua mente viva. Rosa tinha certeza de que não teria sobrevivido um ano na prisão sem a amizade de Sibilla.

Certa noite, já tarde, muito tempo depois que as luzes tinham sido apagadas, Rosa estava virando-se na cama por causa de um pesadelo, quando ouviu a trava da porta da cela se abrir, fazendo um clique. Sentou-se na cama e viu Osvaldo iluminado pela luz do corredor. Ele entrou e fechou a porta.

– O que foi? – perguntou Rosa, esfregando o sono do rosto.

Osvaldo pôs o dedo nos lábios e sentou-se ao lado dela no beliche. Desconfortável com aquela proximidade, ela se afastou.

– Eu trouxe uma carta de Don Marzoli para você – disse ele.

A mente grogue de Rosa não sabia direito o que pensar.

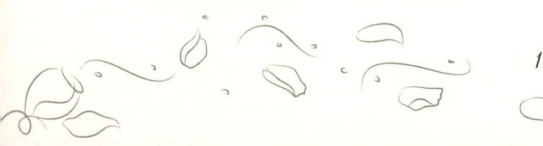

– Uma carta? – ela girou as pernas, colocando os pés no chão e levantando-se. – Posso ver?

Osvaldo lhe passou a lanterna, e ela a acendeu. Ele não tinha carta nenhuma nas mãos. Na penumbra, Rosa conseguia ver que seus olhos estavam vermelhos. Ele fedia a álcool.

– Posso ver? – implorou ela. – Faz um ano que estou esperando.

Osvaldo colocou a mão no quadril de Rosa. Ela sentiu o sangue gelar e se libertou com um movimento brusco.

– Deixe-me tocar em você – sussurrou ele.

– Não – disse Rosa, afastando-se.

Ela não entendia o que Osvaldo queria, mas sabia que era algo errado. Todos os nervos de seu corpo estavam tensos. Ela teria corrido para a porta se não estivesse trancada.

– Não me provoque – disse ele, levantando-se. – Depois do jeito que você ficou me olhando. Deixe-me tocar em você.

– Não! – repetiu Rosa, tentando não gritar.

Olhando para ele? Do que ele estava falando? Ela não conseguia fazer o ar entrar e sair dos pulmões rápido o suficiente. A cela parecia girar.

Osvaldo lançou-se sobre ela e apertou-a contra o peito, passando os dedos pelas suas costas. Rosa lhe deu um empurrão e ele cambaleou, mas em seguida avançou sobre ela outra vez, dessa vez agarrando-a mais firme.

– Não tente lutar – disse ele, com a respiração agitada.

– Por favor, deixe-me em paz – implorou Rosa.

Osvaldo pressionou a boca fortemente contra a de Rosa, passando a língua pelos dentes dela. Rosa sentiu tanto nojo que achou que fosse vomitar. Ela retorceu-se, tentando se libertar, mas Osvaldo era forte demais. Agarrou-a pelo braço e arremessou-a sobre o beliche. Ela caiu de barriga para baixo e tentou se levantar, mas ele a prendeu com uma mão, apoiando o próprio peso nas costas dela. Com a outra mão, ergueu a túnica de Rosa até a cintura e rasgou sua calcinha. Rosa lembrou-se do sermão em que Don Marzoli afirmara que uma mulher que perdia o pudor perdia tudo. Será que era daquilo que ele estava falando? Ela sentiu Osvaldo empurrar-se contra ela e começou a chorar.

– Não faça barulho – disse Osvaldo, cobrindo a boca de Rosa com a mão. – Não precisa ter medo. Eu tive muita paciência, esperei esse tempo todo por você. Agora você já tem 16, já pode fazer.

Rosa sentiu uma dor aguda entre as coxas e soube que algo terrível tinha acontecido. Sua boca se abriu em um grito mudo. Osvaldo a penetrou com tanta força que ela desmaiou de dor. Quando recobrou a consciência, viu que ele a tinha virado e agora a penetrava de frente. O rosto ofegante e suando sobre ela a fez gritar, mas o som foi abafado pela mão dele. Rosa sentia que estava sendo rasgada ao meio.

E então terminou. Osvaldo afastou-se e puxou as calças para cima.

– Da próxima vez não vai doer tanto – falou.

Ele tentou beijá-la outra vez, mas ela virou-se para o outro lado, enrolando-se toda. Rosa ouviu-o sair e trancar a porta. Algo grudento e quente escorreu do ponto esfolado entre suas pernas. Ela lembrou-se de Maria e ficou imaginando se suas entranhas estavam vazando para fora. Nesse caso, desejou uma morte rápida – ou pelo menos que nunca chegasse a ver a manhã.

Algumas horas depois, Rosa ouviu uma voz e sentiu uma mão tocando seu ombro. Abriu os olhos, morrendo de medo de que Osvaldo tivesse retornado. A cela estava cheia de luz. O sol derramava-se através das barras da janela. Irmã Gabriella estava de pé diante dela.

– Meu Deus – disse a freira, passando os olhos por Rosa e puxando o cobertor sobre ela. – Meu Deus.

A freira obesa, Irmã Chiara, estava de pé na porta.

– Vá falar com a Madre Superiora – ordenou Irmã Gabriella. – Temos que levá-la para a enfermaria.

– O que aconteceu? – perguntou Irmã Chiara. – Por que ela rasgou as próprias roupas?

– Vá falar com a Madre Superiora agora! – Irmã Gabriella sibilou entre dentes. – Essa pobre menina precisa de ajuda. Ela foi violentada.

oito

Rosa nunca mais viu Osvaldo. A Madre Superiora removeu-o do presídio quando soube do que tinha acontecido. Rosa achou que morreria de tanta vergonha. Seu mundo, já obscuro depois de ter sido colocada na prisão, ficou ainda mais obscuro. Ela parou de se alimentar. Irmã Gabriella lhe trazia itens não disponíveis para as outras prisioneiras na tentativa de incentivá-la a comer: berinjelas e tomates assados, abacate, pepinos e peras. Porém, Rosa mal os tocava. Independentemente de quantas vezes se lavasse, não conseguia livrar-se do fedor de Osvaldo. Ele a estuprara tão violentamente que uma semana depois do ataque Rosa ainda sangrava ao urinar. Boatos rapidamente se espalharam pelo presídio, e Rosa foi mantida fora de vista. Não era mais levada à oficina nem ao pátio de exercícios, embora a pessoa que mais ansiasse por ver fosse Sibilla.

Certa manhã, várias semanas após o ataque, Irmã Chiara chegou à cela de Rosa e mandou-a levantar-se. Rosa achou que seria levada à enfermaria, pois, agora que voltara a comer, andava vomitando tudo. Porém, em vez disso, ela foi levada a uma sala dividida por grades. Em cada uma das metades havia uma cadeira. Quando elas entraram na sala, Rosa viu alguém de preto levantar-se para encontrá-la.

– Rosa?

Era Don Marzoli.

Em outras circunstâncias, a visão do padre a teria enchido de alegria. Porém, quando Rosa viu o choque no rosto dele, a única coisa que sentiu foi humilhação. Entendeu como ele a estava vendo – macilenta, cabelo curto... suja. Não era mais a moça brilhante que ele enviara para ser a preceptora na Vila Scarfiotti.

– Demorei esse tempo todo para descobrir onde você estava – Don Marzoli falou, após ter se recuperado. – Caso contrário teria vindo imediatamente. Quando Irmã Maddalena mencionou que estava preocupada por você não ter ido visitá-la, entramos em contato com a Vila Scarfiotti, mas eles disseram que não sabiam onde você estava. Que você tinha simplesmente ido embora.

Rosa piscou.

– O senhor não recebeu minhas cartas? – perguntou ela. – A Madre Superiora não entrou em contato com o senhor?

Don Marzoli negou com a cabeça.

Rosa sentiu náuseas. Osvaldo tinha mentido. Era melhor que a tivesse estuprado outra vez do que ter alimentado suas esperanças a troco de nada.

Don Marzoli olhou para as próprias mãos antes de se dirigir a Rosa outra vez.

– Minha filha, o diretor do presídio disse que você está aqui porque... porque ajudou uma moça a perder o filho. Rosa, isso não pode ser verdade. Você sabe que o assassinato de bebês é um crime terrível contra Deus.

O olhar questionador do padre magoou Rosa. Ele procurava a inocência no rosto dela, algo da antiga Rosa que pudesse levar de volta a Irmã Maddalena. Rosa tentou encontrar alguma emoção dentro de si. Fazia tempo que o fato de ela ser inocente já não fazia diferença nenhuma.

– Rosa?

Ela encarava o próprio colo, tentando pensar. Agora que sabia que Osvaldo não estava tentando ajudá-la, ela via as coisas de maneira diferente. Se dissesse a Don Marzoli que era inocente, ele moveria céus e terras para tirá-la da prisão. Talvez falasse até com o Papa. Porém, Mussolini em pessoa estava envolvido no aprisionamento dela. Se Don Marzoli tentasse libertá-la, o convento poderia ter problemas. Talvez até pusessem Irmã Maddalena e as outras freiras na prisão. "Deus me livre", pensou Rosa, sentindo um calafrio e mordendo o lábio. Uma imagem terrível de Irmã Maddalena sofrendo o que Osvaldo tinha feito com ela surgiu em sua mente e quase a fez gritar.

– Rosa? – Don Marzoli rogou com os olhos.

Rosa precisou usar seu último resquício de esperança para fazer aquilo, mas percebeu que seria melhor se Don Marzoli e Irmã Maddalena acreditassem que ela era culpada. Eles rezariam por ela, mas não tentariam tirá-la da prisão. Ficaria a cargo de Deus, e só dele, decidir quando ela tivesse sofrido o suficiente.

– Eu só estava tentando ajudar a moça – disse Rosa.

Don Marzoli ficou pasmo. Deixou a cabeça pender e torceu as mãos. Levou alguns minutos até conseguir olhar para Rosa outra vez.

– E você não se arrepende?

Rosa hesitou, depois negou com a cabeça. Don Marzoli levantou-se, quase perdendo o equilíbrio.

– Nesse caso eu sinto muito por você, minha filha. Você está perdida.

E saiu imediatamente.

Certo dia, Rosa estava terminando de comer o pão que havia ganhado no café da manhã, quando se deu conta de que havia perdido a noção do tempo. O ar através da janela estava ficando frio, mas sua menstruação não tinha vindo. Quando tinha sido a última vez? "Talvez seja porque eu fiquei um tempo sem comer", pensou. Sentia uma vontade urgente de urinar, mas em seguida se sentia mais pesada, e não mais leve. Seus peitos estavam inchados e doloridos, e a túnica estava apertada na altura do estômago. Depois de tudo que acontecera, como ela podia ter ganhado peso? Ela desmoronou sobre o beliche. Havia algo errado com seu corpo. Talvez Osvaldo a tivesse machucado tanto por dentro que ela estava morrendo.

– Venha – disse Irmã Gabriella, destrancando a porta da cela.

Rosa olhou para cima.

– Para onde eu estou indo? – perguntou.

Irmã Gabriella sorriu.

– Para o pátio de exercícios.

Rosa ficou tão aliviada ao ver Sibilla esperando-a no pátio que quase se esqueceu de tudo. Sibilla deu um grito de surpresa.

– Eu estava tão preocupada – disse ela, dando um abraço apertado em Rosa.

Irmã Gabriella não tentou impedir as duas de conversarem. Sibilla tomou o rosto de Rosa nas mãos e girou-o na direção do seu.

– O que aconteceu? – perguntou com olhos angustiados. – Ninguém me dizia onde você estava.

Rosa engoliu a saliva e tentou falar, mas nada saiu. Não conseguia tirar os olhos do rosto de Sibilla.

– Você está tão pálida! Quando foi que viu o sol pela última vez? – perguntou Sibilla. – Eu pensei que eles tivessem alterado os horários, mas agora estou vendo que algo terrível aconteceu!

As pernas de Rosa quase cederam, e a amiga a ajudou a sentar-se no banco. Sem tirar os olhos de Rosa, Sibilla ouviu-a contar, em frases hesitantes, sobre o estupro. Sibilla demorou alguns momentos para conseguir falar e se mexer.

– Que esse monstro queime no inferno! – resmungou por fim, fechando as mãos sobre as de Rosa. – Ele não está mais aqui, está? Não o vi mais. Mandaram embora?

Rosa confirmou com a cabeça.

– Graças a Deus! – disse a mulher, agarrando Rosa para junto de si outra vez. – Você não pode mais pensar nele. Precisa deixar essa coisa terrível para trás.

– Eu não consigo – disse Rosa, cuja voz falhava. – Ele me deixou doente. Acho que vou morrer aqui e nunca mais vou ver o mundo lá fora.

– Doente?

Rosa encarou o chão e relatou seus sintomas: sensibilidade nos seios, tontura e enjoo. O fato de não estar mais menstruando. Sibilla colocou a mão no rosto da amiga. O coração de Rosa quase parou. Agora temia ainda mais pelo pior. Sibilla era uma mulher madura; sabia o que havia de errado com ela.

– Rosa, você sabe como os bebês são feitos?

Rosa ficou confusa com a pergunta.

– Eles surgem depois que um homem e uma mulher passam bastante tempo juntos – respondeu.

Isso era tudo que ela sabia. Tinha concluído que Maria engravidara porque tinha passado bastante tempo com Vittorio. Ela sentia que alguma coisa acontecia entre homens e mulheres e fazia surgir crianças, mas não tinha conseguido juntar todas as peças. Sibilla a olhou de soslaio.

– Diga à Irmã Gabriella que você precisa falar com a enfermeira.

Rosa fitou a amiga, sem entender. Sibilla suspirou.

– Não sei por que a Igreja mantém as jovens na ignorância – disse ela. – Rosa, quando Osvaldo pôs o órgão dele dentro de você, talvez a tenha engravidado.

– O órgão dele? – Rosa estremeceu, lembrando-se da dor terrível entre as coxas. Não conseguia conceber que um ato tão horroroso pudesse dar origem a uma criança. – Não, não. Não pode ser verdade! Eu sou nova demais! Não sou casada!

Sibilla tomou a mão de Rosa e a observou com pena, porém não disse mais nada.

Rosa passou os dias seguintes desejando que sua menstruação viesse. Agarrou-se à ilusão de que era tudo um pesadelo e de que iria acordar. Mas a menstruação não vinha, e ela ficava cada vez mais gorda. Percebeu, com muita tristeza, que não tinha escolha a não ser ir falar com a enfermeira.

A enfermaria da prisão estava um gelo. O aquecedor a vapor sibilante no canto da sala não era suficiente para aquecê-la. Rosa trocou a roupa pelo avental de exames e, descalça, seguiu a enfermeira pelo piso de lajotas lascadas. Subiu na balança, conforme instruído. A enfermeira era outra, não a mesma que a atendera depois do estupro. Era uma mulher pálida de mãos frias e jeito mais frio ainda.

– Você está aqui desde julho de 1930? – perguntou a enfermeira.

Era uma pergunta retórica, pois a informação constava na folha de papel que a mulher estava ticando. Ela mandou Rosa deitar na bancada e perguntou que sintomas ela estava sentindo, ouvindo as respostas de modo nada atencioso. Apalpou o estômago de Rosa e mediu sua temperatura. Depois a mandou ir para trás de uma cortina e urinar dentro de uma garrafa.

– O teste de urina vai confirmar – disse a enfermeira, fazendo uma anotação apressada em seu bloco. – Mas é bastante óbvio que você está grávida.

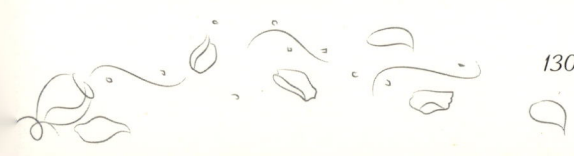

A confirmação atingiu Rosa como um raio. Será que Deus a estava punindo? Um filho de Osvaldo seria um monstro! Rosa lembrou-se de Maria. Muitas vezes Rosa a odiara por causa de todos os problemas que a estupidez da criada havia lhe causado. Porém, naquele momento, não conseguia odiá-la. Entendia o desespero que Maria sentira.

– O que vai acontecer? – perguntou Rosa.

A enfermeira estalou a língua.

– O pai vai reconhecer a criança?

Como Rosa podia dizer quem era o pai? Jamais voltaria sequer a pronunciar o nome dele. Jamais enquanto estivesse viva. Ela balançou a cabeça, respondendo que não. A boca da enfermeira se encurvou para baixo.

– Você vai ficar com a criança até ela completar 2 anos, depois ela vai ser mandada a um orfanato. Você pode reivindicar a criança depois que for solta. *Se* for solta. Agora vá se vestir.

Rosa fez o que a mulher mandou. Antes de sair, a enfermeira agarrou-a pelo braço e encarou-a com fúria.

– Então faz pouco mais de um ano que você está aqui e já engravidou. O que foi que o guarda lhe deu? Um maço de cigarros?

Rosa fez de tudo para conter as lágrimas. Era nisso que ela tinha se transformado: lixo humano. Qualquer um podia abusar dela. A enfermeira empurrou-a na direção da porta e chamou Irmã Chiara para acompanhá-la de volta à cela. Antes que a freira tivesse chegado, a enfermeira olhou com raiva para Rosa.

– Vocês putas são todas iguais – disse ela. – Nunca mudam. Nem quando são enfiadas aqui dentro conseguem ficar de pernas fechadas.

"Eu não sou puta", pensou Rosa. "Não foi por isso que vim parar na prisão. Mas, com tudo que me aconteceu, até pareço uma."

Na vez seguinte em que Rosa encontrou Sibilla, um guarda estava de vigia, então elas precisaram ter uma conversa fragmentada ao passarem uma pela outra.

– Eu nunca vou amar essa criança – lamentou-se Rosa.

Sibilla ergueu a cabeça abruptamente.

– Você vai amar o bebê!

– Uma criança nascida de... nascida *daquilo*?

– Você não vai deixar de amar a criança nem um pouco por causa da maneira como ela foi concebida – sussurrou Sibilla. Na passada seguinte, acrescentou: – Cada criança é um milagre, uma página em branco. Posso não ter meu próprios filhos, mas peguei minhas sobrinhas e sobrinhos no colo.

– Mas a vergonha... – chorou Rosa.

– Vergonha? – exclamou Sibilla. – Só existe uma pessoa que deveria sentir vergonha, e não é você, nem o bebê. Rosa, talvez você esteja confusa agora, mas acredite em mim, você vai amar o bebê.

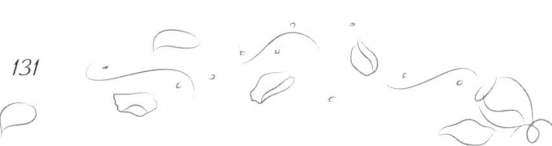

Nas semanas seguintes choveu, e Rosa não teve chance de continuar conversando sobre seus problemas com Sibilla no pátio. Sua amiga tinha certeza de que ela não deixaria de amar o bebê por causa da maneira como ele fora concebido. Porém, Rosa começava a perceber que a maneira como ele fora concebido era apenas um dos muitos problemas a enfrentar. Ela era solteira e estava presa. Mesmo que fosse solta, como sustentaria a criança?

"Nada disso teria acontecido se não fosse pela Marquesa de Scarfiotti", pensou Rosa. "Ela arruinou a minha vida!" Durante uma semana inteira, Rosa chorou toda noite até pegar no sono.

As freiras sabiam as condições em que Rosa tinha engravidado e, quando explicaram ao diretor a mancha que isso poderia trazer à reputação do presídio, ele concordou em abrir uma exceção e permitir que Rosa frequentasse a capela. Ela tentou encontrar consolo em Deus. Irmã Gabriella lhe deu uma Bíblia, o único livro que ela ganhara naquele tempo todo em que estava presa. Rosa procurou seu versículo preferido de Jeremias, em que Deus fala que os planos para seus filhos visam ao bem deles acima de tudo, e não a causar-lhes sofrimento. "Mas como é que o bem pode brotar disso?", perguntava-se ela.

À medida que o tempo foi passando, Rosa viu-se em um constante turbilhão de amor e ódio: ódio por Osvaldo e, como Sibilla havia previsto, amor pelo bebê. Uma vez que começou a sentir a criança mexer-se dentro dela, decidiu que não puniria aquela vida inocente por algo em que não tivera participação nenhuma. Fechava os olhos e imaginava o bebê crescendo em seu ventre. Via suas feições rosadas, as orelhinhas começando a se formar, as mãozinhas e os pezinhos. Ocorreu-lhe que, depois que a criança tivesse nascido, ela não estaria mais sozinha no mundo. Estaria conectada pelo sangue a outra pessoa. "Um milagre" era como Sibilla havia chamado. Será que aquela criança *tinha que existir*? Rosa achava que Osvaldo tinha destruído todas as suas chances de felicidade, porém, quando colocou as mãos na barriga, começou a se perguntar se aquilo era mesmo verdade. Pensava na vida crescendo dentro de si e sentia faíscas de alegria explodindo no coração. Começou a rejeitar a possibilidade de que a criança fosse ter em si qualquer coisa de Osvaldo. Afinal de contas, estava crescendo dentro *dela*. Era o bebê dela, não dele!

– Rosa, considerando que as freiras lhe contaram tão pouco, perdoe-me se eu estiver repetindo o óbvio – Sibilla disse um dia, enquanto elas passavam uma pela outra no pátio. – Mas você sabe que, quando um bebê nasce, ele sai pelo meio das suas pernas?

– Sim, eu sei – respondeu Rosa.

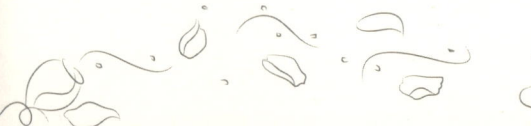

De alguma maneira ela havia compreendido isso; tinha visto o que acontecera com Maria. Ainda assim, a afirmação de Sibilla não deixou de ser um tanto chocante. Naquela noite, Rosa colocou as mãos entre as pernas e ficou imaginando como o bebê sairia. "Eles devem ser minúsculos quando nascem", pensou.

O fato de Rosa aceitar que traria uma criança ao mundo acordou-a do estupor que a envolvera desde que havia sido posta na prisão. Ela *tinha* que sair dali. Conseguiu permissão para retornar à oficina, a fim de ganhar dinheiro para as necessidades da criança, e, com vigor renovado, pediu a Irmã Gabriella que marcasse uma reunião com o diretor do presídio. Precisava declarar não sua inocência, pois essa era uma questão que já não fazia diferença, e sim sua concordância em jamais se aproximar da família Scarfiotti e jamais voltar a sequer tocar no nome deles. Irmã Gabriella lhe prometeu que cuidaria da questão.

Quando a reunião foi concedida, Rosa já estava grávida de sete meses. Um guarda a levou até a sala de entrevistas e mandou-a sentar-se.

– O *signor* Diretor está ocupado no momento – disse o guarda, trancando Rosa na sala. – Você vai ter que esperar um pouco.

Rosa sentou-se em uma cadeira. Suas costas doíam, e ela sentia um cotovelinho cutucando o estômago. Havia uma janela na sala de entrevistas, e através do vidro sujo ela viu o céu azul. O bebê chutou. Rosa acariciou a barriga.

– Vou tirar nós dois daqui, pequeno – ela sussurrou para o bebê.

Apesar da gravidez avançada, Rosa se sentia bem. Tinha ganhado um motivo para ajudar-se e estava determinada a fazer o que fosse preciso para isso. Alegaria até mesmo lealdade a Mussolini se isso fosse tirá-la dali.

Rosa passou os olhos pelo relógio de parede. Quinze minutos haviam se passado. Ela acariciou a barriga novamente, levantou-se da cadeira e ficou olhando para fora da janela. O bebê pressionava sua bexiga, mas ela teria que aguentar. Lembrou-se do dia em que o marquês tinha ido ao convento e lhe pedido que tocasse flauta. Sua bexiga também lhe causara desconforto nesse dia. Mas isso tinha sido uma vida atrás. Ela desejou ter tocado mal na frente dele, desejou ter feito xixi na calça, desejou que qualquer coisa tivesse saído errado naquele dia para que ele não a tivesse escolhido. "Mas o passado é o que é", pensou Rosa. "Eu não posso mudá-lo. Preciso seguir em frente." Ela olhou novamente para o relógio. Fazia quarenta e cinco minutos que estava esperando.

O diretor do presídio entrou pela porta a passos largos. Rosa colocou-se em posição de alerta, conforme mandavam as regras daquele local. Era a primeira vez que ela via o homem pessoalmente. Ele era dentuço e tinha uma aparência vulnerável; seu uniforme estava desabotoado. Ainda assim, aquele oficial desleixado tinha o futuro dela em suas mãos. Rosa ensaiara aquele momento diversas vezes. Não iria sorrir, mas também não ficaria emburrada. Seria séria na medida certa; contrita. Não iria implorar. Simplesmente se colocaria nas mãos do diretor – e nas de Deus.

– Vejo que seu esforço na oficina foi produtivo – disse o diretor, passando os olhos por uma ficha sobre a mesa.

– Sim, *signor* Diretor – respondeu Rosa. – Estou guardando dinheiro para sustentar meu filho.

O diretor passou os olhos pela barriga de Rosa e fez um aceno de cabeça antes de olhar outra vez para a ficha.

– Sim, claro – disse ele. – Bem, vi a declaração da Madre Superiora a respeito da sua reabilitação. Preciso submeter o documento ao Ministério da Justiça. Aí vamos ver o que acontece.

O diretor parecia confiante, mas Rosa ainda não estava fora de perigo. O coração dela latejava tão ferozmente que ela teve certeza de que até ele ouviria.

– Obrigada – respondeu.

– Sibilla – Rosa perguntou à amiga, quando elas estavam novamente no pátio de exercícios –, você disse que foi presa por protestar contra o fato de professoras receberem menos que professores?

– Fui.

– Por que eles pagam menos para as mulheres que para os homens?

A gravidez de Rosa estava avançada demais para que ela continuasse zanzando de um lado para o outro. Ela permaneceu parada em um ponto, enquanto Sibilla passava por ela.

– Bem, os professores homens querem proteger seus empregos – explicou Sibilla. – Afirmam que as mulheres precisam de menos e que não são tão produtivas. Mas isso é pura mentira. As mulheres com quem eu trabalhava davam de dez a zero nos homens.

– Por que você acha que elas ganham menos?

Sibilla suspirou.

– Porque mulheres não têm o direito de votar e não têm sindicatos organizados que as protejam. Muitas ainda se consideram apêndices dos maridos, sem direito a trabalhar e a se autossustentar.

Rosa ajustou a postura, para que o bebê ficasse em uma posição mais confortável, e pensou no que Sibilla havia dito. Imaginava como seria ter um marido que ganhasse dinheiro e tomasse conta dela. Viu-se em uma casa bonita, com comida na mesa. Renunciaria ao direito de trabalhar e votar em troca de algo simples assim para si mesma e para o bebê. Os olhos de Rosa se encheram de lágrimas, pois ela sabia que isso não iria acontecer. Nenhum homem iria querê-la. Seria uma luta árdua, especialmente se as mulheres ganhavam menos que os homens pelo mesmo serviço. Rosa percebeu o quanto ela e Sibilla eram diferentes uma da outra. Sibilla pudera escolher entre trabalhar ou não. Rosa nunca tivera essa escolha.

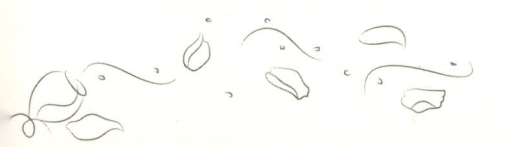

– Eu não preciso de menos – disse Rosa, envolvendo carinhosamente a barriga. – Preciso de mais.

Quando Rosa chegou ao oitavo mês de gravidez, começou a ter dificuldade para dormir. Seus sonhos eram cheios de presságios sinistros. Ela se via outra vez na Vila Scarfiotti, correndo pelo bosque com sua barriga enorme de grávida, perseguida por uma presença invisível. Acordava molhada de suor. Certa noite, passou um bom tempo virando-se de um lado para o outro no beliche, até que finalmente encontrou uma posição confortável e entrou em um estado de letargia. Em seus pesadelos ela ouvia vozes: Sibilla; um guarda; passos. Havia algo errado. Tentou acordar, mas não conseguiu. Suas pálpebras estavam pesadas como chumbo.

Quando Rosa foi levada ao pátio de exercícios no dia seguinte, Sibilla não estava lá. Era um guarda quem estava de vigia, portanto Rosa não conseguiu perguntar onde a amiga estava. "Eles nos separaram", pensou, arrependida de ter falado tão abertamente com Sibilla na última vez em que elas haviam estado juntas. "Ainda estão me torturando. Não ouvi resposta sobre a minha soltura, e agora me tiraram minha única amiga."

Rosa sentou-se no banco. Seus tornozelos estavam inchados demais para que ela continuasse caminhando. Então viu Irmã Gabriella aproximar-se do guarda e lhe dizer algo. O homem a deixou entrar no pátio de exercícios. Havia algo errado. Será que Sibilla estava doente?

– Aqui – disse Irmã Gabriella, entregando a Rosa um pedaço de papel – ela pediu que eu lhe entregasse isso.

– Sibilla?

Um pensamento lhe ocorreu: talvez Sibilla tivesse sido solta!

Querida Rosa,
Como desejei estar viva para ver seu filho nascer. Sempre soube que o bebê seria exatamente igual à mãe, tão bonito quanto ela. Conte ao seu filho sobre mim e ensine-o a amar a Itália e a ser forte. O consolo que você me trouxe nesses últimos meses é o maior tesouro que já recebi. Boa noite, minha doce amiga.
Sibilla

Rosa sentiu um calafrio na espinha, e seu coração acelerou.
– O que significa isso? – ela perguntou a Irmã Gabriella.

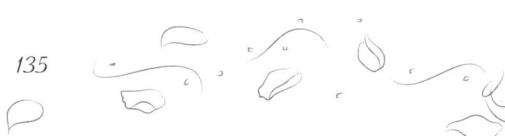

A freira desviou o olhar.

– Ela era uma das líderes do Giustizia e Libertà, inimiga pessoal de Il Duce. O marido estava envolvido em um plano para assassiná-lo.

Rosa fechou as mãos sobre o bilhete, amassando-o, ainda sem compreender.

– Sibilla era professora. Ela foi presa por protestar a favor dos direitos das mulheres.

Irmã Gabriella suspirou. Estava com olheiras e tinha o ar embotado de quem não dormira direito.

– Ela era uma prisioneira condenada. Uma inimiga do estado.

– Prisioneira condenada? – repetiu Rosa, engolindo a saliva. Ela lembrou que Osvaldo lhe dissera que prisioneiros políticos geralmente eram mandados a Trani ou Ponza. – Ela foi transferida para outro presídio?

A expressão aflita no rosto de Irmã Gabriella embaralhou os pensamentos de Rosa.

– O que foi? – ela perguntou, quase guinchando. – O que aconteceu?

O desespero de Rosa chamou a atenção do guarda, mas Irmã Gabriella o dispensou com um aceno de mão.

– O recurso final de Sibilla Ciruzzi foi negado ontem – contou a freira. – Ela foi tirada de Florença ontem à noite e executada a tiros.

Os ombros de Rosa despencaram, e ela sentiu-se nauseada. Lembrou-se das palavras de Sibilla – "Eu aprendi que, se a alma é imortal, não é preciso temer a morte" – e entendeu que sua amiga sabia que estava condenada.

– Sibilla! – gritou Rosa, agarrando o peito com as mãos, como se pudesse fechar a fenda que se abria em seu coração. – Sibilla!

Seu desespero ecoou pelo presídio inteiro.

– Por quê? – ela perguntou a Irmã Gabriella, em meio às lágrimas. – Por quê? Fazia dois anos que ela estava aqui. Não podiam simplesmente deixá-la em paz?

Mas a freira não foi capaz de dizer nada para confortá-la. Rosa sabia por quê. A única resposta era aquela que ninguém podia proferir. Enquanto a Itália estivesse nas garras de um louco, não haveria justiça.

nove

Certa manhã no início de maio, Rosa acordou sentindo espasmos na pélvis e nas coxas. A cama estava úmida. A primeira coisa em que pensou foi no bebê. Livrou-se rapidamente do cobertor, morrendo de medo de estar tendo uma hemorragia, assim como acontecera com Maria. Porém, não havia sangue. Ela saiu da cama e mexeu-se um pouco, mas a dor no abdome persistia. Sentou-se no beliche, e a dor cedeu. "Alarme falso", pensou. "Só tive suores noturnos."

Irmã Chiara chegou com o café da manhã. Rosa estava com fome e tentou comer o pão, porém sentiu ânsia de vômito.

– Você está bem? – perguntou Irmã Chiara.

Rosa estava prestes a responder que sim, quando seu abdome se contraiu. Ela precisou agarrar o beliche de tanta da dor que sentiu.

– O bebê está vindo – disse ela.

– Vou chamar a enfermeira – respondeu Irmã Chiara.

Rosa andou de um lado para o outro dentro da cela. A dor cedeu tão rápido quanto tinha surgido. A enfermeira só chegou uma hora depois, acompanhada de Irmã Gabriella, e a essa altura a dor tinha piorado. Independentemente da posição em que Rosa ficasse, fosse de pé, sentada ou agachada, o desconforto nunca passava.

– Você está tendo contrações? – perguntou a enfermeira.

Rosa respondeu que sim com a cabeça, supondo que as dores fossem aquilo. Era como se alguém tivesse amarrado uma corda em suas entranhas e as estivesse puxando com toda a força.

– É melhor levá-la para a enfermaria – Irmã Gabriella disse à enfermeira.

– Ela não vai ter o bebê aqui – respondeu a enfermeira. – Estou completamente ocupada com uma prisioneira com difteria. Ela vai para o Santa Caterina. Eu tenho permissão do *signor* Diretor.

Rosa sentiu outra contração, bem mais forte que as outras, e se dobrou ao meio. A enfermeira lhe dissera que as dores seriam leves no começo e espaçadas, mas a dor que Rosa estava sentindo não era leve. Cada contração provocava espasmos pelo corpo todo dela. Ela sentiu enjoo.

– Venha, então – disse a enfermeira. – É melhor você ir para o hospital enquanto ainda dá tempo.

– Você vai fazê-la caminhar até lá? – Irmã Gabriella perguntou horrorizada, erguendo as sobrancelhas.

– Fica a umas poucas ruas daqui – respondeu a enfermeira. – Não vamos chamar uma ambulância.

– Enfermeira, essa moça não vai a pé – disse Irmã Gabriella, os punhos cerrados de frustração. – Eu vou pegar uma maca – ela foi até a porta da cela e chamou por ajuda.

Uma contração torturou o corpo de Rosa. Gotículas de suor provocavam uma comichão em seu rosto. Poucos momentos depois, dois guardas chegaram trazendo uma maca. Irmã Gabriella ajudou Rosa a subir nela e colocou a mão em seu ombro.

– Depois do primeiro fica mais fácil.

Rosa fez o que pôde para dar um sorriso. Apesar do desconforto, apreciava a consideração de Irmã Gabriella. Além de Sibilla, era a única pessoa dentro do presídio que havia sido gentil com ela.

Os guardas carregaram Rosa pelo corredor. As prisioneiras do dormitório foram até a porta para ver o que estava acontecendo. A maioria apenas observou a cena com um olhar abobalhado, porém algumas gritaram "boa sorte" ao perceberem que Rosa estava em trabalho de parto.

Quando os guardas chegaram ao pátio, o diretor estava lá esperando.

– Acabei de receber agora de manhã a carta do Ministério de Justiça. Você seria solta hoje – ele disse a Rosa, colocando na mão dela um volume enrolado em um lenço. – Mais tarde eu mando alguém até o hospital para completar a burocracia.

Rosa mal registrou as palavras do diretor. Ela olhou para o volume que ele havia lhe entregado. Sua corrente estava enfiada dentro do lenço. Ela o apertou contra o peito. Estava de posse da chave prateada outra vez. "É um bom sinal", pensou, lembrando-se de que ela lhe fora dada para protegê-la do perigo.

– Deus a abençoe – disse Irmã Gabriella, antes de os guardas atravessarem os portões.

Rosa sentiu o sol no rosto. Era um lindo dia de primavera. O ar fresco tinha o perfume de jasmim e rosas. Ela colocou a mão na barriga ao sentir outra contração.

– Está tudo bem, pequenino – sussurrou para o filho ainda não nascido. – Vamos enfrentar isso juntos.

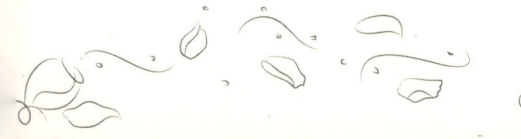

O Santa Caterina era um hospital caridoso de resguardo para mãe solteiras. Rosa fechou os olhos para os donos de lojas e pedestres que a encaravam. Um padre fez questão de fitá-la de cara feia e depois desviar o olhar. Sua condição e a direção para onde estava sendo levada traziam sorrisos zombeteiros ao rosto dos observadores; um ferreiro mal-educado lhe assobiou um *fiu-fiu*. Mas Rosa fechou a mente para os insultos. Nada estragaria aquele dia especial. As pessoas podiam fazer pouco dela se quisessem, mas ela jamais permitiria que fizessem pouco de seu filho.

Os guardas a carregaram até a recepção do hospital. O edifício era frio e quieto. Uma enfermeira vestindo uniforme branco e meias e sapatos pretos levantou-se quando os guardas entraram.

– Vocês vão ficar? – perguntou ela.

– Não há necessidade – disse o guarda que segurava a maca junto aos pés de Rosa. – A soltura dela estava marcada para hoje, e ela não é perigosa.

A enfermeira fez um aceno de cabeça e pediu a um assistente que trouxesse um carrinho. Os guardas e o assistente ajudaram Rosa a sair da maca e passar para o carrinho. Ela foi empurrada ao longo de um corredor e depois através de portas vaivém. Em comparação com o clima calmo da recepção, o corredor era uma cacofonia de lamentos, gemidos e gritos. As dores de Rosa estavam mais fortes. Ela rangia os dentes até que a contração da vez passasse. O assistente parou o carrinho em frente a uma sala. Rosa ouviu uma mulher gritar como se suas pernas estivessem sendo cortadas fora. Cerrou os punhos e fez de tudo para domar seus medos. Mulheres morriam durante o parto, ela sabia disso, mas nada iria impedi-la de dar à luz sua criança em segurança.

Apesar das dores e do barulho, Rosa acabou pegando em um sono agitado. Foi acordada algum tempo depois, quando um assistente empurrou o carrinho para dentro da sala. A enfermeira-chefe e uma enfermeira auxiliar a esperavam lá dentro. De onde estava, tudo que Rosa conseguia ver eram um lavatório e um armário de remédios repleto de cotonetes, termômetros, palitos de madeira, luvas e garrafas. Havia um leve cheiro de antisséptico no ar.

– Você consegue subir na bancada sozinha? – perguntou a enfermeira-chefe. – Não quero que corra o risco de cair.

Ela tomou o braço de Rosa para dar-lhe apoio, enquanto a auxiliar a ajudou a sair do carrinho. Rosa sentiu-se tonta e quase desmaiou, mas as mulheres a estavam segurando com firmeza. Rosa notou como a carne delas parecia fria em comparação com a sua. Ela estava queimando.

A auxiliar trouxe uma banqueta; Rosa passou para a banqueta e depois para a bancada. Ao deitar-se, uma dor lancinante lhe beliscou as costas. Ela tentou aliviá-la deitando-se de lado, mas as enfermeiras a viraram de costas outra vez e amarraram suas pernas. A dor estava mais forte do que nunca. Rosa sentiu o impulso de deslizar o tronco para baixo, mas a posição elevada das pernas tornava esse movimento esquisito. Ela gemeu de dor.

– Ainda tem bastante pela frente – disse a enfermeira-chefe. – Tente ficar calma.

Rosa encarou o teto. Sua visão começou a ficar embaçada, e ela mal conseguia ouvir o que a mulher lhe dizia através da névoa de dor. A auxiliar mediu a temperatura e as batidas do coração de Rosa. Algum tempo passou. Rosa sabia que a luz através das cortinas tinha mudado. Ela ouviu um tamborilar de chuva. Já devia ser fim de tarde. Então escutou alguém colocar água em uma bacia. A auxiliar lavou-a entre as pernas com Lysol. Poucos meses antes, Rosa teria ficado mortificada se outra pessoa lidasse com suas partes íntimas. Mas a dor a colocara além daquilo. Tudo que importava era trazer seu filho ao mundo. Rosa pensou em outra mulher, dezessete anos antes. Era inverno e estava frio. Talvez tivesse acontecido em casa ou em um hospital, mas a mãe de Rosa havia passado por aquelas mesmas coisas para trazê-la ao mundo.

Rosa sentiu outra contração no ventre, muito mais longa e forte que as anteriores. Ela deu um grito e agarrou a bancada.

– Shh! Shh! – fez a enfermeira-chefe. – Seja corajosa. Você é nova. É para ser fácil.

– O que você tem na mão? – perguntou a auxiliar.

– Meu crucifixo – murmurou Rosa.

– Dê-me aqui – disse a auxiliar, tomando a corrente da mão de Rosa. – Vou colocar em volta do seu pescoço. Se você segurar isso na mão, vai apertar quando o bebê sair e talvez se machuque.

– Obrigada – respondeu Rosa.

Sibilla a alertara de que o nascimento seria dolorido, mas Rosa jamais teria imaginado dores tão violentas e torturantes. E a enfermeira agora dizia que ficaria ainda pior? Rosa sentiu mais uma longa contração, seguida por outras que chegaram em ondas. Tentou erguer o torso para sentar, mas a auxiliar a empurrou de volta para baixo.

– Precisamos ver a cabeça do bebê – disse ela.

Lágrimas escorreram pelo rosto de Rosa, misturando-se ao suor. Ela sentia tanta pressão nas costas que achava que sua coluna se quebraria. Uma sensação de ardor se espalhou pela pélvis.

– Empurre! – disse a enfermeira-chefe. – Empurre!

Rosa agarrou as laterais da bancada e empurrou com toda a força. Sentiu algo queimar entre as pernas. A dor era tão terrível que ela deu um berro.

– A cabeça está encaixada – falou a enfermeira-chefe. – Você teve sorte. Esse parto vai ser rápido.

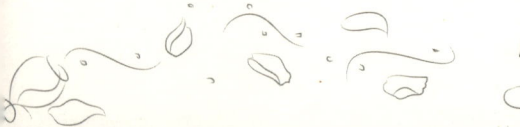

Rosa mordeu o lábio até sangrar. Não achava que aguentaria aquele sofrimento por muito mais tempo. Deu um grito, certa de que estava sendo rasgada ao meio. Então, de repente, algo se moveu.

– Mais um empurrão – disse a enfermeira-chefe, alcançando um cobertor para a auxiliar.

Rosa rangeu os dentes e empurrou. Algo jorrou para fora dela. O alívio foi tão repentino que seu corpo se sacudiu com o choque.

– Muito bem – disse a auxiliar. – Você está bem?

Rosa não conseguiu responder. Estava tentando recuperar o fôlego. A auxiliar enrolou o bebê em um cobertor. "Ele tem que chorar, não tem?", pensou Rosa com o coração acelerado. Não se ouviu som nenhum; apenas um silêncio terrível. Ela tentou sentar-se. Queria ver o que estava se passando com o bebê, porém estava fraca demais.

– Deite, deite – disse a auxiliar. – Você ainda tem que expelir a placenta.

– Meu bebê... o bebê – Rosa lutou para dizer.

Um sentimento horrível revolveu-se dentro dela. O bebê estava morto. Que brincadeira cruel da parte de Deus lhe dar aquela esperança. Ela começou a chorar.

De repente um grito cortou o ar.

– É uma menina – falou a enfermeira-chefe, erguendo o bebê de cara rosada para Rosa ver. – Uma menina linda e saudável.

Rosa ficou maravilhada com sua filhinha. No dia seguinte ao nascimento, seus seios se encheram de leite, e a criança pegou no peito sem dificuldade. Rosa fitava admirada o rosto da filha. Não parecia o de um bebê recém-nascido; era delgado, com olhos bem definidos e uma boca que parecia um botão de rosa. Ela ficou se perguntando de onde a criança tinha herdado aquela beleza. Em comparação com a *signora* Corvetto e a Baronesa Derveaux, Rosa sabia que tinha uma beleza comum, e certamente, para seu alívio, a criança não tinha nada de Osvaldo. Rosa brincava com os dedinhos das mãos e dos pés do bebê e, sempre que terminava de amamentar, não demorava muito até seus seios começarem a doer, como se desejassem que a criança estivesse junto deles outra vez. Rosa tinha tanto leite que a enfermeira daquela ala perguntou se ela amamentaria outros bebês, cujas mães estavam fracas demais depois do parto para conseguir amamentar, ou cujo leite não havia aparecido ainda. Rosa deu de mamar a dois outros bebês, lavando os peitos com desinfetante e água quente entre cada amamentação. Mesmo assim, continuava tendo leite em abundância. As enfermeiras precisavam lhe dar três mudas de camisola e colocar uma faixa de musselina em seu peito antes de ela dormir. Rosa não se importava. Teria dado de mamar a todas as crianças do hospital se fosse preciso, de tanto que gostava de alimentá-las. Porém, com a própria filha era diferente: Rosa a trouxera à vida de dentro de seu ventre.

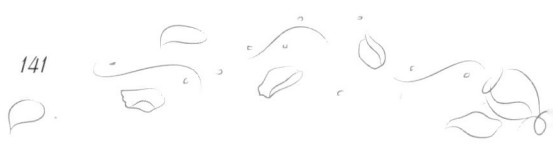

Rosa percebeu que dar à luz havia mudado a maneira como ela via a si mesma. Refletiu sobre os anos que passara no convento e concluiu como era trágico que as freiras fossem levadas a sentir vergonha de suas funções físicas. O corpo de uma mulher, com todos os seus processos, era um milagre, uma força da natureza, não algo a ser vergonhosamente escondido debaixo de uma combinação. Embora seus órgãos ainda fossem novos, Rosa sentia a força deles. Sibilla dissera que os fascistas tentavam controlar as mulheres controlando o corpo delas. Talvez, Rosa ponderou, a sociedade também tentasse controlar as mulheres fazendo-as sentir que havia algo de errado com elas. Ela sorriu ao perceber que estava começando a pensar como Sibilla. *Conte ao seu filho sobre mim e ensine-o a amar a Itália e a ser forte.* Rosa olhou para a criança que dormia em seus braços e soube exatamente que nome daria a ela.

Na enfermaria em que Rosa estava havia mais onze mulheres. Cinco dias após o nascimento, apenas algumas ainda tinham seus filhos junto de si. Rosa ficou imaginando o que havia acontecido com as outras crianças. Das mulheres sem bebê, quatro pareciam deprimidas, duas pareciam aliviadas e uma chorava dia e noite. A mulher na cama ao lado da de Rosa não era mãe solteira; era uma operária pobre cuja parteira havia recomendado que ela tivesse o próximo bebê em um hospital, por causa das complicações com sua última gravidez. Faltavam-lhe os dentes da frente, em cima e embaixo.

– Perdi um com cada filho – ela falou a Rosa, colocando os dedos de um jeito brincalhão nas frestas da boca.

Embora as enfermeiras fossem gentis, a atmosfera do hospital sugeria que mães solteiras eram desonradas. Rosa tinha ouvido a Irmã da enfermaria tentando confortar a mulher que chorava sem parar: "Você se redimiu colocando seu bebê nos braços de um casal unido perante Deus", dissera a freira.

Rosa segurou a pequena Sibilla e lutou para conter as lágrimas. Lembrou-se dos olhares duros que recebera na rua quando estava em trabalho de parto, a caminho do hospital.

– Nunca – sussurrou no ouvido da filha. – Nunca vou abrir mão de você.

Depois disso, Rosa passou a ficar apreensiva sempre que Sibilla era levada para o berçário após mamar. Tinha medo de jamais voltar a vê-la.

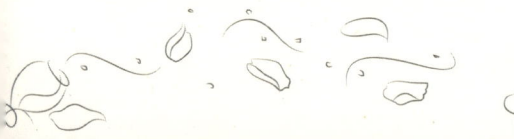

Uma semana após o parto, Rosa começou a se sentir inquieta. Havia passado tanto tempo entre quatro paredes que queria sair para o mundo. Sabia que enfrentaria desafios, porém esconder-se em um hospital não os impediria de acontecer. O diretor do presídio tinha prometido mandar alguém com seus documentos de soltura para que ela pudesse ser liberada. Rosa planejava encontrar um quarto para morar e algum trabalho que pudesse fazer enquanto tomasse conta de Sibilla. Perguntou à Irmã da enfermaria quando poderia ir embora. A Irmã prometeu que conversaria com o administrador do hospital.

No dia seguinte, uma mulher de vestido sob medida com mangas bufantes veio falar com Rosa. Ela era baixa, e seu chapéu azul-marinho enfeitado com um cacho de margaridas pouco ajudava a desviar a atenção das bochechas caídas. A mulher puxou as cortinas em torno da cama, embora isso não fosse impedir as outras mulheres de ouvir a conversa. Sibilla tinha sido trazida do berçário para a amamentação do meio-dia, mas ainda dormia no cesto ao lado da cama de Rosa. A mulher fitou a criança por um momento, depois se apresentou como sendo a *signora* Cherubini, chefe do conselho de caridade que administrava o hospital. Ela tinha nas mãos os papéis do registro de nascimento de Sibilla.

– Ouvi dizer que você está bem, *signorina* Bellocchi – falou ela. – E que ajudou com os outros bebês.

A *signora* Cherubini sorriu, porém havia uma insinuação na voz dela que deixava Rosa nervosa. Aquela mulher tinha olhos de falcão.

– Sim, *signora*. Estou me sentindo bem e, como os outros bebês que eu estava amamentando não precisam mais de mim, gostaria de ir embora o mais rápido possível.

– Entendo – disse a *signora* Cherubini, olhando para o formulário de registro. – Aqui diz que o pai é desconhecido?

Rosa hesitou. O pai era conhecido, mas ela não o reconheceria. Talvez isso a fizesse parecer uma devassa, porém ela achava ofensiva a maneira como as mulheres na enfermaria eram tratadas, como se devessem ter vergonha de si mesmas. Afinal de contas, ela havia sido presa injustamente e estuprada, embora jamais fosse mencionar essas coisas. Não queria que Sibilla ficasse estigmatizada, tampouco que fosse vista como tendo menos valor que uma criança concebida com amor.

– É isso mesmo – respondeu.

O sorriso se dissolveu do rosto da *signora* Cherubini.

– Que maravilha! – exclamou ela, revirando os olhos. – E a enfermeira me disse que você quer ficar com a criança?

Rosa sentiu uma fisgada na barriga.

– Quero.

– Bem, acho que isso não vai ser possível – disse a *signora* Cherubini, balançando a cabeça. – A criança precisa ser mandada para o lar de enjeitados do hospital. Foi essa a condição para que você viesse para cá.

Rosa abriu a boca de espanto.

– Ninguém me falou isso!

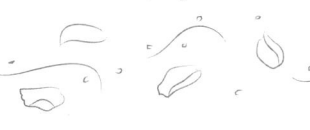

De todos os pesadelos que Rosa vivera nos últimos anos, aquele era de longe o pior. Instintivamente, ela colocou a mão no cobertor de Sibilla e sentiu o corpo quente do bebê remexer-se debaixo de sua palma.

Os olhos da *signora* Cherubini se endureceram.

– *Signorina* Bellochi – disse ela –, parece-me que você passou a maior parte da vida em um convento e o resto na prisão. Acho que não entende muito bem como o mundo exterior funciona. Faz ideia do quanto vai ser difícil criar sua filha? Onde vocês vão morar? Como vão se sustentar? Quem vai dar emprego a uma mãe solteira? E, se você conseguir emprego, quem vai tomar conta do bebê enquanto você trabalha? *Signorina* Bellocchi, já pensou seriamente nisso tudo?

Rosa sentiu-se encolher debaixo daquela enxurrada de palavras agressivas. Até então, tinha conseguido esconder das outras mulheres na enfermaria que estivera presa. Sentia-se humilhada.

– Eu tenho o dinheiro que ganhei com as costuras – gaguejou Rosa. – Vou encontrar um lugar para trabalhar aonde possa levar a Sibilla comigo.

A *signora* Cherubini olhou impaciente para ela.

– Que lugar? Que estabelecimento com a mínima reputação vai dar emprego a uma criminosa?

A mulher fez uma pausa para ver se estava atingindo o alvo e sorriu quando lágrimas brotaram nos olhos de Rosa.

– Eu não sou criminosa – Rosa falou baixinho.

– Você é mesmo uma menina ignorante – disse a *signora* Cherubini. – Sabe onde você vai parar se persistir com uma besteira dessas? Não vou medir as palavras, *signorina* Bellocchi: vai terminar vendendo o corpo nas ruas!

Rosa olhou para Sibilla, que dormia em paz ao seu lado.

– Eu só quero o melhor para ela – disse. Mesmo sem querer, começou a chorar.

A expressão da *signora* Cherubini ficou mais suave.

– Veja bem – disse ela, acariciando a mão de Rosa –, você tem uma chance de passar uma borracha nisso tudo. Pode começar de novo. E sua filha provavelmente será bem criada. Se vocês ficarem juntas, você vai ser um peso em volta do pescoço dela. Vocês vão afundar juntas. É isso que você quer, *signorina* Bellocchi? Tente pensar direito. Sua filha não é uma boneca, um brinquedo. Você quer ser responsável pela desgraça dela?

O peito de Rosa arfava de tanto choro, e uma dor torturante se espalhou por seu corpo. A *signora* Cherubini tinha razão. Era egoísta da parte dela querer manter Sibilla consigo, quando o bebê ficaria melhor com alguém que pudesse lhe dar educação e uma vida tranquila. Ela pensou em Irmã Maddalena. Rosa havia sido criada com todo o amor pelas Irmãs de Santo Spirito. Esse não seria um destino melhor para Sibilla do que ser criada por uma "libertina"?

A *signora* Cherubini pôs um formulário no colo de Rosa.

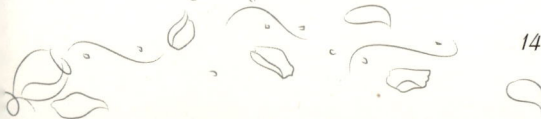

— Assine isso, e tudo vai ficar bem. Para *vocês duas*. Você pode começar de novo. Talvez até se casar um dia e começar uma família de verdade.

Rosa tomou o formulário e a caneta, porém hesitou.

— Assine – disse a *signora* Cherubini. – Não prolongue esse sofrimento, pelo seu próprio bem... e pelo dela.

Rosa sentiu-se encarando um buraco negro.

— Eu nunca vou me esquecer dela – falou chorando.

A *signora* Cherubini deu um sorriso condescendente.

— Vai, sim. Você ainda é jovem e tem muito pela frente.

Através da visão embaçada, Rosa leu o título do formulário: *Declaração de Renúncia*. Ela teria que abrir mão de todos os direitos relacionados à criança que trouxera ao mundo.

— Eu amo você – disse a Sibilla, em meio às lágrimas. – Eu amo você.

Rosa tentou firmar a mão para assinar o formulário. Antes, porém, fitou uma vez mais o rosto angelical da filha. Sibilla abriu os olhos e piscou, depois começou a chorar. Uma sensação estranha borbulhou no peito de Rosa. O leite se acumulou em seus seios. Sibilla chorou mais, e o leite começou a transbordar e vazar através da camisola.

— Puxe – disse ela, apanhando uma faixa de musselina e segurando-a contra os seios.

Porém, ela não conseguia estancar o fluxo. Ele escorreu ligeiro pela camisola, pingando sobre o formulário. A *signora* Cherubini rapidamente tomou o papel antes que ficasse ensopado.

— É melhor você dar de mamar. Eu volto daqui a uma hora com o formulário.

Rosa apanhou Sibilla e a segurou junto aos seios. Como conseguiria abrir mão dela se ela era como uma parte de seu corpo? Conseguiria renunciar ao próprio coração ou aos rins e continuar vivendo? Rosa tinha sido criada com muito amor por Irmã Maddalena, mas agora estava fora do convento e sozinha; sem raízes, sem família. Independentemente do que ela e a filha enfrentassem, pelo menos Sibilla saberia que tinha uma mãe que a amava. Talvez não fosse muito, mas talvez fosse tudo.

Rosa fechou os olhos e rezou para San Giuseppe, o santo protetor dos órfãos e mães solteiras.

— Por favor, ajude-me – pediu chorando. – Por favor.

Rosa abriu os olhos e ficou chocada ao ver uma luz brilhante derramando-se sobre sua cama. Uma sensação de paz tomou conta dela. Tinha certeza de que era um anjo.

— Fale comigo – sussurrou ela. – Diga-me o que eu preciso fazer.

— O que essa mulher está lhe dizendo é ilegal.

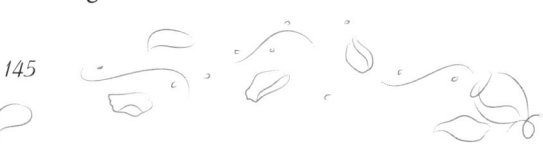

Rosa se assustou. Virou-se e viu Irmã Gabriella passando através das cortinas. Trazia uma pasta embaixo do braço e um pacote embrulhado com papel marrom. A freira sentou-se na ponta da cama de Rosa.

– Este hospital deveria incentivar você a ficar com a criança. Essa é a lei – disse Irmã Gabriella. – Não existe lar de enjeitados coisa nenhuma. Essa mulher vende os bebês para mulheres ricas que não podem ter filhos. As mulheres querem se passar por mães biológicas, por isso não existe registro de adoção. A mãe natural não tem esperança nenhuma de um dia voltar a ver a criança. O formulário que ela está tentando fazer você assinar é uma farsa. Ela vai destruir aquele papel no minuto em que você sair daqui.

Rosa fitou Irmã Gabriella horrorizada. Crianças adotadas tinham ainda menos status que as ilegítimas, então fazia sentido que os pais adotivos tentassem fazer parecer que os bebês eram deles. Ainda assim, era difícil acreditar que aquele tipo de corrupção existisse.

– Mas... este é um hospital de caridade – gaguejou Rosa. – Eles fazem coisas boas.

– Você está vendo alguma freira por aqui? – Irmã Gabriella agitou a mão. – Esse lugar quer ter lucro, não fazer caridade. Fiquei chocada quando ouvi que a enfermeira ia mandá-la para cá. Só agora consegui permissão para vir vê-la, e parece que cheguei bem a tempo.

– Mas como vou sustentar o bebê? – perguntou Rosa, lembrando-se do quadro cruel que a *signora* Cherubini havia pintado a respeito de seu futuro.

– Você tem direito a receber dinheiro da OMNI – explicou Irmã Gabriella. – Precisa ir à *comune* e fazer a requisição.

– OMNI?

– A Organização Nacional para Proteção da Maternidade e Infância – disse Irmã Gabriella. – Eles têm uma pensão especial para mães solteiras.

– Eu tenho direito a receber dinheiro? Por quê?

Irmã Gabriella sorriu.

– Porque você deu à luz um bebê italiano e *não* o deixou num lar de enjeitados, onde as taxas de mortalidade são altas. Mussolini quer mais crianças saudáveis. Ele quer um exército maior.

Rosa encolheu-se com a menção a Mussolini. Era por causa dele que ela tinha sido posta na prisão. Rosa não tinha a menor intenção de ajudá-lo, especialmente se fosse para produzir um exército fascista.

– Mas o meu bebê é menina – disse ela.

– Meninas têm mais filhos, não têm?

Irmã Gabriella certamente era a freira mais bondosa que trabalhava no presídio, mas agora Rosa via que a estatura diminuta da mulher escondia uma natureza subversiva. Ela abriu a pasta que estava segurando e entregou a Rosa seus documentos de soltura.

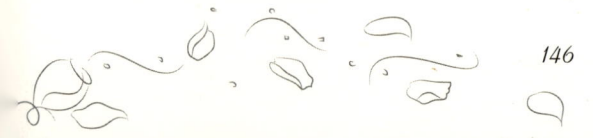

– Você vai ter que falar com o *signor* Diretor para coletar seu pagamento pelo trabalho – ela entregou a Rosa o pacote que estava segurando. – Desculpe, foi o único que consegui.

Rosa abriu o pacote e encontrou um vestido azul com gola desfiada e três números maior que ela. Ficou imaginando se tinha pertencido a alguma prisioneira que fora executada e que portanto, não precisava mais dele. Lembrou-se de Sibilla e sentiu um arrepio.

Irmã Gabriella levantou-se para ir embora.

– Lembre, este lugar é comandado por vigaristas – disse ela. – Ouvi falar que já drogaram mães para roubar os filhos delas. Sugiro que dê o fora daqui ainda hoje. Agora que você tem o formulário de soltura, dê alta a si mesma e vá embora.

– Eu posso fazer isso?

– É claro que pode. Agora você é uma mulher livre.

Rosa agradeceu a Irmã Gabriella pelos conselhos e viu-a partir. Lembrou que a *signora* Cherubini tinha dito que voltaria dentro de uma hora e temeu que a mulher tentasse tirar o bebê dela à força. Sibilla tinha acabado de mamar e voltara a dormir. Rosa colocou o vestido que Irmã Gabriella lhe dera e enrolou a filha no cobertor. Sem que ninguém notasse, saiu para o corredor.

Rosa aproximou-se do balcão da recepção a fim de formalizar o procedimento de alta. A enfermeira falava com alguém ao telefone. Rosa passou os olhos pelo relógio na parede atrás do balcão. Estava quase na hora de a *signora* Cherubini retornar, e ela passaria pela recepção a caminho da enfermaria. A enfermeira olhou para Rosa e apontou para o telefone com uma expressão de desculpas no rosto. Rosa conseguia ouvir a voz abafada do outro lado da linha. Qualquer que fosse a questão, aquela pessoa estava demorando demais para expressá-la. O coração de Rosa latejava, e sua coragem começava a ir embora. Ela deu uma olhada na direção da porta. Nesse momento, deu-se conta de que não era mais uma prisioneira e de que as portas vaivém não estavam trancadas. Não havia guardas para detê-la. Ela podia simplesmente sair. O procedimento de alta não tinha importância, já que ela não pretendia voltar ao Santa Caterina. Tudo que lhe faltava era o registro de nascimento de Sibilla, mas certamente encontraria outra maneira de obter uma cópia. Ainda assim, Rosa não conseguia se mexer. Tinha sido institucionalizada por tanto tempo que era difícil acreditar que podia passar por uma porta sem precisar da permissão de outra pessoa.

O som de saltos altos se aproximando a assustou e a forçou a agir. Ela correu na direção da porta e, sem olhar para trás, atravessou-a. O sol da tarde atingiu seu rosto.

– Estamos livres – falou, beijando Sibilla.

Rosa desceu a escadaria apressadamente até a rua, misturando-se aos outros pedestres.

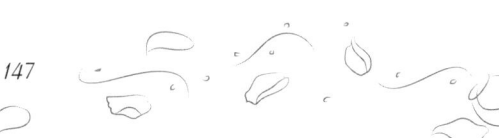

O diretor do presídio ficou surpreso ao ver Rosa esperando por ele na sala de entrevistas. O homem passou os olhos por seu vestido esfarrapado.

– Deram-lhe alta do hospital tão cedo? – perguntou. – Quanto tempo faz? Uma semana?

– Eu estou bem – mentiu Rosa. – Eles precisam da cama para outros pacientes.

O homem conferiu os papéis de soltura de Rosa. Ela olhou por cima dos ombros na direção da janelas; de certa forma, esperava avistar uma *signora* Cherubini histérica perseguindo-a. Porém, não havia ninguém na rua em frente ao presídio.

Era inquietante estar ali dentro novamente. Rosa tinha medo de que os guardas não abrissem os portões; ela ficaria presa ali para sempre, e lhe tirariam Sibilla. Tudo que queria era apanhar seu dinheiro e ir embora.

O diretor pareceu demorar uma eternidade para calcular a quantia devida a Rosa por seus trabalhos de costura. As coisas demoraram ainda mais porque Rosa ainda não tinha endereço fixo. O procedimento levou mais de uma hora para ser concluído e, quando Rosa finalmente passou pelos portões com Sibilla, era tarde demais para ir à *comune*. A verdade era que não estava muito interessada em registrar-se na OMNI. Tratava-se de uma organização governamental, mas o governo da Itália era fascista e seu chefe era Mussolini. Depois do que tinha acontecido com sua amiga Sibilla, Rosa sentia que, de certa forma, estaria sendo desleal. Ao mesmo tempo, sabia que precisava colocar o bem-estar da filha acima de seus escrúpulos. O melhor a fazer por enquanto era encontrar um quarto para as duas e algo para comer.

Rosa seguiu na direção da Via Giuseppe Verdi. As pessoas a encaravam, e ela sabia que sua aparência inspirava pena. O diretor havia lhe devolvido os sapatos, mas seus pés estavam inchados e os calçados lhe apertavam os calcanhares e os dedos. Ela sentia bolhas se formando. Dobrou em uma travessa e viu um hotel encardido. Havia manchas de umidade nas paredes, e as venezianas precisavam de pintura nova, mas, a 2 liras por noite, teria que servir, até que ela encontrasse trabalho.

No chão da recepção havia uma faixa de carpete vermelho. No canto se via uma camedórea-elegante murcha. O fedor de tabaco velho permeava o ar, e partículas de pó flutuavam na luz que entrava por uma janela de vidro fosco. O balcão ficava atrás de grades, e acima dele havia um quadro de chaves. Como a maioria das chaves estava nos ganchos, Rosa supôs que houvesse quartos disponíveis. Ela tocou a sineta sobre o balcão. Uma mulher de cara emburrada e cabelo preso sem muito capricho surgiu de trás de uma porta e botou os olhos em Rosa.

– Não tem vaga – disse ela.

– Ah – disse Rosa, pega de surpresa. Ela passou os olhos pelo quadro.

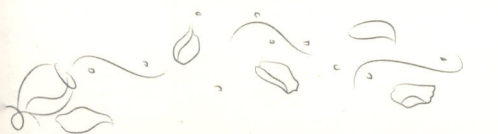

— Os hóspedes estão fora e vão voltar logo. Todo mundo tem que deixar a chave na recepção.

— Desculpe, *signora* — disse ela, virando-se para ir embora.

Rosa continuou a busca por um quarto ao longo da Via Ghibellina. Quase desejou ter de volta os tamancos que usava na prisão, pois seus pés estavam sangrando. Em cada hotel que tentou, ouviu a mesma coisa: não havia quartos disponíveis. Por fim, perguntou à proprietária de um dos hotéis por que a placa na janela dizia que havia quartos livres quando, na verdade, não havia vagas. A mulher encarou Rosa.

— Ah, nós temos quartos livres sim — respondeu ela. — Mas não para vagabundas com seus *bastardi*.

O insulto a atingiu tão violentamente quanto se a mulher tivesse fisicamente lhe dado um tapa. Rosa correu para a rua com lágrimas lhe queimando os olhos. Não ligava para o que as pessoas diziam dela... mas Sibilla! "Exatamente como a *signora* Cherubini disse que seria", pensou. O que ela faria? Não podia dormir na rua com seu bebê.

Rosa sentou-se em um degrau em frente a uma porta e tentou organizar os pensamentos. Havia se forçado a agir por causa de Sibilla, mas estava mais exausta pelo parto do que tinha imaginado. Estava fraca e com fome. Percebeu que havia apenas um lugar aonde poderia ir. Entretanto, se a aceitariam ou não, ela não sabia.

Rosa levou vários minutos para juntar coragem e tocar o sino do Convento de Santo Spirito. Não reconheceu a freira porteira que lhe atendeu. Devia ser nova. Rosa pediu para ver Irmã Maddalena e foi levada até a saleta. Esperou durante uma hora, mas, quando a veneziana de madeira atrás das grades se abriu, não era Irmã Maddalena que estava sentada ali, e sim a abadessa.

— Você se confessou antes de vir até aqui? — perguntou a mulher.

A boca de Rosa secou. O jeito da abadessa era cortês, como sempre, mas havia uma frieza em seu olhar que lhe provocou arrepios.

— Não tive tempo — explicou Rosa, erguendo Sibilla. — Acabei de ser solta e não tenho aonde ir com meu bebê.

A abadessa olhou para o bebê adormecido e ergueu a mão. Por um momento aterrorizante, Rosa pensou que a freira fosse fechar a veneziana. Apressadamente, explicou que não queria que Sibilla fosse mandada a um lar de enjeitados e que precisava obter o registro de nascimento. Também contou à abadessa por que não explicara a Don Marzoli que era inocente. Mas não mencionou o estupro. Se a abadessa soubesse como sua filha havia sido concebida, talvez insistisse que era melhor Rosa abrir mão dela. A mulher chacoalhou a cabeça.

— O que aconteceu com você, Rosa? O que aconteceu com aquela garota que parecia tão promissora?

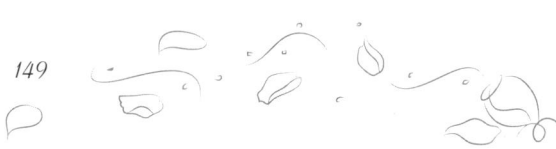

Rosa sentiu uma mágoa profunda. Provavelmente fazia tanto tempo que a abadessa a considerava culpada que não tinha ouvido uma palavra sequer de sua explicação. Rosa estava triste demais para continuar alegando inocência. Vinha fazendo isso há meses e não tinha chegado a lugar algum. Percebeu que seria mais fácil não opor resistência quando as pessoas a tratassem com condescendência.

A abadessa levantou-se.

– Eu vou lhe dar um lugar para ficar hoje. Mas que fique bem claro: é a última vez que você vai ser aceita neste convento. Vá embora amanhã de manhã e não volte nunca mais.

Rosa estremeceu. Fraca e cansada, não era páreo para as palavras severas da abadessa.

– Deus não perdoa nossos pecados? – perguntou.

A abadessa lhe lançou um olhar cansado.

– Se Deus pode perdoá-la, eu também posso perdoá-la – respondeu. – Mas estou pensando no bem-estar de Irmã Maddalena. Ela teve um colapso nervoso depois que Don Marzoli falou com você na prisão. Não vou deixar que você a magoe ainda mais com seu comportamento instável.

Rosa conseguia aguentar tudo que havia lhe acontecido, porém magoar Irmã Maddalena era demais. Sentiu um vácuo abrindo-se dentro de si e começou a sucumbir ao desespero. Sibilla gemeu, e o som chacoalhou Rosa. Seus seios estavam ficando úmidos e, se ela não desse de mamar logo, o leite vazaria através do vestido.

A abadessa fez um sinal para a freira porteira, que indicou a Rosa que a seguisse. Rosa foi posta em um quarto nas entranhas do convento, longe das outras. Ela afundou na cama, tão exausta que mal conseguia manter os olhos abertos. Desabotoou o vestido para amamentar Sibilla.

– Vou lhe trazer a janta – disse a freira porteira, retirando-se do quarto.

Apenas depois que a freira partiu foi que Rosa deixou as lágrimas caírem.

– Pobre Irmã Maddalena – falou chorando. – Minha querida Irmã Maddalena.

Rosa não conseguia suportar a ideia de que a mulher que a criara havia sofrido por sua causa. Ela era amaldiçoada, tinha certeza. Sua única razão para continuar viva era Sibilla. Caso contrário, teria se atirado no Arno.

dez

Na manhã seguinte, a freira porteira trouxe leite e pão para Rosa. Entregou-lhe também um vestido semelhante ao que Rosa estava vestindo quando saíra do convento: de algodão preto com gola Peter Pan. Além disso, havia um enxoval para Sibilla. Rosa agradeceu à freira pela generosidade do convento – inesperada, considerando-se a recepção fria da abadessa.

– Também estou com sua flauta – disse a freira, entregando o estojo a Rosa.

Rosa sentiu o peso de seu amado instrumento. Pensava que o tinha perdido para sempre. Estar novamente de posse da flauta era tão milagroso para Rosa quanto Lázaro ter retornado dos mortos. Ela olhou para a freira.

– Uma mulher a trouxe até aqui logo depois que você desapareceu.

Rosa abriu o estojo e olhou para a flauta. Ada devia tê-la recuperado, pensou, sentindo um calor no coração ao lembrar-se da cozinheira. Rosa tocou a chave sob a gola e viu flashes de seu último dia na vila. Ada tinha desejado alertá-la a respeito da Marquesa de Scarfiotti. Será que pressentira que algo terrível aconteceria naquela noite? Rosa suspirou. Não podia pensar em nada daquilo agora. Devia concentrar-se apenas em sobreviver.

– Obrigada – disse à freira. – Por favor, diga à abadessa que fico muito agradecida.

A freira saiu do caminho para que Rosa passasse pela porta do quarto, levando em um braço Sibilla e o enxoval, ambos enrolados em um cobertor, e no outro o estojo da flauta. Quando elas chegaram à porta principal que dava para a *piazza*, a freira abençoou Rosa e Sibilla.

– Por favor, reze por nós – pediu Rosa. – Eu nunca quis magoar Irmã Maddalena. Era a última coisa que eu desejaria fazer.

A freira fez um aceno de cabeça.

– Vou rezar por vocês. Tenha coragem. Agora você precisa pensar na sua filha.

Depois de chegar à Comune di Firenze e conseguir a certidão de nascimento de Sibilla, Rosa decidiu também se registrar para receber a pensão da OMNI para mães solteiras. Sua experiência no hospital Santa Caterina a fazia suspeitar das instituições de caridade, porém, caso não conseguisse encontrar acomodações, teria que tentar uma vaga em um dos lares do estado para mães solteiras. Rosa justificou sua mudança de mentalidade dizendo a si mesma que, se Mussolini a tinha feito sofrer tão injustamente, deveria pagar pelo seu reingresso na sociedade. Tinha certeza de que sua amiga Sibilla teria concordado com isso.

Rosa apanhou uma senha com uma funcionária e esperou na recepção abarrotada de gente. Notou que seu bilhete era de uma cor diferente do de outras mães que traziam bebês recém-nascidos no colo. Quando duas delas lhe lançaram um olhar de desaprovação, Rosa entendeu que a cor do bilhete correspondia ao estado civil.

– Eles ajudam essa vagabundas em vez de ajudar mulheres casadas e de respeito como nós – disse uma das mulheres, alto o suficiente para todo mundo ouvir. – Nós somos pobres também, mas eles dão subsídio para elas alimentarem seus bebês!

– É para impedir que abandonem os filhos; ou que os estrangulem! – respondeu a companheira da mulher.

A maioria das pessoas na área de espera enterrou-se atrás do jornal, evitando tornar-se parte do debate que se formava. Mas muitas olharam para cima interessadas.

– Estão construindo mais um lar especial para *elas* – acrescentou uma mulher que tinha junto de si o filho de cerca de 2 anos.

Rosa tentou esconder-se fingindo que lia seus formulários, porém sentia os olhares penetrantes das mulheres. Quando não aguentou mais, levantou-se para ir embora, mas nesse momento uma das funcionárias chamou seu número.

– Por aqui – disse a Rosa, conduzindo-a até uma mesa atrás do balcão.

Rosa sentou-se de frente para a mulher e esperou enquanto ela ticava vários quadradinhos nos formulários.

– Então você tem algum meio de sustento? – perguntou a Rosa, empurrando para trás um cacho solto de cabelo. – Escreva a quantia aqui, por favor.

Rosa tomou a caneta e o formulário que a mulher ofereceu e preencheu a soma de dinheiro que ganhara com as costuras. Pela maneira como a funcionária ergueu as sobrancelhas, percebeu que era uma mixaria.

– Nosso lar para mães tem uma lista de espera – disse a funcionária em tom simpático. – Vou colocar seu nome nela. Enquanto isso, ouvi dizer que há acomodações na região de Palazzo Vecchio – a funcionária inclinou-se para a frente e sussurrou: – Talvez ajude se você... se você colocar uma aliança de casamento e fingir que é viúva.

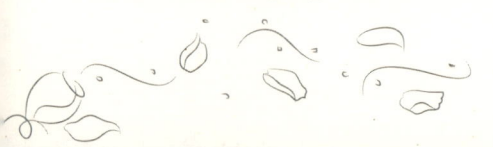

Rosa corou de vergonha, mas sentiu que a funcionária tinha boas intenções. A moça tinha pouco mais que 20 anos e olhos que pareciam duas gotas.

– Você tem direito a um subsídio para amamentação e acomodações – continuou, voltando ao tom de voz normal e assinando os formulários. – Temos um refeitório para mães dobrando a esquina. Você pode almoçar lá.

Rosa ficou surpresa com a generosidade dos fascistas em relação às mães solteiras, considerando-se o quanto o resto da sociedade as desprezava.

– Preciso que o meu supervisor aprove isso aqui – disse a funcionária. – Um momento, por favor.

Rosa embalou Sibilla. Sua coragem havia sido reforçada. Com alguma ajuda monetária, a vida delas ficaria mais fácil. Com seu vestido limpo e o enxoval novo de Sibilla, Rosa sentia que nada poderia detê-la. Seus pensamentos foram interrompidos pelo som da voz alterada de um homem. Ela virou-se e viu a funcionária conversando com outro oficial, que apontava algo nos documentos de Rosa. Seu coração ficou pesado. Qual era o problema? Será que ela seria rejeitada por causa do *Figlia di Non Noto* que constava em seus registros? Não era uma situação nada boa, era? Enjeitada *e* mãe solteira.

O supervisor aproximou-se, seguido pela funcionária, que estava vermelha.

– Está vendo este número aqui? – ele perguntou a Rosa, jogando sobre o colo dela os formulários, que atingiram Sibilla no rosto. – Você é uma inimiga do estado. E tem a audácia de vir pedir ajuda!

As mulheres na área de espera ergueram a cabeça, interessadas em saber o que estava acontecendo. A funcionária tentou intervir:

– Ela cumpriu a sentença.

O supervisor ergueu a mão.

– Uma semente ruim jamais dará bons frutos.

Sibilla ficou agitada com as vozes altas e começou a gemer. Rosa apanhou os documentos referentes ao registro de nascimento, mas deixou os outros sobre a cadeira. Sem olhar para o supervisor, avançou na direção da porta.

– Espere! – chamou a funcionária.

Apesar dos olhares de desaprovação lançados pelas mulheres na área de espera, a moça pôs a mão embaixo do balcão e entregou a Rosa duas caixas de cereal para bebês e uma fralda de pano.

– Obrigada – disse Rosa.

A funcionária fez um aceno de cabeça. Rosa gostaria de dizer algo mais, porém não aguentou os olhares das pessoas que a encaravam e saiu correndo para a rua. Independentemente das dificuldades que se abatessem sobre ela, Rosa prometeu a si mesma que jamais se voltaria à caridade do estado outra vez.

Depois de caminhar algumas quadras, ela começou a se recuperar da cena chocante ocorrida na *comune*. Talvez ainda houvesse uma esperança. Ela tinha um pouco de dinheiro e sua flauta. O retorno do instrumento significava que dispunha de uma possível fonte de renda que não seria trabalhar de faxineira nem de operária. Depois que encontrasse um lugar para ficar e comprasse roupas decentes, Rosa se anunciaria como professora de música. Poderia ir até a casa dos alunos e levar Sibilla junto. Se amamentasse a bebê antes de cada aula, ela dormiria por algumas horas sem chorar.

As ruas em torno de Palazzo Vecchio não tinham calçada. Chovera naquela manhã, e a água formava pequenos córregos nas ruas de paralelepípedo. Rosa se encolhia sempre que um carro ou furgão passava, com medo de levar um banho. Tinha visto anúncios de quartos por apenas meia lira a noite, mas que ficavam no porão, e ela não podia se arriscar assim. A cidade era propensa a enchentes, e era comum os escoadouros ficarem obstruídos. Quando isso acontecia, o excesso de água corria para dentro dos edifícios, e um quarto no porão podia ser uma armadilha mortal.

Rosa apresentou-se aos gerentes dos dois primeiros hotéis que visitou na Via dei Calzaiuoli como *Signora* Bellocchi, viúva do falecido Artemio Bellocchi, e deu a entender que era professora de música, mas mesmo assim lhe recusaram acomodações.

– Se eu aceitar sua *bambina* aqui, todos os meus outros hóspedes vão embora – disse o primeiro gerente. – Vão reclamar do barulho.

A resposta do segundo gerente foi inesperada.

– Não posso receber uma mãe de respeito, *signora* – sussurrou, fitando-a com um olhar comovido. – Aqui não é lugar para uma moça bem-criada.

Rosa estava a ponto de protestar. O desespero que sentira no dia anterior tinha retornado. Aonde mais ela iria? Antes que tivesse a chance de dizer qualquer coisa, uma porta no corredor do primeiro andar se abriu. Um homem vestindo calça e uma regata que mal cobria sua pança peluda saiu do quarto e acendeu um cigarro. Poucos momentos depois, uma mulher de vestido vermelho e chapéu de penas saiu apressada para o corredor e desceu as escadas. Ela usava tanta maquiagem quanto a Marquesa de Scarfiotti, mas o tecido de seu vestido era barato. Rosa notou que a meia da mulher estava rasgada. Ela passou rápido pelo balcão da recepção, e Rosa sentiu uma cheiro que a lembrou Osvaldo.

– Não, talvez não, *signore* – disse Rosa, retirando-se rapidamente.

Ela dobrou a esquina e, ao adentrar uma travessa, viu uma casa estreita que anunciava um quarto no sótão para alugar. A pintura estava descascando das paredes e as floreiras estavam tomadas por mato. Era o lugar mais dilapidado que ela vira até então, mas talvez isso significasse que os moradores não fossem tão exigentes.

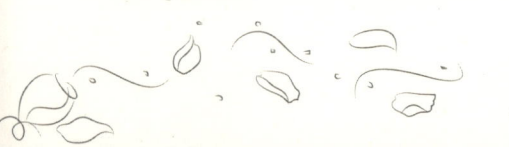

– *A mali estremi, estremi rimedi* – suspirou Rosa. Situações desesperadas pedem medidas desesperadas.

Havia uma pilha de lixo perto da escada da frente, na qual fuçava um gato ruivo e magro. Rosa bateu à porta, e um bebê começou a chorar. Ela ouviu uma mulher gritar alguma coisa, mas ninguém veio atender a porta. Esperou alguns minutos, sem saber se batia novamente ou se ia embora. Quando ergueu a mão para tentar outra vez, a porta se abriu e ela viu-se frente a frente com uma mulher de cabelo rebelde e prematuramente grisalho em torno das têmporas. Ela segurava um bebê junto ao seio. Tinha quadris largos, porém o resto do corpo era esquelético. Três crianças pequenas se juntaram em torno de sua saia. O mais novo mordia o polegar e coçava a cabeça.

– O que você quer? – perguntou a mulher. – Não é mais uma daquelas piranhas intrometidas da OMNI, é? Pode ver que os meus filhos estão sendo bem cuidados. Olhe! Estou com um no peito!

– Eu estou procurando um quarto – Rosa respondeu, antes que tivesse a chance de pensar. Ela queria um quarto, mas será que naquela casa? A saia da mulher tinha um queimado de ferro; as crianças eram desgrenhadas, e suas roupas tinham manchas de comida. Além disso, ao que parecia, a mulher também havia tido problemas com a OMNI.

O franzido no rosto da mulher se desfez. Ela olhou para Rosa de cima a baixo.

– Duas liras por noite – respondeu. – Almoço incluído.

Rosa foi pega de surpresa. A mulher tinha visto Sibilla dormindo em seus braços e não a mandara embora.

– Posso ver o quarto primeiro? – perguntou. Era seu último resquício de dignidade; sabia que não teria escolha a não ser aceitar.

A mulher fez sinal para que ela entrasse. O corredor sombrio abrigava uma ampla variedade de odores, sendo os mais fortes o de café velho e o de fraldas sujas. O casaco e o chapéu de domingo de um homem estavam pendurados em um cabide, inclinado devido ao peso de diversos cachecóis e xales. A cozinha era no piso térreo, e Rosa avistou uma menina de mais ou menos 5 anos e um menino de mais ou menos 7 sentados a uma mesa comendo polenta. O piso de terracota estava coberto de migalhas. Panelas e frigideiras sujas empilhavam-se na pia e nos balcões. A mulher colocou o bebê em um cesto perto da lareira e mandou as três crianças se juntarem ao irmão e à irmã à mesa. Enquanto ela abotoava a blusa, Rosa avistou de relance seus seios. Eram caídos e cheios de estrias vermelhas.

– O quarto é no terceiro andar, com vista – disse a mulher, conduzindo Rosa escada acima.

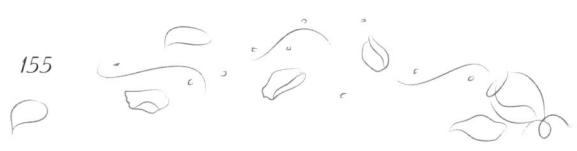

O primeiro e segundo andares eram tão desleixados quanto o térreo, com camas desarrumadas e brinquedos e sapatos espalhados por toda parte. O corrimão e os batentes das portas precisavam de um verniz novo, e o papel de parede estava amarelando. Quanto mais alto elas subiam, mais estreita ficava a escada. O calor era sufocante. Rosa agarrou o corrimão com uma mão e Sibilla com a outra, temendo que fosse desmaiar.

A mulher abriu uma porta no topo da escada e conduziu Rosa para dentro. Embora as venezianas estivessem fechadas para proteger o quarto do sol, o ar era opressivo. O calor parecia derramar-se através do teto inclinado. O quarto era mais limpo que o resto da casa, porém uma camada de poeira cobria o chão e a cabeceira da cama. O armário tinha portas com espelhos, e Rosa olhou para si mesma. Era uma imagem diferente da garota de rosto viçoso que vira seu reflexo pela primeira vez na Vila Scarfiotti. Ela parecia cansada e, embora tivesse recentemente dado à luz, estava magra. Se Rosa pudesse escolher, não teria aceitado aquele quarto. Porém, não tinha escolha. Precisaria cuidar para que nem ela nem Sibilla sofressem uma insolação. Por fim, informou à mulher, que se apresentou como *signora* Porretti, que ficaria com o quarto.

Uma gritaria começou lá embaixo, seguida pelo choro de uma criança pequena. A *signora* Porretti correu escada abaixo para ver o que tinha acontecido. Rosa sentou-se na cama e pressionou o rosto de Sibilla contra o dela. Alguns minutos depois, ouviu a *signora* Porretti gritando para as crianças limparem a bagunça que tinham feito.

– Como é que vocês foram comer no chão se têm mesa e cadeira!

Rosa beijou o topo da cabeça de Sibilla.

– Pelo menos ela não vai poder reclamar quando você chorar.

Rosa tirou uma das gavetas do armário e usou a manta para transformá-la em uma cama para Sibilla. Em seguida, abriu a janela e as venezianas para dar uma olhada na vista que a *signora* Porretti tinha prometido. Olhou para baixo e viu um pátio cheio de peças de máquina enferrujadas e varais de roupa. A vista era decepcionante, porém uma placa pendurada em um edifício mais adiante fez Rosa prender a respiração. Ela bateu as venezianas, tentando bloquear a lembrança da noite em que sua amiga Sibilla havia sido morta. A placa proclamava o slogan do Partido Fascista: *Mussolini tem sempre razão!*

– Não! – disse Rosa baixinho. – Mussolini não tem sempre razão. Mussolini é um demônio.

Na manhã seguinte, Rosa contou seu dinheiro. O aluguel incluía almoço, então ela tinha o suficiente para pagar pelo quarto, bem como para comprar pão e alguns mantimentos durante três semanas. Ou teria o suficiente até o fim da semana, se comprasse um vestido e um chapéu novos e substituísse as sapatilhas de sua flauta. Havia examinado o instrumento no dia anterior e notado que as teclas estavam saltadas. Ter um vestido bonito e manter a flauta em bom estado aumentaria suas chances de conseguir trabalho como professora de música, o que, supunha ela, pagava melhor e era menos árduo que fazer limpeza. Rosa deu um suspiro e acariciou Sibilla, que dormia em sua cama-gaveta.

– Tenho que conseguir uma vida boa para nós – sussurrou.

Rosa decidiu arriscar-se no segundo plano. Lavou-se na bacia e arrumou-se da melhor maneira que conseguiu. Pelo menos Sibilla parecia elegante com a roupa que as freiras haviam lhe dado. O plano de Rosa era ir até a loja de música na Via Tornabuoni. Perguntaria ao *signor* Morelli se ele sabia de alguém que estivesse procurando uma professora de flauta e piano.

No primeiro andar, Rosa encontrou dois dos filhos da *signora* Porretti brincando com um fantoche de meia. Os dois puseram os olhos arregalados nela.

– *Buon giorno* – disse Rosa.

– *Buon giorno, signora* – eles responderam envergonhados.

Rosa notou que os dois estavam com manchas vermelhas no pescoço. Será que era alergia ao calor e à poeira?

– É bom pedirem para a mãe de vocês dar uma olhada na sua pele – disse ela com delicadeza.

A Via Tornabuoni continuava tão elegante quanto Rosa se lembrava, mas a moda havia mudado. Ombreiras e mangas bufantes eram vistas por todos os lados, junto com chapéus de tecidos levíssimos, cintos largos e sapatos Oxford do tipo *spectator*. Dessa vez Rosa não ficou tão tentada a perder tempo olhando as vitrines, a não ser quando passou pela Parigi's Antiguidades e Mobília Fina. Pensou no *signor* Parigi, no dia em que o vira com seu terno cinza-claro e a gardênia na botoeira. Perscrutou através da vitrine e viu uma escrivaninha com um motivo azul. Ao lado dela havia uma cômoda de cerejeira. Olhou para a própria mão e lembrou-se do dinheiro que o *signor* Parigi lhe dera. Na época, ela não fazia ideia da fortuna que havia recebido. Ele tinha lhe oferecido um emprego. Será que ainda estaria interessado nela?

Rosa viu seu reflexo no vidro. Quando visitara a loja pela primeira vez, era jovem e despreocupada. Agora o frescor de seu rosto havia desaparecido. Ela era mãe de uma criança ilegítima e "inimiga do estado". Além disso, não tinha certeza de que ainda conseguia enxergar a origem das coisas. Fazia tempo que isso não acontecia. Toda a magia havia desaparecido de sua vida no dia em que ela fora jogada na prisão.

Rosa avistou uma mulher saindo da sala dos fundos, acompanhada por alguns clientes. Ela usava um vestido justo com gola redonda. Seu cabelo estava preso para cima, e as unhas longas eram vermelho-ameixa. Um enorme anel de diamante cintilava em seu dedo. "O *signor* Parigi deve ter se casado", Rosa pensou com tristeza, chacoalhando a cabeça para espantar seus devaneios bobos e seguindo caminho. Uma mulher sofisticada como aquela era exatamente o tipo de pessoa com quem o elegante *signor* Parigi se casaria. Rosa pensou no lindo chapéu rosa-flamingo que tanto cobiçara naquela mesma rua e percebeu que jamais seria glamourosa como a esposa do *signor* Parigi. Ela pressionou o rosto contra a bochecha de Sibilla.

– Mas você, sua lindinha, pode ser – disse à bebê.

Para alívio de Rosa, a loja de música da Via Tornabuoni continuava no mesmo lugar e o *signor* Morelli estava de pé atrás do balcão quando ela entrou. O homem não a reconheceu da visita anterior, o que Rosa achou bom. No caminho, ela tinha parado em uma loja de armarinhos e comprado um anel de cortina dourado para usar na mão esquerda. Acabaria desbotando e perdendo o brilho, mas por ora teria que resolver. Rosa mostrou a flauta e explicou os reparos necessários, depois perguntou se ele sabia de alguém que estivesse procurando uma professora de música.

– Ora, pois sei sim – respondeu ele. – A *signora* Agarossi me perguntou se eu conhecia alguém faz uns dias. Ela tem três filhos. Você quer que eu ligue agora?

– Seria muito gentil da sua parte – respondeu Rosa, tentando não parecer desesperada.

O *signor* Morelli a estudou por cima dos óculos.

– São crianças bastante malcriadas. Já esgotaram a paciência de vários professores.

Rosa não desanimou com o alerta do *signor* Morelli. Afinal de contas, quão más crianças podiam ser? Na noite anterior ela tinha ouvido a *signora* Porretti repreendendo os filhos por diversas transgressões, nenhuma das quais parecia séria para Rosa.

– Não tem problema – garantiu. – Tenho certeza de que vamos nos dar bem.

O *signor* Morelli discou o número no telefone. Uma vez que estava conectado com o lar dos Agarossi e que a dona da casa estava na linha, explicou que havia uma jovem disponível para dar aulas de flauta e piano. Ele fez uma pausa e colocou a mão sobre o bocal para falar com Rosa.

– Quanto você cobra?

Rosa havia refletido sobre seus honorários. Não queria cobrar demais, mas também não queria se desvalorizar.

– Dez liras por hora – respondeu.

O *signor* Morelli não deixou transparecer nada em seu rosto, mas Rosa perguntou-se se era demais. Afinal de contas, isso era quase uma semana de aluguel. O *signor* Morelli repetiu o preço para a *signora* Agarossi. Rosa ouviu a voz abafada do outro lado da linha, e então o *signor* Morelli dirigiu-se a ela outra vez.

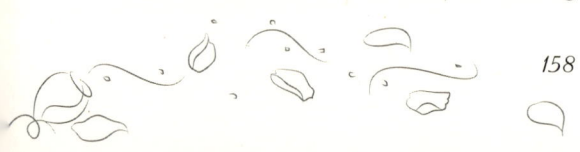

– Você consegue dar aula para três crianças ao mesmo tempo?

– Como a *signora* Agarossi preferir – respondeu Rosa.

O *signor* Morelli transmitiu essa informação à *signora* Agarossi, trocou mais algumas palavras com a mulher e desligou o telefone.

– A *signora* Agarossi vai recebê-la na sexta-feira, às 11 horas – informou, anotando o endereço para Rosa. – Você vai dar duas horas de aula para as crianças. Posso consertar sua flauta para quinta à tarde.

Rosa agradeceu ao *signor* Morelli. Em comparação com a busca por um lugar para morar, arranjar um emprego talvez fosse ser mais fácil, no fim das contas. Ela comprou partituras adequadas para crianças e saiu da loja flutuante de esperança. Talvez a *signora* Agarossi a recomendasse para amigas que também quisessem que seus filhos fizessem aulas de música. Ganhando 10 liras por hora, iria prosperar e logo teria condições de pagar por acomodações melhores.

Feliz pela primeira vez em muito tempo, Rosa se permitiu deleitar-se com os prazeres sensoriais que a Via Tornabuoni oferecia. Não tinha dinheiro para comprar vestidos nem sapatos em nenhuma daquelas lojas, mas decidiu fazer um mimo para Sibilla comprando uma barra de sabonete de leite de cravos para dar banho nela e um vidrinho de perfume de flor de laranjeira para si mesma. Tranquilizou-se afirmando que podia dar-se a esses pequenos luxos, especialmente se estava prestes a ganhar 10 liras por hora como professora de música. Tinha sido privada de tanta coisa por tanto tempo que agora queria absorver tudo de uma vez.

A fraqueza causada pelo parto ainda não tinha passado, e Rosa parou em frente a uma cafeteria, pensando em tomar uma xícara de café e comer um doce. Olhou para a vitrine, tentando decidir qual doce escolher: uma torta de framboesa ou um *biscotto*; uma fatia de *panforte* ou um quadrado de passas. Nesse momento, sentiu uma sombra passar por ela e apertou Sibilla contra o peito. No reflexo da vitrine, viu um calhambeque preto com laterais de casco de tartaruga deslizando pela rua. O carro ficou preso no trânsito. Rosa viu de relance a passageira de cabelo escuro, e a bile subiu-lhe até a garganta. Não ousou virar-se. A Marquesa de Scarfiotti não tinha mudado nada ao longo daqueles anos, desde que Rosa a vira pela última vez. Continuava sendo uma aparição, extremamente pálida e magra e com sua maquiagem fantasmagórica. A mulher inclinou a cabeça daquele seu jeito arrogante, olhando de nariz empinado para o mundo. Rosa lutou para recuperar o fôlego. Sentia medo e repugnância. O carro avançou um pouco e parou novamente a poucos metros de Rosa. Por um breve momento, ela viu-se correndo na direção do veículo e abrindo a porta, depois arrastando a passageira presunçosa para fora e pisoteando-a até matá-la.

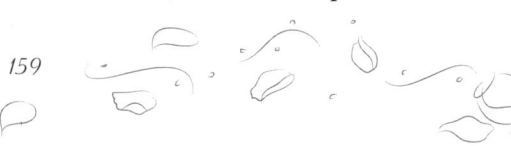

Rosa abriu a boca de susto, chocada com seus impulsos assassinos. Ela pressionou os lábios contra a cabeça macia de Sibilla. Jamais contemplaria voltar para a prisão e deixar a filha sozinha. Ela era uma pessoa indefesa frente a uma mulher poderosa, e não havia nada que pudesse fazer quanto a isso. A vingança não seria doce: Sibilla seria tirada dela e colocada em um orfanato.

Rosa notou que havia alguém no carro com a marquesa. Em seguida, viu um flash de cabelo ruivo. Clementina. Rosa lembrou-se do rosto desconsolado olhando-a de dentro da sala de aula na noite em que fora presa. Virou-se para ver Clementina melhor, mas nesse momento o trânsito descongelou e o carro partiu em alta velocidade. Rosa tremia dos pés à cabeça. Virou-se para a vitrine da cafeteria outra vez, mas seu apetite tinha desaparecido completamente.

Na sexta-feira seguinte, Rosa preparou-se para a entrevista com a *signora* Agarossi. Por uma taxa extra, a *signora* Porretti deixou-a usar o banheiro. Quando Rosa viu o cômodo, concluiu que ela era quem deveria ter cobrado da *signora* Porretti, pois precisou esfregar o limo da banheira antes de poder usá-la, bem como varrer do chão os cabelos, bitucas de cigarro e unhas dos pés. Rosa concluiu que as bitucas de cigarro eram do *signor* Porretti. O homem tinha um corpo entroncado e trabalhava na ferrovia. Rosa o vira apenas duas vezes. Supôs que fosse ele também o responsável pela urina no chão do lavatório do pátio. Rosa ficou intrigada com o cheiro forte de vinagre e a meia dúzia de garrafas de vinagre vazias embaixo da pia. Como a *signora* Porretti podia usar todo aquele vinagre e ainda assim ter um banheiro imundo? Ela empilhou as toalhas sujas em um canto, esperando que a *signora* Porretti as lavasse. Depois de tomar banho, usou sua combinação para se secar e colocou a roupa que havia comprado: um vestido de raiom preto e um chapéu de palha combinando. Era um traje adequado para uma jovem viúva. Tinha comprado também um cesto de vime no qual carregar Sibilla e parou por um momento para admirar a filha antes de passar porta afora com ela.

A família Agarossi morava em um apartamento perto da *Piazza* Massimo d'Azeglio. O dia estava quente, e Rosa pegou o bonde até uma parte do trajeto, depois caminhou. Tinha usado uma loção para fixar os cachos que moldara com o dedo e agora estava arrependida, pois seu couro cabeludo coçava. Ela devia ser sensível a algum ingrediente na loção, porém não tinha escolha a não ser ignorar o desconforto até que a entrevista tivesse terminado e ela pudesse lavar a cabeça.

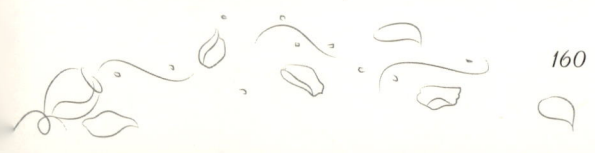

O apartamento dos Agarossi ocupava dois andares de um palácio da Renascença. Quando a criada convidou-a para entrar, Rosa ficou surpresa com os tetos abobadados, os afrescos e os painéis em alto-relevo. O apartamento não era tão grandioso quanto a Vila Scarfiotti, mas era elegante e meticulosamente limpo. Apesar da idade do lugar, não havia arranhados nas paredes nem marcas de dedos nos espelhos; o chão e os tapetes estavam limpos, e os móveis eram bem polidos e altamente brilhantes. Os Agarossi eram, obviamente, uma família que se dedicava ao próprio lar e tinha muito orgulho dele. Rosa perguntou-se se essa exatidão se traduzia nas expectativas quanto a uma professora de música. Disse a si mesma para não se esquecer de enfatizar a importância da precisão durante a entrevista com a *signora* Agarossi.

Rosa foi levada a uma sala íntima com um grandioso piano junto à janela. Ela permitiu-se absorver o luxo de sentar-se naquele cômodo que cheirava a rosas, admirando os quadros e almofadas metodicamente arranjados. Seu couro cabeludo ainda estava coçando. Ela deu uma coçada rápida, depois alisou o cabelo outra vez. Alguns minutos depois, uma mulher loira de vestido de seda azul-royal entrou. A *signora* Agarossi era exatamente como Rosa tinha imaginado que seria ao ver seu apartamento: alta, com um corpo de dançarina e pele impecável. Seus olhos pálidos pousaram sobre Rosa, e ela se levantou para cumprimentá-la.

– *Buon giorno*, *signora* Agarossi – falou, sentindo-se como se estivesse no convento outra vez e quase fazendo uma reverência para a mulher.

A *signora* Agarossi passou os olhos por Sibilla, que estava acordada, porém quieta dentro do cesto.

– O bebê é seu?

Rosa respondeu que sim com a cabeça e discretamente mostrou o anel de cortina no dedo. Em seguida, baixou os olhos.

– Meu marido... ele era...

– Ah, entendi – disse a *signora* Agarossi, indicando a Rosa que se sentasse novamente. – Ela pode ficar com a babá durante as aulas.

– Obrigada.

A *signora* Agarossi olhou outra vez para Sibilla e fez uma careta.

– A sua filha, ela é... ela não tem nenhuma doença?

– Não, *signora* Agarossi – respondeu Rosa. Ela ficou incomodada com a pergunta, mas, dadas as circunstâncias, não tinha escolha a não ser responder.

– Ah, que bom – disse a *signora* Agarossi. – Sabe, meus filhos são muito sensíveis. Eu não deixo que eles brinquem com outras crianças. Não gosto que tragam sujeira para dentro da casa.

Rosa ficou imaginando que tipo de infância os filhos dos Agarossi estavam vivendo se não tinham permissão para brincar com outras crianças. A *signora* Agarossi realmente parecia perfeccionista. Suas unhas eram lixadas e polidas, os dentes eram brancos como pérolas e as sobrancelhas tinham o formato de arcos, sem nenhum pelo fora do lugar.

A *signora* Agarossi tocou um sino. Rosa perguntou-se se ela estava pedindo chá, porém pouco depois uma babá apareceu com três crianças, dois meninos e uma menina, com idades entre 7 e 12 anos. Os meninos estavam de camisa engomada e a menina usava um vestido plissado amarelo, com laço de cabelo combinando.

Todos tinham herdado as cores da mãe. A *signora* Agarossi os apresentou pelos nomes e idades: Sebastiano, 12 anos; Fiorella, 10 anos; e Marco, 7 anos.

– Que crianças bonitas! – exclamou Rosa. – Parecem anjos.

A *signora* Agarossi instruiu a babá a levar Sibilla para um cômodo silencioso do apartamento. Em seguida, levantou-se para sair também.

– A senhora não gostaria de ficar para a aula, *signora* Agarossi? – perguntou Rosa. – Para ter certeza de que tudo corra como a senhora deseja?

A mulher pareceu surpresa com a sugestão.

– Mas as crianças vão julgar isso melhor do que ninguém – respondeu ela. – E, além do mais, eu vou estar no meu quarto de costura. Vou ouvir vocês.

As crianças inclinaram a cabeça e fizeram uma reverência quando a mãe saiu. Porém, assim que ela estava fora de vista, os bons modos foram por água abaixo. Sebastiano partiu na direção do sofá e se arremessou sobre ele. Marco arrancou o laço de Fiorella e puxou o cabelo da irmã. Ela soltou um gemido.

– Vamos lá, crianças – disse Rosa pacientemente. – Quem quer tocar primeiro?

– Flauta é instrumento de mariquinha – zombou Sebastiano. – Eu quero tocar trombone.

– Flauta é de menina – concordou Marco, enfiando o dedo no nariz.

Fiorella tirou sua flauta do estojo e soprou através dela. Não foi uma tentativa musical, mas pelo menos ela parecia estar disposta a aprender.

– Aqui, deixe eu lhe mostrar a técnica correta – disse Rosa.

Ela montou a própria flauta e demonstrou para a menina como segurar o instrumento do modo certo. Fiorella ignorou-a e continuou a tocar notas aleatórias e ásperas. Rosa suspirou. Dar aulas a uma daquelas crianças teria sido um desafio, mas três ao mesmo tempo era um pesadelo. Porém, ela não tinha escolha a não ser continuar. Precisava do dinheiro.

– Se você não tem interesse pela flauta – disse ela a Sebastiano –, mostre para mim o que sabe fazer no piano.

Sebastiano levantou-se e, a passos largos, foi até o piano. Rosa ficou feliz por ele finalmente demonstrar um pouco de entusiasmo pela aula. O menino sentou-se ao teclado e tocou algumas escalas básicas, depois começou a *Sonata ao Luar* de maneira razoável. Ainda assim, parecia satisfeito consigo mesmo ao terminar.

Rosa percebeu que ele era uma criança arrogante e mimada que não admitia ser corrigida. Então elogiou sua interpretação, depois tocou o primeiro movimento como devia ser tocado, discretamente sugerindo que talvez ele pudesse melhorar sua técnica manual. Para surpresa dela, Sebastiano tocou o movimento outra vez, tentando incluir as correções, enquanto o irmão e a irmã lutavam um com o outro no chão: uma luta que terminou com uma mordida de Marco no braço de Fiorella e o choro da menina.

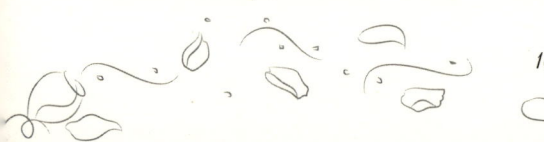

Após vários outros testes de paciência, Rosa conseguiu manobrar todas as crianças para que tocassem *Greensleeves* juntas. Sebastiano tocou a peça no piano, e Fiorella e Marco o acompanharam por algumas linhas com as flautas. Foi nesse ponto alto da aula que a *signora* Agarossi retornou, junto com a babá e Sibilla.

– Isso está indo bem – disse a *signora* Agarossi.

Rosa, que já tinha tentado de tudo e não sabia mais o que fazer, foi pega de surpresa pelo elogio. As crianças haviam lhe dito que estudavam piano fazia anos, mas que apenas Sebastiano demonstrava um pouco de conhecimento em relação ao instrumento, e ainda assim de maneira bastante sutil.

– Esse é o maior progresso que já os vi fazerem nos últimos tempos – acrescentou a *signora* Agarossi. – Talvez você devesse vir duas vezes por semana.

Apesar de estar com os nervos à flor da pele, Rosa ficou contente com a sugestão. Era difícil ensinar para aquelas crianças, mas talvez elas melhorassem com o tempo. E assim ela ganharia mais dinheiro para si e para Sibilla.

– Onde você aprendeu música? – perguntou a *signora* Agarossi.

– No Convento de Santo Spirito.

A *signora* Agarossi ficou impressionada.

– O convento tem uma boa reputação – disse ela.

A *signora* Agarossi perguntou com genuíno interesse sobre a educação de Rosa no convento. Ela fez o possível para responder as perguntas sem revelar que era órfã, embora fosse constantemente distraída pelos risinhos de Fiorella e Marco. Os dois estavam de pé atrás de Rosa, enquanto Sebastiano dividia com ela a banqueta do piano.

– Você pode ensinar línguas estrangeiras também – disse a *signora* Agarossi, em tom de aprovação. – Vou falar com meu marido, mas acredito que Fiorella aproveitaria bem as aulas de francês. Ela pega as coisas com muita facilidade.

Fiorella e Marco deram mais risadinhas.

– *Mamma* – interrompeu Sebastiano.

– O que foi, querido?

– Ela tem insetos no cabelo.

– Quem?

– A *signora* Bellocchi. Eu vi um rastejando pelo pescoço dela. Aqui, peguei.

A *signora* Agarossi empalideceu e levantou-se feito um raio. Esticou a mão, e Sebastiano soltou algo nela. A mulher gritou, e a criada se aproximou, retirando o que quer que estivesse na mão da patroa e enfiando-o na jarra de água. Rosa sentiu um enjoo. A *signora* Agarossi olhou-a horrorizada.

– Piolhos! – gritou a mulher.

O rosto de Rosa queimou. Não era possível. Ela tinha se lavado e se esfregado bem. Mas então se lembrou das garrafas de vinagre que vira no banheiro naquela manhã e dos vergões vermelhos no pescoço das crianças da *signora* Porretti. "Ah, meu Deus", pensou. "Eu peguei piolho deles!"

– Saiam de perto dela! – a *signora* Agarossi gritou para os filhos.

As crianças recuaram para os cantos da sala como se Rosa fosse um animal perigoso. A fachada perfeita da *signora* Agarossi estava estilhaçada. Seu rosto estava retorcido de nojo. Ela olhou feio para Rosa.

– Você trouxe piolho para dentro desta casa! – falou com voz trêmula. – Saia daqui! Saia já daqui!

Rosa apanhou o cesto de Sibilla e correu para a porta. A *signora* Agarossi e a babá a perseguiram como se fossem habitantes de uma cidadezinha expulsando uma adúltera de sua comunidade.

– Saia! Saia! – gritou a *signora* Agarossi. – E leve sua filha imunda com você!

Rosa sentou-se a margem do Arno com Sibilla, paralisada de pânico. O que faria agora? Havia sobrado pouco dinheiro. Tentara a sorte de ser contratada como professora de música, mas tinha dado tudo errado. Como iria conseguir trabalho de criada ou faxineira tão rapidamente quanto precisava? Quem tomaria conta de Sibilla? Rosa não podia confiá-la à *signora* Porretti.

Se vocês ficarem juntas, você vai ser um peso em volta do pescoço dela. As palavras da *signora* Cherubini atormentavam a consciência de Rosa. Ela olhou para Sibilla, deitada no cesto. Sua tentativa de salvar as duas só as tinha feito afundar ainda mais. Lágrimas encheram os olhos de Rosa. A única coisa que podia fazer para salvar a filha era entregá-la às Irmãs de Santo Spirito. Mas como aguentaria a dor de não estar com a menina? Sibilla era tudo que ela tinha.

Rosa encarou o Arno e imaginou-se afundando até lá embaixo, envolvida pela água fria e lamacenta; jamais sentiria tristeza outra vez. "Não, não, não", disse a si mesma. "Tem que haver outra maneira. Deus vai nos ajudar."

Rosa tirou Sibilla do cesto e a ajeitou sobre o cobertor ao seu lado. Em seguida empurrou o cesto para debaixo do sol, a fim de repelir todos os piolhos que pudessem estar ali à espreita.

– Não posso abrir mão de você – disse a Sibilla. – Preciso ficar forte.

Rosa montou a flauta. O instrumento lhe trouxera paz no passado e com sorte a ajudaria a pensar com clareza naquele momento. Ela tocou a ária da *Suíte para Orquestra no. 3*, de Bach, deixando a música expressar a infelicidade de seu coração. Ela não passava de uma inútil, e até sua própria filha ficaria melhor longe dela. Rosa fechou os olhos e perdeu-se na música triste. Não ouviu o *cling* metálico de algo aterrissando ali perto. O som se repetiu diversas vezes, espaçadamente, mas mesmo assim ela não o notou.

– Você toca bem – disse uma voz de homem. – Lindamente, na verdade.

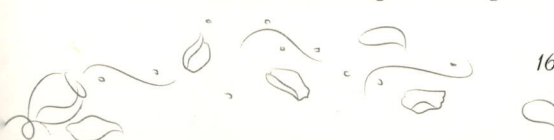

Rosa abriu os olhos e percebeu que havia moedas e notas no cesto de Sibilla, pelo menos 20 liras. A mesma quantia que ela teria recebido se a *signora* Agarossi tivesse lhe pagado pela aula de música, e não a expulsado da casa. Uma mulher empurrando um carrinho de bebê passou e largou algumas moedas; um homem vestindo um terno de tecido com padrão espinha de peixe fez o mesmo. Eles achavam que ela era uma artista de rua. Primeiro Rosa ficou envergonhada por parecer que estava mendigando, mas em seguida percebeu que o dinheiro talvez fosse uma resposta para suas orações.

Ela olhou para cima, para o homem que havia falado com ela, e piscou. O sol atrás dele o iluminava com seus raios dourados. O homem tinha pouco menos que 30 anos, pele bronzeada e cabelo castanho-cobre com mechas loiras. Ele sorriu, e seus dentes reluziram em meio à barba rala. Sua beleza era rústica. Ele estava vestindo calça de gabardine e camisa branca. Os sapatos estavam gastos nos calcanhares e não eram polidos; porém, mesmo assim, ele parecia mais elegante que o homem mais bem vestido da Via Tornabuoni. Ele passou brevemente os olhos cinza pelo anel de cortina que Rosa usava no dedo, porém rapidamente voltou o olhar para o rosto dela. Havia algo no jeito como ele a olhava. Ele tinha uma presença que Rosa nunca vira em nenhuma outra pessoa.

– Obrigada – ela engasgou com as próprias palavras. – Você é músico também?

– Eu sou o líder de uma trupe de teatro – respondeu ele. – Precisamos de um flautista. Está interessada?

Rosa se sentiu prestes a desmaiar. Devia ser a falta de comida que a estava deixando fraca. Ela desviou o olhar.

– Vá em frente – disse ele gentilmente, dando uma risada. Seu riso era tão atraente, masculino e profundo quanto sua voz.

Rosa duvidou de que conseguiria ter recusado, mesmo que quisesse.

onze

O homem se chamava Luciano Montagnani.

– Pode me chamar de Luciano ou de Montagnani, o que preferir, mas nunca de *signor* Montagnani. Fico me sentindo um funcionário público – disse ele.

Luciano estava indo reservar um teatro, mas perguntou se Rosa poderia encontrá-lo naquela noite. Em seguida, escreveu o endereço de um apartamento na Via Ghibellina.

Se Rosa quisesse escapar das ruas e provar que a previsão da *signora* Cherubini estava errada, precisava de um emprego. Mas estava morrendo de medo de passar piolho para Luciano. Cada vez que ele dava um passo na sua direção, ela se afastava um bocadinho.

– Hoje eu não posso – disse ela. – Posso ir amanhã.

Naquela noite ela planejava ensopar o cabelo de vinagre e lavar as roupas para se livrar dos parasitas.

No fim de tarde seguinte, com Sibilla no cesto, Rosa partiu para conhecer A Companhia Montagnani. A luz escorria por entre as casas, e o calor que emanava dos paralelepípedos era lancinante. Ela sentiu-se tonta. Seu corpo definhara desde que ela estivera na prisão, e ela ainda estava se recuperando do parto de Sibilla. Desejava poder descansar por alguns dias na cama, mas não havia chance para isso. Precisava forçar-se a agir por causa de Sibilla.

O prédio de Luciano ficava quase na esquina com a Via delle Casine. As venezianas estavam fechadas e a porta que dava para a rua também. Rosa estava prestes a empurrá-la, quando uma maçaneta em forma de cabeça de Medusa chamou sua atenção. Ela ficou hipnotizada por um momento, mas então lembrou que quem envarava uma górgona era transformado em pedra. Ou será que só acontecia com os homens? Ela ouviu marteladas dentro do prédio e sentiu cheiro de tinta. Uma mulher cantava a *Balada de Santa Zita*. De repente a porta se abriu, e Rosa viu-se frente a frente com um homem de camisa listrada e tapa-olho.

– Eu vi você da janela – disse ele.

Primeiro Rosa pensou que o tapa-olho talvez fizesse parte de um traje de pirata, mas em seguida notou a cicatriz que atravessava o rosto dele.

– Vim fazer o teste para a trupe – disse ela.

O homem inflou seu peito de barril e examinou-a com o olho bom.

– Piero Montagnani – apresentou-se. – Venha por aqui.

Rosa deduziu que Piero tinha pouco mais que 30 anos e ficou imaginando como ele tinha ganhado a cicatriz. Será que tinha sido na Grande Guerra? Piero a conduziu por um passadiço cujas paredes eram cobertas por cartazes de teatro velhos e rasgados. Ela quis parar para lê-los, porém ele apontou uma porta e alguns degraus que levavam para baixo.

– Nosso apartamento é no segundo andar – explicou. – Mas nós alugamos o porão também. Usamos para ensaiar.

Rosa seguiu Piero escada abaixo, e o som de marteladas ficou mais alto. Logo em seguida se ouviu um barulho alto, seguido por xingamentos e uma gargalhada. Ao entrar no porão, Rosa viu Luciano chupando o polegar, cercado por dois homens e duas mulheres. As mangas de sua camisa estavam enroladas para cima, revelando os braços musculosos.

– *Signora* Bellocchi – disse ele sorrindo. – Eu deveria saber que acertar meu dedo era um prenúncio da sua chegada.

– Se é para eu chamá-lo de Luciano, então você tem que me chamar de Rosa – respondeu ela.

O comentário provocou risos. Rosa corou, sem entender qual era a graça. Era esquisito chamar pelo primeiro nome um homem que ela havia acabado de conhecer. Rosa passou os olhos pelo cenário que estava sendo montado: um fundo de jardim com girassóis e gerânios. Luciano cruzou os braços e fez um aceno de cabeça na direção dos outros.

– Esta é a moça de quem eu falei.

– *Che bela bambina* – disse a mulher mais jovem, aproximando-se para admirar Sibilla. – Tão pequenininha.

A mulher tinha um rosto bonito e agradável que era a versão feminina de Luciano. Rosa deduziu que era irmã dele.

– Meu nome é Orietta – disse a mulher. – E vejo que você já conheceu o Piero.

Um jovem com cachos dourados sorriu para Rosa. Ele tinha o rosto de um querubim.

– Eu sou o irmão mais novo: Carlo.

– Então vocês são todos irmãos? – perguntou Rosa.

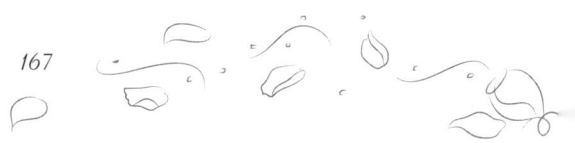

– Meu Deus, não – exclamou o último homem, correndo os dedos pelo bigode bem-aparado. Ele tinha uma voz refinada de ator. – Alguns aqui têm classe.

– Esse é o famoso Benedetto Raimondo – disse a mulher mais velha, fazendo uma reverência e cobrindo a boca com a mão para esconder uma risada. Havia um piano vertical na lateral do porão; a mulher sentou-se na frente dele e tocou um acorde. – Benedetto Raimondo é um ator da mais alta envergadura. E eu sou Donatella Fabrizi – revelou, com uma voz de ópera. A mulher tinha cerca de 50 anos e um ar nostálgico. Seu rosto, embora enrugado, era atraente, com sobrancelhas finas e nariz achatado.

– Nós nos reunimos no verão – explicou Luciano, puxando uma cadeira para Rosa. – No resto do ano, fazemos o que aparece.

Piero abriu um acordeão e começou a tocar um tango. Luciano apanhou um violão, Orietta pegou seu violino, e ambos juntaram-se a ele.

– Este ano vamos apresentar uma peça e precisamos de um músico para ajudar a formar o clima – Luciano explicou, enquanto tocava.

Rosa percebeu que não se tratava de um teste – ao que parecia, Luciano já a tinha escolhido; ela estava ali para conhecer os outros e ver se eles se sairiam bem juntos. Ela tocara em duetos e trios com as freiras no convento, mas raramente tocara inteiramente de ouvido. Mesmo assim, havia algo libertário e dramático na música que a impeliu a juntar-se a eles.

Rosa colocou o cesto de Sibilla no chão, ao lado de sua cadeira, e apalpou embaixo do cobertor para pegar a flauta. Após montá-la, entrou na melodia com muito mais facilidade do que estava esperando. A música era mais instintiva do que qualquer coisa que ela tivesse tocado antes – algumas partes eram ardentes e impetuosas, enquanto outras eram lentas, obscuras e melancólicas. A princípio Rosa ficou um pouco constrangida e descansou por algumas linhas para ouvir os outros. Ela lançou um olhar para Luciano e de repente viu Giovanni Taviani, o porteiro da Vila Scarfiotti, observando-a de dentro do bosque. A visão não durou mais que um segundo, mas foi poderosa o suficiente para deixá-la sem fôlego. O que aquilo significava?

Rosa retomou a melodia e tocou bem, embora tivesse ficado abalada com a imagem. Um por um, os outros foram parando de tocar e deixaram Rosa continuar em um solo. Ela prosseguiu, passando para a ária da *Suíte para Orquestra no. 3* de Bach, a peça que Luciano a ouvira tocar junto ao Arno. Quando terminou, a trupe aplaudiu.

– Ela é muito boa – disse Benedetto, dando uma risada empolgada. – Talvez boa *demais* para nós.

– Sim. Sem dúvida, ela é boa demais – concordou Luciano.

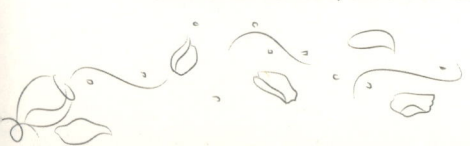

Rosa pensou ter visto um brilho de admiração nos olhos dele. Ela pressentiu que Luciano sabia que ela estava desesperada para arranjar trabalho, mas que não pretendia usar isso contra ela.

Luciano ficou contente quando Rosa revelou que tocava piano também.

– Excelente – falou. – Você pode acompanhar Donatella e Carlo nos números deles, assim fico livre para fazer outras coisas.

Carlo anunciou que apresentaria seu número para Rosa. Ela o viu fazer malabarismos impressionantes com bolas, tacos e argolas usando não só as mãos, mas a testa e os pés também. Ficou estupefata quando ele acrescentou piruetas e cambalhotas à coreografia. Nunca tinha visto nada como aquilo. Quando ele terminou, Luciano murmurou uma canção e pediu a Rosa que o seguisse no piano. Ela pegou a canção com facilidade. Donatella apanhou uma cesta coberta com um pano e a carregou para o centro do cômodo. Em seguida assobiou, e o canto do pano levantou-se. Um focinho preto e dois olhos apareceram. No momento seguinte um papillon spaniel pulou para fora e correu até Donatella. Rosa continuou a tocar enquanto assistia ao número. O cachorro pulou através de argolas e deu saltinhos nas patas de trás. A princípio aquilo fez Rosa lembrar-se do infeliz Dono e da maneira indigna como o cigano o havia feito dançar. Mas o cachorro não parecia nem um pouco compelido. Parecia estar se divertindo. Suas palhaçadas complementavam os gestos cômicos de Donatella. Sempre que ela se inclinava, ele corria, tomava impulso e pulava por cima das costas dela. Era a coisa mais engraçada que Rosa já tinha visto, e ela precisou deixar de tocar por um momento, pois não conseguia parar de rir.

– Você gostou do meu número com o Dante, não é? – perguntou Donatella, dando uma piscadinha para Rosa. Dante pulou para os braços da mulher e a olhou com adoração. A mulher levou o cachorro até Rosa, que lhe fez um carinho na cabeça. – Ele é o meu querido. É muito inteligente – Donatella falou, com orgulho. – Nunca preciso usar palavras duras com ele.

– E então, o que me diz? – Luciano perguntou a Rosa. – Vai se juntar à nossa trupe? Não é uma vida fácil, especialmente quando estamos em turnê, fazendo três apresentações por dia e ensaiando ao mesmo tempo.

Rosa notou o olhar de expectativa no rosto dos demais. Pelos trajes esfarrapados, ela via que a trupe era pobre e que ela não faria fortuna tocando com eles. Mas a energia extravasante do grupo era inspiradora, e era difícil resistir ao charme atraente de Luciano. Antes de perceber o que estava dizendo, viu-se concordando em tocar com o grupo. O "sim" de Rosa fez todos darem urras de alegria, exceto Luciano, que simplesmente inclinou a cabeça, demonstrando aprovação.

– Bem, questão resolvida – disse ele. – Vamos comer alguma coisa.

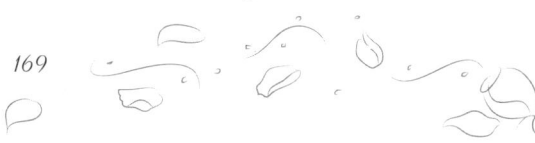

Rosa esperava que, talvez, eles fossem comer pão com um fio de óleo de oliva, ou que fizessem *farinata*, mas a trupe saiu para a rua. Ela percebeu que, se fossem a uma cafeteria, mesmo uma barata, não poderia juntar-se a eles. O aluguel daquele mês vencia no dia seguinte, e ela precisava do resto do dinheiro que tinha recebido junto ao Arno para comprar comida. Além disso, Sibilla iria querer mamar logo e, embora o fluxo de leite tivesse diminuído, Rosa sentia que seus peitos estavam cheios. Estava pensando em uma maneira de pedir licença e ir embora, quando o grupo parou em frente a um restaurante. Como estava quente, as janelas estavam abertas e algumas mesas e cadeiras tinham sido arrumadas sobre os paralelepípedos. Um tapete vermelho fora posto no chão, e a área estava isolada por cordões dourados. Uma olhada para os clientes elegantemente vestidos e para as toalhas de mesa de damasco, e Rosa soube que não tinha dinheiro para comer ali.

Um garçom apareceu trazendo uma pilha de pratos nos braços, tão alta que ele mal conseguia enxergar. Atrás dele vinha outro garçom, carregando uma pilha de tigelas. Rosa perguntou-se aonde os dois estavam indo. De repente Luciano, Carlo e Piero se atiraram para a frente e agarraram os garçons, arrancando deles os pratos e tigelas. Alguns fregueses gritaram. Rosa sentiu o sangue correr para os pés. Eles estavam roubando os pratos e as tigelas! Um homem levantou-se e fechou os punhos, pronto para abordá-los. Outro gritou, chamando a polícia.

– Socorro! Ladrões! Socorro!

Rosa congelou. Será que iria parar na prisão outra vez? Só conseguiu agarrar o cesto de Sibilla e assistir horrorizada à cena que se desenrolava.

O gerente apareceu e correu para cima de Luciano e Carlo, mas os irmãos eram rápidos demais para ele. Formaram uma linha junto com Orietta e Piero, enquanto Benedetto abriu o acordeão e começou a tocar *La Tarantella*. Os irmãos Montagnani passaram os pratos um para o outro através do ar em um número de malabarismo, deslizando-os por cima e por baixo dos braços e girando-os na ponta dos dedos. Rosa, assim como os fregueses, percebeu que se tratava de um número. O homem que tinha desafiado os irmãos abriu um sorriso embaraçado e voltou ao seu lugar. Donatella incentivava todos a baterem palmas no ritmo da música, enquanto a trupe passava os pratos cada vez mais rápido um para o outro e Dante corria em círculos entre as pernas deles. Para finalizar, Orietta subiu nos ombros dos irmãos, e os pratos foram passados em uma formação triangular, o que rendeu uma salva de palmas entusiasmada. Donatella dançou entre os clientes com um chapéu, coletando dinheiro, e o gerente também escorregou algumas notas para dentro dele. Devia estar ciente do número. Rosa suspirou de alívio.

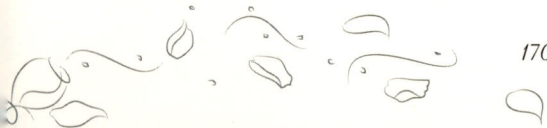

Benedetto passou a tocar mais devagar, e Luciano e Carlo foram empilhando os pratos e tigelas à medida que eram passados para eles. Em seguida, entregaram as pilhas novamente aos garçons. Depois de mais aplausos e gritos de *Bravo!*, os clientes retornaram a atenção à comida.

Luciano gesticulou para que todos corressem até a travessa adjacente, onde Donatella contava o dinheiro, separando-o em pilhas.

– Eles foram generosos hoje – disse ela, com um sorriso largo.

Luciano tomou algumas notas de Donatella e as deu para Rosa. Ela estava desesperada por dinheiro, mas não podia aceitar algo que não tinha feito por merecer.

– Eu não fiz nada – protestou, tentando devolver o dinheiro a Luciano. – Não posso aceitar.

– *Non fare brutta figura*! – Luciano deu-lhe uma bronca. – Não faça cena! É um presente para o bem-estar da pequena.

As palavras soaram rudes, mas Rosa sentia a bondade por trás daquele ato.

– De cada um de acordo com suas habilidades, a cada um de acordo com suas necessidades – falou Piero. – É o que disse Karl Marx. O fundador do comunismo.

– Vocês são comunistas? – perguntou Rosa.

Ela gostava da trupe, mas, se eles fossem comunistas, poderiam colocá-la em problemas com os fascistas. Carlo deu uma gargalhada.

– Não, nós não somos comunistas – disse ele, dando tapinhas nas costas de Rosa. – Nós somos uma família. Tomamos conta uns dos outros. E, quando você se junta à trupe, vira parte da família também.

A peça que a trupe estava ensaiando era *Os Miseráveis*. Luciano e Benedetto a tinham reescrito de modo que pudesse ser representada por um elenco pequeno, com atores interpretando diversos papéis. Rosa assistiu à performance inteira para decidir qual seria a música apropriada. O assunto ela conhecia bem: enjeitados abandonados; uma jovem levada a se prostituir depois de dar à luz uma filha ilegítima. Mesmo a cena em que Jean Valjean é rejeitado pelo estalajadeiro por ser ex-presidiário era dolorida para Rosa. Quando Luciano fez um intervalo no meio da tarde, ela pediu licença para amamentar Sibilla, porém a verdade era que precisava ficar sozinha. Levou Sibilla até o pátio, onde havia silêncio, depois desabotoou a blusa e deu de mamar à filha embaixo dos varais de roupas. Algum tempo depois, Carlo apareceu com um prato de batatas fritas, cogumelos e radicchio.

– A *bambina* está crescendo bem – disse ele, colocando a comida ao lado de Rosa. – Mas você precisa cuidar de si mesma também.

– Obrigada – disse ela, agradecida pela consideração dele.

– Orietta foi até o bosque cedo hoje de manhã – explicou Carlo. – Os cogumelos estão especialmente bons. Ela disse que vão trazer cor para o seu rosto.

Rosa ficou emocionada por saber que Orietta estava preocupada com a saúde dela. Lembrou-se do que Carlo tinha dito sobre a trupe ser uma família. Então era isso que significava ser uma família? Ter alguém para cuidar de você?

Carlo e Rosa conversaram um pouco sobre a peça e a música, até que ele precisou retornar ao porão. Rosa trocou Sibilla para o outro peito e, depois que a menina terminou de mamar, ela a fez arrotar e a deitou outra vez no cesto.

– Eu lhe trouxe um pouco de água.

Rosa corou ao perceber que Luciano estava de pé diante dela, olhando-a. Como ele sabia que amamentar deixava a mulher com sede? Ela aceitou o copo e tomou alguns goles.

– Você gosta da peça? – perguntou, sentando-se ao lado dela.

Rosa não quis contar que os temas tocavam demais seu coração.

– Como termina? – ela perguntou, em vez de responder.

– Os pobres se levantam contra seus opressores.

Rosa lembrou-se dos empregados na Vila Scarfiotti. Viu-os alinhados na escadaria esperando a chegada da marquesa, a qual se referia a eles como "pessoas pequenas". Pensou em Maria e nos Porretti.

– Você acha que isso poderia acontecer na Itália? – perguntou a Luciano. – Será que os pobres se levantariam contra seus opressores?

Luciano a observou. A perna dele estava pressionada contra a dela, mas Rosa não sabia se ele tinha notado ou não. Ela sentia o calor da pele dele através das roupas.

– Eles fizeram isso – respondeu ele. – E foram massacrados. Acho que você é jovem demais para lembrar.

– Você está falando das greves dos trabalhadores depois da guerra?

Sibilla balbuciou, e Luciano fez cócegas no queixo dela. O gesto emocionou Rosa. Até então ela achava que ele era masculino demais para demonstrar afeto por um bebê.

– Piero lutou na Grande Guerra – disse Luciano, encarando os próprios pés. – Prometeram aos soldados uma vida boa em troca do sacrifício: terra, trabalho, educação para os filhos. Bem, isso não aconteceu.

– Piero ganhou aquela... Quer dizer, ele foi ferido na guerra?

Luciano negou com a cabeça.

– Por algum milagre, ele voltou para casa são e salvo. Foi para os fascistas que ele perdeu o olho. Piero participou das greves, e um Camisa Negra chutou a cabeça dele.

Rosa sentiu um arrepio. Ela tinha ouvido um pouco a respeito das manifestações enquanto estava no convento, mas apenas da boca de alunas pagantes cujos pais eram os ricos donos das fábricas e fascistas também. Nos relatos delas, os trabalhadores eram sempre os culpados pela violência. Rosa percebeu que havia muita coisa que ela não sabia. Ela passou os olhos por Luciano. Não podia culpá-lo por ser amargo. Ela também tinha sofrido por causa dos fascistas.

– Deve ter sido horrível – disse ela.

Luciano acenou com a cabeça, concordando.

– Eu era muito novo. Piero me mandou ficar em casa e tomar conta da minha mãe e dos meus irmãos mais novos. Mas eu queria ver... Muito bem, e o que foi que eu vi? Mulheres apanhando até o rosto virar geleia. Um homem preso a um caminhão sendo arrastado até o braço se rasgar do corpo. Tudo porque essas pessoas estavam pedindo pão para suas famílias e um pouco de dignidade.

– Ah, meu Deus – disse Rosa, cobrindo a boca horrorizada.

Luciano virou-se e encolheu os ombros.

– Eu odeio esse lugar no qual a Itália se transformou. Conseguiram convencer até os camponeses e trabalhadores de que Mussolini é um herói. Bem, ele não é. E vai levar todos à ruína se ninguém impedir.

– O que é que o faz achar isso? – perguntou Rosa.

Sibilla balbuciou outra vez. Rosa apanhou-a e a aninhou nos braços. Luciano olhou para Sibilla e ficou em silêncio. Rosa esperou que ele fosse dizer algo mais sobre Mussolini, porém ele desviou o olhar. Falar mal do ditador podia trazer muitos problemas. Talvez ele não confiasse nela.

– O que você ia dizer? – ela o incentivou.

Luciano chacoalhou a cabeça.

– Deixe para lá – disse ele, levantando-se. – Toque piano, Rosa, e divirta-se com a trupe. Sua filha precisa de você. Quanto menos você souber do que eu penso, melhor.

Os Miseráveis ficou em cartaz durante quatro semanas em um teatro precário na Via del Parlascio. A plateia não era tão miseravelmente pobre quantos os personagens, mas carregava em si o ar fatalista de quem sabia que trabalharia duro até morrer: operários; vendedores de carvão que não tinham se lavado antes de ir ao teatro, de modo que, no escuro, a única coisa que se via eram seus dentes; sapateiros com bolhas nas mãos; ferreiros; barbeiros; caixeiros viajantes. Nos melhores assentos, na parte da frente, ficavam aqueles cujo status social os colocava acima dos pobres, embora soubessem que sua situação podia mudar com um surto de má saúde ou de má sorte: eram os padeiros e comerciantes, supervisores de ferrovia e oficiais subalternos. Nas noites de sexta, os gerentes de propriedades e os *fattori* vinham assistir à performance depois de um longo dia pechinchando com corretores e fornecedores e visitando as prostitutas, que esperavam por eles na *Piazza della Signoria*. Rosa ficou imaginando se veria o *signor* Collodi na plateia, mas nunca viu.

– Quatro semanas é uma boa temporada em Florença – Orietta explicou a Rosa. – Mas precisamos pegar a estrada se quisermos guardar dinheiro para os meses mais parados. Sempre tentamos nos apresentar em outras cidades em agosto, quando as trupes dos grandes teatros saem em turnê.

Rosa ficava feliz com a perspectiva de escapar do lar caótico dos Porretti e de seu quarto no sótão, o qual se provava insuportavelmente quente à medida que julho se aproximava. O primeiro destino era a Estância Termal Montecatini. Para economizar no custo das passagens de trem, Luciano tinha arranjado para que a trupe percorresse parte do trajeto em dois caminhões vazios que estavam indo a Pistoia apanhar carvão vegetal. Quando Rosa viu a poeira preta que cobria o interior dos caminhões, entendeu por que Luciano havia instruído a todos que usassem roupas escuras para a jornada.

Enquanto eles esperavam os motoristas conferirem os caminhões, Orietta remexeu em sua bolsa e tirou um pacote embrulhado em papel marrom.

– Eu fiz para Sibilla – ela disse a Rosa.

Donatella e Carlo viraram-se, interessados em ver o que havia no pacote. Benedetto e Piero já estavam dormindo embaixo da cobertura que haviam erguido para fazer sombra enquanto esperavam. Luciano conversava com os motoristas. Ele deu uma olhada por cima do ombro e voltou à conversa.

Rosa desamarrou o cordão e abriu o papel, encontrando ali dentro um vestidinho de cambraia e um gorro de amarrar. O vestido tinha um bordado cor-de-rosa, e o gorro era enfeitado com uma renda delicada. Rosa ficou enormemente grata.

– Obrigada. Eu jamais esperaria um presente tão adorável.

Orietta apertou o braço de Rosa.

– Sibilla é um bebê lindo, e precisa de um vestido bonito.

Se Rosa tivesse sido abençoada com uma irmã, teria desejado uma como Orietta. Ela admirou as costuras.

– Os pontos são tão delicados – disse ela. – Você é muito talentosa.

– Eu venho de uma família de alfaiates – respondeu Orietta. – Deve estar no meu sangue.

Luciano lançou um olhar sombrio para a irmã. Carlo virou-se. Orietta corou e não disse mais nada. Rosa, sentindo a tensão, olhou para Donatella, que balançou a cabeça. Obviamente, era melhor mudar de assunto.

Rosa dobrou o vestido com cuidado e o embrulhou outra vez no papel.

– Sibilla pode usá-lo hoje à noite. Na nossa estreia – falou ela.

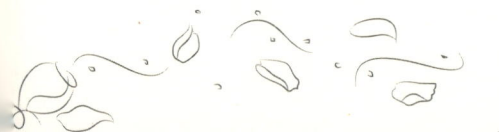

A viagem à Estância Termal Montecatini era a primeira vez que Rosa saía de Florença de verdade. Ela admirou a paisagem de florestas e vinhedos ao longo do trajeto. Uma sensação de aventura se agitava em seu peito. *Isolada* era o termo usado para descrever a vida no convento. Rosa percebeu que mais de uma vez na vida tinha vivido isolada: no convento, na vila e na prisão. A pobreza era outra forma de isolamento. De repente, sentiu a alegria da liberdade crescer dentro de si. A trupe era um bando de excluídos, e Rosa era uma excluída também. Mas não se importava em sê-lo, contanto que estivesse com eles. Ninguém da trupe havia lhe feito perguntas intrometidas sobre suas origens ou sobre o pai de Sibilla. Eles pareciam não a julgar. Ela tinha desistido da farsa de usar o anel de cortina no dedo. Ficou pensando na reação de Luciano ao ouvir Orietta mencionar que eles vinham de uma família de alfaiates. Talvez ninguém se intrometesse na vida dela porque a família Montagnani também carregava seus segredos.

Os motoristas fizeram uma parada breve nos arredores da cidade de Prato. Sibilla estava com fome, e Rosa sentou-se à beira da estrada para lhe dar de mamar. Quando terminou, sentiu sono. Enrolou a bolsa para formar um travesseiro e deitou-se. Entre amamentar Sibilla e trabalhar com a trupe, tinha aprendido a tirar um cochilo rápido sempre que possível. Notou que Orietta, Carlo e Luciano conversavam do outro lado da estrada. Donatella, com Dante debaixo do braço, aproximou-se de Rosa.

– É um assunto dolorido para o Luciano – sussurrou ela.

– O quê? – perguntou Rosa.

– Isso do pai deles, e de como a família, antigamente, era de alfaiates famosos.

– Ah, é?

– Ah, sim – disse Donatella, acenando com a cabeça. – Eles eram ricos. Seus clientes incluíam duques e marqueses.

Rosa olhou para Donatella.

– O que aconteceu?

– O pai deles apostou em um investimento arriscado e perdeu tudo.

– Puxa – disse Rosa. Ela sempre tinha sido pobre, mas imaginava o choque que devia ser ter nascido rico e de repente perder tudo.

Donatella se inclinou para a frente.

– Não só o pai perdeu tudo, como fugiu de vergonha. A mãe estava grávida de Carlo, e Orietta ainda era bebê. O irmão da mãe passou a tomar conta deles, mas ela ficou de cama e morreu pouco tempo depois. Luciano nunca fala do pai. Piero me contou que a dor do Luciano era tão grande que ele vivia fugindo de casa, e Piero depois o encontrava em um campo ou *piazza*, encarando o céu com um ar desconsolado.

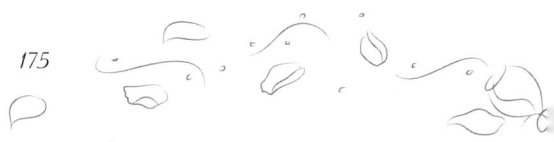

– Quantos anos ele tinha quando isso aconteceu? – perguntou Rosa, surpresa em se perceber tão curiosa. Por que sempre que alguém mencionava o nome de Luciano ela queria saber tudo sobre ele?

– Luciano tinha 10 anos. Piero tinha 14. Eram meninos, mas tiveram que carregar a família nas costas – Donatella respondeu, acrescentando em seguida: – Ainda carregam.

Rosa olhou para Luciano. A contradição entre a situação de pobreza e o perfil fino e os gestos elegantes fazia sentido agora. Ele ria e fazia piadas com a trupe, mas Rosa notava as rugas fracas em sua testa. Era sempre Luciano quem resolvia quando e onde a trupe iria comer, dormir, e como eles dividiriam os ganhos. Rosa imaginou-o menino, com seus 10 anos, tentando sustentar a família e a mãe doente. O pensamento lhe provocou um sentimento de pânico no peito. "Não é de admirar que ele sempre pareça tão ansioso", pensou ela.

Montecatini era uma cidade pitoresca de bulevares ladeados por árvores e edifícios clássicos e de *art nouveau*, com um ar elegante da *belle-époque*. As lojas eram finas como as encontradas na Via Tornabuoni, e as pessoas que passeavam pelas calçadas eram muito bem-arrumadas, com vestidos de manga borboleta e ternos transpassados. Tinham a pele bronzeada, e sua languidez despreocupada fazia Rosa pensar nas ninfas que decoravam as fontes da cidade. Como a trupe não tinha meios de apresentar-se no novo Teatro Giardino Le Terme, Luciano conseguiu permissão para armar a tenda no parque que formava o centro da cidade.

Quando a tenda estava pronta e as cadeiras alugadas de um café tinham sido dispostas, Luciano, Piero, Carlo e Benedetto começaram a distribuir panfletos anunciando a performance daquela noite às pessoas que caminhavam ou faziam piquenique no parque. Donatella levou Dante para passear, enquanto Rosa e Orietta prepararam polenta com alho-poró e tomates. Os homens chegaram de volta junto com Donatella, que tinha comprado biscoitos wafer de amêndoas açucaradas para sobremesa. Todos comeram rapidamente, depois colocaram seus figurinos e se posicionaram na entrada da tenda para dar as boas-vindas ao público. A plateia era formada por hóspedes da estância, massagistas e garçons do hotel que estavam de folga. Alguns turistas vieram também, porém o tema sério da peça não lhes agradou, e a maioria foi embora ao fim do primeiro ato.

– Amanhã à noite é melhor ficarmos apenas com o malabarismo e os números com o cachorro – disse Luciano, pondo os olhos na pilha de panfletos que agora seria desperdiçada. – Acho que, depois de um dia com águas termais, banhos de lama e massagens com ervas, a última coisa que eles querem é uma dose de realidade.

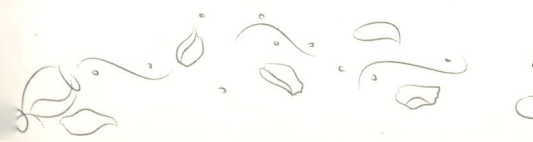

– *Os Miseráveis* realmente é sério demais para esse público. Por que não fazemos *Gabriella*? – sugeriu Benedetto. – Apresentei essa peça em Roma alguns anos atrás com outra trupe, e foi um sucesso.

– Sobre o que é *Gabriella*? – perguntou Rosa. Se eles mudassem de peça, ela teria que criar um acompanhamento musical diferente.

Benedetto esticou as mãos de um modo dramático.

– Um marido vai à França procurar trabalho para sustentar a família, deixando para trás sua linda esposa, Gabriella, e duas filhas pequenas. Embora ele mande dinheiro fielmente, Gabriella arranja um amante. Quando ela descobre que o marido está voltando, mata as duas filhas e foge com o amante.

– É horripilante demais para esta cidade – objetou Donatella. – A mulher corta as filhas em pedacinhos.

Apesar do calor, Rosa sentiu um arrepio.

– Rosa, você está bem? – perguntou Orietta, parecendo preocupada.

Rosa sabia que Benedetto estava apenas brincando, que estava contando aquela história sanguinária para entretê-los. Mesmo assim, ficou perturbada.

– Uma mãe jamais faria isso – disse ela, lágrimas queimando-lhe os olhos. – Uma mãe jamais mataria os próprios filhos.

Benedetto ergueu as sobrancelhas.

– A Itália tem uma das maiores taxas de infanticídio do mundo! As mulheres matam seus bebês o tempo todo, ou os abandonam em orfanatos.

Rosa encheu-se de ódio, mas não por Benedetto. O que ele dizia era verdade: era essa uma das razões para a existência da OMNI. Nem mesmo ela conseguia entender por que estava tendo uma reação tão raivosa. A imagem de Maria sangrando até morrer formou-se diante dela.

– Só quando elas estão tão desesperadas que não têm alternativa – falou. – Só quando a criança vai levar uma vida tão infeliz que a mãe sente que não tem escolha.

Benedetto estava prestes a dizer mais alguma coisa, mas Orietta beliscou o braço dele, e o homem pensou melhor. Orietta olhou para Rosa.

– Está tudo bem, Rosa. Você é uma mãe maravilhosa, é por isso que não entende como alguém poderia assassinar o próprio filho.

Apesar do esforço para se controlar, Rosa começou a chorar.

– É uma ideia idiota – falou Luciano, lançando um olhar irritado na direção de Benedetto. – Se a plateia não consegue apreciar *Os Miseráveis* durante as férias, também não imagino que vão vir correndo para ver uma peça sanguinária assim.

– O final é bom – insistiu Benedetto. – O marido volta e se vinga da mulher e do amante. Corta os dois em pedacinhos e depois joga na privada.

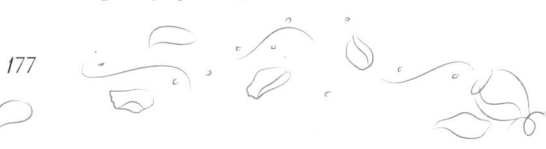

– *Perfetto*! – grunhiu Luciano, balançando a cabeça.

Rosa não conseguiu mais aguentar. Apanhou Sibilla e correu para fora da tenda. Encontrou um assento debaixo de uma árvore e se atirou ali, ofegando de dor. Será que a mãe dela não a queria? Era por isso que a abandonara no convento?

– Eles estão exaustos. Às vezes dizem essas besteiras. – Rosa olhou para cima e viu Luciano de pé à sua frente. – Benedetto não quis dizer nada com aquilo.

Rosa fez que sim com a cabeça, mas não conseguiu falar. Luciano sentou-se ao seu lado, depois pegou Sibilla e colocou-a sobre o joelho, chacoalhando-a. O bebê riu contente. Luciano olhou para Rosa com uma mistura de pena e admiração.

– Orietta tem razão – disse ele. – Você é uma boa mãe, por isso não consegue acreditar que as outras possam ser tão ruins.

– Obrigada – disse Rosa. – Eu tento ser uma boa mãe, mas acho que você sabe que eu nunca fui casada.

Ela observou o rosto dele, esperando desaprovação, mas a expressão de Luciano não mudou.

– Ah, entendi – respondeu ele.

Rosa sentiu um ligeiro momento de ansiedade e perguntou-se se tinha falado demais. Os dois ficaram sentados em silêncio por um tempo, olhando para as estrelas, cada um perdido nos próprios pensamentos. No céu ainda restava uma luz suave.

– Bem, agora você sabe o que há para saber a meu respeito – disse Rosa.

Luciano apoiou-se nos cotovelos e suspirou.

– Minha mãe era uma santa – disse ele. – Apesar da coisa terrível que meu pai fez, ela nunca falou mal dele, nem uma palavra sequer.

Rosa foi pega de surpresa pela repentina intimidade. Donatella não tinha dito que Luciano nunca falava do pai? Rosa se via cada vez mais curiosa a respeito dele.

– Nós morávamos em uma casa na Via della Vigna Vecchia, com piso de parquê e tapeçaria nas paredes – continuou Luciano. – Tínhamos dois gatos e três cachorros. Lembro-me do meu pai cantando enquanto se vestia para ir trabalhar na sua loja na Via Tornabuoni. Tudo começou com o avô dele, alfaiate humilde em Turim, mas na época em que meu pai herdou os negócios a família já era rica. Ele mudou a loja para Florença, e sua reputação como o melhor alfaiate da cidade cresceu.

Rosa viu que os ombros de Luciano tinham afundado com o peso da própria história. A dor que a lembrança lhe causava era evidente em seu rosto.

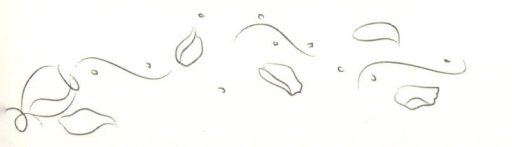

– Quando meu pai voltava para casa do trabalho, passava horas brincando com a gente, fazendo fantoches com a mão e contando histórias. Nós tínhamos a melhor vida que podíamos desejar, mas meu pai não estava satisfeito. Tinha inveja dos seus clientes excessivamente ricos. Queria ser como eles. Pegou nosso dinheiro e investiu em um esquema de navios que talvez tivesse ido bem se a frota não tivesse afundado.

Rosa sentiu uma tristeza esmagadora.

– Que tragédia! – exclamou.

Luciano concordou com a cabeça.

– O declínio total não veio imediatamente. Fomos perdendo as coisas aos poucos. E aí, antes que os credores tivessem nos tomado tudo exceto a roupa do corpo, meu pai decidiu sumir da nossa vida.

Rosa não conseguiu encarar os olhos cheios de dor de Luciano.

– E sua mãe? Ela ficou doente?

Luciano hesitou antes de responder.

– "Eu não sou forte", minha mãe dizia nas manhãs em que não conseguia sair da cama. "Não se case com uma mulher fraca, Luciano. Case-se com alguém forte." Mas não era minha mãe que era fraca.

Rosa ficou chocada com a história de Luciano. Sempre fantasiara sobre como seria crescer dentro de uma família. Imaginava uma casa aquecida, todos reunidos em volta da mesa na hora das refeições e alguém lhe dando um beijo de "boa noite". Entretanto, pais não garantiam necessariamente amor e segurança, conforme Rosa imaginara. Certamente não tinham garantido para Luciano e sua família.

– Seu pai ainda está vivo? – perguntou ela.

Luciano encolheu os ombros.

– Acho que sim. Quando nossa mãe ficou gravemente doente, ele mandou dinheiro para o meu tio, para pagar pelo hospital e ajudar a tomar conta de nós. Mas ele nunca voltou para nos ver.

Rosa fechou os olhos e imaginou um Luciano jovem de pé junto à porta da casa do tio, olhando ansiosamente para a rua. Viu cada detalhe do menino, desde seu traje de marinheiro até o cacho caído sobre a testa. Uma dor lhe apunhalou o coração. Ela abriu os olhos e observou a linha dura do queixo de Luciano. Entendeu que ele havia esperado todos os dias pelo pai, até que, um dia, finalmente desistiu.

doze

A trupe viajou pelas cidades e aldeias ao longo do Arno e também brevemente por Siena, onde eles decidiram apresentar *Os Miseráveis* novamente e a peça foi bem recebida. A última parada era Lucca, local de nascimento de Puccini. As origens romanas da cidade permaneciam no padrão gradeado das ruas, e a Piazza dell'Anfiteatro conservava a forma circular de um anfiteatro antigo. Fazia um calor escaldante. Os homens ergueram a tenda, enquanto as mulheres se abrigaram à sombra com Sibilla e Dante. Donatella e Orietta consertavam os figurinos, enquanto Rosa costurava fronhas para a trupe. As únicas acomodações que eles tinham conseguido bancar ficavam em um hotel perto da Via Sant'Andrea. Uma olhada bastou para Rosa saber que o lugar era infestado de insetos. Ela não pretendia pegar piolho outra vez.

– O que você está fazendo?

Rosa olhou para cima e viu Luciano de pé diante dela, nu da cintura para cima. O cheiro picante da transpiração dele fez cócegas nas narinas delas. Ela virou para o outro lado. Havia algo naquele torso musculoso e naquela pele bronzeada que mexia com ela.

– Estou costurando fronhas para todo mundo – respondeu ela.

– Eu mandei você consertar os figurinos de hoje à noite.

O tom de Luciano era ríspido. Rosa retraiu-se, porém a lembrança da humilhação que sofrera na casa dos Agarossi ajudou-a a manter-se firme.

– São as coisas pequenas que podem arruinar a sua vida – respondeu ela. – Você acha que as pessoas virão nos ver hoje à noite se formos passar piolho para elas?

– O quê?

Rosa sentiu que Luciano a encarava, mas manteve o olhar baixo.

Donatella e Orietta deram uma risadinha.

– Conte a história para ele – Donatella incentivou Rosa.

Luciano bufou exasperado.

– Não tenho tempo para essa conversa. Depois você me conta, Rosa. A apresentação é daqui a algumas horas e ainda falta metade dos preparativos.

– O que foi, Luciano? – perguntou Donatella. – Por que está tão sério? Teve uma insolação? Rosa perdeu o emprego como professora de música porque o lugar onde ela estava morando era infestado de piolhos. Isso foi logo antes de você encontrá-la sentada perto do Arno. Foi por isso que ela não foi nos conhecer naquela mesma noite.

Rosa corou e manteve um silêncio aflito. Não esperava que Donatella fosse contar aquela história a Luciano. Para começo de conversa, devia ter pensado duas vezes antes de contar a história a ela.

– Bem, eu não tinha pensado nisso – respondeu Luciano. – Não é má ideia. Eu fui atacado por ácaros no verão passado e foi terrível. A última coisa que queremos é ficar nos coçando no palco.

Rosa ousou erguer os olhos. Luciano ainda estava com a testa franzida, mas ela via, pela maneira como seus lábios tremiam, que ele estava se segurando para não abrir um sorriso largo. Algo dentro dela se remexeu, e ela não conseguiu deixar de sorrir. Os dois rapidamente desviaram o olhar. Rosa tinha certeza de que seu rosto estava vermelho feito molho de tomate.

– Luciano! – chamou Benedetto. – Venha cá!

O meio da tenda estava afundando. Luciano correu na direção dos homens.

– Rápido, puxe as cordas! – gritou ele. – Vai desabar!

Orietta olhou para Rosa.

– Meu irmão pode parecer durão – disse ela. – Mas por dentro é muito macio.

– Nilda o chamava de biscoito de *amaretti* – falou Donatella.

Orietta lançou um olhar descontente para Donatella.

– Quem é Nilda? – perguntou Rosa.

Donatella abriu a boca, prestes a derramar uma história, mas Orietta a cutucou nas costelas.

– Temos que trabalhar – falou. – Você ouviu o que o Luciano disse. A apresentação é daqui a poucas horas.

Rosa queria saber quem era Nilda, mas Orietta e Donatella continuaram costurando e não disseram mais nada.

Mais tarde, depois que a tenda estava armada, as mulheres apanharam água da cisterna para dar aos homens. Carlo e Piero pareciam acabados e sentaram-se com a cabeça pendendo sobre o peito. Benedetto deitou de costas, enquanto Dante lhe lambia o rosto. Rosa alcançou uma xícara para Luciano, que estava empoleirado em uma banqueta, enrolando um cigarro. Ele apanhou a água, deu um aceno de cabeça e tomou um gole.

– Então acho que eu tenho que agradecer aos piolhos – disse ele. – Se não fosse por eles, você não estaria com a gente, e sim dando aulas para uns pestinhas em Florença.

Algo na maneira como Luciano a olhava ao falar a deixava contente e ao mesmo tempo com medo. Mas ela não conseguia explicar os motivos para nenhuma das duas emoções.

A hora que antecedia o começo de cada apresentação era sempre uma correria, com os artistas se vestindo e se maquiando enquanto realizavam uma infinidade de outras tarefas. A primeira noite em Lucca não foi exceção. Donatella, de anágua de babado, corria para lá e para cá, segurando as escadas para Piero e Carlo, que ajustavam os refletores. Orietta, de bobes no cabelo, consertava um rasgo nas cortinas, enquanto Benedetto, vestido de policial, martelava uma tábua solta no palco para que ficasse no lugar. Rosa teria ajudado, mas naquele momento precisava amamentar Sibilla e trocas suas fraldas, para que o choro da filha não interrompesse o espetáculo.

Quando Sibilla tinha terminado de mamar, Rosa colocou-a no cesto e pediu a Orietta que ficasse de olho na menina enquanto ela ia ao banheiro. Em vez de ir até a entrada da tenda, Rosa abaixou-se e saiu pelos fundos, para encurtar a viagem. Ao erguer o tronco, trombou com uma mulher.

– Desculpe, *signorina* – disse Rosa.

A mulher tinha um porte majestoso e cabelo negro como ébano. Carregava uma bolsa de viagem e rapidamente se afastou quando viu Rosa. O comportamento esquisito fez Rosa perguntar-se se ela era uma espiã fascista. Não havia nada de subversivo no repertório da trupe, mas, se alguém na cidade tivesse descoberto que ela era uma "inimiga do estado", talvez estivesse planejando causar problemas. Discretamente, Rosa percorreu a lateral da tenda e viu a mulher conversando com Luciano. Depois de um rápido abraço, Luciano tomou a bolsa da mulher, que saiu andando na direção da *piazza*.

Rosa retornou à área dos camarins a tempo de ver Luciano colocando discretamente a bolsa embaixo de um cobertor. Nem Orietta nem Donatella, que estavam se trocando atrás de uma cortina na ala das mulheres, viram o que Luciano tinha feito. Rosa fingiu não ter notado.

– Já tem bastante gente – disse Carlo, entrando apressadamente na área dos camarins.

– Venha – Luciano disse a Rosa. – Comece a tocar que eu cuido dos ingressos.

A plateia daquela noite era a maior que a trupe tinha atraído em toda a turnê e foi também a que mais apreciou a apresentação, aplaudindo todos os números, bem como rindo e chorando nos momentos certos durante *Os Miseráveis*. Rosa tocou bem, mas não conseguiu deixar de pensar na mulher e na bolsa. Por que

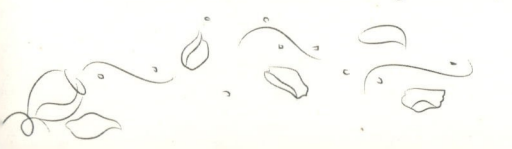

Luciano a escondera até da irmã? Rosa sabia que não era o dinheiro arrecadado que estava lá dentro; Luciano o guardava em uma algibeira enfiada debaixo da camisa. E a mulher bonita – quem era ela? Rosa franziu os lábios, convencida de que devia ser a tal Nilda que Donatella mencionara. Será que ela era a namorada de Luciano? Rosa experimentou algo que nunca tinha sentido antes: uma estranha combinação de decepção, medo, raiva e ansiedade. Era seu primeiro ataque de ciúme.

Quando a apresentação terminou, a trupe arrumou tudo e se preparou para voltar ao hotel. Exceto Benedetto. Os homens haviam concordado em revezar-se para passar a noite na tenda e vigiar os equipamentos. Embora estivesse exausta, Rosa não conseguia apazigüar seu desejo de saber o que havia na bolsa. Carlo e Luciano avançaram pela rua, seguidos pelas mulheres. Rosa tirou discretamente a corrente do pescoço e a escondeu no bolso.

– Puxa – disse ela, apalpando o pescoço. – Deixei minha corrente na mesa do camarim.

– Achei que tinha visto você com ela durante a apresentação – disse Orietta preocupada.

Carlo e Luciano pararam e viraram-se par ver o que estava acontecendo.

– Vão indo – disse Rosa, passando o cesto de Sibilla para Orietta. – É só um minutinho. Eu sei onde está.

Luciano franziu a testa. Rosa ficou feliz por estar escuro, pois teve certeza de que tinha ficado vermelha.

– Peça a lanterna ao Benedetto – disse ele. – Nós vamos esperar aqui.

Rosa voltou correndo até a tenda. Em sua cabeça ela ouvia os ensinamentos da Igreja sobre com era errado ser bisbilhoteira. Lembrou-se de Don Marzoli lendo o trecho do livro de Pedro, que dizia que aqueles que intervinham nos assuntos dos outros eram tão perversos quanto assassinos, ladrões e outros malfeitores. Mesmo assim, Rosa não conseguiu se segurar. Encontrou Benedetto cochilando na entrada e apanhou com cuidado a lanterna de baixo do assento antes de se dirigir à área dos camarins. Levantou o cobertor e ficou aliviada ao ver que a bolsa ainda estava ali. Abriu o fecho e iluminou o interior com a lanterna. A bolsa estava cheia de papéis, centenas deles, todos dobrados da mesma forma. Rosa tirou um e o abriu. As palavras *fascismo* e *liberazione* pularam na sua cara. Escrito com letras chamativas estava o apelo: *Não destrua este panfleto. Passe-o a amigos simpatizantes ou deixe-o onde outros possam vê-lo.*

– Eu sabia que você estava mentindo.

Rosa virou-se e viu Luciano. Ele acendeu uma luz. Seu corpo tremia de raiva.

– O que é isso? – perguntou Rosa em voz baixa. – Panfletos antifascistas?

Luciano cerrou os punhos.

– Eu não devia ter confiado em você!

– Não confiar em mim? – gritou Rosa. – Você não sabe que esse tipo de material coloca a trupe inteira em perigo?

– É por isso que ninguém sabe de nada, a não ser Piero! – retrucou Luciano. – Por que diabos você está bisbilhotando nas minhas coisas?

O coração de Rosa batia violentamente. Ela esperava encontrar algum segredo sobre a namorada de Luciano, e não descobrir suas atividades antifascistas secretas.

– Eu não sou fascista, Luciano – disse ela. – Acredite em mim. Mas a minha amiga... ela foi executada por estar envolvida com a Giustizia e Libertà.

Os olhos de Luciano se arregalaram quando Rosa mencionou a organização.

– A única maneira de combater os fascistas é expondo as mentiras deles – Luciano falou em tom mais calmo. – É isso que eu faço. Quem era a sua amiga?

– Sibilla Ciruzzi. Eu escolhi esse nome para a minha filha por causa dela.

Luciano se aproximou de Rosa.

– Você conhecia Sibilla Ciruzzi? – ele a observou com atenção, como se estivesse reavaliando sua opinião a respeito dela.

Rosa confirmou com um aceno de cabeça.

– Você a conhecia também?

Luciano balançou a cabeça, negando.

– Só sei que ela era uma mulher corajosa. O marido dela é um dos líderes do Giustizia e Libertà.

Rosa olhou para os panfletos.

– Você distribui esses papéis? Então você também é corajoso.

Rosa admirava Luciano por aquela ação. Os fascistas a tinham feito sofrer muito.

– Eu não vou contar nada – disse ela. – E você *está* certo. É melhor para os outros não saberem de nada. Mas a ignorância não vai necessariamente proteger ninguém. Os fascistas também colocam pessoas inocentes na prisão.

Luciano franziu a testa.

– Você usa um tom de quem fala por experiência própria.

Rosa encolheu os ombros. Talvez um dia ela contasse o que havia acontecido, mas não naquela noite. Estava abalada demais com sua descoberta. Luciano a observou.

– Por que então você estava espiando a bolsa?

Rosa sabia que tinha sido ridícula. Como poderia salvar a situação?

– A curiosidade prendeu o passarinho na rede – ela abriu um sorriso largo e tímido, citando o proverbio italiano.

– Rá! – riu Luciano, pousando o olhar sobre os lábios de Rosa. – Bem, se é assim, então o passarinho teve uma morte nobre.

Na última noite da trupe em Lucca, fazia um calor sufocante. Depois da apresentação, Rosa deitou-se no quarto que divida com Orietta e Donatella e ficou acordada abanando Sibilla. O calor reduzira seu fluxo de leite, e ela estava com medo de que Sibilla ficasse desidratada. Às 3 horas da manhã, quando o clima ainda não tinha refrescado, Rosa não aguentou mais. O hotel tinha um pátio, e ela desceu silenciosamente as escadas com Sibilla, esperando encontrar um pouco de alívio no ar mais fresco. Colocou o cesto nas pedras e cantou suavemente para que o bebê não começasse a chorar. Encontrou uma tina de madeira apoiada na parede e a encheu com água da cisterna, depois umedeceu o rosto e o peito de Sibilla para acalmá-la. Após algum tempo, decidiu tentar dar-lhe de mamar outra vez. Puxou a camisola para baixo e espalhou água nos seios. Nesse momento, ouviu alguém atrás de si e virou-se.

– Quem está aí?

Luciano saiu das sombras. Estava vestindo uma calça com suspensórios caídos dos lados e uma regata. A princípio Rosa não se cobriu. Luciano já tinha visto seus seios enquanto ela amamentava Sibilla. Rosa tinha perdido o pudor em relação ao próprio corpo que as freiras haviam tentado instilar nela e agora se comportava como a maioria das mães italianas – exceto pelas muito ricas, que se preocupavam com as aparências. Seus seios eram o que alimentava seu bebê. Mas dessa vez o olhar de Luciano estava diferente, e ela sentiu. Sua pele se arrepiou inteira.

– Estava quente demais para dormir – disse ela, puxando a camisola para cima e abotoando-a. – Fiquei preocupada com a Sibilla.

Luciano se agachou perto do cesto e passou a mão no rosto da menina.

– Ela está quente. Ela tem molhado as fraldas?

– Tem – respondeu Rosa. – Mas não sei se estou com leite suficiente para ela.

Luciano desenrolou o lenço de algodão que estava usando em volta do pescoço e o encharcou na cisterna, depois o torceu e gentilmente o pressionou nos pés de Sibilla.

– Ela vai ficar bem contanto que você continue bebendo água – disse ele. – Amanhã vou levantar cedo e comprar um pouco de leite fresco. Minha mãe dizia que beber dois copos de leite sobre uma pia faz os peitos se encherem de leite.

– Obrigada – disse Rosa.

– Por que você não dorme aqui fora? – ofereceu Luciano. – Eu trago um colchão.

– Orietta disse que tem ratos.

– Eu fico cuidando enquanto você dorme.

Luciano desapareceu, depois retornou trazendo a cama que tinha prometido. Em seguida, apoiou-se em um dos pilares do pátio e acendeu um cigarro. Rosa deitou no colchão com Sibilla. Estava exausta e sentia o corpo pesado. Suas pálpebras se fecharam, mas ela não conseguiu dormir. Estava tomada por um desejo que ainda não conseguia compreender direito: o de que Luciano se deitasse ao seu lado e a abraçasse.

– Luciano? – chamou suavemente.

– Sim?

– Quem é Nilda? É sua namorada?

Luciano encarou o céu e soltou a fumaça do cigarro em uma longa baforada.

– Vá dormir, Rosa. Não se preocupe com a Nilda. A coitada da Nilda já morreu.

Na manhã seguinte, Luciano saiu cedo do hotel para comprar leite para Rosa. Quando voltou, recolheu o equipamento da trupe e organizou o transporte até a estação de trem. Depois que estavam no trem, Luciano deitou a cabeça para trás e instruiu Piero a não deixar que ele dormisse mais do que duas horas.

– Vamos fazer uma parada rápida em Pistoia – comunicou. – Quero ver se o teatro lá vai estar livre agosto que vem.

Rosa estava decepcionada em voltar para Florença. A turnê tinha sido cansativa, mas também uma aventura. Pela primeira vez na vida ela tivera uma breve ideia do que era estar viva de verdade; do que era depender de seus próprios talentos e ser bem-sucedida. Agora que eles estavam voltando à cidade, não sabiam ao certo se continuariam a trabalhar como artistas. Benedetto encontraria papéis em algum filme ou peça de teatro, enquanto os outros teriam que procurar bicos para complementar a renda durante o inverno. Rosa sabia que sentiria falta da camaradagem da trupe e daquela sensação de família. Porém, acima de tudo, sabia que sentiria falta de Luciano.

Antes de entrar em Pistoia, Luciano deu um pouco de dinheiro a Piero e lhe pediu que comprasse comida para todos em um dos restaurantes perto da estação. Após encontrarem uma cafeteria, eles tomaram sopa e comeram espaguete ao alho e óleo de oliva e *panzanella* – uma salada feita com pão em pedaços, tomate, cebola, manjericão e vinagre. Enquanto comiam, Orietta virou-se para Rosa.

– O que você pretende fazer quando voltarmos a Florença? – perguntou. – Onde vai morar?

Rosa encolheu os ombros. Tinha evitado pensar naquilo. Não sabia se teria autoconfiança para ser professora de música depois do que acontecera na casa dos Agarossi.

– Bem – disse Orietta, lançando um olhar para Piero e Carlo. – Nós queremos convidá-la para morar conosco.

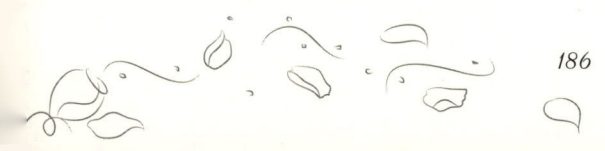

Rosa ficou emocionada demais para conseguir falar. Os Montagnani eram como tias e tios para Sibilla, a coisa mais próxima de uma família que Rosa poderia dar à filha.

– Morar com vocês? Eu? Por quê? – gaguejou ela.

Carlo colocou a mão no ombro de Rosa e a fitou com seus olhos angelicais:

– Porque eu estou cansado de ser o mais novo – disse ele. – Se você vier morar conosco, todo mundo pode passar a implicar com você, e não mais comigo.

Benedetto deu risada e provocou Carlo.

– Não é por você ser o mais novo que eles o perturbam.

Rosa não conseguia piscar rápido o suficiente para afastar as lágrimas. Nunca tinha visto tanta bondade assim. Ela e Sibilla teriam um lar. Era maravilhoso demais para ser verdade.

– Ah, Rosa – disse Piero, balançando o dedo na direção dela –, nada de choro. Venha morar com a gente para ser feliz.

Quando a trupe chegou novamente a Florença, Benedetto e Donatella se despediram. Benedetto voltaria a Roma, com a promessa de entrar em contanto com o grupo novamente no verão seguinte. Donatella e Dante tinham arranjado trabalho em um circo que faria turnê pela França e Grã-Bretanha. Orietta aceitou trabalhos de costura e Carlo conseguiu emprego como carregador de malas em um hotel onde o gerente não pediu nenhum tipo de documentação. Piero e Luciano tiveram mais dificuldade para encontrar emprego porque, assim como Carlo, recusavam-se a virar membros do Partido Fascista. Acabaram trabalhando clandestinamente para um editor, vendendo jornais e revistas de porta em porta.

Piero aceitou o trabalho com serenidade, mas Rosa via que o orgulho de Luciano estava ferido. Eles tinham capacidade para algo melhor, mas sem o cartão do Partido Fascista ninguém os contrataria. Rosa pensou no proverbio italiano: *O fardo que se escolhe não se sente*. Mas parecia que Piero e Luciano sentiam o deles.

Os Montagnani concordaram que Rosa não precisaria trabalhar até que Sibilla tivesse desmamado, porém ela estava determinada a arcar com as próprias despesas. Sua mente voou até a Via Tornabuoni. A ideia de abordar o *signor* Parigi não lhe causava mais vergonha. Sua "família" precisava do dinheiro, e o pior que poderia acontecer era o *signor* Parigi dizer "não".

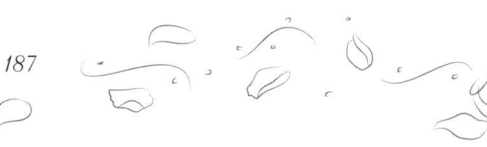

Rosa parou um momento para admirar a vitrine antes de entrar na loja do *signor* Parigi. Um par de candelabros de bronze com medalhões de porcelana jasper estava arranjado sobre um balcão de mogno. Ao lado do balcão havia um guarda-fogo de jacarandá decorado com um painel com motivo de pavão. Rosa olhou para dentro da loja e viu o *signor* Parigi conversando com uma cliente. Ele continuava elegante, dessa vez trajando um terno cinza-carvão. Rosa sorriu ao lembrar-se da breve paixão que sentira por ele. Em seu coração agora só havia espaço para Luciano, embora ela não tivesse a menor ideia do que ele sentia por ela.

Rosa entrou na loja e um sino na porta tocou. Ela deixara Sibilla com Orietta e sentia uma espécie de "dor do membro-fantasma" por não estar carregando o cesto da bebê. Ela explicaria que tinha uma filha caso ele lhe oferecesse emprego.

Como o *signor* Parigi estava ocupado, Rosa imaginou que a esposa dele viria recebê-la, mas aparentemente ela não se encontrava na loja. O *signor* Parigi fez um gesto para Rosa demonstrando que a tinha visto, porém não pareceu reconhecê-la. Decepcionada, Rosa voltou a atenção a algumas luminárias de vidro com gravura em água forte, porém se sentiu atraída a olhar novamente para o que a cliente estava vestindo. O corpo gracioso da mulher era favorecido por um vestido-casaco carmim, preso na cintura por um largo cinto de couro. Rosa sentiu uma tontura ao fitar o cinto e viu-se de pé em uma vasta pradaria queimada de amarelo pelo sol. Um animal moveu-se à sua frente. Tinha patas traseiras poderosas e uma cauda longa e espessa. Ele pulou – não, saltou – pela grama, parando junto a uma poça lamacenta e virando-se para ela. O animal tinha orelhas compridas e olhos expressivos. Havia uma protuberância em sua barriga. Algo se moveu, e então uma versão menor do animal despontou de dentro de uma bolsa. Rosa achou que aquela era a visão mais bonita que já tivera. De repente ela ouviu um som alto – *bang!* O animal caiu de lado e se debateu no chão; sangue jorrava de seu pescoço. Outro tiro, e o corpo do filhote girou no ar. Rosa abriu a boca de espanto e viu-se na loja outra vez. O *signor* Parigi e a cliente a encaravam.

– Você está admirando o meu cinto – a mulher falou, sorrindo. – É um Schiaparelli.

– É couro de canguru. Da Austrália – respondeu Rosa, chocada por seu poder de enxergar a origem das coisas ter retornado com tanta força. Fazia anos que ela não o sentia com tanta intensidade.

A mulher riu surpresa.

– Muito bem. Como você sabe? Schiap é a única que importa esse material para a Europa. Ela é uma gênia.

Rosa desviou o olhar da mulher e fitou o *signor* Parigi. Ele sorria, e Rosa percebeu que agora ele lembrava quem ela era.

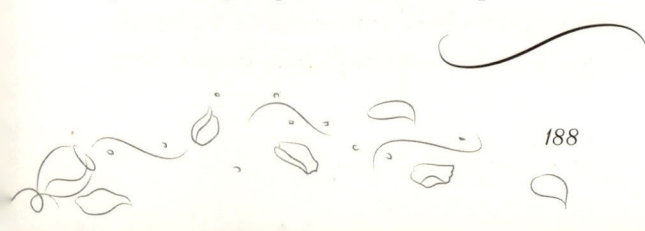

– Concentre-se, *signora* Bellocchi – disse o *signor* Parigi, dando uma piscadinha e colocando um porta-joias diante dela. – Fale-me sobre este item.

Rosa encarou a caixinha. A princípio achou difícil enxergar além da imagem da tartaruga cujo casco havia sido usado para decorar a tampa. Teve uma visão do réptil de 100 anos de idade flutuando tranquilamente no mar verde da costa da Nova Guiné, alheio ao fato de que estava prestes a perder a vida graças à lança atirada por um nativo. Sibilla dissera que Rosa tinha uma empatia sobrenatural pelos animais, porém ela teria que enxergar mais do que aquilo se quisesse impressionar o *signor* Parigi. Ela correu o olhar pelas mulheres com asas de bronze nas laterais da peça antes de abrir a tampa e cheirar o interior forrado com veludo. De repente, viu um reflexo se formar no espelho da caixinha: uma moça de cachos loiros conferia a própria aparência.

– França, 1870 – disse Rosa. – A moça que era dona deste porta-joias morreu em um acidente de carruagem quando tinha 17 anos. Dois dias antes de se casar.

Rosa olhou para o *signor* Parigi e viu a surpresa no rosto dele.

– Incrível – disse ele, batendo palmas. – Não sei quanto à moça, mas a data e o local de origem estão perfeitos. E estes aqui? – ele ergueu um par de castiçais em forma de anjo com entalhes no formato de folhas.

Rosa não estava gostando daquelas leituras psíquicas forçadas; estava ficando exausta. Ela não tinha controle sobre o poder de enxergar a fonte das coisas, portanto não era sempre que podia garantir sua habilidade. Às vezes as vibrações eram tão fortes que ela sentia o animal ou árvore do qual o objeto havia sido criado; outras vezes, não sentia absolutamente nada. Ela deu uma olhada para o *signor* Parigi e entendeu que ele não acreditava na intuição dela. Achava simplesmente que as visões eram embelezamentos criativos baseados em um conhecimento concreto a respeito de antiguidades, porém apreciava o "show". Para ele, era um novo estilo de vendas.

Rosa concentrou-se nos castiçais e viu ruas formadas por água.

– São de Veneza – disse ela. Em seguida, teve a visão de uma mulher rezando ajoelhada ao lado da cama. – Pertenceram a uma mulher religiosa.

Ela estava prestes a acrescentar que a mulher em questão era a falecida mãe do *signor* Parigi, mas decidiu manter para si aquela descoberta.

O *signor* Parigi largou os castiçais com cuidado.

– Não estão à venda – falou. – Só gosto de mantê-los por perto – em seguida, virando-se para Rosa, abriu um sorriso de orelha a orelha. – Quando você pode começar?

Rosa gostava do emprego na loja do *signor* Parigi. Ele lhe pagava uma comissão sobre qualquer móvel que ela ajudasse a vender com suas "histórias fascinantes" e não se importava que ela levasse Sibilla junto. A bebê ficava dormindo na sala dos fundos, e Rosa lhe dava de mamar quando o movimento estava calmo.

Alguns dias após Rosa ter começado, o *signor* Parigi deu a Sibilla um chocalho.

– Olhe o que o tio Antonio trouxe para você! – disse ele.

O chocalho era de prata esterlina, com cabo de apito. Rosa percebeu que, por trás da aparência elegante e do tino afiado para os negócios, o *signor* Parigi tinha um coração caloroso. Sibilla via isso também, e reagiu ao presente soprando bolhinhas e erguendo os pés e as mãos na direção dele.

Rosa agradeceu profusamente. Ele abanou a mão.

– Não é nada. Mas se para a sua filha eu sou o tio Antonio, é bobagem você ser tão formal comigo. Dirija-se a mim como *signor* Parigi apenas na frente dos clientes. Fora isso, prefiro que me chame de Antonio.

Rosa comprou dois conjuntos para ir trabalhar, um com uma jaqueta transpassada e o outro com mangas boca de sino. O resto do dinheiro ela colocava na lata comunitária do apartamento da Via Ghibellina. Entretanto, não demorou muito até que estivesse ganhando muito mais que os outros.

Certa manhã, enquanto Rosa se arrumava para trabalhar, entrou na cozinha e encontrou Orietta lavando a louça do café da manhã e Luciano colocando suas botas. Não iria vender revistas com Piero naquele dia; tinha encontrado um trabalho braçal. Ele olhou para Rosa de cima a baixo.

– Ouvi dizer que esse *signor* Parigi agora deixa você chamá-lo de Antonio – falou, olhando para Orietta. – Ele é casado?

O tom de Luciano era protetor, e Rosa sentiu um arrepio de empolgação quando percebeu o ciúme por trás dele. Não que ela quisesse que Luciano ficasse infeliz; simplesmente precisava saber se ele sentia *alguma coisa* por ela. Desde o fim da turnê Rosa vinha se perguntando se aquela atração era uma via de mão única. Luciano mal olhava para ela.

– Ah, é sim – respondeu ela, tentando tranquilizá-lo. Ela nutria sentimentos tão ternos por ele que não queria fazer nenhum tipo de jogo. – Ou pelo menos eu acho que é. Ele nunca falou da mulher desde que comecei a trabalhar lá. Talvez ela esteja grávida e tenha parado de trabalhar. Ele vai para casa na hora do almoço. Deve ter alguém esperando por ele.

– Uma criada, quem sabe – disse Luciano, virando-se para a janela.

Orietta largou a xícara de café que estava lavando e olhou do irmão para Rosa. Deduzindo por que Luciano estava com aquele humor, abriu um sorriso.

– Vocês dois não vão na mesma direção hoje? – perguntou ela, dando uma cutucada no irmão. – A Sibilla está ficando pesada. Que tal você carregar o cesto para Rosa?

O coração de Rosa se iluminou. Ela poderia ter abraçado Orietta.

– Claro – respondeu Luciano.

Ele se despediu de Orietta com um beijo e apanhou a jaqueta e o chapéu antes de abrir a porta para Rosa. Os dois saíram juntos para a rua. Estar perto de Luciano deixava Rosa atordoada. Ela esbarrou diversas vezes nele ao longo do caminho e lhe lançava olhadas discretas, tentando adivinhar em que ele estava pensando.

Luciano parou e virou-se de frente para ela.

– Lembra aquela noite em Lucca quando você me perguntou sobre a Nilda?

– Lembro.

– Ela era a mulher de um grande amigo meu. Ele foi preso por causa de seu papel na organização da frente contra o fascismo, e ela assumiu o trabalho dele, imprimindo um jornal antifascista. Foi denunciada por um vizinho e deportada para Ponza, onde foi tão maltratada que morreu. Ela tinha só 20 anos.

A pele de Rosa se arrepiou inteira. Ela sentiu pena de Nilda, não ciúme. Poderia ter tido esse mesmo destino.

– Você a amava? – perguntou Rosa. Pela maneira como ele evitava olhá-la nos olhos, ela percebia que sim. – Sinto muito.

– Muitos antifascistas usam as esposas e namoradas para executar trabalhos secretos porque elas não levantam tanta suspeita – disse Luciano. – Mas são os homens que devem lutar essas batalhas, não as mulheres que nós devemos proteger. Eu perdi minha mãe... e Nilda... e chega. Não quero perder mais nenhuma mulher que eu... – Luciano se aproximou de Rosa e pegou a mão dela. – Não quero mais que você seja *curiosa*. Entendeu?

Rosa fez que sim com a cabeça. Sua pele formigou com o toque dele, porém, antes que ela tivesse a chance de aproveitar aquela sensação, ele a soltou. Uma conversa séria não era o que ela estava esperando daquela caminhada.

Os dois chegaram à Via Tornabuoni.

– Tenho que ir para aquele lado – disse Luciano, apontando na direção do Arno e entregando o cesto de Sibilla a Rosa.

Ela não queria que ele fosse. Queria que ficasse com ela e com Sibilla.

Algo reluziu na luz do sol.

– O que é isso? – perguntou Luciano, apontando para o chocalho de Sibilla.

– É só um brinquedo – Rosa apressou-se em dizer.

Luciano franziu a boca.

– Presente do Antonio Parigi?

Rosa não queria estragar o momento, mas também não queria mentir para Luciano.

– Ele gosta de crianças – respondeu ela.

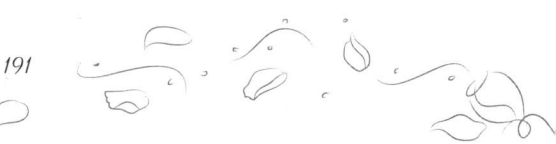

Um véu se formou sobre os olhos de Luciano.

– É melhor eu ir – disse ele, afastando-se.

– Luciano!

Ele olhou para trás, na direção de Rosa. Ela queria dizer alguma coisa. Mas o quê? Os dois mal se falavam. Porém, mesmo assim, havia uma conexão entre eles.

– Que horas você sai hoje? – perguntou ela. – Quer caminhar com a gente na volta também?

– Eu gostaria – ele respondeu lentamente. – Mas tenho que encontrar alguém hoje à noite. Outra hora?

Rosa fez que sim com a cabeça.

– Outra hora.

Ela manteve os olhos em Luciano enquanto ele se afastava. Será que ele faria alguma coisa perigosa naquela noite? Será que acabaria preso? Ela não suportava pensar nisso. Com o coração pesado, Rosa se pôs a caminho da loja.

Como as semanas passavam e Antonio nunca mencionava a esposa, Rosa começou a suspeitar de que a mulher que vira talvez fosse apenas uma cliente. Ficou constrangida demais para revelar essa possibilidade a Luciano. Além disso, Antonio nunca se comportava de modo impróprio em relação a ela, portanto Luciano não tinha motivo para sentir ciúme. Então, eis que em um certo dia ventoso, enquanto Rosa lustrava um armário chinês, a porta da loja se abriu e a mulher que Rosa vira aquele dia adentrou. Estava chique com seu conjunto azul-turquesa, pingente Fabergé e brincos combinando. Nos pés ela usava escarpins brancos, e sobre o cabelo preto ondulado, um chapéu estilo boina de marinheiro. Trabalhar com mobília fina tinha ensinado Rosa a apreciar a beleza, e ela não conseguia desviar a atenção da visão diante de si. Os olhos escuros da mulher eram contemplativos, seu nariz tinha um formato perfeito, e os lábios carnudos eram sensuais. Era a clássica beleza italiana em pessoa.

A mulher passou os olhos pela loja.

– O Antonio... O *signor* Parigi está?

Rosa respondeu que não com a cabeça.

– Ele foi para casa almoçar.

A mulher mordeu o lábio.

– Entendi. Você poderia dar um recado meu para ele?

– Claro – respondeu Rosa.

– Por favor, diga que a *signora* Visconti veio vê-lo.

– Sim, *signora*. Com todo o prazer – disse Rosa, observando a linda mulher passar porta afora. Bem, se ela não era esposa de Antonio, quem era então?

Rosa foi a primeira a chegar em casa naquele fim de tarde e acendeu o fogão antes de ir ao quarto que dividia com Orietta. Ela tirou os grampos do cabelo e trocou o conjunto por um vestido simples antes de amamentar Sibilla.

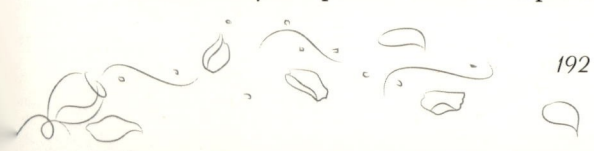

— Você é a minha menina querida – disse ela, fazendo cócegas na barriga de Sibilla. A bebê se contorceu de alegria e sorriu. – Cada dia mais bonita.

Rosa olhou fixamente para a filha, ainda intrigada com a fonte de sua beleza exótica. Fechou os olhos e tentou enxergar as próprias origens outra vez, da mesma maneira que fizera com o porta-joias na loja. Porém, não sentiu nem enxergou nada.

Alguém bateu à porta do quarto. Rosa virou-se e viu Luciano.

— Eu estava colocando Sibilla para dormir – disse ela.

Luciano aproximou-se da cama e beijou Sibilla na testa. Rosa ficava emocionada sempre que ele fazia isso. Às vezes, antes de pegar no sono, ela fantasiava que Luciano era o pai de Sibilla e que os três eram uma família.

Rosa acomodou Sibilla no cesto, e Luciano o levantou, colocando-o no berço que ele e Carlo haviam construído.

— Ela é bonita igual à mãe – disse Luciano.

Em seguida, virou-se para Rosa e pressionou a mão contra a bochecha dela antes de passar os braços em volta de seu corpo. Rosa derreteu-se. Todas as terminações nervosas que haviam sido amortecidas pela prisão voltaram a pulsar. Ela não sabia, até Luciano pressioná-la contra o peito, o quanto havia desejado que ele fizesse aquilo. Ele pegou a mão dela e beijou a palma. Ela suspirou, e os beijos dele ficaram mais apaixonados, queimando o rosto e o pescoço dela. Ondas de prazer se espalharam pelo corpo de Rosa quando ela sentiu a respiração quente dele acariciar sua pele. Ela achou que estivesse sonhando. Será que o que ela tanto desejara que acontecesse estava realmente acontecendo? Será que Luciano a amava?

— Luciano – sussurrou ela. A pele dele cheirava a maçãs frescas. – O que você está fazendo comigo?

Ele a ergueu nos braços e carregou-a até a cama, deitando-a e pressionando o corpo contra o dela. Ela absorveu a respiração quente e salgada dele. Ele ergueu o torso e sentou-se, seus olhos em chamas, depois deslizou os dedos pela garganta de Rosa até o decote do vestido, desabotoando-o lentamente, depois afastando o tecido com um movimento brusco. Os seios dela se expuseram para ele. Ela estremeceu quando ele os envolveu com as mãos e baixou os lábios até os mamilos. Seus seios estavam sensíveis por ter amamentado Sibilla, mas o prazer que o toque de Luciano trazia era maior que o desconforto.

— Eu quero você, Rosa – disse ele, levando a boca até a dela e beijando-a outra vez, depois pressionando a bochecha contra a dela. – Tudo bem?

— Luciano – sussurrou ela, acariciando o rosto dele.

Ele correu os dedos pela coxa dela até encontrar a barra da saia, levantando-a até a cintura e acariciando seu quadril. Sensações que Rosa nunca tinha imaginado a faziam delirar. Ele deslizou a mão e colocou-a entre as pernas dela.

– Está gostoso assim? – perguntou ele.

Rosa respondeu com um gemido fraco. Seus nervos estavam pegando fogo. Todos os músculos de seu estômago estavam encolhidos, ansiando por algum tipo de alívio. Ele ergueu-se sobre ela, esfregando-se entre suas pernas. De repente o rosto de Osvaldo apareceu entre eles. A imagem foi tão impactante quanto um choque. Rosa sentiu-se repleta de dor e humilhação. Ela deu um empurrão no peito de Luciano.

– Não! – gritou.

Luciano moveu-se para trás, chocado.

– Saia! – disse Rosa, cobrindo-se. – Não toque em mim!

O momento de paixão despedaçara-se. Rosa lutou para clarear a mente, mas só conseguia se lembrar da dor excruciante de quando Osvaldo a estuprara.

Luciano levantou da cama e encarou Rosa.

– Eu nunca teria encostado um dedo em você – disse ele – se não achasse que você queria também.

Rosa tentou dizer alguma coisa, mas não encontrou palavras. Luciano esperou que ela explicasse sua reação violenta. Como ela não disse nada, ele se afastou.

– Esqueça que isso aconteceu – falou. – Nunca mais vou chegar perto de você.

Então se virou e bateu a porta ao sair.

Rosa nunca tinha feito associação nenhuma entre Luciano e Osvaldo. Não relacionara o desejo que sentia por Luciano ao ato desprezível de Osvaldo. Tinha ansiado tanto por aquele momento, e agora estava tudo acabado. Osvaldo tinha vencido outra vez. Roubara sua alegria. Seu corpo, que poucos momentos antes estava em chamas, agora se encontrava frio e vazio.

Pouco tempo depois, Rosa ouviu os outros chegarem em casa e perguntarem por ela. Concluiu que, pelo bem das aparências, era melhor se juntar a eles para jantar. Enxugou o rosto e ajeitou o cabelo. Suas bochechas estavam com manchas vermelhas. Ela molhou uma toalha na bacia e pressionou-a contra os olhos para diminuir o inchaço.

Quando Rosa entrou na cozinha, Luciano estava sentado à ponta da mesa. Mexia e remexia no garfo, mal tocando na comida.

– O que foi? – perguntou-lhe Piero. – Teve um dia ruim?

Luciano fez que não com a cabeça.

– Não, só estou cansado.

– É melhor ir para a cama cedo – aconselhou Orietta. – Cuidado para não ficar doente.

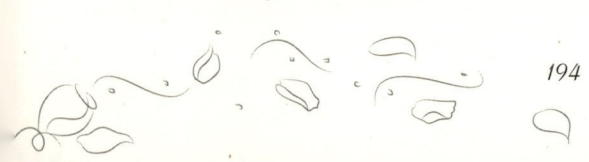

Quanto mais os irmãos questionavam Luciano, mais ele se retraía. Ele não olhava na direção de Rosa. Ela encarava as chamas no fogão, tentando encontrar conforto em seu clarão, mas só afundava ainda mais na solidão. Agora estava tudo arruinado entre ela e Luciano.

– O fogo está morrendo – disse Luciano. – Vou pegar mais carvão.

Rosa ouvia os outros falarem, mas só conseguia pensar em Luciano. Carlo estava fazendo todo mundo dar risada, contando sobre as coisas que os hóspedes esqueciam nos quartos de hotel. Além dos itens comuns – meias, roupas de baixo, óculos e pomadas –, ele tinha encontrado uma mala cheia de supositórios e uma jarra com uma tênia dentro. O papo divertido de Carlo geralmente fazia Rosa rir também, mas naquela noite ela estava imersa em melancolia. Quando não conseguiu mais aguentar, pediu licença para ir amamentar Sibilla, mas em vez disso desceu as escadas até o porão, onde Luciano retirava carvão de uma pilha e o colocava dentro de um balde. Ele olhou para cima quando ela entrou e virou-se logo em seguida.

– Luciano – disse Rosa.

Ele não respondeu. Continuou colocando carvão dentro do balde.

– Eu tenho que explicar.

Ele encolheu os ombros.

– Não tem nada para explicar.

Ele não estava tornando as coisas fáceis para Rosa, mas ela sentia que lhe devia a verdade. Abriu a boca para contar sobre Osvaldo, mas viu-se engasgando nas próprias palavras.

– Eu fui estuprada – finalmente conseguiu dizer. – Foi assim que engravidei da Sibilla.

Luciano encolheu-se. Parou de recolher carvão e olhou para Rosa.

Todos os detalhes invadiram a mente de Rosa feito uma enxurrada: o desagradável cheiro úmido de Osvaldo; o gosto de vinho velho em seus lábios; a sensação dolorida de ser rasgada.

– Eu sinto tanta vergonha – disse ela, chorando no próprio punho.

– Quem fez isso com você? – perguntou Luciano, avançando na direção dela e varrendo seu rosto com os olhos. – Quem fez isso com você?

Rosa afundou-se até ficar de joelhos, e Luciano se agachou com ela.

– Um guarda da prisão – disse ela. – Eu era virgem. Não sabia de nada. Fui criada em um convento.

A cor sumiu do rosto de Luciano. Ele envolveu-a com seus braços.

– Prisão? Rosa, o que você estava fazendo na prisão?

– Os fascistas – disse Rosa. – Eu fui acusada de ajudar uma mulher a fazer um aborto, mas nunca fui julgada. Fizeram isso para acobertar o erro de um deles.

Ela deixou as lágrimas saírem. Seu corpo estremeceu tanto que ela pensou que suas costelas iam se quebrar. Luciano não a soltou. Quando Rosa se acalmou, ele tomou o rosto dela nas mãos e virou-o na sua direção.

– Rosa, se você nunca foi julgada... existe algum registro da sua passagem pela prisão?

Rosa fez que sim com a cabeça.

– Está nos meus documentos – disse ela. – Inimiga do estado.

A expressão de Luciano não mudou, mas seus olhos ficaram mais sombrios.

– O que foi? – perguntou ela.

Ele enrugou a testa e não respondeu. Em vez disso, abraçou-a ainda mais forte. Apesar de tudo que tinha dado errado, Rosa sentiu-se confortada. Estar com Luciano era como estar no olho do furacão: no braços dele, ela se sentia segura.

treze

No fim de tarde seguinte, quando Rosa estava a caminho de casa, encontrou Luciano esperando-a na esquina. Ele tinha feito a barba e estava com uma aparência jovem e fresca.

– Pensei que podíamos dar uma volta – falou.

Rosa sorriu, aliviada pelas revelações da noite anterior não terem deixado as coisas pesadas entre eles.

– Vamos – concordou ela.

Eles caminharam tranquilamente na direção do Arno. A luz do dia estava sumindo, e o ar estava fresco e levemente frio. Os dois carregaram juntos o cesto de Sibilla, cada um segurando uma alça. Lojistas sorriam para eles, e mulheres paravam para admirar Sibilla.

– *Che bella bambina*! *Che bella coppia*! – diziam. "Que menina bonita! Que casal bonito!"

Rosa não sabia como reagir à atenção. Tinha se acostumado com os assobios e os olhares hostis. Quando andava pela rua, geralmente mantinha os olhos baixos. Mas estar com Luciano tornava tudo diferente. Rosa levantou o olhar e retribuía os cumprimentos com orgulho. Será que era possível ser feliz assim? Será que era possível ser *normal* assim? Ela sentiu o buraco negro em seu coração fechar-se um pouco. Podia não saber quem eram seus pais, mas isso não significava que não pudesse ter a própria família.

Eles chegaram ao ponto na margem do Arno onde tinham se visto pela primeira vez.

– Você tinha o sol nos olhos – disse Luciano, inclinando-se para beijar Rosa na testa.

Ela se sentia mal por ter destruído a paixão dele na noite anterior. Sabia que eles dois ainda estavam confusos por causa da reação dela. Entendia que Luciano esperaria por ela, e isso a fazia amá-lo ainda mais.

Luciano e Rosa ficaram sentados de braços dados e cabeças juntas, falando de coisas insignificantes, até que a Lua surgiu. Então ele se levantou e esticou a mão para ela.

– Tem uma coisa que eu quero que você escute – falou.

A algumas ruas de distância, Luciano parou diante de uma casa e pediu a Rosa que se sentasse com ele no degrau em frente a uma porta. Uma linda voz de cantora lírica flutuava através de uma janela aberta, vinda de uma das casas do outro lado da rua. Rosa viu de relance o cabelo loiro da mulher contra o papel de parede vermelho-sangue do cômodo. Ela estava cantando uma ária. Havia grades na janela. As folhas de uma palmeira avançavam através delas e balançavam com a brisa. A mulher parecia um pássaro exótico dentro de uma gaiola. Sua voz era doce e pungente.

– Quem é ela? – perguntou Rosa.

– A mulher de um vigia noturno – respondeu ele. – Toda noite, depois que o marido sai para trabalhar, ela canta.

Rosa se inclinou contra o ombro de Luciano. A voz da mulher era extraordinária. Nem mesmo sentados no camarote real do Teatro Comunale eles escutariam nada mais magnífico. Os dois ouviram a mulher cantar mais um pouco, até que Luciano deu um cutucão em Rosa.

– Orietta vai colocar o jantar na mesa, e é melhor levar Sibilla para casa antes que fique frio demais.

Ele apanhou o cesto e ofereceu o braço a Rosa.

– Essa mulher tem uma voz maravilhosa – disse ela, enganchando o braço no dele.

– É, ela perdeu de seguir a vocação.

Eles foram caminhando pelas ruas, que agora estavam mais calmas. Rosa ficou intrigada com o que Luciano dissera sobre a esposa do vigia noturno. Se o pai de Luciano não tivesse cometido os erros que cometera, Luciano provavelmente teria ido para a universidade ou assumido o lugar dele nos negócios da família. Não estaria vendendo artigos de porta em porta nem trabalhando em canteiros de obras.

– Você sente que perdeu de seguir sua vocação? – perguntou ela.

Luciano franziu a testa.

– Perder? Não, não perdi – respondeu ele. – Tenho certeza de que ainda não a descobri. Estou esperando impacientemente.

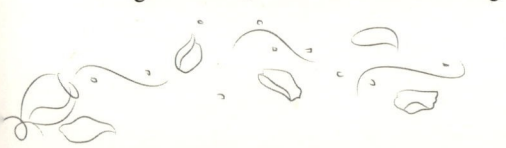

Rosa estudou o perfil firme dele. Luciano não era como as outras pessoas. Havia algo dinâmico nele. Rosa concordou que ele devia ter um destino especial. Parecia marcado para isso. "Mas eu também não me sentia destinada a algo antigamente?", Rosa lembrou-se. "Agora meu destino é ser mãe." Mas ela não podia reclamar. Amava a filha mais do que a própria vida, e trabalhar na loja de Antonio era mais uma diversão do que um emprego.

Não muito tempo depois que Rosa começara a trabalhar para Antonio, ele decidira mandá-la a leilões, mercados e vendas de patrimônio.

– Gostar de uma peça e entender sua história é uma coisa – disse ele, durante uma vistoria pré-leilão. – Mas avaliá-la é outra bem diferente. Você precisa ter segurança de que vai encontrar um cliente que goste dela tanto quanto você; caso contrário, um vendedor corre o risco de encher a loja com itens encantadores, porém invendáveis. Notei que você é fascinada por mobília adornada, mas nossos clientes querem peças que sejam bonitas e também práticas.

Ele conduziu Rosa até um armário de nogueira com cume em estilo rococó. O móvel tinha espelho chanfrado nas três portas e pernas encurvadas. Rosa correu as mãos pela peça francesa.

– É adorável – disse ela.

– Ninguém vai comprar, a não ser que eles reduzam o preço de reserva – disse Antonio.

– Por que não?

– Porque ele tem quase 2,5 metros de altura. Alto demais para que a criada ou dona da casa de estatura mediana alcance as prateleiras de cima. Além da beleza, a praticidade deve ser o nosso guia. Existe certa beleza na utilidade de um item – concluiu ele, abrindo um sorriso.

Rosa achava que Antonio era condescendente com sua atitude cínica em relação à habilidade dela de enxergar a origem das coisas, porém, se estava lhe explicando seu ofício, obviamente respeitava a inteligência dela. Embora os dois se chamassem pelos primeiros nomes quando estavam longe dos clientes, tinham um relacionamento formal. Agora Rosa percebia que estava se afeiçoando a ele. Começava a pensar em Antonio como um amigo.

– E quanto a essa peça? – perguntou ele, apontando para uma mesa espanhola de castanheiro.

Ele pôs a mão no bolso e tirou uma lupa, entregando-a para Rosa. Ela examinou as beiradas, onduladas como as bordas de uma torta, bem como a base em forma de lira, procurando lascas, rachaduras, arranhões e descolorações, conforme ele havia lhe ensinado. Começava a entender quais defeitos faziam pouca diferença, quais reduziam o valor de um item e quais o aumentavam. Conferiu o rótulo do fabricante. As pernas eram originais, sem indicação de terem sido substituídas ou restauradas. Rosa correu os dedos pelo tampo e o examinou de perto.

– Ela recebeu um novo acabamento – falou. – A pátina original foi lixada.

– E o que isso significa? – perguntou Antonio, erguendo as sobrancelhas.

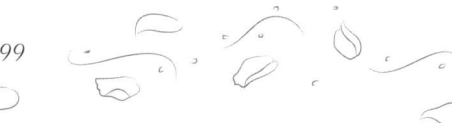

– Um acabamento novo acaba com o valor de uma antiguidade.

– Porquê...?

– Porque a pátina é a história de um objeto e mostra o que aconteceu ao longo do tempo. Uma rachadura no acabamento, um entalhe, um arranhão, todas essas coisas dão personalidade a uma peça. A pátina é o que torna a peça uma verdadeira antiguidade. Caso contrário, pode-se muito bem comprar uma reprodução nova do móvel.

Antonio bateu palmas.

– Excelente! Agora você tem não só encanto, mas conhecimento também!

Uma das tarefas favoritas de Rosa era encontrar objetos específicos que algum cliente tivesse solicitado, tais como um estilo particular de espelho ou de mesa para dar o toque final a um cômodo. Antonio a enviava para selecionar possíveis peças e depois as examinava pessoalmente a fim de decidir qual era a mais adequada. Ela adorou quando, certo dia, ele informou que alguém lhe pedira para encontrar um presente especial para uma menina que completaria 12 anos.

– O cliente só precisava dele para a primavera – explicou Antonio –, então temos algum tempo na manga. Ao que parece, é uma menina brilhante que gosta de escrever e desenhar esboços em um diário. Há um vendedor em Fiesole que está em processo de redecoração. Podemos passar lá amanhã de manhã, caso você queira ir junto. A família sempre teve um número grande de filhas. Talvez encontremos algo adequado.

Rosa estremeceu ao ouvir a palavra *Fiesole*. Podia deixar Sibilla com Orietta durante a manhã, mas teve uma visão de Antonio estacionando o carro em frente à Vila Scarfiotti. Fazia meses que ela tinha esquecido esse mundo.

– Qual é o nome do vendedor? – perguntou.

Antonio a olhou com interesse.

– É a *signora* Armelli. Você conhece?

Rosa respondeu que não com a cabeça.

– Foi só curiosidade – respondeu, aliviada por não ser a marquesa.

A vila da *signora* Armelli era uma construção do século 18 com vista panorâmica para as montanhas de Florença. Quando Antonio parou o furgão na via de acesso, Rosa ficou surpresa em ver dois outros furgões Fiat já estacionados.

– Nada a temer – disse Antonio, abrindo a porta para ela. – Não são concorrência. São o *signor* Risoli, especialista em livros e mapas raros, e o *signor* Zalli, que coleciona alfinetes de chapéu e botões.

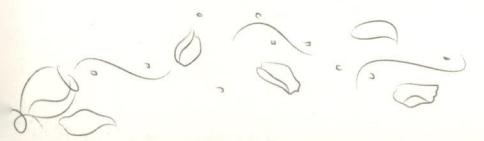

Rosa e Antonio foram conduzidos pelo mordomo por um corredor até uma sala cheia de móveis e itens domésticos. Todas as superfícies estavam cobertas de bugigangas. A atenção de Antonio foi atraída por um armário de canto feito de mogno, enquanto Rosa ficou parada na porta por um momento, absorvendo a cena. Havia tapetes orientais empilhados no chão, junto com móveis de ferro forjado, gravuras de plantas, lustres e arandelas, e um par de espelhos venezianos. Ela localizou um tabuleiro de xadrez feito de mármore em cima de uma mesa expansível e por alguns segundos viu dois homens jogando, até que a visão desapareceu.

Rosa encontrou bonecas de porcelana e espelhos de mão de madrepérola, porém tinha a sensação de que o cliente que solicitara o presente de aniversário não estava atrás de objetos como aqueles. Deu uma olhada em uma gaveta com leques de renda e marfim, depois notou um par de candelabros empilhados sobre uma velha cômoda. Entre eles havia um objeto coberto pela metade por um trilho de mesa de seda. Rosa seguiu na direção da cômoda, imaginando o que seria aquele objeto. Levantou o trilho e descobriu uma caixa de escrita feita de jacarandá, com cantos arredondados. O enfeite de peltre mostrava cervos em uma floresta. Na parte de dentro havia uma superfície para escrita com veludo em alto-relevo, além de compartimentos para papel e instrumentos de escrita. Rosa passou a mão pela caixa e encontrou um mecanismo de molas. Abriu-o e deu um grito de alegria ao descobrir uma gaveta secreta. Ela chamou Antonio:

– Acho que encontrei o presente para aquela menina de 12 anos.

Antonio ficou impressionado com o achado de Rosa e disse que a levaria à Casa dei Bomboloni, famosa por seus bolinhos, para comemorar.

– Eles têm um sistema bastante engenhoso para fazer os bomboloni – disse ele, uma vez que estavam no furgão a caminho de Florença. – Os doces passam por um escorregador tipo espinha de peixe para retirar o excesso de óleo antes de aterrissarem na bandeja de açúcar.

Na Casa dei Bomboloni, Rosa e Antonio sentaram-se a uma mesa perto da janela. Rosa, que nunca havia comido um doce daqueles, perdeu-se em seu sabor doce e pastoso.

– Gostou? – perguntou Antonio, esticando o braço por cima da mesa para limpar uma migalha do queixo dela.

– Muito – respondeu Rosa, constrangida por estar com comida no rosto e não ter notado.

O rádio tocava uma canção popular da época:

Quando você sorri, eu sempre dou risada.
Quando você dá risada, eu sempre sorrio...

A letra não fazia sentido, mas a música era do tipo que pegava fácil, e Rosa batia o pé acompanhando o ritmo. De repente a música foi interrompida pela

Giovinezza, seguida do anúncio de que Il Duce faria um pronunciamento. Todos na Casa dei Bomboloni levantaram-se e colocaram-se em posição de sentido. A equipe do balcão parou de servir os clientes, e os bolinhos pararam de rolar pela esteira. Antonio levantou-se e Rosa o imitou, embora se odiasse por estar fazendo aquilo. Entretanto, não se levantar quando Mussolini falava podia chamar a atenção e resultar em prisão. Ela não correria esse risco.

O pronunciamento de Mussolini foi uma enfadonha explicação sobre seu conceito de fascismo: "O estado é tudo. O indivíduo é aceito apenas até o ponto em que seus interesses coincidam com os do estado...".

Quando o pronunciamento terminou, Antonio e Rosa voltaram ao furgão, rumo à loja. Ela não conseguia tirar da cabeça a declaração de Mussolini, sobre não existir nenhum valor humano ou espiritual fora do estado. Luciano não teria se levantado para um pronunciamento como aquele. Ela sentiu-se fraca por ter desmoronado face a um endoutrinamento tão insípido. Antonio percebeu que a algo a incomodava.

– O que foi? – perguntou.

– Eu não sou fascista – disse Rosa. – Quero que você saiba disso.

– Pelo amor de Deus! Você acha que eu sou?

Ela virou-se para ele, aliviada, porém não convencida.

– Mas você tem um cartão do Partido Fascista. Eu vi nos arquivos do escritório.

Antonio encolheu os ombros.

– Todo comerciante tem um. Caso contrário, os fascistas vêm e fecham a loja. Nós vestimos a camisa negra quando necessário, acenamos com o braço quando solicitado, depois voltamos ao trabalho e deixamos essa palhaçada idiota para lá. Além disso, meus avós eram judeus. Eu não posso me arriscar.

– Eu não sabia – respondeu Rosa, relembrando a visão que tinha tido com os castiçais. – Achei que sua mãe fosse católica.

Antonio pareceu confuso; devia estar se perguntando como ela sabia daquilo.

– Meu pai se converteu para se casar com a minha mãe – respondeu ele. – Eu fui criado como católico. Mas parece que na Alemanha essas coisas não importam, e Hitler e Mussolini são amigos demais para que eu possa ficar tranquilo.

Rosa lembrou que, quando a trupe estava em turnê, Luciano falara sobre o boicote a comerciantes judeus que estava sendo incentivado na Alemanha.

– Você acha que esse tipo de discriminação racial vai acontecer aqui? – perguntou ela.

Ele balançou a cabeça.

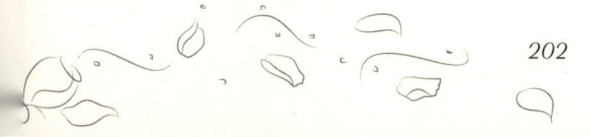

– Não, os italianos são *brava gente*. Não são racistas como os alemães. O próprio Mussolini tem uma amante judia. Mas os brutos dos fascistas... bem, é preciso tomar cuidado. Eles podem ser influenciados por qualquer um que tenha um projeto.

– Então você está nervoso? – perguntou Rosa.

Antonio deu risada.

– A vida é curta demais para se ficar sempre preocupado. "Cuide do hoje, e o amanhã tomará conta de si mesmo", é o que eu sempre digo. Ninguém consegue prever o futuro. Idiotas como Mussolini vêm e vão. Tem sido assim desde o Império Romano. Por fim, o pêndulo vai oscilar novamente na direção do liberalismo exaltado.

A princípio Rosa ficou chocada com o pragmatismo de Antonio, mas depois enxergou o sentido por trás dele. O fascismo era como um incêndio descontrolado: grande demais para ser combatido, portanto era melhor que queimasse até se extinguir por si só. Ela reclinou o torso no assento. Por mais culpada que se sentisse, ficava feliz em ouvir alguém falar com certa irreverência sobre a política italiana para variar. Admirava a maneira como Antonio abordava a vida, embora tivesse certeza de que Luciano jamais aprovaria aquilo.

Rosa sempre pensava em seu trabalho como uma caça ao tesouro. Frequentava casas que estavam sendo redecoradas e lidava com propriedades de pessoas falecidas.

– Você não acha macabro? – Orietta lhe perguntou um dia. – Mexer nas coisas de gente morta?

– Não – respondeu Rosa. – Se você não pode levar os bens terrenos com você, é melhor que outra pessoa os aproveite. Além do mais, todas as antiguidades são "coisa de gente morta".

Porém, havia um aspecto do trabalho de Rosa para o qual ela não havia sido preparada. Certo dia, Antonio mandou-a até uma casa na Via della Pergola.

– Vá até lá e veja se acha alguma coisa que valha a pena – disse ele.

A casa era branca com venezianas verdes. A elegante porta de carvalho e a sacada de ferro forjado acima dela davam à construção um ar refinado. Rosa arrepiou-se de expectativa pelas coisas lindas que imaginava encontrar lá dentro. Estava prestes a atravessar a rua estreita, quando um caminhão de carroceria aberta estacionou diante da casa. Pouco depois uma mulher e duas crianças apareceram na porta, cada uma carregando uma mala. O menino e a menina usavam casacos de lã caros, e a mulher tinha colares de pérolas no pescoço, porém todos estavam muito sérios. O motorista do caminhão colocou as malas a bordo e ajudou as duas crianças a entrar na carroceria e depois a mulher a se acomodar no assento ao lado dele. A próxima pessoa a sair foi um homem magro com cerca de 45 anos. Ele arrastava um baú para fora, e o motorista o ajudou a colocá-lo no caminhão. O homem olhou para a mulher, mas ela entesou-se e virou para o outro lado. Ele voltou para dentro da casa e sumiu de vista. Um casal de idosos espiava pela janela na casa ao lado, mas a mulher os ignorou.

A porta da frente se abriu novamente, e dessa vez dois homens de sobretudo saíram carregando uma *chaise longue* de veludo com borlas douradas. Eles não a puseram no caminhão, e sim a apoiaram na calçada, depois voltaram para dentro da casa e saíram com um par de luminárias de filigrana e um vaso de terracota. O homem magro saiu carregando alguns quadros. Fez um carinho na bochecha da menina e tocou o cabelo do menino. Porém, quando se virou e viu os homens trazendo em um carrinho uma cama de criança com anjos encravados na cabeceira, não conseguiu se conter. Suas mãos e seus lábios começaram a tremer. Rosa finalmente entendeu que a família estava sendo despejada. Ao perceber aquilo, sentiu um nó no estômago e uma dor no corpo.

Um cachorro spitz branco apareceu em uma das janelas do andar de baixo e pressionou o focinho contra o vidro, arranhando-o com a pata. A ele juntou-se um gato branco de cabeça preta e uma grande mancha negra nas costas. O felino sentou-se no beiral da janela e espiou para fora.

– Ambrosio! Allegra! – chamou a menina, virando-se para o homem e perguntando: – *Babbo*, eles vêm com a gente, não vêm?

O irmão, que era mais velho, olhou para o pai. O homem respondeu que não com a cabeça.

– Não! – gritou a menina. – Não podemos deixá-los para trás! Tudo menos eles!

O homem olhou para os próprios pés, depois rapidamente abriu a porta do passageiro do caminhão e sentou-se ao lado da esposa. O motorista deu a partida. A menina agarrou-se às laterais da carroceria, com o rosto e as juntas pálidas. Lágrimas escorriam por suas bochechas. O cachorro latiu desesperadamente. A gata miou. O caminhão ganhou velocidade e dobrou a esquina, sumindo de vista. Rosa ficou parada onde estava. Só conseguia pensar nos Montagnani sendo despejados. A cena terrível tinha se reproduzido bem diante de seus olhos. Um choro convulso que ela não conseguiu conter sacudiu seu corpo inteiro.

Rosa estava prestes a ir embora, quando um homem de terno saiu pela porta e a localizou.

– *Signora* Bellocchi? – chamou. – Meu nome é Fabio Mirra. O *signor* Parigi me disse para ficar à sua espera. Salvei um conjunto de jantar que talvez interesse a ele.

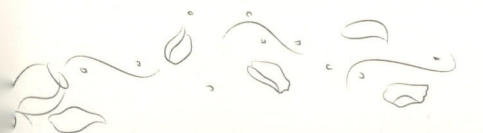

"Esse deve ser o cobrador de dívidas", pensou Rosa. Ela não conseguia acreditar que ele pudesse estar tão calmo depois de ter despejado um homem e sua família. O cobrador tinha a mesma idade do homem magro e talvez fosse pai também. Porém, ele não tinha o aspecto cruel que Rosa imaginava. Ela tirou um lenço do bolso e secou as bochechas antes de se aproximar. O *signor* Mirra colocou a mão no ombro dela.

– Não vale a pena se envolver emocionalmente – disse, em tom paternal. – Aquele homem nasceu mais rico do que eu e a senhora jamais seremos. Mas perdeu tudo no jogo. É uma doença para certas pessoas. É claro que sinto muito pela mulher e pelos filhos. Essa é a parte difícil.

Rosa lembrou-se do olhar aflito no rosto da menininha. O que será que aquele homem pensou ao ver a esposa humilhada e os filhos desesperados? Será que ficava abalado por saber que havia provocado uma calamidade na vida de pessoas que dependiam dele? Rosa não conseguia deixar de pensar no pai de Luciano. Pelo menos o homem que ela vira tinha permanecido com a família para compartilhar de seu destino.

– Desculpe – disse Rosa, recompondo-se da melhor maneira que conseguiu. – Quando o *signor* Parigi me mandou aqui, eu não sabia que era...

– Um despejo? – o *signor* Mirra fez um aceno de cabeça simpático e guiou Rosa para dentro da casa.

O interior era tão bonito quanto Rosa tinha imaginado, com papel de parede creme e branco, painéis de jacarandá e piso de parquê. Porém, já não tinha o menor encanto para ela.

– É comum o *signor* Parigi comprar de despejos? – perguntou Rosa.

Ela gostava de Antonio. Doía-lhe pensar que talvez ele fosse um urubu que lucrava com a tristeza alheia.

– Todos os comerciantes compram, de todas as fontes – respondeu o *signor* Mirra, conduzindo Rosa à sala de jantar, que apresentava um lustre de cristal bohemia. – A senhora tem que pensar, *signora* Bellocchi, que, de certa forma, está ajudando essas pessoas. Quanto mais a senhora comprar, mais eles serão capazes de pagar as dívidas. O *signor* Parigi não mandou o homem perder toda a fortuna no jogo, mandou?

Rosa balançou a cabeça.

– Acho que não.

O conjunto de jantar que o *signor* Mirra havia separado era tão formidável quanto ele tinha sugerido. A mesa era em estilo Luís XVI, e as cadeiras do tipo medalhão tinham um estofado de *toile* que mostrava cenas bucólicas com pastores e pastoras. As cadeiras estavam levemente desbotadas, mas não tinham nenhuma mancha, e a mesa não havia sido alterada de forma nenhuma. Rosa sabia que aquela elegância simples deixaria muitos clientes interessados.

– É um conjunto muito bom. Tenho certeza de que o *signor* Parigi vai gostar – disse Rosa. – Você pode esperar até hoje à tarde?

– Claro – respondeu o *signor* Mirra, fazendo um leve aceno de cabeça.

Rosa o seguiu novamente pelo corredor e ouviu o cachorro latir.

– O que vai acontecer com os animais? – perguntou ela.

O *signor* Mirra encolheu os ombros.

– A gata eu posso soltar, para caçar ratos, mas o cachorro... bem, é contra a lei soltar cachorros na rua, caso eles tenham raiva. Vou ter que levá-lo até a polícia para ser...

– Morto?

– Sacrificado.

O eufemismo não suavizou a imagem. Rosa lembrou-se do olhar abalado no rosto da menina. A gata e o cachorro tinham sido animais de estimação muito amados. Rosa e o homem passaram pela sala íntima, e Rosa viu a felina enfiando a pata por debaixo da porta. Ela hesitou e olhou para um afresco de Pompeia na parede. O *signor* Mirra virou-se para ela.

– Há algo mais que lhe interesse, *signora* Bellocchi?

– Sim – respondeu ela, ajeitando o casaco. – Eu gostaria de levar o cachorro e a gata.

Antonio olhou da gata deitada no beiral da janela, enrolada feito uma bolinha, para o cachorro sentado nas patas de trás.

– O conjunto de jantar eu entendo – disse ele. – Mas me explique outra vez: como foi mesmo que eu me tornei o dono desses nobres animais?

Allegra pulou do beiral e se esfregou na perna de Rosa, ronronando tão alto que parecia um caminhão dando a partida.

– Eu não entendo pessoas que abandonam seus animais tanto quanto não entendo pessoas que doam seus filhos – disse Rosa, inclinando-se para acariciar o queixo da gata.

Ela olhou para cima e viu que Antonio sorria, balançando a cabeça.

– Bem, do cachorro eu gosto – disse ele. – É italiano. Um *volpino italiano*. Uma pequena raposa. São os preferidos da realeza há séculos. Michelangelo tinha um. Mas a gata... bem, eu não gosto de gatos.

Rosa se endireitou.

– Você não pode se livrar dela... eles são como irmãos.

Antonio lutou contra o sorriso fraco que lhe fazia cócegas nos lábios. Rosa não sabia como interpretar o brilho nos olhos dele.

– Tudo bem, tudo bem, ela fica – falou Antonio. – Mas você vai se encarregar de remover os pelos e impedir que ela arranhe qualquer coisa.

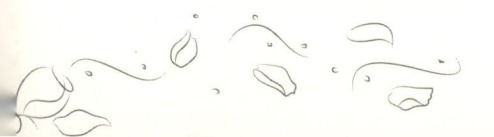

Quando Rosa voltou para casa naquela noite, deu um longo abraço em Luciano.

– Você está bem? – perguntou ele.

Rosa não quis contar que tinha testemunhado um despejo, para não suscitar a dor dele. Porém, o olhar de desespero no rosto da menininha tinha ficado gravado em sua memória. O coração de Rosa doía por causa do sofrimento que tinha visto. Sentia que a única maneira de aliviá-lo era tomando conta de Allegra e Ambrosio.

– Só estou cansada – disse ela, colocando o cesto de Sibilla perto do fogão.

– Quero lhe mostrar uma coisa – disse Luciano, levando-a até o corredor.

Eles saíram do prédio e entraram no edifício ao lado, subindo diversos lances de escada até um apartamento de um quarto com vista para a rua. Uma cama de casal com uma colcha de babado ocupava a maior parte do espaço. Um armário pequeno e o berço de Sibilla tinham sido colocados em um canto. Luciano afofou os travesseiros bordados dispostos sobre a cama.

– Deite – disse ele. – Esta é a nossa casa agora. – Ele se jogou na cama e deu um tapinha no espaço ao seu lado. – Orietta costurou todas as cobertas.

Rosa não conseguia se mexer. Luciano tinha feito um grande esforço para deixar o quarto convidativo. Será que pretendia se casar com ela? A ideia encheu seu coração de alegria: um marido, uma filha, um quartinho adorável. O que mais ela podia querer?

– Venha, Rosa – disse ele. – Deite e descanse. Eu vejo como você está cansada.

Rosa tirou os sapatos e deitou-se ao lado de Luciano. Ele colocou os braços em torno dela, e sua força a fez sentir um conforto instantâneo. Embora eles ainda não tivessem tido intimidade física, Rosa sabia que Luciano a considerava sua mulher.

– O que isso significa? – perguntou ela.

Luciano não respondeu imediatamente, e Rosa sentiu seu coração afundar. Talvez, assim como a maioria dos homens, ele não quisesse se casar com uma mulher que não fosse virgem. Luciano suspirou.

– Eu adoraria me casar com você, Rosa, mais do que tudo no mundo.

Ele hesitou e levantou da cama, andando até a janela e olhando para fora.

– Mas... – ela o estimulou.

Ele virou-se para ela.

– Agora não é o momento. Quero me casar com você quando puder lhe dar um país livre dos fascistas, tanto a você quanto a Sibilla. Uma Itália de verdade.

– É um presente de casamento e tanto – disse Rosa, erguendo o torso e sentando-se.

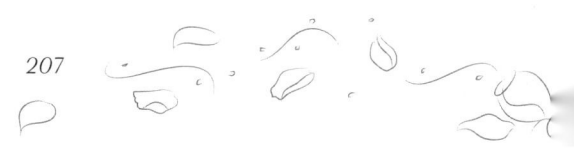

Ela tentou não levar a situação tão a sério, mas estava de coração partido. Sabia que as atividades antifascistas de Luciano eram importantes para ele, mas não via por que deveriam impedi-los de levar uma vida juntos. Luciano voltou à cama e afastou o cabelo da testa de Rosa.

– Você confia que eu vou cumprir minha promessa? – perguntou ele.

Ela o encarou. Na Itália, ninguém aceitava mães solteiras, porém com casais não casados era diferente. Muitos homens e mulheres da classe trabalhadora viviam juntos, mas não se casavam até que tivessem condições de bancar pelo menos uma cama de núpcias. Rosa virou-se para o outro lado. Ela amava Luciano, porém queria mais. Queria um nome, um nome de verdade. Queria constar em alguma parte da árvore genealógica de alguém. E queria um pai para Sibilla. Então outro pensamento lhe ocorreu a respeito da hesitação de Luciano em se casar.

– Sibilla e eu estamos em perigo? O fato de você ter nos trazido para cá tem alguma coisa a ver com os panfletos?

Luciano ficou sério.

– Prenderam aquela mulher que me entregou os panfletos quando estávamos em Lucca. Ela é osso duro. Não acho que vá falar nada, mas talvez fale.

– Então é você que está em perigo – disse Rosa. – Ela mal me notou.

Luciano balançou a cabeça.

– Os fascistas usam esposas e filhos para atingir os homens que se opõem a eles. Quero colocar você e Sibilla em segurança. Preciso mantê-la separada de mim... por enquanto. Não vai ser sempre assim, eu prometo.

Rosa apertou as mãos. Agora ela entendia por que Luciano escolhera um apartamento com vista para a rua – para que ela pudesse escapar com Sibilla caso visse que ele tinha sido preso. Rosa sentia-se dividida. Amava Luciano, mas tinha medo de voltar para a prisão. Porém, temia ainda mais pela filha. Se ela fosse presa, Sibilla ficaria órfã.

No dia em que o cliente que encomendara o presente para a menina de 12 anos viria apanhá-lo, Rosa chegou à loja com Sibilla antes do horário normal. Já fazia um tempo que Sibilla tinha ficado grande demais para o cesto, e Antonio dera a Rosa um carrinho de vime que ele dizia ter conseguido "de graça" durante uma venda de patrimônio. Mas Rosa via que a peça tinha sido fabricada na Inglaterra e que o forro era novo. Ficou constrangida, porém agradecida. Quando Luciano viu o carrinho, Rosa mentiu para poupar seus sentimentos. Disse que o tinha ganhado do benfeitor que estava administrando os bens de um falecido. Ela precisava do carrinho; Sibilla estava pesada demais para ser carregada do apartamento até a loja.

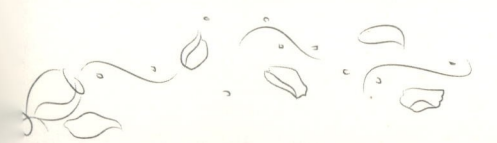

Naquela manhã, Rosa estava se dirigindo à sala dos fundos, quando ouviu vozes exaltadas. Congelou. Antonio estava discutindo com alguém. Ela reconheceu a voz da *signora* Visconti.

– Por que isso agora? – gritou ela. – Faz anos que nós somos felizes.

– Nós nunca fomos felizes – respondeu Antonio.

– Qual foi a ameaça do seu pai dessa vez? – perguntou a *signora* Visconti. – Que se você não se casar ele vai doar toda a sua herança para a Igreja?

– Eu não ligo se ele fizer isso – retrucou Antonio. – Esse nunca foi o problema. É que... ele está ficando velho e não tem netos.

– Bem, case-se então! – disse a *signora* Visconti, mas para Rosa não pareceu um tom convincente.

– Casar como? A única mulher que sempre amei foi você.

Rosa ouvia a dor na voz de Antonio. Ele seria um ótimo marido para alguém um dia, mas Rosa suspeitava de que esse alguém não era a *signora* Visconti.

Aquela conversa era íntima demais para que Rosa a ouvisse. Ela voltou à sua mesa na frente da loja, depois tirou Sibilla do carrinho e a colocou no chão ao seu lado. Sibilla estava começando a andar, agarrando-se na mobília. Havia um cercadinho na sala dos fundos, mas ali na loja Rosa precisava manter os olhos na menina o tempo todo. Por mais tolerante que Antonio fosse com o fato de ela levar a filha para o trabalho, bem como em ter Ambrosio e Allegra como animais de estimação da loja, certamente não vibraria de empolgação caso visse um bebê de 11 meses babando sobre um sofá de 200 anos. Rosa deu um suspiro ao ver o sorriso feliz da filha. Sibilla tinha começado a desmamar mais cedo do que Rosa esperava e andava mais interessada em ovos moles do que nos seios da mãe. Dentro em breve ela teria que ficar com Orietta, que agora realizava todos os seus trabalhos dentro do apartamento.

– Mas como eu vou sentir falta do seu rostinho bonito – disse Rosa, ajoelhando-se para beijar Sibilla.

Ela apanhou o catálogo a fim de atualizá-lo, mas as vozes na sala dos fundos se elevaram.

– Eu não posso me divorciar do Stefano e me casar com você. Isso aqui é Florença, não Hollywood! – gritou a *signora* Visconti.

– Por que foi se casar com ele, então? – sibilou Antonio.

– Por que ele pode me dar coisas que você não pode!

– Um *palazzo* e uma casa de campo! Mas você não o ama!

A *signora* Visconti tinha começado a chorar.

– Não, eu amo você! Mas não consigo fazer isso! A Igreja jamais aceitaria! Eu não quero queimar no inferno!

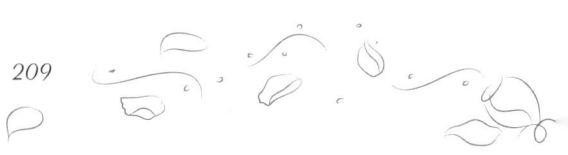

Rosa congelou, perguntando-se o que devia fazer. Antonio sabia pouco sobre a vida privada dela e nunca se intrometia. Ela não queria descobrir mais do que o necessário sobre a dele. Rosa levantou-se, pensando em levar Sibilla para uma breve caminhada ou a uma cafeteria. Estava vestindo o casaco, quando uma *signora* Visconti chorosa saiu em um rompante da sala dos fundos. A mulher passou correndo por Rosa, mal olhando em sua direção, e saiu voando da loja. Rosa deu meia-volta e viu um Antonio aflito de pé atrás de si. Ela desviou o olhar.

– *Buon giorno*, Rosa – disse ele.

– *Buon giorno* – respondeu ela, corando. – Quer que eu prepare alguma coisa para você? Uma xícara de chá?

– Obrigado. Uma xícara de chá me faria bem.

Rosa apanhou Sibilla e foi até a sala dos fundos para colocar a chaleira no fogo. Antonio sentou-se à sua mesa e começou a telefonar para clientes. Os dois tentaram fingir que estava tudo normal, mas o ar estava pesado de tanta tensão.

À tarde, Antonio foi visitar alguns artesãos e Rosa ficou na loja para atender o cliente que viria apanhar a caixa de escrita. Antonio fornecera uma lista de itens a considerar caso o cliente não gostasse da caixa, mas Rosa estava convencida de que era o presente perfeito. Ela estava limpando alguns vasos de cristal, quando o sino da loja soou. Rosa ouviu o roçar de uma saia e sentiu um cheiro de botões de laranjeira. Deu meia-volta e ficou paralisada. O cabelo loiro-arruivado e os olhos azuis eram inconfundíveis. Era a *signora* Corvetto, a amante do Marquês de Scarfiotti.

– *Buon giorno, signora* – disse Rosa, tentando recuperar a compostura.

A *signora* Corvetto sorriu, mas de um jeito intrigado. Tinha reconhecido Rosa, porém parecia estar tendo dificuldade para identificar onde a vira antes. Rosa inundou-se de memórias. Lembrou-se do dia em que saíra do convento. A *signora* Corvetto estava no carro quando o marquês a apanhara. Ela tinha colocado sua manta de arminho sobre os joelhos de Rosa.

– A senhora veio buscar a caixa de escrita? – Rosa conseguiu dizer.

– Vim – respondeu a *signora* Corvetto, ocupando a cadeira que Rosa havia lhe oferecido. – O *signor* Parigi disse que é particularmente bonita.

Rosa sorriu para esconder o turbilhão que rodopiava dentro dela. A *signora* Corvetto acabaria por reconhecê-la. E então, o que aconteceria? A mulher contaria tudo a Antonio? À Marquesa de Scarfiotti? Rosa tinha cumprido o acordo de ficar longe da família Scarfiotti e de nunca tocar no nome deles com ninguém. Mas parecia que o passado a tinha alcançado, quer ela quisesse ou não.

Rosa trouxe a caixa para a *signora* Corvetto, que abriu a boca maravilhada quando a viu. Ela correu os dedos pelo jacarandá, depois abriu a caixa e examinou o interior.

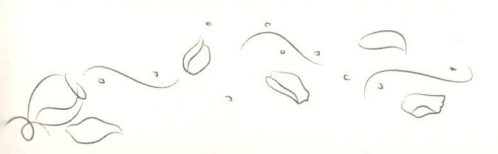

– É linda – disse ela. – Que ideia inteligente da sua parte.

– Tem um compartimento secreto – falou Rosa, revelando o mecanismo de molas.

– Perfeito – disse a *signora* Corvetto. – É possível fazer uma gravação?

Rosa apanhou o caderno para anotar as instruções da *signora* Corvetto. Antonio odiava que as pessoas fizessem gravações nos objetos; isso destruía o valor deles. Mas Rosa entendia que a *signora* Corvetto estava procurando um presente primoroso, não algo para ser revendido.

– O que a senhora gostaria que fosse gravado? – perguntou.

– Para Clementina. Oito de Maio de 1933.

A mão de Rosa tremeu, mas ela fez de tudo para parecer calma. Querida Clementina. Rosa lembrou-se da festa ao ar livre dada na Vila Scarfiotti em homenagem aos seus 9 anos. "A *signora* Corvetto é um amor. Sempre vem me visitar no meu aniversário", a menina havia dito. Memórias há tantos anos enterradas voltaram à tona: Clementina na sala de aula ao romper do dia, ansiosa pelas aulas; as duas lendo *Le Tigri de Mompracem* juntas; a ansiedade que Rosa sentira quando tivera que deixar Clementina com os instrutores do Piccole Italiane.

– Está se sentindo bem, *signora*...?

Rosa recuperou-se.

– Montagnani – falou, finalizando a pergunta da *signora* Corvetto. – Desculpe, achei que tinha ouvido minha filha chorar.

Ela acenou com a cabeça na direção da sala dos fundos, onde Sibilla podia ser vista dentro do cercadinho, entretida com seus brinquedos. A *signora* Corvetto virou-se na direção de Sibilla.

– Que criança bonita – falou. – Posso pegá-la no colo? Eu adoro crianças.

Rosa levou a *signora* Corvetto até a sala dos fundos e apanhou Sibilla para que a mulher a segurasse.

– Olá – disse a *signora* Corvetto, fazendo cócegas no nariz de Sibilla.

Sibilla riu contentíssima. Tinha se acostumado à paparicação da família Montagnani e adorava receber atenção. A *signora* Corvetto virou-se para Rosa.

– Você fica com a sua filha enquanto trabalha?

– Logo isso acabará – disse Rosa, com um encolher de ombros resignado. – Quando ela mamava no peito, precisava ficar comigo, mas agora está se tornando ativa demais e logo vai ter que ficar com a tia.

Um olhar angustiado passou pelo rosto da *signora* Corvetto.

– Não é fácil deixar seu filho com outra pessoa – disse ela. – Mas, às vezes, isso é o melhor a fazer.

As duas voltaram à loja, onde Rosa preencheu uma nota fiscal e anexou os documentos que forneciam os detalhes da caixa de escrita. Ela não tivera visão nenhuma sobre as origens da caixa e agora desejava ter tentado. Esforçou-se para perscrutar o passado do objeto enquanto o embrulhava em papel de seda, a fim de levá-lo ao gravador mais tarde, porém nada lhe ocorreu. Talvez sua ligação com a futura dona da caixa a impedisse de saber quem tinham sido seus donos anteriores.

A *signora* Corvetto pagou pela caixa, e Rosa lhe entregou a nota. Ao fazer isso, os dedos das duas se tocaram, e Rosa sentiu um formigamento no corpo.

— Agora reconheço você — disse a *signora* Corvetto. — Você foi a primeira preceptora da Clementina. *Signorina* Bellocchi.

Rosa corou até a raiz do cabelo.

— Clementina sentiu uma falta tremenda de você — disse a *signora* Corvetto. — Acho que ainda sente.

— Eu... eu não saí por vontade própria — gaguejou Rosa.

A *signora* Corvetto olhou surpresa para ela.

— Puxa. Eu não sabia. Eles me disseram que você tinha arranjado um cargo em outro lugar.

A mente de Rosa estava a toda. Ela queria implorar à *signora* Corvetto que não contasse a ninguém que a vira. O que aconteceria se Antonio descobrisse que ela não era viúva? Ou se a Marquesa de Scarfiotti descobrisse que ela estava em Florença? No entanto, mesmo temendo que mencionar qualquer coisa pudesse piorar as coisas, decidiu correr esse risco.

— A Marquesa de Scarfiotti e eu... — Rosa começou de um jeito incômodo. — Nós não nos dávamos bem.

A *signora* Corvetto fixou os olhos no rosto de Rosa.

— Entendo perfeitamente — disse ela. — Deve ter sido difícil para uma moça como você. Ela pode ser bem intimidadora.

Rosa abriu a porta da loja para a *signora* Corvetto.

— Por favor — disse ela baixinho —, não conte a ninguém que me viu.

A *signora* Corvetto fez que sim com a cabeça.

— Não, é claro que não vou contar. Você tem uma vida nova, um marido e um bebê. Desejo a você só felicidade.

— Obrigada.

Rosa observou a *signora* Corvetto caminhar pela rua. Ela era uma mulher elegante, mas tinha algo de solitário também. A mão de Rosa formigou outra vez. De repente o rosto da *signora* Corvetto no dia da festa ao ar livre assomou diante dela, justapondo-se ao de Clementina. A revelação deixou Rosa sem fôlego. A pele cor de creme, o cabelo loiro-arruivado, os olhos azuis... A *signora* Corvetto era a mãe biológica de Clementina!

De repente, acontecimentos passados passaram a fazer mais sentido. Agora ela entendia por que a *signora* Corvetto era quem tinha ido com o marquês buscar Rosa no convento, e por que ela sempre visitava Clementina nos aniversários. O que será que havia forçado a *signora* Corvetto a entregar Clementina à marquesa? "Não é fácil deixar seu filho com outra pessoa. Mas, às vezes, isso é o melhor a fazer", ela havia dito.

Rosa imaginou como devia ser terrível para uma mãe estar em uma situação assim: ver a filha crescer diante dos seus olhos sem nunca poder reconhecê-la como filha. Porém, acima de tudo, Rosa sentia muito por Clementina. A imagem da *signora* Corvetto abraçada a Clementina na festa de aniversário lhe veio à mente. Sem saber, a menina tinha estado nos braços de sua verdadeira mãe.

quatorze

No dia em que Sibilla disse sua primeira palavra, Rosa estava lhe dando purê de vegetais na cozinha dos Montagnani, enquanto Carlo brincava de esconde-esconde com ela por trás das costas de Rosa. Sibilla dava gritinhos agudos de alegria e babava comida pelo rosto todo.

– Carlo, eu sei que você está aí – disse Rosa, virando-se. – Você está tirando a atenção dela da comida.

– Eu não estou tirando a atenção dela da comida – respondeu Carlo, puxando o lábio para baixo e acenando para Sibilla. – Ninguém em sã consciência comeria purê de brócolis.

– Ela é bebê!

– Nem mesmo um bebê – disse Carlo, dançando em volta do cadeirão de Sibilla.

Rosa fez o que pôde para manter uma expressão austera, mas com ele não era fácil. Carlo era o palhaço da família e, por causa de sua cara de anjo, geralmente ninguém ficava bravo com ele.

– *Mamma!*

Rosa e Carlo se olharam alarmados e se viraram para Sibilla, que os observava e contorcia os pés. Fazia alguns meses que ela vinha balbuciando e dizendo pseudopalavras, mas era a primeira vez que pronunciava algo com clareza.

– *Mamma!* – repetiu, agitando os braços.

Rosa pressionou os lábios contra as mãos da filha. De todas as coisas na vida que lhe davam prazer – tocar flauta, descobrir uma antiguidade bonita em um mercado, olhar as vitrines na Via Tornabuoni –, nada se comparava à alegria que sua filha lhe trazia.

– Cheguei – disse Luciano, entrando na cozinha com uma broa e um saco de batatas.

Ele inalou o aroma da sopa de feijões *cannellini* que fervia lentamente no fogão, enchendo a cozinha com o perfume de sálvia e alho. Seu cabelo estava grudado nas bochechas por causa da chuva que caía naquela tarde. Rosa lhe alcançou uma toalha.

– Sibilla disse sua primeira palavra – Carlo lhe contou.
– *Brava bambina*! – gritou Luciano. – O que foi que ela disse?
– *Mamma* – respondeu Carlo.

Luciano riu.

– Não foi *Babbo*?
– Ainda não – disse Rosa.

Ela e Luciano trocaram um olhar. Embora eles continuassem sem planos de se casar, haviam passado muitas noites conversando sobre o futuro. Luciano pretendia adotar Sibilla e dar a ela seu nome uma vez que os fascistas estivessem fora do poder.

Luciano apertou o ombro de Rosa.

– Ela vai dizer – falou, beijando a bochecha dela. – Quando for a hora certa.

Com os meses quentes se aproximando, Luciano começou a reunir a Companhia Montagnani. Donatella voltaria com Dante, mas Benedetto estava trabalhando em um filme e não poderia se apresentar com eles no verão. Luciano teve que encontrar outro ator.

– Venham conhecer Roberto Pecoraro – Luciano chamou Rosa e Orietta um dia, enquanto elas pintavam no pano de fundo uma cena de rua da cidade de Marselha. A nova peça era *O Conde de Monte Cristo*.

Rosa virou-se e viu Luciano de pé com um rapaz rechonchudo, de nariz grosso e cabelo raleando. As mulheres o cumprimentaram, mas ele retribuiu a cordialidade delas com o mais fraco dos sorrisos.

– Roberto vai interpretar diversos papéis – explicou Luciano.

Rosa lera a peça a fim de planejar a música. Começou tentando distanciar-se da história do aprisionamento injusto, embora a amizade entre Edmond e seu companheiro condenado lhe lembrasse sua amiga Sibilla. Mas então a fuga e ascensão à alta sociedade de Edmond eram miraculosas demais para ser verdade, e Rosa foi levada pela fantasia da história. "A vida não é nem um pouco assim", pensara no final. Os maus não são punidos. A Marquesa de Scarfiotti tinha colocado Rosa na prisão sob falsos pretextos e saído impune. Era uma mulher rica e poderosa, amiga de Mussolini. Sairia impune de qualquer coisa.

Luciano pediu a Roberto que mostrasse às mulheres sua interpretação de Abbé Faria e do Barão Danglars. Roberto concordou, dando um encolher de ombros indiferente. Rosa e Orietta sentaram-se em caixotes de frutas virados de ponta-cabeça para assistir à cena. Todos os atores da trupe precisavam ser capazes de desempenhar diversos papéis, porém era notável a maneira como Roberto passava de um personagem a outro sem esforço e interpretava com igual convicção o padre intelectual e o barão ganancioso e malvado.

– *Bravo*! *Bravo*! – gritaram Rosa e Orietta, depois que ele terminou.

Eram elogios sinceros, mas Roberto mal deu bola. Era estranho que ele fosse extrovertido ao atuar, porém tão arredio como pessoa. Rosa observou o rosto do rapaz: aqueles olhos arrogantes, aquele jeito superior. Por que ela sentia que Roberto significava problemas?

Antes de aceitar o emprego na loja, Rosa dissera a Antonio que viajaria com a trupe no verão. Ele parecia ter se esquecido, e ela imaginou como ele reagiria quando ela o relembrasse. Certa manhã, chegou à loja pronta para dizer que partiria em breve, mas encontrou-o de quatro no chão, embaixo da mesa. Ambrosio o observava com uma expressão atordoada em seus olhos caninos. Primeiro Rosa achou que Antonio estava apertando um parafuso, até que viu a pata branca de Allegra se esticar para fora e tentar agarrar o rolo de papel que ele segurava nos dedos.

– Errou, gatinha! – disse ele, cutucando o rolo de papel em volta das pernas da mesa outra vez. Com um golpe ágil, Allegra agarrou o papel dessa vez e o mastigou. Antonio deu risada.

Rosa o fitava incrédula. "Ele está brincando com Allegra!"

– Antonio?

Ele rapidamente tirou a cabeça de baixo da mesa. Quando viu que Rosa percebera o que ele estava fazendo, ficou vermelho.

– Gata idiota! – disse, sem soar nem um pouco convincente. – Derrubou minha caneta lá embaixo e agora não consigo encontrar.

Antonio sentou-se na cadeira. Allegra pulou no colo dele e se aninhou.

– Parece que não é a primeira vez que ela faz isso – Rosa falou, dando risada.

– Bem – respondeu Antonio com um sorriso tímido –, eu me afeiçoei a ela.

Quando Rosa contou que partiria com a turnê, ele suspirou e ergueu as mãos.

– Ah, então você *vai* mesmo? Pensei que talvez eu tivesse convencido você a deixar seus amigos dramáticos para lá. Tudo bem. Você é insubstituível, Rosa. Pode voltar no outono?

– Posso, e posso trabalhar de manhã durante mais um mês. Nosso ensaios são no fim da tarde.

O rosto de Antonio se iluminou.

– Então nem tudo está perdido – disse ele, erguendo Allegra do colo e colocando-a no chão antes de levantar-se. – Quero lhe pedir um favor. Sem ser na próxima semana, mas na seguinte, eu vou a Veneza visitar um soprador de vidro. Meu pai idoso mora comigo. Ele tem uma cuidadora, mas se cansa rápido da companhia dela. Será que você se importaria em ler para ele durante uma hora mais ou menos, depois que sair daqui?

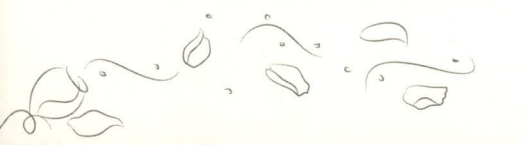

Antonio tinha sido tão generoso com Rosa e Sibilla que ela ficava feliz pela oportunidade de retribuir a gentileza.

– Posso tocar flauta também – disse ela. – Você acha que ele iria gostar?

Antonio pareceu em dúvida.

– Rosa, preciso ser franco. Meu pai não é exatamente... refinado. Você não vai ler nada muito erudito. Ele gosta de histórias de aventura e mistério. Acabei de adquirir uma cópia de *O Cão dos Baskervilles*.

– Sherlock Holmes? Em inglês? – perguntou Rosa.

– Ah, não – Antonio deu risada. – É traduzido. Ele também gosta de Júlio Verne e Jack London. E de xingar e blasfemar bastante. Não fique escandalizada.

Rosa achou intrigantes as novas descobertas sobre a vida de Antonio: ele era um amante de gatos enrustido e o filho donairoso de um pai que blasfemava. Ela jamais teria imaginado.

– Meu pai era gesseiro – explicou Antonio, como se tivesse lido os pensamentos de Rosa. – Mas sempre foi muito bem-sucedido. Garantiu que eu tivesse uma boa educação.

O apartamento de Antonio ficava perto da *Piazza della Repubblica*. A criada abriu a porta e convidou Rosa a entrar. Não era de surpreender que o apartamento fosse primorosamente decorado. A mobília era de mogno, a madeira favorita de Antonio, e os cômodos eram espaçosos, com teto alto. Não era grandioso, porém havia uma elegância na maneira como a luz penetrava através das janelas altas e se derramava sobre o piso de terracota. O apartamento não era abarrotado de móveis, e Rosa via que cada peça fora escolhida com cuidado. Do salão, onde a criada tomou o casaco de Rosa, ela viu de relance uma saleta de estar com um canapé Luís XV e um armário estilo Renascença. Mas essas eram as únicas peças decorativas. O resto da mobília não tinha enfeites. Na mesa do hall havia um porta-retratos com a foto de uma mulher idosa com um lírio na mão. Rosa reconheceu-a por causa da visão com os castiçais: era a falecida mãe de Antonio.

A criada conduziu Rosa pela casa. Elas passaram pela sala de jantar, e Rosa notou uma mesa com base de pedestal e seis cadeiras, além de louças de porcelana de Dresden sobre o aparador. Antonio obviamente não dava festas grandes, mas, quando tinha convidados, recebia-os com muito bom gosto. A não ser por um relógio imperial e uma estátua de cavalo de bronze, não havia vasos nem estatuetas em lugar nenhum; nada que tirasse a atenção da mobília. E mesmo assim, apesar da ausência de pertences, a personalidade de Antonio estava presente no apartamento. O lugar tinha um ar íntimo e sereno. Havia ali um senso de simplicidade que fez Rosa lembrar-se do convento.

– Se estivesse mais quente, vocês podiam sentar no terraço – disse a criada. – Mas os pulmões do *signor* Parigi estão fracos, e a cuidadora decidiu que é melhor que ele fique na cama.

No final do corredor a criada bateu em uma porta, e uma voz feminina a mandou entrar. A criada conduziu Rosa para dentro de um quarto escuro, iluminado apenas por dois abajures de cabeceira. Uma cuidadora de uniforme estava sentada ao lado de uma cama com quatro pilares, na qual um homem idoso dormia com a cabeça repousada sobre o travesseiro. Ele era pálido e respirava pesado. A princípio o quarto pareceu diferente do resto do apartamento apenas pelo fato de as cortinas serem escuras e de a mobília ser enfeitada e entalhada. Então Rosa notou um espelho de parede em forma de ferradura no qual estava empoleirado um chapéu de caubói. Havia uma cabeça de touro pendurado na parede oposta, e sobre uma mesinha se via um tabuleiro de xadrez cujas peças eram caubóis e índios.

– Será que é melhor eu ir embora? – Rosa sussurrou para a cuidadora. – Talvez o *signor* Parigi esteja cansado demais hoje.

– Não se preocupe – sussurrou a mulher, que se apresentou como sendo Giuseppina. – Ele pegou no sono. E é melhor você chamá-lo de *Nonno*. Ele prefere.

Ela olhou furtivamente por cima do próprio ombro, como alguém que embalara um bebê difícil de pegar no sono e estava aproveitando a paz temporária. A impressão de Rosa estava certa, pois no momento seguinte os olhos do *Nonno* se abriram e ele se sentou na cama com um movimento brusco.

– *Che cazzo fai*? – gritou ele. – Que merda estão fazendo? Essa conversa alta de vocês me acordou!

Rosa corou. Não tinha ouvido essa linguagem desde que saíra da prisão.

– *Non capisci un cazzo* – disse *Nonno*, agitando os braços na direção de Giuseppina. – Você é burra feito uma porta – em seguida, olhando para Rosa, perguntou: – Quem é essa?

– É a *signora* Bellocchi, a assistente do seu filho – explicou Giuseppina. – Ela veio ler para o senhor.

– *Porca, puttana, troia, lurida, maiala*! – gritou *Nonno*, soltando uma corrente de palavrões que Rosa nunca tinha ouvido antes. – Eu não preciso de vadia nenhuma para ler para mim. Cadê o meu filho?

Giuseppina e a criada mantiveram a calma frente ao acesso de raiva de *Nonno*, e Rosa só podia supor que era porque estavam acostumadas à sua linguagem colorida. Rosa, porém, ficou muda de susto. *Nonno* significava *avô*, mas o pai de Antonio não se parecia nem um pouco com nenhum avô que Rosa tivesse imaginado.

Giuseppina abriu as cortinas e ofereceu uma cadeira a Rosa.

– Não deixe a linguagem dele desanimar você – cochichou ela, espremendo o braço de Rosa. – Depois que você o conhece, ele é encantador.

– Não abra as cortinas e pare de cochichar! – disparou *Nonno*.

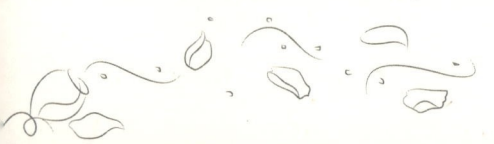

— A *signora* Bellocchi precisa de um pouco mais de luz. Este quarto é muito escuro – falou Giuseppina.

Nonno ajeitou-se na cama e cruzou os braços, resmungando enquanto Giuseppina e a criada saíam do quarto. Rosa tirou uma cópia de *O Conde de Monte Cristo* de dentro da bolsa. Tinha decidido deixar que Antonio lesse Sherlock Holmes para o pai. *Nonno* passou os olhos por ela.

— O que você trouxe aí, hein?

Rosa mostrou o livro, e ele o tomou das mãos dela. Suas juntas eram inchadas, e as unhas eram rugosas e amarelas, como se ele ainda tivesse pedaços de gesso embaixo delas. Não se pareciam nem um pouco com as mãos bem-cuidadas do filho. Os olhos de *Nonno* eram do mesmo azul vago dos de Antonio, mas as semelhanças terminavam aí. O rosto do velho era duro e enrugado. Ele parecia uma gárgula.

— Está olhando o quê? – perguntou, devolvendo o livro.

— Estava tentando enxergar as semelhanças, ou diferenças, entre o senhor e o seu filho – respondeu Rosa.

— Ele é um idiota e eu não sou – respondeu *Nonno*. – Essa é a diferença! Agora pare de se meter na vida dos outros e comece a ler, se é por isso que veio até aqui.

Antonio tinha alertado Rosa para o fato de que seu pai era grosseiro, mas ela não imaginou que ele fosse tão agressivo. Lembrou-se da época em que lia para Clementina, dando-se conta de que estava prestes a ler histórias de ninar para um velho rabugento. Não aguentou e começou a rir. Nonno franziu a testa.

— *Cazzo!* – exclamou. – Meu filho me mandou uma louca.

O comentário só a fez rir ainda mais.

— Muito bem, eu vou ler – disse ela. – Mas só se o senhor for educado.

— Está bem, comece logo isso – disse *Nonno*, revirando os olhos. – *Dio buono!* Como as mulheres falam!

Rosa leu durante cerca de dez minutos sem que *Nonno* tivesse nenhum de seus ataques. A cada poucas páginas ela dava uma olhada para ele, pois às vezes o homem ficava tão quieto que parecia ter pegado no sono.

— Pare de ficar me olhando e continue lendo! – falou ele.

Rosa continuou lendo tranquilamente por cerca de uma hora. Só parou porque tinha que ir ensaiar, não porque *Nonno* quisesse que ela fosse embora.

— É uma história boa – disse ele, franzindo a boca e empinando o queixo. – Melhor que a maioria do lixo que o meu filho lê para mim.

— Eu volto amanhã – disse Rosa, apanhando suas coisas. – O senhor quer que eu peça para a Giuseppina vir aqui?

Nonno abanou a mão em um gesto de desdém.

— Aquela bruxa velha? Por que eu ia querer que ela entrasse aqui?

– Bem, então – disse Rosa, tentando manter uma cara séria –, vejo o senhor amanhã no mesmo horário.

Rosa leu para *Nonno* todos os dias enquanto Antonio estava fora, conforme tinha prometido. Na sua última visita, depois que ela terminou, o homem virou-se para ela.

– *Signora* Bellocchi? – perguntou, encarando a mão dela. – Mas você não tem aliança. É viúva?

Rosa respondeu que sim com a cabeça.

– Mas você é tão jovem, uma menina ainda.

– Não tive sorte.

Nonno ficou em silêncio por um momento, pensando em alguma coisa. Então envolveu o pulso de Rosa com seus dedos deformados.

– Escute – disse ele. – Você é uma moça bonita. Por que não se casa com o meu filho? O Antonio tem boa aparência e trabalha duro. Vai dar um bom marido.

– Acho que o seu filho não está interessado em mim – Rosa respondeu diplomaticamente.

– Bá! – zombou o *Nonno*, balançando a cabeça. – Ele continua apaixonado por aquela *puttana* idiota? – o homem revirou os olhos. – Sabe, eu trabalhei feito um condenado para que meu filho não precisasse fazer isso; matei-me de trabalhar para que ele recebesse uma boa educação. Aqueles Tamari, você sabe o que eles são? Fazedores de queijo que subiram na vida! "*Signor* Parigi", o pai daquela *puttana* me disse, "eu tenho ambições para minha filha". *Testa di cazzo!* Ele acha que ela caga ouro e mija prata? Meu filho é melhor que ela! Melhor que todos eles! Aquele visconde com quem ele casou a filha pode ter dinheiro, mas juízo ele não tem!

Quanto mais *Nonno* recordava a rejeição do *signor* Tamari em relação ao filho, mais exaltado ficava. Rosa tentou apaziguá-lo. Depois de cerca de quinze minutos ouvindo-o lamentar a solteirice de Antonio, Rosa conseguiu desvencilhar-se, prometendo que faria alguma coisa para persuadi-lo – algo que, obviamente, ela não tinha a intenção de fazer.

No salão, a criada, Ylenia, ajudou Rosa com o casaco.

– Espero que tenha dado tudo certo hoje – disse ela. – Às vezes, ele é difícil. Faz quase quinze anos que eu trabalho aqui. Ele me deixou de cabelo branco quando eu ainda era moça.

Rosa sorriu educadamente, mas foi vencida pela curiosidade.

– Por que o *Nonno* tem todos aqueles itens de caubói no quarto?

– Ah, o *Nonno* adora filmes de caubói – disse Ylenia, abrindo um sorriso. – Antes de ele ficar doente, ele e o *signor* Parigi iam ao cinema ver esses filmes.

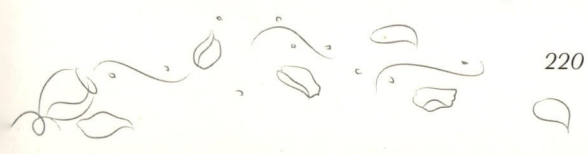

Rosa caminhou até em casa sentindo-se exausta. Antonio obviamente confiava nela: não era qualquer um que conseguia lidar com seu pai. Ela riu alto ao imaginar Antonio e o pai sentados juntos no cinema assistindo a filmes de faroeste. Era quase tão engraçado quanto vê-lo brincando escondido com Allegra. Antonio era cheio de surpresas.

Roberto, o novo membro da trupe, irritava Rosa. Durante os primeiros ensaios ela tentou puxar conversa com o homem, mas foi se cansando de suas respostas monossilábicas e de como ele nunca a olhava nos olhos. Não gostava do jeito como ele mandava em Carlo, corrigindo a pronúncia dele no meio de uma cena ou criticando seu figurino. Tampouco gostava do fato de ele nunca ajudar nas tarefas corriqueiras que precisavam ser executadas. Certo dia, Piero estava enrolando um cigarro, quando Roberto tomou-o bruscamente e jogou-o fora.

– Você não sabe que o imposto que eles cobram sobre o tabaco vai para construir o exército de Mussolini? – perguntou ele.

Piero cerrou a mandíbula e parecia prestes a dar um soco em Roberto, mas pensou melhor. Luciano apaziguava as coisas quando as via acontecer, mas fora isso não tinha ciência da tensão que Roberto criava. Rosa desejou que fosse Benedetto o ator que sairia com eles em turnê. Passar seis semanas com Roberto seria insuportável.

– O Roberto critica todo mundo, menos o Luciano – Orietta disse a Rosa certa noite, enquanto elas faziam massa de macarrão juntas. – Acha que nós não somos bons o suficiente para ele.

Rosa revirou os olhos.

– O que ele quer? – perguntou ela, abrindo um buraco na farinha e quebrando os ovos ali dentro. – Eu falo três idiomas, e você lê mais livros que qualquer pessoa que eu conheço.

– Verdade – disse Orietta, passando um garfo para Rosa misturar a massa. – Mas eu não leio em *grego*.

Rosa deu risada.

– O pai dele não é condutor de bonde? Outro dia o ouvi se gabando para o Luciano de suas origens operárias.

– Bem, ele acha que ele e Luciano são homens da Renascença; já o resto de nós somos camponeses.

Rosa encolheu os ombros.

– Ele nem mesmo conversou com o resto de nós para saber quem somos.

Orietta começou a lidar com a massa, para dar um descanso a Rosa.

– Roberto me deu algumas peças de violino para tocar no monólogo que ele vai fazer amanhã – disse ela. – Mas não me deixa ensaiar com ele.

– Que monólogo? – perguntou Rosa, limpando a farinha do avental.

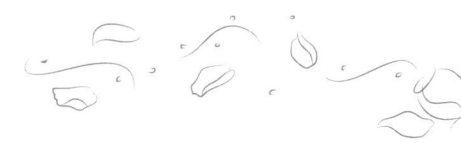

— Um texto que ele insistiu em fazer antes da peça. Luciano teve que concordar, porque não temos como achar outro ator a essa altura da temporada.

Para iniciar a turnê, a Companhia Montagnani estreou novamente no teatro na Via del Parlascio. Antes da peça, Carlo, Donatella e Roberto estavam escalados para apresentar um número cada um, a fim de aquecer a plateia. Os malabarismos de Carlo e a coreografia de Donatella com Dante agradaram à multidão. Rosa estava curiosa para saber o que Roberto preparara para seu monólogo. A plateia de trabalhadores e lojistas não apreciaria nada erudito; talvez até atirassem frutas. A imagem de Roberto coberto de melões podres fez Rosa sorrir. Ela estava chateada por ele não ter feito nada para ajudar a preparar o teatro antes da apresentação. Luciano estava na bilheteria e não viu Roberto sentado nos degraus do palco, lendo um livro sobre arte florentina, enquanto todos os outros corriam para lá e para cá em torno dele. Quando Donatella sugeriu que Roberto a ajudasse a ajeitar as cadeiras, ele lhe lançou um olhar tão arrogante que ela começou a chorar.

— Eu não gosto dele — Donatella cochichou para Rosa na coxia.

— E o Dante também não — respondeu Rosa, apontando para o cachorro e tentando não rir; o bicho estava fazendo xixi em um dos figurinos de Roberto.

Quando chegou o momento de Roberto se apresentar, ele não apareceu imediatamente. Era uma noite quente, e a plateia, agitada, batia as mãos e os pés. Rosa deu uma olhada para Luciano, que estava de pé com o assistente de iluminação. Os ombros de Luciano estavam tensos. Rosa procurou o olhar dele e apontou para o piano, perguntando por meio de gestos se ele queria que ela tocasse alguma coisa para manter a plateia entretida. Porém, nesse momento, houve um movimento nas cortinas. O assistente ligou o refletor. As cortinas se abriram e Roberto foi revelado. Estava em pé, com um dos pés apoiados em uma cadeira. Vestia calça preta e uma camisa preta com uma faixa atravessando o peito. A plateia ficou em silêncio. Pelo olhar extravagante no rosto de Roberto, Rosa imaginou que ele estava prestes a apresentar um ato de comédia, e esperou que ele se saísse bem. Ela deu uma olhada para Luciano. Será que ele estava pensando o mesmo que ela? Será que era por isso que parecia tão ansioso?

Roberto virou-se e olhou para a plateia. Abriu as pernas, empinou o peito e enrijeceu a mandíbula.

— *Ho sempre ragione*! — bradou, agitando a mão direita como se estivesse segurando uma arma. — *Credere! Obbedire! Combattere!*

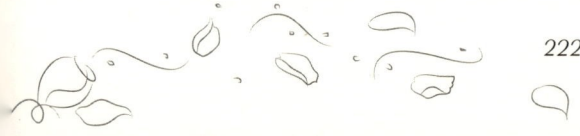

Rosa não acreditou no que estava vendo. O queixo de buldogue, os olhos flamejantes e as pausas dramáticas eram todas de Il Duce. Roberto tinha se transformado em Mussolini.

– Eu precisei voar no meu avião, nadar no Mediterrâneo, duelar com um vilão, correr no meu Alfa Romeo e cavalgar meu garanhão para chegar até aqui – disse Roberto.

Ele deu uma pausa e fez uma mímica como se tocasse violino. A música foi preenchida por Orietta, que, com a deixa de Roberto, tocou algumas linhas da *Caprice no. 24*, de Paganini, uma peça notoriamente difícil.

A maioria da plateia riu, mas alguns se mexeram desconfortavelmente nos assentos. A propaganda política padrão de Mussolini era ser fotografado no meio de alguma atividade: lutando esgrima, cavalgando, tocando violino, pintando, esquiando. Ele era sempre retratado como um homem valente, destemido, heroico, culto e másculo.

– Quando estive na Sicília – continuou Roberto, ainda no personagem de Mussolini –, minha presença deteve o fluxo do Monte Etna e salvou centenas de vidas. Certa vez, eu trouxe chuva para uma região castigada pela seca. Em outra ocasião, sofri uma cirurgia sem clorofórmio, pois treinei meu corpo para colocar-se acima da dor.

A porção da plateia que estava achando a sátira de Roberto divertida riu mais alto.

– Jornalistas, se querem uma imagem minha, fotografem-me enquanto faço minha caminhada *diária*, minha cavalgada *diária*, meu passeio de carro *diário*, ou minha natação *diária*. Leio Dante todas as manhãs antes de tocar meu violino como um maestro.

Orietta iniciou o primeiro movimento do *Concerto para Violino* de Brahm.

– No meu tempo livre, escrevo romances, traduzo livros, deito-me com mulheres e respondo às cartas dos milhares de cidadãos que me escrevem todos os anos me implorando para intervir em seus problemas pessoais. Tudo isso, além de ser o líder da Itália e supervisionar os ministérios das Relações Exteriores, da Guerra e da Marinha e Aeronáutica. Eu nunca durmo, e a luz está sempre acesa no meu gabinete para provar isso.

Mais risos vieram da plateia. Obviamente, vinte e quatro horas eram muito pouco tempo para todas as atividades que supostamente Mussolini realizava todos os dias. Porém, era perigoso tirar sarro do ditador publicamente. O que tinha dado em Luciano para deixar Roberto fazer aquilo? Com aquele número, a trupe corria o risco de ser presa, Rosa pensou irritada.

Piero tocou acordeão, enquanto Roberto recitava uma lista de aforismos de Mussolini que iam do ridículo ao assustador.

– Se você é gordo, eu não tenho pena: você está roubando da Itália com sua gula. Minha intenção é transformar a Itália de uma raça de românticos comedores de espaguete em uma raça de soldados. E ninguém nos impediu; ninguém vai nos impedir.

A última afirmação causava arrepios porque era verdadeira. Roberto podia rir o quanto quisesse de Mussolini, Rosa pensou, mas os outros políticos ou se colocavam ao lado dele, ou eram esfacelados pela violência fascista.

Roberto terminou seu número colocando o pé na cadeira novamente e se apoiando no joelho.

– Eu sou Alexandre, o Grande, e César em um só. Sou Sócrates e Platão. Maquiavel, Napoleão e Garibaldi. Sou o maior herói da Itália. Mas... ai, como minha mandíbula dói à noite.

A cortina caiu, e a plateia aplaudiu. Rosa baixou os olhos, assustada demais para olhar. Estavam *todos* aplaudindo? Ela mal conseguiu tocar a trilha de *O Conde de Monte Cristo*. Depois da apresentação, ajudou os outros a limpar o teatro, mas, quanto mais pensava no número de Roberto, mais seu sangue fervia. O que ele estava fazendo? Havia espiões fascistas por toda parte procurando atividades subversivas. Rosa conteve seu ódio, apesar das constantes olhadas de Luciano. Será que ele sabia que Roberto faria sátira a Mussolini?

A trupe voltou a pé ao apartamento da família Montagnani. Carlo estava cansado e foi para a cama. Rosa aconchegou Sibilla no berço perto do fogão antes de se juntar aos outros à mesa da cozinha. Orietta fatiou pão para o jantar. Quando Roberto parabenizou a si mesmo pelo sucesso de seu número, Rosa não conseguiu mais se conter.

– Como você pôde fazer aquele número – perguntou ela –, sabendo que todos nós podíamos ir presos?

Roberto fez uma careta, mas não respondeu. Piero e Donatella lançaram olhares de apoio a Rosa. Luciano se mexeu na cadeira.

– Você não sabe quem estava naquela plateia – continuou Rosa. – Só porque são trabalhadores não significa que sejam todos antifascistas. Alguns são *fattori* e gerentes de propriedade. Alguns trabalham para a elite fascista.

Roberto respondeu com escárnio:

– Nós precisamos fazer mais do que distribuir panfletinhos por aí – disse ele. – Ou passar a vida preocupados com que tipo de molho vamos colocar no macarrão.

– Chega! – disse Luciano, erguendo a mão para silenciar Roberto. – Não vou deixa você insultar a Rosa. Ela sabe o que os fascistas representam.

Luciano dirigiu-se a Rosa:

– Não podemos continuar passivos. Mussolini pretende marchar sobre a

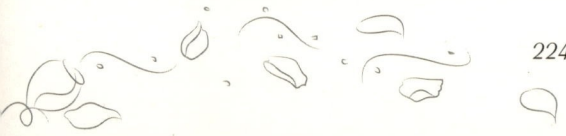

Europa da mesma maneira que fez em Roma. Vai ser um desastre para a Itália. Nós somos os artistas da cidade. Temos que acordar a opinião pública. Alertar as pessoas para a propaganda política que estão lhes enfiando goela abaixo.

Uma inquietação borbulhou no estômago de Rosa. Então Luciano sabia do monólogo de Roberto. Rosa sentiu um abismo se abrindo entre eles. Queria fechá-lo, mas não sabia como. Não podia ficar calada, quando a vida de sua filha estava sendo posta em perigo. "Foi Roberto quem fez isso", pensou. "Luciano estava satisfeito com sua pequena ofensiva contra o fascismo até Roberto aparecer. Agora ele está se arriscando mais."

– Você sabe o que os fascistas estão fazendo? – Roberto perguntou a Rosa, cruzando os braços diante do peito. – Milhares de italianos inocentes foram postos na prisão sem julgamento.

Rosa sentiu uma comichão na pele. A expressão condescendente de Roberto a deixava furiosa.

– E você tem alguma ideia do que seja ser mandado para a prisão pelos fascistas? – retrucou ela. – Bem, eu tenho! Pode acreditar que não é nenhum ato heroico maravilhoso!

Roberto abriu a boca, mas fechou-a logo em seguida.

– Eu preciso me preocupar com o bem-estar da Sibilla – continuou Rosa. – Se algo me acontecer, ela vai ficar órfã. Por mais mesquinho e egoísta que isso pareça para você, ela é a minha primeira responsabilidade. Eu não vou me arriscar a voltar para a prisão.

Sibilla começou a chorar. A discussão a acordara. Rosa pegou a filha no colo e voou para o quarto de Orietta.

– Shh, não chore – Rosa disse a Sibilla, sentando-se na cama e abraçando-a.

Lágrimas escorriam pelas bochechas de Rosa, e seu coração doía. O que estava acontecendo? Ela amava Luciano, mas aquilo os separaria. Lutar contra Mussolini era mais importante para ele do que ela e Sibilla?

– Rosa?

Ela olhou para cima e viu Luciano de pé na porta. Ele parecia exausto.

– Eu falei para o Roberto que ele vai ter que parar de fazer esse número. Você tem razão. Não é justo colocar você e os outros em perigo.

Rosa puxou Sibilla para mais perto de si.

– E o que foi que ele disse?
– Não ficou nada feliz.
– E se ele for embora? Quem vai fazer todos aquele papéis?

Luciano encolheu os ombros.

– Vamos dar um jeito – ele sentou-se ao lado de Rosa e aninhou o queixo no pescoço dela. – Vamos tomar mais cuidado daqui por diante, tudo bem?

— Tudo bem — respondeu Rosa.

Seu coração estava repleto de emoções conflituosas: afeto, mágoa, medo. Ela não conseguia deixar de sentir que estava fazendo Luciano sacrificar algo importante para ele. Luciano puxou-a para mais perto e a beijou. Porém, mesmo que estivessem abraçados, Rosa sentia que algo mudara entre eles.

Quando *O Conde de Monte Cristo* terminou sua temporada em Florença, a trupe revisitou as cidades pelas quais passara na temporada anterior e também expandiu a turnê até Prato. Eles retornaram à Estância Termal Montecatini. Certo dia, enquanto Rosa passava perto da prefeitura da cidadezinha, ficou imaginando como seria agradável casar-se ali e depois fazer um piquenique no parque com a trupe. Saber que não havia planos de casamento no futuro próximo a entristecia; os fascistas estavam mais arraigados no poder do que nunca. Independentemente do que Luciano dissera sobre estar comprometido com ela, Rosa não era uma mulher casada perante Deus, e isso a magoava. Às vezes se imaginava voltando ao Convento de Santo Spirito com uma aliança de casamento no dedo e se redimindo aos olhos de Irmã Maddalena. Agora parecia que seu desejo por um nome e uma família havia sido frustrado. Porém, ela não tinha escolha: amava Luciano, e a luta contra o fascismo era tudo para ele. Ele não seria Luciano se agisse de outra forma.

Roberto permaneceu com a trupe, porém adotou uma atitude fria para com Rosa. Ela não se incomodava mais em tentar falar com ele. Certa vez, sem querer, ouviu-o dizer a Luciano: "Você tem certeza de que a Rosa é a mulher certa para você? Posso lhe apresentar a minha irmã. Ah, ela sim é uma lutadora." O soco na boca que ele ganhou de Luciano foi suficiente para que jamais cometesse o erro de fazer outro comentário assim.

Enquanto organizava a música para a primeira apresentação em Montecatini, Rosa deu uma olhada no programa. Roberto tinha voltado ao show de variedades. Ela sentiu uma tontura. Será que Luciano tinha colocado Roberto de novo no programa para agradá-lo? Se fosse esse o caso, trairia a confiança dela. Rosa se sentia em um cabo de guerra com Roberto pela lealdade de Luciano.

Rosa fez de tudo para tocar bem durante os números de Carlo de Donatella, mas teve dificuldade para se concentrar. Quando Roberto apareceu no palco, ela olhou para Luciano, mas ele não olhou na direção dela. Roberto estava usando uma camisa branca, e não preta. Dessa vez, não andou de modo afetado como Mussolini. Ele esticou as mãos para a plateia de modo suplicante.

— *Um Encontro com Pégaso* — falou.

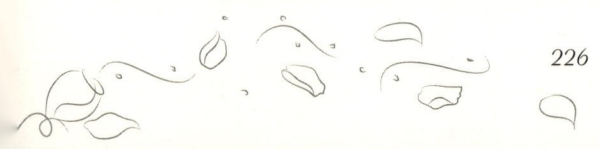

Rosa prendeu a respiração. Não parecia algo que Mussolini diria, mas com Roberto ela nunca podia ter certeza. Para seu espanto, o que se seguiu foi um poema lírico sobre o cavalo alado da mitologia grega — onde quer que seu casco tocasse a terra, uma fonte brotava. A plateia ficou emocionada com a beleza das imagens suscitadas e com a ideia de uma criatura majestosa trazendo liberdade para as pessoas na Terra.

À medida que o poema continuou, Rosa começou a entender o significado oculto. Era a história disfarçada de Lauro de Bosis, um jovem intelectual de Roma que havia sobrevoado a cidade atirando folhetos que incitavam o povo italiano a libertar-se dos fascistas. Depois disso, ele e seu avião, o Pégaso, perderam-se no mar.

– Você mora em uma prisão e tem pena dos que estão livres – disse Roberto.

Ele estava pisando em campo minado. Além de turistas, a plateia continha professores, notários, farmacêuticos e médicos – pessoas que podiam ou não ser entusiastas do fascismo. Mas mesmo assim Rosa não podia ficar brava dessa vez. Sua consciência ficou pesada. Se ela tinha sofrido, quantos outros milhares de pessoas inocentes continuavam a sofrer?

Rosa não conseguiu dormir depois da apresentação. Aconchegou Sibilla embaixo do braço de Orietta e saiu da barraca para tomar um pouco de ar fresco. Ficou surpresa ao ver Luciano a alguns metros de distância, olhando para o céu.

– Você teve a mesma ideia? – disse ele, virando-se e ficando de frente para ela. – Está quente demais para dormir.

– Vamos andar um pouco – sugeriu Rosa.

Luciano tomou a mão dela, e os dois avançaram a passos largos por uma trilha, adentrando um arvoredo.

– O poema que Roberto recitou foi lindo – disse Rosa.

– Então você não está brava comigo por tê-lo deixado apresentar esse texto?

Rosa negou com a cabeça.

– Nem todo mundo vai entender o duplo sentido, embora ele tenha pisado em solo perigoso.

Eles continuaram caminhando em silêncio.

– Luciano – disse Rosa, tocando o braço dele. – Eu jamais iria me opor às mensagens antifascistas de Roberto se não tivesse a Sibilla para me preocupar.

– Eu sei – disse Luciano. – Eu também penso nela.

Rosa parou e virou-se para ele.

– Eu me preocupo com você também.

Luciano balançou a cabeça.

– Eu nunca consegui viver só para mim mesmo – falou. – Nunca fui assim. Não sou igual ao seu Antonio Parigi, que consegue guardar um cartão do Partido Fascista na gaveta e até vestir uma camisa negra de vez em quando para manter os negócios.

– Ele é parte judeu – Rosa tentou explicar. – E tem um pai idoso para sustentar.

– O que provocou a queda da Itália foi o fato de todos só pensarem em si mesmos – retrucou Luciano. – Para ser uma grande nação, nós precisamos de visionários e grandes pensadores, não de gente preocupada com a roupa que vai vestir ou em ter móveis finos em casa.

Um arrepio percorreu o corpo de Rosa. Ela imaginou de Bosis sobrevoando o oceano escuro e percebeu que ele pensara a mesma coisa. Sua morte tinha sido nobre. Porém, Rosa não queria lamentar um homem morto; queria abraçar um que estava vivo.

– Luciano – disse ela, tomada por um pânico repentino –, prometa-me que não vai cometer nenhuma loucura. Eu não sei o que faria sem você.

Luciano voltou o olhar para as estrelas e não respondeu. Rosa conseguia senti-lo esquivando-se dela.

– Faça amor comigo – disse ela.

Ele a encarou.

– Tem certeza? Aqui?

Rosa confirmou com um aceno de cabeça, depois desabotoou o vestido e deslizou-o pelos ombros e até os quadris. Em seguida, tirou a combinação e a roupa de baixo, ficando nua diante de Luciano em meio ao ar da noite. Ele a bebeu com os olhos antes de tirar a camisa e a calça. Apanhou o vestido de Rosa e colocou as roupas deles juntas no chão, formando uma coberta. Rosa não pensou em Osvaldo dessa vez. Só pensava em como Luciano ficava bonito sob o luar.

Luciano tomou Rosa nos braços e pressionou os lábios contra o pescoço dela. Sua mão se demorou sobre os seios dela, sem encostar neles.

– Toque em mim – sussurrou ela, deitando-se sobre as roupas.

Ela suspirou quando ele lhe acariciou os seios e depois roçou a língua nos mamilos. Luciano passou a mão pela barriga de Rosa até chegar às coxas. Ela tremeu de prazer quando ele pressionou os lábios contra o sexo dela, agarrando os ombros dele quando dezenas de choques elétricos pareceram se espalhar por seu corpo. Ela espremeu os olhos, lutando para recuperar o fôlego.

Quando os abriu outra vez, viu Luciano acima dela.

– Por favor – disse ela. – Está tudo bem.

Rosa avistou as estrelas brilhando no céu atrás de Luciano. Não sentia dor, apenas um prazer formigante que a fazia gemer e afundar os dedos nas costas dele. Ela envolveu a cintura de Luciano com as pernas, desejando ficar agarrada a ele daquele jeito para sempre.

Depois de alguns momentos, os dois deitaram lado a lado e se aninharam um no outro. Luciano adormeceu com a mão repousada sobre a coxa de Rosa. Ela disse a si mesma que associaria para sempre as estrelas àquela noite e a Luciano.

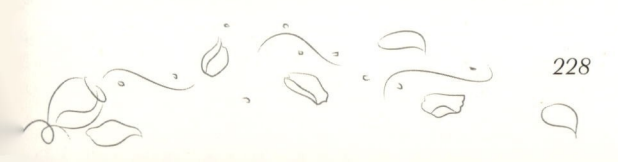

quinze

Quando a turnê acabou, Rosa voltou a trabalhar na loja de Antonio. Luciano disse que ela não precisava trabalhar, mas Rosa queria guardar dinheiro. Tinha ambições de mandar Sibilla a uma escola em um convento como aluna *pagante*, e Luciano prometera separar dinheiro da lata comunitária para esse propósito.

Certa manhã, na loja de Antonio, Rosa estava sentada à sua mesa refletindo sobre seus medos a respeito das atividades de Luciano. Queria que as coisas voltassem a ser como eram antes de Roberto aparecer, quando Luciano derrotaria o fascismo com seus panfletos e protegeria a ela e a Sibilla.

Antonio voltou da visita a um cliente e paralisou ao ver Rosa. Ela deduziu que devia estar com uma cara infeliz.

– Você está imersa em pensamentos profundos – falou ele. – Estava contemplando a peça nova que chegou ontem? – Antonio repousou a mão em uma penteadeira de carvalho com um suporte para velas ao centro. – O que me diz dela?

Rosa sabia que Antonio estava tentando animá-la, porém ela não estava com vontade de tentar fazer uma leitura da penteadeira, especialmente quando sabia que ele não acreditava em seu poder de enxergar a origem das coisas. Preferiu perguntar pelo pai dele.

Antonio baixou os olhos.

– Ele piorou ao longo do verão. É difícil de ver. Ele sempre foi tão forte. Quando eu era menino, via-o carregando orgulhoso vários sacos de gesso na cabeça.

– Sinto muito – disse Rosa.

Antonio fez uma careta.

– Eu não tenho irmãos nem irmãs. Meus primos estão todos em Veneza. Então...

Ele não terminou a frase, mas Rosa sabia o que ele estava tentando dizer. Ele era sozinho. Rosa percebeu que a *signora* Visconti tinha tirado dele mais do que a chance de ter um casamento feliz. Ela o impedira de ter filhos. Se o pai falecesse, Antonio ficaria completamente solitário.

– Você gostaria que eu fizesse uma visita para ele quando você for para casa almoçar hoje? – perguntou ela.

Antonio se animou.

– É muita gentileza sua, Rosa. Ele sempre pergunta de você.

Rosa notou que Antonio parecia ponderar algo. Algo que queria lhe dizer, mas que aparentemente não estava tendo coragem de botar para fora.

– Por que não levamos Ambrosio e Allegra para ficarem com ele? – perguntou ela. – Vão ser uma boa companhia.

Na hora do almoço, Antonio e Rosa caminharam até o apartamento, com Ambrosio em uma guia ao lado de Antonio e Rosa carregando Allegra em um cesto de junco.

– Ah, que filhos bonitos vocês têm! – exclamou uma florista.

Antonio e Rosa se olharam e deram risada.

– Bem, a Allegra é bonita como você – disse Antonio. – Mas eu não levanto a perna a cada estátua e vaso que aparece no caminho.

Rosa ficou chocada ao ver quão frágil o *Nonno* tinha ficado desde a última vez em que ela o vira. Quando Giuseppina os conduziu para dentro do quarto, ele mal conseguiu erguer a cabeça do travesseiro. Mas sorriu quando viu os animais.

– São muito melhores que gente – falou, acariciando o queixo de Allegra. – Eles nos dão tanto e só pedem gentileza em troca.

O esforço de falar o deixava cansado. Nesse dia não haveria xingamentos.

– Que tal um jogo de cartas? – Antonio perguntou ao pai.

Nonno deu uma risada fraca.

– Você só quer jogar comigo agora porque sabe que vai ganhar.

– Eu trouxe a minha flauta – falou Rosa. – Antonio disse que o senhor não ouve muita música, mas acho que talvez goste desta aqui.

Ela montou a flauta e tocou *O Cisne*, de Saint-Saëns. Escolheu essa porque era uma peça tranquila que evocava perfeitamente a imagem de um cisne deslizando na água. Antonio sentou-se ao lado do pai para ouvir. A porta se abriu, e Giuseppina e Ylenia espiaram para dentro. Quando viram que Rosa estava tocando, entraram no quarto e se puseram uma de cada lado da cama.

– O senhor gostou? – Rosa perguntou ao *Nonno*, depois que tinha terminado.

– Gostei muito – respondeu ele, fechando os olhos. – Acalmou a dor. Toque mais alguma coisa para mim.

Antonio olhou admirado para Rosa.

– Eu não sabia que você era tão proficiente – disse ele. – Você obviamente teve treinamento clássico.

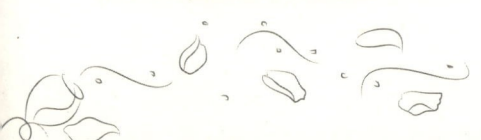

Rosa tocou diversas outras peças, até o *Nonno* adormecer. Então ela e Antonio voltaram a pé até a loja, em silêncio. Era triste ver o *Nonno* tão frágil; era como assistir a um leão em seu último alento.

Eles passaram pela relojoaria, e o coração de Rosa pulou quando ela reconheceu a *signora* Visconti através da janela. A amante de Antonio estava admirando relógios de ouro com um homem que, pelo que Rosa supôs, era o marido dela. Ele não era tão bonito quanto Antonio e era bem mais velho. Antonio a notou também. A *signora* Visconti avistou Antonio. Os dois fingiram que não tinham se visto. Rosa, entretanto, sentiu a carga de energia que passou entre eles quando seus olhares se cruzaram.

Eles continuaram caminhando, e Antonio estava claramente desconcertado. Rosa perguntou-se por que a *signora* Visconti continuara a encontrar-se com ele depois de ter se casado com outro. Se realmente o amasse, teria deixado que seguisse sua vida em paz.

– Por que você não traz mais a Sibilla para a loja? – Antonio perguntou de repente para Rosa. – Com Ambrosio e Allegra fazendo companhia ao meu pai, vai ficar tudo quieto.

– Ela está bastante ativa – explicou Rosa. – Tenho medo de que estrague alguma coisa.

– Não na sala dos fundos – respondeu ele. – Posso pôr cadeados nas portas dos armários e um portão para separar a sala da loja, assim tanto Sibilla quanto a mobília vão ficar em segurança. Sinto falta da carinha feliz dela.

– É muita gentileza sua – respondeu Rosa.

Ela ficou grata pela oferta. Orietta estava tendo dificuldade em obter trabalhos de costura desde que eles haviam retornado da turnê. Tinham lhe oferecido emprego em uma confeitaria, e assim ela poderia aceitá-lo.

Os dois continuaram caminhando. Antes de chegarem à loja, Antonio virou-se para Rosa.

– Escute, não quero me intrometer na sua vida pessoal, mas estou preocupado com você. Não sei que tipo de provisão seu falecido marido lhe deixou, mas se você está trabalhando suponho que não seja muito. Se em qualquer momento você precisar de alguma coisa, por favor, me peça.

Rosa ficou emocionada e com vergonha ao mesmo tempo. Antonio era um homem gentil, e ela nunca havia confessado que não era viúva. Se não soubesse quão profundamente apaixonado pela *signora* Visconti ele era, talvez tivesse confundido sua generosidade com algo mais.

A trupe tinha mais um compromisso antes de o inverno chegar: tocar música na Festa della Rificolona. A flauta de Rosa precisava de manutenção, e ela a levou ao *signor* Morelli, na loja de música. Ficou grata por ele se lembrar dela da vez em que levara a flauta para consertar antes de conhecer a família Agarossi, mas não de quando ela era preceptora na Vila Scarfiotti. O *signor* Morelli tinha envelhecido. Estava mais grisalho e mais encurvado do que na última vez em que ela o vira, mas continuava igualmente alegre.

– As coisas não deram certo com a família Agarossi, hein? – disse ele. – Não faz mal, são crianças difíceis. Parece que a senhora achou um lugar com a família Montagnani? Eu vi *O Conde de Monte Cristo* no verão e a reconheci ao piano.

– A temporada foi boa para nós – disse Rosa.

O *signor* Morelli inclinou a cabeça.

– A senhora é uma boa musicista, *signora* Bellocchi. Eu poderia arranjar para a senhora tocar em casamentos.

Rosa agradeceu. Estava feliz vendendo móveis, mas era bom saber que poderia fazer outra coisa caso precisasse de mais dinheiro.

– A senhora sabe, não sabe, que os Montagnani são filhos de um famoso alfaiate florentino? – o *signor* Morelli perguntou a Rosa.

Ela não estava com ânimo para ouvir a história trágica mais uma vez. Qualquer coisa que machucasse Luciano machucava-a também. Porém, não havia outros clientes na loja, e o *signor* Morelli estava decidido a contar tudo.

– O pai deles era o alfaiate dos ricos e famosos de Florença – disse o *signor* Morelli. – Costumava comprar os instrumentos para os filhos nesta loja.

– É mesmo? – perguntou Rosa, sentindo um formigamento fraco nos dedos dos pés e das mãos. Era o mesmo sentimento que ela experimentava sempre que estava prestes a enxergar a origem de um objeto. – Eu fui criada em um convento – explicou ela. – Nunca tinha ouvido falar de um alfaiate famoso chamado Montagnani.

O *signor* Morelli ergueu as sobrancelhas.

– Ah, o nome dele não era Montagnani. Esse era o nome do tio deles. Eles assumiram o sobrenome do tio quando ele os adotou... depois que o pai foi embora.

O formigamento nos dedos de Rosa ficou mais forte, e ela sentiu os pelos da nuca se eriçarem.

– Não – continuou o *signor* Morelli. – O nome dele era Taviani. Giovanni Taviani.

Rosa parou de respirar por alguns segundos.

– Giovanni Taviani? O porteiro da Vila Scarfiotti?

O *signor* Morelli ficou surpreso por Rosa saber da vila.

– Ele mesmo. Bem, originalmente, ele foi trabalhar lá como gerente da propriedade. O Velho Marquês gostava dele. Eles serviram juntos na cavalaria na África. Giovanni Taviani salvou a vida do Velho Marquês. Mas é claro que foi um declínio enorme em relação à vida que ele levava antes em Florença.

Rosa de repente entendeu a visão que tivera na primeira vez em que tocara com a família Montagnani. Voltou ao apartamento imersa em pensamentos tão profundos que dobrou uma esquina errada e foi parar em outra rua. Tudo que conseguia ver diante de si era a imagem de Giovanni Taviani. Lembrou-se do cabelo bagunçado e grisalho, da postura ereta e da voz refinada do homem. Ele era o pai de Luciano! Rosa pensou no despejo que testemunhara em Via della Pergola e em como Giovanni Taviani fora ainda além e abandonara a família. Depois pensou no filhote de weimaraner e nos outros animais que ele havia salvado. Será que aquela era sua maneira de redimir-se – se não perante os filhos, então perante Deus?

Quando Rosa chegou ao apartamento dos Montagnani e não viu ninguém, desceu até o porão. Ficou surpresa ao descobrir Luciano e Roberto conversando com um homem que ela nunca vira antes. Ele tinha um ar de subnutrido e uma franja que lhe caía sobre os olhos. Estava nervoso e levou um susto quando Rosa apareceu.

– Está tudo bem – disse Roberto. – É só a Rosa.

Os olhos dela pousaram sobre um grande baú aos pés do homem e uma mala ao lado do baú. Ela olhou para Luciano. Ele a pegou pelo braço e levou-a até o andar de cima. Quando eles chegaram ao apartamento dos Montagnani, ele falou:

– O Roberto vai se mudar para o porão.

– O que tem no baú? – perguntou ela.

– Partes de uma prensa. Vamos imprimir nosso próprio jornal antifascista. Ficou perigoso demais trazer tudo pela França.

– Aqui? Neste prédio? – os olhos de Rosa imploravam a Luciano que fosse mais cauteloso. – Mas a sua família mora aqui.

– É perfeito – disse ele. – O som não vaza para o corredor. Ninguém vai saber que ela está aqui.

O apartamento acima do porão era ocupado por um casal idoso, e ambos eram meio surdos. Provavelmente, Luciano estava certo ao pensar que eles não ouviriam o estalar da prensa através das sólidas paredes e assoalhos. O apartamento ao lado do desse casal era ocupado por um homem com cara de desonesto que possivelmente também estava envolvido em algo ilegal, portanto era improvável que denunciasse qualquer um. Mesmo assim, Rosa desejou não ter perguntado a Luciano e Roberto o que eles estavam planejando. Era mais um motivo de preocupação.

– Rosa? – Luciano apanhou as mãos dela. – O movimento antifascista quase desapareceu. As pessoas têm sido aterrorizadas para ficarem em silêncio. Não podemos nos acovardar agora. Ouvimos dizer que Mussolini está com medo do nosso pequeno grupo.

Rosa colocou a mão na bochecha de Luciano. Se Mussolini estava com medo deles, aumentaria o número de espiões para encontrá-los. Porém, ela ficou quieta. Nada do que ela dissesse convenceria Luciano a parar.

– Temos que continuar a lutar – disse ele, os olhos radiantes de entusiasmo. – Mussolini está ficando cada vez menos simpático com a Grã-Bretanha e mais próximo de Hitler. Você entende o que uma associação assim significaria para a Itália?

Rosa colocou os braços em volta do pescoço de Luciano e o abraçou. Não devia ter sido fácil conseguir a prensa. Aparentemente, ela seria entregue por partes. Rosa não queria estragar a alegria dele com seus medos, então escondeu o que estava sentindo.

– Eu entendo – disse ela.

Luciano olhou fundo nos olhos de Rosa.

– Tenho sorte por ter você e Sibilla – disse ele. – Agradeço a Deus todos os dias. Vocês me dão a força para lutar.

Depois que Luciano havia retornado ao porão, Rosa desabou sobre uma cadeira na cozinha. Admirava a coragem dele. A fraca era ela. Por mais que desprezasse o fascismo, Rosa ansiava por conforto e segurança. O que ela mais queria eram um marido e um lar, e ainda assim a cada dia esse sonho parecia estar mais e mais distante. Lágrimas rolaram por sua bochechas. Ela não podia ser outra coisa que não leal a Luciano; ele tinha salvado a ela e a Sibilla das ruas e fora bom com elas. O amor que sentia por ele estava profundamente enraizado em seu coração.

Rosa secou as lágrimas e se pôs a fazer o jantar. Pensou em todas as mulheres que haviam amado grandes homens: Joséphine e Napoleão; Anita Ribeiro e Garibaldi; Madame du Barry e Luis XV. Ficou imaginando se, assim como ela, essas mulheres também tinham sentido momentos de extrema alegria e outros de medo profundo.

A saúde do *Nonno* havia piorado, e Antonio precisava passar mais tempo no apartamento e menos na loja. Ele deixava Rosa encarregada de tudo na maioria dos dias. Passara a confiar no julgamento dela a respeito da mobília e, se ela fosse a uma venda de patrimônio e encontrasse uma peça que julgasse boa, deixava que ela a comprasse sem que ele conferisse primeiro.

Ao mesmo tempo, Luciano começou a escrever e imprimir a primeira edição de seu jornal. O dinheiro prometido pela Giustizia e Libertà não tinha chegado, então Rosa permitiu que ele usasse o dinheiro guardado para a educação de Sibilla a fim de cobrir as despesas das primeiras edições.

– Eles são uma organização honesta – garantiu Luciano. – Você vai ter esse dinheiro nos próximos meses. O problema é que vem através da França.

— Eu não estou preocupada – respondeu Rosa.

Ela não tinha dúvidas de que a Giustizia e Libertà pagaria se pudesse. Sibilla ainda levaria alguns anos para ir à escola, e Rosa estava se saindo tão bem vendendo móveis que conseguiria repor o dinheiro dentro de poucos meses, mesmo que não lhe devolvessem aquela quantia. Ficava orgulhosa por ajudar o trabalho dos antifascistas de alguma maneira. Os olhares intimidadores que Roberto andava lançando para ela lhe davam nos nervos. Ela não tinha se esquecido do que ele dissera a Luciano, sobre ela não ser uma companheira forte o suficiente para ele.

— Fico feliz em ajudar. Assim me sinto menos covarde – ela disse a Luciano.

Luciano franziu a testa.

— De onde você tirou essa ideia? Já disse que não quero que você se envolva diretamente na causa. É perigoso demais para você. Mas como posso honrar a mulher que eu amo se deixar que ela viva em um país onde a liderança é corrupta até a última gota? Não quero que você seja ninguém além de você mesma. Eu a amo.

Rosa derreteu-se. Eram as palavras mais sinceras e emotivas que Luciano já dissera. Ela nunca lhe contou que descobrira onde o pai dele estava porque não queria magoá-lo. Sabia que ele jamais faria qualquer coisa que magoasse a ela ou a Sibilla. Eles confiavam um no outro.

Naquela noite, quando ela e Luciano deitaram-se abraçados, Rosa ficou pensando no que ele havia dito. Porém, quanto mais recordava os sentimentos que ele expressara, menos paz sentia. "Talvez ele saiba o quão perigosa sua vida se tornou", pensou. "Não há tempo para medir palavras. Luciano pode ser arrancado dos meus braços a qualquer momento e mandado para a prisão. Ou executado."

Na manhã seguinte, quando Rosa chegou à loja com Sibilla, ficou surpresa ao ver Antonio sentado à mesa dele, com um aspecto pálido. Será que o *Nonno* havia falecido naquela noite? Rosa colocou Sibilla no berço e se aproximou dele. Porém, quando ela perguntou do *Nonno*, Antonio a deixou confusa ao responder que o pai nunca estivera tão bem em semanas. Por que então ele parecia tão cansado? Será que andava perdendo o sono por causa da *signora* Visconti?

— Sente, por favor, Rosa – disse ele, indicando que ela ocupasse a cadeira do outro lado da mesa.

Ele estava sério. Rosa perguntou-se se ele não tinha gostado do aparador que ela comprara em um leilão, ou se achava que ela tinha pagado demais por ele.

Antonio encarou as próprias mãos, mantendo o suspense. Por fim, ergueu a cabeça e falou:

— Já faz um tempo que venho pensando nisso. Nós nos damos tão bem, eu e você. Eu gostaria muito de dar a você e a Sibilla um lar e uma vida segura.

Rosa o encarou. Será que ele estava lhe oferecendo sociedade nos negócios? Ela esperou que ele continuasse.

– Rosa?

– Não sei se entendi – disse ela.

Antonio sorriu.

– Estou pedindo a você que seja minha esposa.

A afirmação deixou Rosa sem fôlego. Ela lutou para retomar a compostura, mas foi impossível. Estava chocada demais. Um pedido de casamento era o que ela esperava de Luciano, não de Antonio! Jamais imaginaria que aquilo pudesse acontecer: não durante as conversas na loja nem as visita ao *Nonno*. Ela apreciava o charme de Antonio, seu senso de humor, sua bondade. Mas sempre pensara nele apenas como amigo e patrão.

Antonio entendeu o silêncio dela como incentivo para continuar.

– Você viu a minha casa. Não é um palácio, mas é confortável. Se quisesse acrescentar seus toques femininos, acho que poderíamos ser muito felizes lá. Significaria muito para o meu pai, especialmente em seus últimos meses. E, é claro, eu reconheceria Sibilla como minha enteada.

Rosa olhou para o chão, dominada por um remorso insuportável. Como ela podia ter deixado isso acontecer? Como podia ter enganado um homem generoso como Antonio a ponto de ele realmente acreditar que ela era uma pobre viúva que precisava ser salva? Porque, sem dúvida, era isso que aquele pedido era: um salvamento. O coração dele, assim como o dela, tinha outra dono. Ela ergueu os olhos e viu que Antonio a observava com uma expressão atordoada.

– O que foi, Rosa? Eu a surpreendi tanto assim?

Rosa cerrou os punhos e conseguiu gaguejar:

– Mas e a *signora* Visconti? É a ela que você ama, não a mim.

Antonio retraiu-se.

– Finalmente entendi que meu apego não passava de uma fantasia de rapaz. Eu não sou mais esse rapaz – disse ele com firmeza. – Deixei de lado as minhas... esperanças com ela já faz algum tempo.

A reviravolta nos acontecimentos deixara Rosa tão chocada que ela começou a chorar. Antonio estava disposto a lhe dar o que ela mais queria para si e para Sibilla: um nome e um lar. Por que ela não podia ter aquilo com Luciano, a quem amava tanto?

Rosa tomou fôlego, reunindo a coragem de que precisava para falar.

– Houve um terrível mal-entendido. Tem algo que eu não lhe contei.

Antonio franziu a testa.

– Você quer dizer que tem alguém? Que já é comprometida?

Rosa fez que sim com a cabeça. Antonio ficou pálido. O desespero que

Rosa sentiu ao magoá-lo a fez perceber que seus sentimentos por ele eram mais profundos do que ela imaginava.

– Ah, puxa – disse ele, cerrando a mandíbula. – Desculpe-me, eu não sabia que... Mas é claro que você teria um homem, não é mesmo? Você é jovem e tão adorável.

A dor na voz dele fez Rosa chorar ainda mais.

– Por favor, Rosa – disse ele, levantando-se e lhe passando seu lenço. – O erro é meu, não seu. Eu fiz suposições demais. Por favor, vamos esquecer essa conversa.

Rosa tentou fazer o que Antonio havia sugerido e esquecer que ele a pedira em casamento, mas achou impossível continuar trabalhando na loja. Antonio passava mais tempo agora visitando fornecedores e comparecendo a vendas de patrimônio. Obviamente, ficava pouco à vontade perto dela. Rosa sentia que estava vivendo desonestamente. Achava-se uma pessoa desprezível por ter enganado Antonio e, agora que ele a pedira em casamento, sentia-se infiel a Luciano por continuar trabalhando na loja.

– Qual é o problema? – Luciano perguntou certa manhã, depois que ela queimara o café pela segunda vez. Ele a olhava cheio de preocupação, mas ela não conseguiu encará-lo.

– Faz uns dias que você está assim – sussurrou Orietta, tomando a panela queimada de Rosa e esfregando-a. – Está grávida?

Rosa percebeu que a coisa mais honesta que podia fazer era parar de trabalhar para Antonio. Certa tarde, enquanto ele estava fora inspecionando alguns móveis em Fiesole, ela lhe escreveu uma carta confessando tudo que podia sem colocar ninguém em perigo. Contou sobre o tempo que passara na prisão, aludindo da maneira mais cuidadosa possível as circunstâncias da concepção de Sibilla. Contou que estava comprometida com o gerente da trupe, mas não disse nada sobre as atividades clandestinas de Luciano. Imaginou se Antonio ficaria mais tranquilo ao saber que ela não era quem ele pensava que era. Talvez, se tivesse descoberto seu passado antes, não tivesse lhe pedido em casamento. Rosa colocou o bilhete na mesa de Antonio.

– Sinto muito por ter enganado você, meu grande amigo – sussurrou, antes de apanhar Sibilla e dar uma última olhada na linda mobília.

Em seguida, trancou a loja e seguiu pela Via Tornabuoni, percorrendo rapidamente diversas quadras sem saber exatamente aonde estava indo.

O inverno naquele ano foi amargo. Rosa tinha se acostumado à loja de Antonio, que era bem aquecida. O apartamento que ela dividia com Luciano era frio como gelo. Ela enfiava trapos nas frestas em volta das janelas para bloquear as correntes de ar e passava a maior parte do tempo na cozinha do apartamento dos Montagnani, onde o fogão permanecia quente até o meio-dia. Piero lhe dizia para colocar mais carvão e mantê-lo acesso, mas Rosa sabia que a pilha estava diminuindo e que durante a noite era mais frio. Ficava triste por não levar mais para casa o dinheiro que levava antes. Havia dito a Luciano que Antonio não tinha mais trabalho para ela e que precisara dispensá-la. O fato de ele ter acreditado nela sem questioná-la a fez se sentir ainda mais culpada. O *signor* Morelli manteve a promessa de recomendar Rosa para tocar em casamentos, mas não só o pagamento era mísero em comparação com o que ela ganhava até então, como, aparentemente, ninguém tinha planos de se casar antes da primavera. Luciano conseguiu um segundo emprego, dizendo que era para não ficar parado, mas Rosa suspeitava de que era também para manter sua honra. O dinheiro enviado pela Giustizia e Libertà para repagar Rosa havia sido roubado pelo mensageiro que deveria tê-lo entregue.

Por volta das 15 horas ficava tão frio que Rosa não conseguia continuar com o trabalho doméstico. Vestia o casaco e segurava Sibilla aconchegada junto ao peito. As duas ficavam assim até as 18 horas, quando Rosa reacendia o fogão e começava a preparar o jantar. As hortaliças que Orietta trazia do mercado eram de qualidade cada vez pior, e Rosa precisava fazer ginástica com a imaginação para inventar variações com polenta, batatas e *baccalà*, que eram a base da dieta deles. Muitas vezes ela ficava sem se alimentar, já que não conseguia se forçar a comer bacalhau seco. Luciano, Carlo, Piero e Orietta chegavam em casa no fim da tarde cansados de tanto trabalhar duro. Rosa entendia que Roberto estava cuidando da prensa, mas se incomodava por ele não contribuir nas tarefas domésticas, especialmente porque jantava com eles e comia mais do que todo mundo.

Certa tarde de janeiro, o apartamento estava tão frio que Rosa não conseguiu mais aguentar: subiu na cama de Orietta com Sibilla a fim de se manter aquecida embaixo das cobertas até os outros chegarem. Acordou algumas horas depois com um sobressalto. A frente de seu vestido estava úmida de suor; porém, ao tocar a própria testa, sentiu que a carne estava fria. Sibilla estava deitada ao lado dela com o rosto virado para o travesseiro.

– Sibilla, o que foi? – perguntou Rosa, erguendo-a. A pele da menina estava pegando fogo.

– Cabeça dói – choramingou ela.

Rosa pressionou a palma da mão contra a testa de Sibilla. A menina estava com febre. A garganta de Rosa secou. Ela afrouxou a camisola de Sibilla para escutar o peito da menina e notou duas manchas parecidas com hematomas em sua pele. Nesse momento, ouviu a porta da frente se abrir. Luciano tinha voltado.

– Rápido! Vá chamar um médico! – disse Rosa. – Sibilla está com febre alta!

O pânico em sua voz fez Luciano sair voando na mesma hora.

Sibilla ficou mole nos braços de Rosa. A menina desmaiou, porém recobrou a consciência logo em seguida.

– Meu Deus adorado, ajude-nos! – rezou Rosa, voltando ao quarto e deitando Sibilla na cama.

Rosa sentou-se ao lado dela. Não saberia dizer se horas ou minutos se passaram até que Luciano retornasse trazendo o médico: um homem com cerca de 30 anos, bochechas caídas e olhos intensos.

Carlo e Orietta também chegaram em casa nesse momento. Assim que souberam que Sibilla estava doente, Orietta deixou de lado as próprias angústias e se pôs a realizar tarefas práticas: pendurar o casaco do médico; atirar carvão no fogo; ferver água. Carlo sentou-se na cama com a cabeça caída sobre as mãos. Roberto chegou pouco depois, esperando encontrar a janta pronta. Carlo lhe contou o que havia acontecido, e ele pairou junto à porta do quarto. Por mais que Rosa não gostasse dele, ficou emocionada com a preocupação em seu rosto.

O médico mediu a temperatura de Sibilla e lhe apalpou o pescoço. Sibilla espremia os olhos, como se a luz os machucasse. O médico pareceu mais preocupado com esse sintoma do que com a febre alta. Ele apanhou o estetoscópio e afrouxou a roupa da menina para ouvir sua respiração. As manchas tinham se espalhado pelo peito; agora havia mais de uma dúzia delas. O médico colocou o estetoscópio de lado.

– Quem é o pai? – perguntou.

– Sou eu – disse Luciano.

O médico fez sinal para que Luciano o seguisse até o corredor. Rosa sentiu um enjoo forte. O sangue latejava tão alto em seus ouvidos que ela não conseguia escutar o que o médico estava dizendo. Luciano desabou como se tivesse levado um soco. Sibilla perdeu a consciência outra vez. O médico voltou ao quarto; Luciano o seguiu e pôs a mão no ombro de Rosa. Um caroço irritava a garganta dela. Rosa teve a sensação de que ia vomitar.

– Sinto muito – disse o médico.

Rosa não conseguia falar. Viu-se negociando com Deus. "Leve meus olhos, leve minhas pernas, mas não leve..."

– É meningite – disse o médico.

Primeiro Rosa achou que tinha ouvido errado. Meningite. Havia uma epidemia dessa doença em Florença naquele inverno. Todos os bebês e a maioria das criancinhas que haviam contraído a doença tinham morrido. Carlo soltou um soluço. Orietta veio correndo da cozinha.

– Você precisa se preparar para o pior – disse o médico. – Sua filha é batizada?

Rosa levantou-se e quase tombou para a frente. Luciano agarrou-lhe o braço para ajudá-la a se equilibrar. Aquilo não podia estar acontecendo. Ela não podia perder Sibilla, sua estrela brilhante. Rosa não se renderia assim. Tinha lutado para manter Sibilla consigo e, para mantê-la viva, lutaria até com Deus se fosse necessário.

– Não! A Sibilla é forte! – disse ela, de punhos cerrados. – Existe antissoro para isso agora, não existe?

O doutor soltou um suspiro.

– A clínica central da OMNI talvez aplique. Sua filha está sucumbindo... mas você pode tentar.

– OMNI? – Rosa lembrou-se do dia humilhante na *comune*, quando seu pedido de assistência fora rejeitado. – Eles não vão me aceitar – disse ela, com um tremor na voz. – Eu sou considerada inimiga do estado.

A boca do médico se retorceu. Rosa viu que ele não aprovava o status dela, mas por sorte sua maior preocupação era Sibilla. Ele olhou para Luciano.

– E você? É membro do partido?

Luciano baixou os olhos e balançou a cabeça, informando que não. Uma expressão de desânimo formou-se no rosto do médico.

– Então não tem nada que eu possa fazer. É melhor vocês mandarem buscar um padre.

A cabeça de Rosa rodava.

– Não existe uma clínica particular? – perguntou ela.

O médico ergueu as sobrancelhas.

– Existe, mas... é preciso dinheiro para ir até lá. Muito dinheiro.

– Nós temos dinheiro! – disse Rosa. O quarto estava ficando branco. A mente de Rosa era um amontoado de pensamentos confusos, e ela lutava para encontrar sentido neles. – Luciano. Nós temos o dinheiro guardado para a escola da Sibilla.

Luciano olhou-a perplexo.

– Rosa, você sabe que esse dinheiro foi usado. Você sabe para quê.

Quando os olhares dos dois se cruzaram, Rosa deu-se conta da terrível verdade. O jornal antifascista – eles tinham gastado na luta contra Mussolini o dinheiro que poderia salvar Sibilla.

Luciano virou-se para o médico.

– Eu posso conseguir o dinheiro – disse ele. – Mas não já.

O médico balançou a cabeça.

– Eles vão querer o dinheiro na entrada. Se você não puder pagar, vão mandá-la para um hospital de caridade e, francamente, é melhor deixar sua filha aqui.

Rosa olhou para Sibilla, que respirava com dificuldade. "Não", pensou. "Não vou deixar ela que ela morra."

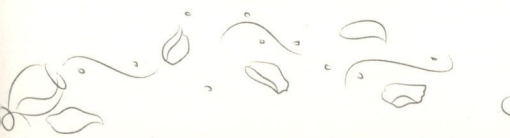

– Luciano, Orietta – chamou, puxando os dois na direção de Sibilla. – Olhem ela para mim. Eu conheço alguém que vai ajudar. Vou falar com ele.

Rosa se dirigiu ao médico.

– O senhor tem carro?

– Tenho.

– Então leve minha filha até a clínica, por favor. Eu encontro o senhor lá com o dinheiro, eu juro. Daqui a uma hora.

– Aonde você vai? – perguntou Luciano. – Eu vou com você.

– Não! – Rosa queria olhar para Luciano, mas não conseguia. – Eu vou falar com o Antonio. Ele ama a minha filha. Ela ama a Sibilla. Ele vai nos ajudar.

O ar da noite estava congelante, e Rosa não tinha se vestido apropriadamente, pondo apenas o casaco sobre o vestido de usar em casa. Porém, não sentiu o frio pinicando sua pele e ressecando seus olhos. Não se permitiu sentir nada. Tinha apenas um propósito em mente: salvar Sibilla. Correu pelas ruas como uma mulher que perdera o juízo. A cabeça latejava e os pés doíam, mas ela não parou. Quando chegou ao apartamento de Antonio, tocou a campainha, rezando para que ele estivesse em casa.

Foi o próprio Antonio quem atendeu à porta em vez de Ylenia. Ele vestia um robe sobre o terno e levou um susto ao ver Rosa.

– Meu Deus! Esta noite está um gelo. O que você está fazendo aqui? – perguntou ele, puxando-a para dentro do salão. Ele ficou pálido ao ver o olhar transtornado de Rosa. – O que aconteceu?

– Sibilla! – gritou Rosa, caindo de joelhos.

Antonio arregalou os olhos.

– O que aconteceu? O que aconteceu com a Sibilla?

As lágrimas que Rosa estava se forçando para conter jorraram para fora de seus olhos.

– Ajude-nos, Antonio! Pelo amor de Deus! Ajude-nos!

Rosa não tirou os olhos de Sibilla durante aquela noite crítica na clínica. Elas ficaram sozinhas na sala de isolamento, com uma enfermeira que vinha a cada meia hora para conferir os sinais vitais da menina. Rosa não se permitiu pensar no que acontecera nas últimas horas. Gastava todos os seus esforços mentais em orações pela filha. Não queria lembrar-se da expressão humilhada no rosto de Luciano quando Antonio apresentou seu cartão do Partido Fascista para a enfermeira da recepção, entregando-lhe um maço de notas.

– Qualquer coisa que ela precisar – dissera ele. – Absolutamente qualquer coisa. Eu vou pagar.

Rosa jamais magoaria Luciano intencionalmente, porém só conseguia pensar em salvar Sibilla.

Apenas Rosa recebera permissão para ficar com a filha; os outros tinham sido mandados embora. A criança tinha ficado inconsciente depois que o soro havia sido administrado. A cada vez que a condição da menina piorava, Rosa sentia que um pedaço de si estava sendo arrancado. Mesmo assim, por algum milagre, na manhã seguinte Sibilla continuava respirando.

Antonio chegou e conseguiu que uma cama portátil fosse trazida para que Rosa dormisse nela. Também falou que ligaria para um amigo em Roma especialista em crianças, a fim de ver se havia algo mais que pudesse ser feito.

– Luciano e os outros estão esperando do lado de fora da clínica – disse ele. – Estão loucos de preocupação, mas é melhor não entrarem. Talvez isso ameace o tratamento de Sibilla. O chefe dos médicos é um fascista ardente.

A condição de Sibilla piorou à tarde. Suas pálpebras fechadas estavam inchadas, e a boca estava mole. Durante a semana seguinte, o quadro prosseguiu com melhoras pequenas seguidas por pioras.

– Sinto muito, mas não posso mais deixar você passar a noite aqui – a enfermeira disse a Rosa. – É contra as regras. Seu marido nos persuadiu a abrir uma exceção para você, mas já fizemos isso pelo tempo que podíamos. Você vai ter que ir para casa e voltar de manhã.

Rosa entendia que ao dizer "marido" a enfermeira estava falando de Antonio. Ele ia à clínica todos os dias, levando notícias de Sibilla a Luciano e sua família, bem como trazendo sopa para Rosa.

– Ylenia fez para você. Você tem que ficar forte pela Sibilla. Não pode definhar.

E permanecia junto dela para ter certeza de que ela tomaria a sopa. Rosa tomava para deixá-lo satisfeito, e não porque sentisse fome. Lembrou-se do que tinha dito a Luciano: "Ele ama a minha filha. Ele ama a Sibilla." "Sim, mas ele *me* ama também", Rosa deu-se conta. Via isso na maneira como ele cuidava dela. Em algum lugar, de alguma forma, o afeto que ele sentira pela *signora* Visconti havia se transferido para ela. O pedido de casamento não tinha sido, de modo algum, uma missão de salvamento.

Todos os dias, quando Rosa voltava para casa da clínica, ela e Luciano desabavam um nos braços do outro, porém geralmente estavam angustiados demais para falar muito. O que havia para ser dito? Rosa não conseguia pensar de maneira clara o suficiente para conversar sobre qualquer assunto. Só conseguia pensar em Sibilla.

– Você deve me odiar – Luciano disse um dia, com os olhos transbordando de dor. – Se eu não tivesse usado o dinheiro...

Rosa pôs os dedos nos lábios dele e balançou a cabeça.

– Foi *nossa* decisão... e no fim Sibilla recebeu o soro. Agora está nas mãos de Deus.

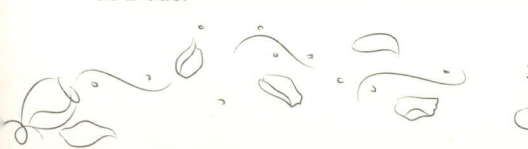

Os Montagnani não tinham telefone, portanto a cada manhã Rosa ia à clínica cheia de pavor, sabendo que poderia ser recebida com a notícia de que Sibilla perecera durante a noite. Embora a menina estivesse consciente outra vez e comendo pequenas porções de mingau, o médico afirmara que ela ainda corria risco. Mas Rosa se recusava a perder as esperanças.

– Vamos, minha pequena – sussurrava para a filha, acariciando-lhe a bochecha. – A *Mamma* quer levá-la para casa.

Todos os dias, ao voltar da clínica, Rosa parava em uma igreja para acender uma vela. Sentava em silêncio e rezava, nunca sabendo ao certo se a paz que sentia vinha da fé ou da exaustão.

Na décima quinta noite em que Sibilla estava doente, Rosa teve um sonho em que foi acordada por uma luz brilhante. Saiu da cama e seguiu a luz por um corredor escuro com uma porta no final. A porta se abriu devagar. Do outro lado estava Sibilla, nos braços de um anjo. O anjo estava com as asas encolhidas nas costas e embalava Sibilla, que estava feliz e dava risada. A luz ficou mais forte, e Rosa acordou. Já eram 9 horas da manhã. Ela tinha perdido a hora. Luciano saíra às 5h para trabalhar e provavelmente achara que era cedo demais para acordá-la.

Rosa se vestiu com pressa e pegou o bonde para a clínica. Durante o sonho ela sentira paz, porém agora estava em pânico. Por que um anjo? Será que Sibilla tinha falecido?

Não havia ninguém no balcão da recepção da clínica. Rosa correu escada acima. Entrou no quarto de Sibilla, mas a filha não estava lá. Os lençóis haviam sido tirados da cama. Rosa voltou voando ao corredor. Seu coração parou quando ela viu um carrinho e, sobre ele, um corpo coberto por um lençol. Era um corpo pequeno: os pés não alcançavam o fim do carrinho. O sangue fugiu do rosto de Rosa. "Ajude-me a ser forte, ajude-me a confiar", rezou. Suas pernas tremiam. Com a mão trêmula, ela puxou o lençol com um movimento brusco. Um menininho com um halo de cabelo loiro apareceu diante dela. Sua pele estava cheia de pintas, mas ele parecia em paz, como se estivesse dormindo. Rosa o reconheceu: era o menino que tinha caído da bicicleta e batido a cabeça. Estava vivo no dia anterior, mas agora sua família jamais voltaria a desfrutar de sua voz e de sua presença. Ela se inclinou para a frente e beijou a testa da criança antes de cobri-la outra vez.

– Sua filha está aqui, *signora* Parigi.

Rosa virou-se e viu a enfermeira-chefe de pé no final do corredor, apontando para a porta ao seu lado.

Os pés de Rosa mal tocavam o chão enquanto ela corria até o quarto que a enfermeira tinha indicado. Sibilla estava sentada na cama. Estava pálida, mas não lutava para respirar. Mordiscava uma ameixa que segurava na mão. Quando viu Rosa, um sorriso abriu-se em seu rosto.

– Cabeça não dói, *Mamma* – disse ela.

Rosa atirou os braços em torno da filha e começou a chorar.

A caminho de casa, Rosa parou na igreja. Sentou-se em um banco, fitando a estátua de Cristo. O pensamento perturbador que ela conseguira suprimir durante a crise com a doença de Sibilla agora solicitava sua atenção. Não podia mais evitar o óbvio: seu amor por Luciano a levava para um lado, mas seu amor por Sibilla e o dever para com o bem-estar da filha a puxavam para outro. Ela precisava pensar em Sibilla e no tipo de vida para a qual a conduziria se ficasse com Luciano. Ele fora chamado a uma causa maior e, embora nunca fosse dizer isso, ela e Sibilla eram um peso que o puxava para trás. Rosa lembrou-se das palavras que a abadessa lhe dissera quando ela estava saindo do convento: "Para viver esta vida é preciso ter sido chamada para ela..." Luciano as amava, mas não tinha nascido para ser um pai de família comum tanto quanto Rosa não tinha nascido para ser freira. Ele não podia dar as costas ao propósito para o qual Deus o havia designado. Aquilo fazia parte dele, tanto quanto a habilidade de enxergar a origem das coisas fazia parte de Rosa.

Os pensamentos de Rosa voaram até Antonio. Ele lhe propusera casamento, mas ela recusara porque seu coração pertencia a Luciano. Em algum momento tinha considerado o que era melhor para Sibilla? Antonio podia dar à menina um lar aconchegante e uma boa educação. Aulas de balé, aulas de arte, roupas bonitas. Ela poderia ter tudo isso. O que Rosa poderia oferecer caso ficasse com Luciano? O amor por si só não a teria salvado da meningite.

Rosa sentiu a presença de alguém de pé ao seu lado. Olhou para cima e viu Luciano.

– Imaginei que encontraria você aqui – disse ele, ajoelhando-se ao lado dela. – Antonio me disse que o perigo maior já passou para Sibilla.

Rosa fitou as próprias mãos. Estava com medo de olhar para Luciano. Estava com medo do que talvez visse nos olhos dele – ou do que talvez ele visse nos dela.

– Eu não sabia que ele tinha pedido você em casamento – Luciano falou com suavidade. – Você não me contou. Ele é um homem bom. Nós tivemos uma conversa longa. Parece que você contou a ele sobre o seu passado, e ele não ficou chateado.

– Pare! – disse Rosa.

Com Luciano tão perto, o braço que ela conhecia tão bem pressionado contra o seu, Rosa esqueceu tudo em que estivera pensando. Ela o *amava*. *Precisava* dele. Tinha medo do que ele ia dizer porque sabia que era o mesmo em que ela estivera pensando. "O que é mais difícil de aguentar", Rosa perguntou-se. "A verdade ou a mentira?"

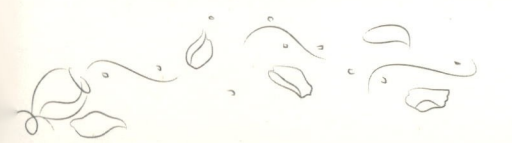

– Você vai acender uma vela por mim, Rosa? – perguntou Luciano. – Vai acender uma vela e rezar pela causa com a qual estou comprometido?

Rosa sentiu os olhos dele sobre ela, mas recusou-se a encará-lo. A dor em seu peito iria matá-la. Talvez um dia tudo aquilo que tinha acontecido fosse fazer sentido e ela veria as coisas com distanciamento. Mas não naquele dia. Não havia palavras para traduzir a agonia que estava sentindo.

– Do que você está falando, Luciano? – ela finalmente juntou coragem para perguntar. – O que está tentando me dizer?

– Eu a amo, Rosa. E sei que você me ama. Mas o que importa agora não somos nós dois. O que importa agora é fazer o que é certo. Eu não posso dar a você e Sibilla o que Antonio Parigi pode dar. Não consigo ser aquele tipo de homem. Você sabe que isso é verdade.

Rosa sabia. Ela sabia com o coração. Não era apaixonada por Antonio como era por Luciano, mas podia vir a amá-lo como marido ao longo do tempo. Rosa lutou contra as lágrimas, mas não conseguiu. Elas foram caindo, grossas e rápidas, por suas bochechas. Luciano a puxou para junto de si. De alguma maneira, ela encontrou forças para olhá-lo nos olhos. Viu-o na noite em que eles fizeram amor sob as estrelas. Lembrou-se da primeira vez em que o vira, junto ao Arno, com o sol cintilando no cabelo e na pele.

– Você precisa ir, Rosa – disse ele, engolindo duro. – Nós dois sabemos que é a coisa certa a fazer, por você e por Sibilla. Meu trabalho está ficando mais perigoso.

Rosa não conseguiu dizer o quanto o amava nem como achava que morreria sem ele. Em vez disso, falou:

– Quando a Sibilla tiver idade o suficiente, vou contar tudo a ela.

– Não! – Luciano a interrompeu, depois a ajudou a se levantar. – É melhor que ela não se confunda em suas lealdades.

Os dois se fitaram nos olhos por um momento. "Então é isso?", perguntou-se Rosa. O amor que sentiam acabaria daquele jeito tão abrupto? Eles não se mexeram, tampouco disseram nada. Rosa desejava muito beijar Luciano, mas resistiu ao impulso.

– Lute contra Mussolini por mim e por Sibilla – disse ela. – Minha alma vai estar com você. Vou acender uma vela toda noite e rezar por você e pelos outros.

Luciano a beijou, um beijo demorado que aqueceu os lábios dela, mas depois os deixou frios como gelo quando ele se afastou.

– Você explica à Orietta? – pediu ela. – Ao Piero e ao Carlo? Eles são a minha família.

Luciano fez que sim com a cabeça. O coração de Rosa parecia ter parado de bater. Tudo que ela sentia era uma dor esmagadora. Após um último olhar ardente para Luciano, ela virou-se para ir embora. Mal conseguia respirar de tanta agonia, mas forçou-se a se afastar. Ela era mãe. Não podia pensar em si mesma. Aquilo era o que devia fazer. O chão parecia estremecer debaixo de seus pés enquanto ela se dirigia à porta da igreja. Sentia-se no convés de um navio que se preparava para sair mar afora. Rosa sentiu os olhos de Luciano pousados sobre ela até o momento em que saiu da igreja e foi banhada pela luz do sol. Mas não se virou.

"É melhor assim", disse a si mesma. "Era para ser assim." Porém, sentia uma dor no coração ao pensar que, de certa forma, havia abandonado Luciano no momento em que ele mais precisava dela.

Parte três

dezesseis

"Itália, reviva as glórias de Roma! Império na Itália!", esbravejava o locutor do rádio ligado na loja de brinquedos Geppeto, na Via della Vigna Nuova. O ano era 1935, e Mussolini havia recém-anunciado que o exército italiano invadira a Abissínia.

Rosa, que estava comprando presentes para seus gêmeos, levou empurrões e cotoveladas de clientes que comemoravam abraçando-se. O dono da loja segurava na mão um fantoche de Pinóquio que dançava uma jiga no tampo do balcão. Rosa perguntava-se como essas pessoas podiam estar tão felizes quando a guerra resultaria em fome para milhares de crianças. Ou será que não se importavam, já que não eram os filhos *delas* que morreriam? Rosa sentiu vergonha de seus conterrâneos. Como podiam chamar a si mesmos de "civilizados" e atacar uma nação indefesa? A Abissínia não tinha aviões, tampouco armas antiaéreas. Mal conseguiam dar de comer à própria população.

A caminho da Via Tornabuoni, Rosa parou em uma casa de chás inglesa. A história do ataque italiano à Abissínia era contada de maneira diferente nos jornais britânicos. Os britânicos condenavam a Itália por não ter declarado guerra antes de atacar e por ter bombardeado hospitais. Rosa olhou para a foto dos soldados abissínios de pés descalços na capa do *The Times* e sentiu náuseas. A Liga das Nações condenara a Itália como um agressor, e na verdade Mussolini podia ter desenvolvido a Abissínia sem conquistá-la. Os britânicos haviam tentado encontrar uma solução pacífica para as exigências de Mussolini, oferecendo à Abissínia uma faixa de seu próprio território que dava acesso a um porto, em troca de que cedessem uma porção de terra à Itália. Porém, Mussolini não estava interessado em soluções pacíficas. Havia definido o "Estado Fascista" como "um desejo por poder e dominação". Queria guerra, conforme Luciano havia alertado.

Rosa passou os olhos pela cafeteria. Havia menos clientes que no mês anterior. Os britânicos estavam nervosos. Mussolini vinha usando a imprensa para incitar os italianos contra eles por causa da oposição do governo britânico às suas políticas expansionistas. A maioria dos turistas tinha ido embora, e muitos dos expatriados estavam fazendo as malas. Parecia que as velhinhas que não tinham lar nem família aos quais retornar na Inglaterra seriam as únicas a permanecer. A Itália tinha sido seu lar por anos, e elas não conseguiam deixá-la, independentemente da recente animosidade contra elas.

Rosa pagou pelo chá e pelo bolo, tomada por um impulso repentino de correr para casa e abraçar seus filhos. Os gêmeos ficavam aos cuidados de Giuseppina, que permanecera após a morte do *Nonno*. Tinham recentemente começado a dizer palavras concretas como "cachorro!" e "gato!"; e Sibilla adquirira o hábito de cantar músicas de ninar para eles. Rosa tremia ao pensar que o mundo seguro de seus filhos poderia ser despedaçado pela guerra. Por que Mussolini não se preocupava com os problemas internos da Itália, em vez de arrastar o país para conflitos?

Por mais ansiosa que estivesse em ir para casa, Rosa passou primeiro na loja de móveis. Ficou parada na porta do escritório por um momento, vendo Antonio organizar faturas. Foi inundada pelo mesmo afeto em relação a ele que experimentava nas manhãs em que, ao acordar, encontrava a bochecha dele pressionada contra a dela.

– Ouviu as notícias? – perguntou ela.

Antonio ergueu a cabeça do trabalho e sorriu.

– Que notícias?

– Sobre o ataque da Itália contra a Abissínia. Todo mundo na loja de brinquedos comemorou.

Antonio se recostou na cadeira e encolheu os ombros.

– Mussolini emburreceu esta nação. Será que essas pessoas acham mesmo que isso é construir um império? O que vai acontecer agora é que a Liga das Nações vai impor sanções econômicas contra nós. Talvez o pessoal deixe de comemorar quando não tiver comida para colocar na mesa.

Ele levantou-se e tomou os pacotes de Rosa antes de passar os braços em torno dos ombros dela.

– Não podemos nos preocupar com o que não podemos consertar – disse ele, beijando-a no topo da testa. Em seguida, dando uma olhada no relógio, falou: – Está quase na hora do almoço. Vamos voltar e ver como foi a manhã dos nossos anjinhos.

No apartamento de Rosa e Antonio, o antigo quarto do *Nonno* fora transformado em um quarto de crianças. A mobília pesada de teca havia sido substituída por dois berços cor de creme, um trocador e uma cômoda feita de bordo. Em uma das paredes Rosa pintara uma oliveira com galhos que chegavam até o teto. Em outra estava pendurado o espelho em forma de ferradura do *Nonno*, com o chapéu de caubói. Rosa adorava o quarto e tinha certeza de que o *Nonno*, que morrera três meses antes de os gêmeos nascerem, teria aprovado também. "O seu casamento com o meu filho foi a melhor coisa que aconteceu na minha vida. E na dele!", o *Nonno* dissera a Rosa.

— Ah, a *Mamma* e o *Babbo* chegaram — disse Giuseppina, levantando-se quando Rosa e Antonio entraram. Suas bochechas rosadas e suas linhas de expressão dançavam no rosto.

Os gêmeos estavam brincando no chão com sua ferrovia de borracha, auxiliados por Ambrosio, que mastigava o engenheiro de brinquedo. Lorenzo, o primeiro dos dois a nascer, tentou levantar-se, mas caiu de bunda, quase acertando Allegra, que dormia ao seu lado. Ele tinha ganhado esse nome em homenagem ao *Nonno*. O gêmeo a nascer por último, Giorgio, recebera o nome do meio de Antonio porque não havia avô materno de quem ele pudesse herdar o nome.

Lorenzo, que era claro como o pai, começou a chorar. Rosa ficou surpresa. Geralmente ele era mais aventureiro que seu irmão de pele cor de caramelo, e a queda teria causado mais susto que dor. Giorgio tentou confortar o irmão oferecendo-lhe o polegar, mas, ao ser rejeitado, começou a chorar também.

— Ah! — disse Antonio, cobrindo as orelhas e fingindo angústia. — O que aconteceu com o temperamento alegre dos meus meninos?

— Aqui — disse Sibilla, levantando-se da mesa à qual estava desenhando. Ela correu até os gêmeos e os beijou. — Eu vou curá-los.

O remédio dela funcionou. Os gêmeos pararam de chorar e voltaram a atenção para os trens novamente.

Rosa abraçou e beijou cada um dos seus filhos, depois puxou Sibilla para o colo e, juntas, elas ficaram vendo o que os gêmeos estavam fazendo. Antonio se pôs de quatro no chão e juntou-se à brincadeira dos meninos, imitando o barulho de um motor a vapor enquanto empurrava o brinquedo. Os gêmeos davam gritinhos estridentes de alegria.

— Eu desenhei a senhora e o *Babbo* — disse Sibilla, apanhando o bloco de desenhos e mostrando-o a Rosa.

A imagem mostrava Rosa de perfil e Antonio virado de frente. Não era comum para uma criança nova como Sibilla desenhar figuras em diferentes orientações e com boas proporções, mas Rosa tinha a impressão de que sua filha era avançada para a idade de todas as maneiras. Era autodisciplinada e respondia rápido a todo tipo de pergunta. Também começava a demonstrar uma habilidade fora do comum para música.

— Quando eu toco flauta, Sibilla me acompanha murmurando — Rosa contara a Antonio. — Ela mantém o tempo e o ritmo.

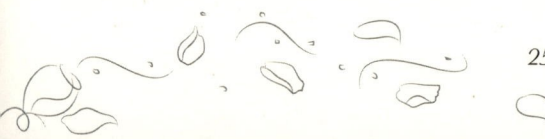

Rosa alisou o cabelo de ébano de Sibilla, macio como seda. A menina tinha uma beleza tão extraordinária que era comum as pessoas pararem a família na rua para admirá-la. Depois observavam Rosa e Antonio, bem vestidos e de boa aparência, mas a pergunta evidente em seus rostos era a mesma que Rosa se fazia: de onde tinha vindo uma beleza tão luminescente? Certamente não de Osvaldo.

Sibilla escorregou do colo de Rosa e foi mostrar seu desenho a Antonio.

– É lindo, querida – disse ele. – Você me desenhou tão bonito!

– Você *é* bonito – respondeu ela, atirando a cabeça para trás.

A menina sabia que tinha Antonio aos seus pés e que ele não resistia a nenhum pedido seu.

– A Sibilla geralmente é um doce – Giuseppina segredara a Rosa e Antonio quando eles lhe perguntaram, certa vez, sobre o comportamento dos filhos. – Mas às vezes pode ser arrogante, quando quer alguma coisa e não ganha.

Antonio dera risada, considerando esse comportamento um estágio no desenvolvimento de Sibilla. Porém Rosa, que também havia notado aquela característica, incomodava-se. A arrogância lhe lembrava da Marquesa de Scarfiotti.

Ylenia entrou no quarto.

– Fiquei pensando se a senhora e o *signor* Parigi não gostariam de almoçar no terraço hoje? – perguntou a Rosa. – O tempo está bonito. As crianças podem comer aqui.

Antonio lutou para levantar-se de sua posição indigna. Porém, assim que estava de pé, viu a expressão no rosto dos filhos, cabisbaixos por ele ter parado de brincar.

– Acho que vamos todos comer aqui no quarto das crianças hoje. Obrigado, Ylenia – disse Antonio.

Rosa amava momentos como aquele, em que eles estavam todos juntos. Era uma vida pacífica e feliz. Porém, voltou a sentir a inquietação que sentira ao ouvir o anúncio do ataque contra a Abissínia. Sonhos eram frágeis, e quem estava dormindo sempre acordava. Rosa fechou os olhos, temendo que, se amasse demais, talvez perdesse tudo.

Antonio estava certo ao prever que os membros da Liga das Nações imporiam sanções à Itália por causa de seu ataque gratuito contra a Abissínia. Na primavera a lira havia se desvalorizado e as reservas de ouro do Banco da Itália estavam decaindo. Para ajudar as reservas e incentivar o patriotismo, Mussolini conclamou o povo italiano a sacrificar suas alianças de casamento pela causa nacional, dando a isso o nome de "Dia da Fé". Os cidadãos deveriam levar suas alianças a depósitos em cidades grandes, cidades pequenas e aldeias pelo país todo. Rosa e Antonio não pretendiam ajudar Mussolini a matar gente inocente. Rosa lera na imprensa inglesa que os militares italianos estavam desobedecendo às convenções internacionais de guerra e usando gás mostarda. Chorou ao ler as histórias de soldados cegados e queimados, largados durante horas no campo de batalha, morrendo por causa dos efeitos do gás venenoso, sem assistência médica porque as ambulâncias e hospitais da Cruz Vermelha estavam sendo atacados pela força aérea italiana.

– Que vergonha! – gritou ela. – Que vergonha!

Quando o Dia da Fé chegou, o céu desabou em uma chuva forte. Mas a desaprovação por parte da natureza não impediu as mulheres de comparecerem aos milhares, desde as 7 horas da manhã até tarde da noite, para oferecer suas alianças de casamento e outros itens de ouro. Rosa e Antonio, que estavam a caminho de uma venda de patrimônio, viram as filas em frente à *comune*. Eram mulheres de classe média e da classe trabalhadora, porém naquela manhã o rádio anunciara que a Rainha da Itália, as princesas, bem como a mulher e a filha de Mussolini, também entregariam suas alianças. As igrejas e até mesmo as sinagogas tocaram a *Giovinezza*, conclamando as mulheres a doar suas alianças após os serviços religiosos.

Rosa ouviu um peixeiro saudar um açougueiro: "Quem é o dono da Abissínia?", perguntou ele. "Somos nós! Somos nós!", o açougueiro respondeu entusiasmado, limpando as mãos no avental ensanguentado.

– Para eles é como um jogo de futebol – Antonio sussurrou para Rosa.

Embora Rosa e Antonio não tivessem doado suas alianças para a causa, eles as tinham removido do dedo e colocado no cofre do apartamento. Mesmo não concordando com o que estava acontecendo, não era sábio opor-se abertamente. O fervor patriota havia sido incitado de tal maneira que as coisas podiam ficar ruins para qualquer um que o questionasse.

– Não deixem que a marcha italiana para a vitória seja impedida – um voluntário Camisa Negra gritava através de um megafone em frente a uma escola onde alianças de casamento estavam sendo coletadas. – Nós vamos derrotar o cerco.

A chuva diminuiu, e Rosa avistou a *signora* Visconti saindo da escola. Ficou desanimada ao ver o antigo amor do marido. Rosa agora andava elegante, com suas roupas feitas sob medida e o cabelo partido no meio e puxado para trás, formando um arranjo de cachos preso na nuca. Tinha até uma coleção de lindos chapéus, inclusive um rosa-flamingo com rosas de seda na aba. Porém, a beleza da *signora* Visconti era tão arrebatadora quanto a de Sibilla. Com as sobrancelhas arqueadas, chapéu de redinha e pele dourada, era como se não precisasse fazer esforço algum para parecer elegante.

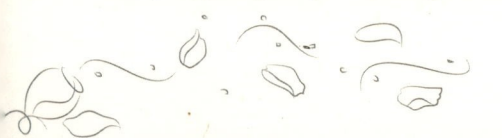

Rosa vira a *signora* Visconti alguns meses antes, ao sair para uma caminhada com os filhos e Giuseppina. A mulher havia se colocado na frente de Rosa de modo a bloquear seu caminho, e em seus olhos queimava um ódio tal que Rosa ficou assustada. Então a expressão naquele rosto severo e bonito mudou para desdém, e a mulher afastou-se. Rosa entendeu o que a *signora* Visconti estava lhe dizendo: "Você lhe deu filhos, mas o grande amor da vida dele sou eu."

A *signora* Visconti avistara Antonio e o encarava, mas ele apanhou o braço de Rosa e continuou caminhando. Não disse nada nem quando eles já estavam a várias ruas de distância.

– Antonio – arriscou-se ela.

Ele a olhou.

– Sim?

– Você viu a *signora* Visconti?

– Vi.

Rosa tentou ler o rosto do marido. Será que ele ainda pensava na *signora* Visconti? Talvez quando ficava acordado até tarde lendo e Rosa já estava na cama? Ou quando caminhava até a loja de manhã? Antonio contraiu os lábios. Rosa esperou e, quando viu que o marido não pretendia fazer mais nenhum comentário, perguntou:

– Você está bem?

Antonio fez uma careta.

– Eu não tinha ideia de que ela fosse tão fascista assim.

O momento de insegurança de Rosa passou, e ela riu do comentário irônico de Antonio. Perguntou-se por que precisava da reafirmação do marido, quando ele parecia não pensar nem um pouco na *signora* Visconti. Será que era de sua própria "infidelidade" que ela tinha medo? Embora Rosa amasse e respeitasse Antonio, nunca esquecera Luciano. Ele ainda tinha um lugar no coração dela.

Certa tarde, na primavera do ano seguinte, Rosa estava perto do Duomo e decidiu entrar para acender sua vela diária para Luciano. De pé no cavernoso interior gótico da catedral, fitou os afrescos do Juízo Final no interior da cúpula. Era como olhar para dentro do céu. Ela acendeu uma vela e sentou em um banco para rezar e contemplar. Rosa não acreditava na igreja enquanto instituição política, porém acreditava em Deus. Ele era o único que podia salvar o povo italiano de sua loucura.

Enquanto rezava, Rosa viu uma mulher passar. Havia algo de familiar nela. Quando a mulher se ajoelhou, Rosa avistou seu perfil elegante e os reflexos dourados no cabelo por baixo do véu.

– Orietta?

A mulher se virou, e o coração de Rosa se elevou de alegria com a visão da velha amiga. Orietta retribuiu o sorriso de Rosa e fez sinal para elas saírem da nave da igreja, a fim de não perturbarem os outros fiéis.

– Você está tão bonita – disse Orietta, dando-lhe um abraço genuinamente caloroso.

Rosa ficou emocionada com a demonstração de carinho. Deixara de manter contato com a família de Luciano após seu casamento com Antonio e sentia profundamente essa perda.

– O que você tem feito? – perguntou Rosa.

– Continuo trabalhando na confeitaria. – Orietta observou a amiga, já imaginando o que ela perguntaria em seguida. – Meus irmãos estão lutando na Espanha.

– Espanha? – o coração de Rosa afundou. Ela temera por Luciano por causa de suas atividades antifascistas na Itália. Mas a guerra na Espanha era um banho de sangue. – Espanha? – repetiu, sentindo-se fraca. – Eles estão lutando pela República?

– Estão – respondeu Orietta. – Partiram faz alguns meses.

Rosa sentiu ânsia de vômito. O exército espanhol, em associação com a Igreja, os donos de terras e os fascistas espanhóis, havia se rebelado contra o governo republicano. A Itália estava enviando armas e tropas ao campo de batalha, em apoio os conservadores. Mussolini ordenara que todos os italianos que estivessem lutando contra o próprio país deveriam ser executados a tiros caso fossem capturados.

– Você teve alguma notícia deles?

Orietta fez que não com a cabeça.

Rosa engoliu em seco. As coisas tinham ido muito além de panfletos. As baixas entre os republicanos na Espanha eram enormes.

– Você veio aqui rezar pelos seus irmãos? – perguntou Rosa.

– Vim. Eu venho aqui todo dia – Orietta respondeu, com lágrimas nos olhos.

– Eu também acendo uma vela por eles todo dia – disse Rosa. – Vamos rezar juntas.

Quando terminaram de rezar, as mulheres saíram da catedral. Rosa notou que sua amiga estava magra e esgotada. Suas roupas, embora limpas, estavam gastas. "A vida deve ser difícil para ela com os irmãos longe."

– Escute – disse Orietta, tomando o braço de Rosa e caminhando ao lado dela. – Não precisa deixar de aparecer só porque você e Luciano se separaram. Eu sempre entendi. Desde criança, Luciano nunca foi como os outros meninos. Alguns homens nasceram para ficar sozinhos.

Rosa ficou grata por Orietta ter quebrado o gelo quanto àquele assunto e precisou lutar para conter as lágrimas.

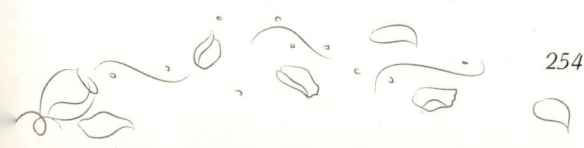

– Você e eu éramos como irmãs – conseguiu dizer.

Orietta concordou com um aceno de cabeça e sorriu.

– Ainda podemos ser. Como está Sibilla? Já deve estar uma mocinha.

Rosa ficou feliz em distrair-se falando dos filhos, pois saber que Luciano estava na Espanha trouxe a realidade dos acontecimentos para mais perto dela. Rosa tinha a sensação de que, por mais que tentasse manter sua família em segurança, Mussolini estava prestes a trazer calamidade para a Itália. A imprensa internacional se referia a ele como "o pior dos ditadores europeus". Os italianos precisavam deter Mussolini enquanto tinham a chance.

O fato de Antonio não ter se oposto à sugestão de que Orietta trabalhasse para ele na loja era um sinal de sua confiança em Rosa. Orietta ganharia mais ali do que na confeitaria. Rosa estava ocupada com os filhos e a casa e já não conseguia manter os catálogos atualizados nem ajudar com as vendas tanto quanto antes. Ela não conhecia muitos homens que teriam tolerado, quanto mais recebido de braços abertos, a irmã do ex-namorado da esposa. Mas Antonio era especial assim.

– Ela deixou tudo brilhando – disse Antonio no primeiro dia de Orietta na loja, quando eles chegaram ao apartamento para almoçar.

– Já? – Rosa perguntou, sorrindo. – Você recebeu muita mobília este mês.

Orietta ficou vermelha.

– Eu jamais imaginaria que existisse tanto para aprender sobre mesas e cadeiras, mas estou gostando.

– Ela é rápida – Antonio disse a Rosa. – Já sabe o que é Luis XVI e o que é Luis XV, o que é nogueira e o que é mogno.

O dia estava quente, e as crianças, junto com Giuseppina, juntaram-se a eles no terraço para saborear nhoque e pimentões recheados com arroz e tomilho.

– Eu volto às 18 horas – Antonio disse a Rosa, depois que o almoço havia terminado. – Está lembrada de que vamos jantar na casa dos Trevi hoje à noite?

Rosa confirmou com a cabeça. É claro que ela lembrava. Havia escolhido o vestido semanas antes: de tecido *charmeuse* lilás-metálico, com saia enviesada e gola frente única. A bolsa e os sapatos eram de lamê prata.

– Quem são os Trevi? – perguntou Orietta, enquanto Antonio abraçava os filhos antes de ir embora.

– Alessandro Trevi e a esposa, Tullia, são velhos amigos de Antonio – explicou Rosa. – Conheci os dois em uma festa na galeria Uffizi, mas é a primeira vez que vou à casa deles. Antonio diz que eles têm o apartamento mais bem-decorado de Florença.

– Eu diria que este aqui é muito chique também – falou Orietta, andando na direção do salão com Rosa. – Luis XVI! – anunciou, dando um tapinha na poltrona do corredor. – Possui linhas mais limpas e uma elegância mais sóbria do que a mobília estilo Luis XV.

As duas deram risada.

Rosa ficou impressionada com o apartamento dos Travi no momento em que pôs os olhos no piso polido de parquê, nos carpetes orientais e nos vasos de majólica cheios de copos-de-leite.

– Agora vou lhe mostrar algumas coisas que o seu marido me convenceu a comprar – disse Alessandro, conduzindo Rosa até um armário de ébano com painéis de *pietra dura*.

– É lindo – disse Rosa.

Tullia agarrou o braço de Antonio.

– Então você entende por que nós amamos tanto esse homem! – exclamou ela.

Alessandro Trevi tinha cabelo branco e olhos azuis intensos. Sua esposa, com o nariz pontudo e queixo duplo, não era tão bonita quanto o marido, mas era elegante e estava primorosamente arrumada, com um vestido de noite de chiffon vermelho.

Tullia passou os olhos pela corrente de Rosa, de onde pendiam a cruz e a chave. Rosa estava usando a pulseira de diamantes que Antonio lhe dera de presente de casamento, mas não gostava de ir a lugar nenhum sem seus amuletos.

– Que diferente – foi o comentário de Tullia sobre as joias de Rosa. – Têm algum significado?

– A chave está comigo desde que eu nasci – respondeu Rosa. – Ela me protege.

Rosa pensara que talvez fosse ficar intimidada com a riqueza dos Trevi, mas em vez disso viu-se fascinada pelo apartamento. Era muito melhor que uma galeria de arte, porque tudo ali expressava a personalidade dos donos. Muitas das peças haviam sido adquiridas por Alessandro e Tullia em suas viagens. Quando Rosa e Antonio foram levados até a sala íntima para encontrar os outros convidados, a atenção de Rosa foi atraída pelos sofás bordados da China e pelo busto de alabastro de uma mulher, o qual Tullia informou ter comprado em Paris.

A irmã de Tullia, Margherita, era uma versão mais magra da irmã.

– Gente jovem! Que adorável! – exclamou ela, levantando-se para cumprimentar Antonio e Rosa.

Fazia tempo que Rosa não pensava em si mesma como uma pessoa jovem, porém percebeu que idade era algo relativo. Margherita apresentou o marido, um alemão chamado Herbert Kauffmann, e o irmão dele, Otto.

– Eles são médicos – disse Tullia, com uma risada alegre. – Então, caso alguém se engasgue com as almôndegas hoje, eles vão conseguir socorrer.

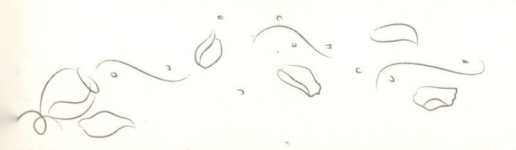

Os alemães riram, mas havia uma inquietação nos dois. Rosa perguntou-se se era porque eles não entendiam o humor exuberante de Tullia.

– Bem, acho que é hora de comermos – Alessandro anunciou, depois da segunda rodadas de drinques.

A sala de jantar era tão impressionante quanto o resto do apartamento, com uma sólida mesa de carvalho e vista para o Duomo. Tullia guiou os convidados até seus lugares.

– Como você é a mais bonita, vou colocá-la ao lado do meu marido – disse a Rosa.

Para Rosa, a louça de jantar despertou mais interesse que a comida. Ela admirou os pratos Haviland Limoges, com folhas e bagas pintadas à mão, e as taças de cristal com haste de prata.

A conversa foi desde a Feira Mundial, que aconteceria em Paris no ano seguinte, passando pela proposta de Amelia Earhart de cruzar o Oceano Pacífico pilotando um avião, até o polígrafo de Keeler.

– Mas como funciona? – Margherita perguntou a Otto. – Ele diz mesmo se a pessoa está mentindo?

Otto enxugou os lábios com o guardanapo antes de responder.

– Bem, um cilindro roda a uma velocidade regular embaixo de algumas canetas. Tubos são amarrados em volta do abdome e do peito da pessoa para medir a velocidade e profundidade da respiração. Quando a pessoa é questionada, o polígrafo mede as respostas psicológicas.

– Que desnecessário! – exclamou Tullia. – Eu sempre percebo quando o Alessandro está mentindo. Ele fica vermelho, todo suado e com uma cara ridícula.

O grupo riu à custa de Alessandro. Ele corou, mas encarou o constrangimento com bom humor.

– Vocês estão ansiosos pelos Jogos Olímpicos? – Antonio perguntou aos Kauffmann. – Imagino que estejam empolgados porque eles acontecerão em Berlim.

– Nós não vamos assistir – respondeu Herbert, desviando o olhar. – Vamos estar aqui.

O amargor na voz de Herbert surpreendeu Rosa. Antonio não pretendia deixá-lo chateado. Ela mudou de assunto, na tentativa de deixar o clima leve outra vez.

– Que bom vocês poderem fazer uma visita longa à sua irmã – ela disse a Margherita.

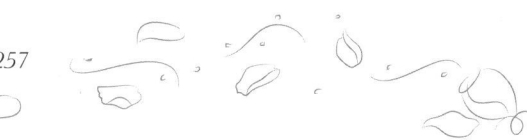

– Uma visita sem data para acabar, temo eu – respondeu Margherita. – As leis sancionadas por Hitler contra os judeus tornaram impossível para nós continuar morando em Berlim. Herbert e Otto não podem mais tratar pacientes arianos.

– Faz anos que, com muito orgulho, eu salvo pessoas, e elas sempre foram gratas – disse Otto. – Mas essas leis nos privaram de tudo, inclusive de nossa cidadania. É como se fôssemos párias desprezíveis.

– Isso é terrível – disse Rosa.

Alessandro suspirou e largou a faca e o garfo sobre a mesa.

– Os alemães, antes, eram as pessoas mais esclarecidas da Europa: educados, tolerantes, humanos e sensatos. É como se algum tipo de maldade tivesse se espalhado pelo país.

– O problema para mim não é tanto o que o governo fez, mas a maneira como nossos amigos reagiram – Margherita falou com os olhos úmidos. – As mulheres no meu clube de caridade pararam de me convidar para eventos; o dono da mercearia que eu frequentei todos os dias durantes dez anos colocou uma placa na janela: "Não atendemos judeus"; homens alemães que antes eram cavalheiros de repente começaram a se enfiar na minha frente. Eu me recuso a ser reduzida a uma cidadã de segunda classe apenas para agradar aos nazistas.

Tullia virou-se para Antonio e Rosa.

– Ouvi falar que nem todos os alemães se comportam assim – disse ela. – Alguns tentaram desafiar as novas leis e continuaram a comprar em lojas de judeus e a se encontrar com seus amigos judeus, mas foram intimidados de tal forma pelos nazistas que agora estão tão apavorados quanto os judeus.

Rosa sentiu a apreensão na voz de Tullia.

– O que aconteceu na Alemanha poderia ter acontecido aqui? – perguntou.

Antonio não era judeu de acordo com a definição nazista de raça, segundo a qual judeu era quem tivesse três avós judeus ou praticasse a religião. Mesmo assim, Rosa sentia medo.

– Mussolini pode ser muitas coisas – disse Alessandro. – Mas graças a Deus não é antissemita. Estamos seguros.

Depois que os pratos de sobremesa foram retirados, Alessandro levantou-se.

– O que precisamos fazer agora é deixar para trás essa conversa deprimente – disse ele, sorrindo para Rosa e Antonio. – Tenho algo para mostrar que vai deixar vocês dois impressionados, tenho certeza: Antonio por causa da beleza estrutural; e, Rosa, porque você é musicista.

Alessandro e Tullia conduziram os convidados à sala de música, que era tão suntuosa quanto o resto do apartamento, com um carpete persa dourado e cadeiras Savonarola com estofado vermelho-rubi. A atenção de Rosa foi imediatamente atraída para a peça no centro da sala: um piano Bösendorfer de ébano.

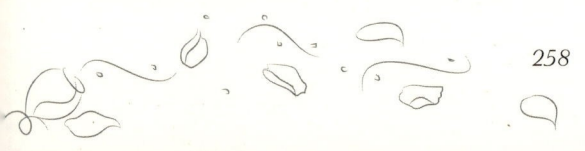

– Franz Liszt disse que o Bösendorfer era um dos únicos pianos capazes de aguentar seu *fortissimo* vigor – comentou Alessandro.

Tullia deu uma risada.

– Foi uma loucura gastarmos tanto dinheiro em algo que ninguém na nossa família sabe tocar. Mas era maravilhoso demais para deixar passar.

– É lindo – disse Antonio, erguendo a tampa do teclado. O piano era lustroso e sem enfeites. Os únicos ornamentos eram os arabescos entalhados no porta-partituras e o padrão de trepadeiras na parte interior da tampa do declado. – O que você acha, Rosa? – perguntou, colocando a mão nas costas dela.

Rosa mal o ouviu. Sua cabeça rodava. "O piano combinava perfeitamente com o estilo dela: dramático, rico e encorpado." Rosa lembrou-se das lágrimas do marquês ao ver piano da irmã ser levado. Embora pudesse haver diversos Bösendorfers em Florença, Rosa sabia, pelo formigamento que sentia nas mãos e nos dedos dos pés, que aquele era o que pertencera a Nerezza.

– Nós mandamos limpar e afinar – disse Alessandro, olhando para Rosa. – Gostaria de tocar algo para nós? O inglês de quem o comprei tocou para mim, mas eu não me importaria em ouvir como ele soa nesta sala.

Rosa tremia da cabeça aos pés. Não tinha certeza de que conseguiria tocar.

– É de longe um instrumento elegante demais para meus parcos talentos – objetou-se ela.

– Que besteira – retrucou Alessandro, puxando o banco do piano para ela sentar-se. – Segundo o que dizem, você é muito talentosa.

Assim como o piano, o banco era de uma elegância simples. Rosa puxou-o para mais perto do instrumento e ficou surpresa ao perceber que era pesado. Ela não tocara piano com tanta frequência quanto gostaria desde a chegada dos gêmeos, portanto se decidiu pelo *Noturno em Mi-bemol Maior, no. 2*, de Chopin, que sabia muito bem de cabeça e não exigiria demais de seus dedos fora de forma. Torceu para que a peça fosse adequada ao piano e à sala. Antonio e os outros sentaram-se para ouvir.

Rosa teve uma sensação estranha na boca do estômago ao encostar no teclado – um enjoo como o que experimentara nos primeiros meses de gravidez. Olhou para as mãos e viu que não eram as dela. As palmas estreitas e os dedos longos eram os mesmos, mas Rosa deixara de usar anéis desde o Dia da Fé. Agora, na mão direita ela via um anel de prata, com um diamante lapidado em estilo rosa; na esquerda, um anel-relicário de ouro e uma aliança de casamento. De repente, como se estivesse em um sonho, Rosa sentiu-se arrastada para longe do piano. Outra mulher estava sentada em seu lugar. Rosa sabia quem ela era, embora fosse ainda mais bonita do que imaginara. A pele escura de Nerezza estava ruborizada, e uma mecha de cachos soltara-se do cabelo preso para cima, repousando sobre o pescoço longo como o de um cisne. Ela era mais cheia que o padrão de beleza da época, porém era adorável. A visão sumiu aos poucos, e Rosa viu-se novamente ao teclado, tocando a última linha do *Noturno*. Ao terminar, estava ofegante e banhada de suor. A plateia aplaudiu admirada.

– *Brava! Brava!*
– Que maravilha. Nós somos mesmo privilegiados – disse Alessandro.

Otto sorria pela primeira vez desde a conversa sobre os judeus na Alemanha.
– O próprio Chopin não teria tocado melhor – disse ele.

Antonio lançou um olhar intrigado para Rosa.
– Você sempre foi uma pianista talentosa – sussurrou ele –, mas nunca tinha tocado tão bem assim.

Tullia e Margherita elogiaram Rosa, e ela fez de tudo para responder com bons modos, porém estava abalada. Aquela visão tinha sido diferente das que já experimentara até então. Ela já tinha visto animais e pessoas, até mesmo o Rei da Itália, mas nenhuma dessas visões havia adentrado o corpo dela da maneira como Nerezza tinha feito. O que aquilo significava?

Rosa levantou-se e empurrou a banqueta de volta para debaixo do piano. Nesse momento, notou a gaveta de partituras sob o assento. Algo ali dentro estava deixando a banqueta mais pesada do que deveria ser.

– Rosa notou algo incomum ali – Alessandro disse a Antonio. – Está vendo a gaveta com fechadura embaixo da banqueta? O que você me diz?

Sem dúvida era uma característica incomum. Normalmente havia uma tranca na tampa do teclado, para prevenir danos às teclas, mas por que alguém trancafiaria suas partituras?

– Você tem a chave? – Antonio perguntou a Alessandro.
– Havia uma para a tampa do teclado, mas não para a banqueta – respondeu ele. – Chamei um chaveiro para abrir, mas ele disse que era delicado demais e que tinha medo de causar danos irreparáveis.

– Eu disse a ele que quebrasse – falou Tullia. – Não suporto mistérios. Talvez tenha ouro aí dentro.

Margherita riu, mas tanto Antonio quanto Rosa estremeceram. Uma linda banqueta não era algo que se quebrasse. Era melhor deixar que o mistério continuasse.

– Que tal um drinque no terraço? – perguntou Alessandro, conduzindo os convidados para fora da sala de música.

Rosa estava prestes a sair com eles, quando foi tomada por um impulso repentino. Voltou até a banqueta e pôs os dedos no pescoço. Em um ímpeto, tirou a chave de prata do pescoço e colocou-a na fechadura. Com uma volta, a gaveta se abriu.

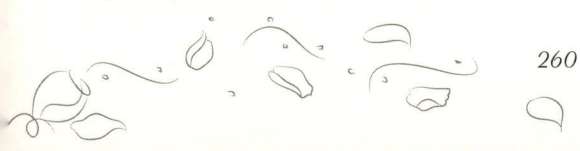

– Meu Deus, que coincidência – disse Alessandro, chamando Antonio de volta à sala quando viu que Rosa abrira a gaveta. – O amuleto da sua esposa abriu a fechadura.

Rosa não achava que era coincidência. Para ela, parecia bruxaria. Um arrepio percorreu suas mãos. Algo queria que ela visse o que estava escondido na gaveta. Rosa colocou a mão lá dentro e encontrou um caderno grosso. A capa tinha brocados de ouro. Ela abriu o caderno e viu que nas folhas feitas de papel japonês havia colagens e desenhos – partituras, esboços, flores secas e poemas.

– Bem, quem diria – falou Alessandro. – Além de musicista, sua esposa é arqueóloga. Veja só o que ela descobriu.

Rosa olhou para Antonio e Alessandro, sem conseguir acreditar que segurava nas mãos o caderno de Nerezza Scarfiotti.

dezessete

Além de um registro de segredos, o caderno de Nerezza era uma obra de arte. Quando Alessandro viu que continha croquis de vestidos, esboços de jardins, notas musicais e ingressos para óperas, insistiu para que Rosa ficasse com ele. Tullia o apoiou.

– Esse tipo de autobiografia feminina me deixa entediada. Acho uma bobagem tremenda – disse ela. – Mas, se você adora histórias, talvez ache interessante.

– É exatamente o tipo de coisa com que Rosa se deleita – disse Antonio, piscando para ela. – Eu me apaixonei pela minha esposa por causa de sua habilidade em perceber a história por trás de uma peça de mobília.

Rosa agradeceu profusamente ao casal. Eles jamais adivinhariam quanto interesse ela tinha no caderno.

– Se por acaso ele revelar ter algum valor ou importância histórica, nós o devolveremos a vocês – disse Antonio.

– Não, eu insisto que sua esposa fique com ele – retrucou Alessandro, com um brilho nos olhos. – Rosa nos divertiu lindamente esta noite, e quero que ela guarde o caderno como presente. Vejo como ela ficou feliz por tê-lo encontrado – então, com um sorriso malicioso, acrescentou: – Só nos conte se encontrar algo escandaloso. Nós adoramos fofocas picantes.

Rosa queria ler o caderno ali mesmo, porém Alessandro atraiu os convidados de volta aos drinques no terraço, e Rosa não teve escolha a não ser juntar-se aos outros. Quando ela e Antonio voltaram para casa, as crianças já estavam na cama, e Rosa dirigiu-se à sala íntima para ler o caderno. No entanto, Antonio foi atrás dela e lhe lançou um olhar apaixonado.

– O caderno não vai a lugar nenhum – disse ele, cobrindo o pescoço de Rosa de beijos.

Rosa colocou o caderno na gaveta da escrivaninha e sorriu para Antonio. Ela esperaria até de manhã.

No dia seguinte, depois que as crianças estavam sob os cuidados de Giuseppina, Rosa trancou-se na sala íntima, dando instruções de que não desejava ser incomodada. Tirou o caderno da gaveta e estudou as páginas com fascinação. Nerezza certamente era uma artista. Havia desenhado croquis de vestidos primorosos, classificando-os em: "usado", junto com a data; "a ser usado"; e "invejado". Um vestido que chamou a atenção de Rosa era feito de tule de seda preto sobre uma base de cetim cor de marfim, com bordado de pavões dourados. Nerezza o desenhara com detalhes meticulosos, anotando os tecidos utilizados ao lado do modelo. Havia um vestido de noiva de renda chantilly datado de 1912 que Rosa supunha ter sido o de Nerezza. Um dos trajes classificados como "invejado" era um casaco de noite de veludo em estilo russo, com barras de passamanaria bordada. Rosa ficou imaginando quem o tinha vestido.

Rosa havia ficado curiosa sobre Nerezza desde que vira as miniaturas de óperas no quarto de Clementina e percebera que haviam sido feitas pela ocupante da sepultura incomum. Ela nem acreditava que estava com o caderno pessoal de Nerezza nas mãos. Entretanto, muito embora o caderno fosse intrigante, algo naquele objeto a incomodava. Estar de posse dele a deixava perturbada de uma maneira que ela não conseguia explicar. Ele não era como uma antiguidade, algo passado adiante depois que o dono original havia morrido. O caderno parecia pulsar em suas mãos como se fosse um ser vivo.

Outros desenhos incluíam a Vila Scarfiotti, uma cena de *Carmen* e um autorretrato que mostrava Nerezza exatamente como Rosa a enxergara em sua visão ao piano. Entretanto, Rosa logo percebeu que o caderno era mais que uma extravagante coleção de momentos especiais. Ele continha listas: coisas que Nerezza queria fazer quando fosse a Florença; pessoas com quem conversar e a quem evitar durante festas; peças musicais que gostaria de dominar. Era óbvio que Nerezza havia sido uma pessoa extraordinariamente disciplinada. Sua determinação e sua necessidade de ser admirada saltavam das páginas.

Embora, a princípio, Rosa tivesse entendido que Nerezza escrevera a palavra "invejado" sob certos vestidos para tirar sarro de si mesma, à medida que continuou a virar as páginas foi descobrindo outrso itens "invejados": cavalos e carruagens, viagens de férias e diamantes. Nerezza também havia descrito festas "invejadas", incluindo detalhes sobre a comida, os convidados e o entretenimento proporcionado. O *signor* Collodi, o gerente da vila, dissera a Rosa que as festas de Nerezza haviam sido lendárias. Ela agora via que tinham sido resultado de planejamento e observação meticulosos. O que Nerezza "invejava", Nerezza conseguia – e melhorava.

Na última página do caderno havia uma data riscada por uma linha vermelha: 13 de março de 1914. A respiração de Rosa ficou presa na garganta quando ela leu as palavras embaixo da data: *Hei de dominar meu coração.*

Eram as palavras escritas no lápis-lazúli que Rosa vira na cripta egípcia, nos aposentos da marquesa. Por que ambas as mulheres haviam sido atraídas pela mesma citação?

Rosa tocou a quarta capa do caderno, e seus dedos sentiram algo volumoso. A capa tinha uma espécie de bolso. Rosa pôs a mão lá dentro e descobriu dois envelopes gastos. Abriu o primeiro e tirou a carta. Estava escrita em francês e assinada por "François". Em seguida, notou o timbre em alto-relevo: *Barão François Derveaux*. Lembrou-se do barão, com suas pernas desengonçadas e sobrancelhas arqueadas, e da maneira intrigada como ele a olhara. Por que ele tinha escrito para Nerezza? Rosa então se lembrou da visão que tivera do jovem barão e da menina de cabelo escuro e entendeu tudo. Nerezza e o barão haviam sido amigos de infância.

Paris, 1º de maio de 1914.

Minha querida Nerezza,

Você me perguntou como vai Paris, e lhe direi que Paris é Paris, e fica mais bonita que nunca na primavera. Os cafés estão cheios de pessoas, a música flutua através das janelas, e sente-se o aroma das rosas em cada esquina.

Hélène e eu nos casamos na quarta-feira passada. Ela estava muito bonita com o vestido de renda irlandesa. Ela lhe manda todo o carinho e a promessa de escrever-lhe em breve. Estamos muito felizes com sua intenção de vir a Paris. Fiquei intrigado com o que você me escreveu, a respeito de "notícias da mais alta importância" que tem para me contar.

Agora, quanto à sua pergunta sobre o que achei de Mademoiselle Caleffi, *temo que minha resposta não irá lhe agradar. Embora ela não tenha a mais animada das conversas, vi nela um certo charme cruel. É astuta e tem uma certa crueza, porém é destemida. Creio que fale sempre o que pensa e, com vocês duas disputando a afeição de seu irmão, só posso imaginar que você gostaria que minha resposta tivesse sido diferente. Mas nunca menti para você, Nerezza. Meu conselho, se deseja continuar a desfrutar de um bom relacionamento com Emilio, é não o forçar de maneira alguma. A paixão dele por Mademoiselle* Caleffi *pode muito bem se extinguir sozinha. Porém, se isso não acontecer... sua oposição só irá fazê-lo afastar-se de você e aproximar-se dela.*

Rosa ergueu os olhos. *Mademoiselle* Caleffi era agora a Marquesa de Scarfiotti. Rosa estremeceu. Era estranho ler sobre a marquesa dessa maneira, observada por pessoas que a conheciam intimamente. Ficava claro pela carta do barão que Nerezza não gostava dela.

A carta prosseguia descrevendo a vida social em Paris apesar da ameaça de guerra. O tom do barão era simpático e íntimo, porém o conteúdo era superficial. Rosa pensou outra vez na festa de aniversário de Clementina. A senhorita Butterfield, governanta dos filhos dele, não tinha de fato dado a entender que o barão era fútil? Mas a bem da verdade aquela carta fora escrita mais de vinte anos antes, quando ele era rapaz.

A segunda carta estava escrita em italiano e assinada por "Ferdinando". Quem era ele? Ao ler a saudação, Rosa viu que era o marido de Nerezza, escrevendo da Líbia. A carta fora escrita um mês depois da do barão, e o tom era completamente diferente.

Tripoli, 2 de junho de 1914.
Minha querida Esposa,
Não entendo essa urgência repentina em me ver. Devo ficar lisonjeado? Gostaria que entendesse que a situação aqui é extremamente instável. Perdi meu motorista em um bombardeio, e este simplesmente não é o lugar para uma mulher, embora, conforme você tenha observado, diversas esposas dos oficiais do exército tenham vindo para cá a fim de ficarem próximas de seus maridos. O único motivo que vejo para isso é a necessidade tola que maridos e esposas têm de gabar-se do fato de que seus cônjuges não conseguem viver sem eles.

Eu e você somos mais inteligentes que isso, portanto tire esse pensamento da cabeça. Não posso pedir a ninguém que tome conta de você enquanto realizo meus deveres. Poderia também lhe dizer, caso acreditasse que isso lhe deixaria mais preocupada, que posso ser morto a qualquer momento.

Agora, a respeito do afeto de seu irmão pela signorina *Caleffi, tenho apenas notícias ruins a relatar, obtidas de meus contatos. O pai dela era um homem respeitável, porém na velhice apaixonou-se por uma mulher de má reputação: uma pessoa cruel, dada a armar esquemas e sem medo de explorar os próprios filhos em troca de benefícios. E certamente pretende ganhar algo ao atirar a filha para cima de Emilio. A signorina Caleffi não tem moral alguma. O homem que contratei descobriu que, embora ela faça amor com seu irmão em Fiesole, mantém as opções em aberto cultivando o interesse de um rapaz rico em Milão. Lembre-se de que, embora mais novo, é o seu irmão quem vai carregar o título de marquês quando se casar. Que vergonha essa mulher poderia trazer para toda a família! Você deve fazer de tudo para impedir a união dos dois.*

Ferdinando terminou a carta apenas com sua assinatura; nem uma saudação carinhosa; nem um beijo. Era como se tivesse emitido uma ordem.

Rosa recostou-se na cadeira e olhou pela janela, fitando as nuvens que se moviam pelo céu. Aquelas cartas eram as únicas dentro do caderno, mas provavelmente tinham existido muitas outras, dada a natureza do relacionamento de Nerezza com os dois homens. Por que ela guardara apenas aquelas?

Rosa fechou os olhos e pensou na Marquesa de Scarfiotti, fria como uma cobra. A julgar por aquelas cartas, o marquês parecia estar bastante apaixonado por ela, porém a irmã e o cunhado haviam se oposto ao casamento. Rosa ficou imaginando se a marquesa teria se saído bem se Ferdinando não tivesse sido assassinado e se Nerezza não tivesse voltado da Líbia grávida e doente. Também ficou imaginando por que Nerezza desobedecera ao marido e fora visitá-lo, quando ele lhe dissera para não ir.

O caderno suscitou mais dúvidas na cabeça de Rosa e não trouxe nenhuma resposta. Ela lembrou-se da expressão de Ada naquele último dia na vila, quando a cozinheira vira a chave em volta de seu pescoço. Antonio explicara que a chave provavelmente abria diversas fechaduras e que o fato de ter se encaixado na gaveta da banqueta do piano era certamente uma coincidência. Mas Rosa sabia que isso não era verdade. A chave que ela usava em torno do pescoço pertencia, sim, à banqueta, e fora encontrada em meio aos seus panos quando ela fora deixada no convento. Rosa agora tinha certeza de que era originária da vila. Mas filha de quem? Ela não podia entrar em contato com Ada para descobrir, a não ser que quisesse ser presa por aproximar-se da Vila Scarfiotti.

Rosa olhou o caderno todo outra vez. Embora Nerezza a tivesse possuído enquanto ela tocava o piano, Rosa não acreditava ser filha dela. Ada dissera que o filho de Nerezza havia morrido. Rosa lembrou-se de Maria. Será que ela era a filha de uma empregada pega em situação semelhante de desespero? Sua mente se voltou para Giovanni Taviani. O *signor* Collodi contara que ele havia se metido em algum tipo de problema e que por isso perdera o cargo de gerente da propriedade. Rosa estremeceu e tirou esse pensamento da cabeça. Simplesmente não podia ser filha de Giovanni Taviani, pois isso significaria que era irmã de Luciano!

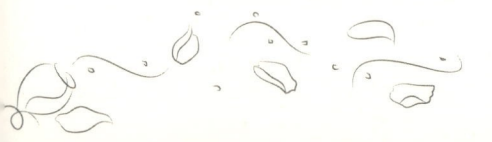

Origem e herança eram tudo. Rosa entendia isso. Desde criança ela havia carregado aquele fardo, a vergonha de não saber o lugar de onde viera. A descoberta do caderno de Nerezza não tornara as coisas mais claras; tornara tudo ainda mais obscuro. Ela o apanhou e o escondeu embaixo de uma pilha de papéis na gaveta da escrivaninha. Quando o Nonno morreu, Rosa e Antonio haviam sofrido com a perda e, com o passar do tempo, encontrado paz novamente. Porém, Rosa vivia com um vazio dentro de si que mesmo o casamento feliz e a alegria da maternidade não haviam conseguido diminuir. Ela suspirou e pensou na Irmã Maddalena. Se não fosse pela dedicação da freira, a infância de Rosa teria sido deprimente. Lembrou-se de quão reconfortante era encontrar Irmã Maddalena esperando por ela na cozinha depois das aulas. A freira se interessava por cada detalhe de seu dia e era a pessoa mais parecida com uma mãe que Rosa tivera. Rosa não tinha dúvidas de que Irmã Maddalena compartilhava desses sentimentos.

"É tão errado separarem Irmã Maddalena de mim quanto é separarem uma mãe de um filho", pensou. "Certamente que, tantos anos depois, agora que me tornei uma esposa e mãe respeitável, terei permissão para vê-la."

Rosa escreveu à abadessa solicitando permissão para visitar Irmã Maddalena e depositou todas as esperanças em um retorno positivo. Porém, a resposta da abadessa deixou-a devastada: *Embora eu fique contente em saber que você está feliz e estabilizada na vida, não posso permitir que veja Irmã Maddalena. Ela cumpriu seu dever perante Deus de criá-la. É hora de todos seguirem em frente, desapegando-se de antigos laços.*

Rosa chorou tão inconsolavelmente quanto se tivesse descoberto que sua querida freira havia morrido. Fez de tudo para esconder sua dor de Antonio e dos filhos, mas Orietta enxergou além das aparências quando elas foram juntas à igreja certa noite.

— O que foi, Rosa? — perguntou Orietta.

A simpatia no rosto da amiga deu vazão à dor de Rosa.

— Eu sou uma "Sem Nome". Não sou nada além de um espaço preto e vazio.

Orietta ouviu a história de Rosa com compaixão.

— Você não é uma "Sem Nome". Você tem um marido maravilhoso que a adora e filhos lindos. Até seu cachorro e seu gato a amam e seguem-na por todo canto.

Rosa enxugou as lágrimas e tentou sorrir.

— Escute — disse Orietta, tomando as mãos de Rosa. — Eu perdi minha mãe antes de aprender a falar, e meu pai nos abandonou. Mas tento me concentrar no que tenho, não no que perdi. Nós não podemos mudar o passado, Rosa. Pela sua própria sanidade e pelo bem-estar dos seus filhos, você precisa fechar a porta do mistério sobre as suas origens. Você precisa viver no presente.

Rosa fez de tudo para seguir o conselho de Orietta, e os anos após a descoberta do caderno passaram pacificamente para ela e sua família. Como não tinha nenhuma evidência concreta de suas origens, Rosa não mencionou a Antonio suas suspeitas de que nascera na Vila Scarfiotti. Em vez disso, concentrou-se em sua felicidade doméstica e conseguiu tirar da cabeça a ansiedade em descobrir sobre seu passado. Então, certa manhã de setembro de 1939, ela teve um sonho em que Luciano gritava para ela: "Corra!". Ela ouviu explosões e pessoas gritando. Porém, tudo estava envolto em escuridão. Rosa sentou-se ereta e tensa, com o coração acelerado e a mente tomada pelo pavor de que a vida pacífica que vinha levando estava prestes a mudar.

Ela virou-se de lado e apertou a bochecha contra a de Antonio. A barba matinal pinicou a pele dela. Ele murmurou algo, beijou-a, depois voltou a dormir. Rosa lembrou-se do amor delicado que haviam feito na noite anterior e da maneira como Antonio a olhara nos olhos. Eles eram amantes apaixonados, porém Rosa não tornara a engravidar. Obviamente, havia sido fértil para conceber uma criança de Osvaldo, apesar do terror e das privações da prisão, e depois para carregar os gêmeos de Antonio logo após o casamento. Por que seu corpo de repente se negava a trazer mais uma criança ao mundo? Será que ele sabia de algo que ela não sabia? E por que, depois de todos aqueles anos, ela tinha sonhado com Luciano?

Mais tarde naquela manhã, Rosa e Antonio sentaram-se à mesa do café com as crianças e Giuseppina. Sibilla e os gêmeos comiam ovos cozidos, enquanto os adultos mordiscavam pão com geleia e bebiam café. Por algum motivo o jornal não tinha chegado, então Ylenia havia saído em busca do jornaleiro. Rosa ficava feliz em ter uma pausa das notícias. As tensões haviam aumentado na Europa desde que a Alemanha invadira a Tchecoslováquia.

Os gêmeos davam risada, organizando saleiro e pimenteiro, cesto de pão e jarro de leite em ordem de tamanho. Sibilla os observava com um sorriso benevolente, abaixando a mão de vez em quando para fazer um carinho em Allegra e Ambrosio, que estavam sentados aos pés dela. De repente, virou-se para Rosa.

– *Mamma*, eu nasci em casa como os gêmeos, ou em um hospital?

– Em um hospital, querida.

– Qual?

Rosa deu uma olhada para Antonio. Sibilla estava com 7 anos e gostava de fazer perguntas. Infelizmente, muitas dessas perguntas eram sobre seu nascimento e suas origens. A menina sabia que Antonio não era seu pai biológico, embora agora ela fosse oficialmente filha dele. Rosa não teria revelado esse fato a Sibilla se pudesse ter evitado. Na Itália, onde laços de sangue eram tudo, a adoção era um evento raro e visto com muita suspeita. Porém, essa informação constaria nos documentos de Sibilla, e Rosa e Antonio haviam decidido que, quanto mais cedo contassem, melhor seria. Por sorte, Sibilla acostumou-se a chamar Antonio de *"Babbo"* sem precisar ser estimulada. Mas como Rosa poderia explicar à menina que seu pai era "desconhecido"? Sibilla já começava a demonstrar sinais de hipersensibilidade. Chorava com a menor repreenda, ou se não conseguia fazer algo perfeitamente. A dura autocrítica da filha fazia Rosa querer protegê-la ainda mais. Não podia lhe contar que havia sido concebida em um estupro.

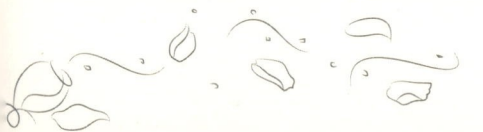

– Bem, era um hospital muito velho – explicou Antonio. – Não é mais hospital. Usam o prédio para outra coisa agora.

– Onde ficava? Eu quero ver onde eu nasci – disse Sibilla.

Rosa sabia que Sibilla não estava sendo difícil, mas apenas exercendo sua natureza questionadora. Porém, desejou que a filha domasse a própria curiosidade, assim como ela tinha reprimido a ansiedade em descobrir suas origens.

– Bem, quem sabe um dia – disse Antonio. – Mas, Sibilla, você está muito ocupada. Logo começam suas aulas de balé.

Sibilla bateu palmas de alegria e começou a rodopiar pela sala de jantar. Rosa lançou um olhar agradecido para Antonio. A menção às aulas tão ansiosamente aguardadas tinha se provado uma distração perfeita. Rosa guiou a filha de volta para a cadeira.

– Para fazer balé é preciso ser muito forte, então você vai ter que comer seus ovos – disse ela, beijando a menina.

Antonio tinha que sair cedo para ir a um leilão, e Orietta cuidaria da loja naquele dia. Ele deu um beijo em cada filho, depois abraçou Rosa.

– Não se preocupe com Sibilla – sussurrou ele. – É natural que ela faça perguntas. Logo isso passa. Quando ela for mais velha, vai lidar melhor com isso.

Rosa acompanhou Antonio até a porta e o abraçou outra vez. Estava prestes a retornar à sala de jantar, quando o telefone tocou. Ylenia não tinha voltado ainda, então Rosa atendeu. Era Orietta.

– Você pode vir me encontrar na loja? – perguntou ela, com a voz engasgada de lágrimas.

Um enjoo revolveu o estômago de Rosa. Ela lembrou-se do pesadelo.

– O que foi? O que aconteceu?

– Carlo voltou ontem à noite. Trazendo notícias terríveis...

Orietta começou a chorar convulsivamente. Rosa esperou para ouvir se a amiga diria mais alguma coisa, porém ela claramente não conseguia falar.

– Estou indo agora mesmo – respondeu Rosa, pedindo a Giuseppina que cuidasse das crianças e correndo até a loja.

Ela não conseguia pensar direito. Carlo tinha retornado, mas Luciano não, nem Piero. Rosa só conseguia prever com pavor quais seriam as notícias terríveis de Orietta. Em janeiro, as tropas de Franco haviam derrotado o exército republicano em Barcelona. No final de março, Madri caíra também. Embora Churchill tivesse aconselhado Franco a demonstrar moderação na vitória, milhares de apoiadores da República estavam sendo sumariamente executados. Mussolini dissera a Franco que não demonstrasse piedade por nenhum italiano que tivesse lutado no lado oposto. Alguns haviam escapado para a França, mas estavam sendo internados em campos infestados de doenças onde as condições eram terríveis. Muitos estavam morrendo.

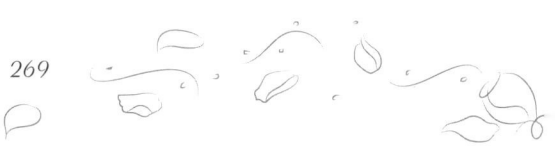

Quando Rosa dobrou na Via Tornabuoni, notou que as cafeterias transbordavam de gente e que havia muitas pessoas reunidas em torno do rádio dentro das lojas. Porém, o sangue latejava alto demais em seus ouvidos para que ela conseguisse ouvir o que estava sendo dito. Ela chegou à loja e encontrou Orietta sentada com a cabeça apoiada na mesa, chorando convulsivamente. Preparou-se para o pior, mas sabia que desmoronaria ao ouvir a notícia.

Orietta fitou Rosa com olhos vermelhos.

– Piero e Roberto morreram – disse ela. – Foram mortos em Barcelona.

As palavras atingiram Rosa como um golpe no peito. Ela cobriu a boca com a mão e quase desmaiou. Piero! O bondoso Piero. Ela não conseguia acreditar. Em sua mente, viu o homem que tinha sido como um irmão para ela, viu-o segurando Sibilla no colo e cantando para a menina. Impossível! E Roberto também. Rosa nunca gostara dele, mas ficava triste por sua morte. Ele dera a vida por uma causa nobre.

Seus olhos encontraram os de Orietta, tomados pelas lágrimas.

– Luciano? – perguntou ela, com os lábios tremendo.

No momento em que falou esse nome, Rosa sentiu a carne quente dele roçando o braço dela. Viu-o de pé junto ao Arno com a luz do sol dançando em torno de si. Todas as lembranças que tinha dele eram impregandas de vida. Não era possível que estivesse morto.

Orietta balançou a cabeça.

– Carlo não sabe. Eles foram separados.

Rosa tomou as mãos de Orietta, e as duas choraram juntas. Pelo menos podiam lamentar a morte de Piero e Roberto e ser gratas pelo retorno de Carlo. Mas não ter notícia alguma sobre Luciano era torturante. Pelo que Rosa ouvira, um soldado na Espanha estaria melhor morto do que capturado. As duas ainda estavam de mãos dadas, quando um cliente entrou na loja. Ele levou um susto ao ver seus rostos aflitos.

– Então vocês ouviram a notícia? – perguntou.

Rosa reconheceu o homem como sendo o *signor* Lagorio, um amigo dos Trevi. Ela não entendeu do que ele estava falando. O *signor* Lagorio balançou a cabeça.

– É o fim da Europa. A Alemanha invadiu a Polônia.

A dor que Rosa estava sentindo era grande demais para que ela conseguisse absorver ainda mais sofrimento. Ficou atordoada por um momento antes de dar-se conta do que o *signor* Lagorio havia dito. "Os britânicos e os franceses não vão apoiar isso", pensou ela. Haviam permitido que Hitler saísse impune em relação à Tchecoslováquia, mas teriam que deter o tirano agora.

– Então nós estamos em guerra? – perguntou Orietta, enxugando o rosto.

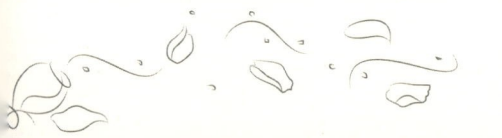

– Ainda não – respondeu o *signor* Lagorio. – Mussolini declarou a Itália como não beligerante.

– Mas e quanto a todos os pactos que Mussolini tem feito com Hitler? – perguntou Rosa. – Vai ser impossível a Itália permanecer neutra se a Grã-Bretanha e a França declararem guerra contra a Alemanha.

O *signor* Lagorio deu uma risada sarcástica.

– É o que se imagina, não é mesmo? Mas não, essa não é a natureza do nosso líder. Toda essa pose militar foi só para inflar o ego dele. É óbvio que a Itália não está equipada para ir à guerra. Vou lhe dizer o que ele vai fazer. Depois que a batalha começar, ele vai ficar de olho bem aberto e se juntar ao lado que estiver vencendo logo antes de a vitória ser declarada.

Rosa ficou chocada com o fato de o mundo estar entrando em guerra, embora entendesse agora que o efeito dominó vinha ocorrendo havia anos. Porém, estava ainda mais chocada pelo fato de o *signor* Lagorio ter caçoado de Mussolini abertamente. Nas tardes em que ela saía para pagar contas e resolver outras questões corriqueiras, ouvia sentimentos semelhantes emitidos no correio e no banco. "Os alemães são uns brutos", ela ouvira uma mulher sussurrar para outra na fila do correio. "Melhor nos aliarmos aos britânicos e franceses. Pelo menos eles são civilizados."

As pessoas mencionavam as políticas de Hitler em relação aos judeus. Achavam que os britânicos lutavam melhor e que a Itália tinha mais em comum com a França. Os italianos haviam desejado glória, haviam desejado um império. Mas não desejavam uma aliança com a Alemanha.

Quando Rosa chegou à tranquilidade de seu lar, entrou discretamente na sala íntima antes de ir cumprimentar os filhos. Sentou-se no sofá e cobriu o rosto com as mãos. Chorou tanto por Piero, Roberto e Luciano que as laterais de seu rosto ficaram doloridas e a garganta ficou seca. Sabia que precisava extravasar toda aquela dor antes de Antonio chegar em casa. Ele entenderia o fato de ela estar chateada pelo destino incerto de seu antigo namorado e pela morte dos amigos, mas Rosa sentia que seria desrespeitoso de certa forma e que Antonio ficaria magoado mesmo que não demonstrasse. Afinal de contas, ele tinha seu orgulho.

– Luciano! – Rosa chorou. – Que tolos fomos todos nós!

Luciano e Roberto estavam certos em tentar livrar-se de Mussolini anos antes, em vez de esperar até que a tragédia batesse na porta da Itália. Porém, poucas pessoas haviam apoiado os antifascistas. Muitos os delatavam na época em que viam Mussolini como um deus que melhoraria a vida de todos. Agora estava muito claro que Mussolini era um demônio decidido a arrastar seu povo para o inferno.

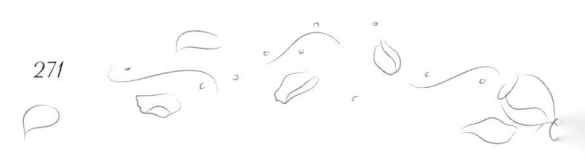

dezoito

Em abril de 1940, a Alemanha invadiu a Dinamarca e a Noruega, e no mês seguinte entrou na Holanda, na Bélgica e na França. Como o *signor* Lagorio havia previsto, essas vitórias rápidas estimularam Mussolini a declarar guerra do lado da Alemanha a fim de não perder nenhum espólio. Apesar de abominar Hitler, o povo italiano foi às ruas e comemorou: "*Duce! Duce!* Guerra! Guerra!"

Dos assentos do Cinema Veneto, em Florença, Rosa e Antonio viram o pesadelo se desenrolar. O cinejornal tinha vindo da Alemanha e sido dublado em italiano. Rosa chorou ao ver os refugiados belgas fugindo em seus carros ou empurrando carrinhos de mão cheios de crianças assustadas e animais de estimação com ar infeliz. Não conseguia deixar de pensar nos próprios filhos e em Allegra e Ambrosio. Ela e Antonio se abraçaram quando uma criança holandesa de no máximo 4 anos foi mostrada procurando a família entre as ruínas de casa. "O povo alemão pode ficar agradecido, pois, graças ao Führer, nada assim vai acontecer conosco", anunciava o narrador.

– Meu Deus! – exclamou Rosa entre dentes cerrados.

Antonio apertou a mão dela.

– Eu sei – disse ele, lágrimas fazendo-o engasgar.

Rosa entendeu o que ele estava tentando comunicar. Provavelmente havia espiões no cinema, procurando reações solidárias.

– Sentir compaixão por aquela criança é ser antipatriota? – sussurrou ela.

– Infelizmente, aos olhos da Itália, agora ela é o inimigo.

No caminho para casa, Antonio enganchou-se no braço de Rosa.

– Sabe – disse ele –, muitos anos atrás eu li um artigo sobre Mussolini e sobre como ele ficou inconsolável quando a filha contraiu poliomielite. Transferiu o escritório para o quarto ao lado do cômodo onde ela estava sendo tratada e não conseguia dormir nem comer. Isso me fez pensar em Sibilla e em como sofremos quando ela ficou doente. Por um instante, Mussolini pareceu quase humano.

Mas um ser humano com sentimentos não seria capaz de fazer o que ele está fazendo.

– Como ele pode sentir amor pela própria filha e nada pelas crianças que estão morrendo ou ficando órfãs por causa de sua ganância? – retrucou Rosa.

Ela não entendia aquele tipo de frieza. Era por amar os próprios filhos e animais de estimação que sentia compaixão por *todas* as crianças e *todos* os animais.

Quando Rosa e Antonio chegaram em casa, sentaram-se juntos na sala íntima. Giuseppina tinha posto as crianças na cama, e ela e Ylenia já tinham se retirado. Rosa ficou grata. Estava em estado de choque e, sozinha com Antonio, podia falar abertamente sobre seus medos.

– Então começou? – perguntou ela. – Estamos unidos aos alemães. Temos sangue nas mãos, como eles.

– Mussolini não passa de um joguete de Hitler – respondeu Antonio. – Só introduziu as leis proibindo judeus de lecionarem em universidades e de se casarem com cristãos para agradar a Hitler. Como eu queria que alguém tivesse assassinado Il Duce antes de chegarmos a isso!

Rosa pensou em sua amiga Sibilla. Pessoas corajosas haviam tentado e sofrido as consequências.

– Estou preocupada – disse ela. – Seus avós eram judeus, e o *Nonno* também.

– Eu não sou judeu segundo a definição de ninguém – disse Antonio. – Meus primos só foram para a Suíça porque não há casamentos miscigenados no lado deles da família. Eles são judeus puros.

– Mas os alemães estão constantemente ampliando suas definições para incluir mais pessoas – disse Rosa. – Conversões não são consideradas válidas porque a questão é a raça, não a religião. O que Mussolini vai fazer agora que somos aliados dos alemães?

Rosa via, pela maneira como Antonio estava de ombros encolhidos, que ele estava preocupado também, apesar de suas tentativas de tranquilizá-la.

– Ouvi falar que na Alemanha, em vez de três avós judeus, agora um só é o que basta para alguém ser considerado um pária – continuou ela. – Por essa definição, não só o *Nonno* era judeu, mas você e os gêmeos também são.

Antonio suspirou.

– Se chegarmos a esse ponto, Enzo disse que podemos ficar com ele e Renata em Lugano. É uma pena você nunca ter tido a chance de conhecer meus primos. São pessoas ótimas.

Rosa levantou-se. Agir o mais rápido possível era o ensinamento sábio que ela aprendera com Luciano.

– Não quero esperar até que seja tarde demais, Antonio. Quero que você vá para a Suíça o mais rápido possível.

— Sem você eu não vou – respondeu ele. – Não vou separar a família. Se eu e as crianças temos que ir, então vamos todos.

Rosa não cedeu.

— Eu vou mais tarde. Nós vamos precisar de dinheiro. Sabe-se lá se vai haver trabalho para nós na Suíça, e Enzo e Renata vão estar na mesma situação. Eles são mais velhos, e talvez tenhamos que sustentar os dois. Se as leis ficarem piores, milhares de judeus vão fugir para a Suíça. O governo suíço talvez feche as fronteiras. Se eu ficar aqui, posso ir tocando a loja enquanto for possível e mandar mais dinheiro para você.

— Não! – disse Antonio, pondo-se de pé. – Isso está fora de questão! Eu não vou deixar você sozinha aqui. Mesmo que nada mude nas leis relativas aos judeus, é apenas uma questão de tempo até os britânicos começarem a bombardear Florença.

Rosa alisou a testa. Havia outro motivo que a fazia querer ficar. Ela tomou a mão de Antonio.

— Nós temos que colocar as crianças em primeiro lugar – disse ela. – Por causa do meu status de inimiga do estado, é improvável que me deixem sair do país. Vão pensar que quero me juntar à Giustizia e Libertà em Paris.

Antonio balançou a cabeça.

— Então vamos conseguir um passaporte falso.

— Por favor – implorou Rosa, engolindo o nó em sua garganta. – Eu vou pôr em risco a segurança de todos. Você vai com as crianças. Eu vou fazer de tudo para ir em seguida.

Antonio andou até a janela e olhou para fora, fitando a rua. Por um bom tempo, não disse nada. Por fim, virou-se para Rosa outra vez.

— Eu levo as crianças para a Suíça. Mas, assim que os três estiverem instalados e matriculados em uma escola, eu volto para Florença. O que quer que enfrentemos, Rosa, vamos enfrentar juntos.

Rosa não tinha escolha a não ser concordar. Não queria que Antonio retornasse, pois ele corria tanto perigo quanto os gêmeos. Mas talvez ela conseguisse convencê-lo a ficar uma vez que estivesse na Suíça.

Antonio pressionou a mão contra a testa.

— Quem sabe tudo isso seja para nada? Talvez a guerra termine daqui a um mês.

Quando Rosa viu o marido e os filhos embarcarem no trem para a Suíça naquele dia quente de agosto, soube que seu sonho de uma vida tranquila em família havia desaparecido. Ninguém podia garantir a segurança de ninguém. Giuseppina, que concordara em ir com eles, tentava equilibrar Ambrosio em um braço, enquanto, no outro, carregava Allegra dentro do cesto de junco. Os gêmeos, acreditando que passariam apenas o dia fora, estavam empolgados com a aventura.

– Lugano! – exclamou Lorenzo, fingindo segurar as rédeas de seu cavalinho de balanço. – Nós vamos ver um lago grande!

Antonio comprara um sorvete para cada um na cafeteria, cheia de soldados despedindo-se de amigos e entes queridos. Giorgio, o que sempre comia mais devagar, ainda lambia seu sorvete.

– Lugano! – disse ele, abrindo um sorriso radiante para Rosa.

Sibilla, ao contrário dos gêmeos, parecia aflita. Por mais que Rosa tivesse tentado explicar tudo com delicadeza, a menina entendia que eles estavam partindo por causa da guerra e que ela ficaria um tempo sem ver a mãe. Rosa se ajoelhou para endireitar a saia da filha.

– *Zia* Renata é uma mulher muito gentil – disse Rosa. – Vai cuidar bem de você, e você precisa fazer de tudo para ajudá-la. O *Babbo* vai conseguir um professor de balé e de piano para você. Vai ser divertido. Ouvi falar que a cidade é linda. Que sorte a sua poder conhecer esse lugar! Quero que me escreva contando tudo sobre os suíços: como eles são e o que comem.

O queixo de Sibilla tremeu, mas então, com o autocontrole que lhe era característico, a menina reprimiu as lágrimas.

– Sim, *Mamma*. Vou fazer tudo que puder para ajudar a *Zia* Renata e vou me dedicar bastante à música e à dança.

Rosa sentiu uma dor no coração. Com que idade as crianças aprendiam a esconder seus sentimentos? Certamente apenas ao se tornarem adultos; não quando atingiam a adolescência.

Depois que Giuseppina, as crianças e os animais estavam a bordo, Antonio virou-se para Rosa e disse:

– Os trens estão demorando mais que de costume. Eu lhe mando um telegrama assim que nós chegarmos. Se alguém perguntar por mim, diga que estou em uma viagem de negócios e que volto logo.

Rosa fez que sim com a cabeça. Antonio apanhou o lenço e secou as lágrimas dela antes de abraçá-la.

– Eu volto assim que puder. Vamos passar por isso juntos.

O apito do trem soou. Antonio deu um abraço forte em Rosa, depois se afastou para subir no trem, que já estava em movimento.

– Tchau, *Mamma*! – gritou Giorgio, chacoalhando seu ursinho de pelúcia pela janela.

– Lugano! – gritou Lorenzo.

Guiseppina acenou, segurando Ambrosio na janela. Antonio soprou mais um beijo da porta do trem. Rosa avistou Sibilla de pé ao lado dele. Parecia desolada. O autocontrole da menina havia desaparecido depois que o trem começara a se mover, e lágrimas escorriam por suas bochechas. Rosa quase se curvou de dor por ter que dizer adeus a todos eles. Tinha feito tudo que podia para manter a família em segurança, porém, quando o trem desapareceu de vista, sentiu-se envolvida por um sentimento de pavor.

A suspeita de Rosa de que Mussolini intensificaria a perseguição aos judeus depois de entrar na guerra estava correta. Anteriormente ele havia sido abertamente simpático com os judeus, acolhendo-os como membros do Partido Fascista e ostentando a amante judia que o ajudara a ascender ao poder. Mas agora passara repentinamente a afirmar que os judeus eram antifascistas e inimigos da Itália. Mesmo assim, o país ainda estava longe de viver os horrores que ocorriam em outros lugares da Europa.

Certo dia, Orietta chegou pálida à loja.

– Você está bem? – perguntou Rosa.

Orietta negou com a cabeça.

– Ouvi as notícias mais apavorantes.

– E existe notícia boa hoje em dia? – perguntou Rosa. – O que aconteceu?

Orietta conferiu se não havia clientes na loja antes de responder.

– Os croatas andam assassinando judeus... aos *milhares*. Homens, mulheres, crianças, velhos. Todo mundo. Alguns oficiais italianos estão tentando ajudar refugiados a entrarem nas zonas ocupadas pela Itália para protegê-los da Ustaše.

– Como você sabe disso tudo? – perguntou Rosa. – Anda ouvindo a rádio estrangeira?

Orietta fez que não com a cabeça.

– Carlo me contou. Ouviu isso dos contatos dele na Giustizia e Libertà, que conseguiram informações através da inteligência britânica.

Rosa recostou-se, tentando absorver as notícias. Aquela não era uma guerra por território. Era uma guerra entre raças. Ia ser um banho de sangue.

– A Giustizia e Libertà continua ativa em Florença? – perguntou ela. – Ainda precisam de pessoas para entregar panfletos?

– Não, Rosa! – exclamou Orietta, adivinhando o que a amiga perguntaria em seguida. – Você tem que pensar na sua família. É por isso que o Carlo não quer chegar perto de você. Alguém pode reconhecê-lo da Espanha, e isso comprometeria você, por causa do seu status.

– Mas eu estou sozinha – disse Rosa. – Eu quero ajudar. Como queria ter feito algo antes. Como queria ter dado mais apoio ao Luciano.

– Não! – insistiu Orietta. – O Luciano nunca lhe pediu isso, e eu não vou deixar você se envolver agora.

– Mas *você* está envolvida? – retrucou Rosa. – Eu sei que você está aprontando alguma coisa. Vejo as suas olheiras. Você não anda dormindo muito.

– Eu sou uma mulher solteira – respondeu Orietta. – Não estou colocando mais ninguém em risco.

Rosa suspirou.

– Eu *não aguento* ser uma dessas pessoas que espera pacientemente, sem fazer nada para ajudar os outros, desejando que a guerra não afete muito a sua vida.

– Você não vai se envolver, Rosa – Orietta disse com firmeza. – Eles não mandam mais dissidentes políticos para a prisão. Matam com um tiro na mesma hora. Não quero que seus filhos cresçam sem mãe.

Embora Rosa tivesse insistido para que Antonio ficasse na Suíça depois de ajudar as crianças a se instalarem, ele voltou a Florença, ao mesmo tempo em que o exército italiano lançava seu *blitzkrieg* contra a Grécia.

– A coisa toda é um desastre – disse Antonio. – Os gregos forçaram o exército italiano a recuar de seu território. Os britânicos estão afundando nossos navios, e enquanto isso o Ministério da Guerra continua fechando todos os dias durante duas horas para a *siesta*!

Orietta contara a Rosa que Mussolini havia entrado na guerra sem plano nem preparação e agora estava deixando as estratégias de batalha a cargo de seus generais. Enquanto isso, farreava com sua nova amante e frequentemente ficava fora de alcance porque estava traduzindo o romance *I promessi sposi* para o alemão.

– Sabe – disse Rosa –, agora eu entendo o que o slogan "Mussolini tem sempre razão" significa. Se as coisas dão certo, Mussolini leva o crédito. Se não dão, ele diz que a culpa é do povo italiano.

Para espanto de Rosa, apesar da escassez cada vez maior de comida e gasolina, ela e Antonio conseguiam manter a loja aberta. Não estavam vendendo as grandes peças de mobília, mas sim as menores e luxuosas: castiçais de bronze e ouropel; porta-retratos de mosaico; travessas de majólica; espelhos de mão de cristal Murano; estátuas de anjos e cupidos. Eram itens que cabiam em um carro, baú ou até mesmo no bolso. Todas as antiguidades à mostra na loja eram italianas. Antonio tirara de vista o espelho *trumeau* francês, as mesinhas Luis XV, a cômoda inglesa de nogueira. Não parecia apropriado admirar as habilidades artísticas do inimigo.

– É como se eu quisesse guardar comigo o último pedacinho de uma Itália bonita – uma cliente disse a Antonio e Rosa. Ela tinha comprado uma magnífica urna de faiança italiana que mostrava pessoas com túnicas flutuantes sentadas perto de um rio. Os cabos eram uma dupla de sátiros. – Se eu morrer na guerra, quero ser enterrada com isto.

Rosa acompanhou a cliente até a porta e observou-a caminhar pela Via Tornabuoni. A mulher tinha um cabelo dourado lindo e pele de alabastro. Com seu vestido de brocado dourado, parecia ela mesma uma obra de arte valiosa. Suas palavras tinham feito Rosa lembrar-se de um desenho subversivo que alguém colara na parede do correio. Nele, aviões britânicos bombardeavam Florença, enquanto o povo italiano corria para dentro da galeria Uffizi e chorava sobre os quadros.

– Rosa? – chamou Antonio. Ela virou-se e viu que ele estava segurando uma travessa do período imperial, com pombas no centro e borda com motivo de flechas e ramos de trigo. – Guardei isso para você – disse ele. – É o meu presente de aniversário de casamento.

Rosa tomou a travessa nas mãos. "Paz em meio à guerra e à fome", pensou. Em seguida, olhando para Antonio, falou:

– É lindo. Você conhece tão bem o meu gosto. Mas ainda não é nosso aniversário de casamento.

Antonio não respondeu. Rosa leu a mensagem nos olhos dele. Naqueles dias não era prudente esperar – por nada.

Embora as coisas estivessem mais lentas na loja, Rosa e Antonio decidiram manter Orietta empregada enquanto ela desejasse ficar. Rosa já não tinha muito que fazer. Odiava ficar no apartamento sem os filhos e os bichos de estimação. O lar que ela tanto adorava agora lhe parecia opressivo.

Rosa doou sangue e também livros para serem mandados aos hospitais militares onde soldados feridos estavam sendo repatriados. Não via esses gestos como atos de apoio à guerra. Se ela não podia ajudar os antifascistas, pelo menos podia ajudar o povo. Sentia compaixão pelas mães dos soldados. Tinha sido extremamente difícil mandar Lorenzo e Giorgio para a Suíça a fim de mantê-los em segurança. Ela só conseguia imaginar como uma mãe se sentia ao ver os filhos serem enviados à guerra.

Rosa ficara sabendo que o hospital estava convocando voluntários para enrolar ataduras e organizar kits de remédios a serem enviados aos campos de batalha. Decidiu fazer aquilo também.

A enfermeira da Cruz Vermelha que estava no balcão da recepção do hospital acompanhou-a até uma sala onde um grupo de mulheres enrolava ataduras. A princípio, Rosa pensou que tinha entrado em seu pior pesadelo. Seis das mulheres vestiam o uniforme preto da Fasci Femminili, o grupo fascista feminino. O resto parecia estar vestindo todos os itens de pele que possuíam. Rosa fechou os olhos até que os coelhos, raposas e chinchilas que corriam pela sala tivessem desaparecido. Todo o senso de propósito que ela havia sentido esvaiu-se. Uma mulher idosa levantou-se, e por um momento Rosa viu um urso arrastando-se pesadamente na sua direção, até perceber que o casaco da mulher era feito com a pele desse animal.

– *Buon giorno* – disse a mulher com voz de falseto, estendendo a mão enrugada. – Meu nome é Grazia Ferrara. Este lugar é um gelo, por isso estamos vestindo nosso casacos. Mas não reclamamos. O hospital precisa racionar óleo, e as salas de cirurgia e enfermarias precisam ficar aquecidas. Nós nos viramos como podemos.

A *signora* Ferrara dispensou a enfermeira com um aceno de cabeça e apressou Rosa na direção de uma cadeira ao lado da dela. Em seguida, ofereceu-lhe uma amêndoa açucarada, a qual Rosa sentiu a obrigação de aceitar, muito embora não gostasse daquele doce.

– Estávamos conversando sobre o que aconteceu em Turim – a *signora* Ferrara disse a Rosa.

Pela maneira como as outras mulheres deixavam a *signora* Ferrari determinar o tópico da conversa, ficava claro que ela era a líder.

– Não só em Turim, Grazia – disse uma mulher magra que usava luvas sem dedos. – Também em Gênova, Milão e Nápoles.

Uma das mulheres de uniforme fascista assoou o nariz, fazendo um barulho alto, depois se virou para a *signora* Ferrara e disse:

– Nós devemos insistir para que essas ataduras sejam usadas em soldados italianos, e não mandadas a campos de prisioneiros de guerra e usadas em soldados Aliados.

As outras mulheres concordaram, exceto uma moça que estava perto da lareira apagada. Ela observava Rosa com atenção.

– Aqueles assassinos andam matando civis – disse outra mulher, acariciando sua estola de raposa. – Não passam de terroristas brutos, assassinos de inocentes.

Rosa sabia que a mulher perto da lareira ainda a observava, então tomou cuidado para que seu rosto não deixasse transparecer muito. Rosa não achava que as mulheres estivessem erradas ao expressar aqueles sentimentos. Os Aliados *estavam* matando mulheres, crianças e idosos, porque os homens em idade militar nas cidades bombardeadas estavam todos mobilizados. Entretanto, não era exatamente isso que a Itália havia feito na Abissínia? E o que essas mulheres diriam se voluntários britânicos e franceses se recusassem a enrolar ataduras para soldados italianos feridos que estivessem em seus campos de prisioneiros?

– Aqueles monstros estão escolhendo alvos civis de propósito – disse a *signora* Ferrara. – Acham que podem nos desmoralizar e fazer a população se voltar contra Il Duce.

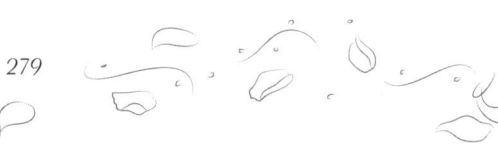

As mulheres murmuraram, concordando.

– Pensam que nós, italianos, somos todos românticos – continuou a *signora* Ferrara. – Ouvi falar que eles acham que temos um temperamento impróprio para a guerra. Pois vamos mostrar a eles!

De canto de olho, Rosa deu uma conferida na mulher perto da lareira. Será que era uma espiã, ou alguém que pensava como Rosa? Ela não vestia uniforme nem casaco de pele.

Mais tarde, a *signora* Ferrara mandou Rosa e a mulher até a sala de suprimentos a fim de apanhar as caixas que seriam preparadas para ser enviadas até o front.

– Vocês duas são as mais novas – disse ela. – É melhor vocês levantarem peso.

– Essa estúpida da *signora* Ferrara – disse a moça, enquanto ela e Rosa colocavam as caixas em um carrinho. – Os Aliados conseguem bombardear nossas cidades porque a Itália não tem um plano de defesa aérea. Você não a escuta dizer que isso é culpa de Il Duce!

Rosa tomou o cuidado de não concordar nem discordar. Era uma observação inteligente, mas, por mais convincente que a moça soasse, Rosa não confiaria nela e não compartilharia sua opinião a respeito de Mussolini. Ela podia muito bem ser uma espiã que denunciaria Rosa no momento em que dissesse algo subversivo.

Quando as duas estavam novamente na sala de voluntárias montando as caixas, logo ficou claro que os suprimentos não eram suficientes para formar kits completos. Os estoques de morfina, tesouras e até mesmo de sabão eram baixos. Rosa estremeceu ao pensar no que aconteceria quando os hospitais de campo não recebessem aqueles itens básicos. A *signora* Ferrara resmungou, afirmando que o culpado por aquela escassez era o embargo imposto pela Liga das Nações contra a Itália em 1935, porém Rosa suspeitava de que a causa daquilo era a falta de preparo por parte de Il Duce.

Naquela tarde, a caminho de casa, Rosa olhou para o céu. Estava azul e sem nuvens. Ela sempre olhara para o céu com admiração. Independentemente do país onde morassem, todos compartilhavam o mesmo céu. Agora Rosa temia que, ao olhar para cima, veria as silhuetas de aviões se aproximando – trazendo morte e destruição.

Rosa ia ao hospital toda manhã para ajudar com as ataduras, porém a conversa das mulheres lhe dava nos nervos. Elas não enxergavam que a Itália também era responsável pelo próprio infortúnio. A Cruz Vermelha estava precisando de voluntários para ler e escrever cartas no lugar de pais e mães analfabetos, então Rosa foi até o escritório da instituição para informar-se. A caminho da seção dos voluntários, passou por uma sala de espera cheia de mulheres. Algumas encaravam o teto, outras choravam. Todas pareciam devastadas. Na seção dos voluntários, Rosa perguntou quem eram aquelas mulheres.

– Coitadas – disse a recepcionista, baixando o volume da voz e inclinando-se na direção de Rosa. – São as esposas e mães dos soldados desaparecidos em combate. Não sabem se seus homens foram mortos ou se estão em um campo para prisioneiros de guerra.

Rosa entendia aquela dor. Ela e Orietta não haviam tido mais nenhuma notícia sobre Luciano. Não saber o que estava acontecendo era pior que tudo.

– O que as voluntárias fazem por elas? – perguntou Rosa.

A recepcionista balançou a cabeça.

– Fora ser enfermeira, acho que é o trabalho voluntário mais desagradável ao qual você pode se candidatar. Esse departamento tem que decifrar as listas de nomes que chegam e conferir cada nome com a data e o local de nascimento. Os oficiais dos Aliados erram na hora de escrever os nomes, e imagine só quantos Luigi Rossi e De Luca existem. Você não pode dizer a uma mulher que o filho dela está vivo se ele está morto, e vice-versa. Isso seria imperdoável.

– E elas fazem algo mais?

– Sim, são elas que encaminham os pertences dos soldados falecidos para as famílias. Honestamente, não há nada mais deprimente. Até tricotar meias é melhor.

– Quem comanda essa seção? – perguntou Rosa.

Os olhos da recepcionista lampejaram, e ela se inclinou para a frente outra vez, ávida por transmitir a informação.

– É uma viúva rica e cheia de glamour. Ela tenta impor um ar de respeitabilidade, mas ao que parece viveu uma vida bem apimentada. Talvez isto aqui seja a penitência dela.

– Posso falar com ela?

A recepcionista pareceu zangada por Rosa ter ignorado seu conselho e rejeitado a porção farta de fofoca que ela havia oferecido.

– Vá até a sala de espera e pegue uma senha – disse ela, dando as costas a Rosa. – Ela está aí agora de manhã. Mas talvez demore um pouco.

Rosa sentou-se na sala de espera do departamento de Mortos, Feridos e Desaparecidos, sentindo como se fosse dela a agonia daquelas mulheres. Os Aliados tinham bombardeado navios de guerra no Mediterrâneo, e era por isso que havia tantas mulheres ali naquele dia. Algumas mantinham-se estoicas, sendo o único sinal de seu turbilhão interno o fato de as pernas tremerem quando seus nomes eram chamados. Outras haviam perdido as forças e precisaram ser levadas até ali por vizinhos, a fim de receber – ou aguardar – mais notícias.

– *Mio caro Orlando*! *Mio caro Orlando*! – uma mulher lamentava-se, enxugando as lágrimas que escorriam por suas bochechas. Ela tinha encharcado diversos lenços e agora usava a manga do vestido. As duas mulheres ao seu lado, cada uma lhe segurando uma mão, não conseguiam confortá-la.

A secretária do departamento era uma mulher pequena de cabelo grisalho.

– Sinto muito por você ter que esperar tanto – sussurrou para Rosa. – A nossa chefe não lê simplesmente as listas, como eles fazem em outros escritórios. Ela insiste em falar com cada mulher individualmente para passar as notícias sobre os homens delas.

– Por favor, eu espero até a última – disse Rosa. – Garanta que as outras falem com ela primeiro.

Rosa achava inconcebível receber notícias sobre o destino de alguém que ela amava através de uma lista lida em voz alta por um oficial qualquer, ou afixada em um quadro de notícias. Aquilo não era como um exame de universidade, em que haveria outra chance. Quem quer que fosse essa viúva de passado "apimentado", Rosa admirava seu senso de decência.

Era fim de tarde quando todas as mulheres haviam falado com a chefe do departamento. Apesar de algumas terem recebido a notícia que mais temiam, enquanto outras continuavam em uma espera torturante, todas pareciam mais calmas após terem conversado pessoalmente com ela.

– A chefe está terminando de escrever um relatório – a secretária disse a Rosa. – Teve que informar a uma mulher que ela perdeu o marido e dois filhos. Foi um dia difícil.

A secretária levou Rosa para dentro de um gabinete apertado, com arquivos transbordando de papel e uma mesa de pinheiro gasta sobre a qual se amontoavam fichas e documentos. O ventilador de teto imóvel estava coberto de óleo e pó. Após anos trabalhando com antiguidades, a primeira coisa que Rosa notava em qualquer cômodo era a mobília. Em seguida, ela direcionou a atenção para a mulher, que vestia um traje de seda negra e, sentada à mesa, preenchia uma das fichas. A secretária colocou a ficha de Rosa sobre a mesa e saiu. A mulher olhou para cima. Rosa levou um susto ao ver-se diante da *signora* Corvetto.

– Então nos encontramos outra vez – disse a *signora* Corvetto com um sorriso. Ela indicou que Rosa ocupasse a cadeira do outro lado da mesa e passou os olhos pela ficha dela. – Vejo que agora você é a *signora* Parigi.

Rosa ficou vermelha ao lembrar que, na última vez em que as duas tinham se visto, ela se reapresentara à *signora* Corvetto como sendo a *signora* Montagnani.

– Bem, fico agradecida por ter se candidatado para trabalhar aqui. Precisamos desesperadamente de ajuda, e eu sempre tive uma boa impressão de você.

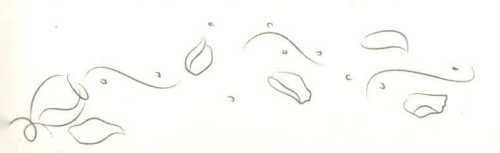

Encontrar a *signora* Corvetto novamente era esquisito, mas Rosa forçou-se a falar:

– A senhora deve ser muito ocupada. Sua secretária disse que a senhora atende cada mulher pessoalmente.

A *signora* Corvetto recostou-se na cadeira e dobrou as mãos embaixo do queixo.

– Eu sei que alguns dizem que essa não é a maneira mais eficiente, mas essas mulheres são as esposas, mães e irmãs de homens que abriram mão da própria vida pela Itália. Não existe maneira "eficiente" de dar notícias dolorosas. Eu faço o que minha consciência manda. Algumas delas precisam sustentar suas jovens famílias, ou tomar conta de pais idosos sozinhas. Preciso saber que, de alguma maneira, elas saem daqui com a força para continuar.

A *signora* Corvetto parecia diferente da primeira impressão que Rosa tivera dela, dentro do carro do marquês, tantos anos antes. Era menos fútil do que suas roupas elegantes sugeriam e parecia complacente e compassível. Fazia todo o sentido que uma mulher assim, e não a Marquesa de Scarfiotti, fosse a mãe biológica de Clementina.

– Só o fato de saberem que nos importamos com elas geralmente já as ajuda – continuou a *signora* Corvetto. – O fato de nos lembrarmos dos nomes delas e dos de seus entes queridos, sem que elas precisem repeti-los cada vez que vêm aqui, pode fazer toda a diferença.

Um silêncio desconfortável formou-se entre as duas. Rosa sabia que a *signora* Corvetto devia estar igualmente surpresa por elas terem se encontrado outra vez. Queria ajudar as mulheres que estavam sofrendo, mas como podia olhar para a *signora* Corvetto todos os dias sem se lembrar da Vila Scarfiotti? Será que era melhor ser honesta com a *signora* Corvetto, ou simplesmente se candidatar a outro cargo voluntário?

A mulher observou-a.

– Quando eu fui à sua loja comprar um presente para Clementina, não sabia do que você tinha sido acusada... *injustamente* acusada. Clementina só me confidenciou o que aconteceu quando completou 16 anos.

"Pronto", pensou Rosa. "Acabou a conversa fiada. Agora tanto eu quanto ela vamos deixar claro o que pensamos. A *signora* Corvetto, assim como eu, não deixou de pensar naquilo tudo."

– Você não pode imaginar o quanto isso torturou a Clementina durante todos esses anos – continuou a *signora* Corvetto. – Ela queria procurá-la, mas eu disse que não seria bom para você. Eu já sabia que você tinha um emprego e um bebê. Disse a ela que devíamos deixar você em paz para seguir com a sua vida.

Rosa não tinha dúvidas de que a *signora* Corvetto estava sendo sincera, porém precisava ser muito cautelosa. Jamais poderia acusar a família Scarfiotti de nada sem infringir os termos de sua soltura.

— Eu fui colocada na prisão — foi tudo que ela deixou sair, sem comentar se aquilo tinha sido justo ou injusto. A *signora* Corvetto tiraria as próprias conclusões.

A mulher arregalou os olhos.

— Eu acho... acho que Emilio... que o Marquês de Scarfiotti não sabe disso. Ele pensou que você tivesse sido advertida a manter distância. Mas veja, se a Marquesa de Scarfiotti tinha algo contra você, foi melhor não ter voltado, para o seu próprio bem.

Rosa encarou o chão. Seria mesmo possível que o marquês não tivesse ficado sabendo do destino dela? Então lhe ocorreu que, além da Marquesa de Scarfiotti, talvez ninguém mais na vila soubesse. Ada devolvera a flauta ao convento antes de Don Marzoli ter encontrado Rosa. Sentimentos que ela não experimentava havia anos a inundaram novamente.

A *signora* Corvetto apanhou um cigarro e ofereceu outro a Rosa, que recusou com a cabeça. A mulher acendeu o cigarro e olhou para o teto.

— Coitada de você. Eu não fazia ideia. Se lhe serve de consolo, aquele Vittorio tenebroso foi mandado para um hospício. Teve um ataque de fúria cerca de um ano atrás e começou a dizer para todo mundo que a Marquesa de Scarfiotti não era irmã dele. Ela ficou desolada. Eles sempre foram muito próximos.

Rosa não queria falar sobre Vittorio. Ele tinha enlouquecido por causa da guerra anterior. Era a irmã dele que devia ter assumido a responsabilidade em seu lugar. "Quero ser quem eu sou agora", pensou ela. "Não quero ser arrastada de volta ao passado."

Um ar triste passou brevemente pelos olhos da *signora* Corvetto. Rosa ficou surpresa ao ver aquilo. Dentre as duas, a *signora* Corvetto era a melhor em esconder o que estava sentindo. Como amante, devia ter praticado aquilo durante anos: ver o homem que amava — e depois a filha — pertencendo a outra mulher. Mas, quando o assunto era Clementina, ela não conseguia esconder seu amor.

— Clementina cresceu e virou uma moça adorável. Sua influência permaneceu nela — disse a mulher. — Ela sente muita saudade do pai. Ele está comandando uma divisão na África.

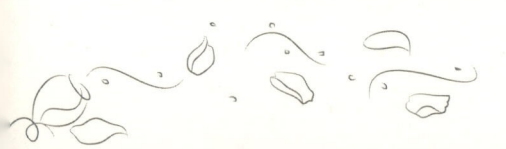

O Marquês de Scarfiotti estava na África? Aquele era um dos fronts mais difíceis de todos. Rosa deu-se conta de que a *signora* Corvetto sentia todos os dias o que as mulheres na sala de espera estavam enfrentando. Será que ela enxergava o marquês em cada lista que recebia ou pacote que passava por seu gabinete? Será que era por isso que executava sua missão com tanto zelo; a razão para tanta empatia?

– *Signora* Corvetto, eu não posso falar sobre a família Scarfiotti sem pôr em risco tudo que consegui na vida – disse Rosa. – Quero trabalhar com a senhora, mas apenas se pudermos deixar o passado para trás.

A *signora* Corvetto encontrou o olhar de Rosa e hesitou por um momento antes de falar.

– Eu e você, nós não vamos falar do passado – disse ela, recostando-se na cadeira e apontando para as fichas sobre a mesa. – Além do mais, vamos ter muito trabalho. Por favor, diga que vai nos ajudar. Preciso de alguém forte como você.

Rosa concordou em começar a trabalhar no dia seguinte, mas seu coração lhe dizia que não seria tão simples esquecer tudo que acontecera. O passado não era algo que pudesse ser afastado com um leve aceno de mão. Para nenhuma das duas.

dezenove

O horário de Rosa no departamento de Mortos, Feridos e Desaparecidos era das 8 horas da manhã ao meio-dia. Porém, havia tanto a ser feito que era comum que ela voltasse à tarde e trabalhasse até o começo da noite. A tarefa mais difícil era quando os caixotes com os pertences dos soldados falecidos chegavam, e ela precisava empacotá-los, junto com uma tradução da carta do capelão do hospital, antes de mandá-los à família. Ocasionalmente, um uniforme era incluído, às vezes duro de lama e rijo de sangue, porém, na maioria das vezes, os itens devolvidos eram bíblias e fotografias. Rosa às vezes encontrava cadernos, baralhos, partituras, terços e desenhos. Nunca havia compassos nem binóculos, a não ser que estivessem quebrados; esses objetos eram escassos no campo de batalha. Quando Rosa tocava os objetos, visões e sentimentos fluíam através dela. Ela via o soldado no dia do casamento, ainda criança no colo da mãe, correndo através de um campo de batalha ao som de tiros. Mais do que gostaria, Rosa experimentava os sentimentos desses homens no momento da morte: resignação, ou puro medo – como os animais caçados que ela pressentia quando encostava em pele ou couro. Quando os soldados morriam em um hospital, e não no campo de batalha, eram comuns sentimentos de alívio ou remorso.

Sempre que julgava apropriado, Rosa incluía uma nota pessoal à carta oficial. Um verso de poema que ela acreditava que traria conforto, ou uma citação da Bíblia. Às vezes, a morte do soldado havia sido tão trágica que a única coisa em que ela conseguia pensar em mandar era uma flor seca. Chegava ao fim do dia exausta, mas ainda assim, de alguma forma, na manhã seguinte encontrava forças para retornar ao departamento, pronta para passar mais um dia fazendo qualquer ato pequeno que pudesse para amenizar a dor de uma mulher.

Alguns dos pacotes continham cartas que os soldados haviam escrito para suas famílias, mas que nunca foram enviadas. Rosa precisava lê-las, para o caso de o censor ter deixado escapar alguma coisa – o que acontecia com frequência, fosse por acaso ou de propósito. Ela descobria mais sobre o desenrolar da guerra pela correspondência dos falecidos do que pela imprensa sob censura. Pelo conteúdo das cartas, percebeu que os soldados italianos estavam sendo massacrados porque o exército estava mal equipado. "Não há caminhões para nos transportar", escreveu um soldado. "Carregamos nossos equipamentos em mulas." Um jovem oficial contava ao pai que apenas dois de seus homens entendiam italiano. Quando ele lhes ordenava que lutassem, a ordem precisava ser traduzida para diversos dialetos regionais.

Rosa e a *signora* Corvetto adquiriam o hábito de sentar-se juntas no fim do dia e desabafar uma com a outra, tomando uma xícara de chá.

– Uma viúva estava vindo até mim fazia meses para ter notícias do filho – disse a *signora* Corvetto certa tarde. – Ela tem câncer. Hoje descobri que o rapaz foi morto na Grécia. Era o único filho dela.

Rosa havia pensado que tantas histórias trágicas a deixariam amortecida depois de um tempo, porém nunca parou de sentir-se triste pelas coisas terríveis que estavam acontecendo.

– A Itália não estava nem um pouco preparada para esta guerra, estava? – perguntou.

A *signora* Corvetto atirou as mãos para o alto.

– Nós somos um país agricultor – respondeu. – Nunca tivemos a potência industrial da França ou da Alemanha. Não conseguimos fabricar aviões, tanques nem automóveis tão rápido quanto eles. Na época de colheita, o exército italiano teve que mandar os recrutas de volta para transportar a safra; caso contrário, tanto o exército quanto os civis morreriam de fome. – Ela serviu mais uma xícara de chá para as duas. – Meu falecido marido era dono de uma frota mercante. Ninguém informou à empresa dele que a Itália estava prestes a entrar na guerra. Quando veio a declaração, os navios ancorados em portos dos Aliados foram imediatamente confiscados. Esses navios podiam ter sido usados nos esforços de guerra. Em vez disso, estão sendo usados contra nós.

A *signora* Corvetto passou os olhos pelo mapa-múndi na parede. Rosa seguiu o olhar dela ao longo do contorno da África. Era o único lugar em que a Itália tivera algum sucesso. Em todas as outras partes, a guerra era um desastre.

– A Itália vai ter que se render – disse a *signora* Corvetto. – Não há outra maneira de sairmos disso.

– Render-se? – Rosa sentiu um arrepio na espinha. – Nunca achei que a Itália tivesse um bom motivo para entrar nessa guerra. Mas, se nos rendermos, o que os Aliados vão fazer conosco?

A *signora* Corvetto mordeu o lábio.

– Não sei – ela apontou as fichas espalhadas sobre a mesa e o novo caixote com pertences que chegara naquele dia. – Mas pode ser pior que isso?

Rosa e Antonio estavam com esperanças de visitar os filhos no Natal. Entretanto, conforme Rosa temera, assim que o oficial do departamento de passaportes conferiu os documentos dela, negou seu pedido.

– Por favor – implorou ela. – Meus filhos são pequenos. Faz meses que não os vejo.

– Por que os mandou para a Suíça? – perguntou o oficial.

– Para que ficassem em segurança.

O oficial espremeu os olhos.

– Bem – respondeu ele, alto o suficiente para que as pessoas na área de espera ouvissem –, a senhora obviamente duvidou de que a Itália venceria esta guerra, portanto é duas vezes traidora.

Ele baixou com tudo a veneziana do guichê e ergueu a placa que dizia "Fechado". Ainda faltavam quinze minutos para a hora do almoço.

Rosa virou-se para ir embora, sob os olhares das pessoas na área de espera. Lembrou-se dos tempos em que fora humilhada em público por ser mãe solteira; porém, dessa vez, olhou na cara de cada um deles.

– E eu estava errada? – perguntou. – Estamos a caminho da vitória gloriosa?

Os observadores desviaram o olhar. O comentário subversivo de Rosa poderia incriminar a todos, mas ela suspeitava de que um sentimento mais forte que o medo prevalecia entre eles. Aquelas pessoas sabiam que o que ela dissera era verdade e estavam envergonhadas.

Naquela noite, Rosa e Antonio discutiram se ele deveria ir a Lugano sem ela.

– As crianças vão se sentir abandonadas se você não for – falou Rosa. – E eu quero que você veja pessoalmente como elas estão.

– Talvez seja hora de conseguir aquele passaporte falso – sugeriu Antonio.

Rosa balançou a cabeça.

– Esse é um risco que vamos deixar para correr quando soubermos que estamos indo para nunca mais voltar – retrucou ela. – As pessoas ainda estão comprando na loja. Parece que existe uma certa classe de florentinos que não percebe que há uma guerra acontecendo.

Antonio acenou com a cabeça, concordando.

– A cidade parece estranhamente segura. Talvez os Aliados sejam tão sentimentais quanto nós em relação ao lugar de origem da Renascença.

Rosa despistou a tristeza de não poder ir visitar os filhos ocupando-se em costurar roupas para eles. Escreveu longas cartas para os três, pedindo a Sibilla que lesse a dos gêmeos para eles. "Tenho muito orgulho de você, minha querida, impressionante e adorável menina", escreveu para Sibilla. "Espero que saiba que, embora eu não possa estar aí, carrego você e os meninos sempre no coração."

Para Lorenzo e Giorgio, Rosa escreveu sobre coisas felizes – a mudança de estações, o que Ylenia cozinhava para eles, o que os vizinhos andavam fazendo.

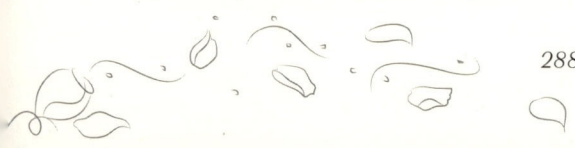

Porém, todos os seus sentimentos poderiam ser resumidos em três palavras simples: "sinto muita saudade". Magoava-a pensar em todos os momentos especiais com os filhos dos quais ela estava sendo privada, momentos que jamais poderia recuperar. Só esperava que, quando as crianças fossem mais velhas, entendessem por que ela não pudera estar com eles e a perdoassem.

Na noite anterior à partida de Antonio, Ylenia preparou para eles polenta com urtigas e cogumelos selvagens. Ela havia feito o possível com as provisões que restavam – e Rosa se recusava a comer ouriços e porquinhos-da-índia. Porém, eles usaram sua melhor louça e beberam uma garrafa de champanhe francês que haviam "subversivamente" guardado para uma ocasião especial.

Ao fim do jantar, Antonio recostou-se na cadeira e tocou no aro dos óculos.

– Você ainda pensa nele? – perguntou.

– Em quem? – retrucou Rosa, olhando para ele. Antonio estava com uma expressão diferente no rosto, e ela então se deu conta de que ele estava falando de Luciano. Antonio nunca fora do tipo ciumento. Por que estava tocando no nome de Luciano agora? Ela baixou os olhos. – Ele está morto, Antonio. Ninguém tem notícias de Luciano desde a Espanha. Ele teria entrado em contato com Orietta ou Carlo se ainda estivesse vivo. Sim, eu penso nele quando acendo minha vela na igreja, mas não penso nele da mesma maneira que antes. Rezo a Deus todos os dias para ter metade da coragem e determinação dele.

Ylenia apareceu, trazendo figos secos para sobremesa. Quando a criada saiu, Rosa perguntou a Antonio:

– Você ainda pensa *nela*? – referindo-se à *signora* Visconti.

Foi a vez de Antonio ficar surpreso. Ele se mexeu no assento e depois olhou Rosa nos olhos.

– Todos os dias. Eu penso nela *todos os dias*.

Rosa sentiu o rosto ficar pálido. Sabia que a *signora* Visconti havia sido o amor da vida de Antonio, mas, desde a última vez em que eles a viram, no Dia da Fé, imaginava que ele a tivesse esquecido. Foi um choque ouvir da própria boca do marido que isso não era verdade.

– Entendo – disse ela, tentando disfarçar a mágoa e sustentar o olhar de Antonio. – Acho que ela é bastante inesquecível.

– Exatamente! – disse Antonio, um sorriso dançando em seus lábios. – É por isso que eu me lembro dela todos os dias quando vejo você e penso: "Graças a Deus que eu me casei com a Rosa!"

Rosa levou um momento para compreender o que Antonio queria dizer. Quando entendeu, ficou vermelha de constrangimento, mas feliz também.

– Não é bom provocar sua esposa desse jeito! – disse ela, fingindo um tom irritado.

Antonio levantou-se e colocou a mão no ombro de Rosa.

– Então que tal me sugerir um jeito melhor de provocar minha esposa?

Em janeiro de 1941, os britânicos lançaram um ataque contra as fortalezas italianas na África Oriental. Depois da queda de Keren, caíram também Asmara e Massawa. A capital etíope foi tomada pelos britânicos. As baixas italianas foram muitas. A Cruz Vermelha convocou mais voluntários para o departamento de Mortos, Feridos e Desaparecidos, a fim de ajudarem no trabalho de informar aos parentes sobre o destino de seus filhos e maridos.

Certa manhã, Rosa chegou trazendo as listas enviadas pelo gabinete militar de telégrafos. Sentiu em torno de si a presença inquietante que experimentava sempre que algo lhe lembrava a Vila Scarfiotti. A diferença era que não estivera pensando na vila de modo algum; ao contrário, ficara perturbada ao saber, por meio de uma carta de Antonio, que os gêmeos estavam com gripe. Ainda assim, a presença estava lá – respirando, sussurrando e movendo o ar em torno dela. A sensação ficou mais forte quando Rosa entrou no gabinete da *signora* Corvetto e encontrou a chefe do departamento debruçada sobre a mesa, chorando. Era a primeira vez que Rosa via a *signora* Corvetto demonstrar suas emoções, mas ela entendia. Todos os voluntários do departamento estavam esgotados. Rosa estava começando a ver os rostos das mulheres da sala de espera em seus sonhos. Havia um limite para a quantidade de dor com a qual um ser humano conseguia lidar.

– Vou preparar uma xícara de chá com açúcar – disse ela à *signora* Corvetto. – A senhora está tremendo.

A *signora* Corvetto olhou para cima. Tinha perdido a beleza juvenil e virado uma velha da noite para o dia. Havia sombras embaixo dos seus olhos e vincos em volta da boca.

– A lista – disse ela, esticando a mão. – Dê-me a lista.

– A lista pode esperar mais cinco minutos – respondeu Rosa. – A senhora não vai conseguir ajudar ninguém se não estiver se sentindo bem.

A *signora* Corvetto se recostou na cadeira.

– Ele não escreveu – falou ela, tocando a sobrancelha com os dedos. – Por que ele não escreveu?

Ela estava repetindo a mesma queixa que Rosa ouvia todos os dias das mulheres na sala de espera. Por um momento, perguntou-se se a *signora* Corvetto estava sofrendo um colapso. Então lembrou que o Marquês de Scarfiotti estava na África.

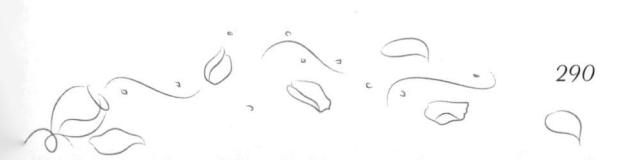

– Já dei uma olhada na lista – disse Rosa. – O nome dele não está nela.

A *signora* Corvetto colocou as mãos na mesa, como se estivesse tentando se endireitar. Rosa puxou uma cadeira e sentou-se ao lado dela, pensando em todas as mulheres que a *signora* Corvetto havia confortado. Quem iria ajudá-la agora que ela precisava de apoio?

– A senhora está doente de tanto trabalhar – disse Rosa. – Já sabe que talvez fique meses sem ter notícia nenhuma. Não tenho dúvidas de que apenas a correspondência de guerra prioritária seja o que vai chegar agora.

A *signora* Corvetto abriu a gaveta da mesa e apanhou um lenço do grande estoque que mantinha ali, enxugando os olhos e assoando o nariz.

– Quando Rodolfo faleceu, eu achei que Emilio e eu íamos nos ver mais – disse ela, olhando ao longe. – Nós éramos felizes juntos – ela perdeu o autocontrole outra vez e deixou sair uma nova onda de lágrimas. – Essa maldita guerra! – gritou. – Essa maldita guerra!

– Se até agora ele não apareceu em nenhuma das listas, é um bom sinal – disse Rosa. – Os comandantes são os primeiros de quem se sente falta.

Porém, aquela era uma esperança frágil. Tanto ela quanto a *signora* Corvetto sabiam que não estar na lista não significava necessariamente estar vivo. O marquês e sua unidade podiam ter sido explodidos em pedacinhos, com medalhas de identificação e tudo, e talvez levassem meses para descobrir o que tinha acontecido, se é que descobririam.

Naquela noite, na igreja, enquanto acendia uma vela pelos antifascistas, Rosa fez uma oração pelo Marquês de Scarfiotti também. Nunca gostara dele em particular, mas duas pessoas por quem ela tinha carinho estavam sofrendo por sua causa. Se a *signora* Corvetto sentia-se ansiosa por não ter notícias, então Clementina também devia estar atormentada. Por muitos anos, Rosa tentara tirar Clementina da cabeça e dedicar todo seu amor e atenção aos próprios filhos. Mas agora ela estava com o coração partido por causa de Clementina.

Certa manhã, no início do verão, bem depois que Antonio retornara de sua visita a Lugano, a *signora* Corvetto foi chamada para uma reunião com os chefes das divisões de voluntariado da Cruz Vermelha. Rosa e os dois novos voluntários, um casal de idosos de nome Daria e Fabrizio Bianchi, sentaram-se à mesa da frente juntos. Estavam conferindo cartas a serem encaminhadas a prisioneiros de guerra italianos, quando o bibliotecário do hospital chegou com uma caixa.

– Isso foi mandado para nós por engano – disse ele. – Achei que eram uns livros novos, por isso só fui olhar agora. Mas são para o seu departamento. São os pertences de um comandante.

Os Bianchi se viraram para Rosa; ela lidava com os pertences a serem devolvidos porque conseguia traduzir as cartas do capelães dos Aliados. Rosa levantou-se e tomou a caixa do bibliotecário. Assim que a tocou, sentiu um peso no coração. "O Marquês de Scarfiotti morreu", pensou. Sem nem mesmo precisar olhar para o conteúdo, soube que pertencia a ele.

– Com licença – disse ela aos voluntários, levando a caixa até o gabinete da *signora* Corvetto e fechando a porta.

Ao tirar o pacote da caixa e colocá-lo sobre a mesa, foi como se o tempo tivesse deixado de existir para Rosa. Ela desamarrou o barbante e desembrulhou o papel marrom. Seus dedos roçaram o uniforme *cordellino* cinza-claro, e sua suspeita se confirmou. Ela viu o marquês quando menino, brincando no jardim da Vila Scarfiotti. Não era o marquês que Rosa conhecera, pois seu andar era despreocupado, e não havia sombras perseguindo-o. A carta oficial dizia que o marquês havia morrido em 15 de março daquele ano, enquanto defendia o Monte Sanchil. Rosa fitou o uniforme, tentando descobrir o que o marquês sentira ao morrer. Sentiu a luz e o som esvaecendo. Sua morte tinha sido rápida. Ele não tivera tempo de pensar, embora ela identificasse fatalismo em seu último suspiro. Rosa teve a impressão de que ele estava em paz, porém – fato desconhecido para a *signora* Corvetto e Clementina – não desejava ficar neste mundo por muito tempo. Ele não tinha encontrado a coragem para deixá-lo até aquela batalha final.

Rosa lembrou-se da festa de 9 anos de Clementina. Lembrou-se da chegada de Bonnie Lass e da alegria no rosto da menina ao andar no pônei, conduzida pelo pai. Rosa balançou a cabeça. A guerra não era nenhuma aberração da natureza. Era motivada pela ganância humana e pelo medo, e isso tornava tudo ainda mais trágico. Ela abriu seu caderno para registrar o conteúdo do pacote: não havia cartas não enviadas, tampouco uma aliança de casamento ou uma Bíblia. Entretanto, o anel com brasão que o marquês estava usando no dia em que fora ao convento estava lá, além de uma escova de roupas com o topo prateado. O porta-mapas gravado do marquês havia sido mandado, embora os oficiais Aliados tivessem removido os mapas. Embaixo do porta-mapas havia um livro. Rosa o apanhou e viu que era uma cópia de *La Divina Comedia*, de Dante. Ela o abriu. Na folha de rosto havia uma dedicatória de Nerezza. Quando Rosa pôs os olhos na caligrafia forte, o estranho pressentimento voltou.

Pelas palavras que ainda serão ditas e pelos dias que ainda serão vividos, era o que estava escrito. A data era 12 de outubro de 1906. Talvez fosse um presente de aniversário.

Rosa estava prestes a largar o livro, quando percebeu que havia fotografias presas entre algumas páginas. A primeira era um retrato da *signora* Corvetto. Ela estava linda, com o rosto levemente iluminado e os cachos caídos sobre os ombros feito uma cascata. No verso da fotografia o marquês havia escrito: *Gisella, setembro de 1937*. Rosa colocou-a novamente entre as páginas e apanhou a seguinte. Era uma moça com vestidinho de jogadora de tênis. Ela tinha grandes olhos cintilantes e um sorriso largo, e o cabelo estava preso para cima de um jeito elegante. A princípio Rosa achou que se tratasse de outra amante do marquês e temeu pela dor que isso causaria na *signora* Corvetto, mas então percebeu que aquela garota era Clementina. "Ela virou uma moça adorável", pensou Rosa.

Havia uma fotografia da Vila Scarfiotti com um casal e uma menina de pé em frente à casa, junto com um bebê em um carrinho. A luz no gabinete estava diminuindo, e Rosa levou a fotografia até a janela para poder vê-la com mais clareza. Não havia nada escrito no verso, mas Rosa supôs que a criança no carrinho fosse o marquês e que o homem e a mulher fossem os pais dele. A menina devia ser Nerezza. Rosa sentiu uma coceira nos dedos. Já tinha visto o rosto daquela menina. Ela virou a fotografia para a luz a fim de enxergar os traços com mais clareza e sentiu o coração cair até os pés. As maçãs do rosto esculpidas, os olhos levemente puxados para cima... parecia que Rosa estava olhando para uma foto da própria filha.

Os Bianchi foram embora, mas Rosa permaneceu para entregar o pacote à *signora* Corvetto quando ela retornasse. Não queria que ela estivesse sozinha ao recebê-lo. Imaginou se conseguiria manter-se forte para a *signora* Corvetto, já que sua mente também estava um turbilhão. A semelhança entre Sibilla e Nerezza era impressionante demais para que Rosa continuasse em dúvida. Ela lembrou-se da expressão no rosto de Ada ao ver a chave do piano de Nerezza em torno de seu pescoço e da maneira como o Barão Derveaux a encarara, dizendo que, de certos ângulos, ela lembrava alguém. Pensou na borda de pedra em torno da sepultura na Vila Scarfiotti: nunca tinha visto a estátua de frente, apenas de perfil. Andou até a janela e encarou o próprio reflexo, virando a cabeça levemente. "Será mesmo possível?", perguntou-se. "O filho de Nerezza não está enterrado com ela em sua sepultura?"

Rosa voltou ao uniforme do marquês para ver se a peça lhe revelaria outros segredos; afinal de contas, se o que ela suspeitava fosse verdade, o marquês era seu tio. Ela esfregou a testa. Não sabia o que pensar. Tinha ouvido falar que era comum que uma beleza extraordinária pulasse uma geração e passasse da avó para a neta. Ainda assim, havia semelhanças suficientes entre ela e Nerezza que justificavam uma conexão. Ambas eram musicistas, ambas eram encorpadas, e Rosa tinha sido levada ao convento na mesma época em que Nerezza dera à luz seu filho. Rosa empurrou a cadeira para trás. Será que ela estava enxergando coisas demais? Se ela era filha de Nerezza, então por que tinha sido levada ao convento e por que tinham dito ao marquês que ela havia morrido? O rosto pálido da Marquesa de Scarfiotti apareceu na mente de Rosa. Se alguma injustiça havia sido cometida, sem dúvida ela estava envolvida. Mas por que a marquesa teria desejado se livrar do filho de Nerezza? Rosa lembrou-se da senhorita Butterfield, a preceptora, dizendo que a Marquesa se orgulhava muito desse título. Mas Rosa era menina. Não teria tido direito algum ao título de marquesa se seu tio havia se casado. Será que tinha feito aquilo por puro despeito? Todos pareciam saber que Nerezza e a marquesa se odiavam.

– Ainda está por aqui? – perguntou a *signora* Corvetto, passando pela porta. Ela parecia exausta. O batom sumira dos lábios, e os cachos estavam ficando lisos. – Foi muito ruim o dia? Vou lhe dizer, aquela reunião foi muito reveladora.

Ela parou no meio da frase quando viu o pacote. Seu rosto se contorceu em uma expressão terrível.

– Não! – berrou.

Rosa tentou ajudá-la a sentar-se em uma cadeira, mas ela se afastou.

– Conte-me! – disse ela, os olhos arregalados de medo. – Conte-me!

– O pacote foi entregue no lugar errado – disse Rosa. – Só chegou aqui hoje. Sinto muito.

A *signora* Corvetto foi afundando até ficar de joelhos.

– Ah, meu Deus! – exclamou. Não era uma pose digna, mas não havia nada digno no sofrimento. Rosa pensou que era como o parto: simplesmente era preciso fazer qualquer coisa que ajudasse a suportar a dor.

– Essa guerra terrível! – a *signora* Corvetto falou chorando. – Quando eles vão parar? Quando tiverem acabado com *todos* os homens?

Rosa pôs os braços em torno da *signora* Corvetto. "Ter que apagar a luz de alguém que amamos é o mesmo que arrancar um pedaço da própria alma", pensou ela. Naquele momento de agonia, a *signora* Corvetto tremia e balançava-se de um lado para o outro. Depois de alguns minutos, resmungou:

– Eu sinto tanto que não vou ouvir a voz dele nunca mais, nem as palestras dele sobre a arquitetura de Florença. Vou sentir falta de tanta coisa quando essa guerra terminar e nós voltarmos à nossa vida normal.

Rosa perguntou-se se eles realmente voltariam a levar uma vida normal. Pensou no que sentira ao tocar o uniforme do marquês e na dedicatória de Nerezza para o irmão adolescente: *Pelas palavras que ainda serão ditas e pelos dias que ainda serão vividos.* Rosa sentia muito pela *signora* Corvetto. Ela estava sofrendo por um amor que era uma mistura de ilusões e falsas expectativas. Pelo que Rosa conhecera do marquês na vila e pelo que tinha sentido em seu uniforme, na época em que conheceu a *signora* Corvetto ele já tinha perdido as esperanças de ter um futuro feliz.

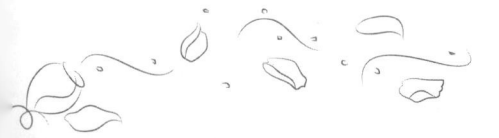

Depois de mais lágrimas, a *signora* Corvetto foi aos poucos se recompondo. Seu olhar caiu sobre o pacote. Rosa a ajudou a levantar-se e o passou para ela.

– Vamos lá – falou, tomando a *signora* Corvetto pelo braço e conduzindo-a até seu gabinete. – Leve o tempo de que precisar para olhar as coisas dele e se despedir. Eu vou estar aqui fora esperando por você se precisar de mim.

Rosa fechou a porta e sentou-se à sua mesa outra vez. A princípio houve apenas silêncio, depois ela ouviu a *signora* Corvetto chorando convulsivamente. Rosa também estava experimentando uma espécie de choque retardado. Tirou seu casaco do armário e cobriu as pernas. As dúvidas persistentes que tivera sobre ser ou não filha de Nerezza pareciam ter se dissipado na última hora. Era uma sensação estranha ter uma epifania assim depois de viver no limbo a respeito de suas origens durante tantos anos. "Nerezza era minha mãe?" Rosa tentava acostumar-se à ideia. Sempre pensara que, se um dia descobrisse a identidade da mãe, seria invadida por emoções como amor, carinho e uma sensação de acolhimento. Em vez disso, sentia-se amortecida. Viu-se imaginando que tipo de mãe Nerezza teria sido e lembrou-se daquelas listas sem fim no caderno; de seu perfeccionismo. Talvez ela não tivesse sido nem um pouco mais gentil com Rosa do que a marquesa era com Clementina. Rosa lembrou-se de Irmã Maddalena cantando para ela dormir. Ela não tivera todas as vantagens materiais de que teria desfrutado por ser filha de Nerezza, mas tinha sido amada. Lembrou a si mesma de que não sabia tudo que havia para saber a respeito de Nerezza. Talvez ela tivesse qualidades que Rosa não estava levando em consideração – ela tinha um amor profundo pelo irmão e adorava música e arte. "Eu simplesmente não sei", pensou Rosa, encarando as próprias mãos. "Não sei como seria se não tivesse sido levada para o convento. A chance de saber me foi tirada por outra pessoa."

Ela encarou o teto, tentando não pensar na Marquesa de Scarfiotti, mas a mulher entrava à força em sua mente. Rosa enxergou-a da maneira como se lembrava dela na vila: orgulhosa, vaidosa, convencida e cruel. "Fui jogada na prisão por causa dela", pensou Rosa. "E talvez tenha crescido sem nome e sem família por causa dela também."

Eram quase 19 horas da noite quando a *signora* Corvetto saiu de seu gabinete. Rosa havia telefonado para o apartamento, avisando a Ylenia que chegaria tarde e pedindo a ela que servisse o jantar a Antonio.

– *Signora* Corvetto – disse Rosa, levantando-se. – Há alguém para quem eu deva telefonar?

A *signora* Corvetto tomou a mão de Rosa e apertou-a.

– Não, não há ninguém a quem telefonar.

Ao tocar na pele da mulher, Rosa sentiu quão esgotada a *signora* Corvetto estava, porém ela parecia mais tranquila agora que tinha expressado sua dor.

– Quando você chegar amanhã, gostaria que datilografasse uma carta oficial para acompanhar as coisas do marquês – disse ela. – Deveríamos dirigi-la à Marquesa de Scarfiotti, mas acho que nós duas sabemos que seria um esforço desperdiçado. Dirija-a a Clementina. Vou levar essa carta pessoalmente, junto com os pertences dele.

– Claro – respondeu Rosa.

A *signora* Corvetto sorriu.

– Bem, seu marido tem sido muito paciente com seu trabalho aqui. Agora quero que vá para casa. Não sei o que vou fazer se você ficar doente.

– E quanto à senhora? – perguntou Rosa. – A senhora não tem ninguém.

A *signora* Corvetto encolheu os ombros.

– Foi a vida que eu escolhi – respondeu, desviando os olhos. Em seguida, voltando-se outra vez para Rosa, disse com um sorriso triste: – Vamos parar com essa formalidade. Daqui por diante quero que você me chame de Gisella.

Ela apanhou o casaco do armário, e Rosa ajudou-a com ele.

– Pelo menos me deixe acompanhar a senhora um pedaço do caminho até o apartamento – disse Rosa.

– Como quiser – concordou a *signora* Corvetto.

As duas mulheres saíram do prédio e avançaram pela rua escura. Havia uma ordem de *blackout*, porém muitos florentinos a haviam ignorado e deixado as cortinas abertas. Rosa ouvia o clique que seus sapatos faziam na calçada.

– *Signora* Corvetto... quer dizer, Gisella... Quero falar sobre uma coisa com você.

A *signora* Corvetto indicou com a cabeça que Rosa prosseguisse.

– Eu sei de algo a seu respeito. Não me pergunte como eu sei. Simplesmente sei. Sei que a Clementina é sua filha.

A *signora* Corvetto parou e encarou Rosa na penumbra. Nenhuma das duas se moveu.

– Como você sabe? – perguntou ela em voz baixa. – O marquês te contou?

Rosa balançou a cabeça.

– Ninguém me contou. Eu senti.

A *signora* Corvetto encarou os próprios pés antes de virar-se para Rosa.

– Você se casou com seu chefe. Eu também. Só que meu marido era quarenta anos mais velho que eu e já tinha sido casado duas vezes. Ele viveu mais que as duas esposas. "Você não vai sobreviver a esta", as pessoas diziam brincando para ele, mas a mim elas desprezavam. É fácil menosprezar as pessoas quando se tem dinheiro. Rodolfo queria a minha juventude; eu queria uma vida melhor. Eu era órfã, sabe? Até mesmo um padeiro de quem eu gostava me menosprezou. Que outra mulher na minha situação deixaria de se casar com um homem rico se tivesse a chance?

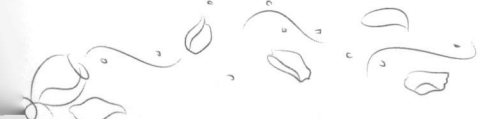

– Mas o *signor* Corvetto era velho demais para ter filhos?

A mulher confirmou com a cabeça.

– O pobre Rodolfo era cansado demais para fazer qualquer coisa. Nem se aproximou de mim na nossa noite de núpcias.

– Deve ter sido solitário – disse Rosa. – Para uma moça.

– A família e o círculo social dele nem mesmo se dirigiam a mim. Era como se eu não existisse. Não que nós saíssemos muito.

As duas mulheres voltaram a caminhar.

– Quando conheci o Emilio, ele também não era feliz no casamento – disse a *signora* Corvetto. – Nós encontramos consolo um no outro. Mas quando eu engravidei houve o risco de escândalo. Rodolfo seria humilhado. Tivemos que inventar uma suspeita de tuberculose. Eu me retirei para um "sanatório" na Suíça. A marquesa passava bastante tempo fora nessa época, então não foi difícil fazer parecer que Clementina era filha dela, a não ser pelo fato de ela sempre ter sido tão magra. Há algo errado com ela, você sabia?

Rosa suspeitava de que a marquesa tivesse algum problema de saúde. Ela não comia quase nada, exceto carne quase crua, e debaixo das camadas de maquiagem tinha um aspecto subnutrido.

– Bem, ela não pode ter filhos, então concordou em ficar com Clementina, porque pelo menos era filha biológica de Emilio. Pensei que talvez ela fosse ser mais delicada com a minha filha, mas foi uma esperança vã. Fiquei feliz com sua influência sobre Clementina, e fico feliz que agora ela esteja chegando a uma idade em que vai poder escapar das garras da marquesa. Não haverá ninguém para proteger Clementina agora que o pai dela se foi.

Rosa e a *signora* Corvetto ficaram em silêncio, cada uma perdida nos próprios pensamentos. Elas caminharam mais do que tinham concordado e pararam em frente ao prédio da *signora* Corvetto, abraçando-se antes de se separar. Rosa viu a mulher mais velha entrar no prédio e fechar a porta atrás de si. "Ela é órfã também", pensou. Por estar separada dos filhos, Rosa identificava-se com a dor da *signora* Corvetto em relação a Clementina.

Depois que Rosa tinha terminado o jantar que Ylenia deixara para ela na cozinha, Antonio apareceu com o dicionário.

– *Coincidência* – leu ele em voz alta. – *Correlação de eventos sem uma conexão causal óbvia.*

Rosa refletiu sobre a definição. Ela estava experienciando uma correlação de eventos, porém sentia que havia algo por trás deles. Algo a impulsionara a andar na direção do piano de Nerezza e a experimentar a chave na fechadura da banqueta; e algo havia feito os pertences do marquês serem mandados ao lugar errado para que ela os visse antes da *signora* Corvetto. Rosa ansiava por falar com

Ada, que, ela agora entendia, reconhecera Rosa assim que vira a chave. Ada não tinha dito que algo físico tinha começado a acontecer na vila depois da chegada de Rosa? Porém, as chances de ela conseguir conversar com a cozinheira eram poucas. A *signora* Corvetto contara a Rosa que a marquesa estava recebendo oficiais fascistas de alto escalão na vila e que o próprio Mussolini estivera lá como convidado. Qualquer um que entrasse na propriedade, incluindo a equipe que trabalhava lá, era revistado pela polícia secreta. Rosa suspirou. Para aproximar-se de Ada, teria que esperar a guerra acabar. Pelo menos, do jeito como as coisas andavam acontecendo, isso não demoraria muito para acontecer.

– Por que você me pediu para procurar *coincidência*? – perguntou Antonio, colocando o dicionário de lado.

Rosa contava tudo a Antonio, porém só falaria sobre suas suspeitas a respeito de suas origens e sobre a marquesa depois que tivesse uma prova concreta.

– É uma palavra que aparece com frequência no meu trabalho – respondeu ela. – Queria ter certeza de que entendo o significado verdadeiro.

– Ah – disse Antonio. – Então talvez o que você queira dizer seja mais parecido com "destino": série de acontecimentos que conduz inevitavelmente à sorte de alguém.

Rosa encarou Antonio. Ela não sabia por que, mas aquelas palavras lhe arrepiaram até o osso. Coincidência, destino, sorte: todas essas coisas a conectavam inequivocamente à Vila Scarfiotti. E, por mais que ela tentasse evitar, o destino a estava levando de volta para lá.

vinte

A signora Corvetto renunciou ao cargo de chefe do departamento de Mortos, Feridos e Desaparecidos. Desempenhara seu papel com dignidade e compaixão, porém estava exausta e, se não descansasse, corria o risco de tornar-se ela mesma uma inválida. Seu substituto foi um oficial aposentado do exército, o *Maggiore* Valentini. Apesar do jeito enérgico e da ênfase militar no quesito eficiência, o *Maggiore* Valentini era um homem bondoso. Mesmo com o aumento no volume de trabalho no departamento, ele tentava conversar pelo menos com as mulheres cujos homens haviam morrido. O único problema era que, diante de uma mulher emocional, o *Maggiore* Valentini gaguejava, o que fazia a entrega da notícia demorar mais do que deveria.

Certa tarde no fim de junho, Rosa, os Bianchi e uma dúzia de novos voluntários estavam montando caixas e decifrando listas, quando o *Maggiore* Valentini lhes informou que haveria um anúncio importante no rádio dali a uma hora. Os voluntários trocaram olhares nervosos.

– O que você acha que é? – Daria cochichou para o marido, secando o suor da testa com o lenço. Todos os ventiladores de mesa estavam ligados, porém o escritório continuava abafado com o calor do verão.

– Quem é que sabe? – respondeu ele. – Só rezo para que não seja outro avanço. Mal conseguimos dar conta do nosso trabalho do jeito que as coisas estão agora.

Rosa tirou um fio de cabelo úmido da testa. Ao contrário dos outros, ela se enchia de esperança ao pensar em um anúncio importante. Orietta lhe dissera que membros do Grande Conselho do Fascismo estavam tramando para derrubar Mussolini e negociar com os Aliados para que a Itália saísse do conflito. Obviamente, um plano assim era alta traição. Havia espiões pela cidade toda tentando apurar as chances de revolta popular. Rosa suspeitava do novo carteiro que entregava a correspondência na loja. Ele parecia demorar-se na porta mais do que o necessário, como se estivesse tentando escutar alguma coisa.

– Ele não é confiável – Rosa disse a Antonio. – Sinto como se estivesse me observando. Algumas cartas da Renata e das crianças estão sendo abertas.

– Provavelmente estão sendo revistadas por censores – disse Antonio. – Quanto ao nosso *postino*, bem, ele tem 18 anos, mas por algum motivo não foi recrutado no exército. Talvez seja lento; ou talvez só esteja deslumbrado com você.

Rosa sorriu ao lembrar-se do elogio de Antonio e voltou a atenção ao trabalho, ajeitando a mesa antes de começar a lidar com o próximo grupo de cartas enviadas por soldados a suas famílias. A notícia que Orietta tinha ouvido era sobre uma conspiração entre a elite. Rosa ficou decepcionada por não ser o povo italiano que estava se revoltando. Mussolini reagira aos bombardeios no sul e à redução de provisões sofrida por todos dizendo que isso fortaleceria o povo italiano. Rosa não achava que as pessoas nas ruas pareciam mais fortes; achava que elas pareciam desmoralizadas.

Depois que uma hora havia se passado, os voluntários e o resto da equipe do departamento se reuniram em torno do rádio. Os ventiladores haviam sido desligados para que se ouvisse o anúncio. Correntes de suor escorriam pelas costas de Rosa. Ela permanecia esperançosa de que um golpe e a desposição de Mussolini fossem ser noticiados. Ficou imaginando o que um anúncio assim significaria – seus filhos voltariam para casa, vidas seriam poupadas, haveria comida boa na mesa outra vez. As imagens foram tão intensas que ela de fato *sentiu* como se aquelas coisas tivessem acontecido. Foi um choque frio quando o locutor do rádio traduziu a mensagem de Goebbels, o ministro da propaganda alemão: a Alemanha havia invadido a União Soviética.

Todos se olharam. Nenhum invasor jamais conseguira ganhar controle sobre aquela vasta terra e aquele povo impetuoso. Por que a Alemanha decidira abrir a guerra em dois fronts? Eles realmente acreditavam que venceriam?

– Não pediram à Itália que se juntasse a eles – disse Daria, parecendo metade confusa e metade aliviada.

– Que bom – falou Rosa, sem medo de dizer o que pensava. – Vai ser um banho de sangue.

– O que o senhor acha, *Maggiore* Valentini? – um dos voluntários mais jovens perguntou ao chefe do departamento.

O *Maggiore* Valentini franziu a testa.

– O que eu acho não sai deste departamento, está bem? É muito provável que os alemães não tenham pedido à Itália para se juntar a eles porque finalmente entenderam o quão mal preparado este país está para entrar em uma guerra. Nós somos mais um peso que uma vantagem.

Quando Rosa chegou à loja naquela tarde, Antonio e Orietta já tinham ouvido a notícia sobre a invasão alemã.

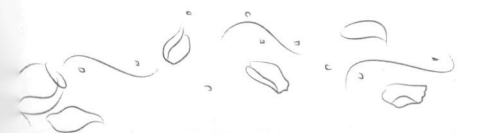

– Parece que os alemães não pediram à Itália para se juntar a eles – disse Rosa. – Melhor assim. Alguns voluntários estão dizendo que os russos vão massacrar os alemães. Talvez Hitler se renda, então.

Antonio balançou a cabeça.

– Temo que Mussolini não vá querer perder nenhum espólio. Ele vai mandar o exército italiano, não importa quantos homens lhe custe para que consiga pôr as mãos em alguma coisa.

Antonio e Orietta trocaram um olhar. Antonio levantou-se e vestiu seu paletó.

– Tenho que ir ver um comprador – disse ele, beijando Rosa na bochecha e despedindo-se de Orietta com um abraço e beijos antes de sair.

Rosa sentiu um incômodo. Antonio havia se separado de Orietta como se não esperasse vê-la novamente tão cedo. Ela virou-se para a amiga.

– Orietta?

– Eu vou embora.

– O quê? Por quê? – perguntou Rosa, sentindo um peso no coração.

Orietta a olhou com carinho.

– Você sabe que eu não posso lhe dizer.

– Tem alguma coisa a ver com a Giustizia e Libertà? – perguntou Rosa, imaginando que o único motivo que faria Orietta partir seria alguma missão a cumprir. – O que é?

Orietta sorriu e balançou a cabeça.

– Quando você vai voltar? – Rosa perguntou, embora soubesse, pelo jeito como Antonio se despedira, que isso não aconteceria tão cedo.

Os olhos de Orietta ficaram úmidos. Ela se aproximou de Rosa e a abraçou.

– Acenda uma vela por mim assim como você faz pelos outros – disse ela.

Rosa segurou Orietta com toda a força. Aquilo era o que ela mais odiava na guerra – não o racionamento, nem mesmo o medo, mas as separações. Sentia falta dos filhos e agora estava perdendo Orietta também.

– Eu vou acender – prometeu chorando. – Vou pedir a Deus todos os dias que proteja você.

Sem a amizade de Orietta para distraí-la, Rosa sentia falta dos filhos mais do que nunca. Percebeu o quanto viera a depender de sua "irmã" para confortar-se. Odiava quando, por hábito, entrava na loja esperando encontrar Orietta, apenas para ver a mesa dela vazia.

A guerra se intensificava, e a comida ficava cada vez mais escassa. Rosa concluiu que se enganara quanto ao seu objetivo de tentar guardar o máximo de dinheiro possível antes de se unir às crianças na Suíça. A segurança não passava de uma ilusão. Buscá-la era tão inútil quanto suas tentativas de manter Sibilla em segurança ao evitar envolver-se abertamente com os antifascistas. Se os italianos tivessem se livrado de Mussolini anos antes, a situação seria diferente. Qualquer líder em sã consciência teria se juntado aos Aliados.

– É hora de irmos para a Suíça – disse ela a Antonio. – Vou me arriscar a começar uma vida nova.

– Encontrei um falsificador para fazer seu passaporte – Antonio informou a Rosa no dia seguinte. – Ele é austríaco. Ajudou muitos judeus a escaparem de Viena.

– Quando o passaporte fica pronto? – perguntou ela.

– No começo da semana que vem.

Rosa avisou ao *Maggiore* Valentini que deixaria o departamento, porém não contou o motivo.

– A senhora trabalhou bastante e bem, *signora* Parigi – disse ele. – Espero vê-la novamente um dia.

Antonio e Rosa trabalharam bastante para empacotar a mobília que ainda restava na loja e transferi-la ou para a sala dos fundos, ou para o porão embaixo da loja. Rosa ficava preocupada ao pensar que a peça mais valiosa em que ela e Antonio tinham investido – uma mesa de jantar do século 18, de nogueira e marchetaria – era pesada demais para ser transportada. Ela cobriu-a com um lençol e rezou para que ninguém a encontrasse e tivesse a ideia de cortá-la para usar como lenha. Embrulhou um painel de *scagliola* barroco, parando por um momento para admirar a cartela rosa-clara que mostrava um casal a bordo de um barco puxado por cavalos-marinhos. Era uma imagem bonita e idílica, porém na guerra não havia lugar para beleza nem para sonhos.

Antonio colocou os livros de contabilidade em um cofre escondido atrás de um armário. Estava fazendo de tudo para ser desapegado e metódico ao realizar suas tarefas, mas Rosa sabia que aquilo o estava deixando de coração partido. A loja havia sido seu sonho quando jovem, e ele tinha trabalhado duro para que rendesse frutos. Ela lembrou-se da primeira vez em que vira Antonio na loja, tentando vender as poltronas com braços em forma de cisne. Na época ele não acreditava no poder de Rosa em enxergar a fonte das coisas. Mesmo depois de sete anos de casamento, ele continuava não acreditando, mas passara a respeitar que *ela* acreditasse.

Foi o pensamento de ver os filhos outra vez que ajudou Rosa a enfrentar os dias que se seguiram. Ela e Antonio passaram fita nas janelas do apartamento e tiraram os quadros da parede. Fizeram de tudo para esconder suas coisas de eventuais saqueadores, mas nada salvaria seus tão estimados itens caso uma bomba atingisse o prédio. Torceram para que isso nunca acontecesse. Até então Florença tinha sido poupada.

Na manhã em que Antonio buscaria o passaporte de Rosa com o falsificador, ela acordou com um nó no estômago. Era compreensível estar nervosa, mas muitas pessoas ainda atravessavam a fronteira com documentos falsos – e, além do mais, Antonio não garantira que o falsificador havia ajudado muitos judeus? Rosa foi até a cozinha e preparou uma xícara de água quente com uma rodela de limão, pois o chá estava escasso. Mesmo assim, o medo não foi embora. Ela e Antonio haviam concordado em viajar em compartimentos separados; assim, caso algo acontecesse a um deles, o outro ainda chegaria até as crianças. Rosa havia insistido nisso; Antonio cedera apenas depois de dias de resistência. Ela tomou um gole da água quente e fechou os olhos, forçando-se a não pensar nos filhos, temendo que seu desejo intenso de vê-los frustrasse o plano.

Depois que Antonio saiu para buscar o passaporte, Rosa foi até a sala íntima. De pé no cômodo agora desnudo, ficou pensando em como a vida tinha se transformado em uma série de obstáculos. Repentinamente, algo simples como tomar um trem para a Suíça precisava ser meticulosamente planejado. O único item não essencial que Rosa estava levando consigo era a flauta. Ela tocou Mozart para se acalmar enquanto esperava a volta de Antonio. A beleza etérea da música ajudou-a a tolerar a experiência de ver sua vida se desintegrando.

Já eram por volta de 3 horas, e Antonio ainda não tinha retornado. Rosa começou a andar de um lado para o outro. O que ele estaria fazendo? As passagens de trem estavam compradas para aquele fim de tarde, eles já tinham feito as malas, e ele não mencionara nenhuma tarefa de última hora que precisasse realizar. Ela andou até a janela e olhou para a rua; de certa forma, esperava encontrar o carteiro ali, espiando conforme suas suspeitas. Porém, a rua estava vazia.

– Pare! – Rosa disse a si mesma, tentando acalmar a mente.

Ela pensou em preparar a janta, mas então lembrou que não havia comida na casa. Eles haviam se livrado de tudo para prevenir ratos e pretendiam comer algo na estação antes que o trem partisse.

Às 18 horas ela soube que havia algo errado. O trem partiria às 19h15. Mesmo que Antonio retornasse naquele momento, eles provavelmente não chegariam a tempo. O coração de Rosa batia acelerado.

– Fique calma! – disse a si mesma, escrevendo um bilhete para Antonio no qual informava que tinha ido à delegacia. Sua mão tremia tanto que a letra estava quase ilegível.

Ela pôs o chapéu, apanhou a bolsa e correu porta afora. Passou pela loja e olhou entre as frestas da persiana que cobria a vitrine. Antonio não estava lá.

As portas da delegacia eram pesadas e rangeram quando Rosa as abriu, embora ninguém na área de espera tivesse ouvido – estavam ocupados demais discutindo. Havia ocorrido uma repressão severa aos comerciantes do mercado negro, e uma velha usando pincenê e um homem de cabelo bagunçado protestavam a inocência de alguém que havia sido preso. Rosa estava quase chorando. Nunca havia entrado em uma delegacia de polícia, e o lugar trouxe de volta lembranças da noite em que ela havia sido presa por causa da morte de Maria. Um policial, vendo a angústia em seu rosto, chamou-a até o balcão. Ela explicou que estava procurando o marido.

– Ele não está no bar, *signora*? Será que não está com amigos?

Rosa negou com a cabeça.

– Ele nunca vai ao bar – respondeu ela, passando em seguida o nome e o endereço de Antonio.

O policial foi até seu arquivo para conferir algo.

– Por aqui, por favor – disse a Rosa, erguendo a tampa do balcão e conduzindo-a para dentro de uma sala nos fundos da delegacia.

O policial foi educado, porém seu andar rígido e o fato de não a olhar nos olhos disseram a Rosa que algo estava errado. Eram os mesmos maneirismos que o *Maggiore* Valentini exibia quando estava prestes a contar a alguém que seu ente querido havia morrido. Rosa estava quase desmaiando. O policial pediu a ela que se sentasse e depois desapareceu, retornando momentos mais tarde com o sargento de polícia, um homem corpulento de pele corada. Ele olhou para Rosa com muita seriedade.

– Seu marido foi preso – disse ele. – Foi pego comprando uma falsificação.

Os pensamentos de Rosa se emaranharam. Antonio preso? Não podia ser!

– Eu é que deveria ser presa – disse ela ao sargento. – Ele tem um passaporte verdadeiro. O ilegal era para mim.

O sargento ergueu o dedo para silenciar Rosa. Ela notou um vago brilho de simpatia nos olhos dele.

– Sim, ele me contou a história – disse o sargento. – Eu sei que os filhos de vocês estão na Suíça e sei por que seria terrível se você fosse presa. Eu entendo. É por isso que nós fizemos um acordo e ele vai no seu lugar.

– O quê?

Rosa tinha ficado aliviada por Antonio estar vivo, mas aquilo era pavoroso. Ela sabia como era a vida na prisão e ainda tinha pesadelos com isso. Não conseguia suportar a ideia de que Antonio fosse sofrer; por mais que morresse de medo de ser presa, preferia sofrer ela mesma. Rosa começou a chorar. O sargento ficou visivelmente emocionado com a angústia dela.

– Seu marido me contou o motivo pelo qual seu passaporte não foi aprovado – disse ele. – Vou lhe dar documentos para ir visitar seus filhos durante um mês. Mas você precisa voltar. Caso contrário, eu lanço sobre seu marido uma acusação mais grave.

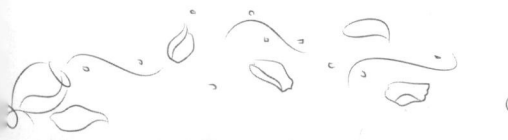

Rosa pressionou os dedos contra as têmporas. Como aquilo podia ter acontecido? Tudo que ela e Antonio queriam era estar com os filhos. Tinham fechado a loja, haviam se desfeito da vida. E agora tudo isso por nada.

– Posso vê-lo? – perguntou.

O sargento de polícia virou-se e deu instruções ao policial, que conduziu Rosa até outra sala. Não era tão limpa quanto a anterior, e o fedor de suor e vômito permeava o ar. No meio da sala havia uma mesa com uma cadeira de cada lado. Antonio foi trazido por um policial, que o mandou sentar de frente para Rosa. Antonio ainda estava com seu terno, porém o paletó estava amassado e a calça tinha pó, como se tivesse encostado no chão. Ele parecia abalado, porém feliz em ver Rosa. Ela não podia ter amado mais o marido do que naquele momento.

– Que bela confusão – disse ele com um sorriso irônico. – Você tinha razão sobre aquele carteiro. Mas era a mim que ele estava seguindo. O falsificador conseguiu fugir, mas eu não.

Rosa tomou a mão de Antonio e a pressionou contra a bochecha.

– Deixe-me ir presa. Não você.

Ele balançou a cabeça e cochichou:

– Normalmente nós dois seríamos jogados na prisão. Eles estão sendo lenientes.

Os olhos de Rosa se encheram de lágrimas.

– Não chore – Antonio falou com calma. – Eu não vou ter que esperar muito pelo julgamento, e o sargento de polícia me disse que é bem provável que me coloquem em Le Murate, então vou continuar em Florença. Isso é boa sorte, não má sorte, Rosa. Há quem esteja sendo mandado à Alemanha para fazer trabalhos forçados. Isso seria uma posição terrível para alguém com antepassados judeus.

– Por que não podiam simplesmente deixar você livre? – perguntou Rosa, olhando de relance para o policial de pé perto da porta. – O que você fez não é um crime tão grande.

Antonio encolheu os ombros.

– Nós demos azar – respondeu. – Eles precisam ser vistos fazendo *alguma coisa* caso não queiram eles mesmos ser mandados para a Alemanha. Mas me trataram bem. Para falar a verdade, sentiram pena por você ter sido aprisionada devido a "ações antifascistas" quando moça. Até mesmo muitos fascistas estão começando a admitir que depositaram sua fé em um louco.

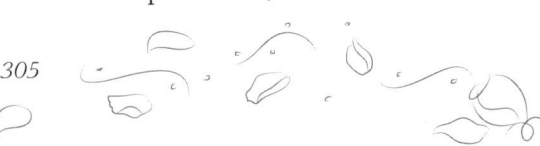

No dia do julgamento de Antonio, Rosa foi à igreja e acendeu uma vela não apenas pelo trabalho de Orietta e Carlo, mas também por si mesma e por Antonio. "Por favor, mande-o de volta para mim", rezou. Antonio tinha lhe dito para ir à Suíça e não retornar, porém Rosa recusara. Não podia abandoná-lo, especialmente quando isso significava que ele seria maltratado. Sua única esperança era que Deus interviesse de alguma maneira milagrosa.

A sala onde o julgamento aconteceu era apertada, e Rosa não recebeu permissão para entrar. Esperou sentada do lado de fora, no corredor, enjoada de tanta ansiedade e calor.

A *signora* Corvetto chegou para testemunhar a favor de Antonio, pois ele havia apoiado Rosa em seu exigente cargo na Cruz Vermelha.

– Eu sinto tanto – disse ela, tomando a mão de Rosa. – Se houver qualquer coisa que eu possa fazer para ajudar, por favor, venha falar comigo.

O julgamento durou apenas uma hora, mas Rosa estava vendo pontinhos brancos dançarem diante de seus olhos no momento em que terminou. Um grupo de oficiais saiu em bando da sala, junto com o sargento de polícia, que não olhou para Rosa. Ela levantou-se e quase perdeu o equilíbrio quando a tontura invadiu sua cabeça.

– Onde está o meu marido? – perguntou.

A *signora* Corvetto pôs-se rapidamente ao lado de Rosa.

– Eles foram lenientes – disse ela. – Deram a ele três anos.

– Três anos?! – Rosa mal conseguia respirar. – Três anos por querermos ver nossos filhos?!

As pernas de Rosa fraquejaram, e a *signora* Corvetto pôs o braço em torno dos ombros dela.

– Isso *é* ser leniente – disse a mulher. – O homem antes dele foi enviado para lutar na União Soviética.

Na sala de visitas do presídio de La Murate, Rosa esperava. Estar cercada pelas paredes de um presídio a deixava inquieta, porém ela estava determinada a ser corajosa por Antonio. Trouxera dois livros para ele, e ambos haviam sido revistados pelos guardas. Também trouxera um pouco de ravióli que ela mesma fizera. Tinha ido ao interior comprar hortaliças, ricota e ovos de um fazendeiro, pois não havia quase mais nada em Florença. Rosa apanhou seu espelho compacto e conferiu o rosto. "*Devo fare bella figura*", lembrou a si mesma. Era importante que mantivesse uma expressão de coragem.

Quando Antonio foi trazido, Rosa ficou aliviada ao ver que ele ainda tinha cor nas bochechas e que parecia estar conseguindo manter o ânimo.

– Ah, Spinoza – disse ele, olhando para os livros que Rosa trouxera. – Eu sempre quis ler filosofia, mas nunca tive tempo. Até agora!

Rosa sentiu tanta ternura pelo marido que achou que seu coração cansado iria se arrebentar.

– Eu separei vários livros para você – disse ela. – Mas só tenho permissão de trazer dois de cada vez. Você vai ter que fazer esses aí durarem um tempo.

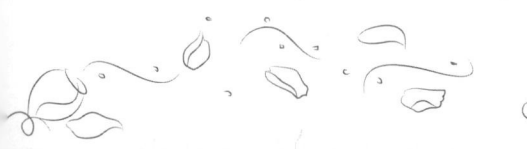

— Você vai para a Suíça amanhã?

Rosa respondeu que sim com a cabeça e fez de tudo para sorrir. Estava dividida entre o marido e os filhos. Não suportava deixar Antonio na prisão sem ninguém para ir visitá-lo, porém seus filhos também estavam aflitos. Havia dias em que ela achava que enlouqueceria com aquilo tudo.

— Rosa — disse Antonio, sentindo a angústia dela —, você precisa ser forte. Faz um ano que as crianças não a veem, e sabe-se lá quando você vai conseguir vê-las de novo. Pelo bem delas, e pelo nosso, vá e dê essa alegria a elas.

Depois da visita a Antonio, Rosa atravessou a Ponte Vecchio até o Convento de Santo Spirito. Sentou-se na sombra, no degrau em frente a uma porta, longe do calor opressivo que emanava dos paralelepípedos, e ficou ouvindo as freiras cantarem. Tinha sido proibida de ver Irmã Maddalena, mas isso não a impedia de sentir o conforto de pelo menos estar perto de um lugar onde outrora vivenciara o amor maternal. Tinha sede desse amor. Não sentia esse tipo de segurança com o caderno de Nerezza, nem mesmo com a chave de prata, a não ser que a associasse a Ada. Tentou pensar em Nerezza como sua mãe, mas não sentiu nada. Talvez fosse porque elas nunca haviam tido uma chance de criar laços.

A caminho de casa, Rosa viu que pôsteres com slogans antijudeus haviam sido colados em um prédio e em algumas lojas próximas. *Os judeus são os inimigos da Itália. Morte aos judeus.* As pessoas olhavam para os pôsteres com expressões horrorizadas no rosto.

— Quem colocou isso aí? — Rosa perguntou a uma mulher.

A mulher balançou a cabeça.

— Ninguém sabe. Mas meu filho acha que foi o consulado alemão. Fizeram a mesma coisa em Turim.

Rosa queria arrancar os pôsteres, entretanto, como Antonio estava na prisão e aquela era sua única chance de ver os filhos na Suíça, não podia correr o risco de ser presa. Foi para casa sentindo-se tão inútil quanto se sentira quando Orietta não a deixara juntar-se à Giustizia e Libertà.

Antonio havia feito a previsão correta quando dissera que Mussolini enviaria soldados ao front russo quer fosse convidado pelos alemães ou não. Quando Rosa chegou à estação para tomar o trem a Lugano, encontrou-a fervilhando de homens de uniforme. Havia mulheres também, chorando ou fitando-os como se estivessem em estado de choque. Rosa pensou nos livros que levara para Antonio. Spinoza afirmava que governos que transformam em crime o fato de alguém ter uma opinião são os mais tirânicos de todos, pois todo indivíduo tem o direito de pensar como quiser. Rosa passou os olhos pela estação e ficou se perguntando o que as pessoas ali estavam pensando. Imaginou poder ler a mente delas e ouvir seus arrependimentos, tristezas e medos. Notou um menino de cabelo cacheado olhando para cima, para o irmão de uniforme, e ficou imaginando se ele se arrependia de ter lhe dito palavras duras, agora que talvez nunca mais fosse vê-lo. Voltou a atenção para o pai e imaginou que, por trás do olhar sério, o homem se sentia confuso com sua inabilidade em elogiar o filho, embora tivesse vontade de fazer isso. Será que a moça era a noiva do soldado? Rosa estudou seus olhos tristes. Será que ela desejava ter passado uma noite de paixão com seu amor, em vez de ter insistido que eles esperassem até o casamento? Os próprios soldados e suas mães eram os únicos que não podiam ter arrependimentos. As mães haviam sacrificado tudo que podiam por seus filhos; e, independentemente do que acontecesse aos soldados, eles sempre seriam heróis aos olhos de suas famílias.

Rosa embarcou no trem. Seu assento era na janela. Os compartimentos de bagagem transbordavam, e malas empilhavam-se pelo corredor. Ela acomodou sua bagagem em torno de si da melhor maneira que conseguiu. Depois que estava instalada, abriu o livro de poemas que levara para ler durante a viagem. Uma rajada de vapor se espalhou sobre a plataforma, lançando uma nuvem fantasmagórica sobre as pessoas. Por um momento elas pareceram cetros envoltos por uma névoa cinza-esverdeada. Rosa espremeu os olhos, depois levou um susto.

– Impossível – sussurrou.

Não, ali estava ele outra vez. Um homem não uniformizado se movendo entre os soldados. Ela conhecia bem aqueles ombros fortes, aquela estatura, a maneira ereta de sustentar o queixo. O coração de Rosa disparou. Luciano? Ela apertou o rosto contra a janela, lutando para enxergar com mais clareza. O vapor se dissipou, porém não havia mais sinal do homem.

"Não", disse a si mesma, recuando da janela e fechando os olhos. O apito soou, e o trem deu uma guinada para a frente. "Eu devo estar sonhando", pensou. "Faz muito tempo que não há notícia alguma. Luciano está morto. Ele pereceu na Espanha."

vinte e um

Lugano era cercado por montanhas. O trem de Rosa chegou à fronteira da cidade poucos minutos antes das 10 horas. O céu estava puro azul, e o sol brilhava nas ruas recém-varridas. Floreiras transbordando de gerânios e begônias carmim enfeitavam as casas. Embora a cidade ficasse apenas cerca de 50 quilômetros ao norte de Milão, a diferença na atmosfera foi óbvia assim que ela pôs os pés na plataforma da estação. Mesmo com o número crescente de refugiados que fugiam para lá, Rosa não sentia em Lugano o medo e a tensão que pareciam presentes em toda a Itália naqueles dias. A atmosfera da cidade era tão agradável e leve quanto o ar montanhoso que a permeava.

Rosa olhou em volta procurando Renata e Enzo, os primos de Antonio, esperando reconhecê-los. A fotografia de um elegante casal de meia-idade que encontrara no álbum de Antonio já tinha quase dez anos.

– *Mamma!*

O olhar de Rosa avançou por entre as pessoas na plataforma. Ela tentava identificar de que direção a voz tinha vindo. Então a viu: Sibilla. Sua filha, que usava um vestido caprichosamente passado, estava de pé junto a duas pessoas que pareciam ser o casal da fotografia. No braço livre, a menina carregava a boneca Lenci que Rosa e Antonio haviam lhe mandado como presente de aniversário. Sibilla tinha crescido desde que Rosa a vira pela última vez, e suas feições estavam mais definidas. Ela era o retrato de Nerezza. O coração de Rosa rasgou-se, dividido entre duas emoções: o desejo de rever a filha e a alienação dolorosa em relação ao passado.

Sibilla avançou na direção da mãe, e Rosa recuperou-se de sua inércia, espremendo-se entre as pessoas e pedindo desculpas sempre que trombava ou batia em alguém. Sibilla não demonstrou tal paciência. Lançou-se feito uma flecha entre os passageiros, empurrando outras crianças para o lado, até alcançar a mãe e jogar-se em seus braços.

– Que saudade de você – disse Rosa, abraçando-a e sentindo o calor gostoso do corpo da filha apertado contra o seu.

– Onde está o *Babbo*? – perguntou Sibilla. – O Zio Enzo disse que ele não conseguiu vir dessa vez.

Uma dor apunhalou o coração de Rosa. Ela havia se preparado para esse momento.

– O *Babbo* ficou preso no trabalho, mas vai vir assim que conseguir.

Sibilla agarrou a mão de Rosa e puxou-a na direção de Renata e Enzo.

– Os meninos ficaram com Giuseppina no apartamento – disse Renata, cumprimentando Rosa com beijos. – Eles estão ótimos.

– Venha – disse Enzo, dando as boas-vindas a Rosa com um abraço caloroso e apanhando a mala dela. – Nosso apartamento não fica longe. Tudo aqui é perto.

O prédio de Renata e Enzo ficava de frente para uma *piazza* estilo *italianate*, com paralelepípedos e uma tília no centro, e bancos em volta. Rosa ofereceu-se para ajudar Enzo com a mala, a qual era incômoda de carregar na escada estreita, porém ele recusou cavalheirescamente.

Rosa foi saudada pelas vozes empolgadas de Lorenzo e Giorgio. Se não fosse pela semelhança de Lorenzo com Antonio e de Giorgio com ela, Rosa não os teria conhecido. Apesar da escassez que a guerra na Europa havia imposto sobre os habitantes de Lugano, os gêmeos tinham crescido rápido. As pernas robustas despontavam para fora das calças do traje de marinheiro. O fato de Rosa não ter podido acompanhar o desenvolvimento deles ao longo do último ano a atingiu com tamanha força que ela começou a tremer. Se não fosse pela mão tranquilizadora de Renata nas suas costas, talvez ela não tivesse aguentado. Rosa pôs-se de joelhos e agarrou os gêmeos junto ao corpo como se jamais fosse largá-los.

– Venha ver! – disse Lorenzo, soltando-se e apressando Rosa na direção da mesa onde Giuseppina estivera lhes dando uma aula de desenho. Ele ergueu o desenho de um trem alaranjado cheio de passageiros azuis. – Nós desenhamos você e o *Babbo* vindo nos ver.

– O *Babbo* vai vir mais tarde – disse Rosa, beijando a cabeça dourada do menino. – Enquanto isso, nós temos muita coisa para colocar em dia.

Ela ergueu Giorgio, apoiando-o no quadril, depois se ajoelhou outra vez para fazer um carinho em Ambrósio – que tinha aparecido para cumprimentá-la com lambidas nos dedos – e em Alegra – que saltou de seu cantinho ensolarado no beiral da janela para esfregar-se na perna de Rosa.

A emoção de rever os filhos foi tão arrebatadora que Rosa só notou quão pequeno o apartamento era quando foi ao banheiro lavar as mãos. Além da sala de jantar, que também servia como sala de piano e sala de estar, havia uma cozinha compacta, dois quartos e um closet. Não havia um quarto extra. Rosa concluiu que Giuseppina devia estar dormindo no sofá da sala e percebeu quão generosos Renata e Enzo haviam sido em receber os filhos, a babá e os bichos de estimação da família. Apesar de estar superlotado, o apartamento era impecável, sem poeira nenhuma e com toalhas limpas arranjadas na beira da banheira.

Quando Rosa voltou à sala, Giuseppina estava fazendo chá. Renata dispôs sobre a mesa alguns pratinhos e uma travessa com biscoitos de amêndoas e chocolate.

– Foi a Sibilla quem fez – disse ela. – Ela sempre faz doces para nós.

Rosa sorriu para a filha.

– Fico muito orgulhosa de você – falou, apertando a bochecha contra a de Sibilla. Rosa estava encantada e entristecida ao mesmo tempo: queria ela mesma ter ensinado a filha a cozinhar.

A manhã passou voando. Rosa ouviu os filhos contarem sobre seu ano na Suíça, a escola que frequentavam, as aulas de balé de Sibilla e os passeios nas montanhas para os quais Enzo os tinha levado. A conversa continuou até que o almoço preparado por Giuseppina – polenta com ensopado de feijão – foi servido. Em seguida, Enzo sugeriu que eles fossem dar uma volta em torno do lago. Rosa sentiu que ele e Renata estavam curiosos para saber de Antonio.

– O Parco Ciani – Enzo explicou a Rosa, quando eles chegaram à Viale Carlo Cattaneo – é um dos parques mais bonitos da Suíça.

Rosa concordou que parecia mesmo algo tirado de um cartão-postal. O lago cintilante com as montanhas ao fundo já era deslumbrante o suficiente, mas o parque também tinha canteiros de azaleias e rosas, além da sombra proporcionada por loureiros, oleandros e magnólias. Sibilla e os gêmeos correram ao longo das trilhas que cruzavam os gramados verdes, contornando estátuas e pavilhões, puxando Giuseppina com eles. Ambrosio seguia-os aos pulos, para grande assombro dos suíços, que levavam seus obedientes são-bernardos na guia.

– Eu não achava que eles fossem ter uma reação tão calorosa – Rosa confidenciou a Renata e Enzo. – Um ano é bastante tempo para uma criança. Tinha medo de que ficassem tímidos comigo.

Enzo conduziu as mulheres na direção de uma trilha na sombra.

– Nós falamos de você e de Antonio todos os dias – ele disse a Rosa. – Na hora do jantar, nós nos revezamos para tentar adivinhar o que vocês fizeram durante o dia, e toda noite rezamos por vocês antes de dormir. Você e Antonio estão sempre em nossos corações.

– Obrigada – disse Rosa.

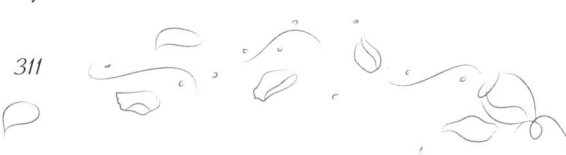

Renata enganchou o braço no de Rosa, emparelhando o passo com o dela. Rosa ficou encantada com a beleza majestosa da mulher mais velha. Ela não usava joias, embora tivesse as orelhas furadas, e o vestido, apesar de ter um corte elegante, não era novo. Sua aparência graciosa não vinha de elementos artificiais, e sim de algo interior.

– Nós registramos em um diário o que as crianças fazem a cada dia – contou. – Elas crescem tão rápido nessa idade, e nós sabíamos que você e Antonio não iriam querer perder nem um detalhe. Pode levar o diário com você. Tenho certeza de que vai confortar Antonio.

Rosa ficou emocionada demais para responder imediatamente. Tinha sorte por seus filhos estarem sob os cuidados de um casal tão bondoso. Ouvira falar de tias e tios, avós e até mesmo babás e preceptoras que tentavam ganhar a afeição das crianças das quais tomavam conta à custa do relacionamento delas com os pais. Porém, Renata e Enzo não eram assim.

– Não sei como é que um dia vamos conseguir retribuir tanta generosidade – disse ela, finalmente conseguindo olhar para Renata e Enzo sem ter vontade de chorar.

– Quem é generoso não espera retribuição – respondeu Renata.

Ela levou Rosa até um banco, e as duas se sentaram, enquanto Enzo foi atrás de Giuseppina e das crianças.

– Mas vocês receberam meus filhos, a babá deles, um cachorro e um gato – disse Rosa. – Estão fazendo muitos sacrifícios por nós.

Renata pareceu genuinamente surpresa.

– Mas eu não vejo isso como sacrifício, de maneira alguma. A companhia deles me faz bem. E são crianças ótimas.

– Fico feliz por ouvir isso – disse Rosa. – Eles parecem ter lidado bem com tudo que aconteceu.

– Se os pais estão em paz, as crianças raramente se preocupam – respondeu Renata.

Enzo chamou as crianças para o gramado em frente a Rosa e Renata, e ele e Giuseppina brincaram de pega-pega com elas. Lorenzo guinchou de alegria quando Enzo o pegou, fazendo Rosa e Renata darem risada.

– Meu filho está nos Estados Unidos – disse Renata. – É adulto e tem família, mas eu faço ideia do que você e Antonio estão sentindo. Conte-me, por favor, como está o nosso primo preferido?

O pensamento de que Antonio estava em uma prisão úmida e escura enquanto ela desfrutava daquele cenário lindo pesou no coração de Rosa. Como ela desejava que ele pudesse estar ali, compartilhando a alegria de rever os filhos!

– Ele se faz de valente – respondeu ela. – Tento dizer a mim mesma que pelo menos ele não foi mandado para o front.

Renata estalou a língua.

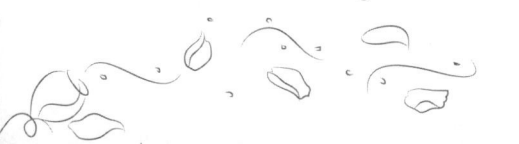

– Nós sempre gostamos muito do Antonio, embora ele seja alguns anos mais jovem que o Enzo e o pai dele tenha levado a família para Florença quando ele ainda era menino – ela pousou seus olhos gentis em Rosa e sorriu. – E quando ele se casou com você nós ficamos muito contentes. Fazia anos que o pai de Antonio estava preocupado com a felicidade dele.

– Essa guerra terrível – disse Rosa, voltando a pensar no aprisionamento de Antonio. – Dizem que vai ser ainda pior que a última.

Renata apanhou uma folha verde e girou-a entre os dedos.

– A diferença de morar em um país neutro... bem, nós ouvimos coisas que nunca ouvimos na Itália.

Havia algo de sinistro nas palavras de Renata.

– Você está falando do que está acontecendo com os judeus? – perguntou Rosa.

– Na Itália corriam apenas boatos, mas os jornais aqui relatam que na Polônia e na Áustria judeus estão sendo executados a tiros, aos milhares.

O estômago de Rosa se retorceu. Nas guerras as pessoas morriam defendendo e atacando territórios. Porém, executar civis daquele jeito não era guerra; era genocídio.

– Os alemães estão instalando postos em todas as cidades italianas – disse Rosa. – Podemos até ser aliados, mas a mim parece como se pretendessem nos invadir. Eu tentei convencer o Antonio a sair da Itália um ano atrás, mas ele não me ouviu. Agora ele está preso e nós não podemos ir a lugar nenhum.

– Quando você voltar à Itália – disse Renata, olhando Rosa nos olhos –, precisa se livrar de qualquer evidência de que Antonio tem antepassados judeus.

Rosa viu que Renata entendia o perigo que o marido dela estava correndo.

– Então você também acha? – perguntou. – Você acha que a Alemanha vai dominar a Itália?

Renata franziu os lábios.

– Estou aprendendo a conviver com a incerteza – respondeu ela. – Tudo é possível. Quando Mussolini importou aquelas leis raciais infames, Nino tentou nos conseguir vistos para ir aos Estados Unidos, mas nossas solicitações foram negadas. Então viemos para a Suíça. Mas não se pode esquecer de que a Alemanha é logo ali.

– Por sorte a Suíça é neutra e provavelmente vai continuar assim – disse Rosa. – Vocês estão muito mais seguros aqui que na Itália.

Renata balançou a cabeça.

– Veja no mapa a posição deste país. A Suíça não é uma ilha remota no oceano. Vai ser impossível continuar neutra e evitar a invasão. A Alemanha pode nos deixar por último, mas por fim vai chegar aqui, assim como um glutão por fim chega à sobremesa. E aí vai nos devorar de uma vez só.

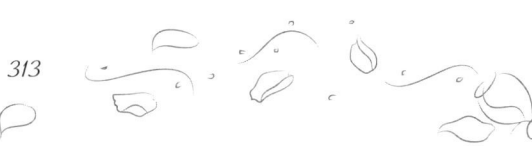

– É isso que os suíços acham? – perguntou Rosa. – É isso que *você* acha?

Renata lhe lançou um olhar compadecido.

– Tudo que temos ao nosso lado é o tempo. Talvez tenhamos ganhado um pouco mais dele com esse ataque à Rússia.

O mês de Rosa na Suíça passou rápido. Ela tentou saborear cada momento com Sibilla e os gêmeos. Passou sua última noite em Lugano acordada, remoendo a dúvida de levar ou não as crianças consigo de volta a Florença. Se o que Renata tinha dito era verdade, então a Suíça corria tanto perigo de ser invadida quanto qualquer outro lugar. Se eles tivessem que enfrentar o perigo, não seria melhor que o enfrentassem juntos?

Rosa virou-se e fitou os rostos adormecidos dos gêmeos e de Sibilla. Os três estavam amontoados na mesma cama junto com Ambrosio e Allegra. Renata dissera que a Suíça tinha mais tempo que a Itália. Rosa afastou um fio de cabelo da testa de Sibilla. Talvez tempo realmente valesse alguma coisa, agora que Hitler decidira atacar a Rússia. Aqueles eslavos destemidos não tinham expulsado Napoleão?

Na manhã seguinte, Rosa já sabia qual era sua decisão, embora deixar as crianças para trás lhe causasse um amargor no sangue. Lorenzo e Giorgio foram pulando ao longo do caminho enquanto o grupo se dirigia à estação, confiantes de que a mãe voltaria logo. Apenas Sibilla adivinhava a verdade e chorava rios de lágrimas. Rosa secou o rosto da filha com o lenço.

– Você está sendo muito corajosa – disse ela. Sua voz falhou, mas ela se lembrou do que Renata dissera a respeito da força das crianças: elas se manteriam firmes contanto que seus pais estivessem também. – Eu amo você, Sibilla – falou, beijando as bochechas da menina. – Sempre amei e sempre vou amar.

Sibilla tranquilizou-se com as palavras da mãe; porém, quando eles chegaram à estação, era Rosa quem estava se sentindo mal.

– Aqui, leve isso – disse Enzo, apertando o braço de Rosa e lhe entregando um livro de histórias cômicas. – Vai ajudar a passar o tempo.

"Tempo", pensou Rosa. Amigo e ao mesmo tempo inimigo. O tempo talvez salvasse a Suíça dos alemães, mas também a impediria de passar ao lado dos filhos os anos mais importantes da vida deles.

Antes de o trem partir, Rosa olhou para as montanhas e depois para os filhos, de pé na plataforma com Enzo e Renata. "Deus adorado, mantenha todos eles em segurança", rezou. "Mantenha todos eles em segurança por mim."

Quando o trem chegou à fronteira italiana, o oficial da alfândega conferiu os documentos de Rosa, riscando linhas vermelhas sobre seu passe de viagem antes de devolvê-lo.

– Chega de viagens ao exterior, *signora* – disse ele. – A Itália está em guerra, e as coisas estão piorando. A senhora vai ter que permanecer em seu país.

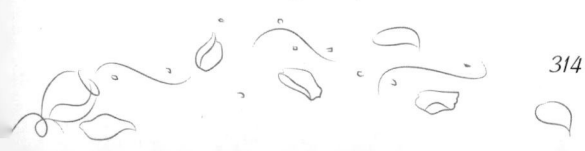

Em Florença, ficava claro que a expectativa eufórica de uma vitória rápida que se espalhara entre a população no começo da guerra havia se dissipado. O clima tranquilo de outono não combinava com a atmosfera melancólica da cidade.

– Pelo que você diz, parece que finalmente as pessoas estão entendendo que a propaganda política de Mussolini superestimou a habilidade da Itália em combater nessa guerra – Antonio disse a Rosa, quando ela foi visitá-lo. – A menos que Il Duce consiga fabricar uma dessas armas secretas das quais anda se gabando, a Itália está condenada.

– Espero que não chegue a isso – disse Rosa. Ela e Antonio falavam em voz baixa, mas ela sentia que fazia tempo que os guardas haviam parado de se importar com o que eles diziam um para o outro. – Seria melhor a Itália se render do que causar mais destruição.

Rosa sabia quais tinham sido as medidas tomadas contra a Alemanha com o Tratado de Versalhes; porém, dessa vez, era a Itália quem teria de aguentar a humilhação. Talvez os Aliados considerassem que Mussolini havia tolamente conduzido o povo italiano a essa guerra e punissem a ele, e não à população.

Apesar de suas previsões deprimentes, Antonio estava animado. As histórias de Rosa sobre as crianças o entreteram, e seu rosto se iluminou quando ele viu o diário que Renata e Enzo haviam feito. Ele também ficou contente com o livro que Rosa levara.

– Eu sempre quis ler *Guerra e Paz* – falou, abrindo um sorriso largo. – Mas não é irônico? Como você conseguiu passar com isso pelo guarda? Achei que literatura russa fosse proibida.

Rosa encolheu os ombros.

– Só pensei nele como um clássico. O guarda deu uma olhada, mas me deixou passar. Eu também lhe trouxe um romance de George Eliot, que era britânico. Talvez eles não liguem mais para o que a gente faz ou lê.

– Há algo no ar – comentou Antonio. – Até um ano atrás ninguém podia sequer espirrar sem que quisessem atribuir ao espirro uma perspectiva fascista.

Rosa reabriu a loja duas tardes por semana e passou a encontrar clientes com hora marcada. Apesar da atmosfera pessimista, dos racionamentos cada vez piores e da escassez cada vez maior, ainda havia gente com dinheiro suficiente para encher a casa de artigos finos. A guerra parecia ter pouco impacto sobre os privilegiados, a não ser que eles tivessem membros da família servindo no exterior.

Rosa tentava preencher o tempo com leitura, como fazia Antonio, mas sentia-se agitada. Só tinha permissão para visitá-lo duas vezes por semana e, com as crianças longe, seus dias eram longos e vazios. As noites enfadonhas de silêncio eram piores ainda. Ylenia não tinha família à qual retornar e teria dificuldade para encontrar outro emprego, então Rosa não a dispensou, embora mal houvesse trabalho o suficiente que justificasse manter uma criada em tempo integral. Rosa queria fazer algo útil, mas não tinha vontade de retornar ao departamento de Mortos, Feridos e Desaparecidos agora que a *signora* Corvetto não trabalhava mais lá. Certo dia, ao passar pelo hospital, viu um anúncio convocando enfermeiras voluntárias para assumir o lugar das que haviam sido enviadas ao exterior com os militares. "Eu poderia fazer isso", pensou.

– O que a faz acreditar que seria uma boa enfermeira? – perguntou a enfermeira-chefe, tirando os olhos do formulário e pousando-os em Rosa. – Você tem experiência?

– Eu tenho três filhos – ofereceu Rosa.

– É casada?

– Meu marido está... longe.

A enfermeira-chefe marcou um "X" em alguns quadradinhos no formulário de Rosa e pediu a ela que o assinasse. Inexperiente e casada, Rosa seria uma candidata improvável em tempos de paz, porém o hospital precisava desesperadamente de ajuda. Entretanto, ela achou melhor mencionar o status de inimiga do estado que constava em seus documentos, caso a enfermeira-chefe averiguasse.

– Eu não quero saber – disse a mulher, agitando a mão com desdém. – Não ligo se minha equipe é fascista ou não. Eu também virei inimiga do estado quando eles me forçaram a dispensar meus enfermeiros judeus.

Rosa não acreditou no que tinha escutado. Ela fora discriminada por ser órfã, sofrera por causa da morte de Maria e de suas supostas atividades antifascistas e fora humilhada por ser mãe solteira. De repente, ninguém mais ligava para o que ela era, contanto que fosse útil para o esforço de guerra.

– Você tem que comparecer às palestras de treinamento duas vezes por semana – disse a enfermeira-chefe. – Fora isso, começa às 6 horas da manhã.

– E quando eu começo? – perguntou Rosa.

A mulher ergueu as sobrancelhas.

– Você começa amanhã.

Rosa ficou confusa. Como ela poderia ajudar sem ter assistido às palestras?

– Mas eu ainda não fui treinada.

A enfermeira deu uma inspirada impaciente pela boca.

– *Signora* Parigi, amanhã alguém lhe ensina como esvaziar uma comadre.

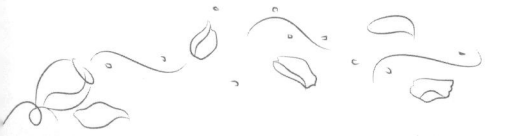

O trabalho de enfermeira aprendiz era árduo, mas Rosa ficou agradecida, pois mantinha sua mente ocupada. Muitas enfermeiras que trabalhavam em hospitais estavam servindo no exterior, e a maioria dos assistentes havia sido recrutada, portanto a equipe que sobrara estava sobrecarregada, e Rosa foi posta para trabalhar imediatamente. Mesmo antes de seu uniforme ficar pronto, ela já estava limpando garrafas, esfregando comadres e lavando lençóis de soldados. Realizava todas essas atividades sem reclamar, mas sua tarefa favorita era arrumar a cama. Havia algo de meditativo em sentir o linho entre os dedos ao esticar bem os lençóis e ajeitar os cantos. Lembrava-a de sua época no convento, onde tarefas diárias eram realizadas com reverência. Era um escudo contra suas preocupações e a distraía do perigo ameaçador que pairava lá fora. No entanto, essas tarefas corriqueiras não a protegeram da dura realidade por muito tempo.

– Enfermeira, pode vir aqui, por favor?

Rosa estava dobrando lençóis e colocando-os em um armário. Olhou para cima e viu um médico de pé na porta da ala onde pacientes em estado crítico eram atendidos. Os bombardeios em Milão e Gênova haviam deixado muitos hospitais inoperantes nessas cidades – quer por terem sido atingidos diretamente, ou pela falta de gás, eletricidade e água. Pacientes em condições de serem removidos eram enviados a Roma e Florença. A ala estava cheia depois do último bombardeio em Gênova.

Rosa não estava acostumada a ser chamada de "enfermeira", então não percebeu que o médico estava falando com ela.

– Enfermeira! É urgente! Rápido, por favor! – disse ele.

Ela fechou o armário de lençóis e seguiu o médico até a enfermaria.

– Desculpe, doutor, mas eu sou só uma aprendiz...

A voz de Rosa ficou presa na garganta quando ela viu o paciente deitado na cama à sua frente. O menino de cerca de 12 anos tinha perdido parte de um braço e as duas pernas. A cabeça estava enfaixada, mas os olhos estavam abertos. Rosa mal conseguia olhar para o torso dele, uma massa de tecido preto e purulento. Até então, seu principal contato com os pacientes havia sido ajudar as enfermeiras a alimentar idosos e crianças. Rosa nunca tinha testemunhado uma operação. Ver as feridas do menino foi um choque. Ela precisou usar toda a sua força para continuar de pé. O cheiro de carne chamuscada e apodrecida fizeram a bile subir até a garganta.

– Só uma aprendiz? – retrucou o médico, vestindo luvas e apanhando uma tesoura. – Bem, é melhor aprender rápido, então. Vamos ver mais disso até o fim do dia. Esse menino foi o único sobrevivente de uma rua inteira. O resto, tudo e todos, foi explodido em pedacinhos.

O jovem médico tinha cerca de 30 anos, um bigode bem-aparado e mãos delicadas. Rosa viu na etiqueta que seu nome era Doutor Greco. Ele não estava sendo arrogante, apenas prático. Quando Rosa percebeu que ele pretendia remover a carne morta, ofereceu-se para administrar a morfina.

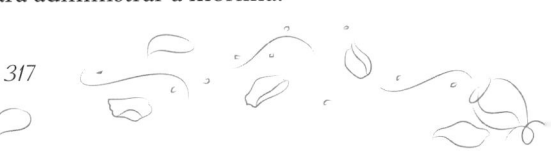

– Eu fui treinada para dar injeções – disse ela.

O Doutor Greco franziu os lábios.

– Não vai ser necessário.

Rosa olhou-o horrorizada.

– Sem morfina? Temos tão pouca assim?

Ele balançou a cabeça.

– Vamos ter que lidar diariamente com os curativos. Não podemos dar morfina a ele toda vez.

Com as mãos trêmulas, Rosa foi passando os instrumentos para o Doutor Greco à medida que ele os pedia. A enfermeira-chefe havia dito que as enfermeiras precisavam enxergar as coisas sob uma perspectiva médica, mas Rosa não conseguia esquecer que era um menino que estava deitado ali, que ele estava sentindo uma dor pavorosa e que conseguia ouvir, mas não conseguia falar. Ela fez de tudo para confortá-lo, embora visse em seus olhos que cada incisão do médico lhe causava agonia. Até mesmo o braço que havia sobrado estava tão queimado que ele não conseguia mexê-lo. Ele estava imóvel, aprisionado vivo dentro de um inferno.

Quando aquele suplício chegou ao fim, o Doutor Greco reenfaixou o torso do garoto. Rosa estava banhada de suor. Depois que tinha terminado de fazer os curativos nas feridas do menino, o médico olhou diretamente para ela pela primeira vez. Seu rosto sério mostrava a angústia que sentia também, embora sua voz estivesse firme.

– Vou chamar a Irmã para lhe mostrar como limpar os olhos dele – disse o médico. – Preciso de alguém cuidadoso.

A pedido do Doutor Greco, Rosa foi transferida das tarefas auxiliares para trabalhar na ala mais difícil de todas. Porém, quando a enfermeira-chefe perguntou se ela preferia ser substituída por alguém mais experiente, ela respondeu que não. Nas semanas que se seguiram, Rosa foi aos poucos deixando de se sentir horrorizada com os rostos sem lábios, mãos sem dedos e carne retorcida das vítimas dos bombardeios e passou a enxergar as pessoas por trás dos ferimentos. Pensando em todo o inferno que esses pacientes haviam sofrido, e sofreriam pelo resto da vida, decidiu que seria sua missão garantir que pelo menos nenhum deles perderia a visão por negligência. Limpava a área em torno dos olhos dos pacientes a cada quatro horas com uma solução salina e deixou clara para o voluntário noturno a importância de fazer o mesmo.

Havia duas enfermeiras seniores que trabalhavam com Rosa na ala: a enfermeira Mazzetti, uma mulher extrovertida de quase 30 anos; e a enfermeira Tommaselli, pequenininha, de testa larga, nariz minúsculo e queixo pontudo. Parecia um ratinho e era toda agitada feito um.

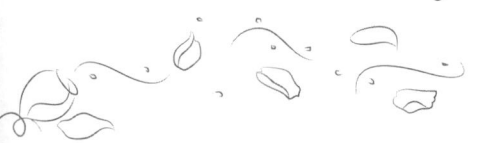

Certo dia, enquanto Rosa ajudava a enfermeira Mazzetti a tirar os pontos do braço de um homem, o paciente virou-se para elas e perguntou:

– Por que vocês duas não são casadas?

– A enfermeira Parigi é casada – respondeu a enfermeira Mazzetti, dando uma piscadinha para Rosa. – Sou eu que estou procurando marido.

– Por que ela está aqui então? – perguntou o paciente.

– Meu marido e meus filhos estão longe – explicou Rosa. – Eu queria fazer algo útil.

– Bem, ninguém sabe trocar lençóis como você – disse o paciente para Rosa. – Você é a única que não me faz sentir como se minha pele estivesse sendo arrancada outra vez.

– Trocar lençóis com o paciente na cama é a minha especialidade – disse Rosa, dando risada. – Ganhei nota 10 no teste de troca de lençóis.

A enfermeira Mazzetti olhou para Rosa e sorriu.

– E a enfermeira-chefe quase nunca dá nota máxima – disse ela em tom de brincadeira. – Na verdade, até a enfermeira Parigi aparecer, isso nunca tinha acontecido.

Rosa ficava feliz com o coleguismo que havia entre ela e a enfermeira Mazzetti. Aquilo a confortava, já que, apesar da dedicação das enfermeiras e do Doutor Greco, eles perdiam um paciente por dia. Em certos dias, perdiam vários.

– É a septicemia – a enfermeira Mazzetti explicou a Rosa um dia, enquanto elas lavavam uma cama com ácido carbólico. – Apesar de todo o cuidado que tomamos, é difícil evitar infecções em queimaduras.

Ela acenou a cabeça na direção do menino que Rosa vira em seu primeiro dia na ala. Ele não conseguia falar para lhes dizer quem era, então as enfermeiras haviam lhe dado o nome de Niccolò, por causa do santo padroeiro das crianças.

– Como ele está indo? – perguntou a enfermeira Mazzetti.

– Os órgãos vitais estão intactos – respondeu Rosa. – Provavelmente vai conseguir comer sozinho logo.

– Bem, ele está em boas mãos com você tomando conta dele. Todo mundo admira a sua dedicação. Até o Doutor Greco comentou.

Rosa não contou à enfermeira Mazzetti, a qual tinha uma atitude de escárnio em relação à religião, que rezava por Niccolò todos os dias. Rosa planejava levar o menino para morar com ela depois que ficasse melhor. Não aguentava pensar que, depois de tudo que ele havia sofrido, seria mandado para um orfanato.

– A pior dor para as vítimas das bombas – a enfermeira-chefe dissera às voluntárias durante uma palestra – não são as horrendas lesões físicas, e sim as psicológicas.

Alguns dias depois, quando Rosa chegou ao trabalho, viu a dor no rosto da enfermeira Mazzetti e notou que o Doutor Greco não a olhava nos olhos. Soube que outro paciente havia morrido durante a noite.

– Quem? – perguntou.

A enfermeira Mazzetti apertou o braço de Rosa.

– Você sabe que foi melhor assim.

– Niccolò?

A enfermeira Mazzetti confirmou com a cabeça, e Rosa sentiu algo gelar dentro de si. A morte tinha sido o melhor para o menino, ela sabia. Apesar de todo o amor e carinho que Rosa e sua família teriam lhe dedicado, suas lesões o fariam levar uma vida triste. Porém, antes de mais nada, não era justo que ele tivesse sofrido. Que tipo de exército jogava bombas em civis? Rosa passou os olhos pela enfermaria. A maioria daquelas pessoas mutiladas, em estado lamentável, estava condenada. Por que a Itália estava em guerra? O que todo aquele sofrimento traria?

Rosa virou-se para a enfermeira Mazzetti, lutando contra as lágrimas.

– Ele já foi levado?

A enfermeira Mazzetti balançou a cabeça.

– Estávamos esperando você.

Rosa se pôs a caminho do leito de Niccolò, sentindo as pernas pesarem feito chumbo. As cortinas em torno da cama haviam sido puxadas. Rosa lembrou-se das muitas manhãs em que se aproximara apreensiva da cama, temendo que o menino tivesse morrido durante a noite. Sempre ficava alegre ao encontrá--lo respirando. Agora o dia que ela tanto temera havia chegado. Niccolò estava coberto com um lençol. Rosa gentilmente levantou o lençol e olhou para o rosto cinzento.

– Agora você está com sua *Mamma* e seu *Babbo* outra vez – sussurrou, em meio às lágrimas. – Com seus irmãos e irmãs, tias e tios, vizinhos e amigos, e animais de estimação. Eles vão ficar felizes em rever você.

A enfermeira Tommaselli apareceu.

– Eu o levo ao necrotério – falou. – Talvez seja difícil para você. Sei que você gostava muito dele.

Rosa ficou grata pela gentileza da enfermeira Tommaselli. Na maior parte do tempo, era tudo tão corrido que elas não tinham a chance de fazer uma pausa e auxiliarem umas às outras. As três enfermeiras ergueram o menino e o colocaram no carrinho; em seguida, a enfermeira Tommaselli levou-o embora. Rosa tirou os lençóis da cama – era a sua maneira de lidar com a dor quando um paciente morria. Porém, dessa vez, ela foi dominada pelas emoções, e lágrimas escorreram de seus olhos.

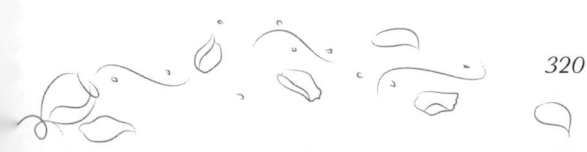

– Quando terminarmos nosso turno, vamos fumar um cigarro juntas – disse a enfermeira Mazzetti.

– Posso ir até a cantina com você, mas eu não fumo – respondeu Rosa.

– Sorte sua! – exclamou a enfermeira Mazzetti. – Quando eu trabalhava com pacientes tuberculosos, a Irmã da enfermaria me mandava fumar um cigarro depois de cada turno para matar os germes. Fiquei viciada. E agora estou morrendo porque, com essa guerra abominável, mal consigo arranjar um cigarro por dia. Minha mãe seca folhas de carvalho para mim. Dá para imaginar? O cheiro é nojento.

Rosa conseguia imaginar. Ela não gostava quando Antonio fumava até mesmo cigarros normais em casa ou na loja.

– Mas é sério – disse a enfermeira Mazzetti. – Você precisa desabafar, enfermeira Parigi. Foi uma manhã difícil.

Quando Rosa chegou à cantina depois de comunicar a morte de Niccolò à enfermeira-chefe, a enfermeira Mazzetti já estava lá com a enfermeira Tommaselli.

– Chega disso – falou a enfermeira Mazzetti. – Vamos deixar as formalidades para a enfermaria. Meu nome é Gina e o dela é Fiamma.

– Você está se saindo muito bem – disse Fiamma, fixando os olhos intensos em Rosa. – Não sei como, além de tudo, ainda consegue estudar.

– Sem minha família eu tenho muito tempo nas mãos – disse Rosa.

– Que bom que você se voluntariou – disse Gina. – E que poucas semanas depois já tenha ido parar na nossa ala...

– Muitas enfermeiras experientes não aguentam – concordou Fiamma. – Não suportam ver as lesões nem sentir o cheiro delas, que dirá trocar os curativos... É como se estivéssemos torturando os pacientes em vez de ajudando-os.

– Eu lembro quando cheguei a essa ala – disse Gina, acendendo um de seus cigarros de carvalho. – Achava que já tinha visto de tudo. Até que um dia o Doutor Greco estava desenfaixando a cabeça de um paciente queimado, e as orelhas do homem caíram. Eu desmaiei.

As mulheres balançaram a cabeça e deram uma risadinha. Não havia graça nenhuma no fato de o homem ter perdido as orelhas, mas era engraçado imaginar Gina desmaiando na frente do Doutor Greco. Elas precisavam de alguma coisa que as fizesse dar risada, ou então perderiam a sanidade mental. As três conversaram sobre os pacientes e a equipe, porém não sobre a guerra. Era óbvio que as coisas estavam piorando. Em algumas alas, o racionamento era tão severo que as enfermeiras davam aos pacientes garrafas de água quente para aliviar as dores provocadas pela fome. As enfermeiras ganhavam, ou deveriam ganhar, almoço de graça todos os dias. Ultimamente, Rosa, Gina e Fiamma andavam dividindo sua comida com os pacientes, pois não aguentavam ver os doentes e sofredores ficarem sem se alimentar.

– Sabe, a pior coisa que eu já vi – disse Fiamma, com um olhar sombrio – foi uma moça de Milão. Os braços e as pernas dela tinham sido arrancados durante um bombardeio dos Aliados. Com o impacto, ela perdeu também a vista de um olho e todos os dentes. Eu estava no turno da noite, e toda vez que eu chegava perto ela me implorava para acabar com a vida dela. "Eu nunca vou me casar. Nunca vou ter filhos. Vão me colocar em um asilo." Nós tínhamos que drenar as feridas dela todos os dias, e ela estava sofrendo muito. Estava sofrendo tanto que... bem, uma noite, enquanto ela dormia, eu quase pus um travesseiro na cara dela. Mas isso seria pecado, não? Por sorte, ela morreu alguns dias depois.

Rosa arrepiou-se. Continuava acreditando em Deus, mas a guerra e o trabalho de enfermeira a levavam a questionar alguns ensinamentos da Igreja. Será que realmente era pecado demonstrar misericórdia por outro ser humano que estivesse sofrendo tanto assim?

Na sala de visitas da prisão, Rosa abria seu sorriso mais radiante para Antonio.

– Ylenia fez nhoque para você. E eu trouxe Gorky para você ler.

– Vou sair daqui gordo e russo – disse Antonio, abrindo um sorriso largo. – Como vão as coisas no hospital? Continua gostando do que está aprendendo?

Rosa contou sobre as palestras de treinamento. Não contou sobre Niccolò nem sobre os outros pacientes que haviam morrido naquela semana. Não contou que mal havia comida para alimentar a todos nem que, segundo o que uma enfermeira lhe contara, nos hospícios os internos estavam morrendo de fome. Rosa guardou seus sentimentos para si mesma; não queria sobrecarregar o marido. Então lhe ocorreu que talvez Antonio também não estivesse lhe contando tudo. Ele estava sempre alegre e de barba feita quando ela ia visitá-lo. Garantia que estava sendo bem tratado e comendo o suficiente, mas Rosa via que, apesar da comida extra que ela levava, ele estava emagrecendo. Mesmo assim, pelo seu comportamento, a impressão que se tinha era a de que aquele tempo na prisão não passava de uma oportunidade para colocar a leitura em dia. Rosa sabia que não era assim. "Nós dois estamos representando", pensou. "Fazendo de tudo para pintar uma imagem melhor, para que o outro não fique triste."

Naquela noite, quando Rosa deitou na cama, desejou estar com sua família mais do que nunca. Se estivesse perto de Antonio e pudesse abraçar os filhos e fazer um carinho em Ambrósio e Allegra, de algum modo talvez até conseguisse esquecer que havia uma guerra acontecendo e aproveitar as coisas boas da vida outra vez.

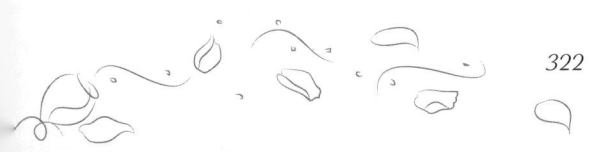

Em dezembro de 1941, o Japão, a terceira ponta do eixo com a Itália e a Alemanha, atacou Pearl Harbor, trazendo os EUA para a guerra.

– Esse ataque só serviu como distração – Antonio disse a Rosa. Os dois tremiam de frio na sala de visitas do presídio, no início de 1942. – Todo mundo sabe que os alemães estão perdendo na União Soviética. Depois dos sucessos iniciais, estão sendo massacrados pelo amargo inverno russo.

– Um trem com feridos vai chegar de Gênova hoje – a enfermeira-chefe disse a Rosa, quando ela se apresentou. – Você vai até a estação com o Doutor Greco e algumas enfermeiras do pronto-socorro.

Era o segundo trem que chegava com novos pacientes naquela semana. Rosa não sabia ao certo como eles iriam se virar. A enfermeira-chefe dissera que alguns prédios de Florença haviam sido selecionados para abrigar pacientes que não podiam ser tratados no hospital principal, e que ela estava recrutando mais voluntários.

Quando o trem chegou, o Doutor Greco pediu a Rosa que cuidasse do último vagão.

– Alguns soldados Aliados precisam ser transportados para o hospital de prisioneiros de guerra. É necessário alguém que fale inglês para examiná-los.

Rosa avançou apressadamente por entre macas e pessoas de muletas, chegando ao último vagão, o qual estava sendo vigiado por soldados e pela polícia. Duas outras enfermeiras que falavam um pouco de inglês foram junto para ajudar. Rosa ouviu um homem resmungar.

– Enfermeira? – um soldado de uniforme azul a chamou.

Sua perna estava enfaixada, e ele se apoiava em muletas. Ao seu lado havia um homem deitado em uma maca; um de seus braços tinha sido amputado, e ele se retorcia de dor.

– Quando foi a cirurgia dele? – perguntou Rosa, ajoelhando-se ao lado do homem.

– Ontem – respondeu o soldado de muletas.

Rosa hesitou, sem ter certeza de que tinha escutado direito. O hospital em Gênova não podia ter liberado um paciente logo após uma cirurgia séria assim! Ela não quis remover as ataduras do homem naquelas condições anti-higiênicas, mas, pelo formato do corte, tinha sido uma amputação com guilhotina, do tipo que era feita às pressas.

– Vou dar ao seu amigo algo para a dor – ela disse ao soldado de muletas.

Rosa abriu a maleta e tirou uma seringa para puxar a morfina. Alguns minutos depois, o homem amputado parou de se contorcer. A morfina não eliminaria a dor completamente, mas ela viu que ele estava aliviado. Aquele homem precisaria de outra cirurgia. Rosa sabia que ele tinha pouca chance de sobreviver.

– A senhora é uma mulher boa – disse o soldado de muletas. – As enfermeiras no trem não deram nem mesmo um gole de água para ele.

Rosa não devia conversar com os prisioneiros, mas apenas avaliar suas necessidades médicas. Porém, ela olhou para cima e notou que o soldado tinha um sorriso irresistível. Todos os homens com aquele uniforme pareciam ter o mesmo rosto quadrado e a pele bronzeada. Eram mais ou menos da idade de Rosa, talvez mais jovens. Ela olhou por cima do ombro. A polícia e os soldados italianos estavam ocupados colocando os pacientes deitados em macas dentro das ambulâncias que os aguardavam.

– De que parte da Inglaterra você é? – ela perguntou ao soldado. – Eu não entendo muito bem o seu sotaque.

O soldado riu, e seus olhos azul-lavanda pareceram ficar ainda mais azuis.

– Do extremo sul da Inglaterra – disse ele. – O nome do lugar é Austrália.

Rosa entendeu a piada e sorriu.

– Ah, Austrália – disse ela. – Sim, eu sei. – Ela lembrou-se da mulher com o cinto Schiaparelli. – É lá que moram os cangurus. Quando você for para casa, diga para as pessoas pararem de atirar neles. Eles são lindos. As pessoas deviam tomar conta deles, não os matar.

O soldado ficou sério.

– Quando eu voltar para casa, não vou atirar em nada – disse ele. – Vou guardar meu uniforme e minha arma para sempre. Pode ter certeza disso. Já matei demais.

Um policial italiano gritou uma ordem, e Rosa e o prisioneiro Aliado pararam de conversar. Dois assistentes do exército apanharam o homem na maca, e os prisioneiros que conseguiam andar foram levados em marcha até os caminhões. Rosa viu o soldado partir e ficou se perguntando que tipo de tratamento ele receberia no campo para prisioneiros de guerra se as enfermeiras no trem nem mesmo tinham dado água ao amigo que estava morrendo.

Ela virou-se e fez sinal para as outras enfermeiras se juntarem ao Doutor Greco, ainda ocupado avaliando pacientes civis. Para sua enorme surpresa, uma das enfermeiras encarou-a e cuspiu nos seus pés.

– Puxa-saco dos ingleses! – grunhiu a enfermeira. – Vagabunda!

Rosa recuou ao ouvir aquelas palavras. Será que a mulher estava louca?

– Você desperdiçou morfina naquele criador de ovelhas – disse a enfermeira, com os olhos em chamas –, quando ela está em falta para o seu próprio povo!

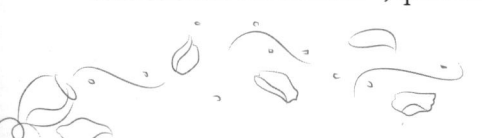

– Se me permite lembrar – Rosa respondeu, genuinamente surpresa –, como enfermeiras nós nos comprometemos a auxiliar *todos* os necessitados. Aquele homem estava sofrendo.

– É mesmo? – retrucou a enfermeira, arreganhando os dentes e apontando para os pacientes civis, a maioria mulheres e crianças; um bebê gemia, e o som da criança aflita era perturbador. A enfermeira voltou-se novamente para Rosa. – Você sabe quem são aqueles homens? São os pilotos abatidos que bombardearam Gênova. Eles mataram e causaram ferimentos indescritíveis em mulheres e crianças inocentes, e você quer dar a eles morfina para aliviar a dor! Devia era ter cortado a garganta deles!

O que aconteceu na estação afetou Rosa mais do que todos os outros eventos terríveis que haviam ocorrido desde que a guerra começara. Por fim, o verniz de alegria na frente de Antonio se desfez e ela não conseguiu esconder as lágrimas. Não sabia como conciliar a compaixão pelos prisioneiros Aliados com o ódio que sentia ao lembrar que suas bombas haviam explodido crianças. Depois daquele dia, descobrira que os pilotos Aliados abatidos eram transferidos a campos alemães para prisioneiros de guerra, onde as condições eram ainda piores. O piloto australiano com quem ela conversara provavelmente não sobreviveria à guerra.

– O que mais você podia ter feito, Rosa? – perguntou Antonio, quando ela lhe contou o acontecido. – Como enfermeira, seu dever é cuidar.

– Sinto que estou ficando louca. Eles não pareciam assassinos de coração frio. Pareciam rapazes decentes.

– E provavelmente são rapazes decentes. Você tem que entender que nós estamos fazendo a mesma coisa com eles. As enfermeiras deles estão tentando juntar as partes de crianças inglesas inocentes que foram feitas em pedaços pelas *nossas* bombas. E ainda esperamos que os britânicos tratem bem os nossos pilotos!

– É tudo muito confuso – disse Rosa.

Antonio esticou o braço e tocou o pulso dela. O guarda não o impediu.

– Sabe, uma vez que a guerra estoura, não existem mais homens decentes nem moral – disse ele. – Se as pessoas começarem a pensar assim, serão derrotadas. O que todas as pessoas decentes precisam fazer antes mesmo de a guerra começar é dizer: "Não!" Esse é o momento de ser decente. Esse é o único momento em que vai adiantar alguma coisa. Mas não foi isso que nós, italianos, fizemos. Nós ou festejamos Mussolini pelas vantagens materiais que conseguimos, ou tentamos ignorá-lo. Agora estamos pagando o preço.

Rosa recostou-se na cadeira e pensou nas coisas que Luciano dissera contra Mussolini e os fascistas tantos anos antes. Ele estava certo. Mas lembrar-se disso a fazia chorar ainda mais.

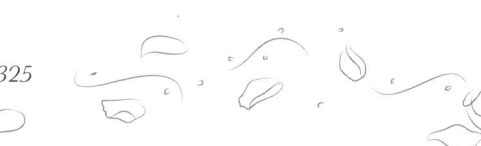

Em maio do ano seguinte, Rosa chegou ao hospital e encontrou médicos e enfermeiras chocados, correndo para cima e para baixo. Os Aliados tinham acabado de bombardear Roma.

– Nunca achei que isso fosse acontecer – disse Fiamma. – Achava que todos os católicos no mundo iriam se opor, por causa do Vaticano. O que vai acontecer em seguida?

Rosa percebeu que ela e Fiamma estavam pensando na mesma coisa: se os Aliados podiam bombardear Roma, nada os impediria de bombardear Florença. A tensão em meio à equipe do hospital se intensificou quando eles perceberam que o que acontecera aos pacientes de Gênova e Milão poderia acontecer com eles. As enfermeiras juniores trocaram as lâmpadas regulares por lâmpadas azuis e conferiram as cortinas blackout. Quando Rosa foi embora naquele dia, viu voluntários espalhando sacos de areia em torno das janelas do nível térreo do hospital.

Ao chegar em casa, ela, Ylenia e os vizinhos que ainda restavam no prédio encheram o porão com suprimentos e cobertores, embora Rosa soubesse, a julgar pelos pacientes que vinha tratando, que um porão não oferecia muita proteção caso um prédio fosse atingido. Ao deitar-se na cama naquela noite, não conseguiu parar de pensar em Antonio, preso em La Murate. Ele lhe garantira que os guardas moveriam os prisioneiros para os porões e abrigos antibomba caso Florença fosse atacada, mas Rosa não acreditava nisso. Tinha certeza de que, caso houvesse um ataque aéreo, os guardas não soltariam os prisioneiros. Eles seriam deixados em suas celas, abandonados à própria sorte.

vinte e dois

Em julho de 1943, os Aliados invadiram a Sicília, e Roma foi bombardeada outra vez, apesar do apelo do Papa a Roosevelt para que poupasse a cidade. Com as derrotas esmagadoras na África e as greves sindicais estourando nas fábricas, ficava claro que a Itália estava de despedaçando. No hospital, a equipe e os voluntários não conseguiam mais dar conta do influxo de pacientes vindos de outras cidades nem do número cada vez maior de soldados repatriados. Embora a escassez geral tornasse as coisas difíceis, Rosa ficou horrorizada ao descobrir que o único tratamento que muitos dos pacientes transferidos haviam recebido antes de chegar era uma dose de bismuto.

Com o começo da guerra, o curso para treinamento de enfermeiras havia sido reduzido de quatro para três anos. Com a derrota iminente da Itália, Rosa viu-se executando tarefas de uma enfermeira sênior bem antes da hora, incluindo treinamento dos voluntárias auxiliares. Não havia muito espaço para "treinamento", por assim dizer. Com o caos no hospital, Rosa tinha que demonstrar às voluntárias apenas uma vez do que ela precisava que fizessem e depois deixar que fizessem sozinhas. Ainda assim, sentia que estava em uma posição melhor que Fiamma, transferida para a triagem, onde os pacientes que chegavam eram separados com cartões verdes, amarelos ou vermelhos, dependendo da gravidade de sua condição.

– Considere-se sortuda! – a enfermeira-chefe gritou para Fiamma um dia, quando ela teve um colapso ao ouvir que mais pacientes estavam chegando. – Uma enfermeira militar na sua posição passa por coisas muito piores. Tem que ignorar os homens criticamente feridos e atender aqueles que têm mais chance de voltar ao campo de batalha!

A enfermeira-chefe também demonstrava sinais de extenuação. Nos últimos meses seu cabelo tinha deixado de ser levemente grisalho e ficado inteiramente branco. Normalmente ela já não era muito calma, e a guerra a empurrara além de seus limites. Mesmo assim, tentava ajudar suas enfermeiras em tudo que era possível.

– Consegui algumas mãos extras para você – ela disse a Rosa certa manhã.
– Freiras.

Rosa não ficou surpresa ao saber que teria freiras como enfermeiras auxiliares. Freiras estavam ligadas ao hospital desde sua fundação e tinham sido as mantenedoras originais. Elas trabalhavam em todas as partes, desde a lavanderia até a cozinha, e Rosa as achava bastante ágeis e incansáveis. O que a surpreendia era que a enfermeira-chefe tivesse encontrado *mais* freiras em algum lugar. Rosa acreditava que todas as freiras pertencentes às ordens caridosas já estivessem sendo amplamente utilizadas em algum tipo de trabalho civil. Tinha até visto freiras espalhando sacos de areia em volta de prédios.

A enfermeira-chefe informou a Rosa que as novas voluntárias a aguardavam na entrada. Rosa ajeitou o uniforme e o avental e vestiu a capa de enfermeira, pois achava que ela lhe dava um ar de autoridade apesar da inexperiência que sentia. Correu escada abaixo, passando por macas e enfermeiras, e congelou ao chegar à entrada, atordoada pela visão das coifas, véus negros, cruzes e rosários. As freiras esperando por ela não eram as irmãs de caridade de sempre, as que haviam professado votos de pobreza, castidade, obediência e servidão à humanidade. Aquelas eram as freiras que haviam feito os votos solenes de clausura, separando-se do mundo. Rosa viu-se diante das freiras do Convento de Santo Spirito, onde ela fora criada.

Rosa se aproximou do grupo como se estivesse em um sonho. A maioria das freiras era jovem e provavelmente entrara para o convento depois que ela saíra de lá. Porém, havia alguns rostos conhecidos também.

– Rosa! – uma voz empolgada chamou-a. Era Irmã Dorothea, a ajudante de Irmã Maddalena na cozinha.

Rosa sentiu falta de ar. A aparição das freiras a deixara desorientada. Ela sabia que algumas membras da ordem podiam voluntariamente sair da clausura sob circunstâncias excepcionais, e o fracasso da Itália devia ter sido considerado uma dessas circunstâncias. Ela avistou Irmã Valeria, a mais velha do grupo. A freira parecia confusa, porém determinada. Florença devia ter mudado desde a última vez em que ela vira a cidade, quando saíra do isolamento durante a Grande Guerra.

– Rosa! Você virou enfermeira! – disse Irmã Dorothea, com os olhos brilhando. – Estamos aqui para servir o hospital. Devotamos todos esses anos à oração e agora estamos prontas para ajudar!

– E Irmã Maddalena? – perguntou Rosa. – Ela vem também?

– *Madre* Maddalena – corrigiu-a Irmã Dorothea. – Ela é a nova abadessa e vai ficar no convento com as freiras que não vieram.

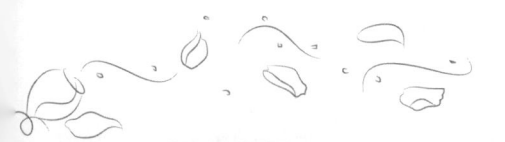

A situação desesperadora do hospital acordou Rosa de seu choque e a impulsionou a agir. Ela demonstrou às freiras o básico do cuidado com pacientes, e elas mais que rapidamente se puseram a executar suas tarefas na ala dos convalescentes. Antes do fim da manhã, já estavam dominando os fundamentos de higiene. Eram enfermeiras naturais, no sentido de que abordavam o trabalho com uma calma eficiente e exerciam um efeito positivo sobre os pacientes.

Naquela noite Rosa sentou-se na cama, tentando absorver o que acontecera no hospital. Foi tomada novamente por um grande desejo de ver Irmã... não, *Madre* Maddalena. Rosa achava estranho que, embora estivesse convicta de que Nerezza era sua mãe biológica, sentia-se mais ansiosa para ver Madre Maddalena do que para descobrir o que acontecera na vila e por que ela fora mandada ao convento. Isso podia esperar, ela disse a si mesma. Apanhou papel e escreveu uma carta para Madre Maddalena. Começou agradecendo por ela ter permitido que algumas freiras saíssem do isolamento e elogiou cada uma individualmente. Em seguida, acrescentou:

Com Florença correndo grave perigo e com os Aliados se aproximando rapidamente, eu e a senhora talvez nunca mais nos vejamos nesta vida terrena. Quero que saiba que não me esqueci do amor e da fé com os quais a senhora preencheu minha infância. Embora minha fé em Deus tenha sofrido muitas provações, eu nunca a perdi. Ela me trouxe conforto até mesmo nas horas de maior escuridão.

Tenho três filhos, Sibilla, Lorenzo e Giorgio, todos criados segundo os preceitos da Igreja. Agora estou trabalhando como enfermeira, ajudando os civis e alguns soldados que foram feridos nessa grande tragédia. Apoio-me na minha fé diariamente para levar meu trabalho adiante.

Gostaria de vê-la nesta quinta-feira à tarde. Conforme talvez seja de seu conhecimento, tentei visitá-la depois que me casei, porém fui rejeitada pela antiga abadessa, que acreditava de coração ser melhor assim para a senhora. Se a freira porteira não permitir minha entrada na quinta-feira à tarde, prometo que finalmente aceitarei que não é seu desejo rever-me e jamais voltarei a incomodá-la.

Com amor e memórias carinhosas,
Sua Rosa

Na quinta-feira combinada, Rosa foi ao convento após terminar seu turno no hospital. Pôs-se diante da porta castigada pelo tempo e se preparou. Estava animada e nervosa ao mesmo tempo. Tocou a cruz e a chave em volta do pescoço antes de tocar o sino. Uma imagem de Irmã Maddalena colocando a flauta nas suas mãos em seu aniversário de 7 anos formou-se em sua cabeça. Lembrou-se de como corria até a cozinha depois das aulas e encontrava Irmã Maddalena descascando batatas, pronta para ouvir tudo sobre o dia dela. Com memórias tão carinhosas assim, pensar que a rica e bela Nerezza era sua mãe parecia sacrilégio.

Quando a freira porteira apareceu, a respiração de Rosa acelerou. Rosa reconheceu-a: era a noviça que fizera a mala para ela em seu último dia no convento, embora, obviamente, agora estivesse mais velha e não fosse mais noviça.

– Boa tarde – disse Rosa, com uma voz rouca. – Eu vim ver a Reverenda Madre.

A freira abriu um sorriso.

– Venha por aqui, Rosa – disse ela.

O coração de Rosa pulou de alegria. Se fosse apropriado, teria dado um abraço na freira de tanta gratidão.

Ao entrar na saleta, Rosa foi invadida por aromas familiares e lembranças. A decoração azul e branca não havia mudado, tampouco o cheiro de cera de abelhas, incenso e Bíblias empoeiradas. Rosa sentou-se e percebeu que a freira havia desaparecido. Ela não deveria ficar para supervisionar a conversa?

Rosa apertou as mãos e tentou controlar suas emoções quando ouviu o sino que conhecia bem, indicando que a porta para o mundo exterior tinha sido fechada. A veneziana de madeira abriu-se de sopetão, e por alguns segundos ela e Madre Maddalena simplesmente se olharam. Rosa estava tão surpresa em ver o rosto da guardiã de sua infância, aquele rosto que ansiara tanto ver, que a princípio achou que estava olhando para uma aparição. Imaginava que talvez Madre Maddalena, agora em seu novo cargo, fosse tratá-la com indiferença, portanto ficou emocionada ao ver que ela também sorria e chorava ao mesmo tempo. Rosa achou surreal o fato de ela e Madre Maddalena estarem frente a frente, vestindo seus respectivos uniformes: Madre Maddalena com o hábito de freira e Rosa com o traje de enfermeira. Rosa Bellocchi era a *Irmã* Parigi agora. As duas levaram alguns minutos para conseguir falar.

– Quanta bondade sua ter vindo até aqui – disse Madre Maddalena por fim, enxugando os olhos. – Quanta bondade sua lembrar-se de mim.

– Eu queria tanto ver a senhora – respondeu Rosa. – Tentei muitas vezes.

– Foi preciso esse acontecimento pavoroso para nos reunir – disse Madre Maddalena. – Muitos anos se passaram. E agora, olhe só... você virou esposa e mãe, e está servindo a Deus e ao seu país.

Rosa queria contar a Madre Maddalena sobre Sibilla e os gêmeos, porém as lágrimas engasgaram sua voz e ela não conseguiu falar.

– Tenho tanto orgulho de você – continuou Madre Maddalena. – Você virou, em cada pedacinho seu, a pessoa magnífica que eu sempre achei que se tornaria.

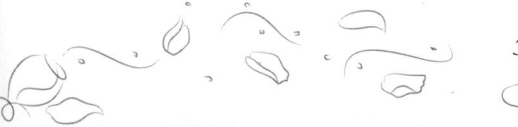

Rosa respirou fundo antes de falar.

– Mas eu pensei... eu pensei que a senhora acreditasse que eu...

"Madre Maddalena nunca se envergonhou de mim", percebeu Rosa, chorando outra vez. "Ela sempre esperou o melhor de mim."

– Suas preces foram atendidas – disse ela a Madre Maddalena. – Antes dessa guerra eu tinha uma vida muito boa.

Madre Maddalena estendeu a mão na direção da grade, e Rosa repousou a dela sobre a grade também.

– Você vai voltar a ter, querida Rosa – garantiu ela.

Rosa viu uma imagem de Madre Maddalena indo até seu apartamento depois de terminada a guerra e jantando com Antonio e as crianças.

– A senhora também vai sair do isolamento?

Madre Maddalena balançou a cabeça.

– Não, meu lugar é aqui. E, quando essa crise passar, meu pequeno rebanho de freiras vai retornar também. Esta é a nossa comunidade. Esta foi a nossa escolha.

Rosa e Madre Maddalena contaram um pouco de tudo que havia acontecido desde que tinham se visto pela última vez. Rosa descobriu que a antiga abadessa havia morrido e que o adoentando Don Marzoli fora substituído pelo novo padre, Don Franchini. O tempo passou rápido, e logo Madre Maddalena precisou retornar ao trabalho. Quando elas se levantaram, Rosa sentiu-se compelida a perguntar sobre Nerezza.

– Ela fez aulas de música aqui, não fez?

Madre Maddalena deu uma pausa antes de responder.

– Foi antes da minha época, mas eu me lembro, sim, de outras falando sobre ela. Acredito que ela era uma musicista excepcional. Mas, Rosa... fique longe daquela família. Eu jamais vou perdoar a mim mesma nem a Don Marzoli por termos permitido que você fosse mandada para lá. E, quanto à Marquesa de Scarfiotti, ouvimos histórias terríveis.

– O quê? – perguntou Rosa. – Eu sei que ela tem recebido fascistas em casa.

Madre Maddalena ficou pálida.

– Pior que isso. Ela abriu a vila para alguns oficiais de alto escalão da SS alemã, para "repouso e recreação". Don Franchini instruiu o convento a não receber mais doações da família Scarfiotti.

Rosa não ficou surpresa. Aquele tipo de comportamento hedonista e arrogante era típico da marquesa. No fim das contas os alemães eram aliados dos italianos, então a marquesa não podia ser acusada de divertir-se com o inimigo. Rosa então notou que as mãos de Madre Maddalena estavam tremendo.

– O que foi? – perguntou Rosa.

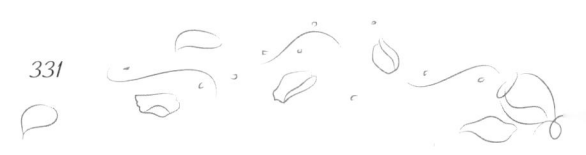

Madre Maddalena desviou o olhar e balançou a cabeça. Um arrepio incômodo percorreu os ombros de Rosa. Algo horrível estava acontecendo na vila. Ela sentia.

– Conte-me, por favor. Eu me preocupo muito com a menina, Clementina.

Madre Maddalena virou o rosto na direção de Rosa.

– Dois empregados da Vila Scarfiotti foram investigados pela SS, e descobriu-se que tinham origens ciganas.

Rosa sentiu as têmporas latejarem e as pernas amolecerem. Todos os seus instintos lhe diziam que algo horrível demais para imaginar havia acontecido. Ela sentiu vontade de sentar, porém forçou-se a permanecer de pé e escutar Madre Maddalena.

– Um jardineiro que não trabalha mais na vila veio até Don Franchini depois de uma festa particularmente devassa, e com muita bebedeira, que aconteceu lá – disse Madre Maddalena. – Ele contou a Don Franchini que os oficiais da SS, junto com a marquesa, forçaram os dois empregados a entrar no bosque e... caçaram os dois como se fossem animais selvagens. Atiraram neles por esporte.

Rosa cobriu a boca com a mão e quase gritou. "Não! Não é possível", pensou. "Isso é assassinato a sangue-frio!" Mas então se lembrou das coisas que tinha visto a marquesa fazer: a maneira cruel como tratara o homem do redemoinho no cabelo; o fato de ter se desfeito do piano de Nerezza enquanto o marido chorava; e sua ordem para eliminar o filhote de weimaraner. Rosa percebeu que *conseguia sim* acreditar. Então um pensamento pior lhe ocorreu.

– Eram a cozinheira e sua assistente? – perguntou. Rosa sabia que Ada e Paolina eram bruxas, mas não se tinham sangue cigano.

Madre Maddalena balançou a cabeça.

– Eu não sei. Tenho a impressão de que eram dois homens.

Rosa pensou rápido. De fato se recordava de dois lacaios que tinham pele morena. Rosa perguntou-se por que Deus não acabava com a marquesa. Lembrou-se da lenda que Ada lhe contara a respeito de Orsola Canova. Será que a bruxa continuava à espreita no bosque, esperando por justiça? Se fosse esse o caso, ela estava perdendo. O mal e a morte continuavam reinando na Vila Scarfiotti.

A história sobre as mortes chocantes na Vila Scarfiotti perturbou Rosa mais do que a notícia de que os Aliados estavam prestes a se apoderar de Roma e talvez chegassem a Florença antes do fim do mês. Ela começava a achar que uma vitória dos Aliados talvez não fosse a pior coisa que podia acontecer à Itália; o que mais temia era a morte e destruição que seriam necessárias para garantir tal vitória caso a Itália continuasse a lutar.

Na visita seguinte que fez à Madre Maddalena, Rosa confessou suas suspeitas de que era filha de Nerezza.

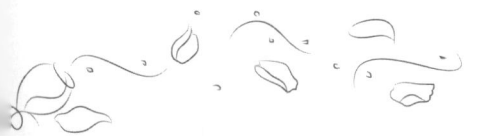

– É possível – concordou Madre Maddalena. – Este convento tem uma ligação com a família faz muito tempo. Mas o Lobo... quem era ele, então?

Rosa olhou a data no final do caderno novamente: 13 de março de 1914. Em seguida, leu em voz alta a carta do Barão Derveaux, na qual ele mencionava que Nerezza havia lhe escrito sobre um assunto "da mais alta importância" que tinha para contar. Obviamente, os dois eram próximos. Rosa também leu a carta que Nerezza escrevera para o marido e conferiu a data.

– Nerezza nunca fez essa viagem a Paris para dizer ao Barão Derveaux o que pretendia fazer – falou Rosa. – Por quê?

Ela dispôs o caderno e as cartas lado a lado. A data de março havia sido riscada. Será que era uma memória infeliz? Nerezza tinha recebido uma carta do barão em maio e logo depois escreveu ao marido, Ferdinando, desejando vê-lo, embora houvesse uma óbvia frieza entre os dois.

Rosa recostou-se na cadeira e suspirou. Sabia que fora levada ao convento em dezembro de 1914, recém-nascida. Olhou para as datas novamente: março de 1914 e dezembro de 1914. Nove meses de diferença. Seu coração pulou. Por que não tinha percebido o óbvio antes?

– Ah! – exclamou, levantando-se e olhando para Madre Maddalena. Aquela sensação conhecida em seu estômago lhe dizia que ela estava certa. – A data riscada é a data em que eu fui concebida!

– A chave prateada estava nos seus panos – disse Madre Maddalena. – Se foi a cozinheira da vila que a colocou lá, então é possível que você seja filha de Nerezza. As datas fazem perfeito sentido. E o fato de o convento ser bem conhecido da família Scarfiotti pode ser a razão pela qual você foi trazida para cá.

Madre Maddalena leu as cartas do Barão Derveaux e do marido de Nerezza por conta própria, mas não conseguiu encontrar outros significados além dos que Rosa já encontrara.

Quando era hora de ir embora, Rosa falou:

– A senhora não imagina como fiquei feliz por ter concordado em me ver. Quando nós fomos separadas, parecia que faltava um pedaço do meu coração.

Os olhos da freira se encheram de lágrimas.

– Também fiquei feliz – disse ela. – E, quando a guerra terminar, quero que você traga o seu marido e os seus filhos para que eu posssa conhecê-los.

– Mesmo? – perguntou Rosa. Aquilo a surpreendeu. Os únicos homens que tinham permissão para fazer visitas pessoais às freiras de Santo Spirito eram parentes de sangue.

– Ah, sim, eu pretendo fazer algumas mudanças por aqui – respondeu Madre Maddalena, com um sorriso. – Ainda acredito que deva haver um santuário isolado no qual se possa adorar a Deus e rezar para ele. Porém, precisamos ser úteis na Terra também.

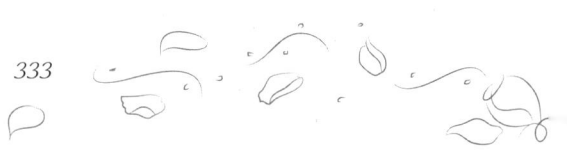

333

Na manhã seguinte, a caminho do hospital, Rosa ainda se sentia agitada por causa de sua descoberta. Madre Maddalena lhe pedira que levasse o caderno novamente na semana seguinte para que elas pudessem desvendar mais uma parte do quebra-cabeça. Até então, Rosa teria que lutar com seus pensamentos sozinha. Se Nerezza tinha uma relação hostil com o marido, talvez não tivesse ficado muito empolgada ao descobrir que estava grávida dele. Rosa ficou surpresa ao perceber que a ideia não a magoou da maneira que talvez teria magoado caso ela tivesse descoberto muitos anos antes que não era desejada. Agora que estava reconciliada com Madre Maddalena, a busca por suas raízes vinha mais de um desejo racional do que emocional. Ou, pelo menos, era isso que ela pensava.

Rosa se encontrava tão envolvida no mistério que já estava a meio caminho do hospital, quando percebeu que algo estranho acontecia em volta dela. As pessoas estavam nas ruas muito mais cedo que de costume e pareciam... *felizes*! Cafeterias estavam abertas outra vez, embora não tivessem nada a oferecer além de café de qualidade inferior e bolos sem açúcar. Rosa ficou se perguntando o que havia acontecido para que a atmosfera deprimente de Florença tivesse mudado tão dramaticamente. Será que a Itália tinha se rendido? Não, isso teria causado uma atmosfera de ansiedade, já que as pessoas estariam se perguntando o que os Aliados pretendiam fazer com eles. O que era, então? Será que algum milagre forçara os Aliados a sair do solo italiano – assim como acontecera quando o Mar Vermelho se fechara sobre o exército do faraó?

Rosa parou um policial e lhe perguntou o que tinha acontecido. Ele a encarou incrédulo.

– Você não ouviu? Mussolini foi deposto!

Rosa ainda não tinha assimilado a notícia quando chegou ao hospital, porém soube que devia ser verdade, quando a enfermeira-chefe a abraçou.

– Esmaguei todas as fotos daquele desgraçado – ela contou a Rosa, cheia de alegria.

Até mesmo os pacientes que não estavam recebendo uma dose suficiente de medicação para a dor se animaram com a notícia. Um paciente idoso queria dançar valsa com Rosa, até que ela o convenceu de que ficaria mais feliz se ele permanecesse na cama. O Doutor Greco contou a Rosa que Mussolini havia sido deposto pelo Grande Conselho do Fascimso, do qual fazia parte Galeazzo Ciano, o próprio genro do ditador. O Rei Victor Emmanuel, que Mussolini reduzira a um testa de ferro, havia assumido o papel do comandante supremo das forças armadas italianas, e o General Badoglio era agora o primeiro-ministro no lugar de Mussolini.

– Mas então quer dizer que a guerra vai continuar – disse Rosa. – Como isso pode ser uma boa notícia?

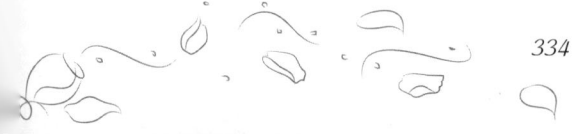

– Não acho que a guerra vá continuar – respondeu o Doutor Greco. – O Grande Conselho depôs Mussolini porque ele insistiu que a Itália continuasse a lutar, embora o país esteja à beira de um colapso.

Mussolini foi aprisionado no alto dos Apeninos de Abruzzo. Rosa achou justo, por todo o sofrimento que o ditador causara àqueles que haviam sido presos enquanto ele estava no poder – inclusive ela própria.

Ao fim de seu turno no hospital, Rosa correu até o presídio de La Murate para ver Antonio.

– Não sei o que vai acontecer agora – disse ela. – Mas os guardas acham que prisioneiros políticos e pessoas que cometeram apenas violações menores contra o regime fascista serão soltos.

Rosa estava esperando que Antonio ficasse contente com as notícias. Em vez disso, lançou-lhe um olhar crítico.

– O que foi? – perguntou ela.

– Estou me perguntando o que Hitler vai fazer quando descobrir que os italianos livraram-se de seu líder – respondeu ele.

Rosa mordeu o lábio. Ela também tinha se perguntado aquilo.

– Os Aliados já estão na Itália e avançam para o norte – disse ela, repetindo o que o Doutor Greco comentara mais cedo. – Os alemães estão recuado. Uma vez que a Itália e os Aliados fizerem as pazes, o exército italiano não vai atrapalhar o progresso das forças Aliadas. Os alemães serão derrotados.

– É, esperemos que sim – disse Antonio, sem parecer convencido.

A atmosfera de júbilo pela queda de Mussolini continuou nas semanas seguintes. Embora os fascistas permanecessem no poder e as leis raciais ainda estivessem vigentes, prisioneiros políticos eram libertados diariamente. Rosa via isso como um sinal de que Antonio logo seria solto também. Porém, com a possibilidade de paz tão próxima, por que os Aliados continuavam bombardeando cidades italianas?

– O senhor realmente acha que a Itália vai assinar um armistício com os Aliados? – um paciente perguntou ao Doutor Greco, enquanto ele e Rosa trocavam seus curativos. – Ouvi dizer que o General Badoglio garantiu aos alemães que ainda estamos do lado deles.

– O General Badoglio tem que conduzir as conversas com os Aliados em segredo – respondeu o Doutor Greco. – Ele não quer que a Itália seja pisoteada, como os Aliados fizeram com a Alemanha depois da Grande Guerra.

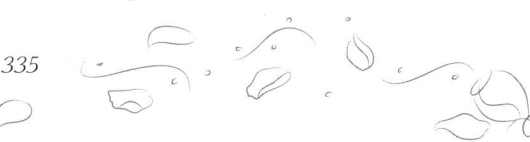

Embora o consenso geral fosse de que logo as coisas melhorariam, Rosa compartilhava do medo de Antonio de que, quanto mais tempo demorassem para assinar o armistício sobre o qual havia rumores, mais chances os alemães teriam de se reagrupar e invadir a Itália. Se as pessoas nas ruas espalhavam boatos de que os italianos estavam prestes a se juntar aos Aliados, o comando alemão devia ter a mesma suspeita.

Rosa temia pela segurança dos filhos e de seus guardiões. Se a Alemanha invadisse a Suíça, o que aconteceria com os refugiados italianos? Rosa não conseguia pensar em Nerezza e em seu passado misterioso quando as pessoas que amava estavam em perigo imediato. O único consolo foi a boa notícia que um dos guardas da prisão lhe deu.

– Recebemos a orientação de libertar alguém todos os dias – disse ele. – Tenho certeza de que vamos receber ordens para soltar seu marido logo. Afinal de contas, ele é um dos que não cometeram nada grave.

Antonio ficou contente quando Rosa lhe contou a notícia.

– Vamos tirar as crianças, Giuseppina e nossos primos da Suíça e levar todos eles para o sul – disse. – O que quer que aconteça daqui por diante, vou poder agir depois que sair da prisão. Passei esse tempo todo aqui, de mãos atadas, sem poder fazer nada para proteger minha família.

Rosa levou de volta à loja alguns dos itens que ela e Antonio haviam escondido no apartamento. Mais pessoas estavam marcando horário, e ela teve que chamar Ylenia para ajudá-la. À medida que as pessoas ficavam mais confiantes de que Florença não seria bombardeada, voltavam a interessar-se por mobílias e outros itens refinados. Entre trabalhar no hospital, visitar Antonio, manter a loja funcionando e escrever para as crianças, o tempo de Rosa passava rápido – mas não rápido o suficiente. Por que estava demorando tanto para Antonio sair da prisão?

Certa noite, enquanto tocava piano no apartamento, Rosa lembrou-se do dia em que Nerezza a "possuíra" enquanto ela tocava o Bösendorfer na casa dos Trevi. Parou no meio da música e foi à sala íntima para olhar o caderno de Nerezza outra vez. Não conseguia acreditar que não percebera antes o que era tão óbvio. Quando Nerezza escreveu a carta ao Barão Derveaux dizendo que pretendia visitá-lo em Paris para levar notícias "da mais alta importância", não sabia que ele havia se casado. Ela tinha lhe escrito algumas semanas depois de 13 de março, ao suspeitar de que estivesse grávida. Pela carta de Ferdinando, Rosa entendeu que, àquela altura, fazia algum tempo que ele estava na Líbia. Era impossível que ele fosse o pai do filho de Nerezza. O Barão Derveaux, por outro lado, tinha voltado a Paris fazia pouco tempo. Rosa sentou-se, tonta de espanto. Quando Nerezza descobriu que o Barão Derveaux tinha se casado com a amiga dela, tentara encontrar o marido o mais rápido possível para que a criança pudesse passar como se fosse dele.

"Ah, meu Deus!", pensou Rosa, lembrando-se da festa de aniversário de Clementina e do homem com pernas desengonçadas e sobrancelhas arqueadas. "O Barão Derveaux é meu pai!"

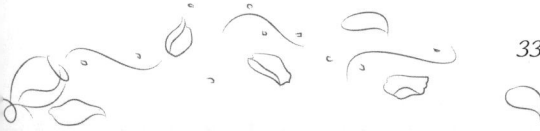

Rosa sempre sentira uma ansiedade para saber quem era a mãe, porém nunca tinha posto muita ênfase na identidade do pai. De repente, percebeu a estranheza do fato. Mas talvez isso se explicasse pelas circunstâncias de sua criação: crescera em um convento de "madres" e "Irmãs", cercada por quadros do Menino Jesus e da Madona.

Agora, em vez de entender melhor suas origens, Rosa se sentia mais confusa do que nunca. Tinha apenas uma breve ideia sobre o Barão Derveaux, baseada no que vira na vila, na carta dele para Nerezza, em seu jeito educado e na censura por parte da senhorita Butterfield, a qual afirmara que o homem "parecia uma criança". Não era o suficiente para formar uma imagem fiel dele.

Rosa correu até o espelho e tentou achar o rosto dele no dela, os membros dele em seus braços e pernas musculosos. Porém, o reflexo não lhe revelou nada. "Mas o Barão Derveaux viu algo em mim", pensou, lembrando-se da maneira curiosa como ele a olhara. Agora ela entendia claramente o que ele tinha visto: traços de Nerezza.

vinte e três

O hospital ainda estava sofrendo com a escassez, porém, como a atmosfera da cidade melhorava, mais voluntários se inscreviam para ajudar. Rosa, Gina e Fiamma foram enviadas a um *palazzo* nos limites da cidade que estava sendo usado como hospital para Aliados da classe dos oficiais que haviam sido aprisionados. Embora a Itália seguisse as Convenções de Genebra, os prisioneiros de guerra provavelmente recebiam tratamento pior do que os civis em hospitais. Com os Aliados se aproximando, os italianos precisavam ser vistos fazendo mais, e era por isso que o hospital mandara ao *palazzo* três de suas enfermeiras qualificadas para assumir no lugar da equipe médica militar.

– Bem, eles estão passando melhor do que eu esperava – disse Gina, depois que ela, Rosa e Fiamma haviam inspecionado os prontuários dos pacientes e as condições do hospital.

Rosa ficou imaginando se encontraria aqueles pilotos australianos no *palazzo*, porém todo mundo que estava ali era da infantaria. Os guardas forçavam o cumprimento da regra que restringia a assuntos médicos a comunicação com os prisioneiros, porém Rosa captava, pelas conversas dos homens uns com os outros, que eles estavam esperando que os Aliados chegassem a qualquer momento para repatriá-los.

Depois de alguns dias trabalhando no hospital militar, ficou claro para Rosa por que o lugar era tão limpo e organizado. Qualquer paciente que tivesse condições de sair da cama fazia algo para ajudar, fosse dobrar lençóis, enrolar ataduras ou auxiliar outro paciente a se barbear. Rosa viu um oficial norte-americano que, um dia após ter sofrido uma operação no abdome, passava pano no corredor com uma mão enquanto segurava o soro com a outra.

– Você aí, volte já para a cama – ela o repreendeu. – Quer que esses pontos se abram?

Ele sorriu ao ouvir a bronca de Rosa, mas obedeceu.

– Não é muito cavalheiro deixar as enfermeiras correrem de uma cama para a outra sem fazer nada para ajudar – retrucou ele.

Um dos pacientes era um oficial neozelandês que havia perdido as duas pernas. Certo dia, enquanto Rosa dava banho nele e os guardas estavam longe demais para ouvir, ele lhe perguntou com seu sotaque característico:

– Você acha que minha noiva ainda vai me querer?

Rosa evitou olhá-lo nos olhos ao responder.

– Se ela for alguém que vale a pena, vai sim. Se não, você vai encontrar alguém melhor.

Certo dia, Rosa chegou ao hospital e encontrou os guardas comemorando com os pacientes. Quando os homens viram a surpresa na cara dela, deram risada.

– Ah, essa é uma que não ouve rádio – disse um dos guardas, erguendo seu copo de vinho. – O General Badoglio assinou o armistício com os Aliados! A guerra acabou!

Rosa tentou assimilar aquelas palavras.

– Acabou mesmo?

– O que o fim da guerra com a Itália significa para mim? – perguntou o oficial norte-americano que Rosa tinha visto limpando o corredor depois da operação no estômago. – Eu não estou doente o suficiente para ser repatriado. Ainda posso chutar o traseiro de alguns alemães.

– Você vai esperar aqui até nós recebermos instruções. Precisamos saber aonde mandar vocês para que se encontrem com seus oficiais camaradas – o guarda disse a ele.

– Mas o italianos receberam ordens de não deter os Aliados de maneira nenhuma – protestou o norte-americano. – Posso sair daqui agora mesmo.

– Poder, pode – respondeu o guarda. – Mas o mais inteligente é ficar. Nós temos ordens de proteger vocês caso os alemães apareçam. Você vai ficar mais seguro com a sua unidade do que sozinho.

Rosa foi até a janela. A guerra tinha acabado? Do outro lado da rua ela viu jovens e algumas donas de casa arrancando a insígnia fascista de um prédio e esmagando-a no chão. Será que o fim da guerra significava também o fim do fascismo? Rosa esperava que sim.

A caminho da prisão para visitar a Antonio, Rosa testemunhou mais celebrações à medida que a notícia se espalhava. As pessoas comemoravam e dançavam nas ruas. Em uma *piazza*, estudantes empilhavam material fascista – camisas negras, slogans, pôsteres e livros – em uma fogueira.

– Luciano – sussurrou Rosa. – Se ao menos você tivesse vivido para ver a Itália agora. Como as coisas mudaram! Depois de vinte e um anos de repressão, estamos livres!

O guarda na entrada do presídio abriu um sorriso largo para Rosa.

– Tenho boas notícias para você – disse ele. – Seu marido vai ser solto daqui a três semanas.

Rosa quase começou a dançar ali mesmo. Era bom demais para ser verdade: Antonio em segurança, em casa com ela outra vez.

Na sala de visitas, ela e Antonio olharam-se nos olhos.

– Quando o liberarem – disse ela –, vou me agarrar a você e nunca mais soltar.

Naquele fim de tarde, Rosa e Ylenia assistiram às comemorações pela janela do apartamento antes de ouvirem no rádio o anúncio formal do armistício. Em seguida, colocaram lençóis limpos em todas as camas. Assim que as coisas estivessem calmas e os alemães tivessem sido expulsos do norte, Rosa buscaria as crianças e seus guardiões em Lugano. Ela limpou a poeira das tigelas de Ambrosio e Allegra e as colocou no chão da cozinha, imaginando como seria maravilhoso ter a gata e o cachorro junto dos pés outra vez.

Quando Rosa acordou no dia seguinte, à sombra do amanhecer, deu-se conta de que, assim que sua família estivesse reunida novamente, teria outras coisas para resolver. Entraria em contato com a *signora* Corvetto para ver se elas conseguiriam tirar Clementina da Vila Scarfiotti. A menina precisava escapar da marquesa. A *signora* Corvetto poderia convencer Clementina a terminar os estudos na Suíça, ou mesmo a estudar nos Estados Unidos. Em seguida, Rosa pretendia visitar o Barão Derveaux e mostrar a ele o caderno de Nerezza. Perguntaria se ele sabia o que aconteceu na noite em que ela nasceu, porém ainda não tinha decidido se lhe contaria que ele era seu pai.

Dadas as comemorações da noite anterior, Rosa ficou surpresa ao sair para a rua e notar que um silêncio sinistro caíra sobre Florença. A *signora* Chianisi, dona da butique de vestidos ao lado da loja de móveis, contou a Rosa que as linhas telefônicas para Roma haviam sido cortadas e que ela não conseguia entrar em contato com a irmã.

– Está acontecendo alguma coisa – disse a mulher.

Rosa precisou cuidar da contabilidade antes de ir ao hospital e trabalhou na loja até a metade da manhã. Quando estava indo embora, a *signora* Chianisi se aproximou dela.

– Descobri o que está acontecendo – falou, de olhos arregalados. – Os alemães estão infestando a Itália. Já ocuparam Bolonha, Pádova e Verona.

A notícia foi como um tapa na cara. Rosa correu até o hospital, onde descobriu que os pacientes suficientemente recuperados tinham ido embora e, pior ainda, os guardas e a equipe médica militar também.

Gina estava na cozinha preparando as bandejas do almoço.

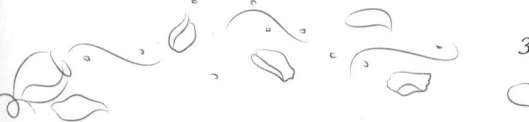

– Todo mundo que estava bem o suficiente para andar deu o fora assim que ouviu a notícia – ela contou a Rosa. – Os alemães estão se espalhando feito fogo. Estão vindo para Florença e vão chegar aqui antes que a gente perceba.

– Alemães! – Rosa passou os olhos pela enfermaria. Haviam sobrado cerca de quinze homens: os amputados e os que estavam doentes demais para sair da cama. – Os guardas tinham que ter ficado para proteger essas pessoas – sussurrou.

Gina encolheu os ombros.

– Eles estavam ouvindo a rádio BBC com os pacientes quando, de repente, houve um pânico louco para ir embora. O oficial norte-americano a está esperando no porão com alguns outros. É melhor você ir falar com eles antes que vão embora.

Rosa encontrou o oficial norte-americano trajando seu uniforme, afiando uma faca. Um oficial britânico e outro canadense estavam de uniforme também.

– Aquele maldito Badoglio – xingou o norte-americano. – O idiota nunca fechou o Passo do Brennero. Os alemães vêm acumulando forças pela Itália toda, esperando este momento. Se aquele guarda idiota não tivesse dito para nós ficarmos, podíamos ter escapado dias atrás. Agora ouvi dizer que Badoglio e o Rei fugiram de Roma para o sul, sem deixar instrução nenhuma para o exército italiano.

– Isso não deve ser verdade! – gritou Rosa. – O Rei e o General Badoglio não seriam tão desonrados a ponto de abandonar o próprio povo nas mãos dos alemães! Não depois de terem garantido que haveria paz!

O oficial norte-americano não respondeu. Rosa sentiu vergonha do próprio país.

– Vocês não podem sair com esses uniformes – disse ela. – Vou buscar algumas roupas do meu marido para vocês.

Rosa correu até o apartamento e retornou levando calças e camisas de Antonio. Gina desenhou mapas das fronteiras e marcou onde ela entendia que os Aliados estavam, enquanto Rosa escreveu frases em italiano que eles talvez fossem precisar: *Mostre-me onde estão os alemães; Você tem um pouco de comida para me dar?*

Depois de prontos, os oficiais foram à enfermaria para se despedir de seus companheiros.

– E eu? – perguntou o oficial neozelandês cujas pernas tinham sido amputadas.

– Vou ficar aqui para cuidar de você – disse Rosa. – Você é protegido pelas Convenções de Genebra.

Quando o oficial norte-americano e os outros estavam prontos para partir, todos deram um aperto de mão em Rosa, Gina e Fiamma, agradecendo-lhes.

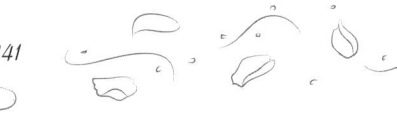

– As mulheres italianas são corajosas – o oficial canadense disse a Gina. – Mesmo que seus homens sejam covardes.

– Eu nunca soube o seu nome – o oficial norte-americano disse a Rosa. – Eu sou o Tenente Edward Barrett.

– E eu sou a Irmã Rosa Parigi.

O Tenente Barrett sorriu.

– No jardim da minha mãe, na Califórnia, ela planta todo tipo de rosa. A favorita dela sempre foi a *Rosa da Toscana*. É assim que eu vou me lembrar de você, Irmã Parigi: nossa corajosa Rosa da Toscana.

As enfermeiras observaram os soldados indo embora. Era horrível vê-los partir, apesar de sua bravata. Com tantos alemães espalhados pelo norte, as chances de aqueles homens conseguirem se juntar aos respectivos exércitos eram poucas. Porém, Rosa sabia que, se tivessem ficado, as chances de sobreviverem aos campos alemães para prisioneiros de guerra eram menores ainda.

A visão de tanques alemães retumbando para dentro de Florença provocou arrepios em Rosa. Ela sentia que aquela era uma luta na qual não podia mais desempenhar um papel coadjuvante. Cada italiano teria que escolher um lado e lutar. Quando ela viu os tanques se posicionarem em frente ao Duomo, decidiu que os alemães eram seus inimigos.

Rosa levou alguns pertences pessoais para o hospital e passou a noite lá com Gina e Fiamma, deixando para Ylenia o máximo possível de dinheiro e provisões.

Certa tarde, Rosa saiu cedo do hospital para fechar a loja de Antonio novamente. Uma moça de olhos assustados, com uma criança dentro de um carrinho, entrou na loja enquanto Rosa empacotava os livros de contabilidade.

– Posso ajudá-la? – perguntou Rosa.

A mulher colocou a mão embaixo do cobertor do bebê e tirou um porta-retratos de ébano. Ele tinha placas florais de *pietra dura* e era tão primoroso que parecia uma peça de museu.

– É lindo – disse Rosa, admirando a técnica.

– Era da minha mãe.

Rosa estudou a mulher. Ela não tinha mais que 25 anos, mas havia linhas fundas em seu rosto. O terror em seus olhos era inconfundível.

– Você é judia? – perguntou Rosa.

A mulher respondeu que sim com a cabeça.

– Tem onde se esconder?

A mulher se assustou com a pergunta de Rosa, porém decidiu confiar nela.

– Meus vizinhos têm uma casa no interior. Vão nos esconder lá.

Rosa apanhou o livro-caixa.

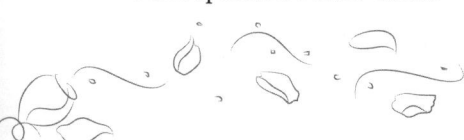

– Vou pagar a você pelo porta-retratos e lhe dar um recibo – disse à mulher. – Mas não vou pôr a peça à venda. Vou colocar no cofre. Você pode vir buscar quando... for seguro.

Rosa e a mulher trocaram olhares, percebendo que talvez as coisas jamais voltassem a ser "seguras". Os Aliados não haviam agido de maneira eficiente em relação à ocupação da Itália depois do armistício. Podiam ter tomado o controle rapidamente e sido mais espertos que Hitler, caso não tivesse havido tanta lenga-lenga com o General Badoglio quanto aos termos do armistício.

Rosa viu a mulher avançar apressadamente pela rua empurrando o carrinho, olhando por cima do ombro a cada esquina. Uma tempestade terrível estava a caminho da Itália, e Rosa sentia que seria bem pior que os bombardeios.

Rosa estava puxando a grade sobre a vitrine e trancando-a, quando a *signora* Chianisi correu até ela.

– *Signora* Parigi! – gritou a mulher. – É terrível. A senhora ouviu?

"Ah, meu Deus, o que foi agora?", pensou Rosa. Ela balançou a cabeça.

– Ele foi resgatado.

– Quem? – perguntou Rosa, tentando lembrar se a *signora* Chianisi tinha parentes lutando no estrangeiro e imaginando por que a notícia do resgate deles seria terrível.

– Mussolini!

– O quê? – disse Rosa, erguendo o torso.

– Soldados paraquedistas alemães invadiram o lugar onde ele estava sendo mantido e o resgataram. Ele é o nosso líder outra vez!

Rosa afundou de costas contra a grade. Lembrava-se de ter visto um filme com Antonio sobre um vampiro. Embora os caçadores atirassem no monstro e o empurrassem de uma ponte, ele nunca morria. Ressurgia mais forte e mais letal a cada vez. Mussolini era como aquele vampiro.

– O que a senhora acha que vai acontecer agora? – perguntou a *signora* Chianisi. – Será que devo fechar minha loja?

Rosa balançou a cabeça, pensando em Antonio, ainda na prisão. Ela ouvira falar que existiam unidades inteiras do exército italiano que não aceitavam o armistício. Eles *queriam* lutar ao lado dos alemães. Talvez recrutassem Antonio – ou talvez ele fosse enviado à Alemanha como mão de obra barata.

– Não sei – respondeu Rosa, sentindo um enjoo. – Eu não sei.

A *signora* Chianisi franziu os lábios.

– Nós deveríamos ter esperado o fim da guerra ao lado da Alemanha e assumido as consequências quando ela fosse derrotada – falou a mulher. – Agora tanto os Aliados quanto a Alemanha nos consideram traidores desprezíveis. A senhora não concorda?

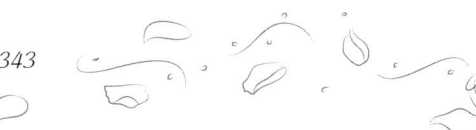

Rosa olhou para a *signora* Chianisi.

– Antes de mais nada, não acho que deveríamos ter entrado nessa guerra. Mas, se tínhamos que lutar, não deveria ter sido ao lado de um louco.

Alguns dias depois, Rosa viu anúncios afixados em edifícios públicos conclamando tanto os soldados que haviam regressado quanto o resto dos rapazes a se juntar ao exército da Repubblica Sociale Italiana, o novo governo da Itália, a fim de lutar contra os Aliados. Quem não se alistasse dentro de cinco dias seria executado a tiros. Ao mesmo tempo, Rosa ouvia rumores sobre homens escondidos nas florestas e montanhas em torno de Florença – antifascistas, comunistas, ex-soldados, prisioneiros de guerra Aliados que haviam escapado e rapazes que tentavam evitar o alistamento ou o envio aos campos de trabalho na Alemanha. Esses homens queriam lutar contra os alemães. Mais anúncios apareceram, alertando que qualquer um que ajudasse esses rebeldes seria executado. O que as pessoas não estavam esperando era que cidadãos inocentes fossem capturados e assassinados cada vez que um soldado alemão era morto pelos partisans.

– Ouvi falar que são dez italianos para cada soldado alemão morto – Fiamma disse um dia, enquanto ela, Gina e Rosa conferiam o armário de suprimentos.

Elas não haviam recebido novas instruções do hospital principal, tampouco haviam entrado em contato com a instituição, para que não fossem chamadas de volta. Os prisioneiros de guerra Aliados que convalesciam no hospital improvisado precisavam delas, então as três faziam o possível para conseguir todos os suprimentos possíveis no mercado negro.

– Os alemães estão blefando – garantiu Gina. – Não podem se indispor com o povo italiano. Caso contrário, todos vão se voltar contra eles.

Rosa escutara tiros soando pela cidade na noite anterior. Pensou nas histórias que ouvira, contadas pelos prisioneiros Aliados que tinham lutado na França. Geralmente, quando os alemães queriam reprimir atividades de resistência, os primeiros em quem atiravam eram aqueles detidos nos presídios. Antonio seria libertado do Le Murate dali a poucos dias. Rosa tinha certeza de que não conseguiria respirar direito até que ele estivesse livre.

Além de restabelecer o governo fascista, os alemães colocaram em prática suas leis raciais nazistas. Depois que as leis raciais mais brandas tinham sido introduzidas na Itália, Florença havia feito um registro de todos os judeus que moravam na cidade, incluindo os cidadãos com ascedência judia. Por causa da conversão do *Nonno*, Rosa não sabia ao certo se Antonio constava nesses registros ou não. Mas ela não queria arriscar. Os soldados italianos que retornavam do leste espalhavam histórias de terror sobre matança de judeus em massa.

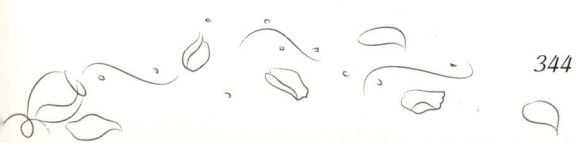

– Como você sabe, nós temos uma cripta embaixo do convento – Madre Maddalena disse a Rosa, quando ela apareceu para sua visita semanal. – Fomos abordadas pelo Rabino Cassuto e concordamos em esconder diversas mulheres e crianças judias. Quando seu marido for solto, você pode trazê-lo para cá também.

Rosa nunca tinha estado na cripta. Lembrava que sua curiosidade de criança certa vez a fizera abrir a porta da capela que levava até lá e depois descer sorrateiramente a escada fria e escura. Porém, ela tinha sido pega por Irmã Dorothea, que lhe dera uma bronca tão severa que ela nunca mais se aventurou a fazer isso.

– Obrigada – disse Rosa.

Ela ficava muito grata a Madre Maddalena, pois ajudar judeus colocava o convento em perigo. Esconder Antonio entre os mortos não era a recepção de boas-vindas que Rosa imaginara, porém não havia mais nada que pudesse ser feito.

Algum tempo depois, naquela mesma tarde, dois oficiais alemães apareceram no hospital para prisioneiros de guerra. Rosa estava trocando os lençóis da cama do neozelandês, enquanto Fiamma trabalhava na lavanderia e Gina media temperaturas e conferia curativos. Rosa quase derrubou o neozelandês da cama quando viu os dois alemães olhando para ela. Um tinha quase 30 anos e o outro era levemente mais velho. Os dois tinham a mesma pele impecável e olhos azul-acinzentados. Se não fosse pela diferença de idade, poderiam ser gêmeos.

– Quem está no comando deste hospital? – o primeiro oficial perguntou, em italiano.

– Sou eu – respondeu Gina, aproximando-se.

O oficial franziu a testa.

– Onde está o médico? Onde estão os guardas?

– Eles partiram faz alguns dias para se juntar à milícia – disse Gina, olhando de relance para Rosa, que achou aquela uma excelente mentira. Só desejou que os oficiais não checassem a informação.

– Então quem está vigiando esses homens? – perguntou o oficial.

Ele parecia se achar importante, porém falava com educação. Será que aquela polidez era sincera, ou era para enganá-las e fazê-las revelar algo? O segundo oficial não disse nada, mas examinou o cômodo. Rosa imaginou se era porque ele não falava italiano, ou porque estava procurando algo que seu companheiro talvez tivesse deixado escapar.

– Não há necessidade de vigiar esses homens – retrucou Gina.

Os oficiais olharam para os tocos do neozelandês e entenderam o que ela queria dizer. Os dois trocaram um olhar e pareciam prestes a ir embora, quando o segundo oficial apontou para as camas vazias.

– E os outros? Fugiram? Vocês os ajudaram a escapar? – ele perguntou a Gina, em inglês. Gina não entendeu. Ele virou-se para Rosa.

– Eles foram levados ao campo para prisioneiros de guerra em Laterina depois de terem se recuperado – Rosa respondeu, em italiano. Podia ter respondido em inglês ou alemão, mas Gina não teria entendido, e talvez os soldados as tivessem interrogado também para confirmar a informação.

Os oficiais encararam Rosa, e ela fez de tudo para não se encolher.

– Que bom! – disse o primeiro, depois de uma pausa. – Isso é tudo por ora.

Os dois foram embora.

– Este hospital é muito bem mantido – Rosa ouviu o segundo oficial dizer ao primeiro, enquanto eles seguiam na direção da escada. – Comparado com os outros buracos que nós vimos.

A postura de orgulho e a segurança dos alemães supreenderam Rosa. Eles davam a impressão de que a Alemanha tinha certeza de que venceria a guerra. Ocorreu-lhe que Hitler havia fabricado exatamente o tipo de soldado de que precisava para dominar a Europa. A outra coisa que ela notara era a qualidade dos uniformes e das botas dos oficiais. Rosa pensou nos homens que estavam na floresta, incluindo o Tenente Barrett, cujo uniforme estava puído depois de tantas batalhas. Onde os partisans conseguiriam armas e equipamentos no mesmo nível dos alemães? Rosa admirava a coragem dos homens que haviam partido para as montanhas, porém o inverno estava chegando, e ela temia que fosse ser o fim deles.

Os pacientes queriam saber o que os alemães haviam dito. Rosa explicou.

– Você pensou rápido para inventar isso do acampamento em Laterina – um dos canadenses disse para Rosa, acenando a cabeça admirado. – Você daria uma boa espiã; ou partisan.

– Por favor, não diga isso nem brincando – falou Rosa.

Alguns dias depois, Rosa, Gina e Fiamma ficaram surpresas ao ver que caixas da Cruz Vermelha haviam chegado ao hospital para os soldados Aliados. As três distribuíram as latas de comida e pacotes de chá entre os pacientes.

– É como se fosse Natal – disse Rosa, abrindo uma lata de fruta para o neozelandês e lhe alcançando uma colher.

– Coma você um pouco primeiro – disse ele. – Eu sei que você tem dado suas provisões para mim.

Rosa apertou o braço dele. Embora seu nome fosse Alan, Rosa sempre pensava nele como "o neozelandês". Tinha dificuldade para entendê-lo às vezes, mas sentia por ele a mesma afeição que uma irmã mais velha sente pelo irmão mais novo.

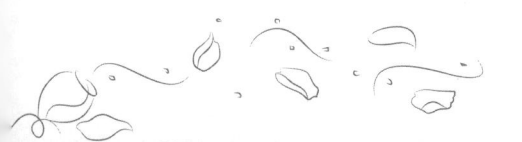

Não havia cartas pessoais nas caixas – elas haviam sido removidas. Embora Mussolini tivesse sido resgatado, ele era apenas o testa de ferro de um governo fantoche. Eram os alemães que mandavam na Itália agora. Toda a correspondência estava banida. Rosa não teria mais notícias dos filhos. Preferia ficar sem comida a ficar sem cartas.

Rosa não conseguiu dormir naquela noite. Ouvia bombardeios a distancia e tiros. Nunca tinha sido fã de fogos de artifício, e aquele barulho era muito pior. O som reverberava em seus ouvidos. A cada explosão ou tiro, ela pensava nas pessoas que estavam sendo mutiladas ou mortas.

Na manhã seguinte, Rosa foi até a cripta com Madre Maddalena e ficou feliz em ver que o lugar não era tão macabro quanto ela temera. Os túmulos eram selados, e a área era coberta por pastilhas. As freiras haviam montado camas de acampamento junto às catacumbas e escondido cobertores e suprimentos em frestas nas paredes. Entretanto, o lugar era frio, e Rosa sabia que viraria uma geladeira no inverno.

Saindo de lá, Rosa correu ao hospital para ajudar com o almoço e a troca de lençóis. Buscaria Antonio no fim da tarde. O guarda inspetor no Le Murate dissera que ele não seria solto a não ser que ela estivesse presente.

– Você precisa levá-lo dentro de vinte e quatro horas para fazer quaisquer registros que a Repubblica Social Italiana exija.

Rosa espantou-se com o fato de a nova administração não obrigar os prisioneiros a se registrarem eles mesmos no momento da soltura, mas ficou contente. Não pretendia levar Antonio a lugar algum que não fosse o convento.

Rosa estava colocando lençóis no cesto de roupas sujas, quando um tumulto se iniciou na rua em frente ao hospital. Ela e Gina correram para a janela e viram pessoas com as mãos na cabeça serem colocadas dentro de um caminhão, com soldados alemães apontando armas para elas. Os prisioneiros pareciam ser simples donas de casas e comerciantes.

– É uma batida! – disse Fiamma, correndo da escada e largando sobre uma mesa as batatas que saíra para comprar. – Alguns partisans atacaram um comboio, e agora os alemães estão dizendo que vão enforcar trinta pessoas na *Piazza della Signoria*.

Um dos soldados britânicos gemeu, e Gina saiu da janela para atendê-lo. Rosa cobriu a boca horrorizada ao ver uma criança, uma menina de no máximo 10 ou 11 anos, ser empurrada para dentro do caminhão.

– É melhor você sair da janela – disse Fiamma.

Ela estava indo trancar a porta que dava acesso às escadas, quando ouviu o estrondo de passos. Soldados alemães tinham invadido a enfermaria. Eram bem diferentes dos oficiais calmos e metódicos que haviam aparecido na semana anterior. Esses tinham um olhar selvagem e cintos cheios de pistolas e granadas. Rosa viu o símbolo da SS nas lapelas.

O oficial gritou em alemão algo que Rosa não entendeu. As enfermeiras congelaram. O homem agarrou Fiamma e deu-lhe um soco na cara. Ela esparramou-se pelo chão. Por um momento apavorante Rosa pensou que os soldados pretendiam estuprá-la.

– Deixem-na em paz! – gritou Gina. – Nós somos enfermeiras.

– Vocês vêm conosco – o oficial disse a Gina em italiano.

Rosa lutou para conseguir respirar. Os alemães tinham entrado ali para capturá-las também? A situação era tão surreal que ela nem mesmo sentia medo por si mesma. Estava mais preocupada com os pacientes. Quem tomaria conta deles se ela, Gina e Fiamma não estivessem lá? Morreriam todos de fome ou de infecção.

– Nós não podemos abandonar esses homens – ela falou em alemão. – Somos as únicas que estão trabalhando neste hospital.

O oficial pôs seus olhos flamejantes em Rosa, e ela viu o instinto assassino neles. Era como encarar a alma de uma fera. Então, para sua surpresa, ele abriu um sorriso largo.

– Você fala alemão? Estou impressionado – disse ele, aproximando-se dela.

Rosa encolheu-se ao sentir o cheiro de vinho no hálito dele, mas ficou ainda mais nervosa com a repentina mudança de humor do homem. Ela não gostava do jeito como ele estava sorrindo.

– Que enfermeiras mais dedicadas – disse o oficial, olhando em volta da sala. – Até com o inimigo.

Todos os pacientes estavam acordados e olhavam nervosos para os soldados. Rosa sentiu pena. Nenhum deles falava alemão. Não sabiam o que estava acontecendo. Ela teve uma noção da sensação de impotência que aqueles homens sentiram com suas amputações e doenças debilitantes. Tinham sido os mais fortes e mais bravos de seus batalhões; agora se encontravam indefesos, com apenas três mulheres para protegê-los.

O oficial alemão empinou a cabeça.

– Fico impressionado por você ter aprendido a língua da minha pátria e *muito* impressionado pela sua preocupação com esses homens – ele falou a Rosa. – Quero fazer algo por você.

Rosa engoliu em seco. A sensação de ameaça que emanava do oficial fez seu sangue gelar. Ele era como um tubarão nadando em círculos. Rosa tentou enxergar a origem dele, porém tudo que lhe veio foi escuridão.

O oficial virou-se para seus soldados.

– Acho que devemos poupar essa boa enfermeira de suas preocupações – disse ele.

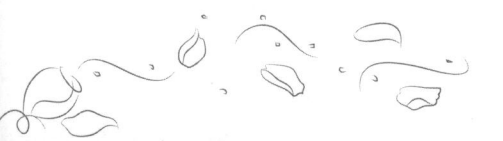

Rosa gritou ao vê-lo apanhar a pistola. Os soldados abriram fogo contra os pacientes, atirando neles sobre as camas. O oficial acertou o neozelandês no peito. Gina tentou proteger o soldado britânico ao seu lado, e os dois levaram um tiro no rosto. O corpo inerte de Gina escorregou para o chão. Os gritos de Fiamma se dissolveram em soluços quando os tiros cessaram. Em questão de segundos, a ala que as enfermeiras tão orgulhosamente mantinham em ordem estava borrifada de sangue e repleta de balas; os pacientes que elas haviam lutado para manter vivos agora estavam todos mortos. Rosa caiu de joelhos. O chão estava coberto de sangue. Ela quase desmaiou, porém foi erguida bruscamente por um dos soldados.

– Peguem os seus kits de enfermagem – o oficial gritou para Rosa e Fiamma. – Ponham neles tudo que estavam desperdiçando nesses soldados.

As mãos de Rosa tremiam enquanto ela esvaziava o conteúdo do armário de suprimentos e enchia os sacos que Fiamma segurava abertos. Fiamma estava abatida, como se tivesse envelhecido dez anos em dez minutos. Rosa viu que o uniforme da colega estava molhado, percebendo em seguida que suas meias estavam úmidas também. As duas tinham urinado nas calças de medo, mas Rosa estava apavorada demais para se importar com a humilhação. Ela deixou cair um frasco de morfina, mas por sorte Fiamma o apanhou antes que chegasse ao chão, caso contrário Rosa tinha certeza de que o soldado que as vigiava teria atirado nela. Era quase impossível obter morfina. Gina tinha comprado alguns frascos no mercado negro, e eles eram preciosos feito ouro. Rosa encheu os sacos com os suprimentos, enojada ao pensar que aquilo tudo seria usado pelo inimigo.

Rosa ouviu os soldados arrastando os corpos de Gina e dos pacientes escada abaixo. Atirar em prisioneiros de guerra indefesos e em uma enfermeira era um crime que o oficial talvez fosse ter dificuldade em justificar para seus superiores.

Quando o soldado que vigiava Rosa e Fiamma viu que elas tinham pegado tudo do armário, mandou-as descer a escada. Rosa quase escorregou em uma das poças de sangue no chão. Lá fora, não havia sinal do caminhão. Em vez disso, as mulheres foram empurradas para dentro de uma Mercedes sem capota. Um dos soldados pulou para o assento da frente ao lado do motorista, enquanto o oficial sentou no banco de trás com Rosa e Fiamma, apontando a arma para elas.

As duas foram levadas na direção do centro de Florença e depois na direção do *Cimiterio degli Inglesi*. As pessoas nas ruas olhavam horrorizadas para as duas enfermeiras cativas, porém rapidamente desviavam o olhar. Rosa não tinha dúvidas de que ela e Fiamma seriam estupradas ou mortas – ou ambos. Os observadores provavelmente supunham isso também. O carro pegou a estrada para Fiesole. Rosa reconheceu a vila com colunas de *pietra serena* que vira quando Giuseppe a levara do convento até a casa dos Scarfiotti. As janelas estavam tapadas com madeira, e as magnólias e oliveiras estavam mortas. Fiamma buscou a mão de Rosa e apertou-lhe os dedos. O toque de Fiamma, apesar das circunstâncias horrendas, confortou-a. Rosa sempre tinha sido mais próxima de Gina; achava o pessimismo de Fiamma intenso demais, às vezes. Agora, porém, experimentava um profundo amor por Fiamma, uma conexão espiritual no momento em que as duas eram levadas em direção à morte.

Rosa avistava Florença de relance à medida que o carro seguia montanha acima, percorrendo em alta velocidade as curvas acentuadíssimas. Jamais voltaria a ver sua cidade. Ficou imaginando o que aconteceria com Antonio e rezou pela segurança dele. Pensou nos filhos. Ficara triste por não ter estado presente durante certas fases de desenvolvimento. Agora percebia que não estaria presente em nenhum dos marcos da vida deles. Simplesmente não estaria lá. Lorenzo e Giorgio eram novinhos, então talvez a esquecessem e pensassem em Renata como sua mãe. Seria melhor assim, pensou Rosa. Ela preferia ser esquecida do que ser uma fonte de dor para os filhos. Então o lindo rosto de Sibilla surgiu diante dela. Sibilla não se esqueceria da mãe. Elas tinham passado por muitas coisas juntas. Rosa fechou os olhos, desejando que os filhos sentissem seu amor por eles. Teria dado tudo por mais um momento de carinho com os três.

O motorista trocou de marcha bruscamente, e Rosa abriu os olhos. Seu coração saltou no peito quando ela viu que o carro avançava por uma estrada estreita margeada por muros de pedra. Era um dia nublado, e tudo estava envolto em névoa, mas ela reconhecia aqueles muros. O pesar de Rosa deu lugar a um terror frio e silencioso quando ela viu os portões de ferro forjado, os mastins de pedra ao longe, e percebeu onde estava. O portão estava sendo vigiado por soldados da SS que, ao avistarem o carro, abriram-no. A garganta de Rosa ficou seca e ela lutou para respirar quando as ancestrais paredes de pedra da Vila Scarfiotti surgiram à sua frente.

vinte e quatro

Rosa deu-se conta de que o pressentimento que havia experimentado na primeira vez em que passara pelos portões da vila tinha sido uma premonição de seu fim. Havia algo à espreita no bosque. Ela sentia. Essa presença a observava. Rastejava feito uma aranha pelo seu braço. O motorista parou o carro perto da fonte azinhavrada e Rosa olhou para cima, avistando as janelas da vila pelo que supunha ser a última vez. Ela tinha nascido ali e agora morreria li. Porém, a vila nunca tinha sido seu lar. Seu lar era o apartamento que ela compartilhava com Antonio e as crianças. Jamais voltaria a ver nenhum dos quatro.

– *Raus*! – o oficial gritou para Rosa e Fiamma. – Saiam!

Rosa perguntou-se por que ele mantinha a arma apontada para a cabeça delas. Como elas conseguiriam correr, quando todas as suas forças haviam sido drenadas? Para onde iriam? A propriedade estava infestada de guardas da SS. Uma bandeira vermelha com a suástica estendida sobre a sacada deixava claro a quem os donos das casa eram leais.

Rosa saiu cambaleando, seguida por Fiamma.

– Por aqui! – gritou o oficial, fazendo as mulheres marcharem em torno da vila.

Rosa ficou surpresa ao ver Dono em sua jaula no jardim de hortaliças. Um soldado da SS tirava uma foto de outro, de pé ao lado do urso. Dono estava extremamente magro, e seu pelo estava empoeirado. Pela sujeira no chão da jaula, parecia que não estava recebendo nada para comer a não ser restos. Quando o oficial empurrou Rosa e Fiamma em frente à jaula, Dono levantou o focinho e olhou Rosa nos olhos. Será que ele a reconhecera depois de todos aqueles anos?

O oficial forçou as mulheres até a entrada do porão. Bateu à porta, e um guarda a abriu.

– As enfermeiras estão aqui – disse o oficial.

Eles estavam prestes a entrar, quando Rosa viu duas pessoas avançando pela trilha do bosque em direção à casa. Uma delas era um coronel da SS, com cabelo grisalho nas têmporas e um bigode estreito e comprido. De braço dado com ele estava uma moça com vestido cintura de vespa, capa enfeitada com pele de zibelina e chapéu e luvas combinando. Rosa viu a criaturinha da qual o pelo havia sido tirado farejando o ar e torcendo os bigodes, pressentindo o perigo. A dupla se aproximou, e o cabelo ruivo da mulher contra a pele pálida por um momento fez Rosa pensar que estava olhando para a *signora* Corvetto. Mas era Clementina. Os olhares das duas se cruzaram. Clementina não tinha o ar de alguém que fora coagida a estar na companhia de um nazista. Ela olhava para o coronel com admiração. "Clementina, como você pôde?" Rosa lembrou-se da menina de olhos cintilantes e bochechas rechonchudas que muito inteligentemente tirara sarro das aulas do Piccole Italiane. Aquela menina não existia mais. Havia cedido à influência da marquesa. Rosa desviou o olhar. Não queria morrer com aquela impressão vergonhosa de Clementina na cabeça.

As enfermeiras foram levadas aos trancos escada abaixo, passando pelo quarto onde Rosa havia dormido em sua primeira noite na vila. Ela lembrou-se da *signora* Guerrini dizendo que o cômodo era mal-assombrado. Havia uma mesa ali agora, e em cima dela algo que parecia ser uma caixa de ferramentas de carpinteiro. De relance, Rosa viu que havia sangue no serrote. Ela e Fiamma foram empurradas pelo porão até uma das despensas. O soldado que estava de vigia abriu a porta. Rosa espremeu os olhos, tentando ajustar a vista à penumbra. Então se ouviu um baque surdo; Rosa virou-se e viu que Fiamma havia desmaiado. De fato, o cômodo cheirava a podre. Rosa moveu-se na direção da colega, com medo do que os soldados fariam com ela caso a deixasse sozinha, porém um dos homens arrastou Fiamma para fora da despensa.

– Eu achava que enfermeiras tinham estômago forte – riu ele.

O oficial da SS agarrou o braço de Rosa e forçou-a para a frente, apanhando em seguida o rosto dela e erguendo-o bruscametne para cima. Rosa sentiu o sangue gelar. Apesar de todos os horrores que vira como enfermeira, não conseguia acreditar que o corpo que pendia diante de si era humano. O homem, que estava nu, não tinha sido enforcado da maneira usual, com uma corda em torno do pescoço. Não, sua execução tinha sido verdadeiramente sádica. Um gancho de metal lhe perfurava o queixo, projetando-se através da boca. O corpo estava coberto de queimaduras, as orelhas e o nariz estavam faltando, e os genitais haviam sido fatiados e agora se encontravam no chão abaixo dos pés dele. A visão ficou ainda mais horrível quando o corpo estremeceu e Rosa percebeu que o homem ainda estava vivo.

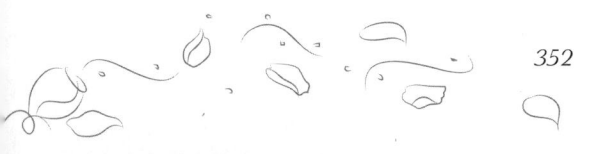

– Partisans – disse o oficial da SS. – Esta unidade em particular é bem esperta. Roubaram munição e suprimentos de um depósito em plena luz do dia. Obviamente, estamos ansiosos para descobrir onde eles estão escondidos, para podermos recuperar o que nos pertence.

Rosa teve que usar todas as suas forças para manter-se de pé. Fizera de tudo para ser uma mulher boa e religiosa a vida inteira. Como é que tinha ido parar no inferno?

O oficial apontou para o homem mutilado como se estivesse examinando um quadro de museu.

– Este aqui, embora tenha se disposto a falar no final, não sabia muito que pudesse ajudar. Já o companheiro dele – e virou-se para o canto do cômodo – sabe muito, mas não disse nada. Você pode imaginar o quanto nós queremos que ele fale, já que é um dos líderes do grupo.

Rosa virou-se para onde o oficial estava apontando e viu uma figura indistinta acorrentada a um pilar. O oficial arrastou-a para mais perto. A cabeça do homem pendia para a frente, e sua respiração era um murmúrio pesado. O oficial agarrou a cabeça do homem e puxou-a para cima. Todo o treinamento de Rosa, que a ensinara a avaliar o tecido lacerado e ver quais órgãos poderiam ser salvos, não a preparara para o choque que era o rosto daquele homem. Suas órbitas tinham sido esmagadas – com a coronha de um rifle, Rosa supôs. Um dos olhos pendia na metade da bochecha, preso apenas por um fio solto de tecido. Os dentes não estavam mais lá, tampouco os dedos das mãos e dos pés. Rosa estremeceu, e não porque nunca tivesse visto nada pior em vítimas de bombas, mas porque aqueles ferimentos não haviam sido causados por uma arma impessoal derruba do céu, e sim pelo homem vivo que respirava ao lado dela, segurando seu braço. Como é que um ser feito à imagem de Deus era capaz de uma coisa assim?

– Mas talvez ele nos passe alguma informação quando começarmos a arrancar a pele do amigo dele – disse o oficial. – E, se isso não funcionar, fazemos a mesma coisa com ele.

Rosa olhou horrorizada para o oficial.

– Isso mesmo – disse ele, deliciando-se com a reação dela. – Nós mandamos buscar um açougueiro, o melhor da sua cidade, ao que parece. Ele não se importa se a carne não estiver bem morta. Já tirou a pele de um ou dois porcos vivos. Significa que a carne é fresca.

Rosa não conseguia falar. Não tinha palavras – para esse oficial, para o açougueiro italiano, para nenhum deles. Tudo que podia fazer era rezar pedindo a Deus que aquele suplício acabasse logo.

– Ele desmaiou – disse o oficial, chutando os pés do partisan. – Foi por isso que trouxemos você e sua amiguinha fracote. Quero que você o reanime.

Reanimar? Rosa não acreditava no que estava ouvindo. Será que o oficial da SS era louco ou burro? Como ela iria reanimá-lo? O homem estava morrendo. Não conseguiria dizer nada. Aquela tortura toda só serviria para tornar seu inevitável fim ainda mais dolorido.

O soldado junto à porta chamou o oficial e disse que alguém ao telefone queria falar com ele.

– É urgente? – perguntou o oficial, parecendo irritado.

– É o Oberführer Bertling – respondeu o soldado.

O oficial franziu os lábios antes de erguer o braço e puxar uma corda. Uma luz se acendeu.

– Reanime o homem – disse a Rosa, antes de sair tempestuosamente do cômodo.

Rosa se ajoelhou junto ao partisan. O soldado que vigiava a porta estava conversando com outro soldado, e os dois compartilhavam um cigarro. Rosa tentou pensar com clareza. Começou a rezar, e seus olhos se encheram de lágrimas; mesmo assim, não soube o que fazer. Apanhou a morfina – não serviria para reanimá-lo, e sim para amortecê-lo, mas ela não sabia o que mais podia fazer. Era a única misericórdia que tinha para lhe oferecer. Lembrou-se de Alessandro Trevi dizendo que os alemães antes eram as pessoas mais educadas, tolerantes, humanas e sensatas da Europa. Como é que monstros assim haviam surgido entre eles?

Rosa deu uma batidinha no frasco e encheu a seringa, virando-se então para o partisan. Sua boca se abriu de espanto. O homem estava consciente outra vez e a fitava com o olho que lhe restava. *Um olho doce, azul, angelical.*

Carlo! Rosa não sabia ao certo se tinha gritado ou não. Olhou de relance para os soldados, que pareciam não ter ouvido nada. Suas lágrimas caíam rápido agora que ela percebera que o homem torturado era o querido irmão de Luciano. Se não fosse pelo lindo olho e pelos restos dos cachos loiros, ela não o teria reconhecido. Ele sempre havia sido gentil com Rosa e uma espécie tio para Sibilla. Ela apanhou a mão ensanguentada de Carlo e a segurou contra a bochecha. Conseguia ver, apesar da agonia, que ele a reconhecera também. Precisava administrar a morfina antes que o oficial voltasse.

– Carlo – ela falou chorando, amarrando o braço dele e injetando a morfina.

Alguns momentos depois, a respiração do rapaz se acalmou. Ele olhou para Rosa e fechou o olho, depois o abriu novamente. Era um animal ferido implorando por piedade.

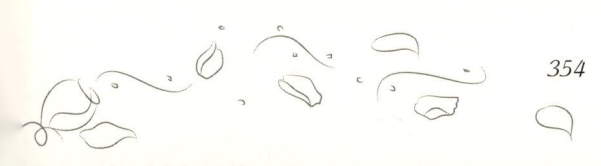

O homem no gancho de metal contorceu-se novamente. Rosa sabia que Carlo estava condenado, que tudo que o esperava era sofrimento. Mesmo que os interrogadores parassem a tortura, seus ferimentos eram severos demais para que ele sobrevivesse. O som rouco na garganta, a posição retorcida do corpo, a saliência do intestino: tudo isso dizia a Rosa que ele tinha diversas lesões internas.

"Ah, meus Deus, tende piedade das nossas almas", rezou ela. Ainda restavam seis frascos de morfina em sua bolsa. Quantas conseguiria dar a Carlo antes que o oficial retornasse? E, depois de Carlo, conseguiria fazer o mesmo com o homem no gancho? Talvez Deus a tivesse enviado para aquela tarefa. Rosa não pensou nem um pouco na própria segurança, ou no que o oficial faria quando percebesse que ela havia matado os partisans por piedade. Lançou mais um olhar para os soldados, que ainda conversavam e fumavam. Apanhou outro frasco de morfina e encheu a seringa. Carlo pareceu entender o que ela estava fazendo e piscou outra vez, como se agradecesse.

– Deus e os anjos estão esperando por você no céu, querido Carlo – Rosa sussurrou, com as mãos trêmulas.

Ela injetou a droga e esperou a reação dele antes de apanhar outro frasco. Então ouviu o oficial descendo a escada. Se injetasse mais um, seria pega. Ela passou os olhos por Carlo, que estava inconsciente. Sua respiração estava ficando mais lenta. Talvez já estivesse amortecido o suficiente para falecer? Mas não, ela tinha que correr aquele risco. Injetou a terceira seringa e teve tempo apenas de atirá-la dentro da bolsa antes que o oficial irrompesse no cômdo. Quando ele se aproximou de Rosa, ela estava com os dedos no pescoço de Carlo, sentindo sua pulsação. O rapaz estava se apagando rápido e morreria dali a poucos minutos.

O oficial agarrou o braço de Rosa e ergueu-a abruptamente.

– Ele está morrendo – disse Rosa, repentinamente encontrando coragem para se dirigir àquele demônio. – Nada do que eu fizesse iria *reanimá-lo*.

Os olhos do oficial se estreitaram. Ele cuspiu no rosto de Rosa e a agarrou pelo cabelo, arrastando-a pelo porão e depois escada acima, até chegar ao jardim de hortaliças, onde a atirou de joelhos sobre os paralelepípedos. As pedras afiadas perfuraram sua carne. Dono soltou um rugido. Os soldados perto da jaula pararam de tirar fotos e viraram-se para ver o que estava acontecendo. Ouviu-se o clique de uma arma. Rosa fechou os olhos, esperando pela bala que acabaria com sua vida. Ficou surpresa ao perceber-se calma. Depois de tudo que testemunhara nas últimas horas, não tinha mais certeza de que quisesse continuar viva. Fez uma oração rápida pelas almas de Carlo e do outro partisan, a quem ela sentia muito não ter conseguido ajudar, depois rezou pela dela.

– Obersturmführer Schmidt! – alguém de sotaque austríaco chamou.

O oficial se colocou em posição de sentido, porém não afastou a arma de Rosa. Ela olhou para cima e viu que quem tinha falado era o coronel da SS que antes estava de braços dados com Clementina.

– A *signorina* Scarfiotti está precisando de uma enfermeira, e aquela outra que o senhor trouxe disse que esta aqui é uma das mais qualificadas de Florença. Ao que parece é uma questão um tanto... delicada.

– Ela é simpatizante dos partisans – disse o oficial. – É perigosa demais para ficar na casa.

Rosa percebeu que o oficial era um homem ávido por sangue. Como havia sido privado dos partisans capturados, transferira sua sede para ela. Queria matar alguém.

– Se o senhor quer que os partisans falem, talvez não devesse estrangular tanto esses homens, a ponto de esmagar suas cordas vocais – disse Rosa.

Não era verdade – Carlo não conseguia falar porque seus pulmões estavam cheios de líquido, não porque sua garganta houvesse sido danificada –, mas as palavras de Rosa surtiram um efeito que ela não percebera que estava buscando.

O coronel deu um sorriso sarcástico e uma tossidinha.

– É mesmo? – disse ele para Rosa, antes de virar-se outra vez para o oficial. – Talvez, Obersturmführer Schmidt, você devesse ouvir o conselho da enfermeira, em vez de matá-la. Talvez assim consiga mais informações. Suponho que isso signifique que não estamos mais perto do que estávamos ontem à noite de saber o paradeiro das nossas armas, e que agora temos um grupo de partisans bem armados nas imediações?

O oficial olhou para Rosa com tanta maldade que ela soube que a mentira de Fiamma a respeito de suas habilidades havia lhe comprado apenas mais algumas horas de vida. Mas tinha dado um golpe nele, e por alguma razão aquilo a fez se sentir satisfeita. Um sentimento novo e estranho estava em ebulição dentro de Rosa: ódio. Ele queimava feito fogo em suas veias. Rosa sentia tanto desprezo pelos soldados da SS que recuperara a vontade de viver, nem que fosse apenas para fazer o máximo de estrago possível antes que pusessem um fim nela.

O oficial mandou-a levantar-se e a empurrou na direção do soldado da SS que acompanhava o coronel. Rosa foi então levada para dentro da casa pela entrada principal.

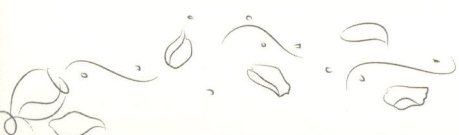

A decoração na Vila Scarfiotti tinha mudado pouco desde que Rosa a vira pela última vez, porém agora, com seu olho treinado, acostumado a descobrir a beleza delicada dos detalhes, a escada de mármore branco e as paredes roxas pareciam cafonas. Ela viu o próprio reflexo em um dos espelhos. Estava com sangue no rosto e no avental. Achou bastante adequado ser levada para ver Clementina naquele estado anti-higiênico. *Questão delicada*? O que poderia estar afligindo aquela pirralha mimada? Rosa não conseguia acreditar que durante todos aqueles anos pensara com tanto carinho em Clementina. A *signora* Corvetto havia dito que Clementina ficara abalada com a prisão de Rosa e que quisera ajudar. Aquilo podia ter sido verdade para a menina, mas não era verdade para a mulher que ela vira na companhia de um nazista.

Rosa foi conduzida pela escadaria principal até os antigos aposentos da marquesa. Ela olhou em volta, buscando algum rosto conhecido em meio à equipe que se movimentava apressadamente no patamar entre as escadas, porém não reconheceu ninguém, exceto a mulher parada junto à porta que levava aos aposentos. Rosa viu-se outra vez encarando o rosto carrancudo da *signora* Guerrini, embora a governanta não tivesse dado indicação nenhuma de tê-la reconhecido. Talvez, com o véu de enfermeira e o sangue na cara, Rosa estivesse diferente demais.

– Por aqui – disse o coronel.

O soldado bateu continência e permaneceu junto à porta, enquanto Rosa seguiu o coronel para dentro da antiga saleta de estar da marquesa. A mobília de mogno e cerejeira, junto com os mapas antigos e as gravuras de castelos italinos emolduradas, davam ao cômodo um ar masculino. Os únicos toques femininos eram as almofadas estilo Aubusson e as tigelas com rosas cor-de-rosa-claro pousadas sobre as mesinhas e sobre a cornija da lareira. Clementina estava deitada em um divã, segurando uma compressa contra a testa.

– Eu trouxe a enfermeira, conforme você pediu – disse o coronel. Rosa arrepiou-se ao ouvir o tom de voz usado com Clementina: carinhoso e íntimo. Ele era quase três vezes mais velho que a moça e provavelmente tinha esposa e filhos na Áustria. – O Obersturmführer Schmidt parece achar que ela é perigosa: uma simpatizante dos partisans. Devo pedir ao soldado que fique aqui com você?

Clementina virou-se para ele e sorriu com doçura.

– Eu prefiro que não. Sabe, o problema é o meu... – disse ela, baixando os olhos.

– Ah – disse o coronel, ficando vermelho ao entender a dica e perceber que se tratava de uma indisposição feminina. – Então talvez seja melhor chamar a governanta?

– Essa enfermeira não é perigosa – disse Clementina ainda sorrindo, porém em tom brusco. – Ela era minha preceptora.

O coronel lançou um olhar desconfiado para Rosa. Ele parecia confuso. Clementina frequentemente exercia aquele efeito sobre ele, Rosa supôs.

– Pois bem, então. Por favor, qualquer coisa que ela diga de que você precise, avise-me que eu vou buscar, minha querida – disse ele, retirando-se.

Depois que o coronel tinha saído e fechado a porta, Clementina ergueu o torso e sentou-se.

– Não há nada que os homens alemães achem mais repulsivo que as funções corporais femininas e as doenças contagiosas – disse ela.

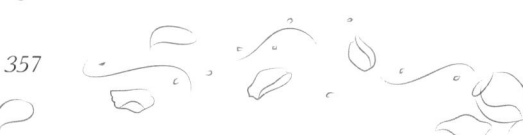

Rosa percebeu que a doença de Clementina era fingimento. A moça a tinha salvado da morte – ou pelo menos lhe conseguido um adiamento. Rosa não sabia ao certo se ficava grata ou não. As últimas horas haviam despedaçado sua visão do mundo. Ela não conseguia acreditar que naquela manhã mesmo estivera na cripta do convento com Madre Maddalena, discutindo sobre onde esconder Antonio. Rosa sentiu um peso no coração ao pensar no marido. Ele continuaria esperando na prisão, perguntando-se o que a estava impedindo de chegar.

Rosa olhou para Clementina, incapaz de esconder seu desprezo. Não conseguia separar a menina alegre e inteligente que tanto amara da moça que agora andava na companhia de assassinos sádicos. Os olhos de Clementina se encheram de lágrimas, como se ela soubesse o que Rosa estava pensando.

– O coronel e a minha mãe são... bem... acho que você consegue deduzir.

Ela abriu um estojo prateado e, com dedos trêmulos, puxou um cigarro. Depois ofereceu o estojo a Rosa, que o recusou.

– Você sempre foi uma lady, *signorina* Bellocchi – disse Clementina, acendendo o cigarro e dando uma tragada.

O som do antigo nome de Rosa transportou-a de volta aos dias em que Clementina era criança. Ela lembrou-se de como sentava na cama da menina e lia *Le Tigri di Mompracem* para acalmar seus pesadelos. Mas Bellocchi não era mais o nome de Rosa. Ela não era mais a mesma pessoa. Agora era esposa, mãe e enfermeira. E não era mais órfã de pais desconhecidos, pelo menos em sua cabeça. Rosa pensou na *signora* Corvetto; Clementina não andaria na companhia de nazistas se soubesse quem era sua verdadeira mãe. Mas essa história quem deveria contar era a *signora* Corvetto; se ela não revelara sua identidade a Clementina após a morte do marquês, devia ter tido seus motivos.

A voz do coronel soou atrás da porta.

– Está tudo bem, minha querida?

Aquele homem tão poderoso e agressivo parecia estar aos pés de Clementina. Mas isso não podia ser inteiramente verdade, pensou Rosa. Clementina tinha os ares de um pássaro exótico trancafiado em uma gaiola. Podia cantar e envaidecer-se de sua beleza, porém não havia dúvidas de quem era o verdadeiro mestre.

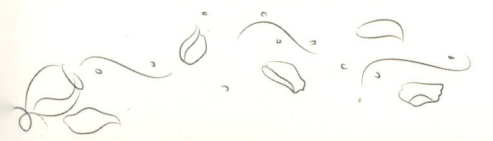

– Já estamos terminando – Clementina respondeu, com uma voz fraca e uma expressão de desdém. Ela virou-se novamente para Rosa. – *Babbo* se reviraria no túmulo se... – ela se deteve e engoliu em seco, depois girou as pernas, levantando-se do divã e correndo até Rosa. – Escute, não temos muito tempo – disse ela, sua voz ainda baixa, porém rouca. – Eles prenderam lá embaixo oito pessoas de uma aldeia aqui perto. Elas foram capturadas por causa dos partisans que roubaram a munição ontem. Uma unidade de soldados alemães está a caminho para levar essas pessoas de volta à praça da aldeia delas, onde serão executadas. São dez italianos para cada alemão morto. Nenhum alemão foi morto no roubo, mas o coronel está furioso por ter sido feito de bobo e vai matar essas pessoas mesmo assim. Os partisans foram tão ousados que apareceram no depósito usando uniformes do exército italiano, cumprimentaram os guardas e levaram o que quiseram. O coronel está procurando mais duas pessoas para completar dez. A princípio seriam os partisans que eles capturaram, mas agora vão ser você e sua colega enfermeira se você não me escutar. Ninguém, a não ser o coronel e a minha mãe, sai desta vila, *signorina* Bellocchi. *Nunca*. Nem mesmo os soldados que fazem a vigilância. A não ser que seja na caçamba de um caminhão com uma bala no meio da cabeça. A única maneira de eu salvá-la é fingir que estou doente para que você fique aqui como minha enfermeira.

Se houve algum aspecto redentor naquele dia, foi o fato de Rosa ter tido a prova de que o coração de Clementina não endurecera completamente. Rosa não queria morrer, mas a morte nesse caso era preferível à vida. Ela fez que não com a cabeça.

– Você não entendeu o que eu disse? – perguntou Clementina, agarrando os ombros de Rosa e olhando-a horrorizada. – Eles vão atirar em você!

Rosa encarou-a.

– Se eu permanecer aqui, eles vão trazer mais partisans. Vão me usar para torturar essas pessoas.

Clementina soltou Rosa e caminhou a passos largos na direção da janela, apagando o cigarro no parapeito.

– Talvez você possa ajudá-las a... sofrer *menos*.

Clementina virou-se para Rosa e examinou seu rosto para ver se as palavras tinham surtido algum efeito. Rosa balançou a cabeça. Ela não conseguiria dar morfina a todos os partisans.

– Então você vai ter que decidir entre a vida deles e a sua – falou Clementina. – Que bem o seu autossacrifício vai trazer a eles? Seja qual for o lado vencedor, que diferença vai fazer se você estiver morta?

Rosa olhou para Clementina e sentiu pena. Apesar de toda a riqueza e privilégio, ela não conseguia enxergar o que para Rosa era tão óbvio.

– É isso que você pensa, Clementina? – perguntou gentilmente. – Foi essa a sua decisão?

Clementina encarou Rosa, lutando para conter as lágrimas.

– Não é esse o único jeito de pensar? O único jeito de sobreviver nessas circunstâncias?

Rosa balançou a cabeça.

– Eu não conseguiria viver em paz comigo mesma, nem com Deus, caso eu existisse apenas para mim mesma.

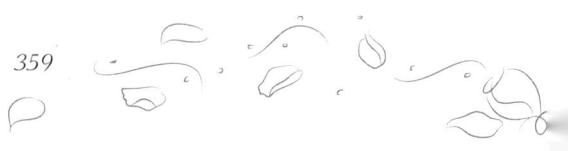

Clementina olhou para Rosa e retraiu-se como se tivesse sido apunhalada.

– Deus? *Signorina* Bellocchi, você deve ser a última pessoa no mundo que ainda acredita em Deus.

– Está tudo bem? – perguntou o coronel, dessa vez abrindo a porta.

Clementina virou-se e fez o possível para sorrir.

– Sim, entre – disse ela, acendendo outro cigarro e fumando-o furiosamente. – Nós já terminamos.

O coronel entrou, seguido por seu soldado, e olhou para Clementina.

– É algo grave?

Clementina virou-se para o outro lado.

– Não, não é nada sério. A enfermeira me aconselhou sobre o que fazer.

– Então isso é tudo? – perguntou o coronel.

Clementina passou os olhos por Rosa e, ao perceber que não podia voltar atrás, confirmou que sim com a cabeça. O coronel pareceu aliviado. Ele fez um sinal para o soldado, que agarrou Rosa pelo braço. Antes de ela ser levada embora, ouviu Clementina dizer baixinho:

– Não há problema algum em ser uma lady, *signorina* Bellocchi. Só espero que você esteja certa.

O soldado levou Rosa até a cozinha, onde um grupo de pessoas estava amontoado em volta da lareira, vigiadas pelos dois jovens soldados que Rosa tinha visto com Dono. Fiamma também estava lá.

– Outra enfermeira? – disse um homem idoso com uma expressão de desgosto na cara, quando Rosa foi forçada a sentar com o grupo. – Eu sou velho e inútil para todo mundo. Mas matar uma enfermeira... ora, é como matar uma freira.

– Shh! Shh! Eles não vão nos matar – disse a esposa dele, olhando de relance para um casal jovem com uma criança pequena. – São só boatos.

Rosa contou as pessoas: o casal idoso; uma anciã que dormia no canto; dois homens de meia-idade trajando terno; os pais com a criança; ela e Fiamma. A menininha entrava na contagem. Rosa lembrou-se de Sibilla ao ver a mulher falando carinhosamente com a filha e fazendo cócegas nas bochechas dela. A menina ria, sem suspeitar do destino que a aguardava. Rosa sentiu pena dos pais. Antigamente, acreditava que ninguém fosse capaz de matar uma criança inocente. Entretanto, depois do que vira no depósito, passara a acreditar em qualquer coisa.

Um dos homens de terno virou-se para os soldados.

– É injusto atirar em nós – disse ele. – Eu sou membro do Partido Fascista desde 1922. Perdi um filho na África. Odeio os partisans. Não daria nem uma migalha de pão a nenhum deles, mesmo que estivessem morrendo de fome.

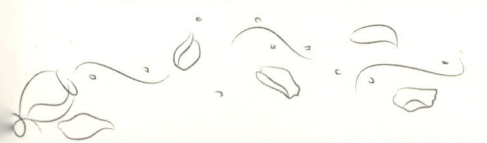

Deviam executar as pessoas que os ajudam, não cidadãos de bem como nós. Se eu encontrasse um partisan ou um soldado Aliado, daria um chute na cara dele.

– Eles não entendem o que você diz – disse o colega dele, juntando os punhos cerrados em frente ao rosto. – Esses filhos da puta desses alemães não entendem você.

Fiamma e Rosa agarraram forte as mãos uma da outra. Um dos soldados que os vigiava olhou para o relógio.

– Já deviam estar aqui para levar esse grupo – falou. – Não estou aguentando mais.

– Aguente firme – respondeu o outro soldado.

– Vão mesmo executar essas pessoas? – perguntou o primeiro soldado. – Elas não fizeram nada de errado. Eu entrei para o exército para lutar pela minha pátria, não para matar velhos e crianças.

– Cale a boca! – ordenou o segundo soldado. – Talvez algum deles entenda alemão. Está com tanta pena deles que quer ser executado junto? Não sabe que essas pessoas cortariam a sua garganta enquanto você dorme se tivessem a chance? E, quanto àquela mulher com a criança, dê graças por não ser a *sua* mulher. A *sua* criança.

Rosa ouviu vozes no pátio. O coronel falava com alguém. Ela se ergueu levemente e viu um pequeno destacamento de alemães. Os executores haviam chegado. A porta da cozinha se abriu, e um soldado mandou os prisioneiros saírem. Rosa olhou para cada uma das pessoas conforme elas iam se levantando. Fiamma ajudou a anciã, que se descobriu ser cega, a ficar em pé. O pai apanhou a filha nos braços e foi seguido porta afora pela mulher. Quando a menina sorriu para Rosa, ela teve que usar todas as forças para não desmoronar e começar a chorar.

O destacamento que aguardava do lado de fora consistia de dois oficiais e quatro soldados. "Então esses são os homens que vão pôr fim à minha vida", pensou Rosa. Um dos oficiais estava de pé com o coronel. O outro estava na parte de trás do grupo, com o quepe puxado para baixo. Rosa achou-o ainda mais desprezível que os outros. Estava envergonhado demais até mesmo para mostrar o rosto. Não fitou nenhuma de suas vítimas nos olhos, mantendo o olhar sempre desviado.

– Reporte-se a mim – o coronel disse ao primeiro oficial, sem emoção na voz. – Quero ver quantas pessoas naquela aldeia vão fornecer informações sobre os esconderijos dos partisans quando virem como nós lidamos com quem não fornece.

Os oficiais e soldados puseram-se em posição de sentido. O oficial perto do coronel mandou o grupo assustado marchar pela via de acesso. Enquanto eles passavam pelos ciprestes, um carro preto passou por eles a caminho da casa. Rosa viu de relance a pele pálida e os lábios vermelhos da marquesa. A mulher não olhou para o grupo. Eles eram invisíveis para ela. Rosa encolheu-se e virou para o outro lado. A marquesa finalmente havia vencido. Rosa estava condenada.

Ela fitou as folhas de outono, os campos dourados, as montanhas para as quais eles estavam sendo levados. Tudo aquilo parecia ter adquirido uma beleza estranha. Ela rezou pela sua família e pelas almas dos camponeses condenados. Não rezou pelos soldados alemães. Simplesmente não conseguia.

– Aonde nós estamos indo? – a mulher cega perguntou a Fiamma. – Ninguém me fala nada.

– Estamos sendo levados para outra aldeia – respondeu Fiamma. – Uma mais segura. Mas temos que ir a pé. A senhora está bem?

– Eu estou bem – disse a mulher. – Ainda estaria ajudando meu filho nos campos se não fosse cega. Foi o sol, sabe. Todos esses anos no sol estragaram meus olhos.

O grupo estava andando fazia mais de uma hora, quando um dos homens de terno parou e olhou para o oficial que liderava o grupo.

– Você não está nos levando na direção da aldeia.

– Quieto! Cale a boca! – o oficial gritou para ele em italiano.

– Vão atirar em nós, depois nos jogar dentro de uma vala – o companheiro do homem disse ao grupo. As pernas dele quase se dobraram. – Vão atirar na gente na floresta, como estão fazendo com os judeus. Nossas famílias nunca vão saber onde fomos enterrados.

A idosa pôs a mão nas costas dele.

– É melhor assim, Nando. É melhor que as nossas famílias e vizinhos não vejam isso. Imagine todas as crianças na aldeia. Como é que elas ficariam?

– Eu sou membro do Partido Fascista – o homem falou chorando. – Tinha a foto do Mussolini pendurada no meu escritório. Nunca fui comunista. Odeio esses filhos da puta desses partisans. Eles são a pior escória do mundo.

Rosa notou o oficial à frente do grupo lançar um olhar para o outro oficial, o de quepe abaixado. Os dois sorriram um para o outro. Rosa sentiu a bile lhe subir à garganta. Será que achavam divertido ver um homem implorar pela própria vida? Rosa não conseguia matar nada, nem mesmo traças e aranhas. Antonio sempre ria das tentativas dela de apanhar as criaturas com um lenço e levá-las para fora. Rosa não achava certo pisotear uma vida simplesmente porque podia fazer isso. Tudo que aquelas criaturas tinham era a própria vida; quem era ela para tirá-la?

– Quero que os alemães vençam! – disse o outro homem de terno. – E para aquele líder dos partisans locais, o Falcão ou seja lá como o chamam, desejo uma morte lenta e dolorosa. Dizem que ele é muito inteligente, mas, se alguma vez cruzasse o meu caminho, eu cortava os testículos dele fora e usava para fazer molho para o meu ravióli!

– Cale a boca! – rosnou o oficial alemão.

Rosa viu que o oficial com o quepe estava fazendo de tudo para não rir e achou-o ainda mais desprezível. Ela notou que ele tinha uma granada no cinto. Não sabia muito sobre armas, mas acreditava que, se acionasse aquela granada, poderia explodi-lo. Eles morreriam juntos. Queria ver se ele daria risada quando percebesse o que ela tinha feito. Rosa estava pensando em seu plano, quando, de repente, o homem falou, ordenando ao grupo que colocasse as mãos atrás da cabeça e se ajoelhasse no chão.

O casal com a criança se beijou. A mãe aninhou a filha nos braços.

– Tudo bem, Carlotta. Logo vai acabar. Não precisa ter medo.

Fiamma ajudou a mulher cega a chegar ao chão. Em seguida, lançou um olhar de ódio para o oficial e depois um de adeus para Rosa.

– De pé! – Rosa ouviu o oficial com o quepe dizer. Só percebeu que ele estava falando com ela quando sentiu sua arma nas costas. – Levante e ande de costas.

O coração de Rosa batia violentamente. Então ela seria a primeira a morrer. Talvez fosse melhor. Não sabia se aguentaria ver os outros levando tiros enquanto esperava sua vez.

– Você também – disse o oficial, chutando os pés de Fiamma. Um dos soldados puxou Rosa e Fiamma para o lado.

– Ah, meu Deus – sussurrou Fiamma. – Vão matar os outros e fazer a gente conferir se estão mortos, para depois nos matar.

Rosa não estava ouvindo. Ela encarava a granada no cinto do oficial, imaginando quão forte teria que puxar para acioná-la. Sem dúvida valia a pena tentar.

– Escutem! – o oficial de quepe disse ao grupo principal; seu sotaque alemão de repente tinha desaparecido. – Sinto muito por não poderem voltar à aldeia de vocês. Mas lá no alto, em meio àqueles bosques, há uma fazenda que vai lhes receber. Espero que, em gratidão pelas suas vidas, vocês façam tudo que puderem para cooperar com os fazendeiros que vão lhes dar abrigo e comida. Quanto aos partisans, sinto muito por vocês terem sido presos por nossa causa, mas espero que venham a entender que nós somos seus conterrâneos e patriotas lutando pela liberdade da Itália. Não somos nazistas e não somos fascistas. Não matamos crianças inocentes, mulheres, nem velhos, mas apenas alemães, fascistas e *traidores*. – Ele enfatizou a última categoria, claramente dando um alerta aos homens de terno. – Espero que entendam. Agora levantem, não se virem e comecem a caminhar.

– E as enfermeiras? – o idoso perguntou em tom protetor. – O que vocês vão fazer com elas?

– Nós precisamos dos serviços delas. Vão ficar conosco.

O pequeno grupo levantou-se, parecendo estupefato.

– Não vão nos matar – disse o jovem pai, começando a chorar e abraçando a mulher e a filha.

Rosa olhou para Fiamma. A cena era surreal. Aqueles homens não eram alemães; eram partisans. Os uniformes deviam ter sido roubados. E quanto ao sotaque? Tinham desempenhado seus papéis tão bem que enganaram o coronel – outra vez. Rosa estava desnorteada demais para assimilar aquilo tudo imediatamente.

– Quem é você? – perguntou a senhora idosa, ainda obedecendo à ordem do oficial de não se virar. Ela tinha dado o braço à mulher cega e a ajudava a caminhar.

– Eu sou o Falcão – respondeu o oficial de quepe. – E, se ninguém se importar, gostaria de continuar com meus testículos.

O oficial tirou o quepe e virou-se para Rosa e Fiamma com a intenção de dizer algo. O sorriso desapareceu de seu rosto, e seus olhos se arregalaram de surpresa. Rosa achou que estava sonhando. De pé na sua frente, de uniforme alemão e cabelo bem curto, estava Luciano.

vinte e cinco

Luciano e Rosa permaneceram parados, encarando um ao outro. A brutalidade do que Rosa havia passado nas últimas horas abrira um vácuo nela, como se sua alma tivesse sido drenada do corpo. Mas os olhos cinza de Luciano a transportaram de volta a um tempo em que ela era uma pessoa diferente. Por alguns segundos, apesar do perigo que corriam, ela se sentiu calma. Como é que Luciano tinha retornado em segurança da Espanha? Todo aquele tempo ela havia achado que ele estava morto. Rezava por ele no passado, como se reza para os falecidos. Sua expressão estava cheia de algo que ela não conseguia descrever. Havia tanto a dizer, porém não havia tempo.

Assim que os aldeões resgatados desapareceram ao longe, alguns arbustos começaram a se mexer. Homens de diversas nacionalidades surgiram na clareira: partisans. Os italianos vestiam camisa e calça cáqui, mas havia outros homens – soldados Aliados – que estavam usando ou seus uniformes do exército, ou roupas de civis que claramente não lhes serviam direito. Havia cerca de trinta no total.

– A ponte está pronta, Comandante – disse um italiano magricela, com barba por fazer e cabelo comprido preto.

Luciano saiu do transe, rapidamente se transformando no Falcão outra vez. A ave era conhecida por sua boa visão e pela velocidade. Pairava alto no céu e, para caçar, mergulhava no ar, surpreendendo a presa em pleno voo.

– Depois – ele disse a Rosa, lançando-lhe um último olhar antes de virar-se.

Um soldado norte-americano entregou uniformes cáqui a Luciano e aos outros homens que tinham atuado como alemães. Sem se importarem com a presença das mulheres, os homens se despiram e atiraram os uniformes alemães para os soldados. Fiamma desviou os olhos dos homens nus, porém Rosa observou Luciano com curiosidade. Seu olhar passeou pelas costas musculosas até chegar à cicatriz na coxa esquerda. Ele estava mais velho e mais magro, porém mantinha o aspecto jovial. A luz que sempre tivera em si queimava mais forte do que nunca.

– Vocês também – o soldado disse a Fiamma e Rosa, falando em italiano pigdin. – Rápido! – e enfiou calças e camisas nas mãos delas.

Rosa e Fiamma correram para trás de um arbusto e trocaram de roupa. As calças eram largas demais para Fiamma. Rosa ajudou-a a dar um nó na cintura e a enrolar as pernas para cima. O soldado pegou os uniformes de enfermeira, dobrando-os cuidadosamente e colocando-os dentro da mochila. Rosa pensou que ele parecia uma camareira de teatro. Será que pretendia guardar os uniformes para futuros disfarces?

– Marcha rápida! – disse o soldado, depois que tinha guardado os uniformes, apontando a arma para elas.

Luciano chamou-o:

– Tudo bem, Melro. Elas não são reféns. São voluntárias. *Staffette*. Não vão causar problemas.

Luciano lançou um olhar significativo para Rosa, que acenou com a cabeça, concordando. Fiamma indicou sua concordância também. *Staffette* eram as mulheres que ajudavam os partisans – mensageiras, espiãs, cozinheiras e enfermeiras. Rosa lembrou-se de sua época com o grupo de teatro Montagnani: era difícil dizer "não" para Luciano. Depois do que ela tinha visto, sabia que faria qualquer coisa para livrar a Itália dos nazistas, inclusive sacrificar a própria vida, mas precisava buscar Antonio. Não houve tempo para explicar aquilo a Luciano ou ao soldado. O grupo avançou furtivamente pela floresta, com o Melro guiando as duas mulheres. Rosa sentia que a urgência não era tanto escapar dos alemães, que certamente os perseguiriam assim que percebessem que haviam sido enganados, mas chegar a um destino antes do cair da noite. Eles nunca cruzavam campos abertos, atendo-se a margens de rios, bosques e arbustos. Rosa ficou impressionada com a habilidade deles em se mover através da folhagem sem fazer nenhum barulho e tentou ao máximo imitar seus passos de felino.

Ao pôr do sol, o grupo atingiu o cume de uma montanha. No vale lá embaixo, Rosa viu uma aldeia e uma ponte que dava acesso a ela. A aldeia, que era formada por uma igreja, um café e uma tabacaria, além de algumas poucas casas, ficava junto a uma das principais rotas para o norte. Quando o grupo de partisans chegou ao topo da montanha, mais rostos morenos e barbados brotaram da grama ou escorregaram de árvores.

– Os explosivos na ponte estão armados e prontos, Comandante – disse um soldado loiro com sotaque britânico.

– Onde estão o Tarambola e o Pardal-das-Neves? – perguntou Luciano.

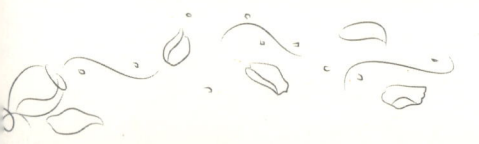

– Eles não retornaram.

Luciano franziu a testa.

– Não retornaram?

O soldado britânico balançou a cabeça.

– O Pica-Pau e o Pato removeram os aldeões. Eles estão na sede de uma fazenda abandonada no alto da montanha. A maioria cooperou. Exceto o padre. Ele insistiu em ficar.

– Idiota – murmurou Luciano.

Ouviu-se o ronco de caminhões ao longe.

– Abaixem-se – disse o Melro, empurrando Fiamma e Rosa para a grama.

Por entre as folhas trêmulas da grama, Rosa conseguiu ver um jipe do exército alemão, seguido por dois caminhões, indo em direção à aldeia. Os partisans desapareceram de vista, escondendo-se em meio à grama ou atrás de pedras e árvores. Rosa notou o soldado britânico agachado atrás de uma rocha, segurando um detonador. Ela montou o cenário na cabeça. Tendo enganado o coronel da SS duas vezes – primeiro disfarçados de soldados italianos e depois de alemães –, os partisans estavam esperando represálias imediatas e violentas. O coronel da SS tinha enviado soldados para fazerem mais uma batida na aldeia e caíra direto na armadilha dos partisans.

O jipe parou diante da ponte. Os soldados pularam para fora, conferindo as vigas e examinando a montanha com binóculos. Rosa sentiu todos os partisans prenderem a respiração ao mesmo tempo e pressionou-se contra o solo rochoso tanto quanto conseguiu. Fiamma fez o mesmo. Rosa ouviu o jipe ser ligado outra vez, depois os caminhões. Torceu para que isso significasse que os alemães haviam decidido que era seguro cruzar a ponte. De repente o chão vibrou e o som de uma grande explosão se espalhou pelo ar. Rosa ergueu o rosto e viu os caminhões voando da ponte e caindo na ravina. Soldados despencaram dos veículos feito bonecas de pano, aos gritos e berros.

– Fiquem aqui! – o Melro falou para as mulheres.

Os partisans dispararam montanha abaixo, atirando com suas metralhadoras. Não capturaram ninguém, mas atiraram em todos os soldados alemães que ainda estavam vivos. Apesar das atrocidades que Rosa tinha visto os nazistas realizarem naquele dia, ela ficou chocada ao ver homens sendo mortos na sua frente. Os partisans desceram até a ravina e agiram rápido, tirando dos caminhões tudo que fosse de valor. Rosa viu o padre correr para fora da aldeia na direção na ponte. Luciano foi ao encontro dele, e uma conversa com muita gesticulação se seguiu. O partisan magricela de cabelo preto manteve-se ao lado de Luciano, com a arma ainda pronta para ação. Rosa supôs que ele fosse o vice-comandante.

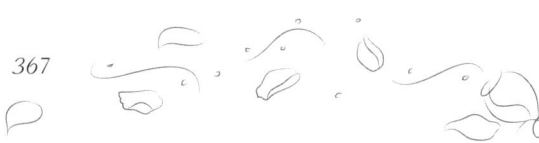

O Melro correu montanha acima.

– Tudo bem – ele falou para Fiamma e Rosa. – Venham rápido antes que mais alemães cheguem. Precisamos voltar ao acampamento para receber uma entrega aérea.

As mulheres não perderam tempo e correram atrás do Melro, tentando acompanhar suas passadas longas e atléticas. Os pulmões de Rosa doíam. Ela estava quase desmaiando, mas aquele não era o momento de sucumbir à fraqueza humana. As duas seguiram o Melro até a aldeia, onde os partisans estavam colocando o material tirado dos caminhões e as armas dos soldados mortos em cima de uma carroça. Luciano e o vice-comandante ainda estavam falando com o padre.

– Mas eles estavam a caminho da outra brigada – dizia Luciano. – Um dos seus aldeões deve ter passado essa informação. Quem foi?

– Ninguém da minha gente faria isso – insistiu o padre.

Luciano virou-se para seu vice-comandante.

– Temos que mandar uma equipe de busca para encontrar o Tarambola e o Pardal-das-Neves.

De repente Rosa se deu conta de que eles estavam falando de Carlo e do outro partisan. Luciano não sabia que o irmão estava morto. As pernas de Rosa congelaram. Ela teria que contar. E então o que aconteceria? Conhecendo Luciano, imaginou que ele ordenaria uma invasão à Vila Scarfiotti. Rosa lembrou-se de Clementina dizendo que ninguém saía vivo daquele lugar. Ela fechou os olhos, tentando livrar-se da imagem do rosto mutilado de Carlo. Como contaria aquilo a Luciano? Porém, se não contasse, os homens enviados na missão de resgate arriscariam a vida por nada. Em seguida, um pensamento ainda mais perturbador invadiu Rosa. O que Luciano faria quando soubesse que ela tinha dado a Carlo doses letais de morfina; que ela o matara?

– Luciano! – chamou, caminhando na direção dos homens.

Os gritos dos partisans carregando a carroça eram altos demais. Luciano não a ouviu e continuou a discussão com o padre.

– Luciano! – repetiu Rosa, dessa vez mais alto.

Luciano deu meia-volta e a encarou. O vice-comandante lançou um olhar feroz e apontou a arma para ela. Sem entender por que tanta hostilidade, Rosa continuou:

– Luciano, eu sei...

Antes que ela conseguisse terminar, Luciano agarrou-a pelos ombros e a chacoalhou.

– Nada de nomes! – gritou ele, olhando rapidamente para o padre e voltando-se a ela outra vez. – Entendeu? Nada de nomes, nunca! Se quiser se dirigir a mim, então me chame de Comandante.

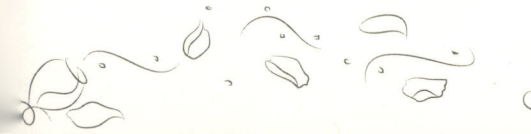

Chocada com a repreensão de Luciano, Rosa perdeu a coragem de dizer o que tinha para dizer. Ele afrouxou a pegada e lançou-lhe um olhar de desculpas.

– Nós temos que sair daqui. Temos que descobrir o paradeiro de dois dos nossos homens. Depois nós conversamos.

Ele estava prestes a virar-se outra vez.

– Eu sei onde o Carl... – Rosa gaguejou e se corrigiu. – Eles estão mortos – disse simplesmente.

Os olhos de Luciano se estreitaram sobre o rosto dela.

– Como você sabe?

– Os alemães – disse Rosa, respirando com dificuldade. – Foi por isso que nos levaram até a vila. Tinham torturado os dois para conseguir informações e queriam que eu os reanimasse. Mas eu não consegui, e não teria feito isso de qualquer maneira. Eles tinham apanhado demais. Eu dei ao Carl... a ele... morfina para acabar com a dor. Era por isso que iam me matar.

– Como você sabe que eles estão mortos? – perguntou Luciano.

– Eles faleceram enquanto eu estava lá.

Luciano cambaleou para trás, arrastando-se até uma parede e se apoiando nela. Rosa via a batalha que se desenrolava dentro dele – entre Luciano, o querido irmão de Carlo, e Luciano, o comandante que estava no meio de uma guerra. Rosa tinha contado a verdade, mas não toda a verdade. Deixara de fora a natureza da tortura e o papel dela na morte de Carlo. Será que Luciano realmente precisava saber mais?

– Sinto muito – disse ela, tentando conter as lágrimas. – Eu teria o salvado se pudesse.

O vice-comandante correu até Luciano e agarrou o braço dele.

– Como você sabe que essa mulher está dizendo a verdade? Ela pode ter sido enviada pelos alemães para confundir a sua cabeça. É para isso que servem as mulheres. A SS talvez esteja tentando provocar você. Até agora você sempre manteve a cabeça fria. Sempre foi mais inteligente que eles. Talvez esse seja o jeito de fazerem você cometer erros, perder a cabeça.

– Ela não faria isso – respondeu Luciano, encarando o chão. – Eu a conheço. Ela amava o meu irmão.

– O que você sabe sobre ela? – insistiu o vice-comandante. – Nunca ouvi você falar de uma enfermeira. A guerra mudou a tudo e a todos. Lembra-se do Cuco? A própria mulher o entregou para os fascistas porque ele não quis se alistar. É isso que as mulheres fazem. Não dá para confiar nessas florentinas de fala mansa. Se você vai se jogar em cima de uma mulher, que pelo menos seja uma forte e confiável como a Marisa: uma mulher que sabe o seu lugar.

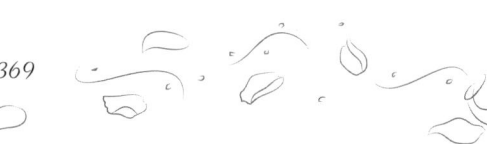

De cima da montanha, o soldado britânico fez um sinal.

– Alemães! – gritou ele.

O alerta fez Luciano acordar e entrar em ação.

– Leve o padre – disse ao vice-comandante. – É nele que eu não confio.

Em seguida, virando-se para Rosa, olhou-a com tanta dor que ela sentiu o coração se esfarelar até virar pó.

A noite estava caindo. Os partisans, junto com Rosa e Fiamma, moveram-se feito um bando de animais noturnos. Ao passarem por um campo, cinco homens, liderados pelo soldado britânico, separaram-se do grupo sem dizer uma palavra. Rosa entendeu que interceptariam os mantimentos que seriam enviados por ar, presumivelmente pelos Aliados. O resto do grupo se aproximou de uma fazenda com dois celeiros. Os partisans descarregaram o conteúdo das carroças, escondendo-o debaixo de palha dentro dos celeiros.

– Fique de olho nele – Luciano disse ao Melro, apontando para o padre.

Em seguida, sinalizou para que Rosa e Fiamma o seguissem para dentro da casa junto com o vice-comandante, o qual Rosa descobrira se chamar Estorninho, e com um partisan corpulento cujo nome era Perdiz.

Dentro da casa, duas mulheres estavam colocando a mesa. A mais jovem, que tinha pele morena e figura robusta, olhou para Luciano antes de pousar seus olhos negros cheios de desconfiança em Rosa e Fiamma.

– Pão, sopa – Luciano disse a ela, virando-se então para Fiamma. – Sente. A Marisa vai lhe dar alguma coisa para comer.

O Estorninho abriu a porta de um cômodo ligado à cozinha e acendeu uma vela. As persianas estavam fechadas. Luciano fez sinal para que Rosa o seguisse. O Perdiz foi também. O Estorninho se apoiou contra a porta e o Perdiz se inclinou no parapeito de uma janela. Luciano colocou um caixote perto de Rosa e mandou-a sentar.

– Então explique para nós como você foi parar na Vila Scarfiotti – disse ele. – Não era lá que você trabalhava como preceptora? A filha da marquesa... não era ela a sua pupila?

Rosa sentiu um enjoo. Luciano a estava interrogando. Houve um tempo em que ele não teria questionado sua lealdade e integridade. Antes, ele era um ativista; agora, era um soldado. Era nisso que a Espanha o transformara? Rosa só conseguiu perdoar o jeito dele por causa da dor que devia estar sentindo em relação a Carlo.

– Nós vamos fazer as mesmas perguntas para a sua amiga – disse o Estorninho, acenando a cabeça na direção da cozinha. – Vamos saber se você mentiu.

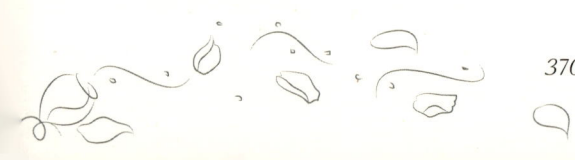

Rosa contou a história outra vez. Continuou sem conseguir dizer toda a verdade sobre a gravidade dos ferimentos de Carlo e sobre o fato de que havia injetado nele uma dose letal de morfina. Como poderia descrever essas coisas? Como poderia explicá-las?

Quando Luciano terminou de fazer perguntas, o Estorninho perguntou exatamente as mesmas coisas outra vez, seguido pelo Perdiz. Rosa estava assustada e exausta, mas não se contradisse. Luciano olhou para o Estorninho e para o Perdiz, e ambos encolheram os ombros. Relutantemente, o Estorninho admitiu que Rosa provavelmente estava falando a verdade.

– Nós precisamos de enfermeiras – disse o Perdiz, pousando as mãos na barriga. – Talvez isso tenha sido um golpe de sorte.

– Nós precisamos de enfermeiras – concordou o Estorninho –, mas elas podem ficar em Vicchio. Não precisamos delas aqui.

– Não, elas vão ficar conosco – disse Luciano. – Precisam ir aonde nós formos.

Rosa olhou para cima.

– Eu não posso ficar – disse ela. – Antonio está preso. Era para eu ter ido buscá-lo hoje. Não vão deixá-lo sair a não ser que um parente esteja presente.

– Então outro parente pode acompanhá-lo – disse o Estorninho.

– Ele não tem mais ninguém – respondeu Rosa.

Um novo pensamento doloroso lhe ocorreu. E se os partisans não a deixassem sair? O que aconteceria com Antonio?

O Estorninho lançou a Luciano um olhar exasperado. Luciano deu as costas para ele. Rosa nem mesmo sabia se ele estava ouvindo a conversa. Talvez estivesse pensando em Carlo.

– Que pena, então – disse o Estorninho. – Seu marido vai ter que continuar preso.

Rosa levantou-se.

– Ele é judeu!

Luciano olhou para trás e fitou-a. Se Rosa achasse que se ajoelhar e implorar fosse ajudar em alguma coisa, teria feito isso. Antonio estava na prisão. Precisava dela. Rosa não teria implorado ao oficial da SS pela própria vida quando ele apontara a arma para sua cabeça, porém se rebaixaria a qualquer nível para salvar o marido.

– Se vocês me deixarem sair para tirar meu marido da prisão, eu juro pela minha própria vida que volto – disse ela. – Vou ser a enfermeira de vocês. Mas, por favor, deixem-me colocar meu marido em segurança primeiro!

Os homens não disseram nada. Luciano estava olhando para Rosa, mas ela não conseguia ler a expressão dele. Algo dentro dela se quebrou. Lágrimas escorreram pelo seu rosto.

– Ele é judeu! – ela repetiu, chorando. – Vocês não entendem o que vai acontecer se ele ficar na prisão? Eu juro pela minha vida que volto!

O Estorninho balançou a cabeça.

– Eu lhe disse que não dava para confiar nela – falou para Luciano. – O primeiro sinal de sacrifício, e ela está chorando.

– O marido dela é judeu – Perdiz interrompeu-o. – Deixe que ela vá. Eu acredito que ela vai voltar para nos ajudar. Talvez o marido se junte a nós.

Rosa fez que sim com a cabeça. Sim, é claro que Antonio se juntaria a eles. Tanto ela quanto ele haviam mudado de opinião a respeito do que estavam dispostos a fazer para combater os fascistas. Por um momento Rosa sentiu uma leve esperança, mas Luciano apagou-a.

– É perigoso demais – disse ele. – Alguém pode reconhecê-la – ele virou-se para Rosa. – Depois do que aconteceu, devem estar procurando você.

Rosa sabia o que Luciano queria dizer: talvez ela fosse torturada da mesma maneira que Carlo para que revelasse informações sobre os partisans. Ela via o conflito nos olhos dele. Luciano queria ajudá-la, porém, assim como ele precisara dominar as emoções em relação a Carlo, esperava que Rosa dominasse as dela também.

– Eu vou correr esse risco – disse ela.

– Nós não vamos – retrucou o Estorninho. – No primeiro tapa você vai abrir a boca e falar tudo que sabe. Vai matar a todos nós. Ninguém aqui pode ser mesquinho e continuar pensando na própria vida. Você não acha que os homens desse grupo têm mulher e filhos, famílias que podem ser mortas a qualquer momento pelos alemães ou pelos fascistas? Não consegue pensar além das suas preocupações insignificantes...

– Chega! – disse Luciano, erguendo a mão para silenciar o Estorninho. – Você está faltando com o respeito a uma enfermeira. Tenho certeza de que ela sabe o que é se sacrificar – ele olhou para Rosa. – Você não pode ir, mas nós vamos mandar alguém. Temos contatos na cidade que podem se passar por parentes do seu marido e tirá-lo da prisão.

Rosa podia ter beijado as mãos de Luciano para lhe agradecer por sua misericórdia. Ela percebeu que havia criado tensão entre ele e seu vice-comandante e torceu para que o desentendimento não durasse muito.

Quando o Perdiz a levou para fora do cômodo, ela ouviu o Estorninho sibilar para Luciano:

– Quem é essa mulher que o leva a colocar um dos nossos preciosos contatos, e possivelmente toda a nossa operação, em perigo?

Luciano disse algo em resposta, mas Rosa não ouviu o quê.

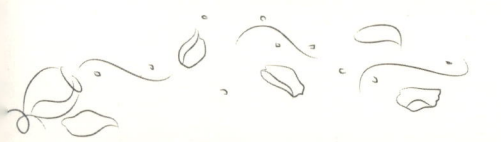

No dia seguinte, Rosa manteve uma tranquilidade surreal enquanto ia realizando as tarefas que lhe eram apresentadas. Era como se ela e Fiamma tivessem trocado de uniforme da maneira como atores trocam de figurino e agora estivessem interpretando novos papéis. Elas montaram um hospital improvisado em um dos celeiros e fizeram uma lista de suprimentos, os quais a unidade planejava obter invadindo uma aldeia que apoiava os fascistas.

– Vocês sabem como limpar armas? – o Perdiz lhes perguntou.

Rosa e Fiamma trocaram olhares, depois responderam que não balançando a cabeça. Um sorriso se formou no rosto do Perdiz.

– Não imaginava mesmo que duas enfermeiras de Florença saberiam. Bem, vou ensinar, porque é muito importante que nossas armas funcionem direito.

A ideia de manejar um aparelho cujo único propósito era pôr fim à vida parecia repugnante para Rosa. Ela odiava armas em todos os aspectos – o peso, o cheiro do metal, até mesmo o formato delas. O que vira nos últimos dias despertara nela um nojo pela raça humana e sua sede de sangue. Entendia por que Madre Maddalena e as freiras de Santo Spirito haviam desejado isolar-se do mundo para ficar perto de Deus. Estar entre humanos era ser maculado por seus instintos assassinos. Eles matavam animais por esporte e uns aos outros por ganância. Ainda assim, a tarefa de limpar armas lhe tinha sido dada por um motivo, e Rosa e Fiamma seguiram as instruções do Perdiz, deixando-o satisfeito.

– O Falcão não vai aprovar – disse ele, entregando uma pistola a cada uma –, mas é melhor vocês ficarem com elas o tempo todo.

Alguma coisa no jeito do Perdiz fazia Rosa lembrar-se do Frei Tuck. *As Aventuras de Robin Hood* tinha sido um dos livros preferidos do *Nonno*. Rosa imaginou que, se o Perdiz não estivesse lutando, estaria em algum bar refestelando-se com vinho e música. Porém, pela maneira como ele conseguia descarregar e recarregar as pistolas em questão de segundos, ela entendeu também que ele devia ser um soldado formidável em batalha.

– Ontem você não confiava em mim– disse ela. – Hoje está me dando uma arma. As coisas mudam rápido por aqui!

O Perdiz abriu um sorriso irônico, mas em seguida seu rosto ficou sério.

– Eu não acho certo deixar mulheres indefesas. As armas são apenas para vocês se protegerem – disse ele. – Se você for encurralada por um alemão, a primeira bala vai para ele. Se errar, a segunda é para você.

À tarde, os homens saíram em uma missão de reconhecimento. O padre foi levado junto; porém, se seria enviado de volta à aldeia ou executado como traidor, Rosa não sabia. Padre ou freira, ninguém mais era sagrado. Rosa não tinha visto Luciano a manhã inteira. Será que ele a estava evitando? Talvez tivesse ido a algum lugar para lamentar a morte de Carlo.

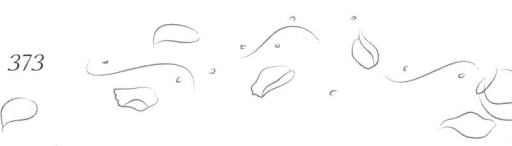

Rosa e Fiamma foram enviadas à sede da fazenda para ajudar com algumas tarefas. Apesar do estilo de vida rudimentar, os partisans se orgulhavam de sua disciplina militar. Rosa e Fiamma foram postas para ajudar Marisa e a outra camponesa mais velha, Genoveffa, lavando e passando uniformes. Precisaram esfregar os próprios uniformes e aventais de enfermeira para remover o sangue.

Mais tarde, na cozinha, Marisa ergueu dois coelhos mortos pelas orelhas.

– Tire a pele deles! – disse a Rosa, em um dialeto pesado.

A pele da mulher era escura, mas tinha um brilho saudável. Ela não era nem um pouco refinada e cheirava a alho e suor, mas ainda assim havia um ar de majestade em seu rosto, com o nariz fino e os lábios carnudos. Ela não andava arcada como a maioria das camponesas, e sim mantinha o queixo erguido como uma rainha.

Rosa olhou para os corpos sangrentos na mão de Marisa e teve uma visão de dois coelhos seguindo seus filhotes para dentro da toca. Ela balançou a cabeça.

– Prefiro limpar o banheiro – respondeu.

Genoveffa deu risada, mas Marisa enrugou a testa, dizendo a Genoveffa algo no dialeto que Rosa não entendeu. A mulher mais velha parou de rir.

– Então limpe! – falou Marisa, pondo seus olhos flamejantes sobre Rosa. – Já que se acha tão superior!

Rosa não se abalou. Era óbvio, pelos olhares que Marisa lançara a Luciano na noite anterior e pela maneira arrogante como ela tratava Rosa, que Marisa era a mulher dele. Luciano era um homem atraente e, mesmo que fosse do tipo solitário, não significava que não buscasse conforto em uma carne tão sensual e cheia de vida. Rosa, por sua vez, via a situação entre ela, Luciano e Marisa com indiferença. Ao reconhecer Luciano, imediatamente sentira o afeto que uma vez tinha existido entre eles. Soube então que jamais deixara de amá-lo; deixara apenas de estar com ele. Porém, agora havia Antonio e as crianças, e isso mudava tudo. Foi com a família, e não com Luciano, que ela desejou estar na noite anterior ao deitar-se no beliche duro no sótão.

Dois dias se passaram antes que os homens retornassem de sua missão. Eles pareciam aliviados, o que fez Rosa supor que a missão tinha sido um sucesso e que o padre havia sido poupado. Porém, Luciano parecia preocupado. Não olhava Rosa nos olhos. Depois que os homens tinham comido e que ele havia lhes passado as ordens para o dia seguinte, ele entrou na casa e chamou Rosa.

– Quero falar com você – disse ele, ainda sem olhar para ela. – Venha aqui fora.

Rosa sentiu o olhar de Marisa queimando-lhe as costas ao seguir Luciano até o pátio e depois até a despensa, que ele usava como escritório. Os dois entraram, e ele fechou a porta.

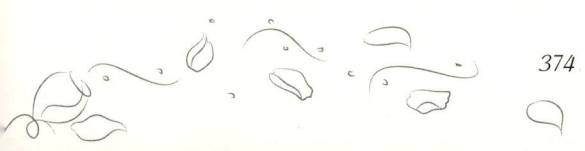

– Eu tenho más notícias – falou, após limpar a garganta. – Antonio foi levado para a Alemanha.

Rosa quase tombou para a frente. A pior coisa que ela podia imaginar tinha acontecido! Calafrios lhe percorreram o corpo. Ela afundou até o chão e enterrou o rosto nas mãos.

– Seja corajosa! – disse Luciano. – Até onde o nosso contato conseguiu apurar, ele foi mandado a um campo de trabalhos forçados junto com outros internos do Le Murate. Um campo de trabalhos forçados para italianos, *não* um campo de concentração para judeus. As condições vão ser severas, mas o propósito não é matar ninguém.

– Mas isso é só uma questão de tempo, não é? – perguntou Rosa, tremendo tão violentamente que mal conseguia fazer as palavras saírem. – Até descobrirem que ele é judeu?

Luciano se ajoelhou ao lado dela.

– Ele não é membro da sinagoga e praticou o catolicismo a vida inteira. E vocês se casaram na igreja, então não há nada que o destaque como judeu.

Rosa ficou surpresa que o contato de Luciano tivesse conseguido descobrir tanta coisa em tão pouco tempo.

– Mas e os registros da cidade? – disse ela. – O pai e os avós dele eram judeus.

Luciano encarou a palma das mãos.

– Acho que você deu sorte aí. Quando o prefeito de Florença ouviu falar que os alemães estavam a caminho, destruiu centenas de documentos relativos às origens raciais dos cidadãos. A única maneira de descobrirem que Antonio é judeu é se alguém denunciar.

Rosa tentou tranquilizar-se com as palavras de Luciano. Fechou os olhos para se acalmar, mas a imagem do rosto de Antonio em sua memória a fez chorar. Por uma questão de horas não tinha conseguido tirá-lo da prisão e salvá-lo dos alemães.

Rosa ergueu a cabeça e viu que Luciano tinha se virado e estava de mandíbula cerrada.

– O que foi? – perguntou ela.

Ele se levantou e andou até o outro lado do cômodo.

– A outra enfermeira... ela disse que um dos partisans estava pendurado em um gancho. Você disse que eles tinham apanhado. O que ela descreveu foi muito pior.

Rosa sentiu uma dor na lateral do corpo.

– Fiamma desmaiou de medo – respondeu. – Ela não sabe o que viu.

Luciano cerrou os punhos, e Rosa viu que ele não acreditava nela. A verdade viria à tona mais cedo ou mais tarde.

– Como é que eu ia lhe contar? – perguntou ela. – Como descrever o que eles tinham feito com Carlo? Você teria enlouquecido. A Vila Scarfiotti é como um forte. Se você tivesse descoberto, teria sido forte o suficiente para não se arriscar a morrer tentando vingar a morte dele?

– O que aconteceu? – gritou Luciano, mais com angústia do que raiva.

As mãos de Rosa tremiam. Ela se esforçou ao máximo para descrever a cena na despensa e relatou tudo que tinha acontecido, do massacre no hospital até o momento em que Luciano e os outros homens tinham resgatado os aldeões.

Luciano levantou-se e deu um soco na parede. A despensa chacoalhou com a raiva dele.

– Carlo! – ele cerrou os punhos outra vez e virou-se para Rosa. – Você disse que deu morfina para ele. Quanta? Suficiente para acabar com a dor?

– Suficiente... – Rosa começou a chorar. – Suficiente para acabar com o sofrimento dele.

O silêncio no cômodo foi opressivo. Rosa e Luciano ficaram imóveis. Luciano levou um momento para entender o significado das palavras de Rosa. Ele esfregou as mãos no rosto.

– Carlo! – exclamou, virando-se para ela outra vez. – Você o matou? Você deu uma overdose de morfina para ele?

– Ele ia continuar a ser torturado – Rosa falou, chorando. – Eles iam...

Mas ela não conseguiu proferir as últimas palavras, não conseguiu contar a Luciano que seu irmão seria esfolado vivo. Por mais falhas que Rosa tivesse cometido, ao menos conseguira poupar Carlo daquilo.

Luciano avançou com fúria até ela. Rosa tinha certeza de que ia levar um tapa e se encolheu, esperando a dor que viria com o golpe. Ficou surpresa quando ele caiu de joelhos e tomou as mãos dela. Sua carne estava fria, e ele tremia. Todos os traços do Falcão tinham desaparecido. Ele voltara a ser o Luciano de antes. Rosa puxou-o contra si e aninhou a cabeça dele contra o peito.

– Sinto muito – chorou ela. – Eu teria feito qualquer coisa pelo Carlo.

Luciano fitou-a com seus olhou cheios de dor.

– Eu sei que teria – disse ele, a voz ficando presa na garganta. – Nunca vou conseguir lhe agradecer o suficiente por ter tido essa coragem.

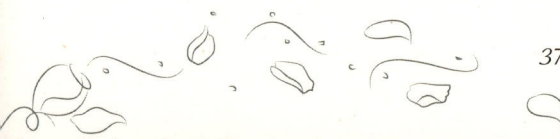

Como faziam parte da unidade militar, Rosa e Fiamma receberam codinomes, ao contrário de Marisa e Genoveffa. Rosa era a Corvo, por causa de suas feições escuras, e Fiamma era a Rouxinol, em referência à enfermeira Florence Nightingale. Embora o Perdiz tivesse lhes dito que elas deviam pensar como soldados, as duas receberam vestidos como traje, pois os homens não gostavam de ver mulheres de calça. Quando o Bando, que era como a unidade se autodenominava, descobriu as habilidade de Rosa com idiomas, até o Estorninho ficou impressionado.

– Um grupo perto de La Rufina foi liquidado quando um espião alemão posando de soldado francês Aliado se infiltrou entre eles – contou a Rosa. – Nós temos soldados britânicos e norte-americanos para interrogar pessoas em inglês e captar quaisquer traços de sotaque, mas ninguém que consiga passar do francês ao alemão e ao italiano e fazer a pessoa se trair. Você é útil não só para nós, mas também para outras unidades na região de Florença.

Quando a notícia de que o Bando tinha entre si duas enfermeiras e uma tradutora se espalhou entre os grupos de partisans, as habilidades de Rosa e Fiamma passaram a ser constantemente solicitadas. Mas isso também as colocava em perigo.

Certo dia, Luciano recebeu a visita do comandante de um grupo vizinho.

– Queremos levar a Corvo conosco em uma missão de reconhecimento – ele falou a Luciano. – Acreditamos que um comando germano-fascista esteja se instalando a poucos quilômetros do nosso acampamento. Se conseguirmos colocar a Corvo perto o suficiente, ela pode nos dizer o que os alemães estão conversando entre si.

Luciano balançou a cabeça.

– Desculpe, Lungo – disse ele, usando o nome de batalha do comandante. – Ela não é habilidosa o suficiente para esse tipo de missão. Só iria colocar a si mesma e aos seus homens em risco de serem mortos.

Depois que o comandante tinha ido embora, Rosa ouviu o Estorninho dizer a Luciano:

– Você não pode proteger a Corvo como se fosse uma pombinha. Ela é uma arma que, mais cedo ou mais tarde, vai ter que ser usada. Nós temos uma guerra para vencer, sabe.

O rosto de Luciano não deixou transparecer emoção nenhuma. Ele não olhou para Rosa. Desde a noite em que ela contara sobre Carlo, ele não tinha mais falado com ela. Rosa continuava sem a mínima ideia do que ele andara fazendo desde a Espanha. Os dois nunca tinham tido aquela conversa que aconteceria "depois". Ela começava a suspeitar de que jamais teriam.

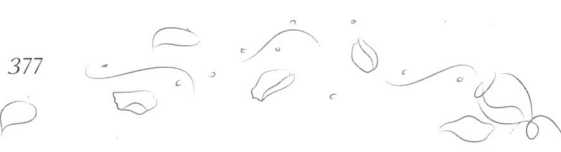

Luciano provavelmente levara em consideração as palavras do Estorninho, pois, no mês seguinte, Rosa foi incluída em uma missão. Os Aliados tinham feito uma entrega aérea para o Bando, com a condição de que as armas, munição e comida fossem distribuídas também para os outros grupos de partisans na área. A fim de evitar suspeitas e a perda de uma grande quantidade de equipamentos preciosos caso eles fossem pegos, os partisans teriam que fazer diversas viagens de entrega. Os homens posariam de fazendeiros, e as *staffette*, de donas de casa. Marisa fez uma entrega bem-sucedida de armas escondidas em uma carroça, a qual tinha sido coberta de esterco. Genoveffa foi de bicicleta até a cidadezinha seguinte com granadas de mão em sua cesta de compras. Rosa acompanharia o Perdiz e alguns outros homens até uma unidade do outro lado das montanhas; era necessário alguém que falasse alemão, para ajudar a interrogar um possível agente duplo, bem como uma enfermeira, para cuidar de um partisan com um ferimento a bala infeccionado. Os homens entregariam metralhadoras e um rádio.

O grupo partiu logo após o alvorecer. Era fim de outono, e Rosa sentiu o ar cortante nas pernas, até que se esquentou com o esforço de movimentar-se pela floresta. A rota passaria a aproximadamente um quilômetro e meio de distância de um acampamento alemão, e o grupo precisaria tomar cuidado para não ser visto. Eles estavam descendo uma montanha – espalhados, e não mais juntos, já que a vegetação se tornara mais rala –, quando Rosa notou uma quantidade fora do comum de pássaros na área, apesar da estação. Um bando de pardais-das--neves voava para dentro e para fora de uma fenda na rocha. Pardal-da-Neve tinha sido o nome de batalha de Carlo. Rosa achava que esses pássaros só eram encontrados em altitudes maiores, mas talvez, com a proximidade do inverno, eles se mudassem mais para baixo. Ela observava os pássaros com fascínio, quando ouviu um *clique*. Seu coração parou. A primeira coisa que Rosa pensou foi que alguém tinha posto a mira da arma sobre ela e estava prestes a enchê-la de buracos.

Antes que ela tivesse tempo de assobiar o chamado de alerta do grupo, dois soldados alemães levantaram-se dos arbustos. Eles ficaram tão surpresos ao ver Rosa quanto ela estava em descobri-los. As armas dos dois estavam penduradas nas costas. Um deles segurava uma câmera, e o outro, um binóculo. Rosa percebeu que o clique tinha vindo da câmera.

– *Buon giorno* – disse um dos soldados.

Ele e o companheiro sorriram para Rosa. Os dois eram jovens, não tinham mais que 18 ou 19 anos, de pele lisa e olhos azul-bebê. Rosa percebeu que seu traje deselegante – vestido e meias de lã, casaco na altura das coxas e cachecol – os tinha feito acreditar que ela era exatamente o que estava tentando parecer: a esposa de um fazendeiro coletando madeira para o fogo.

– Nós ver muitos pássaros hoje – o primeiro soldado disse a ela.

Rosa sentiu uma tontura. Os soldados estavam observando pássaros. O momento era bizarro demais para ser real. Será que aqueles rapazes não sabiam quão perigosas as montanhas eram? Ninguém os tinha alertado?

O momento surreal poderia ter acabado ali. Rosa poderia ter dado um aceno de cabeça e continuado a caminhar sem que mais nada acontecesse. Os jovens soldados não suspeitavam dela e não pretendiam lhe fazer mal nenhum. Mas então o Pica-Pau e o Pato saíram do meio das árvores, sem saber o que se passava. Os olhos dos soldados alemães se arregalaram quando os homens de uniforme cáqui apareceram atrás de Rosa.

– *Cazzo*! – exclamou o Pica-Pau, ao ver os alemães.

Os dois soldados não empunharam as armas; simplesmente foram recuando e começaram a correr. Tiros soaram no ar, vindos de algum lugar atrás de Rosa. Os corpos dos rapazes sacudiram-se e caíram ao chão. Os pardais-da-neve voaram. Rosa ouviu o quebrar de galhos quando o resto dos homens chegou à cena. O Perdiz abaixou a arma. Era ele quem tinha atirado. O Pica-Pau virou os soldados com a bota para ter certeza de que estavam mortos.

– Rápido, arrastem os dois para trás daquela pedra – disse o Perdiz. – E cubram os corpos deles antes que essa área fique infestada de alemães!

Os homens obedeceram às ordens. O Perdiz ficou encarando os corpos e enxugou a sobrancelha.

– Eram só garotos – ele falou ao Pica-Pau. – Só soldados comuns. Não da SS. Eu tenho filhas dessa idade!

O Pato e outro partisan tomaram as armas e munições dos soldados alemães. O Pica-Pau apanhou o binóculo, mas, ao ver que estava quebrado, atirou-o na sepultura improvisada.

– Eu tive que atirar neles – o Perdiz disse ao Pica-Pau, embora seu companheiro partisan não tivesse questionado o fato. – Os dois iam contar aos oficiais deles que tinham nos visto e aonde estávamos indo. Todos os partisans nessa área ficariam comprometidos – ele enxugou a testa novamente e olhou para Rosa. – Você está bem, Corvo?

Rosa continuava no mesmo lugar onde tinha visto os rapazes. Sua cabeça estava confusa. Tudo que sabia era que, minutos antes, os soldados alemães estavam vivos, em movimento, apreciando a beleza da natureza. Agora estavam mortos. O Perdiz estava certo, porém. Em questão de segundos ele havia tomado uma decisão que ela não teria sido forte o suficiente para tomar. Ela teria deixado os garotos irem embora. Mas isso era porque Rosa não era soldado e não conseguia pensar feito um.

Os homens terminaram de limpar a área e continuaram a descida da montanha. O Perdiz fez um sinal para Rosa seguir. Na mente dela formou-se a imagem de um voluntário da Cruz Vermelha enviando uma carta a duas mães cujos filhos jamais voltariam para casa. *Só garotos. Soldados comuns. Não da SS.*

– *Cazzo*! – ela disse baixinho, antes de correr atrás dos homens.

Quando Rosa se recusou a continuar pensando na morte dos jovens soldados alemães, soube que algo dentro de si havia mudado. Ela tinha endurecido. Em vez disso, pensava no que tinha visto dentro da Vila Scarfiotti e nos relatos sobre as atrocidades alemães e fascistas que eram passados de um grupo de partisans ao outro, incluindo o de uma jovem mãe que fora surrada até morrer com seu bebê decapitado. Rosa não era mais mãe e esposa. Começava a se sentir desligada de sua família, como se estivesse afastando-se deles um por um: Antonio; Sibilla; Lorenzo e Giorgio; Allegra e Ambrosio; Renata, Enzo e Giuseppina. Raramente pensava em Madre Maddalena. Será que esse distanciamento era uma espécie de mecanismo de sobrevivência? A única maneira de ajudar a todos era salvando a Itália. Era como se o destino de seus entes queridos e o destino de seu país estivessem inextricavelmente ligados.

Notícias sobre horrores ocorridos na Vila Scarfiotti continuavam chegando, sendo as últimas o assassinato de um grupo apavorado de judeus, mortos a tiros como passatempo em uma festa dada pela marquesa. Com cada notícia que chegava ao Bando, Rosa via o rosto de Luciano ficar mais sombrio. Sentia que era apenas uma questão de tempo até ele insistir em vingar a morte de Carlo e de todos os outros que tinham sido assassinados na vila.

O inverno estava se aproximando rápido. O progresso dos Aliados era lento, e os fronts de batalha silenciaram. Rosa e Fiamma, com menos homens feridos para atender, tricotavam meias e blusas para o exército dos partisans. Marisa levou as meias de que o Bando não precisava até as aldeias locais para serem distribuídas entre outros grupos pelas esposas e filhas. Antes de ela sair, Rosa ouviu Genoveffa alertá-la:

– Tome cuidado para não ser capturada. Se pegarem-na com meias, vão enforcá-la do mesmo jeito como se você estivesse carregando granadas.

Antes que o pior do inverno chegasse, Luciano e seus homens saíram em uma missão final. Rosa e as outras *staffette* não sabiam onde ela ocorreria nem o que envolveria – as missões eram discutidas apenas com aqueles diretamente envolvidos nelas –, porém Rosa notou que os partisans estavam empacotando grandes quantidades de explosivos. Supôs que pretendessem explodir uma ponte ou trilhos de trem. O que quer que fosse, ela via, pela seriedade no rosto dos homens, que era uma missão perigosa. Quando a unidade estava pronta para partir, Rosa sentiu um peso no coração ao ver Luciano olhar fundo nos olhos de todos os que ficariam. Será que estava lhes dando adeus? Rosa se encontrava perto do celeiro quando o grupo passou. Para sua surpresa, Luciano parou na frente dela e pousou o olhar em seu rosto.

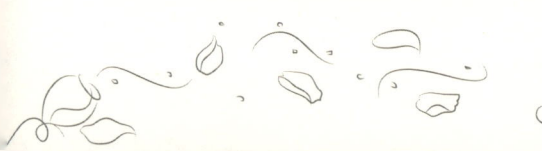

– Você precisa confiar no seu marido, Corvo – disse ele, sua respiração formando nuvens no ar frio. – Precisa confiar que ele a ama tanto que vai fazer qualquer coisa para sobreviver e voltar para você.

Rosa observou os homens seguirem pela estrada e desaparecerem em meio às árvores. As palavras de Luciano queimavam em sua alma. Se um homem amava uma mulher, faria de tudo para retornar. Rosa acreditava naquilo. Porém, não sabia ao certo se Luciano tinha se referido a Antonio – ou a si mesmo.

vinte e seis

A não ser pelo desembarque dos Aliados ao sul de Roma, o inverno e o ano novo não trouxeram boas notícias para os partisans. Luciano e seus homens haviam retornado em segurança da missão, trazendo a informação de que Ciano e os outros membros do Grande Conselho que haviam deposto Mussolini tinham sido condenados e executados a tiros.

– Também estão dizendo que o pelotão de fuzilamento fez mal o serviço – contou o Perdiz, arrepiando-se. – Alguém teve que finalizar os homens feridos com uma bala na têmpora.

Algumas partes das montanhas estavam cobertas de neve, e o cotidiano, embora ainda perigoso, era cheio de isolamento e tédio. A criação de Rosa no convento, bem como o fato de ter sido pobre e ficado presa, tinham-na fortalecido para a vida de partisan. Até mesmo o Estorninho comentava admirado a capacidade dela em manter-se vigorosa com pequenas quantidades de comida e a habilidade de permanecer alerta mesmo tendo dormido pouco. Quando os homens estavam fora em suas missões noturnas, era Rosa quem vigiava o acampamento.

Certo dia, enquanto ela esfregava o chão do hospital improvisado, o Estorninho veio falar com ela.

– Chegaram alguns paraquedistas aliados – disse ele. – Estão em uma fazenda perto do cume, e um deles quebrou a perna. Quero que você venha comigo. Eu lhe ensino a atirar no caminho. Já está na hora de você aprender a atirar direito.

Rosa fez de tudo para manter-se séria. O Estorninho estava se referindo ao incidente ocorrido alguns dias antes, quando a pistola dela disparara acidentalmente no momento em que ela largara sua bolsa no chão. A bala tinha ricocheteado em uma pedra, errando por pouco a cabeça do Estorninho. Rosa sabia que aquela oferta era um sinal do quanto seu respeito por ela havia aumentado desde que eles se conheceram. E era uma questão prática também. Pelo menos uma das mulheres precisava saber como atirar com o rifle caso os homens estivessem fora e o acampamento precisasse ser defendido.

– Eu vou com você – concordou Rosa. – Mas não vou atirar em pássaros nem em coelhos. Só vou atirar em alvos que mereçam.

– Combinado – disse o Estorninho, erguendo algumas latas enferrujadas presas por um barbante. Ele sorriu. Rosa percebeu que era a primeira vez que ele lhe mostrava os dentes sem ser de um jeito hostil.

– Você é bem charmoso quando sorri – disse ela, colocando o casaco.

– E você é bem charmosa quando fica de boca fechada! – respondeu ele.

Os partisans não falavam muito sobre suas vidas antes de terem se juntado ao Bando. A maioria não fazia ideia de qual era o nome verdadeiro dos outros. Assim suas famílias ficavam protegidas, caso algum deles fosse apanhado e forçado a falar sob tortura. Rosa supunha que o Estorninho tivesse mais ou menos 25 anos. Também presumia, embora não fosse dizer nada, que tinha azar no amor. Que outro motivo o levaria a menosprezar tanto as mulheres?

Os dois entraram no bosque e pararam quando o Estorninho encontrou um tronco caído. Ele colocou as latas sobre o tronco.

– Tem certeza de que podemos fazer isso? – perguntou Rosa. – Pensei que não era para a gente desperdiçar munição.

O Estorninho encolheu os ombros.

– Então não desperdice. Atire direito.

Ele mostrou a Rosa o jeito correto de segurar a arma, focalizar a mira e apontar para o alvo.

– Mantenha os cotovelos juntos. Isso ajuda a manter a arma estável – explicou ele. – E *aperte* o gatilho, não puxe para trás nem muito bruscamente.

Rosa disparou, atingindo a lata em que estava mirando na primeira tentativa.

– Nada mal – disse o Estorninho. – Mas você se encolheu. Tem que parar de fazer isso.

– Para falar a verdade – confessou Rosa –, eu detesto armas. Odeio o propósito delas.

Ela tinha falado sem pensar e esperou que o Estorninho iniciasse um discurso raivoso sobre a fraqueza das mulheres. Em vez disso, ele deu um tapinha nas costas dela:

– Não tem problema, Corvo. Contanto que você aprenda a odiar alemães ainda mais.

Havia uma fiel corrente de apoiadores em Florença e nas aldeias vizinhas que arriscava a vida para levar comida, roupas e notícias aos partisans. Os fazendeiros locais abrigavam soldados Aliados e escondiam jovens italianos que tentavam evitar o alistamento. Os padres de algumas aldeias salvavam judeus de serem capturados acolhendo-os disfarçadamente em suas congregações. Luciano acreditava que o papel do Bando era tanto proteger esses civis quanto lutar contra o exército alemão e ajudar os Aliados.

Certo dia, um dos apoiadores de Florença, um homem chamado *signor* di Risio, chegou em um carro de bois. Rosa achou que ele tinha se disfarçado muito bem de fazendeiro, com a calça remendada e o chapéu surrado.

– Desculpe-me – disse ele, cumprimentando Luciano –, mas os alemães confiscaram meu caminhão. A viagem demorou mais do que eu estava esperando.

Os partisans ficaram mais que contentes ao verem o que o *signor* di Risio tinha trazido: casacos e blusas de lã, botas e sapatos. O Bando andava forrando as roupas com jornal e cortando tapetes para usar como palmilha, a fim de se manterem aquecidos.

– Tome – disse o Perdiz, entregando a Rosa um casaco magenta. Ela o experimentou. O casaco tinha cinto e lapela. Os partisans assobiaram, e Rosa deu uma voltinha.

– Você só vai poder usá-lo no acampamento, infelizmente – disse o Estorninho. – Com isso aí você não parece uma mulher de fazendeiro. Parece que saiu direto da Via Tornabuoni.

– Foi exatamente daí que essas coisas todas vieram – falou o *signor* di Risio. – Muitos comerciantes de lá decidiram que preferem dar seus bens para vocês do que ver tudo ser arrastado pelos alemães. O inimigo tem invadido as lojas, enchido caminhões e mandado tudo para a Alemanha.

O Perdiz ajeitou o *trench coat* cor de camelo que tinha vestido.

– E levam tudo sem pagar? – perguntou, parecendo indignado.

– Alguns alemães pagam, mas com notas impressas pela Casa da Moeda austríaca, a uma taxa de câmbio que faz não valer a pena para nós. Mas, dos comerciantes que fugiram depois do bombardeio dos Aliados a Florença em setembro, os alemães simplesmente pegam o que querem, estejam as lojas fechadas ou não.

Luciano balançou a cabeça.

– *Bravo* – falou. – Graças a Mussolini, os italianos agora são escravos dos alemães.

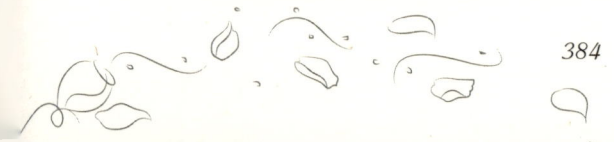

Rosa pensou na mobília que precisara deixar guardada na loja de Antonio. Imaginou cada peça – tão carinhosamente escolhida e apreciada por sua singularidade – sendo arrastada por bárbaros que provavelmente não entenderiam seu verdadeiro valor. Antonio podia até achar que o fato de Rosa encantar clientes com seus relatos sobre a história das peças era uma boa técnica de vendas, mas ele nunca tinha logrado cliente algum, nem mesmo os mais ingênuos, tentando fazer uma peça de mobília parecer mais do que era, ao contrário do que faziam outros comerciantes de móveis. Cada peça tinha que ser especial. Agora todo esse amor estava sendo brutalizado e saqueado. Rosa fechou os olhos. Não podia pensar em Antonio nem na loja. A luta pela sobrevivência havia lhe amortecido a mente. Ela pensava apenas em cada tarefa diante de si, e nunca no futuro. Não havia como saber se a camponesa que lhes trazia batatas, ou o *signor* di Risio, ou qualquer um dos partisans reunidos em torno do carro de bois ainda estariam vivos no dia seguinte. *Vivos no minuto seguinte*. A vida tinha se tornado efêmera. Rosa não podia permitir-se apegar-se demais a nada.

Os partisans agradeceram ao *signor* di Risio e o viram partir. Em seguida, retornaram às suas tarefas.

– Corvo, venha comigo – Luciano chamou Rosa.

Ela o seguiu para dentro do depósito. O cômodo estava surpreendentemente aconchegante, com um cobertor servindo de cortina na porta e um tapete espesso no chão. As venezianas estavam abertas para deixar entrar a luz fraca de inverno, porém à noite elas eram fechadas. Às vezes, quando Rosa estava de vigia à noite, via Marisa atravessar o pátio e bater à porta. Entretanto, não se permitia pensar muito no que acontecia depois disso.

Luciano puxou uma cadeira para Rosa e fez sinal para que ela sentasse. Estava muito mais quente no depósito do que lá fora, mas a respiração deles ainda produzia vapor. Rosa apertou o cinto do casaco, e Luciano enfiou as mãos embaixo dos braços.

– Você lembra quando nós saíamos em turnê? – perguntou ele. – Em algumas noites fazia tanto calor que não conseguíamos dormir.

Rosa lembrou-se da noite quente em Lucca, quando sentira medo de que Sibilla ficasse desidratada. Ela tinha levado a filha ao pátio do hotel, onde estava mais fresco. Em sua memória, viu Luciano saindo das sombras, os suspensórios caídos e a regata branca úmida de suor. A recordação a aqueceu, apesar do ar congelante. Ela percebeu que tinha ficado corada.

Luciano sorriu.

– Eu penso nesses dias quando estou de vigia à noite e meus pés estão virando gelo – disse ele. – Forço-me a imaginar que estou de pé sobre os paralelepípedos escaldantes de uma das *piazzas* nas quais nos apresentamos, cercado de luz e com suor escorrendo pelas costas.

Rosa riu. A lembrança criou um laço entre eles. Luciano perguntou sobre Sibilla e os gêmeos e ficou aliviado quando ela contou que seus filhos estavam na Suíça.

– É uma coisa a menos para se preocupar em relação a represálias – disse ele com seriedade.

Era a primeira vez desde que Rosa se juntara ao Bando que ela e Luciano falavam de questões pessoais. Embora ele fosse grato pelo que Rosa tinha feito por Carlo, aquilo havia aberto uma fenda entre os dois. Ou talvez eles nunca conversassem simplesmente porque o mundo estava de cabeça para baixo e ninguém mais se lembrava do passado. Ela mesma mal conseguia recordar como tinha sido dar à luz seus filhos, como era ser mãe. No fundo do coração ela os amava, mas esse amor vinha mais da lembrança da pessoa passional que ela fora anteriormente, e não da máquina em que havia se transformado. Pessoas passionais não sobreviviam a guerras. Ficavam nervosas e cometiam erros. Rosa tinha lutado para dominar a si mesma. *Hei de dominar meu coração.* Ela encolheu-se ao se lembrar das palavras que tinha visto na câmara da marquesa e depois repetidas no caderno de Nerezza. Olhou para Luciano e repentinamente entendeu o que aquilo significava. Subjugar emoções, esperanças e sonhos e concentrar-se apenas em sobreviver – e, com sorte, triunfar. Enquanto houvesse uma guerra para lutar, ela e Luciano não podiam reanimar antigos sentimentos.

Luciano olhou para a janela, perdido em pensamentos por um momento. Algo o estava incomodando.

– O que foi? – perguntou Rosa.

Ele acendeu um toco de cigarro e soprou uma nuvem de fumaça.

– Tem uma *staffetta* vindo para Borgo San Lorenzo – disse ele. – Uma das nossas melhores. Ela coleta o dinheiro dos nossos apoiadores. Preciso que você vá até a cidade se encontrar com ela e apanhar o dinheiro. Você vai estar sendo vigiada. Precisa tomar muito cuidado.

– Eu vou sozinha? – perguntou Rosa.

Luciano mexeu-se, parecendo incomodado.

– O Pica-Pau vai acompanhá-la até a parada antes da fábrica, onde outros passageiros sobem. O motorista é um dos nossos, e vai confirmar a história de que você está vindo de Florença se alguém perguntar qualquer coisa a ele. Mas, quando estiver em Borgo San Lorenzo, você vai ter que se virar sozinha. Você e a *staffetta* vão se encontrar em um restaurante. É um lugar frequentado por oficiais alemães e fascistas.

Os olhos de Rosa se arregalaram. Agora ela entendia o incômodo de Luciano. Ele estava mandando uma ovelha para o meio dos lobos. Rosa perguntou-se se era por causa dessa missão que o Estorninho tinha insistido em treiná-la não apenas para atirar com rifle, mas também com a pistola, em alvos próximos. Será que ele imaginava que ela talvez precisasse se defender?

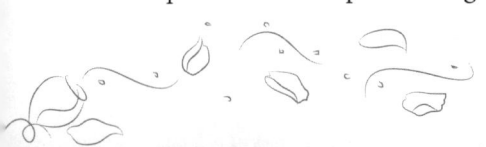

– Nessa situação é melhor ficar bem embaixo do nariz deles – explicou Luciano, esfregando o rosto com a mão. – São os encontros secretos entre estranhos que levantam suspeitas. O *signor* di Risio conseguiu um vestido adequado, perfume e tudo o mais. Você pode usar seu casaco novo. Vai ter um homem com a *staffetta*, para que ninguém estranhe duas mulheres jantando desacompanhadas. Assim, com sorte, nenhum alemão apaixonado vai incomodar vocês.

Rosa deu um suspiro apreensivo. Estava com medo. Dentro do acampamento, sentia que não havia perigo para ela, apenas para os homens quando saíam em missões. Mas aquilo era uma guerra, e ela fazia parte do exército da liberdade. Precisava desempenhar seu papel se era isso que estavam lhe pedindo que fizesse. Obviamente, Luciano tinha seus motivos para escolhê-la, embora ela se emocionasse ao ver que ele ficava angustiado por colocá-la em perigo. Por causa disso, fez de tudo para domar o medo frio que sentia no estômago e assumir uma postura de coragem.

– Como eu vou reconhecer essa *staffetta*? – perguntou ela.

Luciano sorriu.

– Você vai reconhecer. Orietta não mudou tanto assim desde a última vez em que você a viu.

Borgo San Lorenzo teria sido uma cidade atraente em tempos de paz, localizada na margem esquerda do Rio Sieve e cercada por montanhas. Porém, o bombardeio pela força aérea britânica no Natal anterior e o frio do inverno davam ao lugar o ar melancólico de uma cidadezinha que havia perdido duzentos habitantes.

O motorista do ônibus puxou conversa com Rosa, que tinha se sentado diretamente atrás dele para evitar que os outros passageiros vissem a cara dela. Ele fez a ela determinadas perguntas para as quais Luciano tinha lhe dado as respostas, a respeito do lugar de onde ela estava vindo e quem estava indo visitar, a fim de despistar possíveis espiões que estivessem no ônibus. Porém, quando o veículo chegou à parada, os outros passageiros pareciam mais interessados em chegar logo à segurança de seus lares do que prestar atenção na estranha atraente com seu casaco caro.

Na parada de ônibus havia um cachorro de prontidão, olhando esperançoso para cada passageiro que passava.

– Ah, Fido – disse o motorista do ônibus, tirando um pedaço de queijo do bolso e dando-o ao cachorro. – O dono o salvou de um rio perigoso quando ele era só um filhotinho vira-lata – o motorista explicou a Rosa. – O Fido é um personagem bem conhecido na cidade: acompanhava o dono até a parada de ônibus toda manhã e retornava no fim da tarde para encontrar o homem quando ele voltava do trabalho. – O motorista fez um carinho na cabeça do cachorro. – O coitado do *signor* Soriano não vai mais voltar para casa, mas Fido continua vindo todo fim de tarde esperar por ele.

– O bombardeio?

387

O motorista confirmou com um aceno de cabeça e um olhar sério.

– O alvo eram as fortificações alemãs, mas em vez disso explodiram muitas pessoas inocentes.

Rosa baixou os olhos. Quando toda aquela matança iria terminar?

O motorista do ônibus fez um aceno de cabeça na direção de uma rua longa.

– Bem, se você seguir reto vai chegar a uma *piazza* – explicou ele. – O restaurante que você está procurando fica à esquerda.

Rosa agradeceu ao motorista do ônibus e, antes de seguir caminho, fez um carinho em Fido, o qual, o motorista lhe garantiu, estava sendo cuidado pela viúva de Soriano e pelas pessoas da cidade. A pistola carregada que ela levava na bolsa lhe pesava no ombro.

Rosa acalamou a respiração ao encontrar a *piazza* e localizar o restaurante com suas portas-janelas e a porta menor com o pequeno toldo. Lembrou-se de como os partisans tinham olhado para ela com inveja ao verem-na arrumada e avançando pela floresta com o Pica-Pau, supondo que ela estivesse a caminho de cumprir uma tarefa. As semanas de inatividade tinham deixado todos tensos. Eles preferiam correr riscos a esperar. Apenas Marisa, Genoveffa e Fiamma continuavam completamente ocupadas, as duas primeiras cozinhando e realizando outras tarefas domésticas, e a última com três soldados sofrendo de influenza. Rosa lembrou-se da expressão de Luciano quando ela estava partindo. Ele não proferiu nem uma palavra, mas a mensagem estava em seus olhos. "Volte", era o que estava dizendo. Rosa então entendeu que o que existia entre eles estava apenas sendo contido pela catástrofe na qual se encontravam e pelo amor de Rosa por Antonio. A imagem de Fido esperando por um homem que jamais voltaria veio à mente de Rosa. Porém, tão rapidamente quanto a imagem se formou, Rosa tirou-a da cabeça. Não podia permitir-se ter aqueles pensamentos, especialmente antes de uma missão perigosa; era por isso que preferia não pensar em nada.

Rosa entregou à moça do guarda-volumes o casaco e o cachecol, bem como a bolsa de viagem que levara consigo. Endireitou o vestido e entrou no restaurante. O vestido tinha ombreiras e um corpete transpassado, e era simples e elegante: o tipo de vestido que ela teria usado antes da guerra. Rosa sentiu-se entrando em um ninho de cobras ao ver a quantidade de oficiais da SS e fascistas sentados no restaurante. Ela tinha arrumado o cabelo de modo que um cacho escondesse um lado do rosto, caso precisasse virar-se ao avistar alguém conhecido. As mulheres que se encontravam no restaurante eram, em sua maioria, as amantes alemãs do alto comando, todas elas cobertas da diamantes, mas Rosa viu também uma italiana dando de comer um figo a um oficial alemão. Rosa ergueu o queixo e fez de tudo para esconder seu nojo. Nem todos os alemães eram más pessoas; ela entendia a natureza humana bem o suficiente para saber disso.

Porém, todos os alemães eram o inimigo, e, para Rosa, qualquer um que tomasse um deles como amigo ou amante era um traidor. Além disso, os oficiais da SS eram os piores dentre os piores. Rosa ficou surpresa que nenhum partisan até então tivesse jogado uma bomba pela janela do restaurante e acabado com todos eles. Talvez nunca tivessem feito isso por pensarem nas represálias que a população da cidadezinha sofreria.

Orietta estava sentada em uma cabine junto à janela, na companhia de um homem trajando terno de seda. Tinha escolhido o ponto mais chamativo do restaurante, mas Rosa deduziu que ela tivesse seus motivos.

– Minha irmã querida – disse Orietta, levantando-se para cumprimentar Rosa. – Espero que não tenha sido árduo demais para você viajar à noite. Fiquei preocupada que o ônibus pudesse ser alvo de um tiroteio ou bombardeado caso você viajasse durante o dia.

Rosa retribuiu o abraço de Orietta.

– De jeito nenhum – respondeu, interpretando seu papel. – Estou muito feliz em ver você.

– Este é o Emanuele – disse Orietta, apresentando o homem. – Ele estava muito curioso para conhecê-la.

Emanuele tinha quase 40 anos, entradas proeminentes e olhos grandes e separados. Rosa sentiu um peso no coração ao ver a insígnia fascista na lapela dele, mas então entendeu que aquilo era apenas para manter as aparências. Ele levantou da cadeira para cumprimentá-la, tomando-lhe a mão.

– É um grade prazer conhecê-la, *signorina* Gervasi – disse ele, usando o nome que Rosa assumira naquele disfarce.

Rosa, Orietta e Emanuele sentaram-se e tiveram uma conversa fictícia sobre mães e pais, tias e tios que não exisitiam. Orietta apresentou Emanuele como sendo banqueiro. Rosa ficou imaginando o que ele realmente fazia. O homem tinha um leve ceceio ao falar. Rosa ficou intrigada com o anel de brasão de ouro e rubi em seu dedo. Ele tinha pele lisa e bons dentes. Não parecia alguém que estivesse morrendo de fome por causa da guerra, mas talvez, naquela noite, nenhum deles parecesse. Orietta estava usando um vestido de tafetá de seda com decote em formato de coração e desempenhava bem o papel de moça rica. Seu codinome no Bando era Canário.

O garçom lhes trouxe o cardápio do jantar. Fazia anos que Rosa não via tanta comida. Os preços eram os do mercado negro, mas a variedade era grande. Ela escolheu a sopa de cenoura e o *tortelli di patate* – que era a especialidade da cidade –, acreditando que seriam o suficiente para aparentar um apetite feminino saudável sem gastar muito dos fundos do Bando, acumulados a duras penas. Orietta também comeu de maneira elegante, porém modesta, enquanto

Emanuele deleitou-se com o filé, o item mais escandalosamente caro do cardápio. Rosa ficou imaginando se aquilo era o que ele considerava necessário para manter o disfarce. Luciano havia dito que o melhor trabalho de resistência ocorria debaixo do nariz do inimigo.

Quando eles estavam prontos para a sobremesa, o garçom retornou com o cardápio. Rosa ficou desanimada ao ver que pêssegos era tudo que eles tinham: pêssegos assados, pêssegos ao vinho, bolo de pêssego e manjar de pêssego.

– O *chef* pede desculpas – explicou o garçom –, mas tudo que temos são pêssegos em lata.

Antes da guerra, não havia nada que Rosa apreciasse mais do que comer um pêssego apanhado direto do pé. Adorava a cor vibrante, o perfume gostoso, a polpa macia e úmida. Gostava até dos pêssegos em conserva no inverno. Porém, na entrega aérea de comida que os Aliados faziam para os partisans sempre havia pêssegos em conserva, e comer a fruta viscosa, semicongelada, direto da lata, durante o inverno tinha quase feito Rosa nunca mais querer comê-la pelo resto da vida. No entanto, a fim de manter as aparências, ela escolheu os pêssegos assados.

Durante a sobremesa, eles falaram sobre mais amenidades. Rosa tomou o cuidado de não olhar em torno do salão. Não queria que seu olhar cruzasse com o de ninguém, a fim de não despertar interesse. Ela continuava intrigada com Emanuele. Ele tinha um jeito delicado, mas ainda assim algo nele a inquietava. Porém, ela precisava reconhecer que eles estavam em meio ao inimigo. Até mesmo a pessoa mais equilibrada teria dificuldade em permanecer completamente à vontade.

Emanuele pagou a conta e pediu licença para ir ao banheiro. Rosa apanhou o espelho compacto e aplicou pó no nariz. Seu coração quase parou. Pelo reflexo do espelho, ela viu a Marquesa de Scarfiotti. A mulher estava saindo da sala de jantar privada, acompanhada por um oficial fascista; os dois seguiram na direção do guarda-volumes. Rosa estava fora do campo de visão deles, mas então um carro oficial estacionou do lado de fora do restaurante; logo a marquesa e seu acompanhante passariam pela janela para chegar até ele. Rosa derrubou a bolsa como desculpa para se esconder. Uma escova escorregou para debaixo da mesa. Rosa vasculhou o chão, fingindo procurá-la. Suas mãos estavam tremendo.

– Posso ajudar, *signorina*? – perguntou o garçom.

– Não precisa – disse Rosa, erguendo a escova. – Já encontrei.

Depois que o carro tinha se afastado, ela se endireitou. Orietta sentira que havia algo errado, mas Rosa comunicou com os olhos que o perigo tinha passado. Ainda assim, de alguma forma, não tinha. A visão da marquesa lhe causara um enjoo, e não porque Rosa tivesse comido demais, mas porque ela sabia o que andava acontecendo na Vila Scarfiotti e não tinha poder nenhum para impedir.

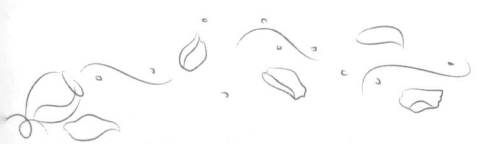

O combinado era que Rosa e Orietta passassem a noite em um hotel e se separassem em público, na parada de ônibus, antes do raiar do dia, na manhã seguinte. Emanuele caminhou com elas até o hotel, dando-lhes "boa noite" antes de ir para casa.

O quarto de hotel não era aquecido, mas o papel de parede floral e a mobília estofada eram aconchegantes. Orietta verificou o quarto, procurando aparelhos de escuta, mas não encontrou nada. Porém, as paredes eram finas, por isso as duas falavam baixo uma com a outra. Apesar do frio, Rosa lavou-se na banheira com água morna. Fazia meses que não dormia em uma cama decente, e os lençóis limpos e travesseiros macios eram um luxo. Orietta deitou na mesma cama que Rosa; era a única maneira de manterem-se aquecidas. As duas entrelaçaram os pés.

– Você tem que aproveitar o conforto enquanto o tem – disse Orietta, afofando o travesseiro e olhando para o teto. – Foi isso que aprendi. Parece que, hoje em dia, quase sempre eu durmo em trens lotados.

Rosa virou-se para ela.

– Quem é o Emanuele? Eu tenho o direito de perguntar?

Orietta balançou a cabeça.

– Honestamente, quanto menos você souber sobre todo mundo, melhor para você e para a rede. Ele trabalha para os partisans desde setembro e provou ser muito inteligente. Sua única fraqueza é que ele ama a alta sociedade e não é muito bom em fazer sacrifícios quando a ocasião pede.

– Eu percebi – disse Rosa.

– Mas me diga – pediu Orietta, esfregando as mãos congeladas de Rosa –, como o Luciano está e como vão as coisas nas montanhas?

Rosa contou a Orietta sobre a vida no acampamento e descreveu como Luciano havia resgatado a ela e aos outros aldeãos. As duas poderiam ter conversado a noite toda, mas logo o conforto da cama e a tensão do jantar foram mais fortes, e elas pegaram no sono.

De manhã, enquanto as duas se vestiam, Orietta entregou a Rosa o dinheiro dos partisans, o qual estava escondido em um livro oco.

– Bem, acho que você trouxe uma pistola carregada, certo? – perguntou ela. – Essa fica comigo.

O trabalho de Orietta era perigoso, então Rosa não ficou surpresa que Luciano a tivesse usado como mensageira para entregar uma arma à irmã. O Pica-Pau encontraria Rosa na parada de ônibus, portanto ela estaria protegida na volta ao acampamento e não precisaria da arma. Rosa entregou-a cuidadosamente, da maneira como o Estorninho havia lhe ensinado.

– Obrigada – disse Orietta, envolvendo a pistola com um lenço e enfiando-a na bolsa. – Alguém anda fazendo amizade com soldados Aliados na floresta e dizendo a eles que tem um estoque de armas e comida dentro de um celeiro. Quando esses homens o seguem, encontram a milícia esperando por eles. É um sujeito escorregadio, mas eu vou encontrar, quem quer que seja.

Rosa sentiu um arrepio na espinha.

– Você vai matá-lo? Eu achava que você era só uma *staffetta*.

– Se eu tiver que ser, eu sou – respondeu Orietta, ajeitando a gola em frente ao espelho e calçando os sapatos. – Essa pessoa sabe demais sobre os soldados Aliados e os partisans na área de Florença. Às vezes, uma *staffetta* precisa virar uma assassina.

– O Luciano sabe que você está fazendo uma coisa tão perigosa?

Orietta deu risada.

– O Luciano tem suas visões antiquadas sobre mulheres, mas isso aqui é uma guerra. Todo mundo tem que lutar.

Rosa estava chocada, mas não disse nada. Orietta tinha razão: aquilo era uma guerra e todos tinham que fazer o que eram convocados a fazer. Uma série de imagens da antiga Orietta se desenrolaram em sua mente: a mulher que costurara uma linda roupa de bebê para Sibilla; que tocava o violino lindamente; e que polia as antiguidades de Antonio até ficarem brilhando. Era isso que a guerra fazia. A guerra transformava as pessoas. Tinha transformado Rosa também. Ela quase tinha acionado uma granada quando pensara que Luciano era um nazista e que ela e os aldeãos seriam executados. O Estorninho a treinara para que conseguisse apanhar e disparar sua pistola em segundos, caso precisasse se defender. Porém, Rosa não tinha certeza de que havia se transformado a ponto de caçar uma pessoa e matá-la.

– Rosa – Orietta falou, como se estivesse lendo os pensamentos da amiga –, você ficaria de consciência mais tranquila se eu lhe dissesse que essa pessoa que está ajudando os fascistas a capturar os soldados Aliados é a mesma que denunciou Carlo? Alguém dos nossos? – o rosto de Orietta continuava duro, porém sua voz tinha ficado mais aguda.

Luciano tinha contado a Orietta sobre a morte de Carlo, mas Rosa não sabia quanto ele revelara sobre a natureza da tortura, e ela não queria trazer isso à tona.

– Você e Luciano perderam tanto – disse ela baixinho. – A família de vocês fez muitos sacrifícios para lutar pela liberdade.

– Você também, Rosa – disse Orietta, afastando o cabelo do rosto. – Você sofreu também. O que aconteceu com Antonio me deixou de coração partido.

Rosa suspirou.

– O Antonio vai sobreviver. Ele vai voltar para mim. É o que sempre digo a mim mesma, mesmo mal suportando pensar nisso. Na semana passada um prisioneiro de guerra se juntou ao Bando. Ele escapou de um campo perto de Orvieto. As condições que descreveu eram terríveis.

Rosa olhou pela janela, para o céu ainda escuro. Se ela estava com frio em um quarto de hotel, o que Antonio não devia estar passando? Ela virou-se para Orietta, e seu coração saltou no peito quando ela viu a expressão no rosto da amiga. Ela parecia perplexa.

– Você não sabe? – perguntou Orietta. – O Luciano não lhe contou?

O chão pareceu mover-se sob os pés de Rosa. Apesar do ar frio, ela sentiu calor e fraqueza.

– Meu Deus, você não sabe – disse Orietta, sentando-se na cama.

– O quê? – perguntou Rosa, lutando para manter a voz baixa. – O que é que eu não sei?

Orietta esfregou as mãos e olhou para Rosa.

– Luciano me pediu para descobrir o que tinha acontecido com Antonio depois que você chegou ao acampamento. Era para eu posar de sua irmã e tirá-lo da prisão. Mas, quando cheguei ao Le Murate, Antonio e vários outros prisioneiros políticos tinham sido mandados para a Alemanha.

Rosa inspirou. Isso ela já sabia. Mas a dor no rosto de Orietta lhe dizia que havia mais. Ela enterrou as unhas nas mãos.

– O que você está tentando me dizer? Ele foi mandado... ele foi mandado para um campo de concentração?

Orietta fez que não com a cabeça.

– Eu rastreei o trem em que ele estava. Luciano pretendia tentar parar o trem explodindo os trilhos. Queria resgatar Antonio. O Estorninho disse que era loucura, e eu tive que concordar. Meu medo medo era que, se eles parassem o trem, os guardas automaticamente começassem a atirar nos prisioneiros. Mas Luciano queria tentar. Havia 600 homens no trem, a maioria soldados italianos. Luciano achava que, se eles fossem libertados, muitos se juntariam aos partisans.

Rosa encarou Orietta. O sangue latejava em seus ouvidos.

– Mas, antes que nós conseguíssemos sequer chegar perto daquele trem – continuou Orietta –, os Aliados... Veja, eles não sabiam que os vagões estavam cheios de italianos. Achavam que o trem estava transportando soldados alemães. Bombardearam o trem enquanto cruzava uma ponte. Muitos vagões despencaram para dentro do rio. Os passageiros não conseguiram sair. Morreram afogados.

O quarto ficou branco. Rosa não conseguia enxergar. Quando sua visão retornou, ela percebeu que tinha parado de respirar. A dor rasgava suas entranhas. Ela reprimiu o choro.

– Todos? – perguntou.

Orietta levantou-se e agarrou as mãos de Rosa.

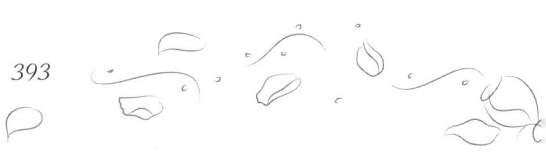

— Mais ou menos cem italianos sobreviveram. Os que conseguiram correr fugiram para o bosque. Eu usei toda a minha rede de contatos para descobrir se Antonio era um dos que tinham escapado, mas nem o nome nem a descrição dele apareceram, nem uma vez sequer, nas minhas pesquisas. Talvez ele tenha sido um dos feridos que foram mandados para a Alemanha do mesmo jeito, mas de acordo com os relatórios do nosso serviço secreto muitos desses homens morreram em seguida, por não terem recebido tratamento médico adequado.

Rosa sentou na cama. O neozelandês de quem ela tinha cuidado no hospital lhe contara que não sentira nada nos primeiros momentos depois de perder as pernas. Simplesmente tinha escutado um barulho ensurdecedor e sido arremessado para trás, aterrissando em uma vala. Quando olhou para baixo e viu que suas pernas não estavam mais lá, seu primeiro pensamento foi: "Ah, puxa vida, não posso mais jogar críquete". Rosa estava sentindo aquele tipo de choque agora, como se estivesse sonhando.

— O Antonio ainda está vivo — disse ela. — Tem que estar. Todo mundo usa um nome falso, não usa?

Orietta colocou os braços em torno de Rosa e a olhou nos olhos.

— A maioria dos alemães estava nos vagões que não caíram no rio. Eles atiraram nos prisioneiros que estavam escapando. Poucos homens conseguiram se proteger. É muito improvável que o Antonio tenha sobrevivido. Se tivesse, sei que estaria fazendo de tudo para encontrar você.

Rosa mal se lembrava do retorno ao acampamento. A cada quilômetro, suas esperanças inventadas iam virando pó. O trem de Antonio tinha sido bombardeado, e todos os passageiros, exceto cem deles, haviam perecido. Desses, apenas aqueles sem ferimentos tinham conseguido fugir para o bosque. Muitos levaram tiros durante a fuga. Qual era a probabilidade de Antonio estar em meio ao pequeno número que havia sobrevivido? Orietta estava certa ao afirmar que, se Antonio estivesse vivo, estaria fazendo todo o possível para encontrá-la.

Quando Pica-Pau e Rosa chegaram ao acampamento, os partisans olharam para Rosa com cara de dúvida. Será que algo tinha dado errado na missão? Luciano conduziu-a até a sala dele. Rosa ficou de pé no canto, cansada, com frio e amortecida.

— Por que você não me contou sobre o Antonio? — perguntou ela. — Por que não me contou que o trem foi bombardeado?

Luciano franziu os lábios e encarou as próprias mãos.

— Pelo mesmo motivo que você não me contou tudo sobre o Carlo. Que bem teria feito? Você precisava de uma razão para continuar. Eu não ia acabar com a melhor que você tinha.

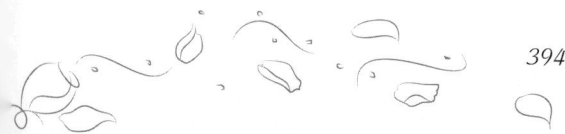

Rosa caiu de joelhos e sentiu as mãos fortes de Luciano em seus braços. Era como se ela tivesse tropeçado e estivesse caindo, e ele a tivesse apanhado.

– Tenha fé – disse ele. – O Antonio ainda pode estar vivo. Você tem que acreditar nisso.

Rosa balançou a cabeça.

– Acho que não sou forte o suficiente para me enganar assim.

Luciano chacoalhou-a de leve e a forçou a olhá-lo nos olhos.

– Cem italianos sobreviveram ao acidente. Pelo que sei, pelo menos metade deles fugiu para a floresta. Os outros foram mandados para a Alemanha. Sim, muitos morreram, mas alguns ainda estão vivos. Você não pode abandonar a esperança de que Antonio seja um dos sobreviventes.

– Por que você está me dizendo isso? – perguntou Rosa.

A sensação que ela tinha era a de que estava prestes a desmaiar, porém seu salvador lhe dava tapas na cara, forçando-a a ficar acordada. Ela queria ser salva, queria ser confortada e acreditar, mas estava envolta em dúvida.

Os olhos de Luciano brilharam quando ele olhou para ela.

– Você achou que eu tinha morrido na Espanha, não achou? Mas eu voltei.

Ele não disse, mas Rosa imaginou ter ouvido: "Eu voltei por você".

O Estorninho chamou do lado de fora. Luciano tocou na bochecha de Rosa antes de virar-se para sair.

– Não perca a esperança. É tudo que nós temos.

O ar frio que penetrou pela porta quando Luciano saiu fez Rosa estremecer. Ele estava certo. Esperança realmente era tudo que eles tinham. A realidade era cruel. Rosa percebeu outra coisa também: mesmo tendo se casado com Antonio e criado os filhos, acreditando que Luciano estava morto, o amor que ela sentia por ele não havia mudado. Luciano tinha aberto mão de Rosa para que ela e Sibilla levassem uma vida segura. Ele se dispusera a correr o risco de atacar o trem e salvar Antonio *por ela*. Rosa finalmente enxergou a verdade: ninguém jamais a amaria como Luciano a amava. "Mas eu percebi isso tarde demais", pensou. "Agora não há mais nada a fazer."

vinte e sete

Em abril, um rapaz que estava tentando evitar o alistamento chegou ao Bando trazendo uma história terrível. Partisans comunistas em Roma tinham explodido uma bomba em Via Rasella enquanto uma coluna de policiais alemães marchava ao longo dela. A bomba tinha sido escondida em um carrinho de gari, e diversos partisans haviam se mantido na área, a fim de evitar que pedestres se aproximassem do local onde a explosão ocorreria. Mais de trinta alemães foram mortos. A retaliação foi rápida, ordenada pelo próprio Hitler para que ocorresse dentro de vinte e quatro horas. Trezentos e trinta e cinco homens – prisioneiros políticos, judeus, homens e meninos que andavam pelas ruas – foram capturados e levados para as Fossas Ardeatinas.

O rapaz tremia ao repetir a história, contada a ele por um espião que tinha ouvido soldados alemães conversando sobre ela.

– Como havia muita gente a ser morta, os condenados foram levados de cinco em cinco para dentro da caverna e executados com um tiro na nuca, não pelo pelotão de fuzilamento. Os soldados eram novos na tarefa, e foram necessárias várias caixas de conhaque para endurecer os nervos deles. Um soldado se recusou a atirar e foi forçado a fazer isso mesmo assim. Outro desmaiou. A matança durou duas horas e, para poupar tempo, cada grupo que vinha em seguida tinha que se ajoelhar em cima dos corpos dos que tinham morrido antes deles. À medida que o dia foi passando, os soldados foram ficando desleixados. Explodiam a cabeça dos prisioneiros, e alguns condenados não estavam ainda bem mortos quando os alemães atiraram granadas nas cavernas para lacrar a entrada.

Quando o rapaz terminou a história, Rosa olhou para o rosto dos partisans e também de Fiamma, Marisa e Genoveffa, que estavam com eles. Nos olhos de todos, enxergou uma determinação ainda maior. Ocorreu-lhe que as atrocidades realizadas pelos nazistas, que tinham como intenção aterrorizar o povo italiano e torná-lo submisso, estavam surtindo o efeito oposto. O Bando havia dobrado de tamanho desde a primavera, tanto que eles tiveram que se mudar para outro acampamento, mais alto nas montanhas. Mais civis do que nunca estavam lhes trazendo comida e suprimentos, e os atos de sabotagem promovidos pelos sindicatos em Florença aumentavam. Quanto mais maridos, esposas, filhos, filhas, amigos e vizinhos os alemães matavam, mais razão davam à população italiana para lutar. Se os alemães queriam obediência por parte dos italianos, deveriam ter lhes dado conforto e satisfação, deveriam ter lhes prometido o mundo. Atacar família e amigos trazia à tona os soldados da raça. Um exército estava se erguendo, ainda pequeno em comparação com a população em geral, porém com um espírito mais grandioso do que qualquer um que Mussolini pudesse ter imaginado, abrangendo todas as idades, gêneros, crenças políticas e credos religiosos.

Rosa também tinha passado por uma metamorfose. Ao retornar de Borgo San Lorenzo e dar-se conta da baixa probabilidade de que Antonio estivesse vivo, sua primeira reação tinha sido ficar paralisada. Certa noite, sonhou que estava escalando as montanhas, tentando encontrá-lo. Gritou o nome dele com dificuldade e foi acordada pelo próprio grito. Sentou-se na cama e percebeu que a dor que até então a incapacitava tinha sido substituída por ódio. Ódio contra os alemães e contra os fascistas. Ódio contra Mussolini e todos que o apoiavam. Ódio contra os Aliados, por terem demorado tanto para chegar a Florença. E ódio pela Marquesa de Scarfiotti.

– Fora do meu país! – esse se tornara desde então seu mantra diário.

Se Antonio estivesse vivo, não se permitiria ser derrotado, e ela tampouco se permitiria. Praticava tiro com seu rifle todos os dias. Se a munição estava escassa, ela treinava sem balas, pondo-se de joelhos e imediatamente mirando o alvo. Corria, fazia flexões e socava sacos de palha de milho, tão determinada quanto qualquer homem a aniquilar o inimigo. Estava lutando por Antonio, por Sibilla, por Lorenzo e Giorgio. Eles não eram mais o pano de fundo de sua missão, e sim o centro. Rosa veio a aceitar que amava Luciano com sua alma. Havia algo que os conectava em um nível mais profundo do que o mundo físico à sua volta. Era como se ele fosse a metade que a tornava completa. Porém, esse amor por ele não diminuía o amor por Antonio, seu marido e pai de seus filhos. Ela não podia lutar contra o que sentia por nenhum dos dois. Aceitava isso como mais uma contradição na mulher em que se tranformara: uma pacifista preparada para matar; uma católica religiosa pronta para desobedecer a um mandamento sagrado.

Certo dia, quando os homens estavam saindo para o que Rosa imaginava ser uma incursão perigosa, ela se ofereceu para ir junto.

– Não! – disse Luciano.

– Por que não? – perguntou o Estorninho. – A Corvo é um soldado tão bom quanto qualquer outro. Provavelmente melhor. Ela é rápida.

– Não! – repetiu Luciano, erguendo a voz para pôr um ponto final na discussão.

No dia seguinte, porém, Rosa foi escolhida para acompanhar o Estorninho e levar informações e suprimentos até outro grupo de partisans perto de Fiesole. Finalmente os Aliados estavam avançando pela península, e nas últimas semanas andavam deixando panfletos nas florestas incitando os partisans a intensificarem suas ações contra os alemães cortando as linhas de comunicação deles e roubando suprimentos. Agora que os Aliados forneciam armas e munição com mais regularidade por meio de entregas aéreas, discutia-se a possibilidade de os diversos grupos juntarem forças para atacar alvos maiores. O Estorninho faria o contato inicial com o grupo conhecido como Equipe.

Durante boa parte de sua jornada através do bosque, Rosa e o Estorninho viram flashes de Florença lá embaixo. Rosa tinha a impressão de que estava no céu, olhando lá de cima para uma vida que vivera anteriormente. A vista trouxe lembranças das ruas de paralelepípedos pelas quais empurrara os carrinhos dos filhos, bem como da loja de móveis e do apartamento em que compartilhara a vida com Antonio.

Quando eles chegaram ao acampamento, Rosa ficou boquiaberta ao ver Ada e Paolina em meio aos partisans e soldados Aliados. As duas estavam limpando armas e, ao reconhecerem Rosa, ficaram paralisadas. Estavam com mais cabelos brancos do que na última vez em que Rosa as vira, mas, fora isso, não tinham mudado muito.

– Puxa vida – disse Ada, aproximando-se e abraçando Rosa. – Você apareceu no momento mais estranho. Mas eu *sabia* que voltaríamos a nos encontrar.

– Fiquei com medo de que vocês estivessem mortas – Rosa falou, com lágrimas nos olhos. – Coisas terríveis têm acontecido na Vila Scarfiotti.

Ada ficou muito séria.

– Nós saímos quando os alemães chegaram. O mal está se levantando na vila outra vez, saindo do chão e saindo das tumbas. Mas o bem continua lá no bosque, e agora nós três estamos novamente...

Ada interrompeu-se, e Rosa virou-se a fim de ver para onde ela estava olhando. Emergindo de uma das barracas estava outra figura conhecida: Giovanni Taviani, o porteiro da Vila Scarfiotti.

– Ele é o nosso comandante – sussurrou Paolina. – Uma parte da equipe quis ficar na vila, mas Giovanni nos resgatou. O *signor* Collodi também está aqui, e alguns jardineiros e criados também. Há um túnel que passa por baixo da vila e leva até a guarita. Acho que ninguém mais além dele sabia desse túnel.

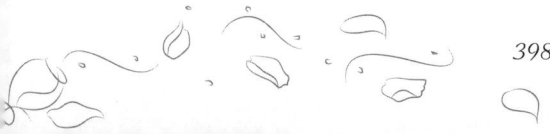

Giovanni chamou o Estorninho até si. Rosa estava torcendo para ser incluída nas negociações de junção dos grupos, mas obviamente seu status era baixo demais. O Estorninho fez um sinal para que ela o esperasse do lado de fora. Embora Giovanni tivesse passado os olhos por Rosa, pareceu não a reconhecer. Ele continuava com o mesmo olhar triste de resignação, porém, para um homem que estava quase chegando aos 70 anos, tinha um corpo tão forte e um peito tão largo quanto o de um rapaz. Talvez a função de líder partisan tivesse restaurado um pouco de sua autodignidade. Rosa não conseguia esquecer a maneira como Giovanni traíra a própria família, mas seu julgamento era moderado pelo fato de ele ter resgatado uma parte da equipe da vila e de não ter assassinado o filhote de weimanraner apesar da ordem da marquesa. Rosa pensou em Luciano. Será que havia qualquer chance de ele se reconciliar com o pai? Obviamente, Luciano não fazia ideia da identidade do comandante partisan vizinho.

Ada olhou para Rosa como se soubesse o que ela estava pensando.

– O mordomo, *signor* Bonizzoni, escapou conosco, mas infelizmente levou um tiro quando atacamos um comboio alemão. Descobri através dele a história de Giovanni Taviani. Ele roubou da vila uma relíquia de família valiosa e a vendeu em Roma. A marquesa descobriu e ameaçou contar ao Velho Marquês. Ela usou isso contra Giovanni durante todos esses anos. Se o Velho Marquês um dia descobrisse, Giovanni teria morrido de tanta vergonha. O Velho Marquês o considerava um amigo e pediu ao filho que olhasse por ele depois de sua morte.

Agora tudo fazia sentido para Rosa.

– O Velho Marquês e Giovanni se conheceram antes de Giovanni ir à falência. Foi por isso que o Velho Marquês o ajudou e deu a ele um emprego – falou, meio para Ada, meio para si mesma. – Quando Giovanni roubou aquela relíquia, não queria o dinheiro para si.

Ada e Paolina a olharam confusas.

– Giovanni queria o dinheiro para que a esposa pudesse ser levada ao hospital.

Rosa repetiu a história de Donatella sobre o alfaiate de sucesso que tinha feito um investimento arriscado e perdido toda a fortuna. A imagem da família sendo despejada em Via della Pergola voltou-lhe à mente. Giovanni Taviani tinha cometido alguns erros graves, mas tentara compensar por eles. Isso era mais do que muita gente faria.

– Rosa, precisamos conversar sobre uma coisa importante – disse Ada.

Rosa virou-se para ela.

– Eu sou filha de Nerezza. É isso? A criança que todos achavam que estava morta? Mas não estou. Alguém me levou até o convento de Santo Spirito – ela tocou a chave pendurada no pescoço. – Por coincidência, reencontrei o velho piano de Nerezza. A chave prateada se encaixou na fechadura na banqueta.

Ada levou um susto, e seus olhos se encheram de lágrimas.

– Eu achava que você tinha morrido – disse ela. – Tirei essa chave da banqueta do piano da sua mãe e a enfiei no meio dos seus panos para protegê-la. Era eu que lhe dava banho e a trocava depois que você era amamentada pela ama de leite. Quando o marquês me contou que você tinha morrido, fiquei de coração partido. – A voz de Ada foi diminuindo de volume, porém depois voltou ao normal. – Eu achava que você era forte e saudável demais para morrer, mas depois lembrei que todo mundo sempre falava a mesma coisa sobre Nerezza.

Ada havia apenas confirmado o que Rosa já deduzira, mas mesmo assim ela se sentiu arrebatada.

– Então eu sou mesmo a filha de Nerezza – disse ela. – O marquês era meu tio, e Clementina é minha prima, e eu nunca soube.

O Estorninho e Giovanni terminaram a conversa e saíram da barraca. O Estorninho sinalizou a Rosa que estava pronto para ir embora.

– Acho que foi a marquesa quem me mandou para o convento – disse Rosa. – Ela não me queria por perto. Disse a todo mundo que eu tinha morrido.

– Mas isso é impossível – respondeu Ada.

Rosa olhou para ela, sem compreender.

– A marquesa não estava lá quando você nasceu – disse Ada. – Ela ficou no Egito, onde eles estavam passando a lua de mel. Apenas o marquês voltou quando ficou sabendo que a irmã estava gravemente doente. Ninguém questionou; afinal, todo mundo sabia que as duas se odiavam. A marquesa só voltou à vila um mês depois do funeral. Chegou tarde da noite, por isso eu não a vi. Estava doente também, tinha contraído algum mal egípcio, e ficou no quarto durante semanas. Apenas a criada dela e a *signora* Guerrini lhe atendiam. Depois disso, nunca mais deixou de estar pálida e doente e nunca mais comeu direito.

– Corvo, precisamos ir – chamou o Estorninho.

A não ser pela confirmação de que era filha de Nerezza, o cenário que Rosa tinha montado desmoronou.

– Então provavelmente foi o marquês que me mandou para o convento. Mas por que ele faria isso? Por que me mandaria embora e depois me buscaria outra vez, tantos anos depois, para ser a preceptora de Clementina? Não faz sentido. Ele nunca pareceu achar que eu fosse outra coisa que não uma órfã do convento.

– Corvo! – o Estorninho encarou Rosa, e ela não teve escolha a não ser despedir-se apressadamente de Ada e Paolina e segui-lo.

– Volte mais vezes – falou Ada. – Vamos conversar mais.

Enquanto Rosa e o Estorninho retornavam ao acampamento do Bando, Rosa virou-se e viu de relance a estrada que ligava Florença a Fiesole. Cada vez que ela a percorrera, tinha sido uma viagem significativa. Mas será que um dia descobriria quem a tinha feito passar ali pela primeira vez – e por quê?

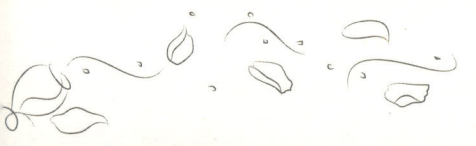

Rosa esperou até que o Estorninho tivesse falado com Luciano antes de se aproximar da barraca dele. Quando entrou, viu que ele percorria com o dedo o contorno de um mapa de Florença. Luciano sorriu para ela, e Rosa lembrou-se da primeira vez em que o vira com o sol nos olhos, naquele dia à beira do Arno. Que grande jornada eles tinham vivido desde então.

O Estorninho tinha dito a ela que o Porteiro – nome de batalha de Giovanni – convidara os líderes do Bando para visitá-lo no dia seguinte. Rosa achou que era melhor alertar Luciano.

– Luciano, o Porteiro é...

– O líder partisan mais capacitado da área – Luciano cortou-a. – Ele organizou algumas missões notáveis, o que significa que os alemães estão ansiosos para pôr as mãos nele. É perigoso, eu sei, mas já faz algum tempo que admiro a liderança desse homem. É uma honra ele ter considerado se juntar a nós. Era isso que você queria me falar?

Rosa fez que não com a cabeça. Parte dela ficou tentada a se afastar e não dizer nada, porém ela precisava contar aquilo a Luciano. Não havia maneira de amortecer o golpe. Ela tinha que ser direta.

– Ele é Giovanni Taviani. É o seu pai.

Luciano olhou-a com descrença. Quando finalmente absorveu aquelas palavras, levantou-se da cadeira e afastou-se. Rosa encheu-se de pena. Tanto ela quanto ele eram pessoas em luta com seu passado.

– Você tem certeza? – perguntou ele. – Como é que você sabe?

– Ele era o porteiro da Vila Scarfiotti. Muitos membros do grupo dele trabalhavam lá. Faz alguns anos que eu descobri que ele era o seu pai, mas não havia necessidade de lhe contar naquela época. Eu não queria lhe causar dor.

Luciano tinha tanta agonia no rosto que o coração de Rosa também doeu. Ela imaginou, caso Nerezza estivesse viva e Rosa a estivesse vendo pela primeira vez, o que elas diriam uma para a outra. Juntar-se ao Bando era a coisa mais importante que Rosa tinha feito na vida. Mas será que sua mãe teria sido fascista? Se Rosa não tivesse sido mandada ao convento, será que compartilharia dessas crenças também? A possibilidade a fez se encolher. Ela olhou novamente para Luciano. Um turbilhão parecido devia estar rodopiando dentro dele, com a diferença de que era tudo verdade. No caso dela, era apenas especulação.

– Ele é outra pessoa agora – disse Luciano. – Alguém que eu não conheço. O Porteiro. O famoso partisan. Não o meu pai.

– O que você vai fazer? Vai se recusar a juntar-se a ele?

Luciano balançou a cabeça.

– Ele não vai me reconhecer – respondeu baixinho. – Eu tinha 10 anos quando ele foi embora. Agora sou um homem.

– Então você ainda vai se juntar ao grupo dele e compartilhar o comando?

Luciano fechou os olhos, tentando dominar sua dor.

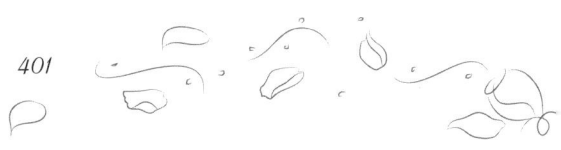

— Eu não tenho escolha. Preciso pensar em vencer a guerra, e essa é a única maneira de conseguirmos fazer algo significativo.

Rosa ficou imaginando se era possível Giovanni não reconhecer sua própria carne e sangue. Imaginou também o que aconteceria com seu recém-encontrado senso de dignidade se ele descobrisse que Piero e Carlo estavam mortos – e como haviam morrido.

No dia seguinte, enquanto Rosa acompanhava Luciano, o Estorninho e o Perdiz ao acampamento da Equipe, começou a pensar em Nerezza outra vez. Será que havia sido muito dura com a mãe ao supor que ela teria sido fascista? Rosa pensou no caderno e em como ficara fascinada com Nerezza quando vira as miniaturas de óperas. Nerezza era uma grande artista. "Artistas são pessoas sensíveis", Rosa conjeturou. "Ela jamais teria se comportado como a marquesa. O marquês não era fascista, então talvez sua irmã também não tivesse sido." Rosa começou a imaginar como teria sido ser criada pela mãe. "Acho que Nerezza seria severa", pensou Rosa, "mas nós teríamos em comum o amor pela música e por idiomas. Eu não sou bonita como ela. Será que ela teria ficado decepcionada com isso, ou teria me amado do mesmo jeito?" Ela encolheu-se ao lembrar que a data de sua concepção havia sido riscada no caderno da mãe. Porém, talvez isso dissesse mais sobre o sentimentos de Nerezza pelo Barão Derveaux do que pela filha? Rosa lembrou que, ao descobrir que estava carregando o filho de Osvaldo, sentira o oposto de alegria, mas depois que Sibilla nasceu passara a amá-la imensamente. "Teria sido assim com a minha mãe", concluiu. "Ela teria me adorado do jeito que eu adoro a Sibilla. Toda mãe sente isso, é natural. É a coisa mais natural do mundo."

Rosa sentiu um aperto no estômago quando eles se aproximaram do acampamento da Equipe. "Coitado do Luciano", pensou. Rosa havia sido incluída no encontro porque a Equipe tinha diversas mulheres partisans – não *staffette*, mas combatentes de verdade. Além de Ada e Paolina – que, Rosa deu-se conta, estavam limpando as próprias armas quando as três se encontraram no dia anterior –, havia as criadas da Vila Scarfiotti e duas esposas de fazendeiros que tinham visto seus filhos serem enforcados e suas casas, demolidas até o chão. Sem nada a perder, haviam se juntado aos partisans, e atiravam tão bem quanto qualquer homem. Luciano, nunca confortável com o fato de mulheres serem soldados, queria Rosa lá para acalmar tensões caso fosse necessário.

Quando os representantes do Bando chegaram ao seu destino, encontraram uma atmosfera amistosa.

— Bem-vindos, camaradas – disse o vice-comandante, cujo nome de batalha era Criado.

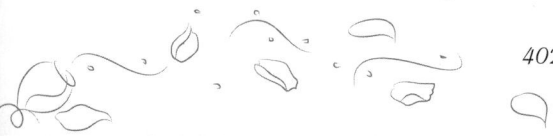

Rosa ficou pensando se o encontro azedaria quando Luciano visse o pai pela primeira vez. Giovanni emergiu de sua barraca, e Rosa estudou seu rosto, procurando qualquer sinal de que ele reconhecera o filho. Não encontrou nenhum. Apenas a resignação triste no olhar, contradizendo a determinação evidente no queixo protuberante e na postura altiva.

Luciano hesitou, mas dominou suas emoções, olhando Giovanni no rosto.

– Então finalmente nos conhecemos – disse Giovanni, tomando a mão de Luciano e agarrando seu cotovelo. – Falcão. É uma honra.

Giovanni conduziu a delegação para dentro de sua barraca. Ao grupo se juntaram também o Criado e a Cozinheira, que, obviamente, era Ada.

Um rapaz apareceu com uma garrafa de vinho, e Giovanni o serviu. O homem virou-se para Luciano, e Rosa pensou ter visto algo faiscar em seus olhos, mas talvez fosse apenas uma ilusão de ótica.

– Ouvi falar que você lutou na Espanha – disse ele. – E, embora os Republicanos tenham sido derrotados, você é lembrado como um líder de destaque.

– A Espanha me transformou no que sou – respondeu Luciano. – Transformou-me de ativista político em guerreiro. Foi lá que aprendi tudo.

Giovanni ergueu a sobrancelha e sorriu, servindo um copo de vinho para Luciano.

– E o que foi que você aprendeu?

– A não gastar minhas energias com vingança. A não perseguir e destruir o inimigo simplesmente para satisfazer a um sentimento humano fraco. Homens e munição são apenas para propósitos úteis. Devemos atacar apenas alvos que nos ajudem a chegar mais perto da justiça e da liberdade.

Giovanni, impressionado, fez um aceno de cabeça.

– Então você aprendeu bem – disse ele.

O Criado virou-se para Rosa.

– E você é a partisan mulher da qual ouvimos falar? A que corre feito um cervo na floresta?

Rosa ficou constrangida e vermelha. Ela estava treinando em segredo. Não fazia ideia de que estava sendo observada por outros grupos de partisans. Porém, quando olhou para o Criado, viu que sua intenção tinha sido elogiar, não repreender.

– Nós temos muitas mulheres soldados aqui – disse Giovanni, fazendo um aceno de cabeça na direção de Ada. – Elas acabam sendo os combatentes mais bem-sucedidos, pois têm o elemento surpresa a seu favor. Os soldados alemães não esperam que um grupo de mulheres juntando feno de repente aponte armas para eles.

Luciano moveu-se, demonstrando seu desconforto. Rosa sabia que, para ele, mulheres não deveriam lutar. Era papel dos homens fazer isso por elas. Aos olhos dele, uma mulher que precisava se defender sozinha era uma humilhação para o homem que deveria protegê-la.

O assunto mudou para estratégia. Como o front se aproximava, os partisans precisavam formar divisões menores a fim de conseguirem continuar escondidos e movimentando-se com agilidade, mantendo ao mesmo tempo uma comunicação eficiente e uma corrente efetiva de comando, de modo que pudessem se reagrupar quando a situação assim pedisse. O grupo estava conversando fazia mais de uma hora, quando o zumbido de aviões cortou o ar.

– Alemães! – gritou o Criado.

Giovanni saiu da barraca imediatamente, seguido pelos outros.

– Protejam-se – ordenou ao grupo dele. – Eles estão vindo nesta direção.

As barracas do acampamento já estavam escondidas embaixo de galhos, e os partisans rapidamente desapareceram para dentro delas. Giovanni conduziu a delegação para dentro de um bunker de madeira improvisado, enterrado no chão até a metade.

Os aviões voaram baixo perto do acampamento, mas não atiraram, desaparecendo na direção das montanhas.

– Fiquem onde estão – gritou Giovanni para o acampamento. – Eles podem voltar.

– Você acha que eles nos viram? – perguntou o Criado.

Giovanni balançou a cabeça.

– Eu não sei. Mas, quanto antes nós nos separarmos e mudarmos este acampamento de lugar, melhor.

Então, virando-se para Luciano, falou:

– Desculpe nossa reunião ter sido interrompida, mas é melhor você voltar ao seu acampamento e mover seus homens. Fiquei incomodado com esses aviões.

– Eu também – respondeu Luciano.

Assim que eles saíram do bunker, ouviu-se um bombardeio a distância, seguido pelo som de tiros. Luciano ficou pálido.

– Está vindo da direção do nosso acampamento! Estão atacando o Bando!

Ele avançou pela montanha em disparada e desapareceu em meio às árvores. Houve mais explosões. Giovanni convocou seus partisans e os dividiu em dois grupos: um para mudar o acampamento de lugar e outro para seguir a ele e a Luciano. Ada entregou uma metralhadora a Rosa, e as duas correram atrás dos homens, que seguiam rapidamente na direção do acampamento do Bando.

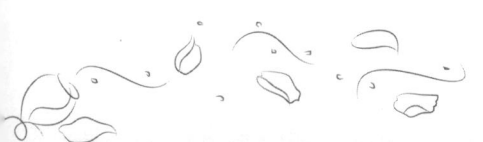

Quando os partisans chegaram aos limites do acampamento, uma cena terrível os aguardava. O lugar estava cercado por soldados alemães da tropa de choque. Rosa estremeceu ao reconhecer a insígnia de caveira sobre ossos cruzados nos capacetes e nas jaquetas. Aquela era a unidade de elite, enviada apenas para manobras especiais. Mas como tinham descoberto o acampamento?

Rosa viu que o Pica-Pau, que ficara no comando, tinha movido os partisans para dentro das trincheiras de defesa. Marisa e Genoveffa estavam passando a munição ao longo da linha. O Bando era formado por guerreiros destemidos, mas mais cedo ou mais tarde eles ficariam sem munição, e não haveria jeito de escaparem. Estavam lentamente sendo cercados. Os alemães dispararam uma bomba, que atingiu a velha sede da fazenda que o Bando vinha usando para estocar seus equipamentos. Outra atingiu o celeiro que servia de esconderijo e hospital. Ele ardeu em chamas. Rosa encolheu-se. Onde estava Fiamma?

Rosa virou-se para Luciano, que assistia horrorizado ao desastre. Giovanni dividiu seus partisans em destacamentos e ordenou que avançassem na direção dos alemães. Um dos pelotões correu a campo aberto para servir de distração, enquanto os outros permaneceram escondidos na floresta. Rosa viu que eles pretendiam atirar na tropa de choque pelas costas, cercando assim um lado da força de ataque alemã.

Os soldados da tropa de choque ficaram surpresos ao perceber que estavam levando bala de dois lados. Havia mais partisans lutando do que eles tinham previsto. Rapidamente, tomaram nova formação a fim de atirar em todas as direções. Entretanto, estavam em número menor e expostos; Giovanni tinha sido mais inteligente. Os partisans do Bando agora tinham a chance de apontar suas armas somente para a tropa de choque, atacando-a pela retaguarda. Com os partisans de Giovanni dando cobertura, a tropa de choque não teve escolha a não ser recuar ao longo da margem do rio. Porém, não demoraria muito até que uma unidade de elite como aquela se reagrupasse, e ninguém sabia quando os aviões retornariam. Os partisans não tinham condições de ficar em campo aberto por muito tempo.

Os alemães recuavam, e os partisans avançavam para cima deles. Rosa viu que vários homens feridos estavam sendo deixados para trás na trincheira. Se os partisans precisassem fugir repentinamente, não haveria chance de salvá-los. Fiamma cambaleou para fora do celeiro em chamas. Estava longe demais dos partisans para alcançá-los. Se a tropa de choque retornasse, ela seria coberta por uma chuva de balas – ou, pior, seria capturada. Rosa estudou a linha de batalha. Dois alemães mortos jaziam perto da metralhadora que antes estavam utilizando, detrás de uma pedra. Rosa olhou para Ada, que estava pensando a mesma coisa. Se elas conseguissem alcançar a arma, podiam atirar direto na direção da margem do rio, interrompendo a retirada da tropa de choque. Os alemães seriam forçados a fugir em diversas direções, o que retardaria sua capacidade de se reagrupar.

– Dê-me cobertura – gritou Ada, dando um tapa nas costas de Rosa.

Antes de perceber o que estava fazendo, Rosa viu-se fora da floresta, atirando nos soldados alemães que restavam, ao mesmo tempo em que corria na direção da metralhadora. Ada chegou primeiro, seguida por Rosa, que rolou de lado rápido o suficiente para escapar de uma bala que passou zumbindo pela sua cabeça. Ela se apoiou nos cotovelos. Ada estava com a metralhadora e atirava na direção do rio. O som era ensurdecedor.

Um soldado apareceu perto das mulheres, saído de trás de uma árvore. Rosa arregalou os olhos quando ele encostou no gatilho da arma, mas por algum milagre a arma travou. Luciano o apagou com uma rajada de balas enquanto corria na direção das duas.

– Voltem para dentro da floresta! – gritou ele, tomando a arma delas.

Rosa e Ada obedeceram, dando cobertura a Luciano enquanto voltavam para dentro da floresta. Rosa não fazia ideia se tinha atingido algum dos soldados, mas pelo menos ela os tinha feito se agachar em busca de proteção.

Giovanni ordenou aos homens que avançassem. O Estorninho foi até Luciano, e juntos eles moveram a arma até uma posição mais próxima. Porém, a tropa de choque não estava mais atirando; os soldados estavam em retirada total. Rosa examinou a cena. Quatro partisans da unidade de Giovanni estavam mortos. Outros três estavam feridos. Na trincheira em que o Bando tinha lutado, Rosa avistou dez mortos e cinco feridos. Fiamma agora estava fora das linhas inimigas, e Rosa correu até ela.

– Rápido! – gritou ela. – As caixas de remédios!

As duas correram para dentro do celeiro em chamas. Algumas vigas estavam caindo, mas as caixas não estavam perto do fogo. Elas agarraram tudo que conseguiram e saíram correndo. As macas estavam escondidas no feno perto da porta, que, por sorte, não tinha pegado fogo. Elas as arrastaram para fora. Embora a tropa de choque tivesse recuado, os partisans precisavam agir rápido. Salvar os feridos lhes custaria tempo, mas não era da natureza de Giovanni nem de Luciano deixar seus homens para trás. Eles teriam enterrado os mortos se pudessem, porém não havia tempo para isso.

Rosa reassumiu o papel de enfermeira e instruiu os partisans a colocar os feridos em macas e levá-los o mais rápido possível para dentro da floresta. Estava prestes a correr atrás deles, quando viu Marisa, morta na trincheira. Genoveffa estava ao lado dela, chorando. Embora não fosse prioridade levar os mortos e Marisa nunca tivesse gostado de Rosa, ela não podia deixar a mulher daquele jeito. Apanhou uma maca e disse a Genoveffa:

– Vamos levá-la junto.

Genoveffa lançou um olhar surpreso para Rosa e depois fez que sim com a cabeça. Rosa apanhou os ombros moles de Marisa, enquanto Genoveffa agarrou os pés. Elas transportaram o corpo de Marisa para dentro da floresta, onde dois partisans tomaram a maca. Rosa correu na direção de Luciano, que estava conversando com Giovanni.

– Os feridos vão atrasar vocês – disse ela. – Tem uma caverna não muito longe daqui. Eu e Fiamma podemos ficar lá com quem estiver machucado.

– Vocês vão ser alvos fáceis quando os alemães aparecerem – disse Luciano. – Não vão ter para onde correr.

– Vamos todos morrer se vocês não derem o fora daqui o mais rápido possível – retrucou Rosa. – Deixe a gente passar a noite lá. Se os alemães não vierem até amanhã, vocês podem voltar e nos buscar.

Luciano estava prestes a recusar, quando Giovanni se aproximou.

– O que ela está dizendo faz sentido. Pelo que vi, a Corvo sabe cuidar de si mesma.

Luciano relutantemente concordou com o plano de Rosa, mas ordenou a dois de seus homens que vigiassem a entrada da caverna com suas metralhadoras e deixou com elas um pouco de munição. Ele virou-se para Rosa e estava prestes a dizer algo, quando os homens carregando o corpo de Marisa passaram.

– Parem! – disse Luciano.

Ele manteve o rosto rígido, mas Rosa viu a dor em seus olhos. Luciano não amara Marisa do jeito que amava Rosa, mas ela tinha sido sua "esposa" partisan, e isso significava alguma coisa. A mão de Luciano tremeu quando ele tocou a bochecha de Marisa. Rosa sentiu a dor dele. Para um homem que já havia perdido tanto, cada perda doía mais, não menos.

– Vamos levá-la junto para a caverna – disse Rosa. – Se tudo ficar bem, poderemos enterrá-la amanhã.

Luciano olhou para Rosa.

– Obrigado – disse, com a voz rouca. – O Porteiro está certo. Você é uma guerreira. Uma das melhores que temos.

A noite na caverna foi cheia de tensão. Rosa e Fiamma precisavam cuidar dos feridos antes que a noite caísse, já que não poderiam acender uma fogueira, por risco de serem localizadas pelo inimigo. Por sorte os homens não tinham sofrido ferimentos em nenhum órgão vital, apenas nos membros. Rosa e Fiamma rapidamente limparam as feridas e fizeram curativos. Rosa passou os olhos pelo corpo de Marisa. Não tinha sobrado nenhum cobertor para envolvê-la, e Rosa ficou novamente impressionada com o perfil de rainha da mulher. Ela tinha sido quieta em vida e agora estava silenciosa na morte, pensou Rosa. Lembrou-se de

Marisa mandando-a tirar a pele dos coelhos mortos e ficou imaginando o que havia inspirado a camponesa simples a juntar-se aos partisans.

Ao amanhecer, Luciano chegou com alguns integrantes do Bando para transportar seus camaradas. Primeiro, porém, cavaram uma cova para Marisa. Rosa e Fiamma puseram flores silvestres no cabelo dela e um maço em suas mãos antes de ela ser colocada na terra. Rosa não conseguiu olhar para o rosto de Luciano, com medo da dor que veria ali.

Em seguida, eles avançaram pela floresta na direção do novo acampamento. Os feridos seriam levados para o celeiro de um fazendeiro simpatizante.

Luciano emparelhou o passo com Rosa.

– O agente duplo que Orietta está rastreando – disse ele em voz baixa –, acho que foi ele quem deu aos alemães a localização do acampamento. Sei que Orietta voltou a Borgo San Lorenzo faz dois dias. Quero que você vá até lá e conte a ela o que nos aconteceu. Talvez isso ajude a identificar exatamente quem é esse agente.

Após o ataque dos alemães, tanto o Bando quanto a Equipe tinham se separado em divisões menores. Enquanto Fiamma instalou-se com os homens feridos perto de Vicchio, Rosa ficou no acampamento de Luciano perto de uma sede de fazenda no Vale Mugello. A esposa do fazendeiro deu a Rosa um vestido floral para sua missão em Borgo San Lorenzo – todos concordaram que era melhor que ela mudasse a aparência, caso alguém a reconhecesse de sua última visita. Rosa ficou emocionada, porque aquele era, obviamente, o vestido mais bonito da mulher, guardado para ocasiões especiais. A filha da mulher cortou o cabelo de Rosa e o descoloriu para ficar loiro. A moça era cabeleireira em Sesto Fiorentino, mas tinha voltado a morar com os pais depois que o marido se juntara ao exército. Ele agora era prisioneiro de guerra na Alemanha.

– Ah, Jean Harlow! *Bella*! *Stupenda*! – elogiaram as mulheres, quando o resultado final foi revelado.

Antigamente, cabelo descolorido era coisa de prostituta na Itália, mas Hollywood tinha mudado isso. Muito embora filmes norte-americanos tivessem sido banidos durante a guerra, isso não impedia as jovens italianas de imitar as estrelas de cinema e pintar o cabelo. Rosa achava que o loiro não combinaria com sua pele e olhos escuros, porém a cor não lhe caía mal e a fazia parecer mais jovem. Ela desbastou as grossas sobrancelhas, deixando-as com o formato de arcos, e se transformou em uma jovem coquete. Não pôs maquiagem, mas avivou a pele beliscando as bochechas. O quadro ficou completo quando o fazendeiro apareceu com o meio de transporte de Rosa: uma bicicleta puxando um carrinho de sorvete. No toldo se liam as palavras *Luigi's Gelato*.

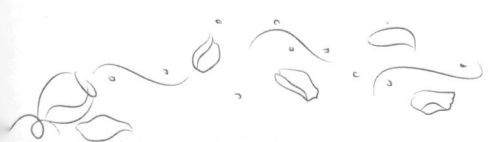

– Tomem cuidado na estrada – Luciano alertou Rosa e o fazendeiro, que a levaria até uma parte do caminho em uma carroça puxada por um burro, já que seu caminhão tinha sido confiscado pelos alemães. Os Aliados andavam bombardeando veículos nas estradas, e gangues de bandidos vagavam pela floresta alegando serem partisans, quando não passavam de ladrões e estupradores. Luciano nutria um ódio fervoroso por eles, pois tinham feito os fazendeiros se voltarem contra os partisans.

– Se eu apanhar um – jurou ele –, eu enforco.

O fazendeiro deixou Rosa a uma certa distância de Borgo San Lorenzo. Quando ela chegou à cidade, estava com as coxas esfoladas e as panturrilhas doloridas. Embora o carrinho de sorvete estivesse vazio, tinha sido difícil vencer as montanhas e os buracos abertos na estrada pelo bombardeio. Ao contrário da primeira visita, dessa vez havia dois soldados alemães patrulhando a estrada principal da cidade. Rosa perguntou-se por quê. Por sorte, Borgo San Lorenzo era uma cidade relativamente grande, portanto seria mais fácil mentir que ela estava indo ajudar uma prima do que teria sido nas aldeias menores do vale. Rosa diminuiu a velocidade quando chegou à patrulha. Um dos soldados acenou para ela continuar, mas o outro a parou.

– O que tem no seu carrinho? – perguntou ele.

– Está vazio – respondeu ela, dizendo a verdade. – Vou encher quando chegar à loja da minha prima.

– Vai encher do quê? – perguntou o soldado.

– De granadas – Rosa respondeu, sorrindo.

O soldado sorriu também. A intuição de Rosa estava certa. Ele a tinha parado porque a achara bonita, não porque suspeitasse dela. O rapaz era mais novo que ela e tinha uma cara simpática. Uma guerra brutal não parecia ser o lugar dele.

– Você vende sorvete? – perguntou ele.

– Só nas ruas principais e na *piazza*, quando minha prima não consegue achar ninguém mais para fazer isso.

Rosa esperava que o interrogatório do soldado parasse por ali. Ele então ficou sério.

– Não sei se você vai vender muito por aqui hoje – disse ele. – Eu ficaria longe do centro da cidade se fosse você. Tem algo lá que você não vai querer ver.

O outro soldado tossiu, como que para relembrar ao colega que não fosse simpático com a população local. O primeiro soldado deu um passo para trás e acenou para Rosa prosseguir, o que a encheu de alívio. Porém, ela ficou intrigada com o que ele tinha dito. Por que ela não venderia muito? Era um dia quente de primavera: perfeito para saborear um sorvete.

A sensação de que havia algo errado aumentou quando ela seguiu na direção do hotel em que tinha se hospedado com Orietta. As venezianas das casas estavam fechadas apesar do tempo bom, e as poucas pessoas que estavam nas ruas se moviam com pressa e tinham uma expressão estupefata no rosto. Rosa avistou um padeiro fechando a grade de sua loja.

– Não vá até o centro da cidade – disse ele.

Atrás do homem, Rosa viu a esposa dele chorando no avental.

O hotel ficava perto do centro, portanto Rosa tinha pouca escolha a não ser seguir naquela direção. À medida que se aproximava, notou que havia mais soldados alemães e milicianos fascistas nas ruas. Ficou imaginando se algum tipo de repreensão severa havia ocorrido. Nesse caso, talvez Orietta já tivesse fugido. Rosa estava pensando no que fazer, quando se aproximou de uma rua ladeada por árvores. Um policial lhe abriu um sorriso sarcástico e acenou para ela prosseguir. Rosa pedalou mais um pouco e deu de cara com uma cena que a assombraria para o resto da vida. Da metade da rua para a frente, de cada árvore pendia o cadáver de um italiano executado. As vítimas tinham sido enforcadas com arame. Rosa tinha avançado demais para que conseguisse voltar sem chamar atenção. Os alemães haviam executado as vítimas como um exemplo para a população italiana. Cada um tinha uma placa em volta do pescoço: "este homem era um partisan"; "este homem ajudava judeus"; "este homem desertou do exército". Alguns tinham perdido o controle da bexiga e do intestino ao serem enforcados. Alguns tinham quase sido decapitados pelo arame fino. As mãos estavam amarradas, mas os pés não, e era evidente que a morte não tinha sido rápida. Rosa sentia uma escuridão crescer dentro do coração a cada cadáver pelo qual passava.

Debaixo de uma árvore, uma família chorava reunida. Um homem estava curvado no chão sob o corpo de um menino que não tinha mais que 15 anos. *Desrespeitou o toque de recolher*, lia-se na placa dele. Rosa sentiu o sangue ferver. A imagem dos cadáveres não a assustava; já fazia tempo que ela tinha superado o medo de morrer. O que aquela cena despertou foram seus instintos assassinos. Os outros corpos eram de partisans ou de pessoas que os haviam ajudado. Soldados e milicianos fascistas desfilavam pelas ruas para impedir que os cadáveres fossem baixados das árvores.

Rosa agora tinha certeza de que Orietta saíra da cidade. Era perigoso demais para qualquer partisan ou *staffetta* permanecer ali. Ela ficou triste pelos cidadãos que ajudavam partisans ou judeus e que agora corriam perigo de sofrer represálias. Será que Orietta tinha descoberto a identidade do agente duplo que estava rastreando quando Rosa a vira pela última vez? Certamente muito daquilo era resultado do trabalho dele.

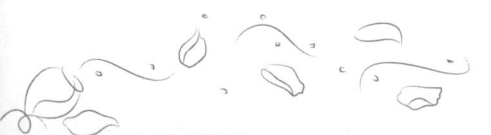

Quando Rosa estava quase chegando ao fim da rua, apertou com força os freios da bicicleta. O último corpo era de uma mulher. A saia branca esvoaçava com a brisa. Uma das sandálias tinha caído. A outra continuava no pé. Eram sandálias de salto anabela, do tipo peep-toe, com laços nos tornozelos: os calçados de uma mulher bem vestida. De repente, uma imagem formou-se em sua cabeça. Ela viu Orietta comendo ravióli com seu vestido de tafetá de seda na noite em que a encontrara para apanhar o dinheiro do Bando. O traje chique era parte do disfarce.

– Ah, meu Deus! Não! – gritou Rosa, seguindo lentamente na direção da árvore.

Ela olhou para cima. O chão moveu-se sob seus pés quando ela reconheceu o rosto de sua querida Orietta. Do pescoço do cadáver pendia a palavra *Espiã*. Rosa cambaleou para trás. Largou a bicicleta e ela tombou, levando o carrinho junto. Um miliciano se aproximou.

– Você conhecia ela? – ele exigiu saber. – Ela não era desta cidade. Você é uma *staffetta* também?

Rosa tinha raspado os joelhos ao cair. Ela se levantou e olhou para o miliciano, mas não conseguiu responder. Não tinha palavras para lhe dizer; não tinha palavras para expressar aquele horror. O fascista interpretou a mudez dela como a de uma menina simples de estômago fraco que tinha se deparado com uma visão desagradável.

– Circulando – sibilou ele. – Fora daqui já!

Rosa mal sentiu as pernas se moverem enquanto tentava montar novamente na bicicleta. Por fim, decidiu empurrá-la até dobrar uma esquina e sair do campo de visão do fascista. Sentou-se em um degrau e desabou contra uma porta. De todas as coisas terríveis que tinha visto, aquela seria a que acabaria com ela, não tinha dúvida. Rosa não conseguia pensar com clareza. Sentiu uma ânsia e cobriu a boca com as mãos. Orietta! Querida, amada Orietta!

– Bem, você achou a *staffeta* famosa – Rosa ouviu uma voz de homem dizer.

Ela sentiu a coluna formigar e olhou para cima. Seu coração quase parou quando ela percebeu que estava apoiada contra a porta da delegacia de polícia. A voz tinha vindo de uma janela aberta. Ela apanhou a bicicleta e tinha começado a se afastar, quando o homem falou outra vez:

– Se lhe alivia a consciência, pode ficar agradecida pelos alemães terem pagado a ela generosamente pelas informações.

Rosa congelou. O estado de choque diminuiu, e a disciplina militar para a qual ela vinha se treinando foi mais forte. Ela ajeitou a saia e o cabelo e abaixou o pezinho da bicicleta, fingindo ajustar o carrinho, mantendo o rosto escondido. Em seguida, apanhou a bolsa de mão do cesto da bicicleta; sua pistola estava escondida ali dentro.

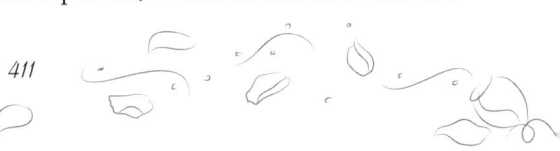

A porta da delegacia de polícia se abriu. Com sua visão periférica, Rosa viu um homem à paisana sair. Ela sentiu o cheiro da loção pós-barba almiscarada e dos cigarros caros. O homem passou por ela, e Rosa sentiu suas sombras se cruzarem. Olhou para cima e avistou seu perfil: Emanuele. Ele avançou pela rua e dobrou a esquina. Rosa subiu o pezinho e montou na bicicleta, seguindo-o. "Sua única fraqueza é que ele ama a alta sociedade e não é muito bom em fazer sacrifícios quando a ocasião pede." O sangue de Rosa gelou quando ela se lembrou das palavras de Orietta e compreendeu o que tinha acontecido. Emanuele era o agente duplo e tinha sido pago para dar informações sobre Orietta. Agora Rosa sabia por que os alemães haviam descoberto a localização do Bando. Emanuele tinha contado a eles.

Rosa desmontou da bicicleta e a apoiou contra uma parede, seguindo Emanuele a pé o resto do caminho. Ela não permitiria que ele escapasse. Se os alemães usavam os patriotas italianos como exemplo, então Rosa mostraria como os partisans lidavam com italianos traidores. Ela manteve distância o suficiente para ver aonde Emanuele estava indo sem atrair a atenção dele. O fato de as venezianas das casas estarem fechadas e de não haver ninguém na rua ajudava. As pessoas tinham recolhido até seus cães e gatos para dentro de casa, de tanto medo que sentiam. Rosa apalpou a arma em sua bolsa de mão. Ela era um soldado e sabia exatamente o que fazer. Se Emanuele fosse alemão, talvez ela se preocupasse com as represálias que a população da cidade pudesse sofrer. Mas ele não era. Ele não passava de escória. E precisava ser silenciado.

Emanuele parou em frente a uma casa no fim da rua. Tirou uma chave do bolso, abriu a porta e entrou. Rosa agachou-se sorrateiramente embaixo da janela da frente, esforçando-se para ouvir outras vozes lá dentro. Mulher? Filhos? Não ouviu nada. Tirou a pistola da bolsa, escondeu-a embaixo do braço e bateu à porta. Alguns segundos depois, Emanuele atendeu, abrindo um sorriso largo de contentamento ao ver que a visitante era uma mulher bonita.

– Eles lhe pagaram bem pela sua alma? – perguntou Rosa.

O sorriso de Emanuele se apagou. Seus olhos brilharam quando ele reconheceu Rosa. Ele fedia a vinho azedo. Tinha bebido.

– Sua amiga sabia que estava agindo contra a lei – respondeu ele.

– A lei de quem?

– A lei da Repubblica di Salò – Emanuele respondeu com maldade. – O verdadeiro governo italiano.

– Não existe mais governo italiano – respondeu Rosa. – Mussolini não passa de um testa de ferro. Nós somos governados pelos alemães. E você é a puta deles.

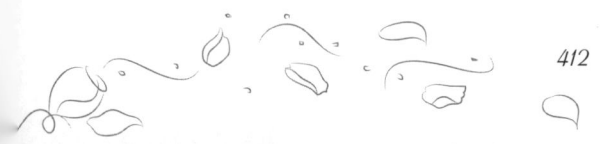

Emanuele fez um movimento na direção da prateleira perto da porta, onde guardava uma arma. Porém, Rosa foi mais rápida. Ela disparou a pistola. A bala acertou Emanuele entre os olhos. Ele caiu de costas e o sangue jorrou da ferida, espalhando-se sobre os ladrilhos. Rosa chutou os pés dele para dentro e fechou a porta. Olhou para os dois lados da rua, mas ninguém tinha saído. Correu até a bicicleta e pedalou furiosamente na direção da estrada que levava para fora da cidade.

Os jovens soldados alemães da patrulha acenaram quando ela passou.

– Boa sorte na venda dos seus sorvetes! – gritou aquele que tinha sido simpático com ela.

Rosa ergueu a mão e acenou um adeus, mas manteve o rosto virado. Pedalou com toda a força para longe da rua de horrores onde sua querida Orietta tinha sido assassinada. E para longe da cena de seu primeiro assassinato. O sol de primavera e a floresta verde pareciam diferentes. Tinham perdido o brilho e a alegria. Os pássaros não cantavam nas árvores. O mundo tinha sido envolto por uma névoa sinistra. Rosa agora via as coisas de um jeito diferente. Ela não era mais a mesma pessoa. Agora ela era uma assassina.

vinte e oito

Rosa retornou de Borgo San Lorenzo no fim da tarde. Giovanni e o Criado estavam no acampamento discutindo táticas com os líderes do Bando.

– O que aconteceu? – Luciano perguntou a Rosa, notando o vestido rasgado e os joelhos raspados.

– Eu matei o agente duplo – disse ela. – Era Emanuele. O amigo da Canário.

– Você fez um interrogatório? – perguntou o Estorninho. – Descobriu que informações ele passou aos alemães?

Rosa balançou a cabeça.

– Não deu tempo. Ele teria escapado. Eu o segui e atirei nele.

– Calma – disse Luciano, agarrando Rosa pelos ombros e virando-se para o Pica-Pau. – Traga um pouco de água para ela.

Giovanni se aproximou e colocou a jaqueta nos ombros de Rosa. Ela tremia, embora o fim de tarde estivesse quente. A terrível imagem de Orietta pendendo da árvore lhe voltou à mente, e ela começou a chorar.

– É melhor mesmo que a Corvo o tenha matado de uma vez – disse o Perdiz. – Podem existir alemães bons, mas fascistas bons *não existem*.

– Como você tinha tanta certeza de que ele era o agente duplo? – perguntou Luciano. – A Canário lhe contou?

Rosa olhou para Luciano e fez que não com a cabeça. O olhar dele escureceu, mas ele não disse nada e esperou que ela falasse. O Pica-Pau lhe trouxe uma lata de água. Ela tomou um gole, mas não foi o suficiente para aliviar sua garganta seca. Nada lhe traria conforto, tampouco tornaria mais fácil contar o acontecido a Luciano.

– Onde ela está? – perguntou Luciano, examinando minuciosamente o rosto de Rosa.

Rosa tremia.

– Ela está morta – respondeu, em meio às lágrimas. – Os alemães pagaram a Emanuele para dar informações sobre ela.

Luciano ficou pálido. Ele cambaleou para trás, e Giovanni o apanhou.

– Quem era essa *staffetta*? – perguntou Giovanni.

A princípio Luciano parecia ter ficado surdo e cego para o mundo. A dor e o choque fizeram a cor sumir de seu rosto. Seus lábios se moveram, mas nenhuma palavra saiu.

Quando Giovanni repetiu a pergunta, a boca de Luciano se franziu de amargura. Ele se contorceu, livrando-se de Giovanni e empurrando o homem para trás.

– Você não se lembra dela porque ela só tinha 1 ano de idade quando você nos abandonou! Carlo não tinha nem nascido. Mas Piero e eu sofremos todos os dias porque você não voltava para casa!

O rosto de Giovanni ficou cinzento. Ele tinha na face a mesma expressão de descrença que Rosa vira nos olhos de Emanuele ao atirar nele.

– Você não me reconheceu! – disse Luciano, apontando um dedo acusatório para Giovanni. – Você não reconheceu seu próprio filho! Você nos esqueceu!

– Não – disse Giovanni, balançando a cabeça. – Não. Eu nunca esqueci.

Rosa e os outros partisans assistiam à cena, sem poder fazer nada para acalmar o drama que se desenrolava diante deles.

– Se fôssemos só nós, eu poderia até perdoá-lo – Luciano arreganhou os dentes. – Mas nunca vou perdoá-lo pelo que você fez com a mãe! Ela morreu de desgosto!

– Não! – disse Giovanni. – Você não entende!

Os dois andavam em círculos. Era doloroso para Rosa ver Giovanni se acovardar; era como ver um animal selvagem reduzido a um fantasma de si mesmo em um zoológico. Sua postura digna desapareceu, e ele voltou a parecer aquele homem ferido e humilhado que ela vira pela primeira vez na Vila Scarfiotti.

– Eu o reconheci, Luciano – Giovanni disse, em voz baixa. – Desde o momento em que você chegou ao meu acampamento. Sabe, você se parece muito com a sua mãe. Mas não havia jeito de remendar minhas ações terríveis e covardes. Eu esperava, pelo seu bem, que *você* não *me* reconhecesse. Rezava para que, de alguma maneira, lutando ao seu lado, eu conseguisse ser para você o pai que devia ter sido.

Luciano fez uma pausa, como se estivesse tentando compreender o que Giovanni tinha dito. Mas então a dor pela perda de Orietta o apunhalou novamente – e ele estava determinado a descontá-la no pai.

– Eu não quero ter nada a ver com você! – disse ele, afastando-se. – Uma vez covarde, sempre covarde!

Giovanni parecia envelhecer com as palavras duras de Luciano. Seus olhos pareciam vazios, exauridos.

– É melhor nós irmos – disse o Criado, agarrando Giovanni pelos ombros. – De nada vai adiantar ficarmos aqui.

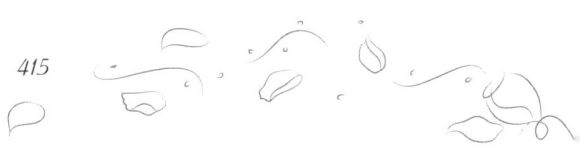

Rosa devolveu a jaqueta a Giovanni.

– Eu me lembro de você também – ele disse a ela. – Que nobre guerreira você se tornou.

Giovanni saiu do acampamento, permitindo-se ser conduzido pelo Criado. Ninguém sabia de quem sentir mais pena: de Luciano, ou de Giovanni, ou de si mesmos, por verem dois grande comandantes partisans se separarem.

Luciano deu uma olhada para os membros do Bando, que assistiam a tudo.

– Voltem ao trabalho! – disse ele, lutando para recobrar o autocontrole. – Todo mundo!

A notícia de que os Aliados tinham libertado Roma trouxe ao Bando uma sensação de euforia, mas também apreensão. Era para os Aliados terem isolado o exército alemão antes que chegassem a Florença, mas a estratégia havia falhado. O front de batalha agora se movia na direção deles. Todos os dias Rosa acordava com o barulho de aviões voando baixo no céu e pontes sendo bombardeadas. Havia rumores de que Florença seria uma cidade aberta, entregue aos Aliados de maneira cavalheiresca. Rosa duvidava. Se o exército alemão tinha sido brutal com os italianos antes da vitória dos Aliados, o que faria agora? Se os alemães haviam perdido a guerra que tanto acreditavam ter o direito de vencer, a mudança de lado por parte da Itália certamente havia exercido uma contribuição significativa para tal acontecimento. As transmissões da rádio britânica noticiando os milhares de romanos que comemoravam na *Piazza* Venezia para dar as boas-vindas aos Aliados não ajudariam os alemães a estimarem os florentinos, os quais ainda não tinham sido libertados.

Os alemães minavam estradas e pontes. Certo dia, quando Rosa estava em uma missão para buscar comida com o Perdiz, quase pisou em uma mina-S. Por sorte avistou a beira do aparelho, onde a terra tinha erodido, e pulou para trás no último momento. O Perdiz procurou a mina com seu canivete e a desarmou inserindo um alfinete na trava de segurança.

– Sabe, Corvo – disse ele, desparafusando o sensor da mina e olhando pensativo para ela –, pouquíssimos partisans que se juntaram aos grupos em 1943 ainda estão vivos. O tempo de vida médio de um guerreiro patriota é menos de um ano. Quando você calcula que nossos números vão subir?

Rosa olhou para ele. Estava tentando recuperar o fôlego depois do choque de quase ter detonado um aparelho programado para lançar-se no ar quando acionado, mandando estilhaços para todas as direções.

– Deus é quem sabe – respondeu ela. – O Falcão sobreviveu à Espanha contra todas as probabilidades. Ele lutava contra o fascismo bem antes disso e sempre participa das missões mais perigosas. E ainda está aqui.

– Sim, mas o Falcão não é exatamente mortal. Não como o resto de nós.

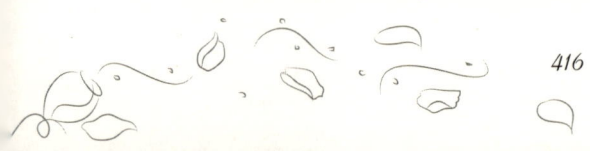

Rosa e o Perdiz subiram até um ponto de observação de onde conseguiam enxergar a estrada que levava ao norte. Dezenas de caminhões alemães estavam saindo de Florença.

– Eles estão movendo suas forças auxiliares – comentou o Perdiz. – Talvez pretendam explodir Florença inteira antes que os Aliados cheguem.

Atrás dos caminhões, vinham dezenas de carros particulares que, segundo o que Rosa descobrira através dos relatórios do serviço de inteligência, pertenciam aos fascistas que ficaram assustados demais para continuar na cidade sem os alemães. Seu olhar moveu-se na direção de Fiesole e da Vila Scarfiotti. O Estorninho andava de olho na vila. De acordo com ele, a marquesa ainda estava lá com seu coronel da SS. Rosa ficou feliz em saber disso. A marquesa era uma fascista que ela não pretendia deixar escapar.

Quando eles voltaram ao acampamento, Rosa sentiu a empolgação no ar. O Estorninho estava guardando o rádio.

– Nós ouvimos uma transmissão do comandante supremo das forças Aliadas – disse ele. – Ele garantiu que os Aliados estão a caminho e pediu a todos os italianos patriotas que cortem as comunicações do exército e destruam estradas e pontes, linhas de trem e fios de telégrafo. Devemos preparar uma emboscada para os alemães que tentarem escapar, mas prender os que se renderem.

Rosa ficou pensando na última ordem. Como eles iriam vigar prisioneiros de guerra alemães, bem como lhes dar de comer? O fazendeiro que ela e o Perdiz tinham visitado só conseguira lhes dar dois sacos de milho. Tivera que entregar tudo aos alemães depois que eles apontaram uma arma para a cabeça dele. Rosa e o Perdiz tinham pegado menos que o fazendeiro lhes oferecera porque viam que ele mal tinha o suficiente para a própria família. Rosa olhou para o Pica-Pau, que consertava uma das barracas. Ela descobrira, através do Estorninho, que os alemães tinham estuprado a mulher e uma das filhas dele e incendiado a casa da família. Ela não queria ser um prisioneiro de guerra alemão que fosse parar nas mãos dele.

Rosa localizou Luciano sentado em um tronco em frente à barraca. Embora ela e o Perdiz tivessem acabado de voltar, Rosa imaginava que Luciano os mandaria sair novamente para levar a mensagem do General Alexander aos grupos de partisans sem acesso a rádio. Porém, ele continuou sentado, desenhando diagramas na poeira com um graveto. Luciano ainda era um dos melhores e mais ousados comandantes da região, porém, desde a morte de Orietta, Rosa tinha visto a luz se apagar dentro dele.

– *Ciao*! – disse ela, sentando-se no tronco ao lado dele.

– *Ciao*! – respondeu ele, olhando brevemente para ela e voltando a olhar para o chão.

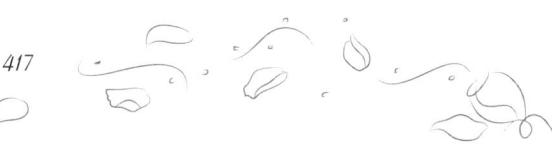

Ela esperou que ele dissesse alguma coisa, mas ele continuou a desenhar formas na poeira.

– É isso – disse ele por fim. – Este é o grande momento. Uma nova Itália está prestes a nascer, e Piero, Carlo e Orietta não estão aqui para ver.

Rosa pôs a mão no braço dele. O Perdiz estava certo ao comentar que a vida de um partisan era curta. A não ser por ela própria, Fiamma, Luciano, Estorninho, Perdiz e Pica-Pau, poucos membros originais do Bando ainda estavam vivos. Os integrantes das forças armadas dos Aliados tinham partido para tentar juntar-se aos seus batalhões, mas quem sabia quantos haviam conseguido? O Bando havia sido repovoado principalmente por jovens em idade de alistamento e membros do *carabinieri* italiano que abandonaram seus postos ao receberem a ordem de vestir camisas negras como os milicianos fascistas. Eles sempre tinham sido essencialmente pró-partisans e não viam por que se arriscar a levar tiros simplesmente por usarem o mesmo tipo de roupa que os fascistas.

– Seus irmãos e sua irmã vão ver – Rosa disse a Luciano. – O espírito deles vive em você.

Ela percebeu que a morte era algo que uma pessoa precisava aceitar ao se tornar partisan. Partisans viam muita gente morrendo – e matavam também. Rosa sentiu um arrepio ao lembrar-se do olhar parado de Emanuele e pensou no momento em que passara raspando pela mina naquela manhã. Ela dissera ao Perdiz que era Deus quem sabia o momento da morte de cada um. Era a primeira vez que mencionava Deus desde que atirara em Emanuele. Um dos jovens partisans que morreram havia deixado para trás uma Bíblia, a qual tinha sido entregue a Rosa. Até o assassinato de Emanuele, ela a lia fielmente todas as noites. Porém, desde que se tornara uma agente da morte, não conseguia mais abri-la. Sentia-se uma hipócrita. Lembrou-se do que Clementina tinha dito e ficou pensando se *a última pessoa no mundo que ainda acredita em Deus* havia perdido a fé.

– Comandante – disse ela, olhando nos olhos de Luciano –, acho que é melhor você contar ao Porteiro sobre a transmissão. Vocês são os dois líderes partisan mais capacitados. Têm que trabalhar juntos – ela gentilmente tirou o graveto da mão de Luciano. – O que o seu pai fez aconteceu quase trinta anos atrás. Ele é um homem diferente hoje. Você não pode esquecer que ele salvou o Bando. Nosso grupo teria sido aniquilado pela tropa de choque se ele não tivesse agido rápido e sacrificado alguns dos homens dele. Seu pai encontrou a coragem dele; talvez seja tarde demais para você, mas não é tarde demais para a Itália. Vocês não podem mudar o passado, mas juntos podem tomar este país de volta. Acho que Piero, Carlo e Orietta... e a sua mãe ficariam orgulhosos se você fizesse isso.

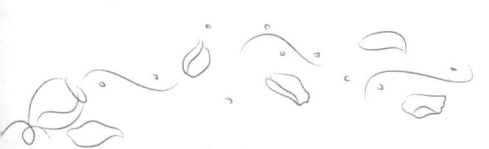

Luciano continuou calado. Rosa não sabia nem mesmo se ele a tinha escutado. Uma formação de Stukas rugiu no céu, perseguida por caças norte-americanos e depois desaparecendo na direção de Florença. Um arrepio percorreu o corpo de Rosa, e ela foi tomada pela mesma inquietação que experienciava quando sentia uma tempestade se aproximando.

Quando o Bando foi dividido em grupos menores, Genoveffa se mudara para uma das brigadas mais acima nas montanhas, deixando Rosa e Fiamma como as cozinheiras do acampamento de Luciano. Agora que era verão, a situação com a comida tinha melhorado levemente e eles andavam tendo sucesso em pensar diferentes maneiras de servir beterraba, alcachofra, castanhas, batatas e arroz. Rosa estava feliz com aquele cardápio, porém os homens exigiam carne. Eles caçavam coelhos e pássaros e os traziam para Rosa esfolar ou depenar, mas ela não encostava neles. Para ela, ainda estavam vivos. Sua afinidade com a fonte das coisas tinha ficado mais forte com a guerra. Mesmo quando ela passava pelos cadáveres de soldados ou civis ao sair para procurar comida, ainda os via como pessoas inteiras e lamentava por tudo que poderia ter sido. Rosa achava todo aquele conflito um desperdício sem sentido, porém se encontrava envolvida nele. Lembrou-se do que Antonio certa vez lhe dissera: "Se você quer ser moral, o único momento de fazer isso é antes de a guerra de fato começar. Depois, é tarde demais. Se você pensar moralmente, será derrotado."

– Neste acampamento, quem quiser comer carne terá que preparar sozinho se a Rouxinol não estiver aqui. A Corvo não tem a obrigação de fazer isso – Luciano disse aos homens, quando eles resmungaram. – Temos sorte por ter entre nós uma enfermeira, uma cozinheira e uma *guerreira*.

Certo dia, enquanto os homens estavam fora em patrulha e Fiamma e Rosa estavam vigiando o acampamento, um camponês apareceu com um cordeiro nos braços.

– Para vocês – disse ele, colocando o cordeiro no chão. – Por tudo que sacrificaram em nome da Itália.

Um cordeiro era um presente e tanto para um homem pobre oferecer, embora Rosa tivesse ouvido falar que os camponeses preferiam dar seus animais aos partisans do que vê-los levados pelos alemães. Fiamma agradeceu, e o camponês fez um aceno de cabeça.

– Eu rezo para que alguma pessoa bondosa alimente meu filho na Alemanha – disse ele. – Para que alguém tenha pena dele também.

O homem logo foi embora, pois tinha medo de ser visto. Rosa e Fiamma olharam uma para a outra e depois para o cordeiro. Ele era perfeito, com lindo cascos, nariz rosa e um olhar doce.

419

– Baa! Baa! Baa! – baliu ele, cutucando Rosa com o focinho.

– Ele acha que eu sou a mãe dele – disse Rosa, tocando a lã macia. – Acha que vou dar de comer a ele.

– O que nós vamos fazer? – perguntou Fiamma. – Ninguém nunca nos trouxe um cordeiro vivo.

Rosa olhou para o cordeiro, alvo e inocente feito um anjo. Embora ela tivesse atirado bem entre os olhos de um homem, não conseguia imaginar que tipo de pessoa tinha a capacidade de passar uma faca na garganta de um animal tão ingênuo. Desde a morte de Emanuele, Rosa passara a considerar-se uma assassina. Percebeu o quão errada estava. Ela continuava abominando a violência e a matança desnecessárias. Se ter moral e compaixão eram defeitos fatais em tempos de guerra, Rosa não duraria muito.

– Baa! Baa! Baa!

– Meu Deus! – disse Fiamma. – Parece um bebê. Acho que vamos simplesmente ter que esperar os homens voltarem. Algum deles vai ter que fazer isso.

– Eles só vão voltar no fim da tarde – respondeu Rosa. – Você consegue cuidar desse cordeiro o dia todo sabendo que mais tarde alguém vai cortar a garganta dele?

Fiamma mordeu o lábio e encolheu os ombros.

– Acho que você tem razão. E os homens vão estar cansados e com fome quando chegarem. Vão ficar brabos conosco por não termos dado um jeito. Eu poderia sugerir que a gente tirasse no palitinho, mas sei que você não vai conseguir fazer isso.

Fiamma foi até a caixa onde eles guardavam as facas e escolheu uma.

– Não está afiada o suficiente – disse Rosa, sentindo o coração na garganta. – Vai ser uma morte lenta e dolorosa.

Fiamma encostou o polegar na lâmina e percebeu que a faca estava cega.

– Acho que nós duas somos definitivamente mulheres da cidade – disse ela, afiando a faca em uma pedra.

O cordeiro cutucou a perna de Rosa outra vez. Rosa não conseguia olhar para aquela cara ingênua. Será que ele esperava clemência por parte de um ser humano, dentre todas as criatura? Será que ele não via o que elas eram?

Quando Fiamma terminou de afiar a faca, colocou-a no cinto e pegou o cordeiro no colo.

– Não vou fazer isso na sua frente – disse ela. – Vou lá para dentro da floresta.

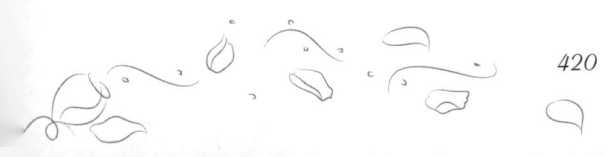

Rosa viu Fiamma desaparecer com o cordeiro em meio às árvores. Precisou virar-se para o outro lado ao ver que ele abanava o rabo alegremente, como se aquilo fosse alguma espécie de jogo. O cordeiro era como um cachorro coberto de lã. Rosa sentiu um enjoo. Matá-lo seria como matar Ambrosio.

Rosa se distraiu remendando algumas roupas dos homens e ajeitando a barraca do hospital. Picou alguns vegetais e começou a preparar um ensopado. Uma hora depois, Fiamma ainda não tinha retornado. Rosa começou a ficar inquieta. Será que Fiamma tinha sido capturada pelos alemães? Será que tinha pisado em uma mina? Rosa ficou angustiada ao pensar que, por causa dela, Fiamma sentira-se obrigada a entrar na floresta. Outra hora se passou. Rosa apanhou sua arma, conferiu-a e recarregou-a. Estava sozinha no acampamento e tinha a estranha sensação de estar sendo vigiada. Não podia abandonar o acampamento – mas onde estava Fiamma?

Outra hora se passou, e ainda nem sinal de Fiamma nem dos homens, os quais Rosa imaginava que já teriam voltado àquela altura. O céu estava escurecendo. Rosa sondou as árvores nervosamente. De repente ouviu um balido, e o cordeiro saiu da floresta, saltitando na direção dela. Rosa levantou-se, agora certa de que tinha acontecido alguma coisa com Fiamma. Pegou o cordeiro no colo e ouviu um quebrar de gravetos. Apanhou sua arma e deslizou para dentro da trincheira, fitando a penumbra. Ouviu outro som, dessa vez vindo de algum lugar atrás de si. Lembrou-se do dia em que a tropa de choque tinha cercado o Bando e teve certeza de que era o seu fim. Pelo menos o resto dos partisans não estava lá e ninguém mais seria morto junto com ela.

Uma mão agarrou seu ombro. Rosa virou-se e deu de cara com Fiamma, agachada junto à trincheira.

– Não consegui – disse ela. – Só conseguia ver a sua cara triste.

Rosa agarrou o próprio peito.

– Você me deu um susto! Por que não chamou quando estava se aproximando do acampamento?

Fiamma, que tinha um olhar rebelde no rosto, não respondeu a pergunta de Rosa.

– Aí eu fiquei pensando... – disse ela, colocando o cabelo atrás das orelhas. – Eu também não quero matar o cordeiro. Ia matar porque achei que os homens iam ficar bravos comigo se eu não matasse. Mas de repente falei: "que se dane!" Por que eu preciso viver para agradar aos homens o tempo todo? Você e eu estamos arriscando a vida, e muitas mulheres, como a Canário e a Gina, perderam as delas, e não temos nem direito a votar neste país. Sim, querido; não, querido; vou matar o cordeiro e prepará-lo para você, querido. Chega!

Rosa estava intrigada. Aquele era um lado de Fiamma que ela nunca tinha visto. Normalmente ela era tão calma, tão disposta a agradar.

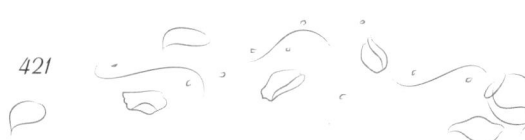

– Vou lhe dizer – falou Fiamma, fitando Rosa com olhos em chamas –, se depois que essa guerra acabar a gente continuar sem o direito de votar, eu me mudo para os Estados Unidos.

Rosa estava considerando relembrar a Fiamma de que, sob o domínio de Mussolini, os homens tampouco tinham votado nos últimos vinte anos, mas então ouviu um estalar de gravetos atrás de si outra vez. Ela pôs os dedos nos lábios.

– Shh! – disse a Fiamma.

– Não me mande ficar quieta – retrucou Fiamma. – Já recebi ordens demais nessa vida!

Rosa apontou para o lugar de onde o som tinha vindo.

– Alguém está nos observando.

Fiamma entrou na trincheira com Rosa e puxou sua pistola.

– Quem está aí? – chamou Rosa.

– Nervosinhas vocês, não? – respondeu uma voz conhecida. Era Ada. – Que difícil encontrar esse novo acampamento!

– *Dio Buono*! – gritou Rosa. Era a segunda vez em cinco minutos que ela quase tinha um ataque do coração.

Ada e Paolina tinham ido ao acampamento levar a mensagem de que os alemães haviam feito trezentos reféns em Florença e estavam ameaçando executá-los a tiros se mais alemães fossem mortos.

– Eles também trouxeram alguma armas do front e as posicionaram em volta da cidade. Os Aliados agora estão a cerca de 70 quilômetros de distância – disse Ada.

– Os alemães estão sendo ainda mais cruéis em sua "técnica da terra arrasada" – acrescentou Paolina. – Estão estuprando aldeias inteiras de mulheres e crianças e matando criações de animais mesmo quando não têm a intenção de comê-los.

Rosa estremeceu ao lembrar-se do que Osvaldo tinha feito com ela. Fazia tanto tempo. Mas ela não desejava aquele terror para ninguém.

– Eles não vão facilitar as coisas e deixar que os Aliados marchem pelo norte e depois tomem a Alemanha – disse Ada. – Destruíram fábricas e laboratórios em Florença e roubaram obras de arte. Vamos terminar na pobreza.

– A mim parece um exército que morre de medo do povo à sua volta – falou Rosa. – E é um sinal de que agora veem a derrota da Alemanha como inevitável.

– Não – disse Ada, balançando a cabeça. – Isso é exatamente o oposto do que eles pensam. Vivem falando de uma arma secreta que a Alemanha está desenvolvendo, algo terrível como o mundo nunca viu. Vão usar na Grã-Bretanha primeiro.

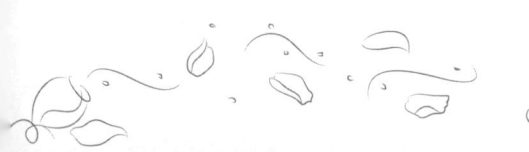

– Eles estão contando muito com essa arma – concordou Paolina. – Tudo que estão fazendo é para tentar ganhar tempo.

Rosa olhou de Ada para Paolina. Será que havia alguma verdade na especulação, ou tudo não passava de propaganda política? Ela também tinha escutado os boatos a respeito de uma arma tão poderosa que colocaria nações inteiras de joelhos em questão de horas.

Além das notícias, Ada e Paolina haviam trazido comida.

– Os fazendeiros em torno de nós têm sido generosos – disse Ada. – O Porteiro disse que devemos compartilhar.

Rosa abriu o saco que Ada tinha trazido e encontrou broas de pão.

– Nós não vemos tanto pão assim desde... bem, desde antes da guerra.

– É uma oferta de paz por parte do Porteiro – disse Ada. – Nós vamos ter uma chance muito maior de explusar os alemães de Florença se nossos grupos se unirem outra vez. Você acha que consegue falar com o Falcão?

– Eu tentei – disse Rosa. – Mas vou falar de novo. Talvez ele mude de ideia quando souber do que vocês nos disseram.

Dentre as outras coisas que Ada tinha trazido havia um pouco de leite, o qual as mulheres concordaram em dar ao cordeiro.

– Mas nós não temos mamadeira – disse Rosa.

– Não precisa – respondeu Ada. – É só mergulhar o dedo no leite e depois o deixar chupar, até aprender a beber sozinho. Ele é velho o bastante para isso.

As mulheres observaram o cordeiro – a quem tinham decidido dar o nome de Speranza, ou seja, *esperança* – beber o leite, abanando o rabo.

– Os homens vão querer comer esse cordeiro – disse Paolina.

– Azar o deles – disse Fiamma. – Agora ele é o bicho de estimação da Corvo.

A escuridão estava caindo, e com ela veio o som de novos bombardeios. Algumas explosões, embora distantes, fizeram a terra vibrar. Rosa ficou pensando se as montanhas desmoronariam com o impacto.

– É melhor vocês passarem a noite aqui – Rosa falou para Ada e Paolina.

As mulheres ficaram aliviadas quando os homens começaram a retornar de sua missão em pequenos grupos.

– Eles estão evacuando as casas ao longo do Arno – Luciano disse a Rosa. – Estão prestes a declarar estado de emergência na cidade, e todos os moradores devem ficar dentro de casa. Os Aliados devem estar perto. Um partisan de Florença nos informou que é um batalhão neozelandês que está abrindo a rota para a cidade.

Rosa pensou no neozelandês de quem tinha cuidado no hospital para prisioneiros de guerra. Que orgulhoso ele teria ficado.

Luciano notou Ada e Paolina. Ada estava acrescentando ao ensopado de Rosa algumas ervas silvestres que apanhara, enquanto Paolina lhe passou as informações enviadas por Giovanni. Luciano viu a grande quantidade de pão que estava sendo servida aos homens junto com o ensopado e percebeu que aquilo também tinha sido enviado por Giovanni.

– Quando vocês retornarem ao seu acampamento amanhã, eu vou junto. Vou falar com o Porteiro – ele disse a Paolina. – Os partisans de Florença nos pediram para ajudar a recuperar a cidade e dar as boas-vindas aos Aliados quando eles chegarem.

O Estorninho olhou para Speranza, que estava amarrado à barraca de Rosa e Fiamma.

– Quando a gente vai comer esse aí? – perguntou ele.

– Nem pense nisso – Fiamma alertou-o. – É o bicho de estimação da Corvo.

O Estorninho revirou os olhos.

– Não, é sério, se vocês não pretendem comer, então o que pretendem fazer com ele?

– Esperar que ele cresça – respondeu Rosa, lançando um olhar para Fiamma. – Daí vamos tosquear e fazer meias com a lã.

– Você está falando sério? – perguntou o Estorninho.

– É claro – respondeu Rosa. – Você não *precisa* comer carneiro para sobreviver, mas todo mundo *precisa* de um par de meias de lã, não precisa?

O Estorninho a encarou, ponderando sobre as palavras dela.

– É, acho que sim – respondeu ele.

Quando os homens tinham encerrado as atividades do dia, Rosa e Ada, as duas que tinham tido o dia menos cansativo, ficaram acordadas para fazer a vigia. O som de bombardeios e canhões assobiava e ribombava através da noite. Houve seis ou sete explosões grandes, entremeadas pelo contínuo estalar de tiros.

– Eu tenho pensado na noite em que você nasceu – Ada disse a Rosa. – Quem estava onde, o que aconteceu e quando. Acho que o marquês honestamente acreditava que você estivesse morta. Ele amava tanto Nerezza que teria criado você como se fosse dele, não a mandado a um convento sem ninguém saber. Você viu a sepultura? É o monumento de um homem inconsolável. Depois da morte de Nerezza, ele dispensou a maior parte da antiga equipe, o que não é algo que um homem nobre em perfeito juízo faça com trabalhadores leais. É uma desonra. É como se ele não conseguisse suportar nada que o lembrasse a época em que ele e Nerezza eram crianças. Mandou retirar até os retratos dela. Alguns eram grandes obras de arte.

– Sim, eu pensei nisso também – falou Rosa. – A outra possibilidade é que o Barão Derveaux tenha me levado para o convento.

– Por que ele faria isso?

– Porque ele é o meu pai. Talvez Nerezza tenha confessado isso em seu leito de morte. Talvez ele tivesse medo de um escândalo; ou quisesse me proteger da marquesa.

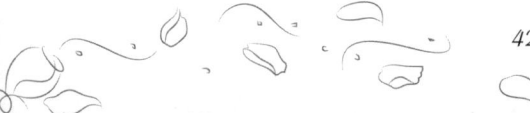

Os olhos de Ada se arregalaram de surpresa.

– Ele é o seu pai? Acho que ele nunca soube disso. Ele estava em Paris quando Nerezza morreu. Eles eram amigos de infância, mas por algum motivo ninguém lhe contou o quão gravemente doente ela estava. Tenho certeza de que ele teria vindo vê-la correndo se tivesse ficado sabendo. Ele é um pouco farrista, mas não é insensível.

Rosa e Ada ficaram em silêncio, pensando.

– Bem, não podemos perguntar ao Barão Derveaux o que aconteceu – Ada disse, por fim. – Ele fugiu com a família para a França quando a guerra foi declarada. A vila deles está sendo usada pelos alemães como unidade de armazenamento de combustível. O barão ficaria horrorizado ao ver o que fizeram com a mobília dele.

Rosa suspirou. Embora Ada tivesse lhe dito que a marquesa estava no Egito quando Nerezza morreu, ela não conseguia deixar de pensar que a mulher tinha tido algum papel no fato de ela ter sido mandada para o convento. Mas quem então era esse "Lobo"? E será que ele estava tentando salvar Rosa, ou simplesmente cumprindo ordens da marquesa?

Ada olhou para o céu.

– Ultimamente, tenho pensando em Orsola – disse ela. – Sabe, acho que ela estava adormecida até você chegar à vila. Depois disso, muitas coisas ruins começaram a acontecer. Ela está lá há séculos. Sabe o que lhe aconteceu quando você era bebê.

Rosa aprumou-se com a menção ao nome de Orsola.

– Sim, eu penso nela também. Mas não da maneira sombria como pensava antes. Não acho que ela esteja atrás de vingança, Ada. Acho que ela é um espírito buscando justiça.

Ada acenou com a cabeça, concordando.

– Talvez você esteja certa. É como se ela quisesse varrer o mal da vila, mas precisasse de mãos humanas para fazer isso.

Quando o turno de Ada e Rosa chegou ao fim, elas se dirigiram à barraca das mulheres. Fiamma tinha levado Speranza para dentro, com medo de que, se o deixasse desprotegido, um dos homens o roubasse. O cordeiro dormia tranquilamente, aconchegado embaixo do braço de Fiamma. Ada pegou no sono rapidamente, mas Rosa estava inquieta. Era uma noite quente, e os corpos extras na barraca tornavam o ar opressivo. Ela apanhou o cobertor e saiu silenciosamente, com a intenção de dormir ao ar livre. Estava prestes a deitar-se, quando avistou Luciano ao longe, examinando o vale lá embaixo. Ele estava sem camisa, e seu torso banhado pela luz da Lua emitia um brilho etéreo. A imagem tinha a força de atração de um ímã. Rosa lembrou-se da noite de verão na Estância Termal Montecatini, quando também estava quente demais para dormir.

– Que silêncio – disse ela, colocando-se ao lado dele.

Luciano virou-se para ela.

– A calma antes da tempestade, acho.

Rosa sentiu o calor do corpo de Luciano mesmo sem encostar nele. Inspirou seu aroma, fresco como a floresta, terroso e cheio de vida. Então se afastou, com medo do desejo que brotava dentro dela.

Luciano a apanhou pelo braço, e ela sentiu a pele queimar no ponto onde ele a tocou. Ele passou os braços em torno da cintura dela.

– Não – sussurrou Rosa. – Eu não consigo resistir a você.

Mas não foi Luciano quem se mexeu. Quando menos percebeu, Rosa estava agarrada a ele. Luciano correu as mãos pelas costas dela. Os dois cederam àquela força à qual não conseguiam mais resistir. Beijaram-se como se estivessem sedentos por amor. Rosa ficou sem fôlego. Eles se afastaram por um momento, depois se abraçaram novamente, puxando a roupa um do outro até que pele encontrou pele. Então se deitaram no bosque.

– Eu senti sua falta! – sussurrou Luciano, beijando o pescoço de Rosa.

Atrás dele, os abetos erguiam-se na direção do céu e as estrelas brilhavam. Aquelas luzes celestiais eram mágicas para Rosa. Ela chorou quando Luciano a penetrou: lágrimas de dor, de entrega, de amor. Os dois se amavam tanto que aquele amor chegava a provocar angústia, ao mesmo tempo em que os transportava para um lugar longe da batalha por Florença, longe da guerra, longe da morte.

Quando a primeira onda de paixão terminou, eles fizeram amor novamente. Dessa vez suavemente, lentamente. O aroma dos pinheiros e o ar quente de verão os envolveu. Rosa olhou Luciano nos olhos e viu que eles tinham recuperado sua luz. Naquele momento, parecia que toda a guerra havia se amortecido em Luciano e que Rosa voltara à vida; eles eram como uma floresta que se regenerava depois de um incêndio, com novos brotos e folhas crescendo das árvores mortas. O sol começou a se erguer no horizonte e banhou a pele dos dois com sua luz dourada. Eles descansaram no abraço um do outro. Apesar do bombardeio da noite anterior, os pássaros cantavam nas árvores. Tudo era esperança: os pássaros; o novo dia. Rosa se sentiu segura na tranquilidade do amanhecer, muito embora soubesse que o bosque estava sendo vasculhado pelos alemães e que ela e Luciano eram criaturas caçadas. Porém, naquele momento, nos braços do seu amor, ela sentia que nada de ruim poderia lhes acontecer.

– É estranho nós dois termos nos reencontrado desse jeito, no meio de uma batalha – disse Luciano, beijando o topo da cabeça dela. – E, ainda assim, de alguma forma, era para ser.

Rosa apertou a bochecha contra o peito de Luciano. O coração dele batia em um ritmo constante, sereno. Para ela, era como uma canção de ninar. Se eles tivessem sido descobertos pelo inimigo e mortos a tiros naquele momento, Rosa tinha certeza de que teria morrido em paz.

Mais tarde naquela manhã, Luciano, Rosa e determinados membros do Bando, junto com Ada e Paolina, estavam se preparando para ir até o acampamento da Equipe, quando o Periz chegou correndo de dentro da floresta.

– Os alemães explodiram as pontes! – gritou. – Ontem à noite. Todas menos a Ponte Vecchio.

Rosa e os outros correram montanha acima, até o posto de observação. Uma nuvem de fumaça flutuava sobre Florença.

– Alguma casas desabaram por causa das ondas de choque – disse o Perdiz.

Embora eles não conseguissem avistar o Arno, a nuvem de fumaça era sinistra o suficiente. Para Rosa, era como se uma parte de sua vida tivesse sido explodida. A Ponte Alla Carraia. A Ponte Alle Grazie. A Ponte Santa Trinita.

– Esses bárbaros não podiam ter poupado a adorável Ponte Santa Trinita? – gritou ela.

– Eles pouparam as pontes em Roma e perderam homens por causa disso – respondeu o Perdiz. – Não iam correr esse risco outra vez.

Luciano correu de volta ao acampamento e ordenou aos partisans que se preparassem para mudar-se. Eles se juntariam ao grupo do Porteiro para ficar mais perto de Florença. Juntos, os grupos atacariam determinados alvos alemães pela retaguarda, a fim de aliviar a pressão sobre os Aliados. Rosa o alcançou, e ele se virou para ela. Parecia que o brilho do sol emanava de dentro dele.

– Chegou o momento. É agora – disse ele, abraçando-a.

Rosa sentiu alegria apesar de todos os perigos, feliz por ver as chamas nos olhos de Luciano outra vez.

Luciano, Rosa, Perdiz e Estorninho retornaram com Ada e Paolina ao acampamento da Equipe. Os outros desmontariam o acampamento do Bando e os seguiriam depois.

Quando o grupo chegou ao acampamento, Giovanni estudava um mapa junto com o Criado. Assim que os viu se aproximando, levantou-se. Ele hesitou, e Luciano também. Porém, o momento era significativo demais. Nada importava face àquele evento histórico, maior que qualquer discórdia pessoal. Aquela era a chance de participar de algo que mudaria o destino da Itália.

– Fico feliz por você ter vindo – disse Giovanni, aproximando-se de Luciano.

Luciano vacilou por um segundo, mas então se aproximou do pai. Os dois se abraçaram. Rosa sentiu o coração flutuar até as nuvens. A reconciliação entre pai e filho era uma vitória muito maior que qualquer batalha entre Aliados e alemães. O passado não importava naquele momento; eles estavam todos prestes a triunfar.

— Venham — disse Giovanni, fazendo sinal para que os homens de Luciano se servissem de comida. — Outros grupos vão se juntar a nós. Vamos todos nos unir e começar a entrar em Florença hoje à tarde.

Pouco tempo depois, o resto do Bando chegou ao acampamento. Fiamma levava Speranza preso por uma corda entrelaçada com flores silvestres douradas.

— Não é para ninguém tocar no cordeiro — Luciano disse ao pai. — É o nosso mascote; nosso símbolo de esperança.

Os olhos de Giovanni faiscaram quando ele sorriu.

— E que lindo mascote — disse ele, esticando o braço e acariciando a cabeça de Speranza. — Eu tive muitos companheiros animais maravilhosos na minha vida. Todos já morreram de velhice.

Os dedos de Rosa formigaram, e uma sensação estranha se apoderou de seu corpo. Ela a espantou com um encolher de ombros. Por que ver Giovanni fazendo carinho no cordeiro a emocionara mais do que ver qualquer outra pessoa fazendo a mesma coisa?

— Nós temos duas horas — Giovanni falou, virando-se para seus homens. — Descansem bem, pois hoje à noite vai ser uma batalha e tanto.

De repente, um grito de mulher ecoou na floresta. Os partisans apanharam suas armas. Rosa virou-se na direção das árvores e viu algo em meio a elas: um vestido verde de seda; uma mulher. Um dos partisans da Equipe apareceu, segurando uma moça à sua frente e lhe apontando uma arma. O cabelo dela tinha se soltado dos grampos e pendia sobre o rosto: um cabelou loiro-arruivado. A dupla se aproximou do acampamento, e o partisan empurrou a mulher para dentro da clareira. Ela caiu de joelhos, e ele apontou a arma para a cabeça dela, brincando com o gatilho.

— Uma espiã — anunciou ele. — Peguei essa aqui observando o acampamento por entre as árvores.

A moça recuperou o fôlego e olhou para cima. Rosa ficou chocada ao ver que era Clementina.

— *Signorina* Bellocchi! — gritou ela. — Eu não sou espiã. Eu fugi da vila. Eu... *subornei* um guarda. Disse a ele que queria me encontrar com o meu namorado. E aí vim procurar você.

— Quem é essa mulher? — perguntou Luciano. — Corvo, você a conhece?

Rosa confirmou que sim com a cabeça. Estava supresa demais com o aparecimento de Clementina para conseguir falar.

— Ela é a filha da Marquesa de Scarfiotti — disse Giovanni.

Um burburinho formou-se entre os partisans com a menção ao nome da marquesa.

– Vila Scarfiotti – disse o Estorninho, escarrando e cuspindo na direção de Clementina. – Assassinos!

Os olhos de Clementina se arregalaram de terror.

– Eu não sou assassina – disse ela. – Nunca matei ninguém. Eu estava com muito medo. Eu era uma prisioneira lá dentro.

– Uma prisioneira muito bem-vestida – disse o Estorninho, movendo-se ameaçadoramente na direção da moça e cutucando o queixo dela com a ponta do rifle.

Clementina implorou a Rosa com o olhar. Rosa ergueu a mão.

– Pare – falou para o Estorninho. – Quando eu fui capturada e levada até a vila, ela tentou me ajudar.

O Estorninho afastou o rifle, mas o manteve apontado para a cabeça de Clementina. Rosa encarou-a, tentando decifrar sua expressão. Estava dividida entre a lembrança da menininha preciosa que ela uma vez amara e a moça pragmática que andava na companhia do alto comando alemão.

– O que é que você veio me contar? – perguntou Rosa.

Clementina engoliu a saliva.

– Quando eles estavam colocando minas nas pontes, fizeram uma busca em casas e edifícios em torno do Arno. Entraram em um convento e descobriram que as freiras estavam escondendo mulheres e crianças judias em sua cripta.

O coração de Rosa saltou no peito.

– Qual convento? – perguntou ela.

– O Convento de Santo Spirito.

– O que eles fizeram com as freiras e os judeus? – perguntou Giovanni, aproximando-se. – Seria difícil transportar todos para o norte nesse momento.

As mãos de Clementina tremiam.

– Levaram todo mundo para a vila. – Ela virou-se para Rosa; seus olhos estavam cheios de lágrimas. – O coronel disse que ele e a marquesa vão matar todos antes de os Aliados entrarem em Florença e pendurar os corpos nos postes de luz como um presente de boas-vindas.

Rosa deu um passo para trás, como se alguém tivesse lhe dado um soco no estômago.

– Minha mãe está incentivando o coronel a fazer isso – disse Clementina, com lágrimas escorrendo pelas bochechas. – Ela é má. Má! Eu queria nunca ter nascido!

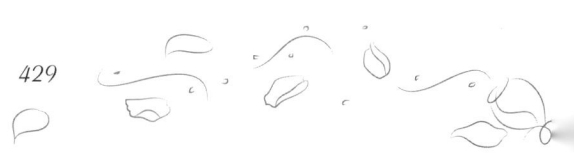

"Ela não é sua mãe", Rosa pensou, fitando Clementina. Rosa sentia que se tornara uma pessoa insensível. A guerra a deixara daquele jeito. Porém, mesmo assim algo dentro dela queria acreditar em Clementina. A moça não era filha de uma mulher má. Era filha da piedosa *signora* Corvetto, que arruinara a própria saúde tentando ajudar os outros.

– *Signorina* Bellocchi, você tem que salvar aquelas pessoas – continuou Clementina. – Desde que você foi resgatada pelo Falcão, o coronel ficou obcecado por vocês dois. Ele sabe que você é a partisan conhecida como Corvo. Eu o ouvi vociferando sobre as fugas do Bando nas montanhas.

Luciano e Giovanni trocaram um olhar. O Perdiz se aproximou.

– Talvez dê para salvarmos as reféns depois de termos libertado Florença – disse ele. – Tenho certeza de que os Aliados vão enviar uma unidade para nos ajudar.

– A essa altura será tarde demais – falou Luciano. – Eles pretendem matar as reféns quando os Aliados chegarem à cidade para terem tempo de fugir.

– Já é tarde demais – retrucou o Pica-Pau. – Nós temos que lutar em Florença hoje. É o momento pelo qual estávamos esperando, a chance de enfrentar o inimigo cara a cara e tomar a cidade de volta.

Luciano passou os olhos por ele e depois desviou o olhar.

– Pense bem – continuou o Pica-Pau. – Nunca vamos conseguir tirar aquelas mulheres da Vila Scarfiotti. Vai ser suicídio.

Luciano respirou fundo e virou-se para o Pica-Pau.

– Existem outros partisans que podem lutar por Florença – disse ele. – Essas reféns são mulheres, crianças e freiras sagradas. É nosso dever proteger os inocentes tanto quanto é ajudar os Aliados.

O Estorninho virou-se para Luciano.

– Você tem razão. Mas nós não temos gente o suficiente para fazer uma coisa dessas. Vamos ser massacrados. Como é que vamos conseguir sequer passar pelos guarda e entrar na vila?

– Existe um túnel, não existe? – Luciano perguntou a Giovanni.

– Foi por lá que eu tirei os empregados – respondeu Giovanni – quando os alemães chegaram. Nós escondemos a entrada e as saídas quando fomos embora, mas depois que tantos de nós desapareceram eles devem ter feito uma busca para encontrar a rota de escape. Acho que é melhor supormos que preencheram o túnel de terra, ou quem sabe até instalaram uma armadilha, e não contarmos com ele.

– Temos que fazer uma missão de reconhecimento, então – disse o Estorninho. – Para encontrar outro caminho.

Luciano fez que não com a cabeça.

– Os Aliados estão ganhando terreno rápido. Quanto mais adiarmos, menor a chance de tirarmos todo mundo de lá com vida.

– *Cazzo*! – exclamou o Pica-Pau, balançando a cabeça na direção de Clementina. – Como vocês sabem que essa vagabunda está dizendo a verdade?

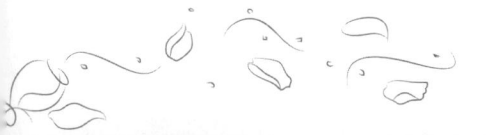

Como sabem que não é uma armadilha para atrair o Falcão e a Corvo até a vila? Talvez a gente devesse torturá-la para descobrir!

– Não! – disse Rosa, colocando-se na frente de Clementina. – Nós não vamos agir como eles!

Ela olhou para a moça. Não conseguia decifrar seu rosto de jeito nenhum. E se fosse mentira? Eles seriam mortos. À medida que a possibilidade da derrota se tornava uma realidade para os alemães, e como a arma secreta que vinham prometendo não apareceu, eles pareciam enlouquecer cada vez mais. Seus atos insandecidos de fúria violenta ficariam cada vez piores. Porém, os partisans não tinham escolha a não ser confiar em Clementina. Não podiam se arriscar a deixar as reféns nas mãos dos nazistas.

Luciano olhou para Rosa como se tivesse lido a mente dela e em seguida se virou para os partisans.

– Quem quiser participar dessa missão precisa se voluntariar – disse ele. – Não venha se você não sabe ao certo se está disposto a se sacrificar. Nós vamos tirar até a última mulher e criança de lá, ou morrer tentando. O objetivo não é atacar alvos de importância militar. Essas mulheres e crianças não vão fazer diferença para o resultado da guerra. Nenhum de vocês vai receber medalhas nem homenagens dos Aliados. Não é isso que está em jogo. O que está em jogo é a honra.

Enquanto Luciano dizia essas últimas palavras, Rosa foi cegada por uma luz. Ela viu um anjo de pé ao lado de Luciano. A luz era intensa demais para que se enxergasse o rosto do anjo, mas Rosa soube que era o mesmo que aparecera em seu sonho na noite em que a febre de Sibilla cedera. "Nós não vamos estar sozinhos nessa missão", pensou. "O anjo virá conosco." Então se lembrou da conversa que tivera com Ada a respeito de Orsola e suas companheiras. Não eram forças da escuridão, e sim espíritos de luz que aguardavam por eles para que pudessem cumprir seu destino. A visão sumiu, mas o sentimento de uma presença divina permaneceu.

– Deus está conosco – disse Rosa.

Ela olhou para os partisans e, para seu espanto, nenhum deles parecia ter visto o anjo. Porém, algo neles havia mudado. Todos estavam dispostos a ir, inclusive o Pica-Pau. Naquele momento, o coração de Rosa transbordou de amor por todos eles. Durante as missões, ela sempre desejava ter recebido a bênção de ser uma pessoa serena. Naquele instante, porém, uma sensação de paz se apossou de seu corpo, e ela percebeu que estava sendo chamada também.

– Luciano, eu conheço a vila muito bem. E também conheço as freiras de Santo Spirito. Eu vou com vocês.

– Não! – disse ele, virando-se para ela. – É perigoso demais.

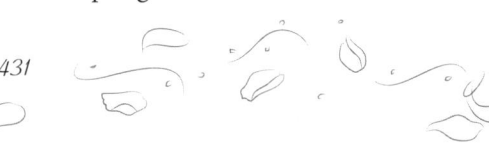

– Eu vou – Rosa repetiu.

Luciano balançou a cabeça outra vez, mas Rosa insistiu.

– Você lembra que uma vez me disse que tinha a sensação de ter nascido para uma missão divina? Bem, essa é a minha. Tudo que aconteceu comigo me fez chegar até este momento. Minha criação, minhas visões, meu trabalho como preceptora de Clementina, a prisão, a pobreza, o casamento, os filhos e a guerra. Tudo isso. Era tudo preparação para este momento. Eu tenho uma conexão com a Vila Scarfiotti que ainda não posso explicar. Você vai ter que confiar em mim.

Luciano estava prestes a opor-se outra vez, mas deve ter visto o fogo nos olhos dela. Hesitou por um momento e então falou:

– Está bem. Não posso impedir ninguém de seguir seu chamado.

Um burburinho de aprovação se formou entre os partisans.

– Teria sido um erro deixar para trás nosso soldado mais corajoso – disse o Estorninho, pousando a mão no ombro de Rosa.

Como os partisans tinham concordado em participar da missão, os líderes reuniram-se na barraca de Giovanni junto com Rosa, Ada e Paolina – que conheciam a estrutura da vila em primeira mão – para discutir estratégias. Os partisans estavam acostumados a realizar furtos e sabotagem. Já haviam orquestrado escaramuças, emboscadas e invasões noturnas. Entretanto, penetrar em uma vila antiga e bem vigiada a fim de salvar um grupo de freiras, mulheres e crianças era outra coisa.

O Estorninho trouxe Clementina e a manteve sob vigilância apontando uma arma para ela. Segundo o que a moça dissera, havia cerca de cinquenta pessoas presas no porão.

– E quantos soldados? – perguntou Giovanni.

– A maioria já foi embora – respondeu ela. – A divisão pessoal do coronel continua na vila; são cerca de trinta homens. E os guardas também.

– O bosque foi minado? – perguntou Ada.

Clementina balançou a cabeça.

– Acho que não. O Dono sempre anda por lá, e nunca ouvi nenhuma explosão. Alguns oficiais queriam caçá-lo, por isso o soltaram da jaula. Mas ele escapou.

Giovanni se ajoelhou e começou a montar um esboço da vila no chão da barraca, usando pedaços de barbante para a via de acesso e blocos de madeira para as construções. O Estorninho mostrou a ele onde os postos de artilharia se encontravam na última vez em que observara a vila.

– Mas nada garante que não tenham mudado de lugar agora que os alemães estão fugindo.

– E não esqueçam que eles estão usando a Vila Derveaux como unidade de armazenamento de combustível – falou Ada. – Há uma força reserva ali perto que pode chegar à vila dentro de quinze minutos caso eles escutem tiros.

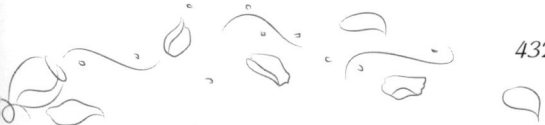

Rosa passou os olhos por Clementina, dando-se conta de que eles estavam se fiando em informações fornecidas por uma testemunha na qual nenhum deles confiava. Normalmente, uma missão perigosa assim requeria extensa averiguação, porém não havia tempo. Eles não tinham escolha a não ser agir naquela noite.

O Estorninho levou Clementina para longe e pediu a outro partisan que a vigiasse, retornando em seguida ao grupo para participar da discussão do plano. Giovanni virou-se para Luciano.

– Essa missão é sua – disse ele. – Você tem comando total. Vou obedecer a qualquer ordem que me der.

Luciano fixou o olhar no pai e concordou com um aceno de cabeça. Não era pouca coisa para Giovanni, o comandante mais sênior de todos, entregar o controle a Luciano. Porém, isso demonstrava o quanto ele considerava o próprio filho, e todos os presentes compreenderam isso.

– Apesar dos alemães estarem recuando para o norte, o coronel ainda está bem protegido – disse Luciano. – Mas podemos usar a Vila Derveaux a nosso favor.

Luciano usou um pedaço de papel para representar a Vila Derveaux.

– Se nós conseguirmos criar uma distração aqui e cortar as linhas telefônicas da vila ao mesmo tempo, o coronel vai achar que o suprimento de combustível está sendo atacado e mandar suas forças da vila até lá. Podemos atacar essas forças e, pelo menos, enfraquecê-las. Ao mesmo tempo, precisamos neutralizar os postos de metralhadora perto dos portões.

– Mas não podemos atacar a vila por essa direção – disse o Estorninho. – A força reserva talvez esteja no nosso encalço antes mesmo de chegarmos à vila.

Luciano fez um aceno de cabeça, concordando.

– É verdade. É por isso que dois grupos vão suprimir os postos de metralhadora, nos fundos e na lateral da vila, e que vamos invadir a casa pelo bosque. Mas entrar na vila é uma coisa. Sair depois com cinquenta mulheres e crianças é outra.

Luciano traçou um plano em que dividia os partisans em três grupos. O grupo de Giovanni seria responsável por efetuar um ataque falso ao estoque de combustível na Vila Derveaux e preparar uma emboscada para os soldados que o coronel mandaria para defendê-lo. Eles também minariam a estrada, o que retardaria a chegada da força reserva à Vila Scarfiotti depois que se descobrisse que ela estava sendo atacada. Além disso, era responsabilidade desse grupo reprimir e dominar os postos de guarda junto aos portões. A tarefa iria requerer todas as habilidades que os partisans haviam aprendido em seus anos de luta. Giovanni fez um aceno de cabeça aprovativo, contente com seu papel.

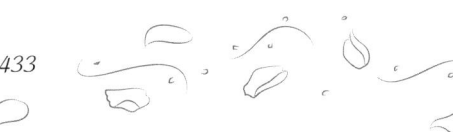

O próximo grupo seria conduzido pelo Estorninho. Seu trabalho era reprimir e neutralizar os postos de artilharia nos fundos e na lateral da vila uma vez que o coronel tivesse enviado seus soldados em resposta ao ataque falso. Em seguida, eles invadiriam a vila e abateriam, um por um, todos os soldados e empregados que se metessem em seu caminho. A marquesa e o coronel seriam presos – ou mortos, caso oferecessem resistência.

– O terceiro grupo é o menor – disse Luciano – e vai ser liderado pela Corvo e por mim, junto com o Perdiz.

Rosa sentiu o coração pular no peito. Ela estava ganhando um papel de liderança? Luciano devia realmente ter acreditado no que ela dissera a respeito de seu chamado.

Luciano explicou que seria responsabilidade do último grupo tirar as mulheres e crianças da vila e conduzi-las pelo bosque até estarem em segurança. A maior parte do grupo de Luciano deveria assegurar a rota de escape e esperar no bosque com o Pica-Pau pelas reféns, enquanto Luciano, Rosa, Ada e o Perdiz entrariam na vila para fazer o resgate. Ninguém comentou, mas essa era a tarefa mais perigosa de todas. Uma vez que esse grupo estivesse no subsolo da vila, ficariam todos presos caso o grupo de Giovanni não conseguisse conter a força reserva por tempo suficiente. Embora a missão precisasse de nada menos que um milagre para ser bem-sucedida, Rosa acreditava no anjo. O que quer que acontecesse, eles tinham sido chamados a fazer aquilo.

Depois que estavam todos de acordo com o plano, um silêncio se formou, cada um imerso nos próprios pensamentos. O perigo da situação voltou a ficar evidente quando Luciano lembrou aos partisans que reservassem uma bala para si mesmos caso fossem capturados pelos alemães.

O plano seria posto em prática à noite, então os partisans passaram a tarde limpando e conferindo suas armas, bem como dando ordens aos seus respectivos grupos. Aqueles que conseguiam dormir dormiram. Alguns escreveram cartas de despedida para as esposas e os pais, cartas essas que seriam deixadas com Fiamma e algumas *staffette*, as quais aguardariam na entrada do bosque para receber as reféns e eventuais feridos. Rosa e Luciano foram até uma aldeia ali perto e pediram ao padre que alertasse os moradores a se esconderem caso os partisans não tivessem sucesso e houvesse represálias por parte dos alemães.

Eles caminharam de volta para o acampamento enquanto o sol se punha.

– Rosa – disse Luciano, usando seu nome verdadeiro pela primeira vez desde que ela se juntara ao Bando –, prometa-me uma coisa antes de sairmos nessa missão.

Rosa virou-se para ele.

– O que é?

– Prometa que, se eu mandar você recuar, você vai fazer isso. Prometa que vai obedecer a qualquer comando que eu lhe der nessa missão.

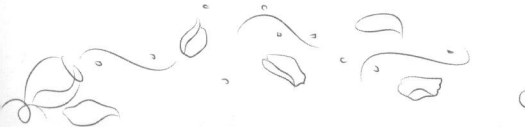

Com os olhos atentos de Luciano sobre si, Rosa não teve escolha a não ser concordar. Ele tomou a mão dela e a apertou. Eles não haviam conversado sobre seus sentimentos desde que tinham feito amor. Não era necessário. Rosa não se permitia pensar no futuro – nem no passado. Deixava apenas que sua mente habitasse o momento presente. Tudo que sabia era que ela e Luciano precisavam lutar juntos, e isso requeria sua total atenção.

Quando eles chegaram ao acampamento, Luciano pediu ao Perdiz que se aproximasse.

– Quero que você seja testemunha disso – falou, virando-se então para Rosa. – Erga a mão direita – Rosa fez como ele pediu. – Pelos poderes a mim concedidos pelo Comitê de Libertação Nacional da Alta Itália, eu a promovo sob juramento ao posto de tenente – disse Luciano.

– Tenente? – repetiu Rosa. – É um posto alto.

– Você fez por merecer – respondeu ele.

Rosa, Luciano e o Perdiz compartilharam um pedaço de pão antes de reunirem seus equipamentos. Os partisans se puseram a caminho da vila no momento em que o sol mandava seus últimos raios através das árvores. Rosa tinha uma palavra final para Clementina, que estava sendo vigiada por duas *staffette*.

– Espero que saiba que, se for tudo mentira, você está mandando seus compatriotas para a morte. E nossos vizinhos partisans não vão ser nem um pouco generosos com você depois que os Aliados chegarem.

Clementina encarou Rosa, depois se virou para o outro lado.

– É melhor vocês irem logo – respondeu. – Vão notar que eu desapareci quando eu não aparecer para o jantar. Vocês têm sorte que eles comem tarde na vila hoje em dia.

Enquanto os partisans deixavam o acampamento, Rosa olhou para os homens e mulheres com quem havia lutado ao longo do último ano e abençoou a cada um dentro do coração. Aquela missão dependia do elemento-surpresa. Era um alicerce frágil. Bastava que uma coisa apenas desse errado, e todo o resto estaria perdido. Rosa sentia que Deus estava com eles, mas não sabia se era porque eles estavam marchando rumo à vitória – ou rumo à morte.

A escuridão tinha caído completamente quando eles chegaram ao bosque que margeava a vila. O grupo de Giovanni se preparou para separar-se dos outros. Ele e Luciano se abraçaram.

– Estou orgulhoso de você, meu filho – disse Giovanni.

Luciano não conseguiu falar nada e não tirou os olhos do pai até o grupo desaparecer em uma curva na estrada. Depois disso, o resto dos partisans seguiu através do bosque. Rosa caminhou com Ada e Paolina, admirada ao perceber como a vida de partisan havia melhorado sua visão noturna. Conforme elas se moviam furtivamente através das árvores, Rosa notou três figuras de capa negra se movendo ao lado delas. Não eram criaturas terrenas. Ada e Paolina estavam cientes daquela presença também.

– É a Orsola com suas companheiras – sussurrou Ada.

Rosa rezou em silêncio. Não sabia o que lhe aconteceria, mas sabia que estava cercada por seres de luz. As figuras das três bruxas se aproximaram uma da outra até formarem uma grande massa. Rosa sentiu o cheiro forte e terroso de um animal grande e percebeu que não era mais para as três figuras que estava olhando, e sim para Dono. Ele caminhava a passos largos ao lado deles.

– *Buon Dio!* – exclamou o Estorninho, em um sussurro abafado. – Um urso!

Ele ergueu a arma, mas não poderia atirar sem fazer com que a missão inteira fosse descoberta. Rosa abaixou o cano da arma dele.

– Ele não quer nos fazer mal – falou. – Está nos acompanhando através do bosque.

– Quando aquela mulher disse "Dono" – sussurrou o Perdiz –, achei que ela estava falando de um cachorro!

A vila surgiu diante deles, e os partisans se agacharam atrás das árvores. O lugar estava quieto, exceto por uma música suave que vinha dos aposentos da marquesa. Era o Intermezzo da ópera *Cavalleria Rusticana*. Rosa lembrou-se do dia em que se deparara com a marquesa ouvindo essa música e olhando para as miniaturas de ópera feitas por Nerezza. A mulher tinha lágrimas nos olhos. Rosa lembrou-se do que a marquesa lhe dissera – "Quando dois oponentes se enfrentam, só pode haver um vencedor" – e percebeu que estava naquela missão não apenas para salvar as freiras e as mulheres e crianças judias, mas também para buscar justiça para si mesma.

O Estorninho fez sinal para seus homens, que se arrastaram até suas posições, prontos para atirar nos postos de metralhadora. Ele tinha escolhido quatro partisans famosos pela mira perfeita para arremessar as granadas nos postos depois que o tiroteio tivesse começado.

Os andares inferiores da vila estavam iluminados, e Rosa viu empregados se movimentando pelos cômodos. Ela estremeceu ao identificar a *signora* Guerrini na sala de jantar. A governanta obviamente distribuía ordens da maneira despótica de sempre, sem fazer ideia do caos que estava prestes a se desenrolar. Dois guardas se encontravam no jardim de hortaliças; se não saíssem dali ao ouvirem as explosões, estariam entre os primeiros a levar um tiro.

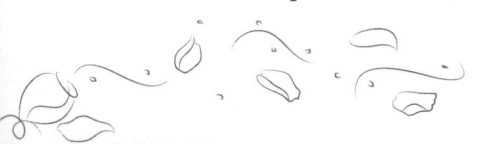

O grupo de Luciano esperou em silêncio, com uma respiração contida e rasa. Porém, na tensão daquele momento, tudo soava alto demais para Rosa. A missão inteira poderia ser descoberta por causa do tilintar de uma arma contra um cinto, de uma tossida ou espirro. Ela procurou Dono, mas ele tinha desaparecido. Luciano espremeu os olhos e consultou o relógio. Havia algo errado. As explosões que o time de Giovanni provocaria como distração já deveriam ter ocorrido fazia dez minutos.

Luciano colocou a mira da arma sobre os dois guardas no jardim de hortaliças. Rosa ficou se perguntando o que aconteceria se as bombas de Giovanni não fossem detonadas. O calor do verão danificava os explosivos. Os grupos do Estorninho e de Luciano teriam que atacar a vila sem o fator distração, e isso seria simplesmente suicídio. Rosa tentou não pensar nas mulheres, crianças e freiras presas no porão. Madre Maddalena devia estar entre elas. Rosa rezou para que ninguém estivesse ferido.

De repente estrondos semelhantes a trovões se espalharam pelo ar. As bombas de Giovanni tinham sido detonadas! Os dois guardas correram para dentro da casa. Houve uma comoção, e alguns minutos mais tarde três caminhões seguiram em alta velocidade na direção dos portões. Luciano e Rosa se olharam. O coronel tinha feito exatamente o que eles esperavam que fizesse; tinha enviado seus soldados para defenderem o depósito de combustível. Não havia tempo para festejar a primeira vitória. Tiros soaram pelo ar. O grupo de apoio do Estorninho estava atacando os postos de metralhadora; a equipe responsável pela escaramuça conseguiu reprimir e dominar os postos. Tudo estava acontecendo conforme o esperado – e rápido. O resto do grupo do Estorninho pulou a cerca viva baixa, adentrando um por um o jardim de hortaliças. Houve uma rajada de balas na cozinha, e Rosa viu dois guardas da SS caírem. Os outros partisans chutaram a porta que levava ao subsolo da vila. O oficial da SS que tinha capturado Rosa no hospital correu para a frente disparando uma arma, porém foi abatido com uma chuva de balas. Houve mais tiros. Nesse momento, um dos partisans correu para fora e deu o sinal a Luciano.

– Avançar! Avançar! Avançar! – Luciano ordenou a Rosa, Ada e Perdiz.

Os três correram atrás dele na direção da vila, passando por cima dos corpos dos guardas que os partisans haviam matado e entrando na parte inferior da casa. Luciano chutou a porta do porão, e o grupo irrompeu no cômodo. As mulheres e crianças tinham ouvido os tiros e se espremido o mais longe possível da porta. Algumas haviam se escondido embaixo de barris e caixotes e gritaram ao ver os partisans, acreditando que estavam ali para executá-las.

Madre Maddalena reconheceu Rosa e levantou-se. Estava com hematomas pretos embaixo dos olhos, e alguém havia quebrado seu nariz. Rosa ficou furiosa ao ver os machucados, mas não havia tempo para pensar naquilo.

– Nós viemos resgatar vocês – Rosa disse a ela. – Temos que tirar todo mundo daqui rápido.

Giovanni e seus homens estavam na estrada para retardar a unidade reserva que certamente seria enviada, porém não conseguiriam detê-la para sempre. Logo o lugar estaria fervilhando de soldados.

Madre Maddalena convocou suas freiras para ajudarem as mulheres e crianças a se moverem, mas elas pareciam estupefatas, como se tivessem se preparado para morrer e agora não conseguissem acreditar que Deus havia mandado alguém para resgatá-las.

– Achei que nós tínhamos sido esquecidas – disse Irmã Valeria, agarrando o braço de Rosa. – Achei que tínhamos sido abandonadas.

– Vocês não foram esquecidas nem abandonadas – respondeu Rosa. – Mas precisam sair logo, por favor. Subam a escada, até onde os partisans estão esperando por vocês.

Rosa não tinha previsto que levaria tanto tempo para fazer as reféns se mexerem. Nem todas eram italianas. Algumas eram judias estrangeiras que tinham fugido para Florença em busca de segurança. Rosa tentou se comunicar em italiano, depois em inglês e em francês com uma mulher apavorada que estava encolhida no canto, com uma criancinha nos braços. Por fim, ao perceber que a mulher era tchecoslovaca, ergueu-a e empurrou-a na direção da porta.

As reféns saíram do porão com pernas trêmulas. Rosa as viu serem erguidas para dentro do jardim de hortaliças, equanto outros partisans as ajudavam a adentrar o bosque. De canto de olho, ela avistou algo se movendo junto a uma janela no andar de cima. Era um guarda com uma metralhadora. O coração de Rosa parou quando ela viu que o homem estava prestes a dizimar as mulheres e crianças que lutavam para chegar ao bosque. Porém, o Estorninho retornou ao jardim de hortaliças e o viu também. O guarda caiu com um tiro. Rosa perguntou-se onde a marquesa estava. Será que os partisans tinham conseguido capturá-la?

Luciano e Ada vigiaram a porta do porão enquanto o Perdiz, Rosa e Madre Maddalena conferiam o lugar para ter certeza de ninguém tinha sido deixado para trás. Encontraram quatro criancinhas enfiadas embaixo de uma prateleira de vinhos. Rosa tentou de tudo, mas não conseguiu convencê-las a sair.

– A mãe deles foi morta a tiros pelos alemães quando chegamos aqui – explicou Madre Maddalena.

Quanto mais as crianças se demoravam ali, mais tempo eles perdiam. Deixá-las entregues à própria sorte era inconcebível, mas Rosa e o Perdiz não conseguiriam mover a pesada prateleira sem correr o risco de esmagá-las. De repente Rosa teve uma ideia. Falando com as crianças em alemão, disse que, se elas saíssem, as freiras tomariam conta delas e as colocariam em segurança. As crianças a entenderam. O mais velho saiu primeiro, seguido pelos irmãos. O mais novo tinha 3 anos: jovem demais para correr sozinho. O Perdiz apanhou-o e o pôs nas costas.

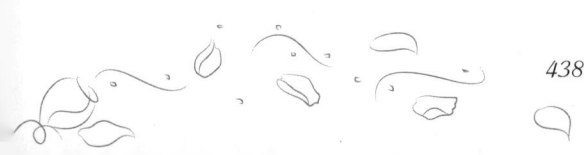

– Os alemães matam até *suas próprias* crianças simplesmente porque são judias – Rosa disse a Madre Maddalena. – É inacreditável!

– Vai! Vai! Vai! – gritou Luciano, empurrando o grupo porta afora.

Eles chegaram à saída para o jardim de hortaliças ao mesmo tempo em que Giovanni e seus homens corriam pela via de acesso, perseguidos por dois caminhões cheios de soldados da SS. A força reserva tinha chegado à vila mais rápido que o esperado. Era a primeira coisa que dava errado. Os homens de Giovanni recuavam ao mesmo tempo em que precisavam se defender, a manobra mais difícil de todas. Luciano e seu grupo não podiam sair da vila. Eles estavam na linha de fogo dos alemães.

O Estorninho, que tinha levado todos os outros para dentro do bosque e os ajudado a fugir, virou-se e encarou Luciano e Rosa. Seus olhos se encheram de dor quando ele percebeu que não podia ajudá-los.

– Vai! – gritou Luciano. – Rápido! Salve os outros!

Giovanni e seus homens foram forçados a recuar até o jardim de hortaliças, mas fizeram de tudo para abater os soldados da SS, defendendo tanto as reféns que fugiam para dentro do bosque quanto o grupo de Luciano, preso na vila.

– O túnel! – Giovanni gritou para Luciano. – É a sua única esperança! Tem mais caminhões a caminho!

Rosa perguntou-se de onde estavam vindo todos aqueles reforços. Os alemães não estavam recuando para o norte?

– Rápido, por aqui! – chamou Ada, dirigindo o grupo até o cômodo onde Rosa dormira na sua primeira noite na vila. – O túnel é aqui – disse ela, afastando a cama pesada com a ajuda do Perdiz.

Por algum milagre a entrada não tinha sido lacrada com pregos. Ou será que era uma armadilha? Não havia escolha a não ser tentar e torcer para que os homens de Giovanni conseguissem segurar os alemães até que o grupo tivesse atravessado o túnel.

O Perdiz foi o primeiro a pular para dentro. Ada e Madre Maddalena passaram as crianças para ele e depois entraram também. Rosa e Luciano as seguiram e puxaram a cama de volta para o lugar. O grupo desceu alguns degraus. Rosa puxou a lanterna do cinto. O Perdiz, Ada e Luciano ligaram as deles também. O túnel era muito mais largo do que Rosa imaginara e tinha paredes de pedra. Ela ficou pensando qual teria sido seu propósito inicial. A *signora* Guerrini lhe dissera que o quarto acima dele tinha sido usado para vítimas da peste. Talvez o túnel fosse uma maneira de transportar os corpos para fora da propriedade sem infectar o resto da vila.

Eles conseguiam correr eretos, de dois em dois, mas o túnel se torcia e retorcia em todas as direções. Às vezes, parecia aprofundar-se ainda mais na terra;

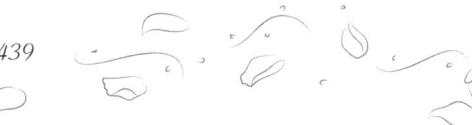

às vezes, surgiam degraus e escadas que levavam para cima. Madre Maddalena lutava para subi-los com seu hábito longo. O grupo correu o mais rápido que conseguiu – estavam todos exaustos, porém o medo os impulsionava. De repente, ouviram berros e o som de alguém correndo atrás deles. Os alemães tinham encontrado o túnel.

– Mais rápido! – falou Luciano.

Uma das crianças tropeçou e começou a chorar. Rosa pegou-a no colo e continuou correndo, mas isso significava que não poderia usar sua arma caso precisasse. Eles chegaram a uma parte do túnel com fendas no alto. A luz da Lua penetrava, e Rosa conseguia ver o contorno das árvores. Provavelmente eles já tinham ultrapassado os portões da vila. Novas luzes emanaram de algum lugar atrás deles, e os passos ficaram mais altos. Os alemães estavam ganhando terreno.

Luciano virou-se a apontou a arma, pronto para atirar. *Recuar e ao mesmo tempo defender-se, a manobra mais difícil de todas.* A menina nos braços de Rosa começou a gemer. O Perdiz, Ada e Rosa se olharam. A verdade era óbvia. Madre Maddalena e as crianças jamais conseguiriam correr mais rápido que os soldados. Rosa passou a menina para Ada.

– Corram! Levem-nas! – disse ao Perdiz e a Ada.

Ela entregou sua lanterna a Madre Maddalena, depois se virou e ajoelhou-se ao lado de Luciano, apontando a arma na direção da qual os soldados estavam vindo. Era um decisão fatal, mas não havia escolha senão tentar retardar os alemães para que os outros fossem salvos.

– Recuar.

Rosa olhou para Luciano. Na luz da lanterna, ela viu que ele a olhava com a mesma ternura daquela manhã em que tinham feito amor.

– Recuar – repetiu ele.

A princípio ela não compreendeu. Balançou a cabeça. Ela e Luciano eram soldados e amantes, e deviam lutar lado a lado.

– Não! – disse ela.

– Recuar, tenente. Como seu comandante, eu ordeno que recue!

O rosto de Luciano queimava de amor. Estava tão cheio de luz que o túnel parecia se iluminar com ele.

– Recuar! – disse ele. – Você foi chamada para salvar as crianças e as freiras, não a mim.

Aquelas palavras perturbaram Rosa porque ela sabia que ele tinha dito a verdade. Ela estava sendo chamada a viver e ele estava sendo chamado a ficar.

– Luciano! – gritou ela, com lágrimas escorrendo pelas bochechas.

Ele a agarrou e a beijou, depois a empurrou para longe. Os sons dos alemães se aproximando estavam ficando mais altos. Logo eles apareceriam.

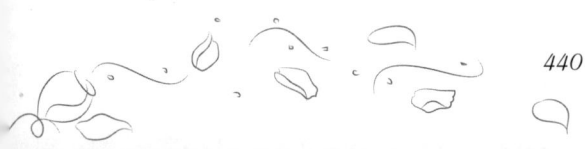

– Se você me ama, Rosa, corra!

Rosa sentiu o coração se despedaçar enquanto se virava e fugia. Apenas por amor a Luciano, e não porque temesse pela própria vida, foi que ela correu com toda a força. Na escuridão, viu a saída acima de sua cabeça, a poucos metros de distância. O Perdiz estava erguendo e retirando os outros com a ajuda de uma escada. Ela o alcançou.

– Corvo! Dê-me as mãos! – o Perdiz gritou ao vê-la.

Rosa voltou-se na direção de onde Luciano aguardava. A silhueta dele estava iluminada pelas lanternas dos alemães. Ele tinha uma granada na mão. Rosa sabia que o pino tinha sido puxado. Ela viu o anjo envolvê-lo com as asas. Uma explosão chacoalhou o túnel, e as paredes começaram a desmoronar. A poeira espalhou-se em torno de Rosa, misturando-se às lágrimas em seu rosto. Ela perdeu a consciência por alguns momentos, então sentiu mãos puxando-a para cima. O ar quente de verão circundou seu corpo. Ela abriu os olhos. As estrelas cintilavam no céu, porém já não tinham encanto nenhum agora que Luciano não estava mais lá.

vinte e nove

Quando Rosa retornou ao acampamento com o Perdiz e os outros, era aparente que muitos partisans haviam perecido na invasão, e a maioria das baixas tinha sido no grupo de Giovanni. Rosa estava consumida por uma dor que lhe causava um enjoo no estômago e uma fraqueza nas pernas. Entretanto, a visão de Fiamma e das freiras cuidando dos feridos despertou novamente sua disciplina de enfermeira. De alguma forma, ela precisava encontrar dentro de si a força para ajudá-los: era o que Luciano iria querer que ela fizesse.

– Quantos? – perguntou a Fiamma, quase desabando nos braços dela.

– Nós trouxemos os feridos; os... mortos nós tivemos que deixar. Havia cerca de vinte com feridas de bala.

– E as reféns?

– Apenas uma baixa: uma freira idosa. Não foi tiro. Seu coração simplesmente pifou.

Rosa olhou para onde Fiamma estava apontando e viu Irmã Valeria deitada em uma maca. Ajoelhou-se ao lado da freira e beijou sua testa.

– Nem esquecidas nem abandonadas, querida Irmã Valeria – sussurrou ela.

Rosa precisou usar todas as suas forças para se recompor. A luz estava rompendo no céu. Ela lavou as mãos em uma bacia e procurou os partisans mais seriamente feridos, aqueles que as *staffette* e freiras não tinham condições de ajudar.

Rosa avistou Madre Maddalena ajoelhada ao lado de Giovanni e correu até eles. Madre Maddalena a encarou de olhos arregalados.

– O Lobo! – disse ela.

Rosa ficou confusa e virou-se para Giovanni, que respirava com dificuldade. Lembrou-se do filhote de weimaraner e dos animais que ele salvara e de repente entendeu o que Madre Maddalena estava tentando lhe dizer. Por que ela não tinha percebido antes? Era ele. Giovanni era "O Lobo". Ele a levara para o convento todos aqueles anos antes. Mas por quê?

Rosa afastou o cobertor que estava sobre ele. Giovanni tinha um ferimento no estômago, mas era o chiado no peito que a preocupava. Seus pulmões estavam lutando para absorver o ar. Ela afrouxou a camisa dele e viu que diversas balas tinham lhe perfurado o peito. Percebeu que elas iriam perdê-lo.

– Esta é a criança que você resgatou – disse Madre Maddalena, agarrando o ombro de Giovanni. – É a menina que você me trouxe. Veja que heroína ela se tornou.

Giovanni pousou os olhos em Rosa. Apesar da dor, ele sorriu e lutou para dar uma explicação.

– Ela mandou que eu me livrasse de você – disse ele, entre dentes cerrados. – E levar de volta o seu coração para provar que eu a tinha matado. Mas eu não consegui fazer uma coisa dessas. Levei você para o convento e roubei o coração de uma criança morta do departamento de anatomia da universidade.

– A marquesa? – perguntou Rosa, acariciando a testa de Giovanni. – Foi a marquesa que pediu para você fazer isso? Depois que Nerezza morreu?

Giovanni confirmou com a cabeça.

– Ela matou Nerezza. Envenenando-a – ele falou ofegante.

Então a marquesa *estava* lá. Fazia tempo que Rosa suspeitava de que a mulher tentara se livrar dela, mas não de que houvesse assassinado sua mãe também. Giovanni tinha recebido a ordem de matar Rosa, mas não tivera coragem de fazer isso, assim como não tivera coragem de eliminar o cachorrinho nem qualquer outro animal que a marquesa considerara... imperfeito. De repente tudo fez sentido. Porém, mesmo uma revelação tão abaladora significava pouco para Rosa naquele momento. Giovanni estava morrendo, e ela não queria que seus últimos pensamentos estivessem ligados à marquesa.

Ela apertou a mão contra a bochecha dele.

– Obrigada, homem bondoso, por me salvar. Obrigada por sua piedade.

Giovanni apertou a mão dela com sua força diminuta e virou a cabeça.

– Meus filhos – disse ele.

Rosa percebeu que ele estava olhando para as crianças alemãs resgatadas do porão. Por um momento, os rostos delas ficaram embaçados e Rosa enxergou os jovens Piero, Carlo, Orietta... e Luciano.

– Você vai para casa, vai ficar com eles – disse ela, lutando para conter as lágrimas. – Eles o estão esperando.

Giovanni fez que sim com a cabeça, e seu rosto se iluminou.

– Nunca mais vamos nos separar – disse ele.

A luz se apagou de seus olhos. Madre Maddalena murmurou uma oração. Rosa achava impossível sentir ainda mais dor do que já estava sentindo, mas seu coração ficou ainda mais pesado. Outra pessoa que ela amava tinha partido.

Depois que Rosa tinha feito tudo que podia para ajudar os feridos, desmoronou junto a uma árvore, finalmente dimensionando a profundidade de tudo que havia sido perdido. Luciano não estava mais lá. Ela continuava sem notícias de Antonio, mas era muito provável que estivesse morto também. Seus filhos eram tudo que lhe restara, mas fazia mais de um ano que ela não tinha contato com eles. Será que estavam em segurança?

Ela sentiu alguém de pé ao seu lado; olhou para cima e viu Fiamma.

– Luciano deu a vida dele pela nossa – Rosa falou, chorando.

Fiamma ajoelhou-se ao lado dela. Havia um pedaço de papel na sua mão.

– Ele me deu isso. Disse que, se ele morresse e você sobrevivesse, eu deveria lhe entregar.

Fiamma abraçou Rosa e depois a deixou sozinha. Rosa segurou o papel com a ponta dos dedos, da maneira que alguém seguraria a folha de uma planta delicada. Ela respirou fundo e abriu a carta.

Minha querida Rosa,

Com a virada repentina nos acontecimentos, esta breve mensagem não vai ser suficiente para que eu consiga lhe dizer tudo que está no meu coração. Mas, se você receber isto, significa que estou morto. Não sofra por mim, Rosa. Eu a amei e a adorei. Nos seus braços fui mais feliz do que nunca. Saiba que morri feliz e contente por tê-la amado. Eu não poderia desejar nada mais: a chance de ver a Itália livre e de ter o mundo inteiro nos braços ao abraçar você.

Encontre Antonio, pois eu sei que ele está em algum lugar procurando-a. E, quando o encontrar, ame-o de todo coração – mas às vezes, quando olhar para as estrelas, pense em mim e sorria.

Em memória de Piero, Carlo e Orietta, ensine Sibilla e seus filhos a amar a liberdade e a verdade e a nunca deixar que ninguém os transforme em escravos.

Adeus, meu amor. Um dia nos encontraremos novamente.

Do seu amado

Luciano

Rosa releu a carta demorando-se em cada palavra, como se ao fazer isso conseguisse mantê-lo um pouco mais junto de si. Os sentimentos ali expressados tinham sido escritos menos de um dia atrás... e agora ele não estava mais lá. Mas ela sabia o que ele estava dizendo. Era a mesma mensagem que recebera no túnel: ela deveria viver e, assim, ser uma testemunha de tudo que acontecera. Sua missão não havia terminado. Tinha apenas começado.

Um sino de igreja começou a tocar. Rosa olhou para cima. Em seguida mais sinos soaram, um conjunto depois do outro. O Estorninho, que estava apanhando água no rio, pôs os baldes no chão.

– Está vindo da direção de Florença – ele gritou para os partisans. – A cidade está livre!

– Os alemães foram embora – o Estorninho disse a Rosa, dois dias depois. – Nós ocupamos a Vila Scarfiotti. Seria melhor transportar os feridos para lá, levar todos eles para um lugar fechado. Nós verificamos se havia minas e armadilhas. Parece que os alemães não tiveram tempo de colocar nada antes de fugirem.

– E quanto ao coronel e à marquesa?

– O coronel resistiu e foi morto a tiros – respondeu o Estorninho. – A marquesa está presa na vila. Vamos mantê-la sob vigilância até que seja levada como criminosa de guerra. A governanta, *signora* Guerrini, foi morta durante a invasão. Ela começou a atirar nos meus homens. O resto dos empregados está no cárcere da vila.

Rosa concordou que seria melhor levar os feridos para a vila, onde havia água encanada e uma ampla quantidade de camas e lençóis. Eles então informariam à Cruz Vermelha em Florença que estavam usando a vila como hospital. Clementina tinha sido enviada com uma *staffetta* à cidade, onde a *signora* Corvetto esperava por ela. Rosa encarou as próprias mãos. Os feridos precisavam dela e de Fiamma, mas ela não tinha certeza de que teria forças para retornar à Vila Scarfiotti. O Estorninho adivinhou o motivo daquela hesitação.

– O túnel desmoronou – disse ele. – Não conseguimos recuperar o Luciano.

Rosa lembrou-se da granada e balançou a cabeça.

– Não – disse ela. – Acho que ele teria preferido assim. Ele morreu como um soldado: em batalha.

Quando o grupo chegou à vila, o Estorninho, Fiamma, Rosa e as freiras converteram o salão de baile em enfermaria. O Perdiz dirigiu-se a Florença; informaria à Cruz Vermelha que eles precisavam de suprimentos e também ofereceria o resto da vila como hospital ou acomodações para os Aliados, caso fosse necessário.

Rosa não aguentava ir a nenhum lugar da vila além do salão do baile e da cozinha. Não era o fato de Luciano ter morrido ali sozinho que a fazia se sentir daquele jeito, e sim o pensamento de que estava sob o mesmo teto que a assassina de sua mãe. Outra pessoa talvez tivesse ficado irada o suficiente para querer encarar uma criminosa daquele tipo imediatamente, mas Rosa havia perdido tanto na vida por causa da marquesa que não suportava respirar o mesmo ar que ela, olhar para as mesmas paredes, subir as mesmas escadas. A marquesa tinha assassinado sua mãe, tentado matá-la, além de tê-la transformado em uma órfã abandonada, acusado injustamente e mandado para a prisão – e, além de tudo isso, era responsável pela morte de Luciano e dos partisans, por causa de sua colaboração com os alemães. Rosa nem mesmo podia usar o termo *ódio* para descrever seus sentimentos pela marquesa. Sua aversão era tanta que não havia palavras para traduzi-la. Ela sabia que um dia haveria um confronto, mas podia aguardar o momento propício. Precisava se fortalecer. Até lá, a marquesa podia esperar.

Ada e Paolina assumiram o comando da cozinha. As freiras ajudaram recuperando o jardim de hortaliças. As mulheres e crianças judias trabalharam no pomar. O Convento de Santo Spirito havia sido destruído quando as pontes foram minadas, e as freiras não tinham mais para onde ir. Rosa percebeu o quão difícil a destruição de sua comunidade era para elas, especialmente para aquelas comprometidas com o isolamento. Mas também ficava grata por todas cooperarem e fazerem o máximo que podiam.

Certa manhã, Rosa foi até o jardim de hortaliças e encontrou Dono na entrada do bosque. Ele farejou o ar e arrastou-se pesadamente na direção dela. As mulheres e crianças voaram para dentro, mas Rosa não sentiu medo. Dono pressionou o nariz contra o ombro de Rosa. A jaula continuava no jardim de hortaliças. Para sua própria segurança, seria melhor que ele ficasse ali dentro do que vagando pelo bosque, onde algum caçador ilegal poderia atirar nele. Rosa odiava prendê-lo outra vez, mas ele pareceu compreender quando ela o conduziu para a jaula. Ela lhe deu uma tigela com água e algumas alcachofras, e ele se sentou contente para comê-las.

Rosa passou a tirar Dono da jaula duas vezes por dia para que ele pudesse esticar as pernas. A visão de Rosa caminhando pela via de acesso com um urso fazia os partisans se esconderem atrás de pedras e correrem para dentro do caramanchão. Os únicos além de Rosa que não tinham medo do urso eram as crianças alemãs.

– Como é o nome dele? – Karl, o mais velho, perguntou a Rosa. Os outros se chamavam Alfon, Hannah e Erhard.

– Dono – respondeu ela. – Significa *presente*.

Eles se revezaram para fazer carinho na cabeça do urso. Como as crianças alemãs tinham perdido os pais, seguiam Rosa por todo lado feito patinhos. Ela não se importava. Gostava da companhia delas. Ajudava a distraí-la da dor que estava sentindo.

No começo de setembro o campo de batalha se moveu para o norte e, como tudo na vila estava sob controle, era hora de os partisans retornarem as suas famílias e reconstruírem a vida. Rosa abraçou cada membro no momento da partida, desejando-lhes uma jornada segura. O Estorninho e o Pica-Pau, bem como alguns outros homens, insistiram em ficar para proteger a vila e vigiar a marquesa.

– Nós vamos embora quando você for – disseram a Rosa.
– E quanto às esposas e filhos de vocês? – perguntou ela.
– Eu sou solteiro – disse o Estorninho.
– Meu irmão levou minha mulher e meus filhos para a casa da nossa mãe em Sant'anna di Stazzema. É um topo de montanha isolado – o Pica-Pau contou a Rosa. – Vão ficar em segurança lá até que eu vá buscá-los.

Rosa agradeceu aos homens. Ficou imaginando que notícias o Perdiz traria de Florença ao retornar. Esperava que ele conseguisse encontrar suprimentos. A morfina estava quase acabando. Rosa estava tendo que dar grandes doses de vinho do porão a alguns pacientes para acalmar a dor. Porém, não conseguia entrar lá, então Ada ia no lugar dela, sempre trazendo as garrafas das melhores safras.

– O que você dá para a marquesa? – perguntou Rosa.
– Água com vinagre – respondeu Ada.

Certo dia, Rosa se aventurou a entrar no bosque para ver se encontrava mais bagas para Dono. Ele gostava dos pêssegos do pomar e dos vegetais que ela lhe dava, mas as bagas eram um mimo especial. Rosa descobrira que cuidar do urso lhe confortava o coração. Ele precisava de cura e carinho, e ela também. Foi caminhando pela trilha até a guarita, com a arma dentro do coldre pendurada nas costas, e avançou furtivamente. Embora os alemães tivessem ido embora, havia saqueadores e caçadores ilegais na vizinhança. O bosque era diferente à luz do dia, pacífico. Rosa ficava triste ao pensar que na última vez em que passara por aquelas árvores Luciano estava ao seu lado. Sentiu uma brisa roçar-lhe. Não viu nada, mas soube que era Orsola. A bruxa não tinha completado seu trabalho; a justiça ainda não tinha sido feita. Rosa lembrou-se da marquesa, mas não quis pensar nela naquele momento.

Ela encontrou alguns morangos silvestres, apanhou-os e colocou-os no balde. Ia endireitar o torso, quando avistou dois pares de botas e pernas com calças cinza diante dela. Seu coração quase parou. Alemães! Olhou para cima e, contra a luz, em meio às árvores, viu duas silhuetas. Rosa agarrou a arma.

– Não atire! Não atire! – gritaram os soldados, erguendo as mãos para o alto. – Nós nos rendemos!

Ela endireitou-se. Os homens estavam desarmados, mas instintivamente ela olhou em volta para ver se havia outros soldados, caso fosse uma armadilha.

– É a moça do sorvete – disse um deles.

Rosa reconheceu os dois soldados do dia em que fora de bicicleta até Borgo San Lorenzo e descobrira que Orietta estava morta. O cabelo loiro de Rosa estava desaparecendo, mas ela tinha escondido as raízes escuras embaixo de um lenço.

– Como vocês podem se render? – ela perguntou aos soldados. – Nós não estamos em luta. Vocês são desertores. Deviam ter ido embora com o seu exército. Se encontrarem vocês agora, vão executar os dois.

— Por favor — disse o soldado que tinha flertado com Rosa. — O exército alemão faz coisas terríveis. Nós não queremos fazer parte dele.

O Estorninho congelou quando viu Rosa conduzindo os dois soldados em marcha para fora do bosque.

— *Cazzo*! — exclamou, correndo na direção dela. — O que é isso?

— Eles são nossos prisioneiros.

— Você os capturou?

— Capturei.

O Estorninho olhou para ela.

— É óbvio que eles são desertores — disse ele.

— São — respondeu ela. — Mas suspeito que era óbvio para eles que eu era uma *staffetta* quando fui a Borgo San Lorenzo. E eles me deixaram passar.

— Onde diabos nós vamos manter dois prisioneiros alemães? — perguntou ele. — Quem vai vigiá-los?

— Eu vou — disse Rosa. — Até os Aliados virem buscar os dois. Nós precisamos de ajuda para deixar a propriedade em ordem. Eles podem ajudar as irmãs no jardim com o trabalho pesado. E tem um campo cheio de milho que precisa ser colhido.

— *Cazzo*! — repetiu o Estorninho. — Corvo, qualquer dia desses você me mata! Você e a Rouxinol!

— A Rouxinol? — perguntou Rosa. — Que foi que ela fez?

— Achou outro cordeiro que não podemos comer. Disse que eles são animais que vivem em sociedade e que o Speranza precisa de um amigo.

Rosa olhou para o jardim de hortaliças, onde Speranza estava amarrado à cerca para não devorar todas as ervas. Havia outro cordeiro com ele.

— Você fala com ela? — implorou o Estorninho. — Tem um bom estoque de comida na vila, mas os homens gostariam de um pouco de carne fresca.

— Claro — disse Rosa, acenando para Fiamma. — Qual é o nome do novo cordeiro? — perguntou gritando.

— Pace — respondeu Fiamma.

Rosa voltou-se para o Estorninho.

— Pronto — disse ela. — O nome dele é Pace; *paz*. Você quer mesmo matar dois animais chamados Paz e Esperança?

No dia seguinte à chegada dos prisioneiros alemães à vila, o Perdiz retornou de Florença com notícias perturbadoras.

— O comando Aliado quer assumir o poder sobre Florença — disse ele. — O Comitê Toscano de Libertação Nacional tem apenas poderes consultivos, e olhe lá.

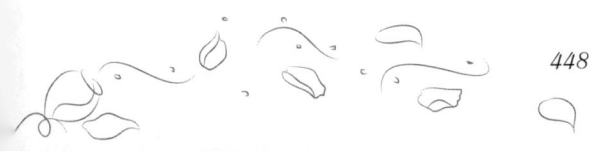

— Tenho certeza de que a intenção é devolver o governo à Itália quando o estado de emergência terminar – garantiu Rosa.

— Pode ser que sim – respondeu o Perdiz. – Mas estão esperando que nós entreguemos nossas armas, e os criminosos de guerra capturados pelos partisans estão sendo libertados.

— Não pode ser – disse o Estorninho. – Eles não podem soltar traidores como a Marquesa de Scarfiotti.

— Florença está um caos – explicou o Perdiz. – Alguns fascistas foram mortos, mas outras pessoas aproveitaram a situação para obter vingança pessoal, eliminando desafetos e até mesmo membros da própria família. Nem uma pessoa sequer do status da marquesa foi levada à justiça. Pelo que testemunhei, nenhuma será.

Rosa lembrou-se da ocasião em que tinha sido acusada de ajudar Maria com o aborto. Ela era inocente, mas mesmo assim, por causa das conexões poderosas da marquesa, tinha sido presa injustamente como bode expiatório de Vittorio. A guerra não havia mudado nada. Os ricos e poderosos continuariam saindo impunes de seus crimes.

O Estorninho fez uma careta.

— Se nós a segurarmos aqui até que o sistema de justiça seja reinstaurado, certamente ela vai ser levada a julgamento.

— Isso vai levar meses, talvez anos – falou o Perdiz. – Nós não vamos conseguir mantê-la presa esse tempo todo. Os Aliados vão assumir a vila, e ela vai ficar livre para escapar para o Brasil ou algum outro lugar.

O Estorninho rangeu os dentes.

— Então vamos nós mesmos executar essa mulher. Agora!

O Perdiz balançou a cabeça.

— Se nós matarmos a marquesa agora, sem um tribunal oficial, nós é que corremos o risco de ser acusados de assassinato ilegal mais tarde.

— Nem pensar que alguém como ela vai sair impune do que fez – disse o Estorninho.

A cabeça de Rosa girava. Era como se ela estivesse olhando para todas as pessoas que haviam morrido por causa da marquesa, quer fosse diretamente, em suas sádicas expedições de "caça", ou pelo fato de ela prontamente ter permitido que a vila fosse usada como base para os nazistas. Liberar a marquesa da responsabilidade por seus crimes era zombar da morte de todas aquelas pessoas.

— A marquesa é uma criminosa – disse ela. – Alguém que cometeu atos hediondos, não uma mera informante que pode ser apagada com uma bala. É uma desgraça para este país, e isso precisa constar em registro público. Sem dúvida ela vai ser levada a julgamento!

O Perdiz balançou a cabeça.

– Corvo, isso não vai acontecer. Não aconteceu em Nápoles, nem na Sicília, nem em Roma.

O Estorninho olhou de Rosa para o Perdiz.

– Se a justiça não vai ser feita, então vamos realizar uma execução militar agora – disse ele. – Podemos antedatar a execução. Todos aqui estão de acordo sobre os crimes da Marquesa de Scarfiotti.

Rosa viu lágrimas nos olhos do Perdiz e soube que ele estava pensando em Luciano e nos outros partisans que tinham morrido.

– Sim, mas para tomar essa decisão nós precisamos de alguém com um posto alto no Comitê de Libertação Nacional da Alta Itália – disse o Perdiz. – E eles ainda estão ocupados demais lutando contra os alemães para se preocupar com isso.

– Vocês são os líderes da divisão – disse Rosa. – Vocês são os representantes do comitê aqui nas montanhas. Podem tomar essa decisão.

O Estorninho balançou a cabeça.

– Só o Luciano foi propriamente designado, por conta do status que obteve na Espanha. O resto de nós não foi oficialmente nomeado. No calor da guerra, não ligamos para cargos. Não era importante para nós na época. Cada um desempenhava seu papel, obedecia ao Luciano, e era isso.

– Dadas as circunstâncias – disse o Perdiz –, parece que não temos escolha a não ser libertar a Marquesa de Scarfiotti. Não temos ninguém com status oficial junto ao comitê.

– Têm sim – disse Rosa, encarando-o. – Você foi testemunha de que o Luciano me nomeou tenente antes da invasão. Eu tenho poderes para ordenar a execução da marquesa.

– Corvo, pense no que está dizendo – falou o Perdiz. – Pode haver consequências. Para os Aliados, a guerra aqui já terminou. Já desempenhamos nosso papel.

– A marquesa é uma criminosa de guerra – Rosa retrucou. – Se não há mais ninguém para supervisionar a execução dela, então eu devo fazer isso. De que outra maneira todas as pessoas inocentes que ela matou terão paz?

Os líderes do Bando não sabiam ao certo se tinham o direito de fazer o que estavam planejando. Porém, como o país estava sob lei marcial, eles se esforçaram ao máximo para documentar em termos militares os crimes da marquesa e o motivo para a sentença. Rosa, o Perdiz e o Estorninho se reuniram na sala de aula, onde Clementina e Rosa antes conversavam sobre grandes compositores e cultura chinesa. Quando Rosa descreveu o que tinha encontrado no porão ao ser levada até a vila pelos nazistas, e como Carlo e os outros partisans haviam sido torturados, o Perdiz cobriu os olhos. "Eu vou descrever", pensou Rosa, "por mais doloroso que seja para nós, porque devemos ser as testemunhas, para que a morte dessas pessoas não seja em vão."

– Vamos executar a marquesa amanhã ao alvorecer – disse o Estorninho. Em seguida, virando-se para Rosa, acrescentou: – Você precisa informar oficialmente a ela sobre a sentença.

Ada fez o que pôde para montar um uniforme para Rosa. Encontrou em um armário uma saia cáqui, a qual Rosa combinou com uma jaqueta curta e uma boina que a esposa de um fazendeiro vinha usando. O Estorninho lhe deu o lenço dele para amarrar em torno do pescoço, e ela vestiu seu próprio cinto de munição e coldre. Suas mãos estavam firmes, mas a garganta estava seca.

– Quer que eu vá com você? – perguntou o Estorninho.

Rosa fez que não com a cabeça.

– Preciso enfrentar essa mulher sozinha – disse ela. Podia ter acrescentado que ela e a marquesa vinham lutando um duelo a vida inteira, e que só uma delas sairia vitoriosa.

Rosa subiu a escadaria principal até os aposentos da marquesa. Tinha percorrido um longo caminho desde seus dias como preceptora na vila. A ideia de que estivera investigando em segredo uma casa que era sua por direito agora parecia irônica. A marquesa escapara impune do assassinato de Nerezza e da tentativa de livrar-se de sua filha. Porém, o círculo agora estava completo. As "pessoas pequenas" haviam finalmente posto as mãos nela.

O Pica-Pau estava vigiando a porta dos aposentos da marquesa, enquanto Paolina estava sentada no corredor interno. Paolina fitou Rosa nos olhos para lhe dar força, antes de se mover para o patamar, onde esperaria com o Pica-Pau.

A marquesa estava sentada no cômodo onde ficavam os retratos. As venezianas estavam abertas, porém as cortinas estavam parcialmente fechadas, derramando luz sobre o tapete Pequim. Ela trajava um vestido azul-gelo de brocado combinando com os sapatos que deixavam os dedos à mostra. Apesar da ausência de empregados e de sua condição de prisioneira, a marquesa continuava com aparência impecável. Ao seu lado havia um cinzeiro cheio de cigarros fumados até a metade, mas nenhum livro, tampouco papéis. Rosa ficou surpresa com a tranquilidade da marquesa. Ela não parecia meditar sobre o passado nem temer o futuro, tampouco dava a impressão de que estivesse à espera da morte. Estava simplesmente sentada. Rosa perguntou-se como uma pessoa que tinha cometido os horrores que a marquesa cometera podia estar tão serena.

– Você foi julgada por seus crimes – disse ela à marquesa. – E eu vim anunciar sua sentença.

A marquesa mal a olhou.

– Ah, a preceptora finalmente se vinga – falou, esfregando a testa com o dedo antes de dar mais uma lenta tragada no cigarro.

– Não é uma questão de vingança – retrucou Rosa. – É uma questão de justiça. Você é uma traidora de seu país e será executada como tal.

Ela leu em voz alta os crimes da marquesa e a sentença de morte.

A marquesa olhava para Rosa com indiferença. Seu jeito arrogante era intolerável dadas as circunstâncias. Rosa sentiu ferver no sangue o ódio que cultivara em relação à mulher e que até então havia reprimido. Quantas pessoas tinham sofrido por causa da marquesa? Quantas mais continuariam a sofrer? Quando Rosa, o Estorninho e o Perdiz haviam tentado documentar os crimes da marquesa e os motivos para a execução, não conseguiram registrar o nome de todas as vítimas nem dizer de onde todas elas tinham vindo.

– E tem mais uma coisa – disse Rosa –, embora não tenhamos a autoridade de julgar você por isso. Mas, se os tribunais civis estivessem funcionando, você seria acusada pelo assassinato de Cristina Lancia, nascida Cristina Scarfiotti e carinhosamente conhecida como Nerezza, bem como pela tentativa de assassinato da filha dela.

O rosto da marquesa permaneceu sem expressão, mas algo brilhou em seus olhos quando ela ouviu a palavra *tentativa*. Um vago franzir formou-se na testa da mulher. Rosa teve a impressão de que a marquesa passou a observá-la de uma maneira peculiar. "É claro", pensou Rosa, "ela acha que Giovanni Taviani me matou e que ela tem o meu coração."

A marquesa levantou-se lentamente e caminhou até a janela.

– Você é a filha de Nerezza?

– Giovanni Taviani nunca me matou – respondeu Rosa, deixando a empolgação sobrepor-se à postura oficial. – Ele me levou ao Convento de Santo Spirito. O coração que ele lhe entregou veio do departamento de anatomia da universidade.

A marquesa olhou pela janela.

– Eu nunca devia ter confiado naquele ladrão. Devia tê-la estrangulado eu mesma.

Rosa sentiu o coração saltar no peito. Era espantoso ouvir a confirmação de algo que ela suspeitava havia tanto tempo.

– Quando você for executada amanhã, considere-se punida também pelo assassinato de Nerezza. Minha mãe.

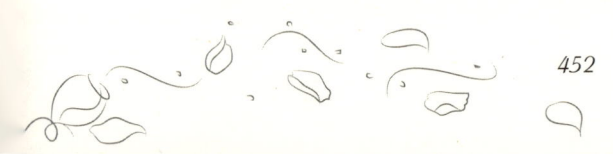

A marquesa virou-se da janela e dessa vez encarou Rosa nos olhos. Para sua grande surpresa, a mulher começou a rir. "É por causa do ódio imenso que ela sente por Nerezza", pensou Rosa. "Agora que Nerezza está sendo vingada, ela ficou histérica."

A marquesa se aproximou de Rosa com os olhos em chamas.

– Eu não matei Nerezza – disse ela com uma voz oca. Uma inquietação tomou conta de Rosa, um ataque de ansiedade que ela sentia com frequência, sem conseguir determinar a causa exata. A marquesa pôs a mão no peito. – Eu sou Nerezza. É Luisa Caleffi quem está morta.

Rosa perguntou-se se aquele momento era fruto de sua imaginação; se estava dormindo e era tudo um sonho.

– Você matou Luisa Caleffi? – foram as únicas palavras que conseguiu proferir.

– Eu não matei Luisa Caleffi – respondeu a marquesa, virando-se para a janela outra vez. – Foi o idiota do meu irmão que matou, em um ataque de ciúme durante a lua de mel deles. Ela tinha um amante. Messalina! Eu alertei Emilio sobre ela, mas ele não me ouvia. O escândalo podia ter destruído a família Scarfiotti.

Rosa chegou a uma conclusão perturbadora. Involuntariamente, olhou para o pé da marquesa: fino, com o segundo dedo mais comprido que os outros.

A marquesa abriu as cortinas abruptamente.

– Vocês olham, mas não veem nada – disse ela. A luz pousou sobre as pinturas e esculturas. – Essa mulher sou eu? Olhe de perto. Não é, mas vocês todos viram o que queriam ver! Até mesmo aquele imbecil do Barão Derveaux e aquela mulher sem graça dele! A sorte do meu irmão foi que se livrar de um corpo no Egito não é tão difícil assim.

Rosa respirava com dificuldade.

– O Barão Derveaux é o meu pai.

– Um equívoco da minha parte – disse a marquesa. – Aquele homem é um pateta.

Rosa achou que iria desmaiar. A marquesa agarrou o braço dela. Seu toque era frio, como o de algo morto.

– Você sabe o que me custou para virar outra pessoa? Quanta maestria é necessária para enganar até mesmo os próprios amigos? Mas eu consegui. Enganei a todos eles!

As peças do quebra-cabeça que Rosa vinha há tanto tempo tentando montar começaram a se encaixar rapidamente, mas não da maneira como ela esperava. Ela viu tudo diante dos olhos: o rosto com a maquiagem pesada; a maneira como a marquesa se obrigava a passar fome; sua reação quando o Barão Derveaux colocara o cigarro sobre o piano Bösendorfer.

– Não! Não é verdade! – Rosa gritou, em um ato final de resistência ao que ficava cada vez mais óbvio. – E quanto ao Vittorio?

– Que golpe de sorte ele ter voltado da guerra feito um zumbi – disse a marquesa, parecendo achar aquilo divertido. – Foi só quando ele começou a se recuperar que eu precisei mandar interná-lo. Até então ele foi o parceiro perfeito.

– E a mulher que veio visitar você e Vittorio no caramanchão? Era a mãe de Luisa?

– Uma mulher maravilhosamente insensível, do tipo mais mercenário. Concordou de bom grado em ficar quieta sobre o destino da filha em troca de dinheiro. De maneira geral, foi uma colaboração muito bem-sucedida com a família Caleffi, creio eu.

Rosa olhou para a marquesa, indo além da maquiagem e da silhueta malnutrida e enxergando a mulher por baixo daquilo tudo. Sim, aquela era Nerezza – disciplinada, ciumenta e vingativa. Rosa sabia disso por causa do caderno. Mas e quanto à jovem que tocava lindas músicas e criava adoráveis miniaturas de óperas? Rosa de repente entendeu o que as palavras que Giovanni dissera ao morrer significavam: fingir ser Luisa Caleffi tinha *envenenado* Nerezza, pois Luisa não tinha talento, não tinha apreciação pela beleza nem pela arte. Suprimir a própria índole tinha feito Nerezza enlouquecer.

– Se você é minha mãe – perguntou Rosa –, por que se livrou de mim? O marquês teria ficado comigo.

– Por quê? – repetiu a marquesa, soltando o braço de Rosa e se afastando. – Porque eu nunca quis você. Porque você era a filha de um palerma. Eu teria que te olhar todos os dias e me lembrar do meu erro estúpido. Além disso, você jamais poderia passar como filha de Ferdinando. Ele estava morto quando eu cheguei à Líbia, e eu já estava grávida de quase quatro meses. Era só uma questão de tempo até que as pessoas descobrissem que nós nunca chegamos a nos encontrar. Mas ninguém faz muitas perguntas sobre os mortos. Ninguém gosta de falar mal deles, especialmente dos bebês.

A marquesa era um monstro. Rosa não devia ter se abalado. Tinha recebido todo o carinho de Madre Maddalena; era adorada pelos filhos; tinha sido amada por Luciano e Antonio. Porém, a rejeição por parte de sua mãe biológica a feriu muito mais profundamente do que ela podia ter imaginado. Lembrou-se imediatamente da época em que estudava no convento e era insultada pelas outras crianças: "Sem Nome! Sem Nome!"

– Se você não me queria, então por que adotou Clementina?

– Depois de um tempo de "casamento", as pessoas esperam um filho – a marquesa respondeu de um jeito trivial. – Mas eu não podia ter filhos com meu irmão, podia? E uma menina era uma escolha infinitamente melhor que um menino. Se Emilio morresse e o menino se casasse, eu podia perder meu título. Antes de mais nada, incomodava-me o fato de terem me ignorado. Eu é que devia ter sido a Marquesa de Scarfiotti desde o começo. Não *ela*.

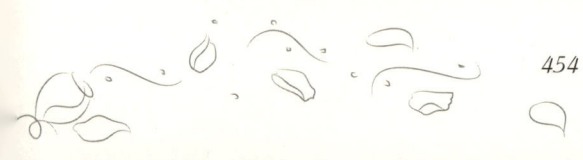

Rosa desabou contra uma parede. Nerezza era vaidosa assim: chegaria àquele nível de baixeza simplesmente para manter um título. Rosa entendeu tudo. Nerezza tinha fingido morrer de uma infecção depois que Rosa nascera; retornara em seguida, disfarçando-se de uma Luisa doente para que pudesse ficar isolada a fim de completar sua transformação. Era por isso que o marquês tinha se livrado da antiga equipe, mantendo apenas aqueles que eram leais a Nerezza e contratando gente nova. Era por isso também que o marquês sempre parecia triste. Ele estava vivendo uma mentira terrível. Era essa a sombra que Rosa vira em torno dele.

A marquesa abriu um sorriso traiçoeiro para Rosa.

– Que paradoxo, não? – disse ela. – Quando você me puser na frente do pelotão de fuzilamento amanhã, tão ávida para punir uma "criminosa de guerra", executará sua própria mãe. O que seus companheiros partisans vão pensar disso?

Rosa queria sair do cômodo, fugir daquela monstruosidade que era a sua mãe. Por tanto tempo ela havia ansiado em descobrir suas origens, e aquela era a resposta! Ser uma órfã – uma "Sem Nome" – era melhor que aquilo. Ela correu na direção da porta, porém, antes de chegar lá, recuperou as forças. Virou-se e encarou a marquesa.

– Você tinha medo do escândalo pelo seu irmão ter matado a esposa infiel em um ataque impulsivo. O que significa então ter sido a responsável pela morte de pessoas inocentes? O nome Scarfiotti vai ser amaldiçoado!

– Ora – disse a marquesa ainda sorrindo –, eu posso facilmente confirmar sua alegação de que você é minha filha, e tudo isso aqui vai pertencer a você quando eu estiver morta – ela acenou com a mão, indicando a vila. – A partir de amanhã, milhões de liras, uma casa em Paris, joias, peles... tudo isso pode ser seu, minha filha. Você, não Clementina, é a legítima Marquesa de Scarfiotti. Pense nisso. Uma ninguém saída de um convento de repente vira uma rica marquesa!

Rosa ergueu o queixo. A marquesa era traiçoeira até o fim. Ela não queria conceder sua riqueza a Rosa. Queria que ela fosse condenada por assassinato quando a lei civil fosse restaurada. Rosa não tinha como provar que era filha de Nerezza. Pareceria que ela tinha inventado a história para pôr as mãos na fortuna dos Scarfiotti. Porém, mesmo que não fosse esse o caso, Rosa não queria nada da marquesa.

– Meu nome é Rosa Parigi – disse ela. – Esposa de Antonio Parigi, o vendedor de móveis finos na Via Tornabuoni. Mãe de Sibilla, Lorenzo e Giorgio. Meu nome de batalha é Corvo. Supervisionarei sua execução amanhã na qualidade de tenente do exército do Comitê de Libertação Nacional da Alta Itália. O nome Scarfiotti não significa nada para mim.

Dizendo isso, Rosa virou-se e saiu.

Madre Maddalena e Irmã Dorothea levaram a marquesa para fora da vila na manhã da execução, seguidas por dois partisans. O grupo se dirigiu até onde Rosa e os outros partisans aguardavam. As mulheres e crianças judias tinham sido colocadas na cabana do porteiro com o resto das freiras. O lugar escolhido para a execução era um campo a certa distância da casa onde havia uma pilha de feno para absorver eventuais balas que errassem o alvo. Os partisans não seguiriam a tradição segundo a qual o tambor de duas das armas devia conter espaços vazios, para que ninguém soubesse quem tinha disparado o tiro fatal. Não havia tempo para aquele tipo de cerimônia. Todos os membros do pelotão de fuzilamento – Estorninho, Pica-Pau e Perdiz – estavam usando munição verdadeira. Rosa sabia, por causa de seu trabalho como enfermeira, que a morte por tiros raramente era instantânea. Muitas vezes o coração continuava a bater por dois ou três minutos. Uma pessoa podia levar até mesmo dez minutos para morrer, quando a morte ocorria devido ao sangramento. Era por isso que o tenente de um pelotão de fuzilamento sempre carregava uma pistola para finalizar o serviço caso a saraivada de balas não atingisse o coração do prisioneiro diretamente. Era por isso que Rosa estava segurando sua pistola.

As freiras se aproximaram do campo com a marquesa, que, apesar do tempo quente, usava um vestido preto de lã enfeitado com pele de pantera. Rosa encarou-o, esforçando-se para enxergar a majestosa criatura selvagem que tinha sido assassinada para dar origem ao traje. Mas o animal não apareceu. Rosa tinha perdido sua habilidade de ver a fonte das coisas. Sabia que agora a perdera para sempre. Talvez isso tivesse acontecido porque ela havia finalmente descoberto as próprias origens.

Traidores eram tradicionalmente executados de costas, mas Rosa não tinha arranjado para que as coisas fossem assim. Não tinha nem mesmo ordenado que a marquesa estivesse de mãos atadas. Não era pela dignidade da marquesa que Rosa deixara de lado esses procedimentos. Era pela dela própria. Embora a marquesa fosse uma criminosa de guerra condenada à morte por causa de seus crimes, Rosa não podia esquecer que estava prestes a executar a própria mãe.

– A venda – disse Madre Maddalena, oferecendo um pano branco à marquesa, que balançou a cabeça.

– Não preciso – disse ela. – Não tenho medo da morte.

Por um brevíssimo momento, Rosa viu Nerezza mais uma vez: orgulhosa, insolente, linda. *Hei de dominar meu coração,* ela escrevera em seu caderno e no lápis-lazúli que Rosa encontrara na câmara secreta. Nerezza tinha conseguido. Mas a que custo? Rosa ouviu uma música vinda de algum lugar: *Noturno em Mi-bemol Maior, No. 2.* A peça que ela tinha tocado para o *signor* Trevi e seus convidados antes de descobrir o caderno; a noite em que Nerezza a "possuíra".

Pela maneira como a marquesa empinou a cabeça, parecia que também estava escutando a música. Em um momento de morte, mãe e filha compartilharam durante alguns segundos uma paixão que nunca haviam compartilhado em vida. A música foi sumindo aos poucos.

– Quer dizer suas últimas palavras? – Madre Maddalena perguntou à marquesa.

A marquesa ergueu o queixo.

– Vida longa a Mussolini! Ele vai cuidar para que minha morte seja vingada.

A mãe de Rosa não olhou uma vez sequer para a filha; simplesmente fixou o olhar nos três partisans que a executariam. Rosa sabia que era seu último ato esnobe. Madre Maddalena e Irmã Dorothea se afastaram, colocando-se atrás dos partisans que estavam servindo de testemunhas. Ada e Paolina haviam sido incluídas. Fiamma estava lá também, para conferir o pulso da marquesa depois que ela levasse os tiros.

Rosa ergueu o braço. Seus dedos tremiam.

– Preparar!

Os homens empunharam os rifles. A marquesa não moveu um músculo sequer. Nem uma parte de seu corpo se encolheu.

– Apontar!

Quando Rosa desceu o braço e deu comando de "Fogo!", enxergou os partisans que tinham sido torturados e pendurados feito pedaços de carne no porão da vila; enxergou Carlo e Orietta; enxergou Luciano, Giovanni e todos os partisans que nunca veriam Florença libertada. Lembrou-se de todos que tinham sofrido por causa da colaboração da marquesa com os nazistas.

As balas atingiram a marquesa no peito. Ela caiu de joelhos, ainda olhando para a frente, depois tombou de costas, com os braços esticados e os olhos encarando o céu. Fiamma correu até ela, seguida por Rosa, que segurava a pistola firme na mão.

– Não é necessário – Fiamma disse a Rosa, buscando a pulsação no pescoço da marquesa. – Ela está morta.

Com um aceno de cabeça, Rosa ordenou ao pelotão que baixasse as armas. Era o fim da última Scarfiotti legítima. Rosa sabia que agora as bruxas partiriam da vila. A justiça tinha sido feita. Entretanto, de pé junto ao corpo sangrento da mãe que nunca conhecera, Rosa não sentia de maneira nenhuma que um ciclo tinha se encerrado; tudo que sentia era desolação.

Algumas semanas depois da execução da marquesa, Rosa e Fiamma estavam sentadas no jardim com seus pacientes, quando Rosa notou um carro preto serpenteando pela via de acesso na direção da vila. O Estorninho o viu também e apanhou a arma. Rosa então avistou a bandeira da Cruz Vermelha no capô.

Parecia que finalmente tinham ido requisitar a vila para os soldados Aliados. O carro parou perto da fonte, e um sorriso se abriu no rosto de Rosa quando ela reconheceu a motorista: *signora* Corvetto. Clementina estava ao lado dela, no banco do passageiro.

A *signora* Corvetto, que usava um vestido preto com cerejas vermelhas, saiu correndo do carro e abraçou Rosa.

– Graças a Deus você está viva! – disse ela, com os olhos se enchendo de lágrimas. – Eu perdi tantos amigos!

Rosa lançou um olhar na direção de Clementina.

– Ela está recuperando a alegria de antes – disse a *signora* Corvetto, fazendo uma leve careta. Seu olhar ficou sério, e ela baixou a voz. – Sabe, quando Clementina disse que tinha "subornado" o guarda para poder sair e encontrá-la... foi mais do que isso. Você sabe como eles eram. Você sabe o que ele iria querer.

Rosa encolheu-se. Não, ela não tinha se dado conta. Nem por um minuto havia pensando no que Clementina talvez tivesse sofrido para conseguir alertá-la sobre as reféns na vila. Rosa lembrou-se do tratamento duro que dera à moça e sentiu-se muito mal.

– Ela sabe? – perguntou à *signora* Corvetto. – Que você é a mãe dela?

O rosto da *signora* Corvetto se iluminou.

– Quando eu contei, Clementina disse que sempre desejara que eu fosse a mãe dela, e não a Marquesa de Scarfiotti! Você acha que vai ficar tudo bem entre entre mim e ela? Acha que eu vou ser uma boa mãe?

Rosa esticou o braço e apanhou a mão da *signora* Corvetto.

– Você vai ser uma mãe maravilhosa – disse ela.

Aquela pergunta fez Rosa pensar nos próprios filhos. Com tudo que tinha acontecido, Rosa acreditava que ela e Antonio haviam tomado a melhor decisão ao mandar Sibilla e os gêmeos para a Suíça a fim de mantê-los em segurança. Porém, como as crianças tinham ficado esse tempo todo sem ter notícias dela, talvez a vissem como uma estranha quando ela fosse buscá-las.

A *signora* Corvetto apertou a mão de Rosa também.

– Acho que foi um alívio para Clementina saber que não é a filha daquela... monstra. Que fardo terrível de carregar! Ninguém vai lamentar a morte daquela mulher, ninguém mesmo.

Rosa sabia que a *signora* Corvetto não tinha a intenção de magoá-la e que só tinha revelado seus sentimentos a ela porque não fazia ideia de quem a Marquesa de Scarfiotti era de verdade. E ela precisava concordar: Clementina *tinha* sorte por não carregar o fardo de uma mãe como aquela.

– Quais são seus planos agora? – perguntou.

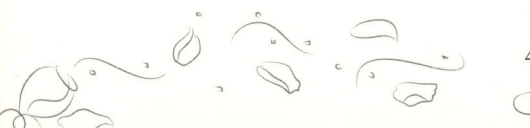

– A guerra ainda está intensa – disse a *signora* Corvetto –, mas quando acabar vou levar Clementina para a Suíça. Vamos começar tudo de novo por lá.

– Vai ser melhor assim – concordou Rosa. – Mas e quanto à vila? Agora ela pertence a Clementina.

A *signora* Corvetto virou-se para o carro e acenou para que Clementina se juntasse às duas.

– Ela quer falar com você sobre isso.

Clementina caminhou até elas. O vestido de bolinhas lhe dava uma aparência jovial, e ela não guardava semelhança nenhuma com a coquete que Rosa vira de braço dado com o coronel.

Clementina ergueu os olhos e fitou Rosa.

– *Signorina* Bellocchi – começou ela.

– *Signora* Parigi – a mãe corrigiu-a.

– Quer dizer, *signora* Parigi – disse Clementina, corando. – A vila foi um lugar de horrores, mas eu quero que isso mude. Quero que seja um lugar de bondade e generosidade – ela tomou a mão de Rosa. – Pretendo doar a vila para que seja usada como um lar para órfãos de guerra: não uma instituição horrível, impessoal, mas um lugar onde as crianças se sintam seguras e amadas. Sei que você é a pessoa certa para realizar essa transformação.

– Entendemos que você vai retornar para sua agitada vida em família – acrescentou a *signora* Corvetto. – Mas ficaríamos honradas se presidisse o conselho para decidir sobre o futuro da vila. Esperamos encontrar um diretor adequado e agradecemos se você tiver alguma recomendação.

Naquele momento, Madre Maddalena saiu da vila com um grupo de crianças atrás de si. A freira sentaria com elas ao sol para ler uma história. As irmãs de Santo Spirito não tinham mais um convento, porém certamente teriam um novo lar se quisessem. Caso decidissem não retornar ao isolamento e obtivessem permissão do papa, aquele seria o lugar perfeito para elas.

– Conheço alguém muito adequado para esse papel – respondeu Rosa.

Clementina acenou com a cabeça, entendendo de quem Rosa estava falando. Rosa pensou nos tempos em que era preceptora de Clementina, sem fazer ideia de que aquela menina cheia de vicacidade era sua prima. Rosa nunca fora sozinha no mundo; ela tinha uma parente de sangue. E continuaria tendo, embora não fosse contar a Clementina que a marquesa era sua mãe. Ela e Clementina organizariam o orfanato juntas. Seu trabalho pelo bem das crianças seria o laço entre elas.

– Você ficaria ofendida se eu sugerisse que mudássemos o nome da vila? – perguntou Rosa.

– Nem um pouco! – Clementina respondeu, com olhos arregalados. – Ela precisa de um novo começo. Não queremos nenhuma associação com o passado. Você tem alguma ideia do nome que poderíamos dar?

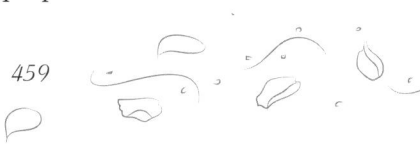

Rosa viu Speranza e Pace pastando as flores recém-plantadas de Ada, sem nem desconfiar da bronca que levariam quando a cozinheira descobrisse. Teve que conter uma risada ao recordar como o carinho dela e de Fiamma pelas ovelhas tinha deixado os partisans perplexos.

Ela virou-se para Clementina outra vez.

– Eu tenho um nome perfeito. Que tal La Vila della Speranza e della Pace: A Vila da Esperança e da Paz?

– Sim! – disse Clementina, virando-se para a *signora* Corvetto, que acenou entusiasmadamente com a cabeça. – Perfeito! É exatamente assim que ela deve se chamar!

Quando a *signora* Corvetto e Clementina estavam indo embora, Rosa caminhou com elas até o carro. Clementina abriu a porta do passageiro, mas voltou correndo até Rosa.

– Você me perdoa? – perguntou, com lágrimas nos olhos. – Consegue esquecer que eu fiquei aqui e não me juntei aos partisans? Eu sinto tanta vergonha.

Para Rosa, não havia o que perdoar. Aos olhos dela, Clementina era novamente a menina encantadora que conhecera. Elas precisavam deixar a guerra para trás.

– Você era uma moça confusa – falou, fazendo um carinho no cabelo de Clementina. – Mas saiu dessa experiência como uma mulher sábia e linda. O que mais uma preceptora poderia desejar?

Clementina cobriu a boca com a mão e começou a chorar convulsivamente.

– *Signorina* Bellocchi... quer dizer, *signora* Parigi... – a moça estava emocionada demais para dizer o que queria dizer. Em vez disso, sorriu e encolheu os ombros. – Para mim você sempre vai ser a *signorina* Bellocchi.

Rosa a abraçou.

– E para mim você sempre vai ser a adorável Clementina.

Depois que a *signora* Corvetto e Clementina tinham ido embora, Rosa entrou no bosque e caminhou até o cemitério da vila. Depois da execução, os partisans tinham decidido colocar o corpo da marquesa na sepultura com as bordas de pedra. Ao abrirem-na, encontraram-na vazia, com exceção de alguns quadros retratando Nerezza.

– Será que doamos essas obras para a cidade de Florença? – o Perdiz tinha perguntado a Rosa. – Algumas são de artistas famosos.

– Não – respondeu Rosa. – Deixe onde estão.

Depois que o Perdiz e o Estorninho tinham removido a tampa da tumba, Rosa conseguira ver a estátua de frente pela primeira vez. Era a imagem de Nerezza ainda jovem e incorrupta. Rosa olhara para a linda mulher diante de si e depois para o corpo sangrando da marquesa sendo colocado pelos dois homens dentro da tumba. Que enorme desperdício.

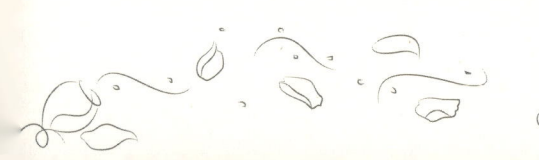

Agora, Rosa estava sentada perto da sepultura e estudava a estátua do anjo criança que rezava fervorosamente para a imagem da mãe. A *signora* Corvetto estava certa ao dizer que era um alívio para Clementina livrar-se do fardo de ter tido um monstro como mãe. Porém, estava errada ao dizer que ninguém lamentaria a morte da marquesa. Rosa chorou sem parar, por tudo aquilo que nunca pôde acontecer.

Rosa havia registrado Karl, Alfon, Erhard e Hannah junto à Cruz Vermelha para descobrir se tinham parentes vivos, mas até então nenhuma novidade havia aparecido. Já decidira que, se ninguém os reivindicasse, ela os levaria para casa. Sempre desejara ter uma família grande.

Rosa estava brincando com eles dentro da vila um dia, quando notou uma comoção do lado de fora. Olhou pela janela e viu os dois prisioneiros de guerra alemães, Hartmut e Klaas, no pomar. Eles estavam curvados como que para tentar se proteger, mas ela não conseguia ver além das árvores para saber o que os estava ameaçando. Não era Dono: ele ainda estava na jaula. Rosa tinha convencido o chefe de polícia local a permitir que os prisioneiros alemães ficassem na vila, onde eram necessários, em vez de serem transferidos para um campo, onde, pelo que Rosa tinha ouvido falar, as condições eram terríveis. Será que o chefe de polícia tinha mudado de ideia? Então, através das árvores, Rosa avistou o Pica-Pau brandindo uma arma para os alemães. O Estorninho e Ada estavam lá também, tentando apaziguá-lo.

– Fiquem aqui! – Rosa falou para as crianças e correu até o pomar.

O que o Pica-Pau estava fazendo na vila? Rosa o dispensara depois da execução da marquesa para que retornasse à família.

– O que aconteceu? – perguntou Rosa, chegando à cena.

O rosto de Pica-Pau estava morbidamente branco.

– Escória imunda da Alemanha! – gritou ele, a arma oscilando entre Hartmut e Klaas. – Assassinos nojentos!

O Estorninho e Ada olharam assustados para Rosa. Em um impulso, Rosa correu e se pôs na frente dos dois alemães, diretamente sob a mira da arma de Pica-Pau.

– O que aconteceu? – perguntou ela, olhando do Pica-Pau para o Estorninho e Ada.

Ada inspirou, deixando transparecer sua dor.

– O exército alemão realizou um massacre em Sant'Anna di Stazzema. A família do Pica-Pau está morta.

As mãos de Rosa despencaram ao lado do corpo.

– Mas eu achava que a cidade no topo da montanha era segura – foi tudo que conseguiu dizer.

Ela sabia que o Pica-Pau tinha levado a família para lá depois que os alemães atacaram a aldeia dele. O Estorninho cerrou os punhos.

– Mataram todo mundo, aldeãos e refugiados – disse ele. – Mulheres, crianças e velhos. Os homens já tinham saído para evitar represálias. Algumas vítimas foram assassinadas em casa, mas muitas foram mortas na frente da igreja, aonde tinham ido em busca de proteção. Os alemães mataram até o padre, que implorou para eles terem misericórdia das crianças.

– Abriram uma mulher em trabalho de parto e atiraram no bebê! – gritou o Pica-Pau. – Minha mulher e meus filhos estavam trancados dentro um celeiro. Os alemães jogaram granadas lá dentro.

– Ah, meu Deus! – gritou Rosa, pondo as mãos no rosto. Será que aquilo nunca teria fim?

Ela olhou para Hartmut e Klaas, que estavam paralisados, depois se virou para o Pica-Pau outra vez.

– Escute – ela falou, sentindo o coração na garganta –, esses dois homens não estavam lá. Eles desertaram, correndo o risco de ser executados, por não quererem fazer o que o exército deles anda fazendo.

O Pica-Pau não a escutou. Lágrimas escorriam pelo rosto dele.

– E sabe o que os alemães fizeram depois de quatro horas de matança? Sentaram para almoçar e cantaram. Um deles até tocou gaita – ele ergueu a arma outra vez. – É melhor sair da frente, Corvo. Não me faça atirar em você também.

– Pica-Pau! – gritou Rosa. – Escute! Esses dois não estavam lá! Você vai matar homens inocentes!

O Pica-Pau rangeu os dentes e empinou a cabeça na direção de Hartmut e Klaas.

– Eles se renderam porque sabiam que os alemães iam perder essa porra de guerra! Eles não desistiram em 1943, desistiram? Pela última vez, saia da frente, Corvo!

A dor nos olhos do Pica-Pau era palpável. Rosa sentiu-se esmagada por ela. Não ligava se ele atirasse nela. Avançou em sua direção, cegada pelas próprias lágrimas. Surpreendentemente, o Pica-Pau abaixou a arma. O Estorninho a agarrou, e Rosa atirou os braços em torno do Pica-Pau, abraçando-o como abraçaria uma criança apavorada. Ele começou a chorar um choro sofrido e convulso. Os dois caíram de joelhos.

Quando a respiração do Pica-Pau se acalmou, ele olhou para Rosa e falou:

– Meu filho mais novo ainda era bebê.

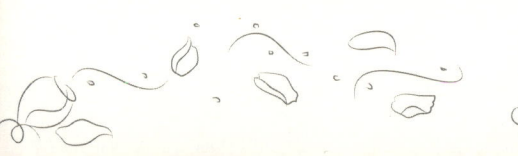

Ada se ajoelhou ao lado do Pica-Pau e pôs o braço em torno dele. O Estorninho se ajoelhou também. Hartmut e Klaas mantiveram uma distância respeitosa. O Pica-Pau era um soldado valente, porém um homem massacrado e destruído. Rosa viu o que a guerra fazia: ela demolia as pessoas. Como as coisas poderiam voltar a ser iguais?

– Fique conosco, Pica-Pau – disse ela. – Há crianças aqui que precisam do seu amor. Nós agora vamos ser a sua família.

Metade do outono já havia se passado, e Rosa sabia que era hora de retornar a Florença. A *signora* Corvetto tinha feito uma pesquisa em busca de Antonio, mas até então não conseguira nenhuma informação. Ao que parecia, ele jamais chegara à Alemanha. Porém, Rosa precisava enfrentar sua cidade e descobrir o que tinha acontecido com a loja e o apartamento. Quando a guerra tivesse finalmente chegado ao fim, ela iria buscar os filhos. Nenhuma correspondência vinda da Suíça estava sendo entregue, mas ela precisava confiar que eles estavam em segurança.

As mulheres judias quiseram ficar na vila com seus filhos até que a Alemanha fosse derrotada; uma medida de precaução que Rosa entendia. A *signora* Corvetto e Clementina concordaram sem reservas que as mulheres permanecessem por quanto tempo desejassem. Rosa informou que deixaria a administração da vila por conta do Estorninho e de Fiamma, junto com Madre Maddalena, até que ela tivesse completado o que precisava fazer em Florença e pudesse retornar para ajudá-los.

Na manhã em que partiria para Florença, Rosa foi falar com Hartmut e Klaas, que estavam consertando um muro de contenção no jardim de hortaliças. Ninguém mais se incomodava em vigiá-los. Um dia eles voltariam à Alemanha, mas agora faziam tanto parte da vila que Rosa só os deixaria ir quando soubesse que poderiam voltar para casa em segurança. Ela tinha ouvido falar que muitos prisioneiros de guerra alemães haviam sido mortos em atos de vingança.

– Eu tenho uma última tarefa para vocês – disse ela, mostrando aos homens o diagrama de uma vala profunda que desejava cavar perto do caramanchão.

Hartmut começou a tremer quando Rosa mencionou a largura e a profundidade da vala.

– Uma cova coletiva? – perguntou ele, arregalando os olhos de pavor. – Você quer que a gente cave a própria sepultura?

Rosa ficou confusa por um momento, mas então entendeu do que ele estava falando.

– Não – respondeu, apontando na direção da jaula de Dono. – Estão vendo o nosso pobre urso ali? Faz anos que ele vive espremido dentro daquela jaula. Quero que vocês construam um fosso apropriado, com uma caverna dentro da qual ele possa se abrigar. Conseguem fazer isso?

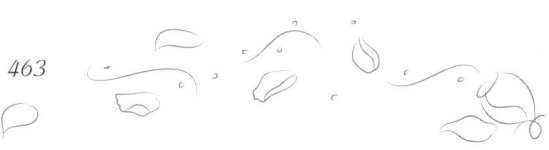

Foi a vez de Hartmut ficar estupefato, mas Klaas entendeu e sorriu.

– Conseguimos sim – disse ele. – Vamos realizar um trabalho excelente. Somos alemães. Vamos descobrir como se faz.

Rosa explicou aos dois que ficaria longe por um tempo e que, quando retornasse, provavelmente eles não estariam mais lá. Hartmut e Klaas despediram-se dela com um aperto de mão. Rosa deu-se conta da estranheza da situação: dois soldados alemães e uma patriota italiana separando-se em termos tão amigáveis. Mas ela chegara à conclusão de que, embora a maioria dos italianos – e provavelmente muitos alemães – não tivessem desejado a guerra, haviam escolhido um caminho de ganância e orgulho, e o resultado tinha sido a guerra. Afinal, onde surgia a violência senão no coração humano de cada um? Começava por meio de pensamentos e ações violentos, por meio da inveja em relação aos outros e do ódio por si mesmo. Originava-se nas escolhas diárias de cada um, inclusive na indiferença em relação ao sofrimento dos animais no momento de selecionar o que comer e o que vestir, bem como em relação aos pobres e oprimidos. A partir daí, progredia, transformando-se em uma consciência coletiva de competitividade, egoísmo, mesquinharia, rancor e ganância. Violência, até mesmo aquela que parecia a mais inofensiva, gerava mais violência. Essa era a origem da guerra. Rosa não conseguia mais enxergar a origem de alimentos, roupas nem peças de mobília, porém via claramente a fonte do conflito. O que os alemães tinham feito era uma versão extrema do que qualquer ser humano era capaz de fazer caso *escolhesse* fazê-lo. Hartmut e Klaas tinham feito uma escolha diferente.

Rosa estava na porta da cozinha, quando ouviu Klaas chamá-la. Ela parou, e ele correu até ela.

– Quero saber por que você não deixou seu companheiro partisan atirar em nós – perguntou ele. – Se o exército italiano tivesse feito com os alemães o que nós fizemos com vocês, eu ia querer matar cada italiano em que conseguisse pôr as mãos.

Rosa apanhou uma rosa do jardim e colocou-a na botoeira de Klaas.

– Já houve matança o suficiente – respondeu. – Talvez eu o tivesse deixado atirar se acreditasse de verdade que isso faria algum bem. Mas não faria. Se tem uma coisa que aprendi foi que a vingança nunca traz a paz que você espera que traga.

Klaas acenou com a cabeça, concordando.

– Boa sorte – disse ele, apertando a mão de Rosa outra vez. – Desejo que o futuro seja bom para você.

– E eu desejo o mesmo a você – respondeu Rosa.

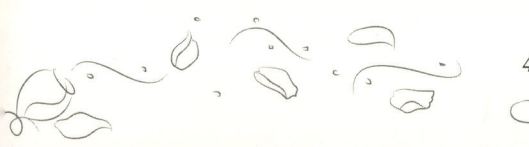

Quando Rosa e o Perdiz estavam prontos para partir, Madre Maddalena, Estorninho, Pica-Pau, Fiamma, Ada e Paolina caminharam com eles até o final da via de acesso. O Perdiz acompanharia Rosa até os limites de Florença antes de voltar para casa, em Bagno a Ripoli.

– Não coma os meus cordeiros – Rosa falou ao Estorninho. – Quero que eles estejam aqui quando eu voltar.

O Estorninho revirou os olhos.

– Faz séculos que o homem come animais.

– Tambem faz séculos que os homens matam uns aos outros. Você acha que devemos continuar só pelo hábito?

O Estorninho abriu um sorriso largo.

– Se tem uma verdade sobre você, Corvo – disse ele –, é que você sempre consegue dar a palavra final.

Rosa viu quando ele e Fiamma trocaram um olhar, o que a fez sorrir. Ela vinha notando uma intimidade cada vez maior entre os dois nas últimas semanas. Aonde quer que Fiamma fosse, O Estorninho estava sempre por perto. Rosa tinha a sensação de que ele não pretendia continuar solteiro por muito tempo. Os partisans se abraçaram, e Rosa e o Perdiz começaram sua jornada para casa.

A sensação de estar novamente em Florença foi estranha; Rosa tinha passado mais de um ano longe. Era um dia de outono limpo e ensolarado. Bandas tocavam em algumas *piazzas*. Havia bandeiras penduradas nas vitrines das lojas – italianas, norte-americanas, britânicas, canadenses. Uma espécie de atmosfera festiva pairava na cidade, mas não era sincera. As bandas emitiam um som irritante, metálico e vazio. Depois de ter passado tanto tempo escondida nas montanhas, depois de ter vivido uma vida de soldado, Rosa sentia-se como alguém que estivesse retornando de um país estrangeiro. Olhava para o rosto das pessoas ao passar por elas nas ruas, cada uma ocupada com a própria vida. Algumas sorriam, outras andavam com pressa e de olhos baixos. Todos caminhavam perto dos edifícios, hábito cultivado durante os tiroteios que haviam ocorrido entre os alemães e os partisans durante os últimos dias da ocupação. Rosa havia lutado por seu país, mas muitas das pessoas em torno dela não haviam. Ela não estava mais cercada por camaradas; movia-se em meio a pessoas que haviam cooperado com os fascistas de alguma maneira e talvez tivessem até colaborado com os alemães. Assassinatos por vingança continuavam acontecendo diariamente, e mulheres de cabeça raspada continuavam a ser exibidas pelas ruas. As feridas de Florença eram profundas, e ninguém sabia quando iriam sarar.

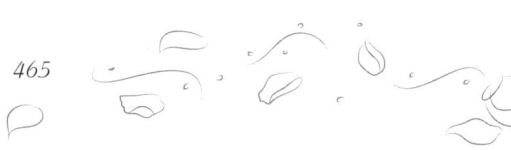

O *palazzo* onde ficava o apartamento de Rosa tinha sofrido alguns danos causados pelo bombardeio, porém um gesseiro e um oleiro estavam trabalhando para consertar o telhado. Ela não encontrou ninguém nas escadas e perguntou-se o que teria acontecido com seus vizinhos. Será que tinham sido sugados para dentro de um vácuo como acontecera a tantos outros na cidade? A porta do apartamento tinha sido arrancada, portanto sua preocupação quanto a não ter mais a chave havia sido desnecessária. Ela atravessou o vão da porta e entrou no salão. Cartas pessoais e documentos dela e de Antonio estavam espalhados pelo piso. Os saqueadores tinham descoberto onde eles haviam guardado as obras de arte, e a maioria dos quadros não estava mais lá, com exceção de uma pintura a óleo da Madona, sobre a qual haviam urinado e defecado. A travessa que Antonio dera a Rosa como presente de aniversário de casamento estava despedaçada sobre o chão da sala íntima. Rosa apanhou a parte do centro, com as pombas da paz ainda intactas, e colocou-a lentamente no bolso. Olhou para o próprio lar com o mesmo estupor e exaustão que alguém sente ao olhar para próprio o bairro depois de um terremoto ou outro desastre natural. Lembrou-se da mobília que antes lhe enchia os olhos e despertava os sentidos. A maior parte não estava mais lá; no seu lugar, obscenidades haviam sido rabiscadas nas paredes. Nos quartos, os lençóis tinham sido esfarrapados e os livros das crianças estavam rasgados e espalhados pelo chão. O vestidinho de Sibilla, aquele que Orietta tinha feito para ela, estava enfiado atrás de uma porta. Rosa o apanhou e viu que ele estava duro de sangue, como se alguém o tivesse usado para estancar o sangramento de uma ferida.

Rosa foi afundando até cair de joelhos. Notou que o caderno de Nerezza tinha sido usado para calçar a perna bamba de uma cama. Parecia bizarro que o caderno de sua mãe fosse a única coisa que havia sido deixada intacta no apartamento. Ela cobriu o rosto com as mãos, prestes a deixar as lágrimas sairem, mas então se recompôs. Aquela era a última batalha, não era? A batalha para reconstruir sua vida e a de seus filhos. Para não deixar tudo que acontecera destruí-los. Rosa ergueu os olhos e examinou o apartamento da mesma maneira que antes examinava queimaduras em pacientes – calculando o que podia ser salvo até mesmo ante os ferimentos mais horrendos. Ela precisava reconstruir um lar para os filhos.

Rosa entrou no banheiro, e o cheiro pútrido a fez cambalear. O vaso estava transbordando de excrementos. Ela abriu as torneiras e encontrou um alívio – ainda havia água corrente, quente e fria. Encheu um balde e decidiu que começaria pela cozinha.

– *Signora* Parigi?

Rosa virou-se e viu Ylenia de pé atrás dela, segurando uma vassoura e um esfregão.

– Eu ia limpar o apartamento – falou, como quem tinha visto um fantasma. – Tive que fugir quando ele foi tomado. Desde então, fiquei com os vizinhos.

– Nazistas malditos – disse Rosa, balançando a cabeça.

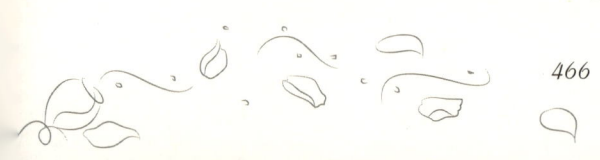

– Ah, eles fizeram muita maldade – concordou Ylenia. – Mas esse estrago aqui quem fez foram os *goums*. Eles parecem achar que saquear e estuprar são as recompensas por terem lutado na Itália. Sugiro que a senhora e o *signor* Parigi consertem e reforcem a porta o mais rápido possível.

Os olhos de Rosa se encheram de lágrimas.

– Eu não sei onde o Antonio está.

Ylenia franziu a testa.

– Ele foi levado para a Alemanha – explicou Rosa. – E eu estava nas montanhas desde agosto passado.

Ylenia soltou um gritinho de surpresa.

– Não, *signora* Parigi, seu marido esteve aqui hoje de manhã procurando a senhora. Como vi a senhora aqui, achei que vocês tinham se encontrado.

O coração de Rosa pulou no peito, e ela sentiu dor. Seu coração devia ter se enfraquecido com a guerra.

– O Antonio esteve aqui? – perguntou, com uma voz aguda e alvoroçada. – Você tem certeza?

– Tenho – respondeu Ylenia. – Ele me deu dinheiro para comprar pão e legumes e me pediu para cuidar da sua flauta.

– Você sabe onde ele está agora?

Ylenia balançou a cabeça.

– Ele disse que tem ido a todos os hospitais à procura da senhora.

As palavras de Luciano encheram a mente de Rosa. "Você precisa confiar no seu marido, Corvo. Precisa confiar que ele a ama tanto que vai fazer qualquer coisa para sobreviver e voltar para você."

– Onde é que ele estava? – perguntou Rosa.

– Ele foi levado de trem no dia em que era para a senhora ir buscá-lo na prisão. Mas o trem foi bombardeado. Ele escapou e voltou a Florença para encontrar a senhora, mas a senhora tinha desaparecido. Ele trabalhou com o movimento de resistência aqui, mas por fim teve que fugir para o norte e se juntar aos partisans.

Rosa agradeceu a Ylenia e saiu correndo para a rua. "Rápido! Rápido!", dizia a si mesma, seguindo na direção da Via Tornabuoni. Porém, seu coração doía, e ela precisava parar de vez em quando para recuperar o fôlego. Ela tinha a impressão de que no ar ecoavam os sons da reconstrução: coisas sendo raspadas, esculpidas, marteladas. Algumas lojas permaneciam intocadas, enquanto outras haviam sido seriamente danificadas. Rosa viu a placa da Parigi's Antiguidades e Mobília Fina. A grade continuava sobre a vitrine, porém, quando ela olhou para dentro, viu que, assim como no apartamento, a maior parte da mobília não estava mais lá. Não havia sinal de Antonio.

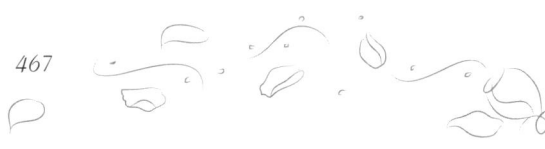

– Rosa?

No reflexo da vitrine, Rosa viu Antonio de pé ao seu lado. Estava vestindo seu *trench coat* e chapéu favoritos e tinha a mesma aparência de quando saía para trabalhar todas as manhãs antes da guerra. Era uma visão tão bonita que ela ficou com medo de virar-se, caso estivesse sonhando.

– Rosa?

Ela girou lentamente. Seus olhos encontraram os de Antonio. Ele pulou na direção dela e a agarrou nos braços.

– Rosa! – gritou ele, beijando os lábios e o rosto dela. – Rosa! É você mesmo? Disseram-me que você tinha sido levada pelos alemães!

– Eu ouvi a mesma coisa sobre você!

Antonio deu um passo para trás, tomando o rosto de Rosa nas mãos e fitando-a como se estivesse segurando um tesouro precioso. A pele dele estava mais escura do que Rosa se lembrava. Ele continuava bonito, porém tinha um ar abatido de exaustão em torno dos olhos.

Antonio olhou-a com admiração e então a abraçou outra vez.

– As crianças estão bem – disse ele. – Eu fiz contato com elas quando estava lá no norte. Assim que os alemães forem expulsos, vamos buscá-las.

Por um momento o mundo parou de se mexer, enquanto Rosa assimilava a notícia pela qual tanto ansiara. Ela viu seus preciosos filhos brincando com Ambrósio e Allegra. A imagem de Sibilla e dos gêmeos era como uma chama que derretia sua solidão. Como desejava estar com eles novamente – vê-los dormir, ouvir suas risada, confortá-los: todas as alegrias da maternidade que a guerra havia lhe negado.

A porta da loja estava empenada, pois os saqueadores a tinham forçado ao entrar. Antonio abriu-a com um chute e tomou a mão de Rosa, ajudando-a a entrar. A loja não tinha sido vandalizada da mesma maneira que o apartamento, mas mesmo assim a mobília ausente e os vasos e luminárias esmagados fizeram Rosa sentir outra vez que sua vida tinha sido violada. O único item que os saqueadores haviam deixado para trás era a mesa de jantar de nogueira do século 18, grande demais para que Antonio e Rosa tivessem conseguido esconder. Ela lembrou-se de quão bela a loja era e do quão duro Antonio trabalhara para construir seu sonho. Lágrimas que ela até então tinha segurado começaram a rolar por suas bochechas.

– Rosa – disse Antonio, apertando a mão dela. – Nós temos um ao outro. Temos nossos filhos. Temos tudo. Podemos começar de novo!

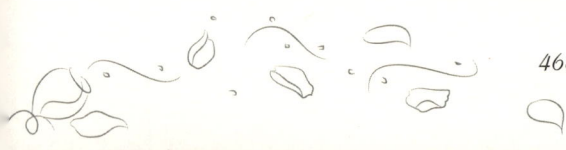

Rosa queria abraçar aquele otimismo, porém um sentimento obscuro apoderou-se dela. Como em um pesadelo, viu flashes diante de si: as pessoas que tinha visto serem mortas; o momento em que ela assassinara Emanuele; todo o terror que tinha vivido. Até mesmo a única luz que vivenciara no ano anterior – seu amor por Luciano – a empurrava para longe do marido. Como ela conseguiria lhe explicar aquilo? Lembrou-se da maneira como Antonio pronunciara seu nome: como se ela ainda fosse sua graciosa e amável esposa. Ele a procurara nos hospitais, mas aquela pessoa não existia mais. Ela era uma estranha.

Rosa se afastou de Antonio.

– O que foi? – ele perguntou, com um olhar cheio de preocupação.

Rosa tentou organizar os pensamentos. A dor em seu peito a engolia.

– Eu não sou mais a mesma pessoa – disse ela, lutando para fazer sair as palavras. – Não sou a Rosa que era antes da guerra... Eu vi e fiz coisas... coisas terríveis.

– Ninguém é o mesmo depois da guerra – respondeu Antonio. – Ninguém sai imaculado dessa experiência.

Rosa tentou dizer alguma coisa, mas as lágrimas sufocaram sua voz. Então ela confessou tudo. Contou a Antonio tudo que havia lhe acontecido durante seu tempo com os partisans: as coisas que tinha feito e as pessoas que tinha matado. Contou sobre Luciano. Se era para eles começarem de novo, Rosa não podia construir sua nova vida com Antonio em cima de mentiras. Não ousou olhá-lo na cara ao relatar a história da marquesa e o fato de ela ser sua mãe. Será que Antonio ainda iria querê-la depois de tudo que ela havia confessado? Rosa ergueu os olhos e o fitou, esperando encontrar pelo menos reprovação, se não ressentimento, em seu rosto. Porém, ele a observava com o mesmo olhar amoroso de sempre. Levantou-se e foi até a mesa de jantar de nogueira, apalpando-a para sentir suas peculiaridades e falhas.

– Quando você começou a trabalhar para mim, lembra o que eu lhe ensinei sobre antiguidades, Rosa?

Ela ficou olhando para ele, sem entender. Ele sorriu e continuou:

– A pátina é a história de um objeto e mostra o que aconteceu ao longo do tempo. Uma rachadura no acabamento, um entalhe, um arranhão; todas essas coisas dão personalidade a uma peça. A pátina é o que torna a peça realmente valiosa. Os alemães não viram essa mesa pelo que ela é. Deixaram para trás a peça de mobília mais rara e mais cara.

Rosa cobriu a boca com a mão. Seu coração estava cheio demais para que ela conseguisse falar.

– Eu quero você, Rosa – disse Antonio, virando-se para ela. – Eu quero você com as suas cicatrizes e o seu sofrimento. Você é a minha esposa, e tudo que aconteceu com você só a torna mais preciosa para mim.

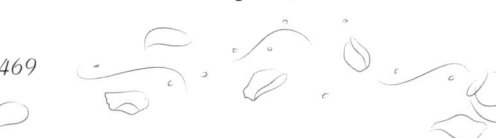

Rosa sentiu uma onda de dor percorrer seu corpo. Era como se ela estivesse sufocando. Uma sensação de queimadura emanava do peito, fazendo doer ombros e braços. A agonia era tão arrebatadora que ela achou que seu coração fosse parar de bater, que ela fosse parar de respirar. Rosa olhou para Antonio em meio às ruínas da vida que eles antes levavam; ele lhe suplicava com os olhos que encontrasse a força para recomeçar. *Apesar de tudo que ela tinha confessado, ele ainda a amava.* Será que ela conseguiria? Seria capaz de reunir forças, quando acreditava que não lhe restara nenhuma? A dor em seu peito cedeu e foi substituída por um sentimento de ternura. Ela viu Luciano no túnel e seu olhar amoroso. Ele tinha morrido para salvá-la. O que aquele sacrifício significaria se Rosa não fizesse algo de sua vida? Ela tinha sido chamada a viver. *Encontre Antonio, pois eu sei que ele está em algum lugar procurando-a. E, quando o encontrar, ame-o de todo coração – mas às vezes, quando olhar para as estrelas, pense em mim e sorria.* Rosa sabia o que precisava fazer e que encontraria a coragem necessária.

– Sim! – disse ela, correndo até Antonio e atirando os braços em volta dele. – Vamos trazer as crianças de volta e decidir o que fazer em seguida. Não importa onde vamos morar, contanto que estejamos todos juntos.

Antonio roçou os dedos pela bochecha dela e olhou-a nos olhos.

– Nós vamos ficar bem, Rosa – disse ele. – O que quer enfrentemos no futuro, vamos enfrentar juntos.

Rosa viu que essa era a verdade. Havia muito a ser conquistado, muito sofrimento a superar. Mas ela e Antonio tinham um ao outro. Tinham a família. Era tudo de que precisavam.

Nota da editora

Querido leitor,

Uma saga na Toscana - uma história de amor e conspiração é uma história de ficção ambientada em um período histórico. Os eventos que ocorrem no romance são verdadeiros no que diz respeito ao fascismo e à Segunda Guerra Mundial. Florença também foi pesquisada (e prazerosamente absorvida) para que a cidade fosse recriada como era na época.

Entretanto, todos os personagens são fictícios e não se baseiam em nenhuma pessoa, viva ou não – com exceção de Fido, o fiel cachorro de Borgo San Lorenzo. Vou falar sobre ele mais adiante.

O Convento de Santo Spirito é um convento fictício, entretanto pesquisei a vida nos conventos e também o tratamento dispensado a mães solteiras e filhos ilegítimos, a fim de criar uma situação fiel à época. A prisão feminina em Florença nos anos 1930 chamava-se Santa Verdiana e era ligada ao presídio masculino, Le Murate. Entretanto, não dei nome ao presídio para o qual Rosa foi enviada porque queria ter um pouco de flexibilidade com os personagens lá dentro e também para que ninguém achasse erroneamente que eles representavam quaisquer freiras ou guardas que trabalhavam na prisão na época. Entretanto, minha prisão fictícia é fiel à era, baseada em minha pesquisa sobre prisões femininas na Itália e sobre o tratamento dado a prisioneiras políticas durante os anos de Mussolini. Também utilizei essa abordagem para o hospital e algumas outras instituições em Florença.

Os eventos que descrevo como tendo se passado em Borgo San Lorenzo, embora verdadeiros no que diz respeito à crueldade das represálias e aos exemplos horrendos em que eram transformados os italianos que ajudavam os partisans, não ocorreram em Borgo San Lorenzo. Escolhi essa cidade porque era mais próxima do local onde se encontrava o Bando, o grupo de partisans fictício.

Entretanto, conforme mencionado anteriormente, Fido, o cão fiel, é baseado em um personagem histórico verdadeiro. Para conveniência do enredo, movi-o da pequena vila apenina de Luco para Borgo San Lorenzo, uma cidade maior. Conforme descrito em *Uma saga na Toscana - uma história de amor e conspiração*, Fido foi resgatado da rua ainda filhote pelo pedreiro Carlo Soriano. Toda manhã, Fido acompanhava Carlo até a parada onde o pedreiro pegava o ônibus para ir trabalhar em Borgo San Lorenzo. Infelizmente, Carlo foi uma das vítimas do bombardeio descrito no romance, no qual muitos civis inocentes foram mortos. Durante os treze anos seguintes, Fido continuou a esperar por Carlo na parada de ônibus, todo fim de tarde. Alguns anos depois da guerra, o prefeito de Luco incluiu Fido na lista de cidadãos honrados da cidadezinha como um exemplo de fidelidade. Fido conseguiu então viver livre de impostos, como o único cachorro legalmente sem licença da Itália. Uma estátua em homenagem a ele pode ser vista na *Piazza* Dante, em Borgo San Lorenzo. Como o nome Fido significa *fiel*, achei que ele era o símbolo perfeito para essa parte da história. Também mantive Carlo como o nome do dono, pois quis que os dois fossem tão inseparáveis na ficção quanto eram na vida real. Decidi incluir essa história maravilhosa porque, para mim, é simplesmente mais um exemplo de que os animais realmente experienciam sentimentos e afeição – cientista nenhum jamais me convencerá do contrário e de que, portanto, seja aceitável que eles sofram abusos.

Para ajudar na localização do romance, usei termos, títulos, frases e expressões em italiano sempre que julguei acrescentarem sabor à cena. Embora nos anos 1930 e 1940 muitos italianos ainda usassem preferencialmente seus dialetos regionais, decidi utilizar o italiano padrão, a fim de evitar confusão para os leitores modernos que talvez tenham conhecimento do idioma. A exceção foi o uso de *babbo* em vez de *papà*, por ser uma palavra ainda usada pelos florentinos hoje em dia e que os distingue de outras regiões.

Espero que você tenha gostado de ler *Uma saga na Toscana - uma história de amor e conspiração* tanto quanto eu gostei de escrevê-lo. Espero também que leve consigo e compartilhe a mensagem central do romance – a de que a paz em escala mundial surge quando, primeiramente, cada um de nós cria paz no coração e na mente e faz de tudo para viver em harmonia com as pessoas e com as outras criaturas vivas à sua volta. Quando cada um de nós conseguir fazer isso, acredito que, juntos, nos tornaremos uma força poderosa o suficiente para realizar mudanças positivas em uma escala nunca antes concebida.

Se você desejar entrar em contato comigo, pode fazer isso através deste endereço:

C/- HarperCollins Publishers Australia
PO BOX 321
Pymble NSW 2073
Australia

De todo o coração,
Belinda Alexandra